U0863486

花城年选系列

HUACHENG NIANXUANXILIE

2019中国中篇小说年选

谢有顺 编选

中国文学年度盛宴 人文华夏气象万千

SPM 南方出版传媒 花城出版社

中国·广州

图书在版编目（CIP）数据

2019中国中篇小说年选 / 谢有顺编选. -- 广州 : 花城出版社, 2020.1
（花城年选系列）
ISBN 978-7-5360-9120-7

Ⅰ. ①2… Ⅱ. ①谢… Ⅲ. ①中篇小说－小说集－中国－当代 Ⅳ. ①I247.5

中国版本图书馆CIP数据核字(2020)第002934号

出 版 人：肖延兵
责任编辑：欧阳蘅　蔡　安　李珊珊
技术编辑：薛伟民　凌春梅
封面设计：

书　　名	2019 中国中篇小说年选 2019 ZHONGGUO ZHONGPIAN XIAOSHUO NIANXUAN
出版发行	花城出版社 （广州市环市东路水荫路 11 号）
经　　销	全国新华书店
印　　刷	佛山市浩文彩色印刷有限公司 （广东省佛山市南海区狮山科技工业园 A 区）
开　　本	787 毫米 × 1092 毫米　16 开
印　　张	23　1 插页
字　　数	400,000 字
版　　次	2020 年 1 月第 1 版　2020 年 1 月第 1 次印刷
定　　价	59.00 元

如发现印装质量问题，请直接与印刷厂联系调换。
购书热线：020－37604658　37602954
花城出版社网站：http://www.fcph.com.cn

目录

为不理解、不确定而写作

——《2019中国中篇小说年选》代序

_谢有顺

一

从事文学批评多年，总是会有人来问，你在评论一部作品时，有什么准则吗？这样的问题，回答不好也得回答。我想，首先，一部作品在艺术上必须有新意、丰富且值得品味，没有艺术享受，你甚至连阅读的兴趣都没有，更谈不上评论它的冲动了。其次，我看重一个作家的语言才能，语言的个性、韵味是判断一部作品是否风格化的重要标志。再者，作家的道德勇气也不可忽视，它关乎作家是站在什么精神立场上看人与世界，他有什么样的价值发现。这些是我对文学作品最低限度的要求。

对批评工作者的要求，则是艺术的修养、精神的敏锐和鲜明的文体意识，三者缺一不可。没有艺术修养，就无法准确解析作品的丰富和复杂；没有敏锐的精神触角，就无法和作家进行深层对话；没有文体意识，批评文章可能就会写成新八股文，而失去好文章当有的风采。过度知识化的趋势会损毁文学批评最重要的品质——直觉和感受，批评也会越来越成为没有锋芒、没有个人发现的理论说教。批评还是要强调自己对一部作品的艺术直觉，并勇敢地做出判断。法国评论家伊夫·塔迪埃认为“批评是第二意义上的文学”，确实，文学批评也是一种创造，它洞察作家的想象力，并阐明文学作为一个生命世界所潜藏的秘密，最终，它说出批评家个体的真理。

从这个意义上说，批评也是理解的艺术。即便是批判一部作品，也还是理性些、诚恳些好，不必怒气冲冲、真理在握的样子；有时过度赞美和过度苛责，都是批评家审美瘫痪的表现。批评既然是一种专业，就应该充分展现批评家的学识、智慧和创造精神，应该多一些专业精神。专业精神并不仅是一种学术方法或理论能力，更重要的是，批评家还要有一种精神洞察力，以洞见文学世界中各种微妙和秘密。当代文学研究是很特殊的学科。假如没有对文学现场的熟悉、跟踪、把握，没有充分的个案研究做基础，没有自己在第一时间就敢下判断的能力和勇气，就无法准确地解读一部作品。但另一方面，作家又不会轻易被批评家手中随意征用的理论、说教吓住，能让他们服气的永远是批评的专业精神，以及那种长驱直入的洞察力和分析能力。

批评精神的专业基石正是理性和智慧，甚至专业的良知还要高于道德的良知。无知有时比失德更可怕。对一部作品没有起码的鉴赏能力，这种审美无能才是批评家的不堪。好的批评是在展现专业智慧的同时，也让人触摸到你的内心，分享你对人和世界的基本理解。

二

文学批评似乎也不同于一般的学术研究。比之于学术对知识、材料和结论的确定性追求，批评许多时候是在反抗确定性，它与文学的对话关系，最终是要敞开可能性，近而让人意识到，文学所讲述的这个世界是丰富的、复杂的、无确定答案的。

文学的真理都具有不确定性，这是需要反复重申的。现在的很多文学研究，试图通过一些材料就找到确定的结论，这对于文学的外部研究或许是有效的，但对于文学本身，对于它所呈现的那个神秘的生命世界，任何的结论都是对它的简化和遮蔽。何以知识讲述和文学史书写如此强大的时代里，还需要有文学批评？就是还需要有人去缅怀一个“灵光消逝的时代”，确定让一切灵光消逝，而不确定才是文学的本质。文学的坚定存在，就是要引导人从一种密闭、单一的价值观里出走，引导人去认识各种潜藏的可能性；一旦人不再接受价值观的多义，不再适应既可能是这样的也可能是那样的矛盾和悖论，他也就失去了选择的权利，进而失去的就是灵魂的自由。村上春树曾经采访过奥姆真理教的教徒，他发现，那些教徒很少读小说，他们深信一种价值观，于是就很容易把自己的灵魂交出去。他说："正因为已经无法将自己置身于那种多种表达之中，人们才要主动抛出自我。"

文学是在帮助人建立更完整的自我，一个能接受一切复杂、矛盾，甚至悖论的自我。小说为何要打破正面人物、反面人物相对立的写法？就是作家们开始意识到，世界并不是我们想象的那么简单，我们无法那么确切地知道人是怎样的、世界是怎样的，而唯一确定的，也许就是人和世界都具有不确定性。景凯旋说："意识到事物的全部复杂性和不确定性，是人类迄今最伟大的精神发现之一。这种源于文艺复兴启蒙和理性的价值指向，想要扩大部分真实的深切愿望，淋漓尽致地表现在西方的小说中，成为小说唯一的品格。两个世纪来，欧洲的小说就是沿着这条路径，向生活的日常性发展的。没有了电脑和飞机，还可以用笔和马，可要是没有了生活的复杂，人类将会变成千万块平面镜子中的同一个影像。"确实，文学是永远不能被固化、永远在演变的知识——一种特殊的知识，它让生活因为丰富而有趣。尤其是进入二十世纪后，那个以单一、固化的标准去评价生活和思想的时代结束了，人对事物的认识、自我的认识，都进入了一个复杂、多义的时代。古典小说中，人性的完满状态是理性与和谐，但现代小说呈现出来的却多是矛盾、冲突、分裂和对立，本质上就是反对单一，走向多元。

文学批评所拥有的阐释的权利，就是要分享这种不确定的但又异常丰富复杂的艺术世界和生命世界。它永远有知识生产所不能代替的价值。托妮·莫里森说："语言不仅仅代表知识的极限，也创造了保护我们差异的意义，我们与其他生活不同的方式。"文学批评的语言也是守护差异的，它总是在文学研究不断被确定的知识所垄断的时候站出来强调，作品中的某个人物的命运值得同情，小说里的某个细节非常精彩，作家对世界的体验好像具有某种超前性和预见性。诸如此类的讨论，看起来是在模糊我们对文学的确定理解，但正是这种模糊，使我们不会轻易被一种价值所劫持，转而在差异和多样性中体会各种不同的人生，认识各种不同的人性。

我常想起阿兰·罗布－格里耶那段著名的话："世界既不是有意义的，也不是荒谬的，它存在着，如此而已……二十世纪是不稳定的，浮动的，不可捉摸的，外部世界与人的内心都像是迷宫。我不理解这个世界，所以我写作。"这是多么了不起的"不理解"！因为"不理解"而写作，写作就成了去理解而不是去找结论的精神漫游。知识、科学、技术、制度、意识形态等等，都是试图想让这个世界变得可以理解，把一切都变得确定无疑，你只要相信就可以了；幸好还有文学，它告诉我们，世界还有许多不确定和不可理解的方面，自我也像是一个永远不能穷尽的黑洞，相信一种价值就意味着交出自己的灵魂，而文学是在追求价值的争辩、交锋和新变，是对新的可能性的发现和唤醒。

文学不是让灵魂单一，而是创造新的灵魂。

我还常想起托多罗夫的话："确切地说，亨利·詹姆斯叙事的秘密是存在一个根本秘密，一个无名因素，一股不在场的强大力量，用来推动整个在场的叙事及其向前运行。詹姆斯的创作具有双重性，而且表面看是矛盾的(这才使他不断地重新开始)：一方面，他动用一切力量解释隐身的本质，揭开秘密物品的面纱；另一方面，他不断远离这一切，保护它——直至故事结尾，甚至让它永远是个谜。"指出一个作家是有秘密的，是有双重性且矛盾的，批评家在解释这个秘密的时候，也保护着这些秘密，这就是文学阐释的美妙意义，它仿佛永远在说，世界是这样的，世界又可能是怎样的。

当我们都在尝试着用不同的方式来表达世界和回答问题时，一个灵魂自由的时代才会真正来临。从这个意义上说，文学不仅会一直存在下去，甚至它的存在还会越来越重要，因为它颠覆已有的关于人和世界的结论，也扩大我们对人和世界的理解。阿兰·罗布-格里耶和托多罗夫的话，从作家和批评家的角度诠释了各自对文学的理解，表明文学及其对它的阐释仍然是这个世界最不可思议的精神事件之一——没有"不理解"，没有"根本秘密"，世界将会变得一览无遗，变得苍白而无趣。

三

我甚至想，文学还应有更大的气魄，文学批评也还应有更大的气魄，那就是大胆地为这个世界的不确定、不可知、神秘性、超越性做证，重新为人类在自我觉悟的道路上打开新的想象空间。

这其实是对一种精神想象力的加冕，也是文学特有的表达权利。我前一段在张炜研讨会上曾说，在今天这个技术可以决断一切、知识讲述也不容置疑的时代，为什么还要有文学？这是一个值得思考的问题。二十世纪以来，文学太迷信现实主义了，这极大地限制了人的想象力，也缩减了文学的价值空间。写作作为一种精神事务，本应有神秘和超验的品质。写作的缘起本不是记事、纪实，而是起于祭祀。苏珊·桑塔格就说，最早的艺术体验是巫术的，魔法的，是仪式的工具。太过重视现实，太看重自己作为知识分子的角色，写作已无祭司这一传统，也就没有了和不可知、不确定的神秘世界对话的愿望。但是，丢掉了巫、祭祀、祷告的这个精神传统，对未知世界也无想象，进而把这个世界上的事情全部都解释成现实主义的，这个世界就太乏味、太没意思了。文学的存在，就是要让这个没意思的世界变得有意思，这个“有意思”，就是源于现实之上还有一个想象世界，理性世界之外还有一个非理性的、感觉的、神秘的世界。

我在《重新想象人的生命世界——我读〈唇典〉》一文中也分析过，把神性世界定义成神话世界、灵异世界，把与之相关的作品多说成是幻想性的、非现实的，其实是对文学和历史的极大误解。“事实上，中国几千年来的文明史，从来都是相信有灵魂、有天意、有神鬼、有灵异世界的，天、地、人、神、鬼并存的世界，才是中国文明的原貌。直到二十世纪提倡科学、相信技术以后，才把神、鬼、魂灵世界从文明的辞典里删除——但在民间，它们依然坚实地存在着。二十世纪以后，好像写作所面对的，只有一种现实，那就是看得见、想得到的日常现实，好像人就只能活在这种现实之中，也为这种现实所奴役。……当我们把这些瑰丽的想象都从文学中驱逐出去，作家成了单一的现实主义的信徒，他的写作只描写一个看得见的世界，并认为现世就是终极。这不仅是对文学的庸俗化理解，也是对人的生命的极度简化。文学应该反抗这样的简化。要求文学只写现实，只写现实中的常理、常情，这不过是近一百年来的一种文学观念，在更漫长的文学史中，作家对人的书写、敞开、想象，远比现在要丰富、复杂得多。文学作为想象力的产物，理应还原人的生命世界里这些丰富的情状。不仅人性是现实的，许多时候，神性也是现实的。”

讨论这些，我不过是想强调，无论是文学写作，还是文学批评，它既是“实学”，也是“虚学”，甚至可能还是一种充满奇妙之思的玄学。如果文学批评太“实”了，没有一点务虚、超拔、不切实际的神思，一定会面临很大的局限。文学写作及其研究都是思想和精神的创造，想要有新见，还是要有一点务虚的、天马行空的、胡思乱想的，甚至有些不切实际的玄妙之思的驱动，没有一种孤独的、独与天地共往来的哲思，全部心力都扑在知识和材料上，甚至被知识和材料所淹没，恐怕也是一种误区。尼采说，历史感和摆脱历史的束缚同样重要，说的就是这个道理。

这方面，科幻小说反而是一个很好的范例。它作为一种小说类型，一直正视人类有超越现实、走向永恒的渴望，如何让这种渴望也在现代人身上延续下来，科幻小说找到了科学作为载体，把科学作为实现神话的方式，使之与生物工程日益发展下的人合体，通过新的技术、新的身体来呈现新的现实，从而超越了日常生活的琐细描写，再一次以文学的方式表达对人类的整体性命运的关怀。科幻小说和电影的风行，暗含了这个时代人类对未来新世界的想象。相比之下，传统的写作和批评，还是受制于现实的规约，文学写作经常为一种匍匐在地面上的琐细人生耗尽心血，文学研究也经常为一种细枝末节的问题争得面红耳赤，唯独匮乏对大问题的追问能力，在永恒价值世界和人类整体性命运面前，更是没多少想象力可言。这才是中国文学最尖锐的困境之一。

米兰·昆德拉说，穆齐尔和布洛赫给小说安上了极大的使命感，他们视之为最高的理性综合，是人类可以对世界整体表示怀疑的最后一块宝地。他们深信小说具有巨大的综合力量，它可以将诗歌、幻想、哲学、警句和散文糅合成一体。这种糅合，目的也就是要重新对人类的命运有一个整体性观察。艺术风格的局部调整，理论和观念上的细小变革，这些可能并没有我们想象的那么重要，真正改变文学大势的，还是那些能在整体性上影响人类的价值信念。而要在整体上重新理解和变革文学，打开价值想象的空间，包括改变我们对神性世界、超验世界的僵化态度，也至关重要。足够广大，才能足够高远，这一点，科学已经走得很远，甚至科幻小说都走得很远了，我们也须深思。

2019年11月15日于广州

再见日食

_周嘉宁

拓在丹佛机场的巴士站旁边看到一位年轻人靠在行李上看自己的小说。年轻人仿佛从暴雨的地域跋涉而来，湿掉的衣物和鞋子一样样摊开在旁边的栏杆上，正舒适地待在被自己圈起来的庇护所，完全没有留意身边穿着牛仔衬衫的平凡中年人，更是无论如何也不会想到自己游荡的地方正是这个人的内心世界。拓不由得想，他读到哪里了。

书里的故事是关于1995年一支高中棒球队从日本来到美国参加棒球比赛。当时拓已经搬到了美国，决定只用英语写作，放弃日语并不是为了摆脱具体的束缚，也说不上是对另外一种思维方式的确认。结果以练习的心情笨拙地写作，竟然获得了出乎想象的成功。他被认为在东方审美和西方价值观之间撑起一片虚拟的时代，守护着现实中原本不可能存活下来的美。在不知不觉中拥有越来越多年轻的读者，跟随着他，寻找通往不知何处的一个个出口。

拓最喜欢在读者见面会上朗读的段落是棒球少年们坐着巴士，沿东海岸一路去往纽约，经过一片水域，巴士像是行驶在海里，也像是银河铁道列车，有银白色的河滩，三角形的黑鸟，同行的朋友，以及即将到来的新大陆。然而他自己此刻正要去往的，却是新大陆的彻底背面。

昨晚拓还在纽约参加文学节的开幕派对，他和几位同行喝了酒，他们好几个人都在野心勃勃地写两卷本的大书，恨不得把时代吞吐干净。回到酒店以后他查收了出版社转发给他的电子邮件，其中一封的发件地址让他心脏狂跳。是停运多年的旧日机构，像是来自记忆之河对岸的挥手，那都是上世纪的事情了——乌卡去世了。邮件在编辑那里耽误了两天，拓看到的时候已经是葬礼的前一天。

拓立刻调整了后面所有的行程，取消了朗读会，买了第二天的机票。他有些庆幸自己在纽约，至少是在美国大陆，而不是游荡在世界上的其他角落，不用怀着过分巨大的决心赶往佩奥尼亚。不是说他没有这种决心，而是出于恰恰相反的理由，他畏惧的正是伴随决心而来的汹涌情感。

但是从纽约到丹佛的飞机晚了四个小时，等他到达丹佛的时候，错过了当天仅剩的一班去往佩奥尼亚的飞机。命运像是要给他一些提示，或者一个缓冲地带。然而即便不可能赶上葬礼，他也无心在丹佛过夜，决定连夜换坐大巴继续前往佩奥尼亚。车厢出人意料地拥挤，都是要在霍克斯下车的学生。他们像潮水一样离开以后，司机关闭了音乐，留下长长一段漆黑的旅程，直到巴士钻出树林，斜前方出现一片冷冷的湖。正是小说里的棒球少年们所经历的那种夜晚。他想要休息一会儿，但是心里涌动着复杂的思绪和期待，无论如何也合不上眼睛。他忍不住想象葬礼的情景，浮现在脑海里的却是1995年春天，他和新朋友们挤在面包车里，司机一路放着杜兰杜兰乐队的音乐。佩奥尼亚的本地居民在社区公园里搭好了大棚，大部分是教会的老人，他们陆陆续续过来，准备好食物和酒，欢迎年轻艺术家们一年一度的光顾。刚刚下过雨，拓穿着郑重其事的衣服在泥泞的草地里小心走动，害羞极了，尽量不和任何人讲话，坐在大棚里，低头吃着装在塑料盘子里的炖肉和蔬菜。长凳的另外一头坐着一位极其瘦小的女士，上了年纪，裹着颜色明亮的披肩，深色皮肤，一头发光的黑发像一朵镶着金边的乌云。她礼貌地挪过来，问候说："东京发生的事情太可怕了。"

"欸？"拓愣了一会儿才明白她指的是一个月前的毒气事件。

"你们年轻人以后的处境会越来越糟。"

"啊。不不。"拓不好意思地连连摆手，不想被当成年轻人的代表。

现在回想起来，当时的他并没有觉得世界正在变糟，完全没有这样的感受。他心中怀着的苦闷也普普通通，是身处任何一个时代的青年所共有的东西。而这桩事件在他心中激起的不是怨恨和失望，只有剧烈的迷惘、不安和祈盼，以及一部分无法描述的恐惧。来美国前的两个月，他无心做任何事情，一边办理手续，一边处理租借的房子，每天都在关注调查进程。电视新闻里有一位被害者接受采访时说："因为不理解他们的行为，所以也无法产生仇恨的情绪。"——他震惊地意识到这是一种普遍的想法，人们不理解为什么年轻人投身邪恶的组织。拓却能清晰地感受到那里也有一种初始的温暖光芒，他们追求的明明是清洁的世界，结果却被庞大的恶所污染。恶是什么？是世间的东西，是精神的产物，是体制，还是付诸于人类身上的实践。二十岁出头的拓完全不明白，只凭着本能躲开，连一口浑浊的空气都不想呼吸。

所以这不是政治，不是阴谋，至少不是这位女士所以为的东西，而是虚构的意志力和无法被讨论的噩梦。拓喝了不少装在纸杯里的啤酒，满脸通红，最后没头没脑地说："那个组织的成员给他们使用的空气清新器起了一个名字叫宇宙清洁器，那是在《宇宙战舰大和号》里出现的除辐射装置。"

"你说的是一部科幻小说吗？"

"是七十年代播出的动画片。"

"哦！你真是一个非常有趣的小孩。而且你讲话的口音也很可爱。"

直到这位女士被簇拥着上台致辞，拓才意识到她是乌卡。乌卡是印度裔的乌干达人，七十年代中期以哈佛大学访问学者的身份和丈夫彼得一起，带着女儿蒂娜来到美国，不久，亚裔被阿明政府逐出乌干达，他们自此滞留在美国。八十年代中期，彼得作为记者被派到中国完成一篇医疗系统的报道，之后他们从中国出发，一路在亚洲和东欧国家游荡，结交了不少记者和作家，流亡的世纪正接近尾声，小半个世界在命运的创伤和忧患中是喘了口气。他们回到美国以后四处筹集资金，创立了这个青年艺术家培养项目，邀请来自东欧和亚洲的年轻人集体生活，提供他们最基本的生活费，地点选在佩奥尼亚的小镇，大片的湖泊、草地和山脉交汇于此，正是一个能够承载年轻心灵的中间地带。

拓念中学的时候曾经在一本文学刊物上读到有关这个项目的文章，一位日本小说家在佩奥尼亚度过半年。她爱上了一位来自波兰的男孩，波兰那年正在戒严期间，她每天都陪男孩跑去图书馆看报纸，晚上待在房间里喝伏特加。那篇文章很长，有大段匪夷所思的情欲描写。但印在拓脑海里的却是夏天这位小说家和朋友们在金色的池塘里游泳，野鸭低低地从头顶飞过，女孩男孩纷纷扎进水里。除了平静和美之外，还有令人向往到震颤的自由。

——真想去那里啊！

他这样想着，巴士司机提醒说十分钟以后就要到达佩奥尼亚。拓起身去车厢后面用厕所，一脚踩进湿滑之地，便桶像被刚才的少年们用屎炸过，他扶着把手，在狭窄的厢体里晃动，狼狈得不行，等坐回到座位上又觉得好笑，几乎想要笑出声来。不由得想起刚刚那个看书的男孩，希望他旅途愉快，能够感受到小说里干燥清洁的世界。

第二天清晨拓被旅馆房间的电话叫醒——“拓?”——电话里传来女人迟疑的声音，得到确定以后那个人立刻惊呼起来，“快下楼，我等不及要见到你!”拓身处不知何处的梦境，放下电话以后看到挂在镜子跟前的黑色西装，彻底清醒。他在狭小的卫生间里飞快地洗漱，套上衬衫，又换成运动衫，最后穿上一件在旅途中穿的旧T恤。走在楼梯口的时候才意识到自己紧张到微微出汗。

小镇没有建造新的旅馆，二十多年来都是同一幢小楼，总共三层，有二十来间房间，在小河边，挨着公共图书馆，背后有一整片核桃树，每到秋天，绿壳的核桃掉得满地都是，再慢慢腐烂。拓走了两层楼梯，推开通往门厅的门，没有来得及迟疑，便看到一个身材高挑的女人从立柱后面转出来，快走了两步朝他跑来，几乎撞在他的肩膀上，紧紧抱住了他。拓在她结结实实的拥抱中平静下来。哦，蒂娜，当然是蒂娜，像旋风一样，带来外面夏日的暑气。直到蒂娜挽住拓的胳膊坐下来，拓才得以将视线停留在她的脸上，她曾经宽阔舒展的骨骼似乎稍稍改变了形状，显得更为强韧和可信赖。

“我老啦!”蒂娜打断了他的注视。

“那你找到小行星了吗?”拓问。

“哈哈哈。何止一颗。”蒂娜的眼角闪出泪花，而拓笑起来，几乎松了口气。他们刚认识那会儿，蒂娜稍稍激动便会泛起泪光，接着脖子和胳膊上也会起一层薄薄的疹子，这样无法控制的生理现象常常因为被误以为是过度真诚而遭受嘲笑。蒂娜比拓年长几岁，当时正打算从物理学专业转到约翰·霍普金斯大学念宇宙学，于是那年回到佩奥尼亚，一边自学编程，一边补习量子物理，同时申请新的学位。这期间不得不反复和年轻的艺术家们解释宇宙学的意义并不在于发现小行星，而是在于学习宇宙的诞生和演化，宇宙所包含的一切中只有极其微弱的一部分是可以被感知的，剩余的则无法被命名，甚至无法被想象。这样的讲法听起来很酷，但是在拓的记忆里，蒂娜大部分时间都坐在公共图书馆的计算机前面修正代码，她称之为模拟。那些数字和字母的复杂组合到底是如用一种抽象模拟另外一种抽象的，拓一点都不明白。蒂娜缺乏科学家的严谨和条理。她饮酒过度，健康美貌，像当时广告片里的标准美国青年一样高大，拥有最洁白的牙齿和最灿烂的笑容，无论在什么样的场合都令人难以忘怀。而这样的人一旦进行起枯燥的运算，却仿佛依靠着非凡的身体本能撬动起意识的杠杆，给人一种正全身心维护着宇宙进程的印象。

当时乌卡常常安排大家去家里做客，她家在距离旅馆不远的半山腰上，跟前有一片草坪。蒂娜会做好两大盆奶酪通心粉，两大盆洋葱沙拉。冷肉、芝士和饼干仿佛怎么也吃不完。即便是现在，拓还常常会按照她的方法做沙拉，最关键的是放上大把切成薄片的洋葱和生蘑菇，也不要吝啬橄榄油。如果遇上节日、生日，或者橄榄球的重要比赛，她们便会动用院子里的烧烤架，委托邻居一早送来新鲜的鸡肉、玉米和土豆。乌卡自己吃得很少，仿佛不靠实体的物质活着，有时候一天只吃一点水果、两片吐司，但喝很多很多酒，也睡得很晚，神采奕奕。每天都是从傍晚开始喝酒，为其他人准备好红酒和啤酒，自己喝白兰地，一再地挽留大家，多半过了凌晨才会散。她要是兴致勃勃，便会提出要开车送大家回去，谁也不能拒绝，于是，剩下的人尽量挤进她的车里，大家醉醺醺的，她也醉醺醺的。白晃晃的车灯粗暴地打在黑暗的山路上，只照着眼前那一小段。

那时彼得已经去世，拓没见过他，但乌卡讲起他，就好像他还活着，是大家熟识的朋友，或者此刻就坐在他们中间。每个去乌卡家里做客的人都转述着彼得的事情。彼得英俊温厚，虽然以记者的身份便利访问了很多难以抵达的地方，却很少主动谈论见闻，反而是一个极好的旁听者，身材高大的他总是半侧着身体，兴高采烈地听其他人讲述自己的苦恼，以及自己国家碰到的问题。只有在谈论到时代残留下的哲学问题时，他会发表一些意见。他是橄榄球迷，之前每逢相邻城市的体育场有重要比赛，他一定要开车好几个小时顺上几位朋友一同前往，和他一起去看过比赛的人写下的回忆文章都贴在乌卡的剪报本里，晚饭以后大家继续围坐在桌子旁边，传阅剪报本。通往体育馆的马路从好几公里外就开始堵塞，所有人都高高兴兴，车子的后备厢里放着啤酒和比萨。即便在买不到球票的日子里，彼得也执意要去球场附近的空地，和来自四面八方的人一起，观看投影上的比赛实况。拓曾经反复地想象这样的场景，到后来文字和语言变成了虚构的影像留存于视网膜，构成温情的持久记忆。

“我这几天一直往旅馆打电话查看你的预订信息。你要是来佩奥尼亚的话，肯定会住在这里。我在你房间的冰箱里放了点吃的。这里的食物一点都没有改进。但是前几年房子整体改造过，终于装了中央空调。”

“机构的邮箱怎么还在使用？你一直在维护网站吗？”

“前几年我女儿做暑期项目的时候复原了网站数据，邮件也是她写的。她看过你所有小说。”

“但愿没让她失望。”

“她很期待见到你。”

“抱歉我错过了葬礼。真的太抱歉了。家里还好吗？”

“别这么说。昨天来了很多人，现在家里乱成一团。而且我没有想到你真的会来。对不起，我原本以为你已经忘记了这里。我真不应该这样想啊。”

拓突然难过得说不出话来，但是蒂娜握着他的手说：“我现在就得走了。今天有太多事情要做。晚上来我们家吃晚饭好吗，都是家里人，还有老朋友。一定要来好吗？”

拓也使劲握着她的手，现在他也泛着泪光，却没有问出哪些老朋友也在这里。

“你记得我们家在哪里吗？我晚上可以来接你。”

“记得！我白天正好打算四处走走，你去忙吧，我们晚上见。”

“嗯。我专门来看看你，确认一下是你，确认一下你真的在佩奥尼亚。太好了。”

蒂娜又重重地抱住他，像是要反过来给予他一些安慰和允诺，然后她挎起包，飞快钻进门口一辆旧的白色雪铁龙。无论她做什么，总给人一种要为这个世界履行义务的印象，从青年时代起便是如此。目送她的车离开以后，拓没有回房间，却被旅馆里时光倒流的气氛吸引，来到二楼走廊。

二十多年前他们占据了这里整整一层。正对着电梯口的是餐厅，食物真的很糟糕，早餐除了供应烤面包和煮过头的咖啡之外，没有其他热的东西，鸡蛋和水果包着塑料纸，摆在冷柜里。即便如此，当时他们每个人都年轻、贫穷、饥饿，而这里的早餐是免费的，为了午餐能少吃，或者干脆省下午餐，大家都尽量在早晨吃很多，热烘烘的面包拿了一片又一片，呼唤服务员端出一壶又一壶的咖啡。拓的房间紧挨着餐厅，如果坐在床边，天气好的时候能清晰地望见青色的山，再远处的山顶，即便是夏天也有吹不散的雪。拓的隔壁住着来自阿根廷的马里亚诺，他常常清晨五点开始锻炼，把墙壁撞得砰砰作响。马里亚诺长得像后来演了《水牛城66》的文森特·加洛，黑色披肩卷发平时扎在脑后，常常因为不知道如何妥当地与人交往而紧张到热情过度。他当时在布宜诺斯艾利斯一个小小的剧团里工作，住在快要倒闭的剧院楼上，正在写一出有关巨型哺乳动物和青春期的荒诞剧。一旦谈论起戏剧来，他的情绪就变得热烈坚定，有限的英语词汇带着强烈的异域口音，像席卷而来的热带山洪，却一点都不混浊。接着是印度和俄罗斯的宗教学者，几位东欧腹地的诗人。改建以后杂物间原本是公共厨房，那里放着一台微波炉，是很多人从没见过的稀罕玩意，他们高高兴兴地把各种东西放进去，等待“叮”一声响起。马里亚诺整个春天都在河里逮鱼玩，有一天，他一时性起，把整条没有开膛的鱼放进了微波炉，鱼在里面爆炸了，一股内脏混合着伏特加的恶臭，在楼道里滞留了很长一段时间。

泉的房间在拓的斜对面，她带来的行李多到惊人，甚至有一床结结实实的被子和一只崭新的电饭锅，锅巨大，摆在地上，像是苏维埃时期欧洲疗养院里的电疗装置。后来，拓发现她还带着各种腌制的违禁肉类，大米，调味品。那几乎是为远征进行的准备。泉是所有人中间最晚到的，从中国出发，火车转飞机，在芝加哥机场滞留一晚，花费了将近四十个小时，错过了欢迎派对。但是她短短睡了一觉，恢复过来，精神极了，穿着整洁的运动衫和运动裤以及一双并不合脚的耐克球鞋，头发剪得很短，像暑期训练中的游泳运动员，露出警觉的耳朵。她迟疑地站在会客室门口，并没有着急要加入其他人，似乎在做出重大的决定，或者等待关键时刻的到来。那是拓第一次见到泉，他站在她的身后，不知该前进还是后退，也只好和她一起等待，竟也不知不觉被她的情绪感染。一年之后拓在漫画店租到《新世纪福音战士》的影碟，第一次并肩作战前，碇真嗣与凌波丽坐在基地平台上俯瞰地球浩劫之后的新东京，全城停电，蝉鸣不断，能看见清晰的银河。这场景令他想起站在会客室门口的泉，以及她握紧的拳头。她和其他人不同，他们抱着或大或小的愿望来到美国，她却怀有拓所不能理解的决意。

起初他们总是占据会客室，在电视机前收看世界新闻，痛饮啤酒。热切地讨论什么是真正的自由，乌卡也常常参与其中。他们问乌卡对于苏联解体的看法。她回答说原本以为这样的事情不会在这个时代发生，至少等到新的世纪，却没想到垮掉的过程如此迅速，令人错愕。他们不肯罢休，追问新的秩序将如何建立。

乌卡说这不是她所能理解的事情。时代变了，流亡的世纪已经彻底结束。以往来到佩奥尼亚的年轻人饱受历史折磨，并且携带着痛苦基因，他们大哭大笑，爱得死去活来，彼此语言不通，用各自国家的语言唱悲怆的歌，他们身上都有着从苦难和革命中诞生的旺盛生命力，具有明天不复存在的末日气质。而那个能量场正在渐渐消逝，被新的文化取代。

拓的中学时代是在二手英语书摊度过的。高中时期，自己凭借着兴趣翻译过几篇蹩脚的科幻小说，到了大学读的是不相干的专业，却因为迷上了托马斯·品钦而费劲地翻译了品钦的几个短篇，其中他最喜欢的《熵》印在了学校科幻社自己做的刊物上，后来不知通过什么渠道被品钦的日文版编辑看到，给拓写来一封长长的信件。拓接到信件吓坏了，以为自己这样自说自话的翻译习作会被批评。结果那位编辑鼓励了他，称赞他的翻译比已经出版的日语版本更贴近五十年代末期美国青年的精神氛围。拓喜欢待在会客室里，欧亚大陆错综复杂的英语口音让他感觉自己是世界的游民。而新结交的朋友们都和自己一样，美国文化塑造着他们的青春期。他们自由地谈论科幻小说，后苏维埃时代和鲍勃·迪伦，野心勃勃地在自己身上努力取消阵营和国家的界限，制造着一种世界是平坦的错觉。

只有泉与众不同。泉很少参与会客室里的辩论，大部分时候仿佛听不懂其他人在说什么，像是来自另外一条封闭的时间轴。而年轻人一点也不了解中国正在发生的事情，也并不在乎。拓曾经见过一些开放初期的中国照片，那里的景观整洁平坦，苏维埃时期留下的大批建筑肃穆温柔，给人以极度衰败和极度新鲜并存的奇异印象。但无论在城市、乡村，还是工厂和矿区，那里的时空似乎都停滞到失真，完全不遵循外部世界的时间轨道，因此像是笼罩在长久的虚空里。

然而，泉那么格格不入，却丝毫没有沦为旁观者的沮丧。相反，她常常流露出极为强烈的好奇和敏感。趁其他人侃侃而谈的时候，她发现会客室的窗户通往外面的屋顶。她敏捷地钻出去占据了那里，正对着小河和树林，景色美得惊心动魄。马里亚诺不肯爬出去，花了很长时间解释屋顶的防水涂层里有致癌物质，没有人明白那个英文单词，是沥青或者石墨之类的东西。但他最终还是被说服。有一天晚上他们鼓动泉把电锅搬到屋顶，举办火锅派对，从房间里接了一个又一个拖线板，颤颤巍巍连接到窗外。狂欢持续的时间非常短暂，很快一段电线短路导致整栋旅馆陷入黑暗，大家小声惊呼着，但又迅速陷入沉默——月亮真美啊！那是一个巨大的淡黄色的月亮，几乎能清晰地看到陨石坑的阴影。往后在拓的小说里曾经被描写过无数次的月亮，正是这个月亮，人生中排名第一的月亮。唯一还在运转的是乌卡送给他们的无线电，有一档节目播放着平克·弗洛伊德乐队的《月之暗面》，整整四十分钟既没有停顿，也没有主持人插话，那会儿正播到最后一首。拓察觉到站在身边的泉克制着自己呼吸的节奏，而他稍稍转过头去，便看到大颗的泪水正顺着泉的脸颊跌落，从鼻翼，到嘴角，然后飞快地消逝在黑暗里。拓惊慌地收回目光，也放轻了自己的呼吸，一动不动地看着前方，努力克制着自己想要伸手为她擦去眼泪的愿望。

那间会客室依然保留着，如今门口挂着非工作中人员免入的提示牌。拓旋转门球，出乎意料，门被推开了。而里面窗户紧闭，空无一物。人踏入黑洞时，大概也会有这种感受，物理性的记忆被彻底移除以后，时间的漩涡干燥寂静。他走到窗边，伸手推了推，推不动，又试试窗栓，锁死了。但能看到阳光正缓慢地移动到那里的屋顶。

回到房间以后，拓和知世通了电话。知世已经开车出门工作了。他一边告诉她接下来的行程安排，一边想象着她所看到的柏油路面的反光。

他和知世多年前在芝加哥举办的一次文学会议上相识。那会儿拓还没有出版第一本书，籍籍无名，参会人员全不相识，早就已经准备好的讲稿也念得毫无信心，感觉自己的观点和讲述完全不合时宜。所幸会议松散，早晨九点开始，中间有数次茶歇，下午就散了。正值世界杯期间，其他人来开会都是为了晚上聚在酒吧看球，拓只好早早回到旅馆。第二天早晨很多人迟到，知世从后排挪到他旁边，认真和他讨论起昨天的讲稿，令他又吃惊又开心。原来知世也是1995年离开日本的。下午他们决定提前离会，沿着密西西比湖畔散步，从托尔斯泰聊到俳句，最后为《新世纪福音战士》里的人类羁绊与自我认知争得没完没了。新世纪刚刚到来，却已经伴随着强烈的不安和祈盼。但知世认为世界有自身的秩序，绝对不是人类精神的产物，也不会被卷入理性或情感的虚构漩涡。

知世的公寓在湖畔尽头，他们回到她家，待在局促的卧室里继续聊天，听任窗外球迷大声呼喊。拓喝多了啤酒，不断上厕所。知世问他，喜欢什么样的女孩。他说，凌波丽那样的女孩。知世哈哈大笑，并立刻指出，大部分男孩在说自己喜欢凌波丽的时候只是把自己代入碇真嗣，而他们消极、被动、逃避问题，连解决自己的困境都很难，却幻想承担起他人或者世界的命运。拓想要反驳，但可笑的是，他那天穿着和碇真嗣一样的短袖白衬衫和长裤。而且他不得不承认，知世至少说对了他身上一半的问题。第二天，拓在知世的公寓醒来后立刻推迟了离开芝加哥的时间，他们在两年后结婚。

“你在乌卡的葬礼上见到凌波丽了吗?”挂电话前知世也没忘记问。

“我没能赶上葬礼，但我一会儿要去镇上碰碰运气。”拓笑了。他们从来没有厌倦这句玩笑。但拓很久以前便已经不再想象自己还有再见到泉的可能性。

和泉成为朋友的那天晚上，大家都在图书馆的音像室看电影，结束之后外面下雨，只好站在屋檐下等待。然而雨势不减，有人提议跑回旅馆，于是他们喊叫着冲进雨幕。泉跑在前面，轻盈地在水洼间跳跃，来自不知何处的光线映在她身上，形成浅浅的银色光晕。拓不自觉地紧跟住她，跑啊跑啊，两三个路口以后，便只剩下他俩。雨水改变了真实的透视和万物的关系。他们浑身淌着水，跑进旅馆大堂，气喘吁吁地望着门外，其他人却不见踪影。在这样的时候应该和女孩说些什么，拓毫无经验，但他得说些什么，趁奔跑中极度自由和快乐的幻觉还没有消失。

“请问断电那天，无线电里放的是什么音乐?”然而，泉先开口。

“我想是平克·弗洛伊德乐队的《月之暗面》。”拓回答。

“那天我听哭了。从来没有听到过这样的音乐。”

“最后那首歌唱的是日食。太阳下的一切事物都和谐有序，太阳本身却被月亮遮蔽。”拓正在使劲组织语言说一些更厉害的话，却被泉打断了。

“你真的见过日食吗?”泉问。

“从没见过。”拓回答，“你呢?”

“嗯。八年前月亮的阴影正好落在从中国西北角延伸到长江入海口的狭长地带。”他们各自停顿一下，花了些时间想象地球上具体的经纬度，认真思索着太阳和月亮的角度和运行轨道之类的事情。

“这样的景象见过以后应该永生难忘吧。”

“永生难忘。学校操场上挤满了附近的居民和工厂里的工人，月亮的影子公平地覆盖了所有事物。等回过神来的时候，刮着大风，感觉自己心里有什么重要的部分被改变了，自此和宇宙之间发生了奇异的连接。”

“那到底是什么样的感觉?”

“感觉被庇护，被好运笼罩。”泉讲话的时候露出门牙间一道整洁的细缝，薄薄的鼻翼扇动着，像蜜蜂透明的翅膀。

拓吃惊地发现，泉竟然说着极其标准的英语，发音清晰，毫不费力。她的节奏和气息绝对是长期使用这门语言或者经历专业训练的结果，每个词语都卡在正确的位置，句子与句子之间的连接也像呼吸一样自然，几乎可以直接借此触摸到思维的形状。这在同龄人中间都实在太过少见。拓在她的感染下不由得也想说个不停，当感觉在和泉交谈的时候，是在描述着内心从未被认真描述过的部分，那里几乎有一个新的人格和一个新的世界。而且他非常确信，身边的泉也有着和他完全相同的感受。拓为自己之前对泉所怀有的偏见感到非常抱歉。

不知不觉外面的雨已经停了，他们也早已离开旅馆，并肩走在夜晚的水雾中。先是沿着河的这一边走，很快走出了日常的区域，穿过一大片仓库和集装箱，又折返回来，沿着河的另一边走。不断地说着说着。中间走累了就坐在湿漉漉的台阶上，长凳上，草地上，河堤上，然后又站起来继续走，继续说，突然闯进温暖夜色中的公园。

“听说马里亚诺在这里被一头鹿撞了。”泉乐得直笑。

“大概是从林子里来的鹿。乌卡说山坡背面林子里的鹿总是季节性地出来游荡，酷暑之前进林子的话，讲不定正好赶上这样的季节。”

“那我们去林子里看看。”

“你没有见过鹿吗?”

“没有。”

“鹿有什么稀奇的。夏天，成群结队的鹿常常来院子里偷食物，踩坏刚刚长出来的蔬菜，坏事干尽。”

“但我还是很想摸摸它们毛茸茸的额头。”

“真的想去林子的话，算上往返时间，早上六点就要出发了啊！”

“我没问题。”

“别说大话，我们得走上一整天。”

“我曾经背着被子和脸盆在山里走了四十天呢。”

“徒步旅行吗？”

“不不，军事训练。”

“你们那里怎么连女孩也要服兵役？”

“不是兵役。我和同学在内陆的军事基地里训练了一年。”

“什么样的学生要在军事基地训练一年啊？”

“倒霉的学生。这个政策只持续了三年，而且只在全国最好的两所大学实施。我们在收到录取通知书的同时也收到了军训通知书，在正式入学之前得先军训一年。有些人因此而放弃了入学，有钱有背景的同学则干脆去了国外念书。我没有什么选择，当时既没有去国外念书的机会，也没有勇气回到中学复读。等到新学期开始，我过去的同学们陆续去了各个城市里干净明亮的大学报到，我坐火车来到山区。”

“那是什么样的地方？你们住在部队里面吗？”

“最初在山里拉练，白天徒步，晚上借住农民的房子，厕所里来不及清理的粪便都堆在一起。很多女同学因此不敢去厕所，等终于轮到晚上执勤的时候，才跑到路灯背面的野地里解决。等天气转凉以后我们才回到基地，安置下来，接受训练。部队已经撤走了，那里只有我们和教官，模拟与世隔绝的秩序。”

“你会开枪吗？”

“怎么可能！我们只是普普通通的大学生，不会去战场，也没人教我们开枪。”

“那到底是为了什么而训练？”

“谁知道呢。这是无解的问题。冬天到来之前，半夜常常紧急集合，我们就戴上头盔在黑夜里漫无目的地跟着队伍走上好几公里。有时会发射信号弹，大家听从命令匍匐在地，但都忍不住抬头看，信号弹炸开以后落下，映着头盔，星星点点一整片山野。”

“真美啊。”

“还有更美的。”

“说说。”

“那片山区生产樟木。你知道山里的木材是怎么运出去的吗？山里有河道，砍下来的树木，被紧紧绑在一起，像一条条筏子，静悄悄地顺流而下。”

“这是普普通通的大学生见不到的风景。”

“但我们当时不会去想和美相关的事情，不会有那样的心情。”

“是怎么样的心情？”

“一边忍受着极致的枯燥，一边在枯燥中练习着不知道什么，做着未来可能不复存在的准备。当时有一颗卫星要发射，全国直播。我们被组织在礼堂观看。火箭在电视机里像个模型，很难相信这样的东西能够飞那么久，到达谁也无法描述的地方。但最后点火以后失败了，电视信号被突然切断。我和同学们从礼堂解散出来，照常往食堂的方向走，我想着过去的朋友们都在外面的世界以各种形态继续生活、学习，就会觉得自己和那颗没有被发射出去的火箭之间形成了联系。”

“那一年你都做了些什么？”

“我去图书馆看了很多书，但那里并没有什么书，所以看了一本又一本的凡尔纳，地心啊半岛啊海底啊，心里想的都是遥远的地貌。很多人开始疯狂学习英语，像传染病一样，传阅能找到的所有教材，交换磁带，没日没夜地在空地里放声地朗读和背诵。凭着这种精神病一样的集体狂热，我现在都还能够背诵《简·爱》和《乱世佳人》的完整对白。当时我和同学都没有怀着任何希望和目的而学习。外面的世界始终在那里，但因为从来不曾亲眼看见，非常担心一切即将到来的自由都是自己的想象而已。”

“你这么说太让人难过了。”

“说到外面的世界，我们虽然身处孤岛，但基地竟然装有卫星电视，能够收看国外的电视台。每天晚自习结束以后，我们被获准看半小时的 MTV 音乐频道或者肥皂剧。电视里全世界的年轻人都在为非作歹，失恋心碎。我们则一边等待熄灯铃声的响起，一边向往一条紧绷绷的利维斯牛仔裤。”

“我很想写这样的小说。”

“哦。你是个作家呢？”

“不不。我什么都没写过。”

“你想写怎样的东西？”

“新世界通道出现前的瞬间，乌托邦的序章，诸如此类的东西。”

“这和我说的不是恰恰相反吗？”

“我以为——”

“你错了！一年很快就过去了，我们离开基地，既没有被改变，也没有被塑造。”

泉不再说话，突然拔腿朝着旅馆的方向跑去。拓不理解泉毫无征兆的愤怒，但他其实也不理解新世界和乌托邦。他懊悔自己轻易说出庞大的词语。而空气里的水雾已经消失，视力却反而在清晰的黑暗里持续下降。他不得不奋力迈开双腿，甩动胳膊，跟了上去。

星期天早晨六点，他们按照计划从旅馆出发，两个人都背着书包，拓的书包里装着偷偷从餐厅拿的鸡蛋和面包。天还没有亮，流动着温柔奇妙的颜色，但空气干燥，预示着接下来又是过度明亮的一天。他们趁着镇子还在沉睡，很快走出了熟悉的地域，两个小时以后便来到森林的边缘。绝对不是什么厉害的森林，甚至用“森林”这个词语都显得过分郑重，只是一整片缓缓的山和种类繁多的植物。即便如此，踩着厚厚的松针走了一小段路，空气的质地也变得与外面的世界截然不同。眼前出现各种形状的树木，垂落的藤蔓，巨大奇异的蘑菇，毛茸茸的青苔，不知为何被烧毁的整片荒地，两个人为了不辜负冒险的心情，频频发出惊叹。

拨开一小片灌木以后，突然面前出现一面完整的湖，湖上漂着浮球，界定着游泳的区域，一个人都没有。泉小声惊呼着朝浅滩跑去，利落地爬上了一条小船。拓跟着跑了一小段，看到小船摇摇晃晃即将离岸，便也下意识地跃了上去。湖面平静，但是船身狭窄，剧烈晃动着想要摆脱闯入者。拓进退两难的时候，泉不容置疑地喊他坐下，一坐下，果然船也稳当了。

“别担心，我是龙舟队的。”泉说。

“什么队?”

“龙舟队，”泉解释了一遍，“就是划船的。”

“是参加划船比赛的选手吗？你可真厉害。”

“我住的地方有很大的湖，骑一会儿自行车就能到湖边，老人小孩都会划船，没什么了不起的。每年夏天都有比赛，比赛前还会有花船巡游。所以从五月开始，岸边就陆陆续续停满了花船，放学放工的人都会提着工具去粉刷自己的船。”泉的动作真的果断流畅，小船稍稍挣扎了一会儿，便毫不迟疑地往湖心驶去，在水面拖出一条清晰的痕迹。拓从背后看着她握住船桨的手，与水流对抗的力量经由胳膊，传递到肩膀，两片小巧的肩胛骨像不断收拢又打开的弹簧刀片。

“你即便是驾驶宇宙飞船也没有问题。”拓不好意思地松开紧紧抓住船舷的手。

“能把这个也写进你的小说里去吗?”

“别笑我了。”

“我是说真的。希望能够在你的小说里驾驶宇宙飞船。”泉说着在湖心停下，收起船桨，从书包里掏出一只灌满咖啡的保温壶、几只橘子和一大块融化在纸巾里的黄油。于是两个人把黄油抹在面包上，剥开橘子，用杯盖小口小口喝着热乎乎的咖啡，饱饱地吃了一顿午饭。之后他们躺在干燥的船板上聊天，湖面泛着迷人的光，拓心里不免祈祷太阳永远不要西落。和泉待在一起，四周空气的质感和气味让他感觉自己正身处世界中一个更小的世界，更小的世界中一个更小更小的世界，是世界中最小的世界，没有人会找到他们。

“我昨晚的梦是用英语做的。梦里我们都在美国。”泉高兴地说。

“现实中我们在哪里？”

“哪里也不在，不在任何一个地方，任何一个国家，我们在中间地带。”

“什么中间地带？”

“就是新世界的通道还没有出现，乌托邦的序章也没有开始。”

“都说了别再笑我了！”

“我真的是这样想的。”

“不知道过去的朋友们都在做什么。”

“朋友们都还在睡觉吧。东半球还在黑夜中。”

“在递交了申请表格等待乌卡回应的那段时间，我每天都和文学社里最好的朋友见面，但有关佩奥尼亚的事情我只字未提，不敢对美国梦怀有希望。我们常去立交桥附近的公园，公园里有一片小小的棒球练习场。棒球少年们放学以后在那里训练，租借器具的小棚旁边有几张椅子，四季都有一股不好闻的汗水味道。我们却最喜欢坐在那里聊天，因为正对着训练场，能清晰地听到球撞击到球棒时振奋人心的声音。我们有一天在那里见到酷似村上春树的男人，穿着普普通通的夹克，两手空空地坐在旁边的椅子上。”

“他是谁？”

“是我喜欢的日本作家。这里的图书馆里应该能找到他英文版的小说。朋友说不可能是他啦，村上春树为什么会来这样的地方，又不是甲子园的比赛，况且那段时间他居住在美国。但是我觉得这么好的地方谁都喜欢的。后来知道毒气事件之后村上春树回到东京为《地下》那本书做准备工作，我就更加确信那个人便是作家本人。”

“你会打棒球吗？”

“不会。但那是一个非常不错的棒球场。那会儿还是春天，天黑得很早，我和朋友望着训练场上日复一日枯燥的练习，便感到世界好了一些。”

“我也很想去看看。”

“我带你去，我们夏天去，带上饮料和防蚊露。”

“你刚刚为什么说那是过去的朋友?”

“因为我出发来美国的前一天，朋友和我断交了。他特意骑车到我家来找我，非常严肃地告诉我，如今是观察日本社会形态最后的时机，有志于写作的人无论如何都不会离开的。指责我之前所怀有的不过是虚弱的热情。他这个人啊！在那种情况下，我又伤心又气愤，一点为自己辩解的可能性也没有，所以就装作毫不在乎地同意了。和朋友挥手告别。”

“这位朋友也是很可爱的人啊。”

“所以无论如何，我都尊重着他。”

“无法彻底消灭的，只想躲避的事情，任谁都有一些。你的朋友也一定会明白的!”

“你也这样想吗——喂喂——”

而泉很久没有吱声。拓转头看她，她已经睡着了。

拓醒来时，出了一大身汗，却感觉到头顶晃动的树荫，船正在泉的操纵下稳稳靠岸。他俩一下船就轮流钻进草丛里尿尿，之后在湖边一大片湿滑的青苔地带玩了好一会儿，见识了好几种颜色鲜艳的蘑菇，一些里面被烧空了的树干。想要再往树林深处走的时候，面前无缘无故地出现了一块指示牌，上面黑底白字写着——“因为黑暗，请不要继续前进”。

然而依旧是明晃晃的下午，即便是幽静的树林里，也透着炙热的光线。拓不由自主地继续往前走，想看个究竟，却被泉拉住了。当时的泉在想什么呢，拓一点也不知道，很多年以后，他稍稍从世界的运作规律中得到一些启示，却依然不知道当时身处中间地带的泉是否想过要离开近似梦境的不确定性，对她来说无法彻底消灭的事情又是什么。而泉只存在于那一刻的神情也没有能在记忆中存活。因为泉和他并肩站在一起，突然握住了他的手，有关那一天剩下的记忆都因此被覆盖了。

泉的手指细小，干燥，温暖。拓极其小心地握着，像是捧住一只小小的刺猬。

自从二十多年前和泉在美国分别，他们不曾有过联络。拓回到日本以后，怀着奇异的平静等来春天。他曾给泉写过长长的电子邮件。泉坚持没有留下任何具体的通信地址，却相信数据和符号会永久存在于信息的尘埃中。但泉没有回复。她从未回复拓的任何邮件，她音讯全无，自己消失在了信息的尘埃中。因此想到泉或许也正身处佩奥尼亚，拓心绪不宁。

佩奥尼亚很小，不管从任何地方出发，两个小时以后总能走到作为边界的树林或者公路。沿着门口的河往旅馆背后走，绕过一小片树林便是山坡，那里有居民区和教堂。拓离开旅馆以后沿着相反方向往佩奥尼亚中心走去。二十年来街道的细节无处不被更改或建造，却始终维持着整体的结构没变，因此给人一种这里几乎没有发生过变化的错觉。唯有公共图书馆的旁边出现了一间大型超市，安装着宽敞的自动门，整洁有序，提醒着拓此刻的时间维度。

拓从超市买了两瓶酒，出来的时候在停车场见到早晨见过的那辆白色雪铁龙，几个年轻人正往后备厢搬啤酒和其他露营装备，他们全都高高大大，被夏天的风吹得黝黑发亮，大概正在度过漫长的暑假。拓的目光不由得被他们吸引。这时，其中一个女孩突然挥手招呼他："满岛先生。"拓愣了愣，有一瞬间几乎以为自己也是其中一员。

他们都还没有成年，或者刚刚成年，却模仿严肃的表情，像大人那样和他郑重握手。拓有点想笑，又因为接受着诚恳的情感而没有真的笑出来。接下来大家都有点不好意思，拓感觉到此刻自己作为成年人的不合时宜。刚刚招呼他的女孩挨着他最近，穿着高腰牛仔裤和海军衬衫，轻盈矫健，眼镜卡在鼻梁细小的骨头上，深褐色的卷发又短又柔软，正像是小鹿毛茸茸的额头。他猜想她是蒂娜的女儿，她们长得一点也不像，女孩的五官十分柔和，相比蒂娜年轻时热烈的荷尔蒙，女孩则是如今普遍流行的年轻知识分子模样。但她的举手投足间有一股流动的气息却瞬间唤起拓的一部分模糊记忆，仿佛流过心脏的温暖洋流。

"我是霍普。妈妈说我们或许会在镇上遇见你。"

"没错，我正打算去图书馆转转。你们是要出远门吗？"

"明天我们要去露营。"

"确实是露营的好天气。"

"你明天是怎么安排的？"

"明天？"拓有点吃惊，在这场昨日之旅中，他根本没想过明天的事情。

"你不会不知道吧？明天有日全食。"

"哎，我完全忘了。难怪昨晚的大巴上有那么多小孩去霍布斯。"

"明天那里有一个音乐节，日食的时候会在森林里放电子乐，很多人为了占据好位置，已经在那里露营好几天了。"

"我们这里也能看见日食吗？"

"霍布斯在日食观测带的边缘，我们已经处于外侧了。但所有最佳观测点的机票都涨得厉害，旅馆也早就全部订满了，所以我们决定先来这里，再做打算。"

"你们都是来看日食的？"

“我们是同一个天文俱乐部的朋友。”

“哦哦。我以为你们都是来参加葬礼的。”

“你这么说也没错。但葬礼没有在乌卡的计划内。我们原本说好一起庆祝日食的。”

“你们要带她一起去看日食吗？”

“是啊。前几年妈妈已经禁止她开车了，她也很少有出远门的时候。所以明天的事情，她期待了足足两个月。为了招待朋友，我们提前从网上订购了两张气垫床，好让大家都有地方睡觉。结果万事俱备，却热热闹闹地赶上了她的葬礼。妈妈昨天晚上还在感叹，这真的很像乌卡故意策划的告别仪式，到最后还要和我们开开玩笑。”

“但是错过了日食，又不能参加自己的葬礼，乌卡一定遗憾到直跺脚。”

“你至今还没有见过日食吗？”

“你怎么知道？”

“你在小说里写过，我看过你所有的小说。”

“惭愧。确实至今还没有见过日食。”

“那明天和我们一起去吧。”

“我要准备些什么吗？”

“早点起床，别喝太多水。你得做好心理准备，明天附近的高速公路都会堵车。”

这时，年轻的天文爱好者们小声惊呼起来，因为手机实时追踪日食的新闻推送了消息，有一架小型飞机在俄勒冈的森林里坠毁，那里的机场是日食的最佳观测点之一，很多人已经早早出发，在那里露营，这架飞机也正在飞往机场的途中。他们告诉拓说，飞机坠毁以后，森林里也随之起了非常大的山火。之后霍普问他想去哪里，要不要捎他一段路，他婉拒了，尽管他很想和霍普再多说两句，但车子太小了，他也不想给他们添麻烦。于是几个年轻人挨个爬进车里，横竖挤着，手肘全都撑在窗户外面。霍普突然又隔着一个人探出车窗，大力朝拓挥着胳膊说：“记得去图书馆看看。”拓也高兴地朝她挥着胳膊。接着车子开出停车场，很快消失得无影无踪。

到了图书馆以后，拓立刻明白霍普在说什么。本地居民在接待处旁边为乌卡做了一面小型纪念墙，除了放满卡片和花朵之外，乌卡各个时期的照片也被整理出来。乌卡在读书、工作、划船。乌卡的家人，她和彼得在乌干达的青年时代。毕业典礼上闷闷不乐的蒂娜，霍普和她的朋友们。曾经在这里接受过庇护的一群群年轻人，每一年和居民们一起在大棚的聚会，照片里大家都拿着酒，上世纪像一场美梦，令人想要落泪。不知是谁在旁边也摆上了拓的书，然而看见自己虚构的世界跻身于真实美好的事物之间，拓感觉羞愧至极，只想要立刻移开视线。这时候却突然看见了自己和泉在纽约帝国大厦观景台上的合影。这是他俩唯一的一张合影。闪光灯粗暴地打在他们脸上，衬得背景一片黑暗。泉眯起眼睛，一副拒绝的表情，五官在强光下虽然失去了真实的形状，却比拓所有的记忆都更为具体。他俩站在一起抵御着楼顶猛烈的风，年轻到配得上所有美好纯洁的词语。

当时蒂娜要去纽约旁听一场天文学会议，在学校里找到了非常便宜的住宿，拓和马里亚诺立刻决定与她同行。乌卡鼓励泉也和他们一起去，去看看世界，泉答应了。他们四个人决定挤在一起睡觉，或者他们认为自己有足够的体力，根本不需要睡觉。他们从佩奥尼亚开车来到芝加哥，蒂娜在车里发现乌卡悄悄留给他们的餐费。之后他们连夜换巴士去往纽约，在纽约度过了非常短暂的三天。巴士驶进曼哈顿岛时，蒂娜把他们几个推醒。拓睁开眼睛看到对岸逼近的混凝土丛林，而身边的泉睁大眼睛，耳朵尖、睫毛尖、汗毛尖都激动地轻轻竖立着，她高兴起来有种小动物般的喜悦，令人不由得想为她做些什么。那天他们搭船去自由岛，自由女神像越来越近，反而变得不真实，观光客们拥向甲板的一侧欢呼，恋人们紧挨在一起。马里亚诺吻了蒂娜。拓为他们感到高兴，他早该看出来他们正在相爱。而他回头找泉的时候，发现泉仍然站在甲板的另外一侧，她视线停留的地方，曼哈顿金色的楼群正被早晨的光线分割出巨大的清晰的阴影。

泉进城以后做的第一件事情，是在蒂娜的帮助下找到一间慈善商店，换掉了身上所有的衣服。在此之前她始终轮换着穿两套运动服和两条连衣裙，那曾经是她最接近美国的物质想象。蒂娜为泉找了一些短裙和衬衫，真正美国女孩的玩意。但是泉从试衣间出来的时候穿着自己挑的衣服，紧绷绷的李维斯牛仔裤和短短的飞行员夹克，既像男孩又像女孩，也完全看不出她来自哪里。他们都大吃一惊，她太好看了！

“你现在性感得就像是新浪潮电影里的女主角。”马里亚诺不由得赞叹。

“你可以马上去主演《你好，忧愁》！”蒂娜也大叫。

拓记得那是十月，也有可能更晚一些，纽约已经转冷，他们穿的衣物和球鞋过分单薄，但他们都不在乎，也不愿意浪费时间在温暖的室内过多停留，每天行走十几个小时，缺乏计划，口袋空空，彼此鼓励。他们从未来过纽约，却都极其自然地使用着从小说和电影里学到的经验。对他们来说，纽约几乎便是全世界的总和。当虚构与现实重叠的时候，街道上所见到的一切都像是致幻剂一样抵消着身体的寒冷与饥饿。美术馆关门前，他们在回廊的雕塑间梦游一样来回走，无论如何也不愿停歇，几乎感到绝望。撑到闭馆的时候出来，才迅速钻进最近的速食店里，暖和舒适，泉还没有碰到食物就抱着书包靠在拓的身上睡着了。

第二天蒂娜去参加会议，马里亚诺去找剧院碰碰运气，拓和泉有了单独相处的一天。他们在中央公园里看了动物，去了博物馆和图书馆，之后幸运地在二手书店找到《月之暗面》的乐队签名 CD。结账的时候，年迈的书店老板问拓和泉来自哪里。拓说来自日本和中国。

“我的童年是在上海度过的。我父亲会说日语和普通话，他当时是银行行长。我们家族是始终在流亡中的俄罗斯人。”老人回答。

“那是什么时候的事情？”他们都很吃惊。

“1949 年以前，几乎是上辈子。俄国十月革命的时候我祖父逃到中国，住在大连的海边。新中国革命以后我们全家坐船离开上海，流亡到美国。”

“不可思议。”

“是吧。人老了就是会有很多不可思议的经历。”

“这张唱片的签名是你要到的吗？你见过他们吗？”

“那年夏天乐队在北美巡演的时候，我是他们的司机。”

“哇哦！”

“这没什么。人多少都会遇到一些好事，你们也一样。”

其实老人在那年夏天的巡演中只做了一个月司机就因为恋爱而中途告退，但泉被这些事情迷住了，她无法停止问问题。她问老人交往过多少个女朋友，老人说可能交过一百个。问他认识不认识鲍勃·迪伦，他说有一次在格林尼治喝到凌晨以后借宿朋友家里，第二天醒来时发现鲍勃·迪伦睡在地板上。又问六十年代末五月风暴的时候纽约是怎么样的情景。老人端出热乎乎的茶和小饼干给他们，说那是一个很长的故事，那时候所有美国青年都觉得自己是美丽新人类。他们在书店待到天黑，最后告辞的时候老人非常真诚地说：“你们是我见过全纽约最可爱的情侣，希望你们会有好运。”他们非常不好意思，但谁都没有推辞和解释，高高兴兴地接受了他的称赞。

之后老人的话像咒语一样照亮着拓，等他们再次回到街道上，他感觉自己正在恋爱，这是几乎只有在纽约才会产生的幻觉。他甚至开始想象和泉的未来，他们可以一起申请这里的学校，或者找到一份工作。无论如何他们始终可以过知识青年的生活，住在东村，参加读书会，结交朋友，经历失败，同时也等待好事情发生。然而与此同时，拓也明白，老人的赞美是给予泉的，而他只是正好站在她的光晕里。泉自然流露出迷人的意志力，她如此善于学习，而且总是能轻易地和世界上其他人的忧患产生联系，凡是与她相识的人无法不被她打动。

最后一天蒂娜买了两张帝国大厦观景台的入场券，白天用完以后留存票根，晚上还能再凭借票根观摩夜景。他们说好轮流去，蒂娜和马里亚诺白天，拓和泉夜晚，晚上七点在帝国大厦门口交接。傍晚的时候天空中燃烧着粉红色的霞光，不可思议，像是一场免费馈赠的梦。拓和泉从威廉斯堡往布鲁克林大桥的方向走，穿越东河时，天终于暗下来，这几天的喜悦和兴奋早已被越来越强烈的哀伤替代。从地图上看，不过是两小时的步行路程，实际上接近八点时他俩还在下城区，帝国大厦不时被遮蔽于视线之外，仿佛那是再如何努力也到达不了的地方。他们刚刚还在取款机旁边目睹了一场未遂的抢劫，两个小个子男人逃窜的时候从他们身边撞过去消失在黑暗中。泉坚持说那两个人手里都握着刀。

他们超过约定时间两个小时才来到帝国大厦，没有抱任何希望，但蒂娜和马里亚诺推开旋转门像奇迹一样出现在他们跟前。他们跑了过去，仿佛诀别之后的重逢，想说很多道歉的话，结果却开心地拥抱在一起，抚摸着彼此的脸，说着没有关系，赞美彼此是世间最可爱和最值得信任的朋友，互相亲吻，那些吻落在所有人的额头、脸颊、眼睛、耳朵、鼻子和嘴唇上。之后他们告别，拓和泉站在密闭的电梯里，以无法判断的速度通往观景台，小振幅晃动着，电梯厢仿佛是穿过大气的舱体，拓盯着楼层变换的数字，握紧扶手，心中祈祷，这个夜晚不会结束，他们将无法再返回地面。

他们没能在观景台上坚持多久，风大到令人窒息。他们紧紧挨在一起，抓住铁丝网，怀着人类世界最后幸存者的幻想，分辨地面的风景。

“我没有告诉过你，我叔叔在纽约。”

“干吗不早说，你不去看看他吗？”

“他已经和我们都断了联络。”

“为什么？”

“我不知道。但很多人到了纽约，都抱着要切断和旧世界联络的决心。去年我们那里放了一个有关北京人在纽约的电视连续剧，讲一个大提琴手和他的妻子一起来到纽约，起起伏伏，直到所有的梦想都被粉碎。非常残酷。开头的旁白说如果你爱一个人就送他去纽约，因为那里是天堂；如果你恨一个人就送他去纽约，因为那里是地狱。经历过这些的家庭，都看得泪流满面。”

“你叔叔是艺术家吗？”

“不是。他没有什么值得一说的身份，他是个平凡的人。”

“我觉得这就是纽约了不起的地方，平凡的人也为之前赴后继。”

“不过那些已经在纽约的人呢，他们在为了什么前赴后继？”

“欸——”

“但你说得真好。我只是在想些别的。”

“你在想什么？”

“那天书店里的老头说的话。我不相信他和鲍勃·迪伦睡过一个房间。”

“他多少有些吹牛。”

“他说那时候所有青年都觉得自己是美丽新人类。”

“嗯。这一点从没变过。”

“你觉得我们也是吗？”

“你不这么想吗？”

“我在想那个电视剧里的纽约好像永远都是冬天。主人公穿着特别好看的皮夹克，特别落魄，我跟着他学会了竖中指。”泉说着在大风中比出一根洁白的中指。他俩都哈哈大笑。

最后拓执意付了五美元留下一张合影。闪光灯亮起来的时候，巨大的白色使得周围一切都陷入永恒的黑暗。拓回想起来，在纽约的三天始终笼罩着世界末日之前的气氛，他们一边挥霍一边珍惜，几乎都怀着不会再有下一次的绝望。

“她一直是我们中间最酷最天真的。”身后有人说。拓的思绪被打断以后连忙说是的，是这样的，然后才意识到那个人指的不是泉，而是乌卡。拓转身和那个人打招呼，对方上了点年纪，面孔黝黑狭窄，前额秃了，脑后的头发整齐地扎成小揪，却蓄着一脸蓬松随意的胡子。既不讲究穿戴，也没把衰老放在眼里的潇洒模样，举手投足都像是年轻时候的——“马里亚诺！”马里亚诺张开手臂，大力拍打着拓的肩膀。

在图书馆与马里亚诺重逢一点也不令人感觉意外，他和马里亚诺的名字出现在图书馆里每一本托马斯·品钦和菲利普·迪克的借书卡上。拓偏爱虚构的美与对未来的思辨能力，马里亚诺则更追求超自然的理智入侵自我意识所带来的强烈快感。那会儿马里亚诺随身携带一只古怪的罐子，葫芦形状，外面包着皮革，罐口箍着黄铜，里面塞满茶叶末以后泡上热水，用一根黄铜管子吸着喝。他对拓最慷慨的表示便是把热乎乎的罐子塞到拓手上，邀请拓和他共用一根管子吸茶，你来我往，如同嗑药。两个人一边喝茶，一边竭尽可能地描述抽象的事物，有时候单纯着迷于词语的发音，或者复杂从句的结构之美。拓很多年后在小说里还原过一部分的对话，不是很难的事情，他们当时对于英语的经验都来自现代小说，原本就是在用书面语交谈，一本正经地夹杂着科幻小说里的嬉皮口语。现实世界里的人不这样讲话，他们都知道，但是来自于小说的语言让他们变得更温和，清晰，饱含情感。于是他们乐此不疲，一点也不想去模拟现实。

他们重重地拥抱，毫不掩饰地打量对方，既开心又哀叹，然后马里亚诺神神秘秘地说："有一个问题我憋了十几年，始终想着再见到你的时候要问问你。"

"有没有看品钦突然出现的那集《辛普森一家》?"

"没错！我看到那集的时候简直要跳起来。"

"那个戴着头套的怪人说的每句话我都会背。"

他俩说到这里都有点不好意思。

"你在美国那么多年没见过这个老家伙吗?"

"没有。我只是小小人物。"

"但我转机的时候在机场书店看到你的书和村上春树的放在一起卖。"

"我只见过他一次。"

"村上嘛，他看着不太像是能一起喝酒的好同伴。"

"没有一起喝酒。但是跟他确认了一件对我来说挺重要的事情。"

"说说。"

"从前和朋友在东京的棒球场见过一个和他很像的人，为此和朋友争得很厉害。所以想确认一下。他说那段时间他确实在东京，也会跑去公园的棒球场旁观，但至于我说的那个公园，他实在记不清楚了。"拓离开佩奥尼亚以后，重新回到东京的补习学校做代课老师，教中学生英语写作。这期间，他自己翻译了菲利普·迪克的《流吧，我的眼泪》，一年以后完稿了。拓没有告诉任何人，整整齐齐打印出来，骑车二十公里路去找昔日文学社的朋友，快要到达的时候却犹豫了，结果掉头去了那个公园。又是一年春天，真冷，天黑了以后依旧能听见击球声。从表面看来这里一切都没有变化，却有哪里非常不对劲，仿佛脚下的地板随时会动起来，令人不安。这样的感觉已经持续了很久，从佩奥尼亚回来以后便是如此，大概他回到的并不是原来的世界，而是装有毒气的塑料袋里泄漏出来的不可描述的东西所构成的新世界。他置身于此，也分不清是出于他自己的意志，还是出于世界的意志。当时的拓下定了决心，既然朋友还在温柔的旧世界，那就不要去打扰他了。历史上所有开始了的事情都无法停止，即便中间遇见了挫折，改变了线路，分散了力量，却依然遵循着守恒的原则漂浮着，而平凡的你我正是在与宇宙的尘埃搏斗。

"你后来都没有离开阿根廷吗?"拓问。

"没有。归根结底，英语这种语言和我的灵魂背道而驰啊。"

"我完全能理解你的意思。"

“而且你别忘了，我在布宜诺斯艾利斯还有一个剧团。”

“你还住在剧院楼上吗？”

“差不多是这样。我刚刚离婚，所以又搬回了那里。”

“真抱歉啊。”

“那间剧院临近倒闭的时候我接手过来，经营到现在。连同楼上整个楼层都租了下来，好让再穷的演员也有地方住。”

“你是在搭建避难所吗？没准还能在那里找到浓缩果汁和罐头吧。”

“你知道什么事情想想就觉得酷吗？我们已经快要活到菲利普·迪克在《银翼杀手》里描述的年代了，但我还他妈的住在老地方，我牛逼的剧团也还他妈地活着。”

几年前拓在爱丁堡戏剧节看过一出马里亚诺的戏剧。剧本天真粗糙，海报上堆积着各种抽象动听的词语，导演意图暴露无遗。舞台上来自阿根廷的演员认真地说着令人费解的英语，讲出来的笑话也完全无法传达幽默或者讽刺。一幕戏任性地长达一个半小时，等到幕间休息回来，观众所剩无几，如果不是马里亚诺的缘故，拓也很难坚持。但是到了后半场，那种令人讨厌的癫狂气息不知不觉转变成了真正的迷人。演员说的台词在拓的心里引起颂歌般的回响，海报上抽象的词语也成为类似幻觉的物质。马里亚诺是怎么做到的。舞台上的布景都被演员踩烂了，却是璀璨的视觉效果。最后，一条塑胶的鲸鱼慢慢充气和膨胀，长达二十多米，占据了整个观众席的上空。拓置身鱼腹之下，为离席的人叹息，也明白那些从未经历过类似震撼的人绝无可能理解马里亚诺。

“如果你没其他要紧事情的话，我们先去喝一杯吧。”马里亚诺提议，主动终止几乎要导向伤感的气氛。其实不用他说，每次他们一起在镇子上来回走，最后总是会来到白兔酒吧跟前。

没想到白兔酒吧几乎保持着原貌，也就是说里面的每样东西看起来都快要散架了。吧台仍然卖淡得像水一样的啤酒，从龙头里放出来一大壶，撇去泡沫，以前卖一美元，现在卖五美元。“别喝那种尿，我们不是来怀旧的。”马里亚诺看出拓的心思，于是他们不约而同地要了威士忌。他们从未在白天来过这里，甚至不知道白天这里也是营业的。白天的白兔酒吧敞开着门，光线却照不进来，竟然比夜晚更加昏暗。

“你觉得那台点唱机是我们过去那台吗？”

“还用说吗，这里连台球桌都没有换过。”

他们挪到点唱机旁边，马里亚诺挑选半天，放了一首齐柏林飞艇乐队的歌。接着拓注视着唱片咔嗒弹出来以后落到唱盘上，金属部件有条不紊地运行令人着迷。奇妙的是，音乐一旦响起，白天的昏沉就被彻底击溃，记忆中明亮的夜晚立刻到来。马里亚诺和蒂娜常常占据点唱机旁边的一小块空地，那里是他们的舞场。马里亚诺的每块肌肉和每个关节都控制自如，他会跳摇摆舞，会跳波尔卡，会跳迪斯科和机械舞，大脑和身体的运作如此一致，对他来说跳舞也是思维的波段。蒂娜则常在喝多了以后跳俄罗斯舞蹈，那是她幼年时跟随乌卡和彼得在东欧游荡的记忆，她有力地跳跃，腾空旋转，鞋跟敲击着地板。跳舞的时候他们是世界上最为自由的原子。

“我在葬礼上见到了安迪。”马里亚诺说。

“哪个安迪?”

“衰脸安迪啊!”马里亚诺叹息。拓想起吧台后面的安迪。安迪负责夜班，身材极其高大，却长着一张绵羊般温顺的脸，深色的长发没精打采地盖住耳朵。只要蒂娜在，他便额外赠送两壶啤酒，谁都知道他被蒂娜迷得神魂颠倒。然而马里亚诺和蒂娜正在过度疯狂的热恋中，他们整天都在一起，每天清晨的走廊里都放着扔出来的空酒瓶，整个旅馆的人被他们吵到不得安宁。

“蒂娜在和他约会。你能想象吗?”

“和谁，安迪?”

“他们去年在芝加哥偶遇。年龄越来越大的好处就是，谁都有足够多的过往。”

“我以前没告诉过你，我挺喜欢安迪的。他是个大好人，被你们折磨得够呛。”

“他确实不赖。我一直后悔和他干了一架，我被彻底干倒了。”

“我不记得你们打架的事。”

“那天我们在玩那个傻逼真心话游戏。显然我和安迪都说了不少真心话。”

“你的记性真好。我完全不记得。”

“因为那天你突然走了。天才女孩让你心碎!”

“我没有心碎。”

“得了吧。那时候我们所有人都在心碎。”

那天他们全都跳舞跳到筋疲力尽，重新围坐在卡座里喝啤酒，不知道是谁提议玩真心话游戏，每个人轮流提问，答案只能有两种，“是”，或者“不是”，所有回答“是”的人都要拿起啤酒来喝一口。他们又热又渴，很快就全喝多了，问着荒唐的问题，亲手制造令人备感珍惜的快乐。到了夜晚的后半程，有人提问:“有没有在这里喜欢上谁?”所有人都喝了一大口。又有人继续问:“在佩奥尼亚亲吻过另外一个人吗?”大家都看着马里亚诺和蒂娜，闹哄哄的，没有人注意到泉也拿起了手中的啤酒，喝了一大口。只有拓一个人看到了。而泉放下啤酒，毫不迟疑地看着他，像是在询问，也像是和他确认这个吻的存在。

泉到底吻了谁，拓毫无头绪。在以后漫长的人生中，当拓感觉孤独，总是一再回到那天晚上，作为起点。真心话的游戏还没有结束，他便突然告辞，独自回到旅馆。他从会客室的窗户爬出去，来到屋顶上，湖面安静，闪闪发光，整栋旅馆寂静无声，世界像是发生扭转，那是地心级别的孤独，而他正身处地心不可知的深处。

然而，从纽约回来以后他们所有人其实都一蹶不振，仿佛强光照耀之后漫长的失明，而且随着天气转冷，时间的流速如断崖般加剧，离别的阴影笼罩在他们心头。那段时间唯一发生的好事情是图书馆的电脑可以连接互联网了。蒂娜有图书馆机房的钥匙，于是他们在管理员下班以后跟着蒂娜来到那里，在复杂的拨号声之后连接上了互联网。在马里亚诺的提议下，他们用搜索引擎找到一张色情图片。就是普普通通的色情图片，在屏幕上逐行显影的过程却令人着迷，最终呈现的绝对不是任何真实的物理存在，而是被称为数据的幻觉，足以让在场的年轻人频频发出叹息。

之后他们高兴地在搜索引擎上输入各种关键词，输入彼此的名字，大部分一无所获，直到输入泉的名字时，突然出现了一篇两年前的报道——“哇哦。天才女孩，这是你吗?”马里亚诺问泉——其他人都围拢到电脑跟前。而泉没有回答，也没有移动身体，她的脸上凝固着极为困惑的神情，似乎在另外一种语境里努力确认和辨别“天才女孩”这个词语的含义。

但更为确切地说，这篇报道是关于泉的父亲的。后来的几天里拓又回到图书馆反复看过几遍。泉的父亲是一位非常有名的诗人，同时也是一位文化官员，在中国几乎每个家庭都拥有一本他的诗集。以后等他们问起乌卡这件事情时，才知道乌卡曾经在中国见过他，当时他还比较年轻，乌卡想邀请他来佩奥尼亚，他推说不懂英文，但实际原因可能是因为职务的关系没有办法来美国。

报道的内容和诗歌无关，而是有关一场声势浩大的教育改革讨论。起因是泉的父亲曾经出版一本轰动全国的书叫《天才女孩》，以泉为样本谈论青少年基础教育。泉从小有极其特殊的语言天赋和抽象思维的能力。还不太认字的时候，就用自己创造的符号，假想大自然的构成和世界的疆域。她的父亲认为普通学校教育很难容纳她，于是自己研究和建立了一套体系，让她以更为自由和灵活的方式学习。之后泉比同龄人提前两年念完了中学，成为顶尖大学的少年大学生。书出版以后，泉的父亲希望将这套体系推广给更多家庭，他带着泉上了不少电视节目，她因此被呈现在公共视野里，引起广泛的争议。伴随着好奇和褒奖而来的，必然是更多的质疑和诋毁。但是泉本人自始至终都没有接受过任何采访，也没有在任何场所表达过自己的想法。这场余波一直扩散到西方，这篇报道来自法国的一间报社，之后又被翻译成英语发布在英国。然而字里行间很明显能看得出来，吸引记者专门赶去中国采访的，是正在经历剧烈变动的新鲜体制，泉只是其中可被替代的试验品。

那篇报道配有一张资料照片，是更为年幼时候的泉，但毫无疑问那就泉本人。她站在空无一人的操场上，手里捏着很大一块冰，图示解释说这是泉的父亲在冬日锻炼她的意志力。冰块散发着永恒的暗淡的光，这场景过度超越现实，几乎产生惊心动魄的寂静感。驱使着旁观者也反复擦拭自己的思维和心灵，唯恐将任何杂质不小心带入泉晶莹剔透的能量场。

接下来很长时间都没有人说话，等他们回过神来，泉已经离开了。

“真的是泉。”剩下的人轻轻叹息。

“这不是好报道，是一场奇观秀。”

“是哗众取宠的政治。”

“但泉不是虚构的概念，泉是真实的存在，是朋友。”

拓没有再继续参与他们的讨论，泉没有走远，拓很快在河边找到了她。自从那次真心话游戏之后拓便有意将自己隔绝于集体生活和普遍事物之外，他们几天没有见面，拓却感觉那足足有一个暑假那么长。泉的头发不知道什么时候已经长得那么长，被她扎了起来，露出完整的耳朵轮廓。夏天时过多室外活动的晒伤仍然留有痕迹，她像是去了很远的地方又玩了很久才刚刚回来。拓陪她走了一会儿，临近万圣节，各家各户的门口都摆着雕好了的南瓜，院子里装饰着骷髅。拓的心里极其难过，他想着，他们彼此做过那么多交换，是那么好的朋友，那些普遍被认为是最重要的事情，泉却一件都不曾和他讲过。他带着很多疑问，几乎要说出能伤害她的话，但终究没有。仿佛因为对她多了一些了解，便不由自主地只想和她谈论更为温柔的事物。

“我原本以为在这里不会再有人叫我天才女孩。”泉之前哭过，但没再继续哭了。

“我们不会这样叫你。”

“我爸爸当时已经不是官员了，我去军训的那年他被革职了。”

“是因为那本书吗?”

“我不知道，他从来不和我谈他的工作，他一直觉得他是在保护我。那篇报道里有很多没有被核实过的东西，记者们带着强烈的偏见，希望从我们这里得到他们预设的答案。”

“一群混蛋。”

“但我们不是时代的缩影之类的玩意，我们什么都不是。我没有被逼着去做任何事情。我想，我只是很喜欢学习，在封闭停滞的环境里，自然地渴望着学习，只有学习会让人感觉周围的一切依然在运转，依然向前滚动。学习是我特别擅长的事情，也是我的愿望。”

“可能时代有时候会扭曲愿望，使得愿望看起来是错误的或者无效的。

“不管怎么说，我学了很多无用的知识，别人想都想不到。”

“说说?”

“我会背一万以内的质数。”

“哈哈。得背多久?”

“没有人听完整过，大多数人觉得数字枯燥乏味。”

“你不这么觉得?”

“那是因为他们从未真正想象过庞大的数字。”

“可能是因为无法想象。”

“真是不幸。质数的清单无限延长且毫无瑕疵，是任何具体的事物无法给予的确信。”

“你是个奇怪的人。”

“我背给你听好吗?”

“真的吗?我不想你为难。”

“真的。从来没有人听我背完过。你是第一个。”

这是多么奇异的经历。他们互相挽着彼此的胳膊，走在树林的边缘，风轻轻吹动树上挂着的骷髅，秋天最后的虫在植物间鸣叫。起初拓还想着一些其他事情，他想着泉的吻，他想问她离开美国以后的打算。但是泉持续背诵着，轻盈平缓，数字与万物都无穷无尽。如果说永恒也是可以被想象的话，他们当时一定就是漫步在永恒中。

拓和马里亚诺离开白兔酒吧时已经接近傍晚，他们各自喝了三杯威士忌，身体将适度的轻盈感传递给大脑。外面的温度褪去，吹着温暖干燥的风。绕过半面山坡，乌卡家的露台便远远出现。整幢房子似乎小了一圈，也可能是因为周围的树木仍在持续生长。乌卡在这里生活了四十年，房子也成为她生命的外延，如今褪去一层颜色，某种活生生的精神却没来得及离开。拓加快了步伐，明明被清澈平静的记忆气息抚慰，心脏却不受控制地猛跳，眼睛竟湿润了。

拐过车道以后，视野更为开阔，能看见房子背后暮色里的树林，方才在超市遇见的那群年轻人在跟前的草坪上玩飞盘。他们像是时时刻刻都待在一起。这会儿几个人围成不规则的形状，无序地扔飞盘，来来回回跑动。这样无聊的游戏，他们却玩得非常投入。其中一位黑人男孩穿着浅色运动裤，每一块肌肉都恰到好处地包裹住骨骼，或收缩或舒展，优雅有力，像一匹跳跃的小马，令人无法移开视线。云的阴影投在他们身上，干燥的空气里弥漫着荷尔蒙，草坪周围和站在露台上的人都不知不觉停止了思考和交谈，拓和马里亚诺也驻足专心观看起来，仿佛那里是一幕戏，每个人的位置和动作都和谐美好，让旁观者忘记身处的时间。拓发现只有霍普没有参与其他人的游戏，她躺在树下看书，全神贯注，在每一页上都停留很久。她的手肘撑起身体，能看见肋骨的形状，风吹得她柔软蓬松的短发倒向一边，露出线条优美的脖子，一再令拓想起小鹿，或者其他类似的，树林里警觉的动物。

这时身后响起喇叭声，拓回头看见那辆白色雪铁龙在车库跟前的空地停了下来，蒂娜下车打开后备厢，招呼拓和马里亚诺过去帮忙。三个人提着酒和比萨往屋子里走，门厅摆满了邻居送的花、点心和炖菜。屋子里全是人，大部分是社区的老人和蒂娜年轻时的朋友，在餐桌旁围成两大圈，使劲喝酒，使劲说笑，看起来像是已经持续了两天。其间，不断有人从厨房端出来大盆的沙拉、切好的奶酪、熏肉和苏打饼干。酒开了一瓶又一瓶。露台上放着炭，腌制的鸡肉和玉米、土豆。整栋房子嗡嗡作响，却极具有尊严地维持着整洁的秩序，仿佛房子有自行的运转规则，吞噬垃圾和噪音，保护着不变的温柔。乌卡如果在的话，一定也正大声讲话，拥抱每个久未见面的朋友。

“你刚才见过霍普了吧？”蒂娜问拓。

“她的名字真不错。”拓回答。

“乌卡起的，名如其人。”蒂娜说。

“霍普邀请我明天一起去看日食。”拓说。

“你答应了吗？”蒂娜问。

“是的，我从没见过日食，想看看。”拓回答。

“你可以和我做伴，我正发愁明天要和这些年轻人待上一天。”蒂娜说。

“你不去吗？”拓问马里亚诺。

“不去。我对日食没兴趣，我见过很多次日食。”马里亚诺回答。

“你别再让药物控制你的神经。”蒂娜打断他。

“我的心灵啊，怕是已经适应不了现实的乏味。”马里亚诺随手给自己倒了一杯酒。

“我们会带上酒，很多酒，足够我们都烂醉。”蒂娜回答。

“我不想和那些大学生待在一辆车里，他们让我回想起一生中最倒霉的时刻。”马里亚诺说。

“他们不是大学生，他们是天文俱乐部的。”蒂娜纠正他。

“俱乐部成员比大学生更糟糕。”马里亚诺继续说。

“你知道你现在讲话像个性格恶劣的老头吗？”蒂娜嘲笑他。

“怎么了，你们都还没有年轻够吗？”马里亚诺反驳。

他们全都笑了，拿着酒来到露台坐下。草坪上的年轻人已经停止了游戏，天色在他们周围暗下来，变成更为持久和暗淡的金黄。马里亚诺和蒂娜坐在拓的斜对面，肩膀自然地靠拢在一起，不时碰杯。这中间二十多年的时光令人费解，他们彼此的面貌都有着这里或者那里的出入，而一旦适应种种变化之后，所有源自青年时期的精神形态便活跃起来，甚至连容易消失的热忱都没有损耗，有些特征反而变本加厉。拓不由得想，自己在他们眼中或许也是如此，变得更加无趣，还充满悔意。

二十年前离开佩奥尼亚的前夜，他们待在会客室里彻夜聊天，宇宙的奥义，新世纪的谜题，永恒的爱情，声音越来越轻，间隔越来越久。接近破晓时，马里亚诺和蒂娜互相搂着在地毯上睡了，马里亚诺修长的四肢舒展地搂住蒂娜，像一层保护网。两个人都睡得很熟，夜晚尽头的光线照在他们的身上，他们的身体优美，呼吸轻盈，仿佛身处共同的梦境，是现实中的一切无法撼动的。共同经历过那个清晨的人都曾经被持久的平静感染。

拓的回程航班最早，他是第一个离开的。泉帮着他一起拖着行李出门。订的车提前到了，车上还有其他同样去机场的人在等，司机利落地下车帮忙搬运行李，拓有点不好意思，他的两个箱子都很重，里面装的都是书。泉下楼的时候没有来得及穿上外套，冷得发抖。他俩都没有讲话，始终垂着眼睛，或者望向其他地方，最终辞别时，依然使劲回避对方的视线，仿佛这次告别是他们生命中犯下的最大的错误。

“看起来天才女孩不会出现了。”马里亚诺说。

“嗯，她不会出现了。”拓喝了一大口酒。

“时间已经过去那么久，她为什么还没解决自己的问题？”马里亚诺说。

“你是说什么问题？”拓问。

“美国梦完蛋以后各种各样的问题。你的小说不也都是在写这些吗？”马里亚诺回答。

“你没有美国梦，你只是错误地爱上了美国女孩。”蒂娜说。

“那是唯一正确的事情，蒂娜。”马里亚诺和蒂娜碰了碰杯。

“霍普给我看过一段你在朗读会上的视频。”蒂娜对拓说，“你念的那一段是棒球队员们坐夜车去纽约的旅途，我听着听着就笑了，我知道那都是我们去纽约的那一晚在长途巴士上见过的景色。月亮特别大，垂在水面，能清晰辨别上面的阴影。”

“被你看出来了。那个小说——”拓回答。

“那也是我最喜欢的段落。以前一点也不知道你喜欢棒球。”马里亚诺说。

“我说不上是专业的球迷。”拓说。

“你还记得去年那场比赛吧。我正好在转机到纽约的途中，飞机上的机长一直在广播比分进展。下降前夕机舱里一片欢呼，能感受到机长想要做几个俯冲的快乐心情。那场比赛是芝加哥俱乐部队在相隔108年之后终于获得了国内联赛的冠军。后来出机舱的时候，机长满头大汗地钻出驾驶室与大家击掌致意。”马里亚诺说。

“我那会儿也在纽约。”拓说。

“我知道。我还在一场派对上稍稍打听了你的消息。当时真有人认识你，要带我去找你，结果我完全喝多了，就这样不了了之。”马里亚诺说。

“听你们提起这个小说让我感觉惭愧至极。”拓说。

在拓出版第一本书以后，曾经被无数次问到为什么要放弃母语，用英语写作。他从未给出过确切的解释，当他开始写作的时候，他心中的读者是泉、蒂娜、马里亚诺和乌卡，他是为了他们而写的。离开佩奥尼亚的第一年是最难熬的，而等到完成这个小说，已经跨越到了新世纪。泉音讯全无，对泉曾经怀有的情感本身却成为语言，在拓虚构的世界里投影着风景和人格，使得拓在写作的过程中解开了一些意识里的谜团。这期间，拓获得了美国一所大学翻译工作坊的录取通知，之后他离开日本，再次来到美国的时候他对自己即将开始的人生已经有了更为明确的认识。直到学生签证到期前的最后三个月，他完成了这个小说，和同学去荒原徒步，隔天才在营地的电视新闻里看见飞机撞击双子楼的画面。他吃惊地看着巨大的烟雾仿佛来自虚空，泪流不止。他不知为什么想起泉，感觉她正在纽约，身处烟雾中。

不久这个小说得到了新人奖，自此，好运相伴。在简朴的颁奖仪式上，拓想起与泉的种种交谈，他似乎稍微能理解一些她向来无法传达的痛楚和困惑。而记忆仿佛海面上漂浮的船只，携带着一些难解的启示缓慢驶来，向拓确保着远方必定有其他的陆地存在。拓觉得正是因为他当时曾经从泉那里模糊地感知到一些迹象，才给予他能力，可以果断地避开现实中的陷阱。她曾经散发的光芒是持久的暗示，如同山路上的反光镜，使得拓始终没有误入歧途。

“我想，我们当时的问题不是美国梦，我们没有美国梦，但我们确实被超越真实的景象迷住了。以至于我们对世界和未来都怀着过度傲慢的信心。”拓说。

“什么超越真实的景象？”马里亚诺不解。

“全球化初期的物质与科技造成的幻觉，诸如此类的东西。”拓回答。

“但我们当时的感情和困惑都特别真实。我非常肯定。”马里亚诺说。

“泉说我们当时不在世界上任何一个地方，也不在历史中任何一段时间。我们身处被悬置着的中间地带。”拓说完以后他们都沉默着，喝完杯子里的酒，又重新注满。马里亚诺灌下一口以后大声说：“我真的希望泉也已经找到了出口。”接着一个踉跄坐回椅子里，垂下脑袋睡了过去。

这时霍普站在草坪中央挥动着胳膊，她告诉蒂娜说她和朋友们要去酒吧，蒂娜也挥了挥手。这些年轻人显然对于这栋屋子里乌卡留下的世界没有兴趣，而这里愈演愈烈的怀旧气息也和他们没有关系，甚至连食物都无法吸引他们。他们认定成年人的世界无聊透顶，既不想去了解，也不掩饰自己的傲慢。这样的夜晚，他们只想挤在酒吧里，吃香喷喷的汉堡，喝水一样的啤酒，不断上厕所，虚掷光阴。拓感觉自己也已经喝多了，他看着他们走进更深的暮色里，霍普走在边缘，却像牧羊人一样自然地改变着其他人行走的形状和方向，他希望自己也能加入其中，但不一会儿霍普便和他们一起消失在了视线中。

“霍普到了喝酒的年纪吗？”拓问。

“他们总有办法搞到酒的，我们以前不也一样？”蒂娜回答。

“看得出来她是个很有主见的人。大家都想和她成为朋友。”

“她下个星期要去印度参加环保夏令营。她迷上了印度，在网上自学印度语，而且决定之后要申请那里的奖学金。她和她的朋友们成天关心全球变暖，海洋垃圾，发展中国家的垃圾处理。你说世界是不是正在发生什么我们不知道的扭转？”

“不用试图去理解他们，年轻人总是冷酷地把整个成人世界隔绝在外。”

“但我常常想，曾吸引我们来到这里的东西，是否正是他们想要放弃的东西。”

“时代的洋流来来回回。”

“你没有孩子吧？”

“没有。始终没有合适的时机去承担更多责任。”

“不过孩子也只是命运的决定啊。”

屋子里的邻居和老友们正在陆续散去，而夜晚的温度并没有降下来，酒精让他们的眼眶和鼻腔都热烘烘的，周围的空气也仿佛随意改变着流动的方向。拓已经很久没有听见那么持续和响亮的蝉鸣。

“你知道泉在美国吗？”蒂娜突然说。

“现在？”

“这几天想到你会来，我一直被犹豫的心情折磨，但最终我总会告诉你——”

“泉现在在美国？”

“她没有离开过美国。我想她之前大部分时间都生活在纽约。”

“我没听懂你在说什么。”

“你还记得泉的父亲吗，那位文化官员？”

“他当时已经不是官员了。发生了一些变故。”

“不管那是什么样的变故，都足以让他不顾一切地把泉送到美国，说服她留了下来。”

“天啊。”

“泉当时的决心，我们谁都没有察觉到。”

“你们一直都保持着联络吗？”

“没有。我们完全没有联络，直到后来见到她，才知道她和我们告别以后没有去机场，而是直接坐大巴去纽约找到她的叔叔。”

“你是什么时候见到她的？”

“2001 年底。泉回到佩奥尼亚，她当时已经怀孕了。”

“泉有了孩子？”

“她在纽约结婚，回到佩奥尼亚的时候正在经历离婚诉讼，她的丈夫起诉她为了获得绿卡而假结婚。有关这段婚姻的具体情况她只字未提，也没有寻求具体的帮助。但她当时面临被驱逐出境的危险。”

拓喝了一大口酒。

“那段时间乌卡将她留在家里，为她在图书馆找到工作，直到她顺利生下女儿。泉和乌卡之间维持着和任何外部因素都没有关系的感情，那不是通常长者和年轻人之间所具有的尊重、欣赏或者扶持，而是更为平等的友爱。泉温柔、好奇、坚强，是被几乎崭新的体制创造出来的产物。当她处于谷底的时候，这些品质竟然变得更为强烈。”

“是的。她是这样的。”

“你知道第二年，布什总统发布了一条新政策，非公民的绿卡持有者能够在正式入伍的第一天获得美国公民身份，并在六个月内宣誓。”

“我记得。你是说泉——但她根本没法忍受部队的生活，她痛恨部队。”

“她说那是她最擅长的事情。”

“但是她擅长所有事情。”

“那段时间她积极准备。文化考试和体检成绩都是优异。那年圣诞节过后她就去了新兵营，第二年随部队去了阿富汗，留下女儿。”

“她没有再回来吗？”拓想要起身大口喘气。

“她回来了，但没有再回到我们身边。”

“有很多人死了。”

“但是她回来了。”

“霍普——”

“对。霍普是泉的女儿。”

“我真的不知道该说些什么。”

拓想起十年前他曾经去北京参加一个国际作家节。所有活动与会议场所都在郊外的巨型酒店里，那里同时也提供豪华的住宿和一日三餐，酒店竭尽全力地营造一种世外桃源的感觉，有一片不错的林子，甚至挖了人工河道，养了几只孔雀，而一旦他们走出酒店大门，四面都是荒野。有一天组织方安排了大巴把所有人都拉去市区游览，那天空气很糟，闻起来像到处都在燃烧灰烬，然而在拓的感知中被唤起的，却是近乎幻觉的体验。灰白色的天空下庞大平坦的建筑群落，宽阔的街道，笔直高大的白桦树林，阳光透过楼房投射下的方形的阴影，构成纪念碑谷般的风景。车上一位诗人饱含感情地朗诵了几首诗歌，拓想起泉来自于这里，不知不觉红了眼眶。

会议的最后一天午后拓独自走出酒店大门，进入荒野，穿过一小片人工林以后眼前出现了河道，中间干涸了，露出河底的礁石，有拾荒人正行走在河中间。早晨开始空气中的杂质被不知道方向的风吹散，天空突然呈现纯洁无比的蓝，像是把昨天末日般的幻境彻底抛弃。他沿着河道走了两个小时，来到水坝旁边，两个男人在钓鱼，其中一个递给他一根烟，他从来不抽烟，却没有拒绝。

“我刚刚离开佩奥尼亚的那几年，常常梦见泉。她在梦里不具有任何物理性的细节，像大气一样，而那些梦境都是虚构与现实相互渗透的瞬间，梦里我们无止境地交谈，在虚无中散步，直到我在无以描述的失落中醒来。”拓说。

“你快把我说哭了。”蒂娜回答。

“我一直想要回到这里，但日积月累的悔恨心情拖累着我。”

“乌卡说离开佩奥尼亚的人几乎不能再回到这里。她经历过太多生离死别，每年冬天签证到期的年轻人都不得不返回祖国。一旦离开，往往一生再不会相见。”

“但是泉回来了。”

“泉的事情给乌卡很大的打击。时代的形象越来越黑暗，一切的乌托邦都是错误。”

“霍普知道泉的事情吗?”

“我们尽可能地告诉她一切。有一段时间，她相信泉依然和你在相爱，你们正一同躲在世界秘密的某处。”

“哎，蒂娜，你别这么说。我什么事情都做不了，一如既往。”

“即便你们自己不能承认，但谁都看得出来，你们当时正相爱。”

“泉没有爱过我。”

“她努力地学习过如何去爱你。我们当时都在学习各种事情。”

“我给泉写过邮件，很多邮件。然而回想起来，当时她音讯全无，我却松了口气。”

“当时你什么都做不了。无论你付出什么努力，你都无法改变泉的命运。”

“我觉得我把她放置在我虚构的世界中，太久了，所以现实中我们再无相见的可能。”

这时马里亚诺惊醒过来，起身大步朝栏杆走去，仿佛在层次渐深的黑暗中看到了明亮的景色。拓以为他就要翻出栏杆去，他却停下来，呜呜呜哭了。拓和蒂娜都没有说话，等着他哭完。那时候客人都散尽了，只有树林里的蝉鸣越来越响亮。之后马里亚诺用西班牙语朗诵了一首诗。他的声音明亮，节奏湍急，一个词语吞噬着上一个词语。拓完全听不懂，却几乎被卷入梦的洪流。

“蒂娜，我刚刚梦见你。”马里亚诺说。

“希望是一个不错的梦。”蒂娜说。

“是一个非凡的梦。然而爱不常在。”马里亚诺红着眼睛说。

“活着就要承受这些。”蒂娜说。

“我希望托马斯·品钦能长命百岁。”马里亚诺说。

“他会的。”拓说。

“让我们为他干杯。”马里亚诺说。

“我们也为泉干杯。”蒂娜说。

“有一天我想到她，想到二十一世纪已经过去快二十年了，新的世纪疯狂，无情，腐败，而天才女孩却代表着永远聪明，温柔，不受腐蚀。”马里亚诺说着打开酒瓶喝了一大口，然后递给拓，拓再递给蒂娜。接着他们并排坐着，轮流喝酒，一言不发，想着过去的朋友。

远远的，拓看见那群年轻人回来了，他们一会儿聚拢一会儿分散，每个人都带着浅色的光晕，在行走中划出暗淡的弧线。拓想起白天俄勒冈森林里的山火，想象中无边的白色烟雾在视平线尽头缓慢和持续地蔓延着，他想问问霍普火有没有被扑灭，但很快发现，那原来只是一群从树林出来漫步的鹿。它们来到草坪，驻足不前，毛茸茸的额头朝着一个方向。而同时一场雾也正在到来，夜晚的颗粒变得又粗又温柔。

拓醒来以后头晕反胃，感觉酒精依然滞留在血液里，而后半夜的记忆都消失了。他花了一些时间让意识重新运转起来，分辨出这里是彼得的书房，而他占据着一张霍普从网上订购的气垫床。他费力爬起来，腰部和肩膀疼痛，身上气味难闻，心里悔恨不已。但房间里没有人，整幢屋子也静悄悄的，干净整洁，窗户敞开着，流动着夏日芬芳的空气，几乎没有留下昨晚的痕迹。霍普和她的朋友们也已经不见踪影。

拓在露台上找到蒂娜和马里亚诺，他们还像昨晚那样，仿佛坐了一晚。拓拧开桌上的水，咕咚咕咚喝了一大半。蒂娜说霍普他们昨晚没睡，天亮前就出发进入日食带了，于是只剩下三位老朋友，吹着热风，奄奄一息，最终决定去墓园看望乌卡。

他们说走就走，不趁着一股劲头的话，可能今天就哪里也别想去了，他们会在露台上耗上一整天，很快又开始喝酒。蒂娜开车，车里很脏，而且空调坏了，拓的旁边有一盒不知道放了多久的比萨。但他们每个人的情况都比这盒比萨更加糟糕，他们中年，宿醉，睡眠不足，没有洗澡，臭气熏天，心灵则被逝去的情感占据。蒂娜把所有车窗都开到最大，放着一盘海滩男孩乐队的唱片，在经历过昨晚之后，他们之间的关系重新回复到二十多年前，镇子里三个无所事事的朋友，身处世界进程之外。在快要接近高速路口的时候能看到前面排起长长的车龙，都是举家去看日食的人，而蒂娜则右转拐进了树林。

乌卡的墓地在穿过树林的湖边，是彼得很早以前就选好的地方。在那里能看见山顶的雪，而翻过那片山，便进入荒漠。乌卡曾经带着他们四个人来为彼得扫墓。周末的早晨他们先去集市上买花，然后挤在车里颠啊颠来到林间空地，把车停下来以后再走长长一段路，便是大湖。那里有很多家族的墓地，巨大的大理石叠放在一起，顶上雕着小天使。天使们洁白温柔，垂着眼睛。他们分散各自行走在大理石落下的阴影之间，阅读着墓碑上的文字。阳光清澈，风从四面八方吹来，人间虽然寂静无声，却仿佛能听见宇宙的声响。泉轻轻叹息，地球上怎么会有那么好的地方。

“我们抄一段近路，从这里可以直接穿到墓地。”蒂娜说。

“你肯定很久没走这条路了。”马里亚诺被颠到晕车。

地面坑坑洼洼的，石子弹跳着打在底盘上，好几次拓的头都差点撞到车顶，而且车子左右晃动着眼看就要栽进旁边的泥洼地。中间马里亚诺不得不让蒂娜停车，他打开车门哇哇地吐，吐完以后面容惨白地坐回来，把自己用安全带固定好，像死了似的一动不动。拓很累，却精神亢奋，能听见树林里各种细小的声音，辨别空气里层次丰富的香味，毛孔也充分张开着接受阳光的炙烤和树荫带来的慰藉。树林里松果正在成熟，松鼠在树枝上跟着他们的车子跑。拓很感激这两个老朋友，否则他真的不知道该怎么度过这一天，他无法继续在这里待着，也无法回到有秩序的世界里。

“上一次美国的日食是三十八年前。”蒂娜说。

“你还记得?”拓问。

“不记得。但当时新闻里预报了下一次日食的时间，我没想到自己还活着。”蒂娜说。

“乌卡差一点活到了今天。”拓说。

“我以为她能活到一百岁。”蒂娜说。

“当时新闻播报说，愿三十八年以后月亮的阴影落在和平的世界。”蒂娜说。

“这是我听你说过的最动人的话——”马里亚诺说。

“这不是我说的。是新闻。”蒂娜回答。

“如果不是因为我现在又脏又臭，我已经吻你了。”马里亚诺说。

“不不。别再爱上美国女孩。”蒂娜说。

“我们是不是应该去看日食。现在掉头还来得及吗?”拓问。

“来不及。还有不到二十分钟的时间。但我们可以在二十分钟里把车开到开阔的地方。”蒂娜说着加重油门，车颠得厉害，灌木和荆棘撞在车身上，不出十分钟他们便穿出树林，来到湖边。三个人下车走向浅滩，拓辨认着太阳的方向，但天空里布满了云朵，倒映在湖面，重重叠叠。马里亚诺吐干净以后又从兜里掏出一小瓶伏特加，打算用更烈的酒燃烧掉身体里残余的酒精，蒂娜则掏出一副日食眼镜。他们传递着伏特加，轮流发出龇牙咧嘴的叹息，一边拍打着身上嗡嗡叫的蚊子。

而下一个瞬间，此起彼伏的蝉鸣消失了。天色暗下来一点点，风很冷，致密的黑暗没有到来，湖面笼罩着一层粉红色的霞光。拓察觉到此刻的时间正在折叠或者膨胀或者延展或者塌陷，是他所不能理解的进程，没有拘束，没有秩序。

“我们真是好运。”马里亚诺轻轻嘟囔。

“人类被保佑着。”蒂娜回答。

拓想起在佩奥尼亚的最后一晚，他和泉离开熟睡的马里亚诺和蒂娜，回到房间。他们不知道喝了多少酒，都醉得厉害，窗外很冷，刮着大风，但他们皮肤滚烫，流了又流的眼泪也已经都擦干。泉让拓关上台灯，拓便关上台灯，但即便在黑暗中，拓也能看到她身体周围流动的能量，像是随意改变着季节，让人无法控制地想要靠近。然后他们躺在床上，中间隔着衣物和皮肤，拓的渴望那么强烈，他想用最温柔的方式和泉一起失去意识。

“我想试试看。”泉说。

拓思索着这句话的后半截是什么，但是他情绪混乱茫然，无法辨别事物的前后顺序，直到泉的嘴唇贴住了他的嘴唇，他坠入无限深远的寂静。那是和想象中完全不同的体验。泉的嘴唇干燥，呼吸缓慢，像是在给予他安慰和肯定。当想象中的宝物确凿出现在跟前的时候，拓却动弹不得。而泉薄薄的舌头穿过他的牙齿，抵住了他的上颚前端，他们坚硬的肋骨和柔软的小腹紧贴在一起，随着每一次的呼吸碰撞和挤压，如同交换彼此最重要的愿望。之后泉像树洞里的小动物一样收回舌头，当舌尖离开口腔的瞬间，拓的脊椎也仿佛被快速抽走，牛仔裤里的膨胀随之达到了最大限度。

泉的手心离开拓的肋骨，按在他们的小腹之间，突然笑着说：“原来会这样。”

“怎么样？”拓问。

“会变大很多。”泉笑起来。

“哎，这个我控制不了。”拓注视着泉的眼睑两弯浅浅的阴影。

“对不起啊。”泉挪开了手，但他们的身体依然贴在一起。

“对不起什么？”拓一点也不明白。

“我没有办法和男孩睡。”泉回答。

“哎——是因为我吗？”拓连忙解释说，“那里一会儿就会恢复正常。”

“没事，随便硬多久都没有关系。”

“我说了不是我能控制的。”

“如果我能和男孩睡的话，你是唯一一个我想要一起睡的男孩。你是我想象过的唯一一个能一起做那件事情的男孩。不知道我这么说你能不能明白。”

“你想象过我们一起睡？”

“是啊。我们能不能说说别的？”

“到底想象了什么？”

“想象和你靠近，比现在更靠近一点，想象你就是我，一个更为正常的我。”

“你也是正常的你。”

“我是宣告失败的试验品。”

“别说这样的话。”

“我的心里被灌输了试验品的属性。”

“那你想和女孩一起睡吗？”

“我不知道。在现实中没有遇见过想要一起睡的女孩。没有想要试一试的对象。”

“现实中？”

“现实中。”

拓的手心贴着泉的背，清晰地感受着肋骨和肩胛骨的伸展，心脏被这样守护着，像寂静的森林里睡着了的小鸟。这种时刻无论多么强烈的欲望都显得可笑。而泉仿佛明白他心里的想法，说：“不要松开手，抱住我。”因为抱着她，所有炙热的话拓自然都没有说出口。

“你以后会在小说里写到我们吗？”

“不会。”

“为什么不会？”

“因为太好的事情不舍得让其他人知道。”

“五年以后呢？”

“为什么要问五年以后？”

“五年以后就是二十一世纪了。”

拓能感觉到清晨的微光中泉的眼泪也流在他的脸上。

五年稍纵即逝，随后是二十年。真正的现实中响起欢呼声，来自山的背面和湖的对岸，人类既疯狂又天真，鼓励着彼此的同情心和慷慨。事物的阴影锐利到反常，云突然散开一些，在近乎清澈的昏暗中出现了星星。金星，木星，水星，排列成一条线。拓接受着时间的消失，而无论泉在世界的哪一部分再次出现，都代表着那里可能存在的出口。

（原载于《收获》2019 年第 5 期）

作者简介：

周嘉宁，1982 年出生于上海，毕业于复旦大学中文系。作家，英语文学翻译。曾出版长篇小说《荒芜城》《密林中》等。短篇小说集《基本美》等。

无债之人

_陈楸帆

在人类现有文字记载的历史中，第一个代表“自由”的词是苏美尔语中的债务自由。

——《神圣债务论》

1

我记得梦中最后一幕，是被黏稠的黑色潮汐漫过每一寸身体，它们分解成极细小的锁链侵入我的皮肤，依附在血管、细胞、神经和腺体上，彼此摩擦，发出金属的啸叫，然后开始漫长而优雅的劳作，像要在我身体里建起一座地狱，或者城堡。

“方下巴，你又做梦了？”

我睁开眼，是小雀斑。她关切地看着我，不是来自表情管理模块的建议，而是那种真正的关切。这在我的职场经验里很稀有，尤其是在这儿，距离地球几十万公里外的冷酷太空里。

“你看到我的数据异常了?”我环顾四周，挤仄狭小的控制舱室，空气中混杂着汗臭和化学药剂味道，矿工们各自忙碌、漠不关心，认知模块不时弹出《神圣债务论》教义，“负债累累是有罪的，是不完整的”，活像综艺节目的插播广告。一切都没有改变。

“没有，你在发抖，像被丢进冰窟的那种抖，可是你的体温显示正常。上一次也这样。”

“哦……”我若有所思，“也许我梦见被丢到了舱外，然后……”

我鼓起腮帮子，翻了个白眼，就像那些在绝对零度真空中膨胀的尸体。

“不好笑，轮到你值班了。我给你看点东西。”

女孩别过脸，我却能看到她嘴角的弧线轻轻上扬。小雀斑有一种天赋，无论自己身处的境况多么恶劣，她总能给自己找到点乐子。

“看，像不像放羊?”

从她递过来的屏幕上，我看到了一场类似羊群归圈的表演。只不过，草原变成了浩渺无垠的太空，而羊，则是一颗颗形状各异、直径7米左右、成分不等的C类陨石，含有水、富碳化合物、铁、镍、钴、硅酸盐残渣等珍贵原料，根据密度不同，质量可能高达500吨。因此，这些沉重的羊儿格外悠闲而缓慢，像是在沿途寻觅着鲜嫩多汁的青草。

这趟回圈的路，它们可能已经走了好几个月，甚至数以年计。它们不急，我们更不急。

说不急只是为了安慰自己。几个月前，我从几T的物资消耗数据上发现了一个隐蔽的缺口，似乎我们的水、氧气、蛋白质和能源都以略微高出理论正常值的速率被消耗着，我怀疑有管道泄漏或者是流程中的管控漏洞造成了这一现象，但我没有证据。

我不想到外面探究真相，一想到冰冷黑暗的无垠宇宙就让我毛骨悚然，小腹酸胀。

我试图从数学上解决这一问题，就像其他所有的问题一样。

脑中的认知模块哗啦啦翻阅着数据，反馈到我的视网膜。

根据概率统计，这种尺寸级别的陨石在近地小行星中可能多达上亿个，但能够被观测、定位、追踪到的连十万分之一都不到，更不用说使用光学、近红外光谱、热红外通量或者激光雷达对其成分、尺寸、自转及表面地形进行详细测绘了。原因很简单，这些天体太小，轨道运行周期太长，只有在离观测点一定距离（比如说0.01个天文单位）内时才能被捕捉到，这简直比大海捞针还难。

一旦在茫茫星海中找到了这些珍宝，便会从最近的行星际资源勘探太空站派遣出“牧羊犬”，这些完全自动化的机器人依靠太阳能电力和氙推进剂驱动，最新型霍尔V推动器能够提供高达80千瓦的功率和5000秒的比冲量。接近目标后，牧羊犬会绕着绵羊小跑几圈，像是在嗅闻着羊身上的膻气，找到最合适的下口点，伸出六个螺旋式锚一口咬入陨石表面，启动六个矢量推进装置，首先停止其自转，再将其推离原先轨道，最后沿着精确设计的路径，缓慢而坚定地到达某个最近的引力平台，比如地月拉格朗日点L2或L4，与它的伙伴们会合。

五块陨石彼此缓慢靠拢，像是俄罗斯方块一般旋转着，寻找最精确的触碰点，撞击力度不能太重，也不能太轻，一切都得是刚刚好。它们连接成了一个近乎球形的整体，像是回归到胚胎状态。

“我觉得吧……更像是斯诺克啊，你看，中间那个白球走的弧线多漂亮，只有真正的高手才能让这些散兵游勇听从指挥，从太空的不同角落，长途跋涉到这里，给彼此一个轻轻的吻。”

小雀斑轻轻嗤了一声，似乎对于这份肉麻的吹捧不屑一顾。

尽管大多数工作都是由机器和程序自动完成，可这里是太空，任何事情都可能发生。小雀斑的工作就是对突发事件进行干涉，比如陨石轨道偏离，牧羊犬故障，撞击时刚体破碎产生危险碎片，等等。在她的比喻体系里，她就像一名兽医，时刻准备出击，拯救羊群与牧羊犬。对于我们来说，羊身上的东西是最宝贵的。

“行了，方下巴，等我回来再陪你贫，哥我得出去割羊毛了。”

小雀斑开始钻进宇航服，只有这个时候我才意识到她有多娇小，就像发育不良的未成年少女，可从年龄上来说，她也应该有二十六七了吧。这基地里有不少女人，辫子、长腿、汗毛怪，公司维持性别比例的其中一个重要原因，是因为女性比男性在太空里更耐造，无论是抗辐射、耐饥饿还是心理韧性，她们的得分都比男性要高得多。另外，适当比例的女性能够减少男性成员之间的摩擦和焦虑水平，如果大家都接受一种开放式关系而不恪守古老的性独占欲的话。

我和她们中的大多数都睡过，除了小雀斑。我们曾经试过几次，但都以笑场告终，不知道为什么，有一些东西阻隔在我们中间，像一堵透明玻璃墙。我不太确定那是什么，但我只知道自己不希望那堵墙被打碎之后产生级联效应，伤及无辜。

“我走了，一会儿见。”小雀斑的脸在面罩后若隐若现，鼻侧的雀斑并不是很明显。

“小心点。”我已经不记得她这个名字是从哪来的，通常来说，每个人都有自己的编号，比如我是 EM - L4 - D28 - 53b，但是没人用这串狗屁倒灶的东西，只会用你最明显的外貌特征起外号，慢慢地就成了各自的名字。

至于真正的名字，没人想得起来。他们说，这是合约的一部分，记忆被分区块封装了，以避免不必要的情绪波动，影响执行开采任务，其中包括了名字、家人、童年创伤、宠物以及真实的债务数字。这些数字是我们会出现在这里的原因，它们被以区块链形式加密，嵌入基因，没有人可以篡改，你的工作量会实时被记录、换算成扣减的债务及其利息。不管你是在铜锣湾，还是在拉格朗日点，所有人在基因债系统面前同样公平。

“放心吧，你说过我是高手，何况，我还有债要还呢。”她朝我眨了眨眼。

小雀斑总说我是属老鼠的，胆子太小成不了大事。我总是用植入式认知模块里的技能树来反击，有些职业就是被设计成谨小慎微的反应模式，比如像我这样的数据测绘员，会随时调用信息库里的资料，计算各种极端情况发生的可能性，甚至异化成一种对于概率的直觉。这种模式扎根在你的身体里，就像人会畏高、怕水或者有密集恐惧症，并不能用勇气或胆量来衡量，以及改变。

可现在我倾向于，并不是任何外来力量往我的人格拼图里嵌进来一块胆怯，几分懦弱。那就是原来的我。

“等你回来，我们再试一次。”我努力用贫嘴掩饰担忧，没睡过不代表我不会真的关心她。

小雀斑做了个不雅的手势，从通道口消失了。

2

我的担心并非无中生有。

小雀斑将开着“寄居蟹”离开我们赖以生存的掩体——“鲸母”，一颗长 30 公里、最宽半径 5 公里的被掏空的柱形 C 类小行星。在它的荫护下，我们得以免受太空中致命高剂量辐射、碎片袭击以及日光直射带来的超高温，它还为我们提供了水冰、固态二氧化碳和氨、沥青碳氢化合物以及少量镍铁金属，为我们的生存和建设提供宝贵的原料。

我们的船舱就位于这头巨鲸的颅骨位置，通过围绕锚定在岩石里的巨型轴承管道，每分钟旋转一周来提供三分之一克的人造重力。这几乎是我们能够得到的最优方案，船舱半径再长一点短一点，角速度再快一点慢一点，冷酷的方程式都会让我们痛不欲生，不是因为零重力得上各种怪病，就是根本转不起来或者转散了一头撞碎在岩壁上。

比起骨质疏松、肌肉流失和免疫力下降这些慢性症状，也许睡眠剥夺、心脑血管退化、科里奥利力带来的眩晕、封闭空间的沮丧更让人饱受煎熬。何况每个人每天还有数个小时的出舱作业时间，暴露在高水平的宇宙辐射下，这让星际矿工的意外死亡率遥遥领先于地球上的捕鱼工人。即便我们经过基因疗法、氨磷汀以及强制健身来维持身体的正常运作，但跟这里相比起来，地球上环境最恶劣的工作环境都像是夏威夷手端鸡尾酒的沙滩酒吧。

小雀斑总会把我们比喻成匹诺曹，一个遥远的童话人物，在木匠爸爸的巧手下拥有了生命的木偶男孩，只要一说谎鼻子就会变长。他最著名的历险就是被吞进了一条鲸鱼的肚子里。

人真是一种奇怪的生物，就算忘记了自己的名字和家人，却还记得这么多乱七八糟的东西。

“寄居蟹”从“鲸母”的大嘴出口驶向深邃星空，飞船从一块屏幕的边缘，进入另一块屏幕的边缘，我目不转睛看着，生怕它突然消失。一只手重重拍在我的肩上，是光头佬，他咧着嘴不怀好意地笑着。

“我听到你们的话了，不得不给你提个醒，兄弟，小雀斑可不是好惹的。”

我不置可否地回以笑脸，光头佬就喜欢打听八卦，超负荷的体力活似乎丝毫消磨不了他的好奇心。

“寄居蟹，寄居蟹听到请回话，一切正常吗?”我接通小雀斑的频道。

“听到听到，一切正常，就像几个冰激凌球发着凉气，等着我去舀上一大勺，嘶嘶嘶……”耳机中传来小雀斑调皮的声音，就像在我耳边舔舐双唇。

我手臂上起了鸡皮疙瘩，强迫自己把注意力转回操控台：“我现在会启动伽马射线和X射线分光计，再次扫描对象表面和次表面元素和挥发性成分，以确保万无一失……”

“大叔，我相信你是喜欢慢节奏的那种，可哥今天有点躁得慌，也许是周期到了，你懂的。我现在就要把这把加热的勺子狠狠地插进这颗香草冰激凌里，给它来上那么一大勺。”

一阵猛烈的big beat电子乐突然加大音量，刺痛了我的耳膜。我不得不摘下耳机，恼怒地骂了一句：“贱人!”

通常情况下小雀斑没有错，C类陨石的化学和物理性质都是相当清楚和良性的，比如非常低的压碎强度和高含量的挥发物。她所需要做的就是挥起“寄居蟹”的两把长螯，也就是她说的“勺子”，插到陨石布满粉尘及干燥土壤的坚硬表壳下，先加热分解冰、水合盐或者黏土矿物中的水分，将水蒸气通过蒸馏方式与其他污染物分离，再用机械螯上的泵回收到寄居蟹不成比例的螺壳里，接下来再处理其他的矿产资源。这是第一级处理。

之后大部分工作需要“寄居蟹”通过蚂蚁搬家的方式，用超高强度及韧性的纳米蛛丝网兜将破碎后的岩块拖到“鲸母”腹部的精炼车间。在那里，将有复杂的化学物理工艺处理不同的资源。

矿产经过提炼形成高密度结构的“磁化炮弹”，会在“鲸母”尾部由加速轨道长达一公里的电磁质量投射器加速后射向指定坐标，以期用尽量少的能量消耗获取尽可能大的 delta V。而反作用力通过设计精巧的滑膛结构均匀分散到“鲸母”腔壁各处，以避免造成小行星不必要的角度偏转。

在远离重力阱的太空，我们无须听从于齐奥尔科夫斯基火箭方程的暴政。经过一段时间后，也许是以天、月或年计算，这完全取决于价格。在近地轨道的某个点上，收货人会用自己的方式拾捡起这些来自深空的宝藏，用于谋划一场政变、建筑讨好情人的宫殿或者搅乱全球期货市场。

这就是整套生意的精髓，低买高卖，把成本榨到最低，把利润抬到最高，从古至今，向来如此。

而我们就是其中可以忽略不计的生产损耗。

小雀斑的操控非常潇洒，你甚至会产生这样一种幻觉，她是通过体感同步而不是操纵手柄来控制两只机械螯臂行云流水的动作，如白鹤亮翅般高高挥起，又重重插入陨石地表，溅起一阵粉尘和碎石。

“方下巴，你看好了！哥给你露一手！”

传感器显示土壤温度快速上升，相应的化合物质开始发生相变，数值和曲线不断变化着颜色和形状。一切看起来都非常正常，除了压力值的变化曲率。

一些不同寻常的数据细节捕获了我的注意力，模糊的感觉经后台边缘系统收集、处理、计算，一个惊悚的结论缓慢成形。这颗陨石的密度比其他几颗低上近40%，这意味着它的岩石多孔性程度很高，也意味着可能存储着更多的水分，但在快速升温气化的高温下，这就像是一口急速加压的高压锅。这就是技能树所带来的病态敏感，除了我，也许没人能察觉到小数点后那几位数字的变化究竟意味着什么。

“小雀斑，停止加温，迅速撤离！”我命令她。

“少废话！没看见哥正忙着吗……”

“马上！”

“瞧你那㞞……”

她的声音像被一把剪子生生绞断了，主观镜头信号丢失，一片黑白雪花。

我迅速切换到外部镜头，被一团白色粉尘笼罩，什么也看不见。慢速回放3秒，只见在两只螯臂间，陨石表面如同掀起一场小型核爆，碎片如离巢的鸟群般朝“寄居蟹”船舱飞去，瞬间将其钛铝合金外壳如纸灯笼般撕个粉碎，失压把整个舱体外翻，钢架暴露在外，隐约可以看见有个人形如内脏般在空中缓慢悬荡着，慢速粉尘随后而至，铺天盖地。

“小雀斑！你能听到吗！操……”我扯下耳机，开始疯了似的穿宇航服。光头佬看着我，一动不动。其他人都把脸背了过去。

“我们得救她！你们他妈站着干吗呢！”我几乎是吼了出来。

“兄弟，她的债还完了……死亡只是中介。”光头佬拍拍我的肩，在额头前做了个祈福手势，眼神一指，我这才觉察到显示小雀斑生命体征数据的那块屏幕，早已是平线。

他们说，汤格·拉梅什模型说明小行星比我们想象中更坚固，更难以在外力下破碎。

他们说，在太空里，没人会犯两次同样的错误，因为只要犯一次错就大概率活不了。

他们总能说对点什么。

船舱在我面前快速旋转起来，我感觉透不过气，像是胸口压着一块巨大的陨石，突然像是有谁在我耳边吹了一口凉气，带着熟悉的气息，那声音轻轻说了一句话，让我寒毛耸立，眼前一黑，向着充满油污的甲板迎面栽去。

那句话说的是——“你看我的鼻子变长了吗？”

3

一切都是乳白色的。

这里并不是控制室，也不在“鲸母”任何一个阴暗污秽的舱室里，更不在冰冷绝望随时可能丧命的太空中。这到底是在哪里？

我花了一些时间才意识到，这是在梦里。让你相对清醒的那种。

他们说有时候加密的记忆区块会发生溢出，以梦境的形式透露真相，但你也说不清到底那是谁的梦境。所有人的记忆区块都交给云端中枢系统统一调配。

我的视线和移动并不受自己的控制，只能被看不见的丝线牵引着，像孤魂野鬼般漂浮着，望向那些我并不感兴趣的角落。

视野中的乳白色开始移动，那是一个圆筒状的舱体，正朝我上方滑动。在缺乏坐标系的情况下，这意味着也许我正在被推出舱体。很好，现在我们有了一个大的相对环境坐标，一个天花板很高的房间，依然是白色的。

我开始围绕着某条在视点下方约 1 米处的轴线做圆周旋转，视线保持水平向前，速度很慢，不会超过 5 度每秒，我猜是为了避免出现晕眩。接着我看见了那条轴线，被淡蓝色防菌手术服遮挡住的男性髋关节。

我是在某个人的身上，从他的视角去看世界。

“感觉怎么样，东方觉先生？”一个声音从侧面传来，我的视线随之转动，房间门口站着一名女子，全身黑色，微微泛着金属色的虹彩，别着一枚锁链式的金色胸针。

她留着长发，但高高盘在头顶，像一座造型怪异的信号塔。在太空里，所有的人都必须剪短发，如果不是光头的话。你永远不知道这些不受控制四处飞散的丝状物会不会成为送命的最后一根稻草。

“还好，只是感觉有点奇怪，像是有什么东西在我身体里乱窜，想要控制我、冲开我。”一个陌生的声音，低沉，疲惫，仿佛随时可能断线。

“这是一种伴生幻觉，理论上你不应该感觉到任何不同，那些纳米机器人……非常非常小，你知道的。”女子微笑回答，走到男人跟前，现在可以看得更清楚了。她大概二十来岁，妆容极其精致，甚至有点过分精致了，但表情中又流露出一种不必讨好任何人的优越感。

“所以……我们的合约生效了？”

“法律上，是的。”

“……你是在暗示这玩意儿非法吗？这并不有趣，梅女士。”

“我的意思是，除了法律之外，还会有技术上的不确定性。”

“可你答应过的……”

“安安那边不用担心，手术都已经安排好了。”

“哦，谢谢。”

“所有费用都会计入你的债务，经区块链加密之后嵌入你的基因，任何人都无法篡改。”

“哼，真是背上了一辈子的债呢。”

“看看你的周围，每个人都在迫不及待地借债，这代表着对未来、对自己的信心。为什么不呢？债务定义一个人的价值。这样的额度在地球上也没几个人能够享有，这也是我会站在这里的原因。”

“那当然，梅李爱小姐，您的时间虽然没有您父亲梅峯先生那么金贵，但咱们这一聊天，也顶得上普通人辛苦打拼好几辈子了吧。”

女人突然露出拘谨而古怪的笑，似乎脱离了整个对话语境。

“请你记住，东方觉先生。我们的生命要归功于创造我们的神。从今天起，您要好好对待自己的这具身体，以及，我们会利用一切方法让您的技能树恢复到最佳状态，身体与意识，缺一不可。否则……这债怕是还不上呢。”

男人沉默了，视线投向自己包裹在防菌布里的身体。

“要不是为了安安……谁会愿意回到那个鬼地方。”

“完全理解，我也是个女儿，如果我父亲患上同样的罕见病，我也会做出一样的选择。这一债务无法在地球上得到解决，它的全额偿还是遥不可及的……”

男人望着女子，许久没有吭声。我猜他也许想说，你父亲不会得这样的病，因为你们的基因都已经被精细筛选过，就算得了，你也不会为此背负一辈子的重债。因为你们是有钱人，是和我们穷人勉为其难生活在同一颗星球上的另一个物种。

可是他什么也没说。

“我能看看安安吗?”

“当然可以，她刚做完术前的全部检查。”女子语气和缓下来，又想起什么，“我们会用尽一切最好的办法救她。”

这句话里的一些隐藏信息让我感觉不舒服，可又说不上来为什么。

视线快速移动，像是一个转场动画，我被带到了另一个特护病房，男子经过数次消毒除尘处理后，被套进了一身白色隔离服，穿过一条过道，来到房间里。

一个剃光了头发的女孩躺在床上，呼吸平缓，表情松弛，胸前还摊开一本画册，也是经过特殊处理的防菌材料。

男子站在床边，静静看着女孩，不敢轻举妄动，怕就算一个细微动作，都会扯动身上的塑料隔离服，发出响声，吵醒女孩。

那本色彩鲜艳的画册吸引了我，我试图聚焦视线，看清上面究竟画了些什么，但失败了。我越是努力，那焦点就涣散得越快，像是在流沙地里挣扎。我放弃了，把焦点转向女孩，却发现，那女孩脸上的细节，也正如被风沙加速侵蚀的沙雕，正在一点点地流逝，最后只剩一片空白。

这恐怖片般的画面让我一阵莫名心痛。我想要逃离，可恰恰相反，越是恐慌，那视线却越是往那张空白的孩童脸庞逼近，像是面对一个质量巨大的天体，无法逃逸其引力陷阱。

我察觉到了一丝不对劲，如果是从男子的视角看去，那么理应出现鼻子的三角造影，可是没有。

这意味着什么?

这个梦似乎在接近尾声，一切都在朝着那张巨大得像小行星表面的面孔坠落。我又将一无所知地醒来。我想努力记住一些东西，一些至关重要的东西，能解开所有不对劲感觉的东西。

可我终究还是失败了。

4

小雀斑被删除了。

我的意思不是她的肉身，而是记忆数据。在我醒来后的数个小时里，她迅速变成了一个无关紧要的名字，甚至面目都变得模糊不清。所有依附于那个曾经有血有肉的人类个体上的情感，无论是欲望、厌恶还是悲伤，甚至恬不知耻地说，一点点爱，都像沙子一样流逝了。不光是我，所有人都一样。

我猜公司肯定在我们的脑子里动了些手脚，为了安全和效率。

那个女孩变成了系统里的一个条目，一个带编号的教训，提醒着后来人不要犯同样的错误。

“……通常被定义为C类的碳质球状陨石，需要覆盖光学和近红外（0.5–3.5微米波段）的高灵敏度光谱，检测在~0.7和~3微米处的吸收带，来验证陨石成分是否含有水。~0.7微米吸收带不是反映水本身，而是含铁矿物中的电荷转移，这种转移只存在于C类物体中，正如水。但~0.7微米吸收带特征的存在，并不能让我们精确地估计物体的含水量，光谱颜色也不能……”

这个条目正从那个新来的漂亮女孩嘴里快速弹出，就像是一串绕口令。我在心里给她起了个外号——“弹舌鸟”。

她突然停下，抬起头，迷茫地望向我，脸上微微发红，沁着汗珠，弹射出她的问题：“我不明白，为什么不探测~3微米吸收带的信号，那样不是更直接吗？”

我友好地笑了笑：“中红外大气的高背景辐射使得~3微米吸收带的信号变得微弱，难以被探测到。”

“哦。”她似乎对这个问题失去了兴趣，对于一名捕捞员来说，这是个危险的信号。

水是在这茫茫宇宙间生存的第一要素，因此矿工将含水的陨石作为首要采集目标，但是在一些时候，它也是致命的。

弹舌鸟被关在一人宽的圆筒状金属笼里，腰部与双手用弹性绑带固定在轴承支架上，脚下不停踩着“仓鼠笼”向后滚动。这是船员对这套特殊健身设备的称呼，在三分之一 g 重力环境下，这是最安全有效的抵抗骨质疏松和肌肉萎缩的办法。

作为她的导师，我不得不时常纠正她的动作，那些微小的瑕疵会日积月累，成为导致骨折或是筋膜炎的元凶。

像被装进密封袋里和沙拉酱一起摇晃的蔬菜，弹舌鸟洗完澡后，赤身裸体地爬出淋浴袋，旁若无人地在我面前擦拭结实的小腿。不知为何我将脸扭向一边，也许因为她是新来的，为了以示尊重。尽管她的洗澡水将会以各种方式被回收利用，进入食物、饮用水与空气，最后成为我们身体的一部分。从这个角度来看，我们注定会亲密无间。

“你为什么会来这里?”我试图转移尴尬。

“嗯? 这是个问题吗?”她似乎没听懂我的话。

“我知道，《神圣债务论》那一套嘛。我的意思是，你就从来没有想过，债是从哪儿来的?”

“这很重要吗? 每个人一生下来就负债累累，我们只不过是比其他人更幸运而已……”

“幸运?”

“捞到一条光是铂矿就价值超过 1000 亿美元信用点的大肥鱼，还没算上镍与钴，还清所有债务，变成亿万富翁，这不算幸运吗?”

“那只是传说!”

“不，那是概率。”

“没错，在太空里挂掉的概率……”

“并不比你在秘鲁采矿或者在白令海捕蟹的危险系数高多少，当然，如果你硬要说被小行星碎片击中的概率，那确实是比在地球上高一些，问题是……”

“你真是乐观得无可救药……”我似乎从她的表情里捕捉到了一些熟悉的东西。

“问题是，”她摇摇头，没有丝毫放慢语速的打算，“如果你在地球上，你有一笔价值 100 万亿美元的黄金存款，可是没人可以拿到，为什么? 因为它在海水里。提取溶解在海水中的黄金，成本大大超过了黄金本身的价值。所以这笔巨额存款的价值是零。我们在这里，是很危险，可是这些甜点是实实在在的，它们就在那里……”

当她说到甜点时，我似乎又想起了些什么，可我已经不想再争辩下去。

“弹舌鸟，希望你在那里执行任务的时候，反应和你的语速一样快。”我指了指上面。

“弹……什么？胆小鬼，你就缩在船舱里做你的算术题吧，祝你早日还清债务。”

她看起来是真的生气了。

理论上说，弹舌鸟并没有错，一颗 M 型小行星是绝对的顶级甜品。比如 16psyche，上面的铁镍矿石可以满足地球未来 100 万年对铁的需求。再比如，富含铂的小行星矿石品位可能高达 100 克/吨，是最高等级南非露天铂矿的 20 倍，这意味着一颗 500 米宽的这类小行星，铂产量就能达到全地球年产量的 175 倍。

这就是我们在这里的终极使命，所有 C 型陨石只是为了持续性的补给，因为“鲸母”不允许被过度开采。它并不是一块巨石，而是由自身引力聚集在一起的松散石泡或砾石，没有任何内在结构的完整性。任何旋转、撞击、过深的挖掘都可能导致它解体，我们所建造起来的一切便将被毁灭，包括我们自己。

弹舌鸟慢慢接受了自己的新名字，也接受了我的风格。

我努力不和她走得太近，就像是害怕万有引力会让事物彼此吸引，进而发生撞击。我总隐隐有种不祥的预感，仿佛航海多年的老水手迷信厄运总是伴随着赤潮与白头浪。

我怕有一天弹舌鸟也会遭遇被删除的命运。

她清楚我的想法，并总是还以嘲讽。她说，手里握着一把鹤嘴锄，还是一挺冲击钻，你都只有一条路，就是干到底。

在弹舌鸟眼中，生命就是一场冒险，而我们并没有太多选择。

她受命去回收一台报废的牧羊犬机器人，指令说在它的记忆模块里可能保存着曾接触过 M 型小行星的数据，能够提供有价值的追踪线索。

我们从不知道指令从何而来，是来自 38 万公里外的地球，还是某个太空站？是来自人类，还是 AI？但大多数情况下，指令都是正确的，少部分情况下，因为被人类错误解读而导致不可挽回的后果，就像古希腊的神谕。

弹舌鸟对指令笃信不疑，而我总想通过各种办法击溃她这种盲目的信念。

比如，用数学公式告诉她，即便我们发现并追踪到了 M 型小行星，想要改变其轨道并捕获它就像是让猴子在打字机上敲出《莎士比亚全集》，比中彩票还难。还没有考虑到开采 M 型小行星的难度，基本上就相当于用一根渔竿钓鲸鱼。你的成本也许会很高很高，高到把所有的潜在利润吞掉，再赔上几十条人命。如果这些矿石被运回地球上还没引起市场崩溃的话。

比如，让她对自身能力产生怀疑。机器人无法做到的事情，一个由蛋白质和水组成的采矿工人同样无法完成。无论是正确维护复杂的采矿设施，应付各种奇怪的设备故障，还是对于突发性的事件进行综合分析，并正确评估其对于整个“鲸母”站点长期的影响。AI做不到，弹舌鸟同样做不到，那么除了送死，你还有什么价值。

“所以，你到底希望我怎么样？跟你一样缩在船舱里，等着肌肉慢慢萎缩，或者超剂量宇宙辐射让身体里长出肿瘤，然后死于各种并发症吗？”她翻着白眼。

“我不是那个意思……我只是希望你打消不切实际的念头，活得久一点……”

“可是这样活着又有什么意思呢？我们的生命归功于创造我们的神……”

“这些废话你跟那些死人说去……”

“那你为什么要来这里呢？在地球上待着不好吗？”

“这不是我的决定！就像这也不是你的决定一样！你醒过来时就已经在这个地狱里，想不起任何过去的事情，除了那些该死的技能树，像脑子里弹出个没完的地鼠。我们永远也还不清身上的债，除了死，没有别的解脱办法！”

我背过脸去，不想让弹舌鸟看到我的脆弱。一只手放在了我的肩上。

“我记得我是怎么来到这里的。”

我惊愕地转过头，看着那张毫无笑意的脸。

没人知道。甚至新人到来也是如此，据说公司会创造一个船员意识的空窗期来交接矿工，以避免产生不必要的风险。我猜那种风险来自想要夺船回家的精神崩溃者。

“这是个笑话吗？”

“不，那是一个很奇怪的地方，我好像是从睡梦中苏醒，然后有一条闪烁着绿光的狭长通道，引导着我一直向前、向前……”

“然后呢？”

“回来告诉你。”弹舌鸟眨了眨眼睛，我这才意识到自己上当了。

我从来没有见过还清债务的人，我的意思是活着的人，至少在“鲸母”上没有。也许散落在小行星带里的矿产基地上会有这样的幸运儿，但这就像一个神话，一条教义，一则过分完美的广告，你永远无法证实，也无法证伪。

他们说还清债务的人能够回到地球，找回自己的记忆，把基因链条里的债务数据漂洗干净，然后信用账户里有你几辈子都花不完的信用点。

听起来更像是一个童话，不是吗？

可没人知道自己究竟为什么欠下了这笔债，以及需要用多长的时间去偿还。我们只能相信这套系统的公正性，只因为我们被告知，从数学上，它是绝对正确且无法被篡改的。

弹舌鸟说得对，我们别无选择。

但我很欣慰她听我的话，系上了双重安全绳。

弹舌鸟像一只没有重量的飞蛾，缓慢得像梦境一样，从“寄居蟹”的下部舱口飘出，向那头流浪已久的牧羊犬尸体靠近。机械臂太粗笨了，无法执行卸取记忆模块如此精细的工作。

“所以人还是有用的吧……”耳机中传来弹舌鸟轻快的反驳。

“在某些极为特殊的情况下。”我并没有让步。

“说说你的理论，为什么太空里不需要人？”

她轻轻贴上牧羊犬，由于弹性，安全绳把她的身体往后拽了拽。弹舌鸟解开一根安全绳，套在牧羊犬的其中一只机械爪上，固定好相对姿势。她需要把手伸进牧羊犬的喉咙里，接通应急电源，输入密码，打开里面的嵌入式存储设备面板，卸下记忆模块。

“咳咳，”我通过她头盔上的摄像头看着这一切，努力忽略背景漫无边际的黑暗宇宙，“我认为是因为恐惧。”

“你是说人类的恐惧？”

“不然呢？机器会害怕什么？被切断电源？被清除记忆吗？只有人会害怕。”

她进行得很顺利，半个身子都伸进了开敞的豁口里，牧羊犬被点亮了，面板也打开了，一切似乎唾手可得。

“所以呢，害怕让人上不了太空，害怕让人离不开机器？我觉得你只是在逃避某些东西？童年阴影？”她的声音里包含着某种同情，也许只是揶揄。

“我不认为我有什么童年阴影，就算有，也早就被分区块封装……”我突然停下了，摄像头那边有些令人不安的闪光，“……弹舌鸟，你右手边那是什么，那些发光点？”

“我不知道，我只知道好像记忆模块被卡住了，哎……”听得出来她已经尽了全力，整个身体都开始甩动起来。

“看起来有点不对劲，马上离开那里。”

“模块已经被我摇松了……”

“也许是什么自我保护程序，你赶紧退出……”我迅速检查这一旧款牧羊犬的代码库，绿色字符如雨水般冲刷屏幕。我的眼球高度紧张，颤动着扫描那些关键词。

“方下巴，你那边有什么可以帮到我的吗？除了让我紧张之外……”

我没有工夫回答。我已经无限接近答案。

“嗨！你猜怎么着？我已经搞定了……”弹舌鸟喘着粗气，屏幕上她的手捏着一个黑色方块，正要往外退。

……如果硬性重启后拔掉记忆模块，将会触发牧羊犬的着陆姿态，也就是说……

“我要告诉你，这里没什么可怕的……”

牧羊犬的六个螺旋式锚突然向前咬合，直接扎入弹舌鸟的腹部，然后像钻头一样搅动起来，红色的液体如半透明的水母般从破损处涌出，形成大小不一的液滴，晶莹剔透地飘浮在她身体周围，闪着光，在真空中开始沸腾。

我全身僵住了，张着嘴却说不出话，胃里有什么东西在滚涌。预感再一次应验了。

没有尖叫，没有呼救，耳机中只传来倒吸了一口气的声音，像是在努力挽回从肺部急速流失的氧气。我简直快要窒息了。

本应作为着陆缓冲之用的矢量推进装置也启动了，弹舌鸟的尸体被牧羊犬拖着往深空飞去，又被另一根系在“寄居蟹”上的安全绳紧紧拽住，像是被两头野兽来回争抢的一块烂肉。

“切断安全绳！”是光头佬，“你不会想要再失去一条船的。”

“不行，我不能这么做。”

“她的债还清了，让她去吧。死亡只是中介。”光头佬拍拍我的肩膀，在额头做了个祈福手势，像是一个横放的“D”字。

“去你妈的中介！”我闭上了眼，感觉有一些温热的液体缓慢涌出眼眶。

我不忍心再看弹舌鸟的身体被来回撕扯，拍下了按钮。她的半截身子闪着光，越来越小，越来越远，慢慢地隐没在星光中。

一个从未有过的想法如巨大隐秘的天体露出轮廓。

这也许不是一场意外。

5

又是梦。我开始厌烦这些无休无止的幻觉，似乎要告诉你一些东西又不明说。

如果你过着我们这样的矿工生活，你也会这样想。

远离地球一个地月距离，没有大气层，没有白天黑夜，没有正常的重力，没有娱乐，没有我最爱的宫保鸡丁，幸好我的记忆还保留了这部分，没有正常的人际关系，没有约会。

没有回忆。这一点也许是好事。

当然我们也有一些地球上不会有的新奇玩意儿。比如幽闭恐惧症和广场恐惧症混合的新型心理疾病。比如能够阻断你的神经传导，让括约肌松弛，大小便失禁，让人昏迷不醒，呕吐不止的宇宙高能射线。比如从冶炼炉里蹦出来的以光速穿透你身体的燃料跳蚤，其实是带着Alpha射线的金属碎屑，能够在瞬间穿透你的防护服以及身体，在你的内脏上烧出孔洞，然后你会流血不止，浑身疼痛，希望从来没有被生出来过。也有好的方面，能够制造氧气和蛋白质的基因编辑藻类，尽管接受口味始终是个难题。你会学到许多在地球上几辈子都不会得到也无法用上的知识和经验，如果你是个好奇宝宝的话，太空矿工就是为你这样的人设置的完美职业。

所以我猜不会有免费的赠品，即使是毫无意义的第三人称梦境，也会起到某种程度的心理干预作用。

我又回到了那个男人的身体里。他看着镜子，憔悴而苍老，一张完全陌生的脸，但那种即视感如此强烈。我知道，延续自上一个梦的剧情还在继续，尽管我已经完全不记得之前的故事背景。

镜子反射出的房间背景凌乱不堪，像是一个典型的单身公寓，没有任何其他家庭成员的生活痕迹，只有酒瓶、烟头和成分不明的粉末散落在茶几上。一个相框背面朝上，扣在一旁，许多打印的纸张像雪片一样覆满地板和家具。

男人似乎做出了什么决定，他看着手里的一张黑色卡片，拨通了电话。

“对，是我……我想好了。”他吸了吸鼻子，背过身去，正视房间内的一切。

“……你们已经让我失望了一次，希望不会有第二次……”

“……别跟我来这一套，什么‘我们尽力了’，你们没有！”他的声音突然变大，又软弱下去，“……你们没有。”

“……是的，我读过了，逐字逐句，花了我一整晚的时间，我希望是值得的……”

“……有没有什么是不清楚的？哈，每件事！这整个系统的复杂程度远远超出了正常人的理解范围，我怎么可能弄明白？……”

“……我知道，旧债还在偿还周期内，这是新添的债，我认了，这就是命吧……”

“……我知道你们那套心理策略，什么为了家人，为了未来，给你造出一顶纸糊的道德光环，可惜它太虚假了，经不起一点风吹雨打。我就是为了我自己，我希望能活得久一点，过得好一点，哪怕是用别人的生命来抵押……”

“……希望你们能有点良心，让她过得好一点……”

一阵被激活的模拟鸟啼在男人背后响起，他猛地转身，看到镜中满面惊恐的自己逐渐亮起，被镶嵌上一圈充满希望的金色光芒。一份电子合约出现在镜中，语音提示他仔细阅读后将手掌贴在镜面上进行生物密码验证。男人闭上了眼，眉头紧锁，犹豫了片刻，将手重重地拍在镜面上，一圈又一圈的彩色光纹如涟漪般从他掌心漾开，旋转不息。

“验证完毕，您已完成签约流程，恭喜您获得新的债务额度……”

“去你妈的!”男人似乎松弛了一些，啜一口酒，开始收拾房间内如战后的遗址。当他手指触碰到桌上的镜框时，像被火焰灼烧到般猛地缩回。

“……我干了些什么……”男人用指尖抚摸着镜框背面，终于有勇气将其翻转，出现一张女孩的天真笑脸，拿起一本彩色画册试图遮挡住自己的表情。那画册看起来似乎有点眼熟。

“……我他妈的都干了些什么呀……”

男人突然开始啜泣起来，身体无法自控地剧烈抖动，站立不稳。

“我必须……必须制止……必须……”

他慌乱地巡视房间四周，最后目光落在了阳台上。男人拿起桌上残留的酒瓶，猛灌了一大口，突然松手，酒瓶在他脚边裂成碎片。

男人朝阳台狂奔而去，没有任何停滞或迟疑，从栏杆上方高高跃出。尽管我只是个梦的搭载者，可眼前突然出现的几百米楼层深渊还是让我的肾上腺素飙升，从谷底吹来的风卷起尖厉的啸叫。

许多梦都会以坠落结束，但并不包括这一个。

男人的坠落只持续了0.3秒，便被凝固在了半空中，像是被无形蛛网困住的飞虫，挣扎不得。空气中一个黑衣女子的半身像逐渐浮出，她戴着金色胸针和精致微笑，落落大方。

“东方觉先生，也许时间过得太久了，您已经忘了第一份协议的内容，您并不拥有处置自己生命的权力，所有权利都归债权人，也就是公司所有。况且，就算您结束了这段生命，您的债务还是无法被取消或减免，因为它是嵌在您基因里的加密数据，无法被随意篡改……”

像那个男人一样，我努力理解这话语中隐藏的信息，像是从四面八方的透明蛛丝传递过来的细微震颤，逐渐汇聚成信息的洪流，敲打着我认知模块里某个被封存的保险柜。

但是芝麻并没有开门。

6

……

红毛。

小雀斑。

弹舌鸟。

跳跳糖。

……

她们都被删除了。一个接着一个。她们的面孔和声音在我脑中变得模糊，像雨中被洗刷的颜料，混合成说不清的色彩，顺着记忆的沟渠流入地底。

我们是太空矿工，这就是我们的命。所有人都一副轻描淡写的样子，如此重复着，忙活着自己手头的事情，就好像有病的那个人是我。

也许他们是对的，这就是我们的命。被囚禁在这遥远冰冷的宇宙边境，被遗忘，被丢弃，只能通过不断工作来偿还与生俱来的债。我可以借着技能，龟缩在船舱里，尽可能苟活更长的时间，可她们不能。

一些疑团困扰着我，在此之前从未发生过，就像其他矿工一样，似乎某块大脑区域中的逻辑自洽敏感度被人为调低了。我们的意识中形成了一个巨大的盲区，在这个区域里出现的所有问题，我们都视而不见。出于某种未知的原因，我的盲区渐渐缩小，问题如黑色礁石般裸露出水面。

也许是出于害怕，也许是来自那些渐渐失色的名字，我脑中的技能树计算出巨大的潜在威胁，我不能再像以前那样逃避下去。

我决定做一些事情。

光头佬钻出淋浴袋的时候被我吓了一跳，他带着伤疤的身躯如同丛林里的豹子，黝黑发亮，散发着热腾腾的水汽。

“原来是你？我还以为是汗毛怪。我们约好了，你懂的，运动运动。”他挑了挑眉毛。

“事情不应该是这样的。”

“不应该是哪样？你听起来有点不对劲，接受自检扫描了吗？”

“我很好。是你们有问题。你不觉得这一切都太荒谬了吗？这艘鲸母，这份工作，还有不停地死人……”我知道他马上会打断我。

“嘿，方下巴，我记得咱们讨论过这个问题，很多次。这就是我们的命，人要还债，就必须承担正常人所无法承担的风险和痛苦，死亡只是中介。”

“这是你真实的想法吗？还是说，只是他们让你这么想？”我指了指上面，我知道这个方向也许不对，毕竟我们一直在太空中旋转着。

“要问我的话，我觉得也许你应该找个伴儿，好好释放一下压力。有时候你的模块会因为积累负面情绪出现认知偏差，那个词怎么说来着？过敏反应。没错，就是过敏。”他背过身，开始擦拭身体。

“我算过，即使是采用霍曼轨道转移，把人从地球持续运到这里来也完全不划算。想象一下，就像每飞一次都要报废一架飞机，没有回程票。这是一笔糊涂账，光头佬，没人会做亏本生意。”

他缓缓转身，脸上出现了严肃的表情。

“……那你想怎么办？”

“让公司知道，我们不干了。”

“不可能，我们的债……而且只能公司单向联系我们，我们的呼叫只有自动应答，某种信息隔绝机制。”

“那么我们就把整艘鲸母工厂停下来，不再发货，看看他们怎么办。”

“这倒是一个办法，你真的确定要这么做？”光头佬脸上的表情在发生一些微妙的变化，我难以解读。

“如果他们还不回应，我还有一个计划，”我停了停，看看周围，“炸掉精炼车间。”

在“鲸母”腹部的精炼车间承载着将“寄居蟹”带回来的矿石进行第二到第四级加工的核心功能。

第二级处理是将水电解成氢和氧，以及两种气体的液化存储，作为主要推进剂。第三级处理涉及高温“烘焙”，以迫使主要矿物磁铁矿通过含碳聚合物自动还原，从而导致更多的水、一氧化碳、二氧化碳和氮的完全释放。第四级处理将需要使用前面释放的一氧化碳作为试剂，通过 MOND（气态羰基）工艺提取、分离、净化和制造铁镍产品，残留物将是钴、铂族稀有金属以及诸如镓、锗、硒和碲等半导体材料的粉尘，这些不起眼的灰尘也许价值超过了你所熟知的大公司的历史产值总和。

“你是认真的？”他眯缝起双眼。

“大量的氢氧混合物，含碳聚合物，高温，一个响指，轰——”我做了一个夸张的爆炸动作。

“好吧，我考虑考虑，这事儿也许需要集体决议……”光头佬低头拿起毛巾，他在同一个部位已经反复擦拭了好几次。

“我不相信他们，我只相信你！”

“好吧，”他丢下毛巾，向我走来，像是要伸出手来跟我相握，“我必须感谢你的信任。”

没等我伸出手，光头佬一记重拳将我击倒在地。我眼前最后一幕清醒的画面，是他那些残缺不全的脚趾，在地板上不停收缩展开，发出昆虫抓挠金属的声响。

我试图睁开双眼，可是不能，我试图移动身体，可是不能。

我感觉到一些手正将我整个抬起，塞进什么东西里。一些声音断断续续地传进我的耳朵里，我努力理解这些话语里的含义。

“……我很抱歉，方下巴……这是集体投票的结果……我们不能……不能让你破坏我们的秩序……”

现在我能感觉到，我被装进了一身宇航服里，我从来不喜欢这玩意儿，因为它暗示着你会被抛进一个无法控制的极端环境，你所能依赖的只有这薄薄的一层防护措施。

“……你经常说的……风险最小化……从数学上这是最合理的做法……”

有什么东西被打开了，气压正在迅速地变化，还有温度，我似乎听到宇航服里的模块被一个个唤醒，仿佛具有生命力的是它，而不是我。麻痹的意识开始觉察到一个恐怖的事实，可我的身体还没有完全醒过来。

“……你的氧气还能维持……124 分钟……省着点儿用……”

我终于睁开了双眼，看到所有船员的脸，手在额头做出哀悼的动作，站在最前面的是光头佬。他们的脸和我的脸之间，隔着两层特化玻璃，一层来自于隔离舱门，一层来自于我的防护头盔。而他那带着怜悯的声音，来自内置的通讯器。

“……你的债……还清了……死亡只是……中介……”

我伸出麻木的手，想抓住什么东西。我想大声呼喊，说求求你们不要。可是一切已经太迟了。我看着他们的脸迅速远去，周围的光线变得不均匀，身体开始缓慢旋转，没有重力，只有船舱自转的离心力，带着我向远离轴线的方向飘去，永不归来。

巨大恐惧触发编写在杏仁核和腹内侧前额叶中的刺激—反应模块，它会自动加快你的心跳，升高血压，分泌汗液、皮质醇及肾上腺素。相信我，我对恐惧熟悉得很。这是亿万年进化而来的底层原始恐惧包，你无法用自主意识来抑制它，就算你再怎么勇敢也不行。

更何况是我。

我飘浮着，像一袋垃圾，无依无靠。我的理性告诉自己，恐惧会让氧气消耗得更快，而一旦血液中的二氧化碳水平上升，将再次激活原始恐惧包，陷入恶性循环。可我竟然无能为力。

我为人类这种生物身上愚蠢至极的设计而发笑，像个真正的疯子。

不知道过了多久，在这种极端处境下人的时间感总是会产生误差。我以为自己会在无尽的漂流中告别人世，债务清零，却没想到身体撞在某块巨大坚实的表面上。我被拦住了。

这是“鲸母”的内表面，离心力把我推到了这里。

尽管依然没有水和氧气，但这好歹让我重新获得了支撑点和方向感。这稍微平复了我的恐惧，让它开始发挥新的作用，包括重新调配注意力与感知的计算资源，从记忆中调出类似经验，为行为决策做参考。

很遗憾，我从来没有过被丢进太空里的经验。

我像个攀岩选手般双手双脚贴附在小行星内壁上，岩壁间的黑色沙砾提醒了我，这里的岩层含有一定比例的铁和镍，虽然等级不高，但也足以让我的磁力靴发挥作用。

现在，我可以勉强在鲸母的脑壳里站立行走了。我体会到了进化史上由猿变成人那一瞬间的快感。

在我头顶上，是以每分钟一圈的速度围绕轴线旋转的船舱，它太快了，也太远了，我没有一点机会。轴线其实是刺入“鲸母”颅骨两侧的超合金轴承管道，由钛、铬及碳纤维编织而成，密封中空，供能源及各种资源管道布线之用。

也许我还有一丝机会。

剩余氧气只有 72 分钟。我开始发挥脑中技能树的优势，结合最近的管道接口距离、体重、步长、心跳及血氧水平、地面磁力及摩擦力，我计算着最佳配速，能够让我在氧气耗尽之前到达目的地，同时找到能够进去的气阀口。

答案不是很乐观，如果速度过快，磁力靴产生的吸力将不足以拉住我的体重，如果过慢，氧气又会耗尽。我需要极其精准地执行这个精确到小数点后两位的太空跑步计划。

从“鲸母”吞噬星空的大嘴边缘露出了一丝遥远的日光，我必须赶在太阳照进这里之前赶到管道入口，否则高温会提前宣判我的死刑。

没有发令枪，没有裁判，没有对手，更没有观众，我开始了与死神的赛跑。

如果不是性命攸关，我真想好好看看这绝无仅有的景色。

想象一个半径 5 公里由石头构成的乒乓球，被斜着削掉三分之一，这层薄壳的内表面，就是我的跑道。而头顶上是深不可测的纯黑星空，像一只眼睛从岩壁缺口处不怀好意地盯着我，还有那如陀螺般旋转不息的船舱，里面装着一群曾经与我朝夕相处，现在却通过投票将我流放到太空自生自灭的矿工伙伴们。

我救过、爱过、睡过的人们，就像所有这些巨大冷酷的物体一般，保持沉默，一声不响。

苍茫星空下，我如蚂蚁奔跑不息。面对永恒，所有的债务都变得毫无意义。

我从来不是一个合格的运动员，在这里不是，相信在地球上也不是。路程刚刚过半，我头痛欲裂，关节与肌肉酸胀不堪，心脏负荷接近极限，胸腔里似乎有一台火炉在呼呼地冒着火星，似乎随时都有可能爆炸。

我想要放弃。躺下，飘走，随便。只要让我喘口气，歇一会儿。

数字不会因为我而停止跳动。它们只会归零。

我听见一些奇怪的声音，像是忽远忽近的呢喃、歌唱、喘息。它们似乎围绕着我，引导着我，有些在劝我停下来，有些让我继续。我猜这是缺氧导致的幻觉，不停跳动的红色数字显示氧气还有 18 分钟，而那条管道似乎变得越来越远，遥不可及。黄蓝色的光点在我视野里浮动，像是墓地里翩然起舞交配的萤火虫。

——你看我的鼻子变长了吗?

一个声音幽幽地在我耳边轻叹，我悚然惊醒，汗毛直立。那是小雀斑的声音。

我几乎把她们都忘记了。我的垂死狂奔不只是为了我自己，还为了那一个个被删除的名字。

遥远的阳光开始从“鲸母”的唇角斜斜射入，在黑灰色岩壳表面涂抹上金色而炽热的色彩。这股能量如此美丽，又如此致命，它能够唤醒沉睡在岩缝深处的水冰，让它们化为气体，如怪物般怒吼着冲出地表，成为致命的长矛。必须赶在阳光追上我的影子之前到达管道，否则不是被高温灼烤致死，就是被气浪刺穿，弹射向另一个毫无生存希望的角落。

我想象着背后的地面如烤箱中的爆米花，会发出焦脆空洞的爆炸声，可是没有，什么声音都没有。死亡如此安静，就像一只处心积虑靠近你的黑猫。

每一次呼吸都将肺部灼烧殆尽，每一次迈步都把肌肉撕拉到极限。我忘记了配速，忘记了疼痛，忘记了死亡，只是机械而麻木地奔跑。没有其他办法能够实现奇迹，除了抛弃作为人类的种种弱点。这也许正是人类的伟大之处。

那根管道比我想象的还要粗大，如定海神针般立在不远处，直插对面另外半球的岩壁。

我的脚下却轻飘起来。我愚蠢地漏掉了一项重要的指标：耗电量。

维持体温需要电，数据运算需要电，外部环境监测需要电，最最重要的，磁力靴需要电。现在的电量已经下降到了5%，维生系统首先关闭了磁力靴。非常合理的选择，却可能让我前功尽弃。

我凭借着惯性往前奔跑，但明显靴底与地面的摩擦力在减小，很快我就会失去对身体的控制，漫无目的地飘浮到空中，永远失去登上管道的机会。

只有一种可能，我的脑中闪过成功率极小的方案。我别无选择。

我深吸一口气，突然停止了迈步，并拢双腿让整个身体随着惯性前倾倒向地面，随即一个前空翻，当身体轴线旋转到一定角度时，朝地面蹬出双腿，用尽全身的力气实现信仰一跃。

脚下出现一团黑色粉尘，像是刚刚经历了微型核爆，绷直的身体如离弦之箭，借助着反作用力向着银灰色管道射去。

面罩上的氧气量已经开始进入最后一分钟倒计时，红色闪烁的读秒数字提醒着我，即便到达管道表面，如果无法及时打开气闸门进入内部，大概率还是会死。

这一分钟无比漫长，爱因斯坦是对的。

我不断调整着在空中的姿态。有那么几个瞬间，我以为自己玩完了，会永远地错失抓住救命稻草的机会，坠入无尽星海，但最终还是重重撞上了坚硬的管道表面。也许断了几根肋骨，头盔出现了不祥的裂缝，但至少，我到达了目的地。

撞击点所幸离气阀口不远，我已经耗尽宇航服里的自备氧气，仅凭最后一点残余意志挪到了阀门口，试图破解开门密码。

实际上我根本用不着破解，那些把我流放到太空里的伙伴们，还没将我从系统里删除。

这也许是他们犯下最大的一个错误。

我瘫倒在地，大口喘息，像是从水里刚刚上岸的两栖类。

管道里竟然有稀薄氧气，我大概猜到之前物资消耗数据上的缺口是怎么回事了。昏暗的通道中央是粗大的线缆和各种不同颜色的物资供应管，地面两侧每隔几米就有传感器闪烁绿光，像是夜行航班的指示灯，向着两端幽暗深处蔓延开去。

根据方向我可以推断一侧伸向船员们居住的旋转船舱，但是另一端呢？也许是通往埋在岩层里的微型核聚变反应堆？除了太阳能和氢氧混合推动剂之外，那是我们大部分能量的来源。

不知为何，我想起了弹舌鸟临死之前的玩笑。我决定跟随着绿光，往远离船舱的一侧走去。

现在我已经是一个死人了。至少在系统里，宇航服已经死得透透的，没有电，没有氧，也没有头盔。我手动关闭了定位模块，避免伙伴们被一具行尸走肉惊吓到。但如果我想要回到船舱，我还需要一身新的装备。

随着探险的深入，一些奇怪的记忆碎片开始涌现，仿佛我曾经到过这里。强烈的不适感在阻止我重游故地，像是鬼魂逡巡其间，不时往你脖颈后吹口凉气。

我穿过了几道密闭阀门，事情变得更加有趣。其中一个舱室配备了高精度的3D打印机，能够从数字图纸打印并模块化装配大部分轻量级的太空用品，包括宇航服外壳、开采工具甚至武器。我需要的只是把旧宇航服里的集成模块拆卸下来，安插进新衣服里。

现在，宇航服里的那个幽灵活了过来。

这中彩票般的发现并没有让我高兴起来，随之而来的是更多的疑问。为什么会在这里设置这样的舱室？谁会使用这样的设备？用来做什么？

也许答案就藏在我记忆中的某个角落，只是被区块化加密上了锁，无法被正确读取。

也许我根本不想知道答案。

终于，我站到了最后一道舱门前，透过舷窗，我看到了地狱般惊悚的场景。不，没有怪物，没有尸体，没有血，一切整洁如新，散发着神圣的生命之光。但比最恐怖的噩梦还要绝望。

舱门无声滑开。

我的手指颤抖着画过透明密封罩，一个个悬浮其中的躯壳，成型的未成型的，年轻的年老的，面孔熟悉的或陌生的，都在沉睡中等待着被恶灵唤醒。我看到了光头佬、汗毛怪、长腿……他们的身体新鲜强壮，在人造羊水中不时痉挛颤动，如熟透的果实即将落地，只需要最后一道甜美的工序——注入灵魂。

那也许就是我们抵押给魔鬼的东西，灵魂、基因债、记忆区块链……随便你怎么叫它，都改变不了事情的本质。

他们骗了我们。

我突然意识到，这些肉体的苏醒，也许是以船舱里另一个分身的死亡作为信号。那么是谁来控制每一个克隆体生长的速度？难道说，每个矿工的寿命其实早被计算安排得彻底？以符合整体效率最大化的目的？透骨的寒意爬上我的脊背。

这就是太空矿工的秘密。这就是我们身上背负的债。

我来到一具似乎刚到青春期的少女躯壳前，那张脸上的特征，让我陷入了认知上的困境。每个克隆体的面孔，似乎与记忆中一样又不一样。也许是系统改变了一些表观遗传，也许没那么复杂，只需要把我们脑中面孔识别的模块稍加调整，让大脑对某些特征区域的关注超过其他，也许，我们便再也认不出同一个人。

但那个少女的脸，似乎激起了某种更为复杂的情绪反应，像一阵旋涡想把我吞噬。我努力挣脱了她充满魅惑的引力场，来到最后一个密封罩前。

这里只有一个小小的胚胎，蜷缩着漂浮在淡黄色的液体中，像颗粉色的小行星。它眯缝着眼睛，吮吸着手指，似乎沉浸在永恒的美梦中。一根半透明的人造脐带正以肉眼可见的速度往胚胎体内输送着养分。

我似乎想到了什么，罩板底部显示着一行编码：EM－L4－D28－58a。

一阵眩晕猛烈袭来，我单膝跪地，努力支撑住身体。

这就是我。准确地说，我其中一个分身。也许是被突如其来的死亡信号催促发育，看起来它还需要一些时间。

它会拥有我所有的记忆吗？包括被区块封装加密的那些。它知道我所经历的生死考验吗？它会像我一样害怕死去吗？还需要多少个它这样的分身才能够还清我身上背负的债？也许永远不会有那么一天？也许人类的存在就是一种债务形式？

一阵无名怒火涌上心头，我用力捶击着透明护罩，发出浑浊而沉闷的回响。我想毁掉这一切，切断这无尽的轮回。

那个小小的我似乎觉察到了什么，眼睑微微颤动，在羊水中缓慢旋转，似乎在回应我的愤怒。

它是无辜的。我醒悟过来，我也是这诸多分身中的一员。它就是我。

我们是无辜的。有罪的是背后建造并操控这一切的人。

我站了起来。我必须回到船舱，告诉那些被欺骗和被损害的矿工们，哪怕我听起来像个疯子。为此，我需要先打印一些东西，能够说服那些被洗过脑的伙伴们，货真价实的东西。

我需要跟公司取得联系，让他们停止这一切，哪怕做出过激举动。

那条闪烁着绿光的狭长通道伸向远方，我不会再畏缩不前。

光头佬举高双手，背对着我慢慢跪下，双膝着地的他竟然和我齐头高。

我把枪口对准他的后脑。我清楚他有多强壮，并且狡猾。

在我的身后，躺着一具具尸体。血没过我的靴底，踩上去有一种奇怪的黏稠质地。

他们不愿意相信我，甚至不愿意听我说话。他们说，你的债还清了，为什么还要回来？他们的脸惊恐而扭曲，像被陨石砸过的抛光铝箔。

我说，那只是个谎言，只要你活着，债就不会消失。

我扣动扳机，让那些浸泡在羊水里的分身得到加速发育的机会。

“你不知道自己在做什么……”光头佬喃喃着，气势全无。

“你知道吗?”我反问他。

“有些真相不应该被发现，就像有一些枷锁最好别被打碎。”现在他听起来像是那么回事了，“通过加入神来实现永恒，这是我们唯一的选择……”

“所以，你是被设置为‘管理员’的那个人?”

“没有管理员，鲸母的运行都是由算法决定的，我的记忆和你一样，并没有清楚多少。”

“所以你也不知道如何与公司取得联系?”

“我说过了，通信是单向的，只能公司联系我们。”

“那么我们来试试最极端的一种情况，”我缓慢而轻柔地晃着枪口，以螺旋式轨迹贴近他的头颅，“所有的矿工只死得剩下一个，猜猜这样的异常信号会不会引起他们的注意?”

光头佬在颤抖，求生意志压倒了忠诚感，无论是天生的还是后天被植入的。

“回收计划。”

“什么?”

“在我的记忆模块里藏着一个指令，允许我们在最高级警戒状态下向一颗中继卫星发射信号，信号会到达地球上某个秘密测控中心，然后再转接给公司，单程延时大约需要 13.4 秒。公司会将幸存者接回地球，但是……”

“但是什么?”

“……只有在面临死亡威胁的情况下，才能激活指令的记忆……”

我微微一笑，用冰凉的强化塑料枪口抵住他汗涔涔的头皮。

“那应该就是现在。”

光头佬像台蒸汽朋克时代的差分机，一字一顿地键入那组十六位数字指令，屏幕出现我从未见过的界面，提示是否发送回收计划信息。

选择“是”。

信息显示发送成功，我们冷冷对视着，陷入漫长的等待。

一阵飞蛾扑翅般的声响，有信息返回来，这时候时间过去了 5 分 47 秒。也许公司那边已经召开了高层级的紧急会议商讨对策。

对方要求通话，选择“是”。

“——呲呲，这里是文昌这里是文昌，收到请回话。”

光头佬将目光投向我，里面充满同样的迷惘，但他的身体比意识更快做出反应，一个箭步冲向通话器。比他身体反应更快的是我的枪。为了保证船舱密闭性安全，我们选择了慢速子弹，并不会穿透对象的身体，而是将所有动能通过弹头的碎裂完全释放到中弹者体内，这意味着加倍的痛苦，以及更高的致死率。

他已经没有时间忏悔。

“文昌文昌，我是 EM－L4－D28－58a，现在只剩下我一个人了，请求回收，请求回收。”

“请求收到。请再次输入指令，授予完全数据权限，帮助我们进行态势评估。”

我看了一眼在血泊中抽搐的光头佬，优雅地举起双手，一字一顿地重复键入那组十六位数字指令。

死亡只是中介，数学才是永恒。

数据如真空中的雪花无声落下，那会花上好一阵子。我找了个角落蜷缩着半躺下，像是被榨干了这一辈子的所有力气。回忆与疼痛搅拌在一起，混乱不堪。我不在意他们将如何评判我，如何处置我，我所希望的只是离开这个活地狱，回家，哪怕已经没有人在门口等我。

如果他们拒绝，我会选择和整颗小行星同归于尽，只需将电磁质量投射器的加速方向调转，“鲸母”就会被开膛破肚，粉身碎骨，带着所有的债和罪一起化成齑粉。认知模块提醒我，在梵语、希伯来语和阿拉米语里，债和罪本来就是同一个词。

现在真的只剩下我一个人了。

另一股力量在拖拽着我，让我的眼皮下垂，四肢瘫软，阻止我的神经脉冲顺畅流动。它要把我带入梦境，就像曾发生过无数次的对抗，最终都是以我的失败告终。我竭力抵抗着它的入侵，试图听清来自数十万公里之外的福音。那声音虚无缥缈，捉摸不定。

“……EM－L4－D28－58a，所有数据评估已完成，我们会带你回家，我们会……”

黑暗再次吞没了我。

7

“……负债累累是有罪的，不完整的。但完整只能意味着毁灭……”

拖着弹舌鸟残缺身体的“牧羊犬”缓慢消失在深空中。

“……祭祀是针对所有的神，而不仅仅是死亡，死亡只是中介……”

被粉尘包围的碎裂船舱里，小雀斑的头盔与身体藕断丝连，如一朵随时会被吹散的蒲公英。

“……一旦我们把自己的生命归功于创造我们的神，便会以牺牲的形式支付利息，最终用我们的生命偿还本金……”

光头佬拍打我的肩膀。光头佬被我一枪轰开，在低重力环境下如没有重量的纸偶飞向墙壁，血雾从他胸口迅速扩散，像是绽放的玫瑰。年轻的光头佬在羊水中逐渐成形。

“……将出生设想为所有人所承担的原始债务，一种由于人类出现的宇宙力量而产生的债务。然而，这一债务却永远无法在地球上得到解决，因为它的全额偿还是遥不可及的……”

小雀斑朝我眨眨眼，做了个不雅的手势。出浴的弹舌鸟俯身擦拭小腿，她朝我眨眨眼，没有丝毫性的意味。

“……如果祭祀仪式做得正确，神就会承诺一种完全摆脱人类状况并实现永恒的方法。因为，面对永恒，所有的债务都变得毫无意义……”

梦里被隔离的女孩，捧着画册安然入睡。被倒扣在桌上的相框，写着一行小字。密封罩里缓缓旋转的粉色胚胎，眼睑不时抽搐。

“……它采取牺牲的形式，通过补充活人的信用，使延长生命成为可能，甚至在某些情况下，通过加入神来实现永恒……”

密封罩中少女的脸。意欲自杀却被凝固在半空的绝望男子。矿工们的尸体。我自己的尸体。小雀斑的脸。弹舌鸟的脸。黑衣女子的脸。所有生者与死者的脸缓慢交叠融合成一张脸。

“……人类的存在就是一种债务形式……”

一些名字开始浮现，可我无法确定它们是否真实，就像是我的记忆，如此破碎而混乱。巨大陨石击穿船舱，在我身旁爆炸。炽热的燃料跳蚤潜入我的身体，从里面烧灼出散发焦味的孔洞。我在小行星表面绝望奔跑，背后是不断爆发的冰火山，岩层裂缝将我吞噬。像是跌入无限循环的隧道，一切都被拉扯成无限远无限稀薄的光。

我终于想起了那个名字，那个唯一的、不能被忘却的名字。

8

“安安!”

我从噩梦中惊醒，却发现自己并不在船舱里，也不在“鲸母”体内任何一个据我所知的角落。

这是一座巨大空旷的房间，乳白色的光均匀洒下，却看不到具体的发光装置，认知模块也无法被唤醒。

我试图移动自己，却发现身体沉得吓人，就好像整套肌肉系统只能使出三成力量，甚至每一次呼吸都艰难滞重。我突然意识到这意味着什么，两行喜悦的泪水不受控制地夺眶而出。

我终于回家了。

李医生是个亚非混血后裔女孩，一头蓬松卷曲黑发，像是团碳纤维清洁球。她为我配备了外骨骼和辅助呼吸装置，帮助我适应地球的重力环境。与普通地球人相比起来，我的四肢过分修长羸弱，肤色苍白得古怪，而头部比例又有点过大。如果有人给我身上刷上绿漆，想必扮演个 ET 外星人毫无违和感。

我的活动范围被限制在这一层楼里，李医生说，外面有一场因我而起的风暴，我还是暂时待在这里比较安全。我猜她一定是用了隐喻和夸张的修辞法。

这一层楼的活动面积已经超过了“鲸母”上所有舱室与通道面积之和，当然没有算上小行星的内外表面积，毕竟不是每个人都有机会在上面奔跑。这里可以满足我所有的生活所需，我又尝到了梦寐以求的宫保鸡丁，按照正常的地球自转周期进行作息，以及接触到真实的人类，而不是分不清究竟是克隆分身还是记忆遭到篡改的太空矿工。

一切都如同古代的帝王生活般完美，除了一件事，我的记忆依旧没能完全恢复。李医生说，出于某种未知的原因，我的意识突破了原先的区块加密封存技术，等于打穿了记忆屏障，但是所有的信息都未经索引，像一团乱麻，需要时间让大脑重新建立起秩序。

秩序。不知为何这个词让我打了个冷战。

我有太多的问题需要被解答，这种迫切心情被李医生瞬间看穿。

她微笑着安抚我："风暴很快会过去，你会见到我们的领导者，也就是下令救你的人，到时你会得到一切的答案。"

没有电视，没有网络，没有任何能够带来外界信息的媒介，也没有时间。也许它们就在这里，被折叠在墙体里或蜷缩在某个细微的角落，只需要我念对咒语，打个手势，它们就能活过来，蹦跳到你面前。

可我不属于这里，我对如今的地球一无所知，所有太空挖矿的技能树在这里没有半分用武之地。

甚至回来之后，我的梦也被剥夺了。我只能记得那个名字，和一些朦胧的片段，却无法与自己的真实感受或记忆连接起来，就像是一个瞎子被包裹在塑料薄膜里，只能透过被层层阻隔的感官去触摸世界。这种感觉让人窒息。

我努力讨好李医生，央求她让我看一眼外面的世界，只一眼就好。她总是眼带怜悯地拒绝我。

"还没到时候，你现在最需要的是保护好自己。"

我不确定自己完全理解了她的意思。

终于我等到了机会，一名护工调起了墙上的控制面板，却突然被叫开了。我试探性地按了几下钮，屋里的光线色温平滑变换，像是在数秒内经历了许多时空，我又按了几下，面前的乳白墙体突然变得透明，泄露出背后真实的外部世界。

我惊慌地往后退了几步。外面是一片更加开阔的灰白色广场，被地面的黑色线条切分为不规则形状，远方影影绰绰耸立着巨大的几何形建筑，比例和角度都给人带来一种挑衅式的不稳定感，有一些介于生物与机械之间的活动雕塑点缀其间，似乎能够根据环境的变化产生微妙的交互。

这不是我所熟悉的那个地球。

广场上有一个人看到了我。他抬头看着我，额头上什么东西闪闪发亮，像是传递着某种特定频率的信息。

人越来越多。他们同样额头闪亮，站在广场上，抬头看着我。我注意到每个新的个体加入人群之后，闪烁频率便被调谐成一致。

我感到愈加不安。现在已经有上百个人，黑压压一片站在下面，盯着我。他们每个人的额头几乎变成了一个发光的像素，组合在一起便成了一块低分辨率的显示屏，现在上面开始滚动着一些意义不明的图案，令人眼晕目眩。

我将手掌贴在墙上，人群的图案突然凝固，瞬即转变为另一种模式，如同往里无限收缩的大海。

他们是在跟我交流吗？

我尝试了不同的动作和姿态，他们也随之反应，可我一点也不明白他们想要表达什么。

正当我想要采取更激烈的举动时，眼前突然恢复成一片乳白。我回头，李医生一脸愠怒地看着我，轻轻摇头。

我做出祈求的动作："我只是想看看外面。"

"已经定了，三天之后，领导者会接见你，做好准备吧。"

我心里一阵忐忑，并没有之前所期待的欣喜。

"外面那些人……他们是谁？为什么要那么做？"

李医生瞪圆了眼睛，似乎在斟酌字句，每次她想找借口时就会出现这种滑稽的表情。但最后她还是放弃了，垂下长而粗的睫毛。

"他们是无债之人，你的崇拜者。你是他们的神。"

9

会面并没有发生在想象中宏伟富丽的殿堂里，相反，我被安排在一家典雅朴素名为"格物"的老式书店，有螺旋式的书架式阶梯一直通往顶层咖啡厅。

外骨骼被禁止使用，我顺着台阶如虚弱老人缓慢攀登，感受每块肌肉在三倍重力环境下的运行状况。庆幸书架上的许多名字依然印刻在我的脑海里，即便没有认知模块也能够被随意调取。

领导者从咖啡桌旁起身，一袭黑衣，胸口别着金色胸针，面带微笑迎接我。

"东方觉先生，幸会，我是梅零一格。"

我惊讶于她的年轻，更被她眉目间某种似曾相识的特征所吸引。

"我们……见过吗？"我没能拽住自己的好奇心。

她斜着头，眉头微蹙，思考了一会儿，然后展开笑脸："啊，我知道了，您见的是我的祖母梅李爱夫人吧。"

"祖母……"我被这个称呼所暗含的时间跨度所惊吓，"……所以那是多少年前的事情了？”

“如果按债务合约签订日期算，那是七十二年前了。”

“七十二……”我深深地吸了一口气，似乎有点晕眩，她扶住我坐下。

“您恢复得不错，我是说，在那样的环境里待了那么长时间……”她语调完美地表达了同情。

“所以，这究竟是怎么一回事，你们是谁？又是谁在背后操控这一切？”

“您一定有很多的问题，考虑到您的记忆还没有完全恢复，我会从我的曾祖父梅峯讲起。”

梅零一格抿了一口咖啡，用纸巾轻拭唇边，开始讲述她曾祖父的故事。

梅峯先生创立的生命链集团一直致力于将生物技术与区块链技术进行结合，他认为那是通往人类永生之路的不二法门。

当然他发家靠的不是像徐福一样贩卖永生，而是向各国政府提供基因债技术。所谓基因债就是将债务数据区块化加密后嵌入 DNA 链条，能够实时追溯，无法篡改，也能遗传给后代，避免了经济溃败时期以自杀或修改生物信息躲避欠债的行为，同时也能最大限度及最小粒度地管控个体的经济行为。

在那个时候，高精度克隆与人造胚胎早已不是问题，关键就在于意识的转移，如果每次都需要从牙牙学语开始重新体验人生、积累经验，那只能算是代际交替，算不上真正个体生命的延续。所以梅峯成功研发了记忆存储与植入技术，只需要一个黄豆大小的脑部植入物，便可以向云端同步存储每分每秒的感官刺激及思绪流动，反过来也可以插入现有的海马体皮层，实现记忆的无缝对接。

这项技术引起了极大的恐慌，因为它背后所隐含的种种可能性，也许会造成贫富与阶层的绝对固化，甚至导致人类文明回归到奴隶制社会形态。全球领导人们经过一番挣扎，抵挡住了永生的诱惑，达成所谓的“日内瓦共识”，将这项技术与大规模生化基因武器、原子弹一起打入黑名单，在地球上不得投入使用，研发也必须在最高等级监管下有限度地进行。他们也不希望把生命链公司一棍子打死，毕竟还需要用基因债技术维持经济体系的正常运行。

梅峯，我的曾祖父，来自被称为“东方犹太人”的潮汕族群，他经常会回忆起不畏风浪、热衷赌博、将资本和文化通过海潮播撒到全球各地的先祖们。没有什么能够阻挡潮汕人冒险的步伐，如果有，那只能是胆量。

于是，作为利益交换，生命链集团在政府默许的“自我治理”范围内迈出一大步，表面上政府仍维持监管职能，实际上却给予财团更大的自由。

梅峯在小行星矿业领域投下重注，兴建空间站，改造小行星，资金与技术都不是难题，但所有太空矿产公司都会遇上同一桩棘手的事情——人。没有足够符合资格的矿工，即便是高薪培训也完全满足不了需求。许多企业寄望于机器人，但最终这些需要大量水、冷凝器、继电器、电路和电池来维持运作的铁家伙们，只能在高度可控的环境里执行一些程式化的工作。

曾祖父当时喜欢说一个笑话，机遇号在火星上运行 20 年所完成的地质勘查工作，也就和一个普通大学研究生一个星期的工作量相当，还不一定有人干得漂亮。

这就是他下的一盘大棋。

生命链集团在全球范围内寻找符合资格的候选人，威逼利诱地与他们签订了债务合约。这些人不但出卖了自己的肉身和基因，还出卖了自己的灵魂。具身生物学证明了只有身体与意识的高度匹配，才能够最充分地发挥人的潜能。他们的基因数据会被传送到太空站中，经由机器重新拼装组合成遗传物质，分裂成受精卵，发育成胚胎。而他们的记忆，经过一系列程序化的激发与再现，像债务数据一样被区块化加密，植回克隆体的大脑皮层。

冷启动的道路铺满了尸体与鲜血，超出任何人的想象。

集团花了十年时间，数以百亿计的资金以及尚未解密数量的牺牲者，终于实现了这一地外经济体系的稳定运转。回报也是超预期的，除了贵金属和稀土矿，某个站点还捕获了来自太阳系外小行星所携带的亚稳态氦化合物，能够兼顾高能量密度与可再生性，这引发了一场储能方式的革命。

也有一些预料之外的干扰。一些叛变，一些心智崩溃，一些集体屠戮行为。人类历史上开疆拓土中曾无数次上演过的戏码。集团发展出一套方式，将那些有可能导致负面冲击的记忆封存起来，并通过 AI 创作了一部指导意识形态的手册——《神圣债务论》，植入到每个矿工的认知模块中，日积月累、水滴石穿地施加精神影响，成为新的宗教。

这套系统设计运行得如此之完美，以至于多年后，地球上竟慢慢地遗忘了这些人的存在。这个秘密只有极少数人知晓。而当梅峯去世之后，我的祖母，梅李爱接管了大权，她深知其中隐藏的巨大政治风险，更是将其作为集团的最高机密。这时候，生命链集团已经成为这颗行星上势力最为强大，触角无所不及的庞然巨物。几乎每个人都或多或少背负着来自集团的债务。

当一个生命体变得过分复杂巨大时，它同时也会变得极其脆弱，只需要一次不经意地跌倒，也许就会造成致命的伤害。

就好像你在太空里所做的一切，东方觉先生。

信息量太大了，我习惯性地调动认知模块，但随即意识到只能靠自己消化。这需要一些时间。

“所以，我们都是被骗签了卖身契的农奴，而且是永生永世不得翻身？”我尝试着寻找更为缓和的表述方式，可我找不到。

“从技术上来说，所有你们可能遭遇到的事情都写在合约里，用法律的语言。”

“可我不明白，为什么要救我回来？应该让我自生自灭不更符合逻辑吗？”

梅零一格微微一笑：“如果按照旧时代的利益最大化思维，确实如此，可现在不一样了。”

“哦？”

“实话实说，我们认为这是一个剥离原罪的最好时机。”她似乎犹疑了一下，试探性地看我反应，“作为生命链集团新的管理者，我对此前发生的事并不知情。要不是您发送了紧急信号，也许整个地球对这些骇人听闻的行径还一无所知……”

“我在听。”

“多亏了你们在太空的无私奉献，我们得以发展出激光阵列发射技术，大大降低了单位荷载进入近地轨道的成本。我们还在基多、蒙巴萨、利雅得和新加坡建造了四部太空电梯，即便是太空矿工也无须长时间待在矿区忍受煎熬。新的空间革命即将到来，我们将真正地开始向着太空殖民，向火星、小行星带、木卫二甚至更远的宇宙深处进发。我们需要你这样的英雄来激励人们……”

“英雄？”我嗤笑了一声，“我们能跳过广告直接进入主题吗？”

她突然露出了拘谨而古怪的笑，与我们的对话格格不入，这种感觉似曾相识。

“现在有一些人，一些势力，想借助你的遭遇，来打击集团。他们将你视为偶像，视为反抗整个债务系统的符号性人物……”

“无债之人。”我想起了站在广场上的古怪人群。

“你已经知道了？”梅零一格露出狐疑神色，“他们宣称基因债是守旧的、封闭的、不道德的，应该要以人类整体文明作为债务对象，推行‘债务开放运动’。你如果看见他们的人，额头上闪烁的就是每个人给全人类增添的债务数字的变化。”

“听起来不无道理。”

“过去五千年来，这样的事情一直在循环发生。所有的革命都以取消债务，重新分配资源为目标。无论这些债务是记录在纸莎草纸上，还是刻在磁盘里。但是必须要以循序渐进的方式进行，否则就会像罗马帝国或者加洛林帝国崩溃之后那样，人们回归旧经济体系，文明倒退，一去不返。”

“所以你到底希望我做什么？领导者，我很奇怪为什么他们不叫你老板。”

她再次露出古怪的笑容，我突然捕捉到了什么，那枚锁链状的金色胸针，那是藏在记忆深处的秘密线索。

“站在我们这边，东方觉先生。作为英雄，引领我们去建立一套新的系统，不是以奴役人们负债累累，强迫人们只为了生存而竞争的系统，而是鼓励人们去创造与贡献，去懂得我们生来是为了感恩，对他人、社会、神灵、宇宙去付出的经济系统。我们可以帮助你一起设计这套系统，来对冲旧系统中基于利息的债务压力，将成本内化为一种自然愿望，而不是转嫁到他人与后代身上。你愿意吗？”

梅零一格伸出手，摆出令人难以拒绝的姿态。

我假装犹豫了片刻，突然笑出了声。

“如果不当领导者，你会是一个很好的演员。或者，这两者根本就是一回事。”

“你在说什么？”

“从始至终你都知道小行星矿场的存在，还有上面发生的脏事儿。只不过，有些真相不应该被发现，就像有一些枷锁最好别被打碎。我说得没错吧，梅李爱女士？”

她那精致柔美的表情瞬间凝固，像是变了个人般，眼神露出一丝寒意。

“东方觉，有时候我不得不佩服你。在你身上似乎什么奇迹都有可能发生。我们最顶尖的科学家都无法解释，为什么你的意识能够突破量子计算机都难以破解的记忆屏障。他们说，也许只能用爱的力量来解释了，你看多浪漫。”

“爱？”我迷惘地看着她，这个词已经离我过于遥远了。

“看来只有这部分记忆你还没有完全恢复，毕竟是被埋得最深封得最死的。我们不希望你和安安相认，于是在你的面孔识别上动了点手脚，让你每次见到她都以为是陌生人。”

“安安……”一些模糊的面孔开始在我脑海聚拢成型，重叠成一张脸。

“是的，安安，你的女儿。你为了自己活下去，将她的数据卖给我们，让她变成一个在无间地狱里轮回受难的罪人。”

梦境里的画面碎片般涌出，带着浓烈的情感将我吞没。我双眼紧闭，大口喘息，头痛欲裂，光头佬说得对，有些真相不应该被发现。

“我真的挺羡慕安安的，有你这样一个爸爸。”我痛苦地睁开眼，梅零一格，或者梅李爱的脸上竟透露出一丝失落。“你愿意为了她，不管死多少次，杀多少人，最后还是一场空。而我的父亲，呵，他永远只把我当成一枚精心算计好的棋子。”

我想起了太空中那枚小小的属于我的胚胎，还有隔壁那位永远陌生的少女。我们俩的密封罩就那么挨着，却方生方死，永不能相认。这一切都是拜眼前这位永生的领导者，以及她背后冷酷贪婪的债务帝国所赐。

“我最后再问您一次，东方觉先生。如果我们能让安安回来，您还会愿意代表生命链集团，成为英雄吗?”梅零一格起身，轻轻鞠躬，“还是，让世界知道背后的真相? 您的数学这么好，算一算吧。”

盯着她那张不留岁月痕迹的面孔，我久久无法得出答案。

10

做梦真是人类一项奇怪的设计。

当在小行星上时，我总是梦到地球上的景象，可当我回来之后，却又时常在梦中重回那个低重力、颜色灰暗、危机四伏的活地狱。就像那里有什么东西让我割舍不下。

我梦见红毛、小雀斑、弹舌鸟、跳跳糖……她们一个接着一个向我告别，然后纵身一跳，从旋转的舱口消失，飘向鲸鱼的嘴巴，像是跃入一片装满星星的池塘。

她们没有穿戴任何防护服和头盔，就是那么赤裸地飘浮着，如同浸泡在羊水中，整个宇宙就是她们的子宫。

我也全身赤裸着，在“鲸母”黑灰色的内表面奔跑，追赶着她们如粉色羽毛的身体。无尽的星空，弧形的地平线，闪光的沙砾让人产生幻觉，仿佛自我慢慢消失，不需要氧气，不需要重力，也不需要保护。如同荒野中一匹迷失方向的狼，在濒临死亡之际，与整个宇宙连接起来，潜藏在身体里的力量被自动激发，感官被彻底打开。我于是知道自己还有一些未被系统驯化的东西，一些不能被算法加密或过滤的情感，一些比活着更重要的意义。

我猜她们也同意，没有债务地死去不是一种逃离，而是一种回归。

于是我停下了脚步，看着她们远去，远去，直到融入群星。

我微笑着睁开眼，面前立着两块墓碑。

我扫了扫碑顶的灰土，抹去那两个名字上的蛛丝，让它们能够被看见。

我从纸箱里拿出一本泛黄的画册，放在左边的墓碑前。画册封面上画着一条灰色鲸鱼，鲸鱼的肚子里藏着一个长鼻子的木偶男孩，小木偶正咧着嘴笑，好像在说——

“你看我的鼻子变长了吗？”

我忍住眼泪，从纸箱里拿出一架斑驳的相框，里面的照片已经受潮发霉卷曲，看不清原样。我把它翻过来，背面朝外，放在右边的墓碑前。在相框的右下角有一行歪歪扭扭的小字，上面写的是：“爸爸，不要怕。”

我点点头，就好像听到了那句话。爸爸不怕。我在心里默念着。

他们说，我已经不是那个太空里的我，生命链集团并没有把我的肉身带回来，只是把意识传回地球，换上一个新改造过的身体。所以，我无法适应地球重力与肌肉无关，那只是意识的惯性。所以，EM－L4－D28－58a 在小行星上犯下的罪也与我无关。

我努力不去想后来在“鲸母”上发生的事情，那会让我发疯。

现在，我是一个全新的人了。

我结束了祈祷，起身离开，手指从两座墓碑上沿轻轻拂过。我也许不会再回来。

那些无债之人在墓地外的绿色丘陵上排成圆环的形状。他们在等着我。

我挥挥手，他们的额头开始闪烁光芒，像时钟，像旋涡，像奏响一曲关于自由的颂歌。

为我，为安安，也为这世上的每一个人。

（原载于《花城》2019 年第 4 期）

作者简介：

陈楸帆，毕业于北京大学中文系及艺术系，科幻作家，编剧，翻译，策展人。曾多次获得星云奖、银河奖、世界奇幻科幻翻译奖等国内外奖项，作品被广泛翻译为多国语言，在许多欧美科幻杂志均为首位发表作品的中国作家，代表作包括《荒潮》《未来病史》《人生算法》等。

或有故事曾经发生

_鲁敏

第零天

1. 一定要干好。

这是我能碰到的最好素材，我能感受到它曾经如何沸腾以及冷凝后的样貌，不，直到此刻它还在咕噜噜地持续发酵中。尽管乍一看上去显得有些干巴：某郊区别墅，未婚女孩烧炭自杀了，这是她生父李先生及其现同居女友的住处。发现人是小区杨姓保安。屋里留了纸条，说明跟任何人没有关系。

我喜欢这种遮遮掩掩的粗料，像缠裹了十八层油纸，相信我，每一层都会抖落出点不为人知的货色来，越接近里层，则越鲜美，尤其是最终那个核。也别指望嘣一声爆炸或者粉色花瓣儿，这不是好莱坞或综艺节目，这是真正的人世间，明白吗？核里面只有真相，赤裸无邪，第一次进入世人之眼——经由我的剥取和发现。

想得美，嗯，总得想得美一些吧，这些年我主要就靠这活着了。跑深度调查也五年多了，从没跟邪恶壮美的“十万+”发生过关联，但咱也没傻干，每天都深捋各平台头条和热搜，嚼碎了吐出来再……咽回去，咽下不得意之气。真的，要能碰到合适的“料”，我准也会喷射出炙热如岩浆的“十万+”，哈，这当今的度量衡与硬通货，庶几等同于古代中之状元（热度一昼夜）、榜眼（热度小半天）与探花（热度三小时）。探花就行，我不会痴心妄想到更久，那不符合现世的节奏和规则，它像月光下的潮汐，偶尔以雪白的浪花高高托举，更多是没头没脸地冲刷抽打——抽打日久，我胸膛中的所谓一片冰心，已生出千万裂纹。再这样无声无息地耗着不如去死。

2. 出门去见杨保安。下了楼，又折回去，把绿皮书塞进了包里，好歹忍住亲吻下书皮的冲动。是，得带着它，这有点小迷信，可迷信常常挺贴心的不是吗。今早，我起不了床，就从七点半直挨到七点三十八。这挨出来的“八”分钟就是个好兆头，会保佑这第一个外围采访开张大吉。

地铁挤得背包都嵌入了我的身体，更能感到绿皮书“硬硬的、还在”，虽然它已给我翻得烂乎乎的了。“绿皮书”是我给它的昵称，因它皮子是绿色儿的，一本非虚构写作教材，普林斯顿大学专用，作者姓麦克菲。这位麦老师长期为《纽约客》撰稿，长达五十多年。五十多年啊，等于说我老爹还是光屁股猴儿的时候，麦老师就写上了，绝对祖师爷，带出了一代又一代的徒子徒孙徒重孙，包括我的偶像海斯勒，写《寻路中国》的……虽然我跟他们尚扯不上师徒爷孙之伦，却也无妨我自投宗派吧。这次，我就想绝对地去按照麦老师的教程来写，说不定将来能投稿给《纽约客》呢，为什么不？得“想得美”一点儿！

我在地铁里无声微笑，嘴巴合上时，被前面一个女人突然撩起的黄头发给塞了满嘴。推不开，只好连着口水轻轻吐出来。这没有影响我的好心情，差不多正是带着这顽皮的自信，我与杨保安接上头了。

寒暄中，一边紧密观察杨保安的相貌，他所在值班室的陈设，桌上的摆放、墙上的挂件，并提醒自己始终保持这样的习惯，必要的话用手机拍下来。照绿皮书的说法，最好能有一个绝妙到出格的比喻来形容某人的外貌：“一把神圣到不可言说的胡须。”对场景的复述要像悬疑片里的特写镜头，“墙上挂着一把古铜镜，灰尘隐约像一行字母”。

蒙对了杨保安的老家，并说我研究生宿舍的邻铺跟他是一个县的。杨保安嘴巴咧开了，接过我让的烟：“我们那里的娃，一是考研究生厉害，二是考公务员厉害。我儿子就考到深圳了嘛，我老婆抬脚跟着就去了。你猜她去干吗？踩缝纫做织补。你都想不到，妈的改一对牛仔裤脚，15块。补一个毛衣洞，小指甲盖大，要90。还有换拉链，带衬的是35，不带衬妈的也要20呢。”精确地报出一堆数字，好像我是来收集深圳织补行情的。我设法拉回：“这么说老杨，你那天是第一个进门去的？”

“本不该我下午班，给换的。下午班最无聊，只能打瞌睡。夜班……也是打瞌睡。我讨厌总打瞌睡，你猜我怎么打发时间？”咕咚一口茶，茶杯巨大，丑、脏。他瞪起眼，一脸期待。

“……还真猜不出。”我理理包，间接碰了下绿皮书。所有的时间都不会是浪费。这是谁说的，还是我这会儿的自我安慰？

“打死你也猜不出。亲娘都猜不出。”把笑声放出来，没有咽下去的茶水在黄牙齿上结成小气泡，“这个，你瞅这个。”他划拉下手机伸过来。是百词斩。“看，我都连续背了427天了！”

“哟！厉害！”他满意我这个态度，吸一口气，又要开头。我忙截住：“可那天就没法背了吧，现场一定很乱？”

“当然背！我天天打卡啊，有次拉肚子两天没正经吃饭我都背了。连续427天，从没停过。”停下，他再次用激动的眼神盯我。

我把衣领松开透气：“您这是要出国旅行？还是说这小区里外国人多？”

挠到痒痒处了，他极享受地摇头：“纯粹就是打发时间，看大门实在太无聊了。每晚我发一个打卡图给老婆，表示我这边都妥妥的。她呢，就说说她白天的织补。比方昨天，给条皮裙子换搭绊，得多少钱？你使劲猜！”拧开茶杯盖子，举着。

要没什么事儿，我还挺乐意这么听他聊的，还真不知织补有这么好的行情。我有条裤子，裤腿毛了边，能改成一条中裤也不错。那是我为第一次约会特意买的，随即想到那些先后离去的女孩，心里涌起奋战之力：“这么说，您是背完单词以后去的现场？是自动报警器响了？”

杨保安愣了一下，呼地把盖子扣上：“那破玩意儿，估计早都不灵光了。是楼上邻居下来遛狗嘛，狗叫得厉害，死拖不走……”他皱了下眉头，晃晃茶水，“120，小铜搭绊才几个钱，净赚100块，比我这强多了。我现在都有点信她了，真能替儿子攒上首付！”

坚持我的话题：“不是别墅吗，楼上有邻居？”

见杨保安之前，我在小区转了几圈。大半是普通公寓，只有临近紫金山的那一侧，有十来幢别墅，户户可以推窗见山，它们大多门窗紧闭，窗帘垂挂，富贵而沉寂。我停在一排冬青树前张望，企图从空气中嗅出某种异样。没有，死神有如一阵惊风。我看看并不摇动的树枝，莫名心慌。

“要别墅的话，那死翘翘几天了都不会发现啊。外头都是瞎传，就普通两居。”

那不能用“别墅命案”做题了，确实也太俗气。我递上第三根烟：“那您当时一进去……”

“味太呛了，吃不消。那丫头脸色倒红红的，细瞧不对，就打 110，看大门就是看大门，可别多事。”他突然换成秘密的口气，“这半个月，连着三家中介找我，有家还请我吃了一顿，都是打听房主的情况。凶宅，你懂的？据说很抢手。”

“她身上穿着什么？倒在哪里？什么姿势？”我要画面感！他为什么不爱拍照呢吗人们不是看见什么都咔嚓一下吗？我情愿私人出钱买现场照片。绿皮书上有一章专门强调这个。比如鞋头的朝向，雨伞的摆放，窗帘的开合等等。

“凶宅的价格一般才八成左右，要是死了不止一个，或者见血见刀，会更低。连我听了都心动，反正咱打小不信神鬼。”见我盯他，“真没仔细看啊，味儿冲得我也直犯恶心。再说，都过去好些天了。”他敲敲桌子，认真或假装认真地想了下，“反正衣服都是齐整的。我只记得，她指甲那叫一个长，各个指头颜色都不一样。”

“那纸条，是放在手边上，还是装在信封里？抬头是什么，笔画稳不稳的？”遗书要能放在公号里该多带劲啊。能不能后期“还原”一张，那许多所谓小学生作文、警方声明、官方宣布，都是“制作”的，为什么这不可以？行了，我用力摁住这个丑陋的念头。

“啥纸条？没看到，我也不敢翻啊，得保护现场……那家倒是装修得不赖，有暖气片，电视机挺大，就是冰箱不咋地。我最喜欢双开门大冰箱。等哪天给儿子买上房，一定要双开门，一定装得满满的！”他沉浸其中，无法打断，“凶宅真没啥，全家灭门也无所谓。我总想跟我儿子谈这个事儿，他还没对象呢。对了，你对凶宅，咋想？”他把笑容收住，带着一种庄重的请求。

遂想了一下，包括那条毛了脚边的约会裤子……先有房子还是先有女朋友？鸡与蛋的问题。那来了又去了的几个她，真的理解过我这个人本身？有个女孩曾说我，并不会太跌落下去的，因为总也不会高抛起来。哈，我是初中物理题里的一道抛物线吗。

“能不能接受？我指娶媳妇结婚。”杨门卫语速加快，再次追问。

“什么房子都无所谓。”他不满地眯起眼。我继续：“假如真是互相喜欢的人，在哪里都开心的。假如并不互相喜欢，凶不凶宅的也不要紧，怎么着都是无聊。”两次从牙齿里吐出“喜欢”这个词，能清晰感觉到内心某处夹杂着渴求的绝望。我为这没有控制好的自我而有点羞愧。

“无所谓。”杨门卫思忖着，“假如这房子卖你，打几折你能接受？”

“前面你说八折？可以的。”我随口答，一边用“我是在工作，没时间闲聊”的那种眼神去看他，“关于自杀原因，您听到过什么？”

“我能听到什么？打个比方说吧，您家里有事的话，会把门卫当知心大姐啊。”他挺突然地站起身，给了我房主号码，“中介请我吃饭都没给。你这下满意了吧。我也要背单词了。”手机里一串仪式感的上课铃声，伴随着叽里咕噜的开场召唤。走出三五步，我回头看看，杨门卫露出的上半身嵌在铝合金门框上端四分之三处，一半脸正被手机屏幕照亮着。

3. 摇摇晃晃的 128 路返城公交上，在手机便签里起了个头。

小区门卫室的墙上，贴着卷曲的值班表，被烟味熏得微黄。事发当天下午是门卫老杨的手写签字，已被加粗的红笔给标了出来。被问及那个曾被人们谈论、又已被人们忘记的下午，老杨到此刻都还感到一丝讶异：“那姑娘是精心准备的，连指甲都修得花花绿绿。”

我试图用李大人的眼光来审看：一堆垃圾。她不会满意的。这选题本就是险中求生、生息微弱。

“这两周前的事呀，长蘑菇了都。”她面前两台电脑，手上还有阅读器，耳机挂在脖子上，直接否了，左手正要把耳机重新扣回。她是去年才跳过来当头儿的，火力很大，一直不看好我，稿子基本都只给 C 档，大概是在逼我“另行高就”。五年了，我也真是“老人儿”了，老而不力，老且不死。

“别。”记得我有些失礼地伸手去拉她，也不管异性及上下级授受不亲，“此中有真意。”我甩大词给她：时代感、当下性、典型性。我并不喜欢这些词，它们是塑料，是糨糊，还是广告牌。但咱不就是整天在与塑料、糨糊和广告牌打交道吗？

“潦倒艺术家？粉丝为明星献身？裸债大学生？整容失败？涉高层内幕？公知性侵？乱伦受害人？”报菜名似的，她一口气地掰开指头数落，然后又把指头全都收起，“这些都不新鲜了。没用！”复抓起耳机，“你还是跟黄老邪跑吧，他手上有两个题都不错，下期就上。要不然你这月又是光头了。”黄老邪是我们部门最凶残的，能同时扑三个特稿，带四个实习生（文末注一行“此稿某某、某某亦有贡献”），深得李大人激赏，“人家那一笔戳下去，从来都是稳赚不赔”。

“要不我写出来您再看？砸了算我的。”我不自觉也用了讲生意的口气，“这绝对是个大洋葱，只要我一层层……”

听到“算我的”那里，她已扣回耳机，可能还调大了音量，然后冲我比画了一个大巴掌：“五天之内。”从她的角度而言，这已经是宽容的最高值了。我觉得她比一分钟前看上去好看多了。

“今天算吗?”我夸张嘴形。她也像默片女王那样摇摇头，于是显得更好看了。

嗯，今天就当是个零，采杨门卫无果也没事。

第一天

4.“公民从来就没有真正的隐私，这就是现代文明的代价。当然我尊重和配合你的工作，我对你本人也不会有丝毫偏见。”第一句，包括他的灰卡其衬衫与蓝毛衣，让我明白：碰上知识分子了，起码他觉得他是。

李先生递上马克杯：“速溶的，将就吧。我郊区那边倒是有磨豆机……”皱起眉，“现在也许得考虑出手。”我注意到他的手细长白嫩，似不染凡俗。很好，我已养成了注意细节的习惯。我要在有关他的部分里写下这个。

客厅久没收拾的样子，堆了好一些空画框，角落里各种坛子罐子。“您搞艺术?”

“是秦老师的东西，她教美术。就是跟我在一起的……我们一起凑钱买了郊区那里。我们没有正式办手续。”说话时带着沉吟，很自然地做着解释与延伸。是个不错的被采对象。我再次检查了下录音，他肯定是那种要求“原话”引用的人。

离异，同居，业余艺术家，父亲的情人，我对这条线有相当的期待。当然最好还是从死者问起会比较自然吧：“她平常住哪里?”

“回城办事就这里，大部分时候我们一起在郊区。知道你来，她特意出去了，这你能理解吧?”

“呃，是问您女儿，她平时住?”

“哦，米米啊。”做父亲的把脖子慢慢向左边压下去，轻微一声“咔”，“判着跟她妈。不过这几年好像住外面，我没有具体过问，成年了嘛。”他换个方向压脖子，没有发出“咔”，“我跟米米是没啥话讲的。”看看我，修正了一下，“我跟她妈也没有话说。跟秦老师也一样。我啊，跟所有的女人都没什么共同语言。”最后一句讲得特别慢，并略微点点头，好像预备着供我直接引用。嗯，把女儿也归为女人，仿佛全无血缘关系的视角，值得注意。我在本子上打个星号。

“平常你们联系多吧？”

“这个频率，实事求是讲，处于中等偏下，但如果把范围缩小到离异父亲的话，那我应当能超出平均值。她从小话也不多，也管我要钱，但逢到大小节我还是给的，阴历阳历生日都给，双 11 双 12 也给。我转个账，她回个表情包，差不多就这样。”突然笑了一下，“她跟秦老师两个倒有话讲的，当然我怀疑她们双方都在表演。也是有趣得紧。一坐下来就没完没了地讨论脸上抹的那些玩意儿。我觉得她们前后两次吃饭，讲的话是一模一样的。我有时在地铁或茶馆里听别的女人相互讲话，大体也差不多。”我礼貌点头，同时在心里甄别秦老师与米米的这种相处之道，普通的社交友睦？漠然还是深藏敌意，秦老师干吗就不愿见我？四处看看，书架和墙上，照片也不见一张。

“她都收起来了，防着你要拍照什么的。这里，还有那边，本来放着好多她跟儿子的合影。她儿子在加拿大。”李先生瞅我一眼，“是不是认为，米米跑到我这儿来烧炭，是为了抗议我跟秦老师？其实我跟秦老师，从她儿子出国后才在一起的，再说这离婚都十来年了。但我不怪米米，她总得找个地方。房子出手确实会吃亏，也认了。”

“您刚才说，跟秦老师也没什么话好讲？”挺好奇他们两人的这种半道关系，如何遇到，又如何决定远远地到郊区同居，算是惊动魂魄的彼此吸引？或只是搭伴过活与……鱼水之需？我在秦老师三字下又画了一道线。

“她啊，每天最重大或者说唯一重大的事，就是打开探头视频系统看她儿子，儿子自顾自忙他的，她没事儿就一直看，想到什么就随口聊聊，也就不需要我再陪她讲什么了。过日子真要讲那么多家常话吗？晚上吃什么这衣服太脏了好像又降温了。切！反正我是特别不耐烦。生也有涯，”李先生抿起嘴，“外面的世界才精彩。我知道这是很老土的歌词。但真的，人要放眼大千世界，而不是日常小我的琐碎。”像又投食给我一个小标题。

“你没事喜欢关注什么领域？订了什么公号？有趣的事情太多了，简直时间不够用！”他稍微探过身子，“比如我一直关注火星探测的进展，那可是整个太阳系中，跟地球最为接近的行星，NASA 撤退之后，马斯克和贝佐斯接棒，一般人只知道马斯克，其实贝佐斯也厉害的，亚马逊老板，同时做太空火箭……当然，闹脾气要阴谋搞事情的贸易战也有趣得紧。何以解忧？哈哈，国际新闻！”

麦老师曾多次强调，留意受访者的独特表达或习惯动作。我记下李先生的口头禅，“有趣得紧”，一边感到时间像只可怜的小猫咪，正踮着脚从我脚边爬过。

他盯着我的笔，顿了顿，又周全补充：“当然国内的事情我也上心的。比如学术腐败问题，这不是一个简单的腐败，这关乎整个教育体系。包括幼儿教育、基础教育，问题都很大。其实有一个最简单的办法可以从源头上拯救现状：把师范学校的分数线拉到北大清华那么高，只收最优秀的学生，像巴黎高师那样，你想，这样的人出来做教育，就是想差也差不了哇。”他的目光像虚拟的听筒，在我的胸部来回逡巡，想找到我的心跳点，“能源问题你有兴趣吗？这跟地球上的每一个人都有关系。最近我就注意到可燃冰研究，可了不得，海洋水域下90%的面积都是富含区，据说可供全人类使用1000年。这什么概念啊，光听一听就激动人心，而且它燃烧过程中不产生任何残渣和污染，绝对清洁！目前只有唯一的障碍还没解决，希望我有生之年能看到这个技术上的突破。”他投我以天下为公的炯然目光。

我心里涌起一股高低不平的憋屈感，这“先天下之忧”可真是没人味儿。看看本子，只记了这些：白皙的手。秦老师。红包和表情包。有趣得紧。我掏出手机看时间。

“不用查。我会给你讲的，敢说我这可比百度全面多了。”一连串的“有趣得紧”似乎又要奔出来了。

“还是说说你女儿好吗？”打断，随即又为这样的无礼感到惭愧。“绿皮书”里指教过这样的情形：所有的交流，就算再无聊的空话套话，都挟带着信息或线索。可，能源问题！我补充：“我还急着赶一个会……”

他猝然停下抚摩沙发的手，原地轻拍两下，再两下，静了下来。

“米米那个留言条，能不能给我看下？”这是绝对必要的照片。

“说来也是莫名其妙，给警察拿走了呀！还有水杯、她的手机、包什么的，都封起来带走了。就隔着塑料袋让我们看了几眼，问是不是她写的。”

“那……”

“我说不好。连她妈妈也认不出的。你倒说说，现在谁能认出谁的笔迹来？比如你，你说说谁能记得并认出你的字来？”他反过来问我，上身拉直。

“确实，有时隔时间长了，我都认不出自己写的字呢。”我笑笑，是苦笑。一边提醒自己，得再次约瞿警官，前两个电话里他显示出纯熟的推托功夫，那家伙挺难搞。

“就是嘛。前一阵，有个相当激进的教育理论，提倡所有学科教学都电教化，因为现代社会已不需要手写。也就是说，目前整个大中小学里的海量书写作业，就是一种无效劳动，也是对纸张的巨大浪费。这个如果能推广，你想想，以中国人口的体量来看，能保留住多少森林啊。”

“你们并不能确认，那是她写的？”

“还能是谁？那当然是她。”他又萎缩下去，手在沙发上来回移动。

“她跟您聊过吗？我是说……为着什么？”这样问一个父亲当然很可恶，反正我从敲门开始就是可恶的。

“我倒也想知道呢！这得问她母亲啊。我马上就给你号码，拜托你也替我请教请教呢，一直跟着她过的呀。我也想不通她为什么选在我这里，当然我说过我不介意。我买了这边的房子后，一直喊她过来玩，总也不来。这次终于说行啊我来……这些天，我反复回忆那个周末，从头到尾还真没瞧出任何不对。她跟秦老师仍是讲那些重复的话。到周日下午，本说好了一起回城，她说想再多待个半天，想正儿八经在早上给花园浇一次水。其实我那哪算什么花园，也就底层阳台嘛，一大半的花草都给我养死掉了。”他突然抬起左手来对付右手，处理食指上的一个肉刺。

他的双手为什么那样白那样长啊。我在笔记本上用力画去“有趣得紧”，说服自己接受这样的空手而归，并计划改天来突袭秦老师。

起身告辞时，李先生仍然坐着，并不送我。“离婚那一年，米米还上幼儿园呢，本来早上都是我替她穿衣服起床。”声音显得年轻了一些，“她最怕穿套头衣服，直嚷嚷说透不过气，小脸儿憋得红红的。我就不明白了，那一屋子的二氧化碳，她怎么就不嫌憋的。”

我轻轻带上门，蹑着手脚离开了。

5. 超市进口货架上找到一小瓶白兰地，希望它足够纯正。晚上我打算用它洗头，并按摩头皮二十分钟。这是前几天刚看到的一个治脱发偏方。

头发这几年掉得太厉害。这不算个屁事，我介意的不是掉发本身，而是这种败落感的寓指。同事们老拿这个打趣，亲热地笑得上气不接下气，让我把昵称改为“禾几”。包括每次回老家，对于我目下的状况（收入、单身、租房、升迁、考驾照、本科文凭，尴尬的各个方面），老爹现在已经不大讲了（讲了我即找借口改签，次日就走），他便权宜地只说头发，小心又痛心地啰里啰嗦，“看看，头顶心那块比我还少，你这才多大啊！还有额角那块，你每天照镜子吗？这都是怎么搞的呀！”怎么不照，我照镜子的时间跟女人们差不多。逼仄的异地小旅馆（我认为那里的镜子会更客观），半夜里起来撒尿（失魂落魄地凝视），商场里匆匆走过镜子长廊（对照周围的人们进行抽样比较），更不用说每一次洗澡和洗脸，用巴掌擦去镜子上湿漉漉的雾气……

除了服用维 B_6，闲下来我会搜罗些偏方，隔三岔五地换着试试。我知道这挺可笑，跟我笑话别人的怪毛病也差不多，反正也都是私底下的事情。

但瞒不过同住的铁刚。主要卫生间共用，故我对头发所做的各种试验，他都略知一二。记得有次的方子，需要柚子核浸泡 24 小时后的水。那些天我常买柚子邀他同食。铁刚搜了下柚子的热量，满意地报出一个数字，欣然享用。

他细细地撕果肉，我则小心地把芝麻大小的核儿收集到碗里，他不时张眼看我，看不下去了："治表不治里，你这全是白费劲儿。"笃定到俯视的口气，"你这纯粹是因为……"见我求知地盯着，他打个哈哈，友好地递我一瓣，"我说，你觉得我活得怎么样？嗯，各方面。"

那还要说吗？这位铁刚，真可谓是，怎么说呢吗读的是经济，换过两次工作，工资已是我的四倍，为了跳往更好的地方，还加入了一个年费4万元的高级经理人俱乐部。他隔天健身一次，计算和控制入口的每样东西。不喷香水绝不出门，由此常被误会成是"钙"。事实上他交往着一个通往婚姻的、同样全面飘红的好女孩。绝对的青年楷模！我真诚地表示了赞赏。

"其实只要规划三件事，搞定它们就行了：身体、金钱、情绪或者说情感。"他目光如小钩子，向我抛过来。我不太明白，他只得又说："你看我的头发？"

"又粗又亮。记得以前汪曾祺写小伙子的头发，打过一个比方，说发梢顶部像有个黑珠子。就是你这样的。"

"还掉书袋呢。你到现在还不明白吗？你这总掉头发，就因为你没搞好自己嘛……"他省略掉什么，"包括你前后追的几个女孩，总成不了，就没好好想过原因？"

"怎么就没搞好了？是她们不识货，我就跟这柚子似的，先酸后甜。"笑哈哈地继续剥柚子，我是挺擅长这样讲笑话的。

"哼，没准这里头，"他指指脑袋，做出恐吓的鬼脸，"可比掉头发严重多了。"

就此打住。自此我是有点避讳起来，后来又搞过蜂蜜加鸡蛋清、葱头汁两个方子，都是趁他不在家。他不该那样说我的。他见天儿地像国际名模那样计算卡路里和体脂率，我说过什么吗？

把卫生间锁好，打开排风扇，它很吵，这很好。我倒出四分之一白兰地，与洗发水均匀搅拌在一起，然后把它们往脑袋上揉搓。又倒出四分之一到漱口杯，一口喝光。还有一半，隔两晚再用。

按摩头皮的这二十分钟，是一天之中我最像样子的时段。我像以往一样闭上眼睛，企图彻底地放松和愉悦，可今天这眼皮却总在抖个不停——我只好在心里把接下来打算采的对象、先后顺序、写稿时间等再次编排了一下。脚面有时间爬过，不是小猫咪了，喘吁吁的声音表明，是一只大狗，它的尾巴硬硬的，直打着我的膝盖。

第二天

6. 去见米米母亲的路上，跟瞿警官联系了一下，第三次了。“哎呀小兄弟，封闭进修学习哪。”但这次给了我一个号码，说是与死者合租的。太好了！立刻短信请求微信号，对方通过了。

昵称是“初音”，往前翻了翻，全是带二维码的各种可售品。磨皮膏，指甲贴，洗文身店。嗯，挺好，就像我的圈中友邻，见天儿地晒文章晒电影晒开会。使我颇感不解的是，米米出事那几天，并没有任何悼念或暗示……要是哪天我死了，铁刚起码也会为我点一串蜡烛吧，换作他死，我还会贴张他的照片呢。这不合常情，这大有价值！

“您在哪个方位？”挺勤奋地提前撒网，万一她跟瞿警官一样推三阻四呢。

发来一个定位，长营街上的一家店铺，叫“米米兔”。这！只得解释我起码得两小时后才有可能赶过去，毕竟是跟米米母亲约好了。

又一个定位，这回变成了湖南路。可真是爽利，我甚至觉得她有点过于配合，看来有话想说？心里感到振奋！不过，马上将要见到的是米米母亲，我得装备好抚慰伤痛的心情。事发已两周，但愿她能正常交流吧。

最初的设想到她家里。场景很重要。同一个问题同一个人，家与公共空间，答得可能截然不同。母亲不愿意，她指定在小区附近的“益民大药房”门口——约好的时间，一位着玖红冲锋衣、背斜挎包的妇人从药房玻璃门出来了，指指药房门口一排肮脏的黄色塑料椅，表情紧绷：“坐。就这儿吧。”那排椅子上已经坐了两位老人，起码有一位耳背，聊天声洪亮。路边行人走走停停。二十米开外还有个公交车站。

“附近有稍微安静点儿的地方吗？”我有意无意地往小区大门那个方向挪。像很多这个年纪妇女的穿着一样，很不错的玫红，同样不错的冲锋衣，到她身上就哪里都不对了。我忍不住多看了几眼，心里闪过一丝什么。

“我不会请你到我家的。”识破我，她稍做解释，“离婚后，我这里就再没待过客了。再说我出门包都带身上了，完了我就直接去清凉门唱歌。”

“唱歌？”看来她情绪处理得还不错，我不禁又盘算着还有无回转的可能。真的很想看看米米住过的房间。她桌上的台灯与茶杯，床上的毛绒玩具，书架上的书（如果有的话）。这些庸俗的点缀对拉动阅读量极其有效，人们会条件反射地伤感起来。“她也曾有过心爱之物，有过温热绵软之躯，亦曾倚窗而立看雨打风吹”——这样的酸句我可以写上一长串，有时我也会冷不丁地想，如果哪天我突然挂了，世上会有一个人知道，我喜欢过什么，享受过什么，经历或尚未经历过什么吗？瞧，米米小姐，将心比心，我绝不能让你毫无痕迹地死去。

“对啊唱歌，我们好多人呢。跟广场舞差不多。”神气里其实是瞧不起广场舞的，她走得比我快，不觉中我们俩都进了小区。

“等会儿我可以陪您一起去清凉门，边走边聊嘛。”我用体己的语气，且先不管两小时后的初音吧。母亲这条线，要一竿子到底。

“那也行。”她脸色松了一点，到拐角处的健身器械区，一屁股坐下，“就这里吧，等会儿出去也方便。”

只好也找了一个造型古怪、不知用来练什么的器械坐下，一边细瞧她。

“母亲长着一张被哀痛和时间极度摧残过的脸。”来的路上构思过这样的句子。实际上很难看出她刚刚遭遇过巨大变故，甚至也看不出曾经年轻过，以致我对米米的长相也没法推测了。

啧，我突然意识到，我一直都还不知道米米长啥样。这本不难，起码她生父李先生那儿应该有。我是在有意推迟着这个“知道”，这会便于我对她抱有更弹性化的情感，可以极强烈，如同她是我的亲人、爱人乃至就是我本人。也可以冷淡地只当作一个进行中的工作对象、路上行人……当然，对公号文而言，得一开始就贴出生活照来，否则读者准会没心没肺的。但愿她是那种招人怜爱的俊俏模样。

我又一次打量母亲，同时勾连李先生的长相，想象着来自二人的卵子与精子，在很久以前的奇迹相遇。漫长的时间过去了，结合的造物在一日三餐一年四季中辛辛苦苦地长大，大到这个造物可以把自己给抹杀灭迹。有一个挺滑稽的心理学说法，说从子宫里出来，就是第一个“创伤”，然后每个人终其一生都在为这个创伤去修复或弥合。米米呢，倒好，不他妈的修复，也不他妈的弥合了，直接干掉。

母亲大概觉得凉，从背包里掏出一个花布坐垫，手工缝的，边角整齐。刚垫好，又拿出小水壶，同时还掏出个纸杯，给我倒上了递来：“我煮的梨子水，加了冰糖。”我真差点儿噎住。可能这个年龄阶段的妇女，都会这样仔细吧，脑子里又闪过什么，是的——我也算有个妈妈来着，当年都没等及我断完奶便跑啦。想想她还真是个洒脱新潮的人哪。不知道她而今也会这样的冲锋衣加斜挎包吗，随身带着暖壶和坐垫吗。心里不禁有点发笑起来。没有人会相信，面孔不详兼去向不明的母亲，反倒成为我暗中消遣的一个小乐子。我的母亲全能九命七十二变，像大街上的每一个适龄妇女。

“是这样。”我咂着嘴里甜丝丝的糖梨水，让脸色沉痛，“我知道您一定不愿意提起米米，毕竟。”

“我愿意的。”她打断我，“我太生她的气了，气得没个说处。为她我总共才哭过两场。我这里、这里，”她捋着胸口，然后又捋着肚子，“还有好多眼泪水，偏就是哭不出来，起码得晓得她为什么去死我才晓得为什么哭啊。她这样莫名其妙！可真把我憋得太难受了。”她那切齿的样子让我不敢瞧她。我可真是罪过。

“她爸爸现在往我身上推。噢，把她一手带大，我倒有罪了。要我说，米米还是在他那里走的呢。我真该跟他打官司要人的。”她用力喝水，更用力地咽下，“你想她都搬出去三四年了，哪里能算是我的事呢？我这冤枉找谁说去？”

我不安地伸腿，屁股下面的铁家伙发出吱吱怪音。

“没有人会相信我啥也不知道。我是她嫡亲的妈呀。”她苦闷得都看不起自己的样子，“这些天，除了到外面唱歌，我随时都在想。坐在马桶上想，端起饭碗来想，想得两边脑壳轮流疼。我一天天往回推算，都想到了上半年。今年母亲节，我还跟她开过玩笑，说你送啥礼物给我呢？她一下发三个哭穷脸过来。其实我哪里会要她花钱，开的啥美甲店哪能赚钱？后来还是我请她去拍了一个母女艺术照。喏。”

她在手机里翻出一张来递给我。这算是我第一次看到米米。照片里化妆太浓，又用了柔光镜，两人皆穿着复古宽大长衣，都是圆圆白白没棱角的脸，都有点区分不出。如果米米还活着，并迎面走来，我铁定是认不出的。

“照相的都说我们像姐妹呢。”她把手机拿回去，“死丫头，你到底有什么事过不去的。”她擤一下鼻子，鼻腔里发出空洞的回声，“我知道她爸喊她去那边吃饭，无所谓啊，离这么多年了，我都当他是个屁了。我也就是好奇，问米米那是啥样的一个女人，她连这都不肯说。跟她爸一个样，啥话都不跟我讲。”

“从头到尾您一点异常都没有觉察到？这实在不大可能啊。”我忍不住喃喃起来，简直都怀疑起是我这里出了问题，怎么到现在都没有摸到一点基本的骨架。老朋友般的失败感又来了，比以前更加强烈，如大网兜头，我这回所押赌上的可是我刮锅底的最后一点信心哪。

她猛然起身，三两下收起坐垫和水杯，有如快镜头，然后以更快的速度往小区门口去。我得好一阵紧走才能勉强跟她齐平。我知道方才那话开罪她了，在她已经做了那么多的剖解之后。从侧面能看到她粗糙的腮帮红通通的，可能是风，更可能是愤然。我一时不敢开口，不免又开小差——这大踏步地疾走，这风中的红腮，我那位母亲大人也会这样的吧。这样对比着的联想，像油渣子，嚼嚼也就吐掉了。

趋步紧跟，跟着她上了公交。只两站。随后我跟着她踏入一条临湖小道，道上渐渐有人与她相互招呼。天色这时已暗下来，那些脸都胖胖的、潽出来，像带着一层晕。她向我小声介绍打招呼的人，像点数一大溜远房亲戚："别看他现在瘸了，做过特种兵，到现在还整天吹，说能20分钟跑5公里，身上还背30斤沙袋。""就那个，都管她叫寡姐，四十岁前嫁过三个丈夫，都得病死了，就再没男人敢找她了。这诨名也是她自己取的。""没事他就长那样，白化病，不传染的。我们这里有一半是老慢病号，能包圆门诊所有的科。"

这样说着，很快到达一个由城墙与门垛形成的露天凹型空间，她小声加了一句："米米的事，我没跟他们说过，又不是什么非说不可的事，对吧？"我点点头。她于是挺放松地把我介绍给一位领头模样的白头翁，以及周围一大帮子的妇女与小老头："记者。来看我们唱歌。"我对众人含糊致笑。这情况总会碰到。我明明是去采A事，可对方觉得B事或C事更有价值，他们会热心地带我去看B事与C事。

看来还不是——简单问好之后，包括米米母亲，就没任何人再招呼过我任何话。他们相互间也没有多少交谈。没有仪式或开场白，随着白头翁一挥手打起拍子，就很随意地张口开唱了。乐谱与歌词写在《人民日报》那样大的对开白纸上，笔画粗壮，挂在两棵树杈之中，如屏幕，众人皆仰头向之。为着耐磨，大白纸都用透明胶带糊了两层，并像挂历活页那样以孔洞绞串，每唱完一页，边上立着的两人，即拿着晾衣撑共同推举掀翻，配合极佳，全无多余动作。

我们走在大路/意气风发斗志昂扬……你挑着担我牵着马/迎来日出送走晚霞/踏平坎坷成大道/斗罢艰险又出发又出发……在我心中/曾经有一个梦/要用歌声让你忘了所有的痛/灿烂星空/谁是真的英雄……让我们荡起双桨/小船儿推开波浪/海面倒映着美丽的白塔/四周环绕着绿树红墙……

什么歌都唱，显得极不讲究。这倒也与他们的模样挺配：老年人特有的那种松垮，满眼的残旧衣装，站得也是歪歪斜斜的，到高音了，有的老头会耸起肩膀或歪转脖子，即便这样努力，整体完成度还是不行，高音基本上不去，上去的也挺不入耳。

鞋儿破帽儿破身上的袈裟破/你笑我他笑我一把扇儿破/南无阿弥陀佛、南无阿弥陀佛/……团结就是力量/这力量是铁/这力量是钢/比铁还硬/比钢还强/向着法西斯帝开火/让一切不民主的制度死亡……田野小河边红莓花儿开/有一位少年真使我心爱/可是我不能对他表白……

随时可以走。可我挪不动脚，他们的歌声里有种古怪的和谐与壮美，牢牢地捕获了我。当中我给初音留了一条言，她没有回复。我也管不了，只挨着一块石头呆呆地听，一边看夜色中来往的胖瘦人影。人影的远处，是更为黝黑的湖面。这样的远望中，听这些老嗓子的合唱，真是不赖，有如千帆过尽。时间还是像狗一般在膝盖边打圈儿，我用手轻拍它的背，让它坐下。

到他们唱完，陆续招呼着都散了，我还想再坐一会儿。米米妈妈在我边上站着，一边扎丝巾、戴口罩、戴手套，把自己团团包住："这几天冷，到开春了会更热闹。有的老面孔，唱着唱着就不见了，反正也总有新的加进来。你还不走？我要走了。这个点儿，米米会吃点夜宵。"口气活像是米米还活着。

"您给她做什么夜宵？"突然也感到有点饿了，想到轮换着吃的那些破烂铺子，又全无胃口。一个人吃东西，总会让某种糟糕的感觉更加昭然。

"端一碗米饭放在照片前就行了，端到七七。这你不懂吗？"

"那以前呢，她一般爱吃什么夜宵？"我勉强追问。跟母亲的谈话并没有能给我的本子带来什么有效内容。

"你忘啦，她早就不跟我住了。估摸着也就是叫点外卖，或者下点面条啥的。很要紧吗，这？"她从口罩上方投来有点责怪的目光。

"呃，米米为啥要出去住啊，您这里不方便还是什么？"我在心里拟出一个小标题，"离异父母各有新欢……"假如米米因为这个去死，还有写头吗？什么原生家庭之类的，我厌恶这些时髦到没有感情的词。

"我可方便了，方便住一家三口爷孙三代四世同堂呢。"她尖刻地看我一眼，随即辛酸一笑，抬脚就要走。

"阿姨等下。"她收脚，但背朝我，"如果我这里查到米米走的原因，我给您打电话。"

她停下，扭回身体，取下口罩、手套，把丝巾也拉松，露出全部的脸来，重新走回我面前，挺正式地抓着我的手晃了两晃，以示感谢。

"嗯，我也没跟家里人住一起。没啥原因，出来也就出来了。"我吞吞吐吐地冒出这么一句。

她轻轻摇头，挺自然地拍拍我肩膀，一下子比我高出来好多似的。

——说实在的，我有点喜欢她拍我肩膀。

7. 从湖边回到家已是晚上11点。捋弄了一会儿镜子里的头发，显然又是白扑腾一天，感到自己有点水土流失。我把绿皮书祭出来，快速翻，纸张哗哗，能看到里面被我做过若干记号和加注的地方。这带点仪式感的动作多少催生出一点余勇，赶紧地，为明天找米下锅吧——没准大料就在初音那边，比起母亲、李先生、秦老师，我也情愿在她这里多下功夫。

反复斟酌几番才发出留言："不会生气了吧。希望明天能再给一个机会，这次保证不会失约。"发出后重读，简直像发给闹脾气的女朋友。

漫长的十分钟，回了。

"（洗澡的猪的动图）"

"明天？"我点开看了两遍那只动图猪。它一丝不挂。当然，猪从来都是一丝不挂。

"＝＝"

"不急您忙。"关掉大灯，打开我最喜欢的床头灯。它外罩上有花纹，投射到天花板上会形成一堆大大小小的爱心。被铁刚嘲笑过多次，我不理会。躺在这么多心的下面，同样是失眠，感觉总会好一些。铁刚今天回来得比我还迟，肯定又是俱乐部那边有活动。他从不喝酒，以便替某个大人物开车，并且每次回来都为此而备感振奋："多好的机会啊。你想想，他们当中无论谁，顺手举荐我一下，跟你说，年薪五十万不是梦。"是啊，我完全同意，也替他高兴，并希望那些烂醉过去的大佬能够在打酒嗝或呕吐时睁眼看下在前面默默代驾、把他们送到小区、搀扶上楼、有时还帮着去洗一下车的小伙子，并且这记忆能维持到次日或更久一点，小伙子可在痴痴地等着，等着被留意、被欣赏、被举荐呐。

"（吹头发的蒙娜丽莎）""（问号脸）"

披头散发、丑丑的蒙娜丽莎，挺好笑。有些人就能用表情包表达一切。"时间迟了吧？"我假意客气，其实通宵都行，把我的笔记本写满才好！

"（直接说事）"

"你和米米，当是无话不谈吧？"

"网友才无话不谈呢。（一串骷髅头）她来这么一下子，我倒成米米兔独资大老板了。"

哦，美甲店，她俩还是合伙人。更好。看着那抛着自己骨头玩的骷髅头，我忙顺着走："她为啥要来这么一下子？"

"来一下子？要我说，简直能来一百下子。"

我一下从床上翻将起来。这几天处处撞墙碰壁，还是头一次得到这么肯定的回答。而且听听吧，"一百下子"，简直能把所有人欠我的都给补齐了。"愿闻其详。"我都冒出了书面语，正好也可略微提醒她，这是一个正式采访。

"起码的，长太难看了，真的。就这条，能去死五十回。"她直接发来语音条，声音有一点低哑。为便于保存，我转换成文字并截屏。米米不至于"太难看"吧，她们母女那张艺术照，大样子还是好的。未及回复，新的语音条又源源而来。

“胖是万恶之源。紧身的显腰粗，宽松的坐车会有人让座。穿长裙像坦克。牛仔裤就成大象腿。哦，还有伟大的双下巴，P图起码要P三回的。”一串排比句中，她在喘吁吁地发笑，“要是有脸蛋也成，还能算胖美人。不巧脸上好几坨扁平疣，两只小眼睛还有点对呢。哈哈哈。”

深感疑惑，我们说的是同一个人吗？更疑惑的是她那笑声里的刻薄无情。

“所以说越丑越作怪，总闹着想切双下巴，打瘦脸针，做皮秒激光。哈哈哈，最好能去韩国来个大全套，换头换身统统换掉。”

趁她笑得上气不接下气，忙插空儿回了一条：“你总不会是说，米米只是因为外貌不如意？”

“早死早投胎嘛，投胎做大美女，生下来就是大赢家，一直能赢到死。你想想看，那谁谁、那谁谁有个屁本事啊，不就是有张脸？”不知她是不是打开了一个什么关键词搜索，报菜名似的一口气排出若干炙手可热的名字，“要么做花，要么做花瓶，要么做搁花瓶的好看桌子，都能成。丑八怪的话真不如去死啦。”几乎有点拍手称快之感。

“个人觉得，这理由，不太成立。”我小心反驳。

“也是，好歹还有个男朋友，她肯定不能算最惨的那个。”咂咂嘴，似笑非笑。

男朋友？看我，怎么从没想到这一宗。人们固然很难成双捉对，但也并不都是孤家寡人。“你认识她男朋友吧？等会儿推我一下。”我紧紧捏着笔杆，喜忧参半，旧城未下，新城又至。

“也可能分了吧。他们总在闹分手，一出岔子就拉黑，再通过我这里加上，然后再出岔子。”

“出岔子？”好，露出小苗头了。

“中彩呗。我看她不如在妇科办张年卡得了，四趟五趟的，说不定还能打折，将来我要有男朋友了也好蹭个卡，哈哈。”我有点混乱，这算是闺密之情的一种表达？

“四五趟？”我不情不愿地记下这数字。这方向有点没劲。

“最近倒是有一阵没去了，那玩不起的肚子歇菜了还是怎么的。”语音条出现好长一段空白，初音在回想着什么，“还是说他们彻底分了？”迷惑地嘘一口气。“五次打胎致不孕，惨遭分手决定自杀。”勉强算一个俗套的“阅读点”？公号编辑可能会在这里用加粗字体，然后下面的留言会有站队，愚昧与拯救，直男与渣男，女权与新女权与新新女权。我的身体我做主关你屁事。

想到米米父母，尤其是母亲，都不知道女儿反复打胎的事？还是说觉得这不是个事儿？重听了一下初音的口气，也是嘻哈的。想了想，遂以一种无立场的口气："那有没有可能，米米其实对这种事情，是比较在意？然后就……"

"你是指哪种？"她声音突然带了鼻音，可能是躺下了。

"呃，生不了小孩，或者，分手？"我也有点困。如此夜深人静，如果不是在工作，而是两个人纯粹躺着聊天儿该多好哇。得，我这是在想什么呢。

"您可真逗，这算什么？要烦的事情多了去，所以我挺同意她死的，死了就什么都不烦了不是吗。"感冒一样的鼻音，显得多么真诚啊。已经过 12 点了，得算是子夜，这给我一种恍然感。上一次跟一位姑娘聊到这么迟，是什么时候？即便这是采访，也是共同度过的一段深夜啊。我有心说几句闲话，又担心会中止掉这毫无防备的状态。

我掐掐自己，奋力继续与米米有关的话题。"你们生意咋样？米米兔……"关于美甲，我着实也说不出什么。记起杨保安说的，米米十只指甲涂着不同的颜色，料初音也当是如此吧。

"光靠小铺子哪行。主要是做微店，我们俩建了差不多有三十多个群吧，洁牙烘焙淡斑丰胸美瞳酵素假发脱毛，反正有产品就做。我俩分头料理，在各个群搞气氛，给大家集赞投票打卡做运动做经验分享，再慢慢儿地带货。"

怪不得初音的朋友圈全是无情无义的二维码，只字不提米米，不过，就算是聊到这样的程度，我还是没能够弄明白，初音对米米之死，是极度伤心还是极度不伤心——有时这两者的表现，就是一模一样。

"那，生意还可以？"

"你小白啊。可以的话，干吗还要苦哈哈地伺候这么些群。她现在倒落得轻巧，活活儿地把我给吊这儿了。还是她狠。哈哈哈。"一阵幸灾乐祸的笑声，我把手机从耳边挪开一点点。

"冒昧问下，你俩开店的本钱是不是信用贷？利滚利？是不是逼得米米……"我急得单刀直入。

"一只小白兔，两只长耳朵啊，一对红眼睛啊。两只小白兔啊，四只长耳朵啊，两对红眼睛啊。"她半说带唱，调子乱七八糟，我实在无心欣赏。哪怕是高利贷，哪怕给骗掉大几十万上百万，亦可算作烂大街的平常死因，这文章就没法做了。当然，这对米米很不敬，但不得不这样来区分。难道我这么起早贪黑地拉大满弓，最终却放个空箭吗？那头初音又连发几条来了："赚钱嘛，方法多得是。开个小窗私聊，都不要露脸，也不管胖瘦黑白，直接给器官特写，直接给声音。那打赏，东北话讲，哗哗儿的。哈哈你是小白兔，米米可不是，我也不是。"

"我也打过赏，还玩过 VR。"我忙分辩，甚至都想坦诚交代那些场景和我当时的反应。真的，我有点想对她说。显得冒犯吗？这只是出于采访之需吧，

我还不至于苦闷到这样的地步

“一百件事，九十九件都值得去死，唯独不会是为钱。你要那样想，米米会半夜里去找你算账的。”她开了个玩笑，但声音里并无任何笑意。我疑心她在讲反话。

“那我就整夜守着，正好想亲口问问她那九十九呢。”我很担心谈话进入死胡同，初音却突然改为通话了，哗啦啦自顾自讲起。

“不信？我都能讲通宵的！煎饼馃子涨价了。新毛衣缩水了。楼上总往下扔东西了。市容叫我们换招牌了。跟了多少年的网站突然死了。对了，还有退货和差评，那真是一天能气死好多回的——说天太热了不想洁牙了，退。说太便宜了，便宜无好货，退。说包装破了，差评。使用说明书有错别字，差评并退货。说热爱国货、抵制日韩，退。总之，全人类都想不出来的理由，那些牲口们都能想到。

“对，私下里就管他们叫牲口，我跟米米也是牲口。整个群全是又丑又胖又穷还整天想着做公举做王子。你知道差评有多糟心吗？讲那许多好话，到处放交情认姐妹，几个月地忙，然后一单全毁。有次米米真的就为这事儿哭来着，哭得那么难听，跟杀黑毛猪似的。我学给你听。

“怎么，呜呜，就说我家的面膜，呜呜，有股萝卜干子加脚丫子的混合味儿。呜呜，怎么会有萝卜干子加脚丫子味儿。这都是，呜呜，怎么想得出来的呀。呜呜。”

我在她模仿的哭声中一阵气闷，倘若米米真因着这样的九十九种烦恼去死，那我这稿子可真又臭又长又可笑哇。在绿皮书里的倒数第二章，列出若干结构大法，随便哪一种都是有重点、有高潮、有铺垫的呀，而不是平均主义的细碎尘埃。求求你，米米。你不应当、也不可能就为着这生活本身去死吧，那世界上所有的人都应当去死了呀。

“你能听清吗？她真就这样的，上气不接下气地哭。我也懒得劝她，就由着她颠来倒去地号。”大概是不满我的沉默，初音竟然又再学了一遍，敬业的演员非要加一条似的，一丝不苟地伤心欲绝，简直以为她是真哭了，“怎么，呜呜，就说我家的面膜，呜呜，有股萝卜干子加脚丫子的混合味儿。呜呜，怎么会有萝卜干子加脚丫子味儿。这都是，呜呜，怎么想得出来的呀。”

我在本子上胡乱划拉，子夜的时间白马一样嘚嘚嘚踏过，它的长鬃毛飘起，拂过我的后脑勺。我开始偏头疼了，偏头疼的那半边，大概会掉头发更厉害吧。初音这里又将惨淡收场吗。米米的心事到底是跟谁说了，男友吗？天知道。人们的爱或依恋、对彼此的重要性，到底是否存在或怎么样才能够发生？他们有血缘与姻亲关系？他们天天见面？比方说同事或合租者？他们在对方面前痛哭并能够被准确模仿？可以聊天很久直至失去效率与信息，比如像这会儿的我和初音？

我很留恋此刻能有人跟我说话，但同时又想找到借口，光滑地结束这场抚慰不了任何人的对话——懂了，初音这么无聊地再一次模仿米米的哭声，也是出于同样的原因吧。

“你饿了吗？”她止住哭声。

“有点儿。冰箱里好像还有一袋速冻饺子。”

“米米就是特爱吃夜宵，我也是。但我现在真不能再吃了。要不你替我们吃行吗？起码得二十个，调点老干妈，倒点醋，最好配两个蒜瓣。行吗？完了再喝半碗饺子汤，原汤化原食。”

“行，我替你吃。”我无意与她争论减肥一事的狗屁意义。大部分事情都是狗屁，如果乐意，大家就各自执着去吧。

“抽烟吗你？”她又问。

“偶尔。没瘾。”

“吃完夜宵替我抽一根。我这牙已抽太黄了。”

“行。”

我先后发去两张照片：吃到一半的饺子、抽到屁股的烟。讲实话，我很高兴能与某一个“活物”分享这些，今天的饺子真有了饺子的味道。她要愿意，我可以每天晚上都替她吃。

她发来名片推送：志华。

愣了一会儿，想起这当是“米米的男友”。我有点不舒服，觉得她用“回赠”的方式来答复我发她的夜宵照片，一下毁坏了我依稀感受到的某些东西。我遂也一本正经地感谢她接受了我的采访并提供进一步的帮助。再无回复了。

我在黑暗里回放语音条。初音的嗓音直通通的，话又多又碎，真不能算好听。但能知道，她也是极乐意这么聊聊的。

第三天

8. 被来电铃吵醒，才七点，肯定是表姐。她隔一阵去我家一趟，替我父亲四处收拾下，顺便给我电话，然后八点半赶去上班。表姐零碎地抱怨着各种家事。闭上眼睛屏息听，能辨出老爹在附近走动、呼哧喘气。他有支气管炎，一到季节之交便发作。表姐仍然在讲，我打开免提，过一会儿凑上去大声地“嗯、是吗、真的呀、亏得想到”。喝水（没了，现烧）。洗漱（牙龈又出血了）。蒸小馒头（扔包装时发现过期半个月了）。

表姐说了一通，照例把手机交给父亲。她总这样，逼我们互相问候。实际上能说什么呢？

老爹从去年起变了策略，总打电话说想抱孙子，得知根知底地娶个老家媳妇才放心云云。他讲得太生硬，其实是觉得我还不如滚回老家算球拉倒，啥都现成儿的。是，我现在确实不行，但我还没开始啊，哪怕最终开始不了，“我也情愿死在这里！”“倒是为个什么呐？”老爹在我激烈的口号之后，有意慢吞吞地跟我要一个解释。我说不清楚，也认为不必说清楚，就撂了他电话。从此就只是通过表姐的手机，客客气气地如此这般了——我问他胃口如何、睡得好不好，他囫囵答上几句。相当于单曲循环播放。表姐最后接去，挂掉之前，她可能正抬头往院子里看了看，自语道：哟，今年这柿子结得可多。

我正往架子上挂毛巾，听到这句，感觉身体里某处一颤，差点儿都想对着已经挂掉的手机再喊上几句什么。跟老爹就算通上几年的电话，都不如院子里那株柿子在瞬间带给我的心碎之万一。

志华的名片一点击，自动通过了，并跳出个花里胡哨的优惠卡，原来是电子城修手机的。那一带我正好熟悉，留了言就一路晃过去，虽则对这位男友并不抱太大指望。

电子城这一带算是高级地方，街两边儿都是气派门脸儿，各种金属门打开又关上，不断往外吐人又往里吞人。黑西装。蓝色保洁。橙色外卖。灰色保安。和尚服。警服。校服。带胸牌的中介。高帽厨师。外套印着电话号码的物流工。人们都有着像模像样的差使并如此勤勉地交叉跑动着，瞧上去还真是赏心悦目。米米不在了，好多人不在了，好多人将不在了，仍会一直这样赏心悦目下去吧。

照二维码所示的摊位号一路找去。挺大的三面玻璃柜围成一个柜台，柜台上也贴了一圈二维码。外头站着两位魂不守舍的顾客：一位以均匀的步幅绕着柜台来回踱步，另一位则眼睛不错地盯着志华：我想那个正弓腰俯背捣鼓手机的当是他，衣服后背是同样的二维码。看不到他的脸。

倚着柜台等，在另外两位几乎是仇恨的侧目中，我的手机不停响。每天上午这个时候，李大人都会在工作群以倒计时方式艾特我，好像我不会掐日子似的。我总遮遮掩掩地给一个神秘主义的回复，让她同时也是让我自己少安毋躁。她可能也只是例行公事，并不当真惦记。群里的讨论太热闹，新奇特异、怪力乱神，像秋之落叶冬之暴雪，来不及地层层覆盖。

今天倒好，除了李大人的大棒，还有黄老邪的胡萝卜在召我帮忙，他给我发来一串关键词和周边链接，大方地让我在其中选，溜了几眼，其实都不用看，随便哪个选题，都比米米之死“重大”得多！我每天都要替米米扒拉开那些迅速掩埋掉她面孔的落叶与暴雪，把她从急速坠落的时间深处打捞上来……“还在揪你那个过保期的死题目？这是搞出感情当对象谈了？小兄弟醒一醒，咱就是流水线上的来料加工好不好！”黄老邪好心又尖刻地劝说。

手机调成静音，我把目光移到柜台里的手机尸体上，它们被胡乱地码成老高，夹杂着被肢解了的电池，粉嘟嘟装饰物的后背板，残损摄像头，裂成冰洞的黄金镜面，线路板暴露有如内脏却还在闪烁着未接来电或未读留言。真有如一幅废墟末世图景，想这些手机里，也曾有多少活色生香与情短意长哪——真想把这样的景观写到米米的稿子里去，这不是跑题，世界上的事情不都是互相关联着的吗。

两个顾客先后取了手机，即刻开机，获得新生般焕然离去。柜台后的志华起身向我抬了抬下巴，一边往嘴里塞烟，带着我往楼外走。志华五官平淡，令人过目即忘（他在前面走，我立刻就忘了他长什么样）。背有点躬，鞋子大一码似的拖着走，显得疲沓。

他跟米米是修手机认识的：米米的每只手机都会摔坏三四次屏，直到修不了。换新的，再摔。如此反复。后来志华给她打八折。后来只收她成本钱。后来免费。后来给她买新手机。——这听起来是直线逻辑般的过程，是我用了一千多米的步行长度，艰难诱供而来的。志华以一种极被动的态度待我，我提出一个设问句，他肯定或否定，或略做修正。我就像一个全运会记者：请问取得这样的成绩想感谢教练吗？真叫人气闷，乃至让我产生了一种促狭的冲动，想把这平推乒乓球般的短促对话，一股脑儿地都呈现在稿子里，我们那些娇气又挑剔的读者会怎么样呢，说不定是他们早就盼着被这样的琐碎刻板给虐待一下，并示威和投诉性地把阅读量直推到十万加！

“带我到米米常去的那家医院吧。”那是个很合格的场景，站在有图标或箭头指向妇科的那个楼层，我要在那里跟他聊米米，征得他的同意，拍照，发表时脸部打码。

志华扭头就往地铁走：“五站地就到。”倒也是喜欢他这样寡言的温顺。进了医院，他仍在前面带路，直带到住院部，上到三楼，他出来停在电梯间，冲我往里努嘴：“我每次就到这里。”

我四处张看，感到被愚弄了：“这是康复科啊！”他点头，完成任务的表情。

“米米在这儿看病？”一位条纹服病人歪斜着走过。

“她奶奶。”他显出一丝讶异。

志华这是有意装傻还是一派天然？见下奶奶倒也是可以。不过，奶奶的！奶奶，这差得也实在太远了。

我冲志华晃晃食指，打电话问李先生要奶奶的名字和病房号。李先生很惊奇："我母亲？病房号？"好像这是我给他临时发现的一个母亲似的。两分钟后，收到他一条挺长的短信，可以想见的书面语遣词：您不辞劳苦深入排查，这种敬业精神是值得敬佩的。她在三病区 24 床。不知您出于何种考虑，其实米米小时候只到寒暑假才跟奶奶住一阵子，并无特殊感情。此外，我也有义务提醒您，米米奶奶即我的母亲，罹患多种疾病，恐无任何采访必要。

我抬脚就往病区里走，一边招呼志华，他在电梯间角落里找到一个消防箱，半挨着坐在上面，手肘稳撑在膝盖头上，已专注于手机，头都不动地向我摇摇上半身。

病房门半掩，三人一屋。全都躺着不动，亦无声息。最里面就是惠连英。被子直盖到鼻头下面，头上还戴了帽子。室温的话，估计得有 20 度。我解开外套，轻扣床沿：惠奶奶。惠奶奶。

"你要能喊得她应你一声儿，我送你座金山。"卫生间转出一个胖女人，身上松耷着软绵绵的秋衣秋裤，嗓门高得有如呼号。我以眼示意惠连英的床位，小声回道："我是米米的朋友。"

"啥米米？哦，那黑皮丫头。你放开声讲没事，这屋里三个，都不怕吵的。"目光像小灯泡，是久不与人讲话者所特有的亮，"本来在不同病区，打通了护士长，给我凑到一处，等于我承包这整个病房。"小灯泡自豪地扫过她的领地，给我指点介绍。

中间那位，身上进进出出若干管线，她排数：导尿、心电图、氧气管、输液。到饭点儿还得换鼻饲。"像不像多孔插座？"她抛出一个比方，直乐。靠门那一位，脸上平覆着一方毛巾（像死去的人那样），露出的头发乌黑、浓密，倒是比我强上好几倍。"工伤，28 岁，高位截瘫加脑震荡。不肯讲话也不肯见人，就是根会喘气儿的木头。好在是单位掏钱。"

"嗯。不容易。"

"仨全是木头。我乐得自个儿玩。假装这个是我儿子，那个是我老公，老太太呢，就当是我老娘吧，然后我就跟他们瞎说八道地讲，小孩过家家似的哈哈，就这么过家家，你猜我一个月挣多少？"她喜不滋滋，又想起不宜露富，"算了，你就猜哪位护理费最高吧。"

"惠奶奶。"我往最里床走，寒暄成本已经够多的了。

"是多孔插座！退休工资高嘛，保住这口气就等于保个账户，他家里人最认我。我经手这么多活死人，就从没一个害过褥疮！你晓得要多久喂一次水，多久翻一次身，多久做一组关节活动？讲究可多了，关键我肯用心，你想，最早我可是伺候走我老公的…… ”这位护工要也写东西，能走几页都不带标点的。

“惠奶奶是啥毛病？”我打断。

“就老了呗。脑萎缩，不认人，哪儿哪儿都老化了吧。我主要就保她两条：不感冒不感染。看焐这么严实，还是手脚冰凉。”她猛地伸手，拉着我的手就往老人被窝里去。一下碰到块凉肉，不知是大腿还是腰，惊得我耸然缩回。“哈哈哈，要是个漂亮大姑娘躺着，你缩手也这么快？”她称意大笑，秋衣下垂挂的空乳房愉悦晃动。

“你刚才叫她孙女黑皮丫头？”我顽强继续，其实也不需要顽强。她想说话，估计我就是问个天文地理，她也能扯出一嘟噜子。

“皮不黑，是那丫头每次都黑着一张脸，尽我怎么热乎都不吭声儿，只在奶奶跟前脸冲脸坐着，一坐大半个钟点。我出去转悠，腿都走得酸了，回来一看，还在那儿坐着呢。”

“光坐着？”

“你以为能干吗，放炮仗敲锣鼓老太太也没反应的。对了，黑皮丫头倒是有一阵没来了。你是她男朋友？”

我没吭声。米米要是愿意我也愿意。

“黑脸归黑脸，倒也是个长情的姑娘。她再不来，我这里的三个，就更连死人都不如了，死人到清明还有人烧纸呢。”

“她死了。”我说。

女人弹簧似的一下子跳到惠奶奶床头，扯下被子，伸手放到老人鼻前，停了停，直拍胸口：“这玩笑可开不得。她这一口气，可就是我的嚼活呢。”

我理当说清楚，死去的是米米，同时观察对方的反应，然后兢兢业业地再从她这里追问压榨一番。一阵疲倦压倒了我。唉，黑科技是挺发达了，要能有什么设备，像公共探头那样，抓取到人们某时某刻的想法就好了。

离开前，我也把凳子拉近到惠奶奶跟前。胖护工倒是机灵，套个外套带上门就往走廊外去了。

病房里一下子全然地静下来。不久就能从这一片静里，听到隔壁床各种仪器所发出的轻微电流声，还有输液袋偶尔一声“咕”。再过一会儿，能听到我自己的呼吸。又等了一会儿，我企图分辨出更多的呼吸。没有。躺着的三位，就像已成为床本身，他们没有为这个空间贡献出任何分贝。

看看手机，才过去了四分钟。

我要求自己坐满十分钟，我要在这个房间里好好听一听自己的呼吸——米米在那漫长的一个钟点里，也一直听着她自己的呼吸吗？这让她更想死了，还是尽量地不去想死了？

“米米生前最放不下的，是从小带她长大的奶奶。她每周会到位于热河南路上的钟山医院康复科探望已经失忆的奶奶。护工王劳（化名）大姐回忆说，米米有情有义，每次都陪奶奶说一个多小时的话，以帮助老人家康复。”在脑子有一搭没一搭地编了这段儿。屁，全是大路货的谎话。

志华仍是以手肘撑膝、勾着头揿手机，跟我离开时一模一样。我拍拍他，他迅速站起，脚大概是麻了，猛地一矮。我扶着他往楼道走：“你只陪米米到过这里？别的呢？”

他手里仍在忙：“这盘快了，最多两分钟。”可能是被我催的，他突然身体一抖，曲终奏雅了。他抬头，空茫地笑着：“别的？别的什么？”

需要坐下来跟他谈。路边一溜油腻腻的苍蝇馆子，敲着铲子吆喝招呼。各人要了大碗面条，外加两支冰啤。

“前后统共为你打过几次胎？你陪过几次？”我见他面条吃得差不多了，前面扯的闲篇儿也够他放松，才开始问。

他仰头把啤酒喝光了，我又给他要了一支。他颊边微红，眼里现出一种哥儿们式的热忱，句子明显变长。

“两次？我估猜的。这事儿我没陪过。你准以为我特别差劲吧。”他用力抹一抹脸，“她从不讲这些，所以我也不知道。而且我们俩……”他看看酒瓶，似乎到此刻都还在为此困惑，“是她非要跟我在一起的，都不知道她看上我什么。”

“你不喜欢她？”

“主要我……搞不懂她。她就只是跟我睡觉。”

“倒像你吃了什么亏似的。”

“不是不是。我问你，你跟女朋友那……之后，是什么感觉？”

“感觉？挺空的吧，比一个人时还空。所以我现在对女人，大部分时候也不想。”虽是实话，可这么地脱口而出，也是怪。

“我也这样！我想，我大概并不喜欢她。”志华不自然地笑了一下。

“明白。喜欢归喜欢，睡……归睡，不是一回事。”两人碰杯，纵容凉丝丝的啤酒从喉咙管滑溜下去，“所以我一直就单着，不过也讨厌总一个人。”

“单着更好。你看我这！”他显得很可安慰我似的，替我又要了一瓶，“米米也没把我当人，你看，招呼都不打一个。”

“真想死的人，跟谁都不会打招呼。”我这样劝他，“对了，初音说你俩一直闹分手，主要为什么？”

“没具体事。是我要分的，毕竟，我又不是什么好男朋友。”

“她不肯？”

“肯啊，立刻拉黑。过不多久又找过来，一进门就拉窗帘、脱衣服。就像，嗯。”志华用手转了下啤酒瓶，“像渴得急着要喝水。”

“是不是长得……她有点自卑吧？”不得不继续扮演全运会记者。有一个我并不喜欢的理论：容貌不自信的女孩会通过性爱来寻求价值感。

“她可是很摆的那种！”他用了一句老城南土话，是形容女孩子长相显目乃至飒爽的意思，“反正两人走一块，我是不大配的……”

咦，初音可不是这么讲的呀。“给我看看她照片呢。”

“前不久全删掉了。”志华脸上有点尴意，“听修手机的客户讲过各种稀奇古怪的故事，反正手机里最好不要保存死去的人的照片，墓地啊碑文什么的也不要乱拍，很容易出事情的。”

怀着似乎是对米米而不是对志华的失望，我举起瓶子跟他很响地碰了一下：“那你们等于是，炮友？”

“不完全，我们还一起打游戏。要说我这人有点什么能耐，这个绝对算。”志华脸上大放笑意，“王者你晓得的，有100星了我，一般的主播都能秀他们一脸！”

“我最多只是贴纸牌或连连看。你不知道夜里赶完稿子是有多残，什么都拼不动了。”

“我是干别的事都残，只有拼游戏才来劲哈哈。有次在排位赛里碰到一个职业选手，都没干得过我！这样讲你总能大致明白吧。”志华的模样越发雄阔起来，好像我们根本不是坐在这又闷又挤的小面馆里，而是置身一殊绝异境，他在那里泥丸众生、霸业千秋。

好吧，我替他高兴。我把最后几根面条挑出来吸溜完，像往常一样，胃里撑撑的全是食物，可还是有种不满足的饿感。

志华又跟我吹了好一通，从LOL到王者到吃鸡，重点是他如何从无名之辈到战神。见我兴致不大，想起我们见面的主题，敲敲面条碗，替我发愁了：“你这事怎么弄啊，就跟这空碗似的，啥都没，硬写？我是从小就怕写，也怕数学，文不能武不会的，合该只能打游戏。人总得有个特长对吧。你呢，主要是能写？”

能写吗，五年的泥坑都快没顶之灾了。也犯不着跟志华详解，胡乱点头：“对，能写。不过米米这篇，就没人说得清她。本以为你……”

“可惜帮不上你啊兄弟。”志华真诚地抱歉起来，“想想也就是一起吃东西、睡觉、打游戏，所以女朋友真不叫谈，而叫做。怪不得都是这样开头：你做我女朋友好吗。”

都没酒了，但我们还是又碰了下瓶子，像多年老友似的，还抢着结账。

“我请初音找到米米的病历了。她换过三本，前后统共为你打了五次胎。就在这同一家医院。也许就在她看过奶奶之后，就直接上九楼妇科去预约手术了。最后一次，病历上写到，找学医的朋友看的，说是子宫里面的那一层皮还是膜的？已薄得没办法再有小孩了。如果找不到别的原因，我认为这可能就是……”借着外面令人睁不开眼的正午阳光，我一口气对志华说出我的想法——没法说出的是：稿子是死路一条了。

“绝对不会。”志华也眯缝起眼，但很肯定，“米米讨厌生小孩的。”

“你这反倒知道？不是说你们不聊的？”我假作惊奇，心中直拍手。

“这是她在我们……那个的时候说过的。”志华有点涩嘴的样子。我也有点难堪，大太阳下的，深感这是对米米挺不敬的一个讨论。走了几步，一处广告牌的阴影下，志华又努力补充了一下：“她在那个时候，总喜欢乱七八糟地讲点什么。”

“挺好的啊，看来她很信任你？”我联想到酒后吐真言。以我不太精彩的性感受来讲，有时那也跟醉酒差不离吧。

“我不喜欢她那样。”志华在前头加快步子，“并不是说一定要像岛国视频……但她总不该那样自顾自说啊说的。”

“都讲些什么？”我疾步跟上，米米竟有这样匪夷所思的诉说方式！实在令我称奇。人到底会在什么时候对什么人说出心里话？万一确实只有在这样的状态之下，米米才会吐露她的内心呢，对着另一具根本无法倾听和回应的交战中的身体？我突然一股悲怆，想到她每每过来找志华，哪怕都分手了还是要找上门来……“快想想看，她都说过些什么？”我追问。

“那种时候，我真没法听清的。你别问了，问得都有点瘆人。我不想再回想跟她在一起的事情了。反正她说过这样的意思……原话我说不准，但这点我可以保证，她绝不会为生不出小孩去寻死。”我仍旧是往电子城方向的地铁走，志华选了相反的方向。

我的地铁先到了，他好像是故意利用这当儿来跟我补了一句：“米米走了，我当然很难过，但也有点松口气。”他表情含混，“如果你是我，没准也一样。”

要跳下车来再问点什么吗？我没有动。我就站车厢门口，听凭安全闸和地铁门一一合上，看着两道门外有点变形的志华加速后退、倏然不见。

9. ……整个晚上都在整理，本子一页页翻过去，写的都是鬼画符。那些以为比较重要、休戚相关的人物，不过是一扯就断的线头，我所能做的就是直接咔嚓掉。

比如下午的秦老师之访。没有打招呼，我径直前去。一路上想着，可以从她整天盯着远程视频看的加拿大儿子入手，套个近乎，都是母亲之心，也许她旁观者清，能看出米米的什么情况？她感觉米米与父亲之间，有着特殊的怨念吗？进而促使米米对秦老师发展出一种虚假的友谊，作为她的自杀掩体，以便大老远地跑到郊区——

“据著名心理学家某某教授分析，由于米米长期缺少父爱，反导致强烈的恋父情结，乃至发展为极端的自杀行为。心理学上，我们常把这种自杀命名为‘图钉’型自杀，她是想把这个图钉扎在父亲与情人的爱巢里。”是不是有点戏剧感？不过这离想象中的深刻性与社会性是有很大落差。当然，这不是个挑三拣四、讨价还价的事儿。

拍拍门，倒是在家，隔着猫眼一句话就打发掉我：“我也很伤心和同情，若果真有什么情况，老李肯定会跟你讲的。”南方口音的普通话，音质柔和。然后就再无声息了，不管我又在门外说了多少好话软话，都像说给吸音壁了。这近乎哀求的扮相，让我深感不适。

在附近呆鹅一样转悠了两圈，不时看到跟我年纪差不多的小伙子，顺利闯关传达室、单元门、防盗门，登门入户。他们是“饿了吗”“闪送”“顺风”“美团”“韵达”。看得我挺羡慕的，想着是否该给秦老师订份外卖或闪送海鲜之类，然后在这里截下送货小哥，我换上他的制服，然后得以与她面对面——黄老邪就这样干过，并无技术难度，但也不会得到什么坦率的呼应。故而我只是想了一下，就抬脚离开了。顺其自然吧，我找到这平庸的借口。多少时刻啊，我都需要这四个字。

如纸上判官，我画掉了秦老师，然后是周保安，再是母亲。暂且保留下这三位：父亲李先生，初音和志华。对，还有一个特别客气的瞿警官……台灯惨白，笼罩光秃秃的键盘与皱巴巴的采访本，还有了不起的绿皮书。也许应当这样想？太容易掏出来的，最多就是李大人所不屑的那种烂大街货色。目前的空空如也，只能进一步地证明，米米之死，有着罕有的、无法归类的属性，不是吗？

我在电脑上东逛西逛，终于消磨到十一点多——“哦忘了谢谢。跟志华聊得还不错。多亏你帮我找到米米病历。”真是乏味的废话，她那边就算是自动应答也行。到这个点儿，就是想抓一个能说几句的人，何况我这是在工作。

隔很久，初音发回两只毛茸茸带厚肉垫的猫爪，让人挺想摸摸的。我不再提米米与志华，推一个心理测试给她玩，讲讲新电影，帮我看星座什么的——想勘测到哪里才是她的话语兴奋区。她今天很怠慢我，全是表情包应付。快要撑不下去的时候，决定说说我一直想问的事情：“你们做那么多代理，有什么对掉头发有效的玩意吗？”我喜欢用“你们”，就好像我是在跟她和米米两个一并讲话似的。

不过两分钟，微信上就有了七八条未读留言，再一看，我被拉进了一个名叫“茂密森林”的四百人大群，熟人提醒里能看到初音和志华。那七八条现在已十几条的留言，全是跟掉头发有关的讨论。

这会儿他们正讨论一种海带水疗法，群风极为谦逊和亲切，有一位正在晒图，对照海带水疗法以来的细小变化，有人分析口服与外用的差异，有的给出海带购买链接，有的认为南海的海带要胜过东海和黄海，为什么？南海是热带，那里更有强盛的生长基因不是吗？有人就此转了一个关于南海主权争端的热文。又有人对前者进行了艾特：先解决头等大事，再关心南海主权。我默不作声地作壁上观，感受着一阵阵突如其来的欢乐，忍不住又跟初音索要：“你们不是侍弄着好多群吗，能不能把我再拉几个？”

“不嫌烦啊？”

“想感受下你……们的工作。这不是还没找到米米自杀的原因嘛。”

“米米要是没死，恐怕都能感动死了。”

面膜打卡群。精油小公举。酵素王。亲亲艾灸。战痘天团。素食永生。再见拜拜肉。一健美白。雕刻三围。

满筐满箩的留言，轮换着看了一阵，各群的诉求各不相同，但结构、生态与气氛大抵相似，有点儿像国外电影里经常看到的那种心理互助组，不过更讲究，比如精确到毫米的臂围与胸围。讨论痘痘，以高清动图划分区域。面膜成分与对应肤色，做成曲线图表来分析——对身体苛刻到一种庄重的程度。

“这一个个的，是多么爱自己啊。”

“别用这口气。你是不知道，稍微胖点丑点，连粉丝团活动都不让去机场举牌牌！”初音用语音发来，一副夜聊的架势。原来这算是她的兴趣点？

“米米也这样？她其实还好对吧？”我起码得弄明白，米米到底算“很摆的”还是“丑得能死一百回”。

“得看跟什么人比了，如果跟我比，那死的应当是我，并且你这会儿采访的就是她了哈哈。”初音笑嘻嘻地敷衍，随即掉头向我，“你不也是吗，不然你要治秃顶干吗。群里头男的也挺多。我们有个明星用户，各种女性护肤品他都买，可爽气了，一私聊，原来他做广告设计，老板以为他是 Gay，所以很器重。据说那个圈子里，男同最吃香。所以他就索性一直假装是 Gay 喽，整天把收拾自己。”

“嗬，这种事都跟你讲啊！是喜欢上你了？”心里再度焦虑起来，我到底想从初音这里得到什么呢？

“屁咧，越陌生越好讲真话呀。我就是阿猫阿狗，他也会讲的。”

“那你呐，什么情况下才会跟人讲心里话？”有心想与她探讨米米那种比较极端的情况，这么迟了，会认为我有别的暗示吧。

“交换。如果对方跟我讲，那我就讲。”

“我也一样。”四个字一发出，心里即感到一种异样感，觉得言重了。这意味着我们处于同样的状况，都想穿过重重夜幕，去无限接近那同样飘荡无依的彼此。不，打住，绝不能被这每夜例行而至的空虚所绑架。“不管怎么说，你们建这些群，也是做大好事，谁不需要这么个好去处。”我生硬地转移话题。

语音里传来一阵咕咕的笑，初音可能是含了一口水：“鬼咧，才没人谢我们，这个走了那个来，大马路似的，都没人发现米米好久没说话了，她还群主呢。我要哪天挂了也一样。”

“可不，我圈里的啥 A 股群、出版人群、帮帮投票群、设计师群、师门群，谁在意哪个怎样，谁晓得哪个在还是不在了。”

初音那边默然了，延续了好一会儿，我能听到她寂寞的呼吸。

“等会儿替你吃夜宵吧！今晚你想吃什么？”

好像我这想法过分亲近似的，她冷不丁就挥手道别了。

第四天

10. 云南馆子。闹哄哄的等座卡位，边上俩小孩拿着冲锋枪互射，逼真的“嗒嗒嗒”声与拖长的“啊”声惨叫。真羡慕这两个讨人厌的臭小孩，他们一再爽利地死去，又那样轻易地活转，当然从他们瞄准的方向来看，有许多子弹都射到我的心脏里了。

我专心盯着他们射杀我，以避免看到头顶上方那块循环播放明星视频的大屏幕，它跟我一路过来所看到的地铁广告、公交站牌、购物街当季新品橱窗等一起交叉闪动着，覆盖视线所及处，以致总让我产生一种强烈的烦躁，似乎他们与我们过着全然不同的生活。有多少人算是我这一伙儿的？杨门卫肯定算，米米、初音也算。铁刚呢，快要到那一伙去了。李先生，还有我的导师常江，则要算广告上的他们吧，可能这正是我需要时不时见见导师的原因。

常江导师过来了，金属拉丝登机箱，咖色外套，臂弯上的米灰围巾半拖着形成一种风度。我忙起身迎接，发自内心地弓腰伸手，跟第一次见他的动作是不差毫厘——常江导师有恩于我，这一份工，即仰仗于他的全力推荐，尽管后来我也得知，这家公司是他朋友“脑袋一热”的新创网媒，底薪极低，招人很不顺当，他算是拿我去帮对方的忙。无论如何，我得以留在这里了。我感谢他，并仍像读书时一样，有阶段性汇报的习惯，趁他出差刚回，或正要出差之前，跟他和他的登机箱一起吃饭——除去学校课程（大多安排在晚间），导师几乎每周都要出外地授课，论坛，评奖，测评，对话。常老师很善于讲演，一拿起话筒就如接通复读机，书面语奔涌，速记下来可直接推公号。

跟往常一样，导师刚坐下来就讲“今天有点不舒服”。偏头疼，嗓子干咳，昨天睡得很糟，腰酸，溃疡了，牙疼加重，飞蚊症，好几天没有排便。上述这些情况，有时只犯三两项，有时几乎同时发作。导师年轻时加入过戏剧社，故即便说着这样的事情，依然像念台词似的，抑扬顿挫。

我端详他，每次都比上一次更为衰败，所有中老年的迹象都在比赛着包抄围剿他。我嘴里说着这种情况下应当说的“注意休息、导师的身体可比什么都重要”之类的话，可是相信吗，心里却由衷感到一种强烈到类似祝福般的向往之情：就算衰败，这也是一种功德圆满的衰败啊。他所拥有的资源、成就、物质、家庭，如同互相叠加着的小砝码，与他的年纪恰好相称着，他走过了生活的一大半，正好也攀到了大山头，现在，他可以甘心和放松地去老、去死了。而我的山头——它到底有没有，有的话又在哪里呢。

常江老师对我各方面的状况很是了然，他说过，我就像他年轻的时候。这也许只是鼓励之词，而所谓人生导师，也是一种内心软弱的倚托，可不管怎么着吧，不时见一下常导，对我确实会有着心理上的强健之效。

“公务仓走快速通道。我们能有五十分钟。”导师用手按着太阳穴，一边示意我不要管他，抓紧时间该吃吃、该说说。

想到五十分钟谈话时间，想到还有不到四十八小时需要交稿，好像前面二十多年都一直这样紧迫，一时竟不知从哪里开口。菌汤气锅升腾起水雾，嘟嘟冒着泡儿，导师的脸在对面摇动。我注意到他的眼袋，肿得又肥又白，还有他的腮、嘴角和双下巴，都被巨大的重力所牵引，直往地面上坠。

“导师你都还好吧？”

导师瞥我一眼，嘴里塞满了东西，像牛那样很大幅地咀嚼。人们总会因为赶时间而吃下更多。“我打算移民了。”舌头与牙齿使劲搅拌着食物，“进行得也差不多了。”

见我错愕，解释，一边在汤里翻找牛肝菌：“看看我这张脸都成什么样了，尤其这里头（他指指脑子，又指指胸）损坏得更厉害！这到底算什么，想想我也是半个身子埋在沙子里的人了。”

他要抛下的都是什么啊，多少人巴望着他那一切，哪怕只是其中的五分之一、十分之一。我感到一种红色的疼痛，就像看到一座特别高级的华厦给爆破塌倒了似的。我这里还在拚死拚活地衔枝叨土、寻砖觅瓦呢！或者，导师是遭遇了什么不名誉的舆论事件吗。论文、女学生、产学园腐败、站位问题。我尽可能地控制了一下声音和表情：“有什么特别原因？导师具体是有什么考虑？出去还是接着做专业吗？”

定睛看了我两眼，导师慈悲般地摇头：“这不需要任何原因。回头给你发些链接，你也看看。你想嘛，房产、媒体、实业、矿产、出版、教育、娱乐，但凡能排数出的领域，都有收紧下行趋势，一浪低，浪浪低，上游影响到中下游再影响到周边……”他高瞻远瞩又心平气和地指点，“要识时务。好些比我厉害多的熟人，都过去了。总归是有道理的。”可能是为节省时间，他每层意思都带着潦草的跳跃性。我觉得他有些变化。记得半年前见面，他还跟我有声有色地骂了一通学术寄生虫，然后像布置作业似的跟我推了一本《被仰望与被遗忘的》，跟绿皮书齐名的非虚构必读。没来得及看，本担心他这次会问。

“再说人到晚年，需要一流的医疗。我想活久一点、好一点。真的，再忙三年，最多五年，多挣点，就彻底出去。外头看牙可是最贵的。”他指一下腮帮，一边从老豆腐上挑出辣子，又舍不得地捡回几个，“说吧，看你有事的样子？我帮不上具体忙，好歹还有说几嘴的能耐。”

“也没啥，跟导师一样，没具体原因，就是想动一动。”挥手赶蚊子般的，我用练达的口气。跟移民比，算什么呢这。“手上还在采一篇，也许会烂尾吧。反正多一篇少一篇，一样嘛。”轻松地摇摇头，这么一说，连自己也觉得挺有道理似的。

“我，严重不赞同。不要在不好的状态下做大的决定。我们到底应该如何处理现实与理想？这不是简单地指向职业升迁或生活方式，这需要分几个层次来看。最最要害的，其实是关于自我人格的理想……”如同精英论坛开讲，导师握住了隐形话筒。经典国际理论，最新心理学发现，具体个案分析。“再说你三年还不到吧？在一个行业的积累很重要，你知道才华其实是什么？说到底，就是在一个领域里的功劳和苦劳。《卖油翁》还背得吗？‘我亦无他，惟手熟耳’。跳槽要慎，这里有一个双向悖反理论……”

讲到大概第四个层次的时候，微信响了两声，他皱眉看着，回了一个语音，冲淡又亲切：你这是做啥呢，我们俩哪需要这样，也太客气了。再切换到跟师母留言，让她到门卫室取三份螃蟹，两人商量了几个来回，另外两份送给谁合适。然后又跟两个人（其中一位是通过秘书）要了地址。途中他不忘用下巴指菜，示意我抓紧吃。

我给导师盛了一碗汤，他心不在焉地喝了几大口，又接着开谈，准确地指向我的采访稿，如靶向药："要好好写！再难看也要写下去。这世上没有什么是不能写的，就像没有什么人是不能爱的。你明白吗？所有的事物与人，都有发光的切面，既在它的生命体里，也应当在你的稿子里。"突然停住，给师母留言，说家里那份也不留了，你不是跟某某的太太是微信好友吗，马上给她闪送过去。讲完即迫不及待起身要找洗手间："我最近开始尿频了。"

时间已不多了，我把没吃完的牛肉打了包，一边在脑子里尽量抓取老师刚才的讲话要点，哪几句算是可以推一把让我能继续撑着往前走的。这就是我今天想要的不是吗？

餐馆出口，一排射灯自头顶而下，导师本就浮泡的眼睛更有些异样的红丝，"又有哪里不舒服吗？"

"我什么时候舒服过啊！刚刚吃急了，胃疼发了。我今天都跟你说了些什么？说到理想我是怎么讲的？唉，实在太累……你知道的，我现在已经不大会说出自己的真实想法了。刚才在水池子边，突然心里很难过！想到我在你这个岁数，那也是很苦闷的，可那也比现在的我强多了！我得好好想想，当时我是怎么样的，然后我再告诉你……今天是来不及了，下次再说吧。哦，围巾，谢谢，现在总丢三落四！看到熟人还想不起名字。"

导师的身影像一粒小方糖，很快融化在咖啡般又香又苦的机场大厅。我挥了好久的手。一边咀嚼他道别前的话，像一个撤回键，把这整个中午他带给我的力量全都消弭了。或者这么些年，那力量本也是信则有不信则无的吧。

下午我给初音留过三次言，想约着去她们的合租屋看看，顺便再聊些别的。比如米米还有别的消遣和去处吗，加入过什么团队或活动之类，哪怕就是个读书会或绣花小组也行啊。也许那里有她的知心伙伴？思路需要全然开放，倒计时利剑已经离我的头顶心越来越近了。

初音的爽气全然不见，推三阻四起来，说米米那间屋早被房东清空了重新粉刷过，都有新客住进去了，带个两岁宝宝，夜夜哭得她睡不好。我解释说这不重要，或者说，这个年轻妈妈和她的夜哭郎，就是有用的。

我给初音拍去绿皮书里的重要段落，那些地方我都画上了两道杠。按《纽约客》审稿要求，其每一个具体之处，哪怕就是小说，都要"精准调查"。例一：一篇名为《两万美元》的小说，里面的角色于1979年前往麦当劳享用麦乐鸡块，而审稿员指出，麦当劳推出这个产品的时间是1983年。例二：某稿子里写到叶芝故居，建筑物上挂着“叶芝故居”的牌子被描述为“椭圆形蓝色瓷板”，这真的准确吗？是否为黑色釉锡？于是辗转联络，派当地人骑上自行车，去实地确认。

因此你明白吗初音，我去过郊区，也找过她妈妈，可最重要的是得去看米米住过的那幢房子，它的楼层高度、涂面颜色、新旧程度、外头挂的衣服等等。生活就是由各种细节构成的，细节是无比神圣的，你明白吗？

隔了很久，初音给了我一个门牌地址：“今天我不在家。”

“那我等你在时再去，迟点也没事。”

“你来的所有时间我都不在。”

这下明白了。其实也有感知，她有了点儿变化，或者说，我与她之间有哪里不大对头，包括我这样仿佛是死皮赖脸地要去她的住处。故而对她的这种躲闪，我似乎又是全然理解乃至“人同此心”的。扪心自问，我对真的要与她见面，也存在着不可解释的恐慌与忧虑，担心我们这种纤细的联系会承受不住，就会绷开并咔嚓断送了。

意识到这一点让我有些烦恼，但决定置之不顾，只保持一根筋的敬业感：莫非初音的回避，还是隐藏着与米米有关的什么鬼心思？

“这么不友好！你们真算是好闺密吗？怎么她出事，你连动态都没有发一条？”可终于问出了这个疑惑。

“发了集赞吗？集赞到100她会活转过来吗？”她硬戳戳地发回一条语音，密布着暴雨就要到来的乌云。

也有道理。

11. 傍晚六点左右，我在506室敲门。鸟倦人归之时，总该有人回来了吧。哪怕只碰到那个带宝宝的女人，到她房间拍几张，最好能拍到尿布和小孩衣服，然后与米米打胎的那个妇科指示牌搁一块儿，读者们准会乖乖地进行联想。固然这角度还是很平庸，聊胜于无吧。瞧，我都能接受这样的想法了。

……没人应门。机械地下楼转悠一阵，再上来敲几下。都快七点了，越等倒越是不急了，耳边偶有轰隆声，那是时间的加长货车一辆接一辆地从我身上开过。楼下有一个小园圃，被冬青树围拢着，扔着水果箱、旧玩具，还有只旧单人皮沙发。就这坐会儿吧。

沙发的斜前方，有几棵半黄不绿的树，认不出。应当不是柿子树。冷不丁想到老家的院子，小时候在那里爬上爬下，短暂又模糊的记忆……我翻出家里的号码，看了几眼，又关掉。

眯上眼睛打盹，正到有点困意之时，有笃笃笃声自远慢慢而近，眼开眼，一只握着拐杖的手离我的头只有两厘米，手背满是老人斑。得，我起身，就近找地方蹲下，远远地仍然可以看到单元门。想起一个最新的研究发现，说东方式的久蹲有助增强性功能。哈。

老头很郑重地坐下，拐杖放妥，用脖子里挂着的眼镜，换掉脸上的那副，对准我上下瞅瞅，再换回去，极自信地：“你不是这里的。”

“嗯。”

“七点到八点，该是我坐这里。”

“您老尽管坐。我……等人。”

“其实屋里有人。”兴致极为盎然。

“您？”

“我住 505。猫眼里瞅到你一共打了五次门。”我一时沉吟，米米的事不知算不算这小区的新闻？“是那小娃娃的爸？不能怪人家不开门。”

看来完全不知道。也是，假如我或者铁刚哪一个挂了，对门的住家户哪里会晓得呢。何况米米又不是死在这里，她这“郊区”一招可实在是高明，如无影脚，哪儿哪儿都太阳照常升起。

这样也好。我摇头，含糊地：“是找我以前一个女朋友，有一阵没联系了。”

“哦，你说她啊，那也别担心。十点多，那丫头就会到这儿坐着了。我跟你说，这叫铁打的沙发流水的人儿。”老头被自己的幽默逗笑了，笑出一口痰，脖子里的挂筋抖动，“我早上五点半起夜撒尿，能看到扫地的老白第一个占窝，他在这里吃豆腐脑儿。六点多，四五个妇女在这里围成一圈儿耸肩膀扭腰。九点，前楼的胖婶子过来剥毛豆、撕豆角，我就奇怪了，她怎么一年四季天天儿都要拾掇菜，连豆芽都要摘根掐须的。十二点半，会有个跑快递的小伙子来这里打盹，大风天下雨天，他囫囵着裹在雨衣里照旧能睡，还真叫有本事。下午呐，人就多了，带狗来坐的，抽两根烟的，小孩子来玩沙子打架的，搞卫生的，收旧货的。我这时就最提防的，怕有人把这沙发给拖走，那可就完了蛋了。然后到六点……”

腿都蹲麻了，可终于等到老人家分行了，忙掐下话头就势站起：“到晚上十点多，她就这里一个人坐着？”

“我这还没说完呢。六点往后，可真是要排班的。天越黑，这里越是抢手……”见我要往旁边走，“可不就是一个人坐着。都一个人啊，有的玩手机，有的打电话，有的盘手串儿玩。还有像叶老头，喜欢举个小收音机，不晓得他能听个啥，早都耳背了。”

“那她干吗呢？”都不知道，我跟老头子这会儿说的，是同一个人吗？是米米初音当中的哪一个？

“她吃东西。纸饭盒或塑料袋，窸窸窣窣响，吃得特别慢，我都觉得她不是在吃，是图嘴巴里有个东西在嚼吧。”

要说吃夜宵，这像是米米。想了想，我换个问法：“她一天不断，每晚都来的吗?”米米总归是不会再出现了的。

“有一阵子是没来，我还奇怪的呢。但最近又来了，不吃东西，改抽烟，打火机啪啪响。”我想我明白了。老头继续以自信的口气，“相信我，你就在这里守着吧。等我这里完了，是楼上的小胖墩下来跳绳。然后是陈工的老伴，陈工死了之后，她接过来，说是替老头子坐的。再然后，就是你女朋友啦。”

“她们那屋，共几个人住啊?”最后再努力下，看老头儿是不是有区分。

“三个啊。一个刚生出个娃。一个是你女朋友。还有一个晚上五点出门，到凌晨四点才回，头上总扣个摩托帽，猫眼又变形，我就一直没看清是男是女。我家里还有一副眼镜子，专管看电视和看猫眼。你可别笑，现在什么传销啊吸毒啊瞎搞啊，都是租房子闹的!”他下唇收紧，显出一种市民式的铁肩道义来。

看看他混浊有如蒙荒之初的眼睛，一阵惊悚的欢乐袭来，他刚才讲的所有那些在这个沙发上轮流坐过的人，可能都不是他所看到的那些人。他从来就没有分清过米米与初音，甚至包括那位年轻母亲或晚出早归的夜行客。

可以确定，我今晚谁都不会等到了，得跟老头子拜拜了：“腿麻，得溜达一圈儿去，省得跟您这儿抢沙发了。您倒是说说，这破破烂烂个露天旧沙发，他们一个个的图什么，家里多舒服嘛。”

“别人我闹不清。反正我是觉得比家里强多了。你想，这远远近近的，毕竟会有人走动嘛。按说年轻人不应当，正是热闹的时候嘛，我不懂你女朋友是咋回事。想我那时在工会，我爱人在粮油站……”开始回顾他曾经也有过的热闹，我一边活动手脚，一边慢慢后撤。

“这是一幢九十年代的厂区老宿舍，出新过的乳黄色墙面又被夏季的雨水覆盖上了弯弯曲曲的屋漏痕。9.8平方米，米米生前租住的房子如今已没有任何属于她的东西。从她五楼的窗户往外，可以看到几株没有挂果的柿子树，树下有一张被人丢弃的旧沙发。据邻居大爷告诉记者，晚上十点左右，她总会到这里来坐坐。次日五点半，负责小区卫生的老白，会在米米坐过的地方扫掉当天的第一批烟头。”

是否可以用这个场景来开篇（对，柿子树是我的添加)，然后一条线由此倒叙，追索米米的过往，另一条向后，再现她如何走向死亡，最后形成总体上的逻辑性闭环。是啊，在绿皮书里，关于时间调度，有一个挺有意思的建议，就是最好能在整个事件中掐到一个类似于0.618的黄金分割点。并且，对时间进度条的前后拉动，也千万不要遵循老实巴交的匀速，比如晚上十点柿子树下的米米，康复病区奶奶病床边的米米，郊区公寓那个破花园里浇水的米米，她可以无限循环地停留在里面，只要我不喊“咔”，就一直不停。这些都是米米的时刻，像常导师所说的，属于她的独一无二……

我自欺欺人地遐想着——别的不说，就算真有柿子树，坐在下面抽烟的很显然是初音啊。可这个细节我还真舍不得抹掉。想了想，正好给米米母亲打个电话吧。

“不抽，这个我敢肯定，她一直很讨厌闻烟味。”

我觉得米米母亲不应当这么自信。我不禁脱口说出：“呃，她有个男朋友，您也是知道的吧。”

“这……没跟我说过。”声音控制得不错，还平稳地补充，“又不是结婚对象，也犯不着跟我说。我估计她爸也不知道。”能胜过做父亲的，就讲得通些。

“还做过好几次人流。”没有讲具体次数，好像这样就算体贴了。话一出口，我就羞愧至极。米米对此守口如瓶啊，她认为母亲不需要知道，连志华都不需要知道。

“就为这个去寻死了？”迅速反问，声音很尖，一下子抛到很高，如果不管前因后果，简直觉得这是一种喜悦的声音——她在等着我接下来的确认，以便终于可以一下子从空中直掉下来，大哭一场。

真希望我这就是来告诉她原因的啊。现在轮到我控制声音了：“不，阿姨，我觉得不是。”本该解释下我的推理，讲讲志华其人以及米米与他的关系。但我的错误已经够多，我让自己闭嘴。

电话里毫无声音，可能米米母亲把手机拿得远了。我想起她的紫红冲锋衣，还有被寒风吹得通红的腮，她跟那些半老的人一起在黑黝黝的湖边放声歌唱。

“要这么说，也许米米还真得抽上烟了。”她顿了顿，“你一定觉得我这个做妈妈的，很差劲吧？”

“没有的事。妈妈就是妈妈，挺好。”

“谢谢。”她似乎是这么说了一句，挂了。我往马路上看去，马路被各种小门面房的灯光，照成了一格一格，像深夜行驶的火车躺倒在地面一样。我看到好多母亲，年轻的衰老的母亲，坐在灯光的火车里。

12. 极疲乏，还得料理下头发。那半瓶白兰地，喝一半，头发根上抹一半，动作很慢，四处洒落。常说所谓放空、放空，我这脑子里是真的空了。外头突然有人猛力捶门。我从脖子上取下毛巾，暂且包住头发。

两个人扶着铁刚。进来后把他丢在沙发上，个子高的用下巴指挥我：“家里有碘酒吗，再弄些冰块。”

我抓住矮的那个：“嗳?”那人瞅瞅我头顶上的毛巾，嗅下鼻子，带点嫌弃地掸开我，嘴巴努下沙发：“我们只是负责送回家。”两人拍上门走了。

铁刚额头和颧骨有两处青紫，左下巴尽是血。衬衫的肩膀和领口处都破了。裤腿上好几团脏污水渍，像被人在地上踢滚过。可都是名牌啊。酒气挺大，也可能是我身上的。

“俱乐部还上演全武行啊？你不是从来不喝的吗？怎么回事这?”铁刚双眼微合、不答。我替他处理，手法不熟，应当很疼，他愣是咬着不大能咬得上的牙，不出一声哼。直到我让他漱口，他这才吐出里面的半颗牙：“别扔，要留着做纪念。”那晚就没再说过别的话。

到底发生什么了呢？与俱乐部里的大佬发生瓜葛？为着某个远大前程的位置，他与另一位年轻人相争？为某位女郎？有人误会铁刚的性取向？或者反过来，我想起初音讲的故事，他放任这种误会，但被发觉不是，对方恼怒……

半夜里，铁刚叫唤起来。平常很少进他房间，他挺在意这个的。眼睛肿得都睁不开了，用手指着床肚子，要止痛片。下面有个暗屉。除了各种药，还有套套、膏油、丝巾什么的，抱歉不得不窥看了。找到药倒了水，又把被冰块弄湿的枕头替他换掉，算是伺候完了。他嗡嗡地用厚嘴唇谢我，随即紧闭上眼。我把询问的话又摁了回去。

躺下来忽然想起那暗屉里有几盒药很不常见，西什么普兰？一查，是西酞普兰！唉，他真是要强，连病都瞒得这么成功。我把床头灯又打开，盯着投到天花板上的心心。后脑勺猛一阵发紧，铁刚此事提醒我了：会不会米米就是纯粹的抑郁症？一场未被觉察的暗疾，甚至她本人都不自知，所以不过就是因病而死，并且还是一种多发常见病。不，当然不是。我咬紧牙关，立刻拍死了这个可能。

不过——能感觉到自己正刺溜溜地急速下滑，呼呼的风声如耳语怂恿：算啦算啦，真有必要如此执着吗，就算此稿在明天还有百分之一的概率起死回生，再以千分之一的概率大热，然后我再以万分之一的概率拐到顺风车道，就此开挂，一步步攀升到高处，得以饱览人上人的风景，就像我的导师和他的高级朋友们一样，成功得能把人生给交代了，都可以去国外养老，去混吃等死。那真算有意思嘛。

还不如现在就死得了！哈哈，那就成为再一个米米了。人们也同样会对我感到困惑的吧，咦，这家伙为什么莫名其妙地就死了呀，什么都好好的，并没什么过不去的事情啊。一个接力跑的死循环。有趣得紧吧。我在恶作剧的遐想中倦意沉沉。

铁刚那边偶尔传来一两声哼哼，要不给他女朋友那边打个电话？算了，他肯定不愿意我打。每个人都活该各自呻吟，每个人都拖拽着无人知晓的水下冰山。

第五天

13. 九点半，瞿警官在他的办公室接见了我——一大早接到他仁慈口气的短信，我像饿过头的人，已无胃口。但当然要来，万一呢—— 一身制服，胸前别着工牌，坐得很端正，十足“接待媒体记者”的表情。

得体的致歉和寒暄，我们相握的手刚刚放下，他即做出“请”的手势，手势很标准：“手机和任何录音设备，请放桌面上，关掉。”

“您这么紧张，莫非是他杀?”我有意嬉笑。被推搡、被指鼻子骂、被扣包、被关起来，相比而言，这位瞿警官真可谓是温文尔雅了。

不作声，笔直地继续保持伸出的胳膊。好吧，我可不希望他成为雕塑。

现在，他脸上终于稍许宽裕了一点，眼睛飞快眨了眨——这让我看到了他本人，只半秒钟，随后，他又不见了，只剩下制服、工牌和官方假笑。

我掏烟相敬，他指指墙上的标志。我拿出本子和笔，他没有阻止，只往后背靠靠。

“呃，蒙您帮忙，也采访了几位米米的亲朋好友，但还是没有找到她这么做的原因，请问您……”

打断，“这就是一起普通自杀。说句不好听的，在我们这里就不算个事。所以确实无可奉告。”他说起无可奉告来得那么顺溜，像是在说“你吃饭了吗”。

“明白明白。我只是想了解，她为什么……”

没有吭声，只把两只膀子胸前横抱：“这是你的事啊。”

“我采了一大圈，小事小情的有一些，但绝不至死，所以我这……只有向您求教和求救来了。”在他这里，装软认㞞是有效果的。况且我也不是装：“总不可能无缘无故去死，我想您一定有着很丰富的经验……”

再次打断，非常娴熟地打断，他有控制谈话的习惯：“为什么要寻死？不能再简单了。别看说起来都是各有各的麻烦，到最后一捋，无非就是为名为利为男女。”我不大愿意也不大同意他用这样的口气去判断米米或随便哪个人的死。虽则也可能有他的道理。

我点头记录，写到男女两字，突然想到，初音的态度那样怪，会不会她与志华之间也有点什么？三角恋关系中，米米选择了离场？还是说，与她们合租的那个性别不明的夜归客，与她们之间，有现代派的性别纠葛？天，我这是想到多远了？也真是半癫了。我在男女二字上直打几个叉叉。

大概是看我有点穷途之相吧，瞿警官放松地站起来，双臂举成“十点十分”，同时扭起他的腰：“你起码要做凶案才对啊。当然我这里也是无可奉告。不过我可以讲‘轰坑’的例子给你听，你可别以为香港都是荣华富贵，你知道那边有个油麻地吗，最爱出事情了。喝酒吵架被人推下海的，地铁扔死婴的，独居老人活活饿死的，模特儿被同行毁容然后上吊的，妈妈把女儿毒死的……有一间男厕所，说是每一格都死过人！所以那边开发出一个万圣节夜游项目，叫‘油麻地的两万种死法’，每次报名都爆满——你啊，该去那样的地方才是！”

“呃，我一直是想着，所谓的自杀吧，某个角度讲就是他杀，是这里一刀那里一刀的合谋，所以我心里也是当作凶案来做的。有可能米米这一桩上，我是运气不大好。可再无聊的自杀也该有个原因对不对，这想法难道哪里错了？”我听到自己的声音像害牙疼病似的。

他没吭声，只把手臂交叉伸到后背，并继续扭腰。我觉得他的脸上多出一点若有所思。

“嗯，现场照片或她的遗书，能不能给我看一下？还有她的手机通话，不知你们有没有查到什么特别的？”这是我此行唯一的寄予所在了。

“过去太久了，销号归档，爱莫能助。”他复又端端正正地坐下来。

“啥时销的号？就算归档，那也还是有个档在啊。”

“昨天，不，是前天。已经不在我这一环节了。”

“看这时间点掐的，谢谢您拖到今天接见。”我气得都笑起来。也可能他真有这么一个勾销期，跟户籍那边配套，是啊，这是人类正当的新陈代谢。

瞿警官没有笑：“你到底要找什么呢？就算给你看档案，也没啥有用的。”能听出来这是他本人在说话了，“你有你的难，我有我的难，这是我的饭碗明白吗。瞧，能给的号码我都给你了。”

当然，杨门卫和初音，可都是拜赐予他。我又摸出烟，他这次接过，把门掩上，又把窗打开，站在那里点上，吸一口，然后把烟伸到窗外：“她把手机恢复成原厂设置了，SIM 卡也扔了。通话记录当然还能查到，可你想想她这心劲，怎么可能跟谁去交底儿？包括现场的烟雾报警器她也给处理了。活儿干得可真是细——你不要误会，我警校有个师兄，为写论文评职称，叫我给他查过辖区内几年来的自杀数据，不同模式啥的。这事也有一比，处理得有好有孬。”他把烟弹到楼下去，谨慎地把屋内的空气往窗外又扇了好几下，“比如讲跳地铁，耽误交通不说，清理也特别不容易，完了还牵涉到赔偿官司什么的。所以我说这个小姑娘，考虑周到嘛。”

“她最后留的那纸条，还有印象吗？能不能跟我说说？我保证不出现任何与派出所或您本人有关的文字。”我把手压在胸口起誓。

瞿警官看烟味散得差不多，把窗户关上，把门打开，并把我往门边上带：“人家姑娘为什么要那样仔细？就是不想再麻烦任何人嘛，你又何苦违背她呢。真要怕交代不了任务，那咱公对公，让我们头儿去给你们头儿说说？一看你就是努力的小伙子，老哥可以帮你这个忙！”

“我也不纯粹是为了写稿子。这稿子不写都行。我就是特别想知道为什么，也等于说是总结经验教训嘛，你明白吗？万一还有别的人，跟她一样……”吸取经验和教训！哈，怎么说得这么正儿八经的，确也是发自肺腑。我停住，觉得自己泄露了什么。

瞿警官这次没有打断，在我有点语塞之时，还停下来等了我好一会儿。他一直送我到楼下，摘下帽子透气，并回递了一根烟给我：“是啊，吸取经验和教训。谁又是仙人呢，哪个身上没点事……你猜我多大岁数？”

“四十吧。”我看他发白如雪，脸上纵横，咬咬牙，往最不可能的小数字里头说。

“记者当然都是小油嘴儿，一般人都以为我快退休了。其实我四十还不到。活该老相，真没几个人能挺过我这样的事。”

“您……”我犹豫着，如果不是采访需要，我真特别怕人跟我说心里话。我看看他，尽量不闪挪眼睛。他都挺过了什么？给老衰成这样。

“不讲不讲，跟记者是什么都不能讲的。不过我想你刚才讲得也对，我们得吸取经验教训。小伙子有意思哈！”他打起送客的哈哈来。

大约一刻钟后，我收到瞿警官一条彩信，放大看了看。是米米留下的那张纸。

“请打报警电话。跟任何人没有关系。这是我自己的事情。”

怕浪费纸张似的，只是半张 A4，手撕处还带着毛边与斜角。字不好看，但挺端正，三个句号，像三只小黑珍珠，圆圆的，透亮。

14. 有未读微信，李大人：一个加粗的大问号。她已经愤怒得不发文字了。

想了一下，回她一个加粗的大感叹号。这出于一个无聊的文坛小掌故，表示即将诞生伟大杰作的狂喜。都此时此刻了，我还酸乎乎地玩这一套。李大人显然明白了，赏脸回了一个表示加油的动图。

派出所离电子城很近，反正要吃饭，不如再去找志华——顺便换个角度跟他聊聊他们三人的关系。这显然是瞿警官对我产生的影响。也或者，我对于米米在高潮时所喊出的倾诉还是难以释怀，我甚至觉得，光凭这一点，我就能好好地写上她一大篇。这是多么夺人心魄的呼喊！可惜志华没有能领受到，还是说他刻意瞒过了我？我真不能放过这个点！哪怕并不能写到稿子里。

给志华的微信发不过去了，果然是喜欢拉黑。这可拦不住我，抬脚就往电子城去，二十分钟后，到达他的柜台。

场景与三天前类似。柜台里仍是小山似的手机残骸，外头徘徊着两个等手机的人，柜台里的人在埋头修手机。后背上仍是二维码，柜台一圈也是二维码——我重新扫二维码，跳出一个更加花里胡哨的维修优惠券：是另一个人。

志华离开了。为躲开我，因为那五次人流？躲开跟米米有关的任何挂碍？他跟米米之间，有着更深层的压力吗。我一时感到失职的踏空，也有负疚。我其实是同意他的，米米怎会为此事去死呢。但采访本身似乎就破坏了他原有的木然与自足，我想起他拖着鞋子、疲沓地走在我前面——他这是到哪里去了呢。

哦等等，我想起来，可能就昨天还是前天，我看到工作群里有人刷过一条消息，并报了选题，有家热门公司开出挺不错的条件招募竞技类游戏高手，并打算设立世界级顶尖赛事……我搞不清志华的真实水平，但瞧着那推文里广招天下贤士的意思，挺适合志华去投奔的。当然，这是我一厢情愿的、免责般的设想。我甚至还想着，是不是可以追踪一下志华？说不定可以换个后续角度来写？

“六个月后，站在王者之路的总冠军领奖台上，游戏少年志华仍然记得传来女友自杀消息的那个遥远的下午。”得了得了，马尔克斯老先生会从坟里爬出来杀了我吧。

我软绵绵地倚在柜台边，像在陪那两个不耐烦的家伙等他们的手机。软绵绵的原因不是无力，是一种仿佛全身麻醉般的飘动感。感到更饿了。祝你好运吧，志华，无论你是想躲开什么，或是想寻找什么。本来还挺想再见你一次的，也可以不采访的，好歹能两个人一起吃东西啊。

买了一只烧饼，没想到是冷的，因边走边吃而更加难以下咽，但总比一个人坐在铺子里强。我走得很快，竭力想逃过那种感觉——时间，时间正从我身上轰隆隆压过去，现在不是大卡车了，现在成了地铁，还是高铁？想到瞿警官说的，轨道上的肉体很难处理。于是我又把时间换成了飞机，宽体波音777。这就对了，时间在我脸上飞逝，呼啸如耳光响亮。

有人来电，米米父亲。他说他不得不专门打个电话来，然后用书面语感谢我转发他的米米“遗书”照片。

“现在我能认出她的字了。我在家里头找到她以前的一个小记账本子，哪天办了理发卡，哪天吃重庆小面，哪天买两斤半糖炒栗子。如果现在警局再喊我去辨认她的字迹就好了，并且我现在还能知道她最喜欢吃什么呢……”我嗯了两声，不知如何回应。他也默然了片刻，然后再次谢我，但终于还是忍不住提出修正，说“遗书”这个词并不准确。应当是留言条。不，遗字，最相宜。因为留言条的话，还应当有上款落款和时间才对……

我想他是不是还是坐在沙发上，白皙的手轻轻抚摩着沙发扶手，周围堆着秦老师的空画框。

“我在吃午饭呢，一只烧饼。”打断了他。我需要跟一个人说下这只冷烧饼，不管他是谁或他会怎么想。

他很明白地笑了一声，切成有点欢快的语调，好像我是一个正在喝苦药的三岁娃娃：“我一直讲的，人要放眼大千世界而不是小我得失。上次那个可燃冰，你还记得吗，那十全十美、取之不尽的最优能源，其唯一的障碍在于开采……”他很自然地跟我讲起了当前世界各国的前沿试验。热激化法、减压法、置换法这三种方式的利弊。但都还没有能够真正解决可燃冰在开采过程中因升温而分解的问题，而这又会导致不可逆的环境污染……米米父亲真的比百度搜索要好多了，不时夹带着“有趣得紧”。

我听得很专心，一边把冷饼子用口水泡烂，尽可能慢地咀嚼——麦子的味道，在我快要咽下去的最后几秒，朴素地香起来。在这种余香里，我收回了对米米父亲曾有过的不屑，并与他达成了某种一致，对于人类知识进步的纯粹性观赏，或者说，对生命本身的寄寓与排遣之道。

如果说整个采访的子弹还有最后一发，我想留给初音。对，我认为我根本没有完成或者说就压根没有开始对她的采访。所有那些微信对话都是网友级别的可疑。当然应当与她面对面啊，从她的快速眨眼、无意识小动作与结结巴巴，来判断她与米米的真正情况，而绝不该以一个秃顶光棍汉的身份在深更半夜愚蠢地抒情主义。

等等，为什么是子弹，这是自动冒到我脑子里的比喻，我当然不想初音死。我站定，不能不想到弗洛伊德，他对脱口而出的口误，总有着令人失笑的推理。他认为，坑、水桶、木箱、炉子、蜗牛、森林、水流、首饰盒等皆与阴户有关，而军刀、左轮手枪、水龙头、指甲锉刀、吊灯、自动铅笔、喷泉、气球等则寓指为阳具。我这是越来越不讲文明了吧。

“请给我一个定位。我这就过去。”我直截了当地给她留言。

毫无反应。

“我没时间了。”最好她是以为我也要去寻死。跟寻死也差不多。明天一早，我的稿子就应当像个胖儿子一样地给生出来，并躺在编辑的邮箱里等着迎接人间的第一缕阳光。而到此刻，我这个胖儿子连他将要投胎的子宫都还没有找到呢——又来了，我为什么总在这样的比喻里打滚。

发来了定位。还真是个好姑娘。艳阳当头，我有点目眩。不是为了终于要见到她，是为了可能被打开的真相。我没有打车，那没有地铁安全可靠。我要平平安安地见到并剥开那个核。

出了地铁就是她所定位的国展馆。彩旗飘摇，人山人海。巨大的气球，巨大的拱桥，各种奇装异服的女生，简直以为来到了什么理想国。女生们露这里露那里，或者裹这里裹那里，鞋子、帽子、眼镜、皮肤颜色什么的全都怪力乱神。有一位女孩我从上地铁就看到，白头发直拖到地，白头发下面是全裸的黑色后背，非洲朋友那样的黑。地铁上看她这打扮，很扎眼，一到此处，就平常得很了。

盯着一张不知何时塞到手里的导览图一看，原来如此啊，Cosplay 年展会，她们统统都不是三维世界里的人物！我一下子有了不好的预感。

我发起位置共享，初音没有回应，也不回答我对她具体展位的询问。在走过大概二十来个展位空间之后，反倒有点奇怪的醉醺感。女仆，女王，女侠，女巫，女妖怪，女动物，女生灵，女男人。每一个都可能是初音——初音在忙着自拍，给别人拍，或者合影。她打着 V 字与爱心，无休无止地摆弄着道具与造型，没有所谓的胖瘦美丑，绝对完美极了。

我现在多希望回到第一天，我当时就应当直接冲到初音那里去才对啊。

我不顾礼节地直接呼叫起视频通话，这差不多是我的最后一口气了，得用力把它吐出来。

响了很久，她切换成了语音。嘈杂市声中我听到她的声音，与晚间判若两人，显得明快和虚假，“你要定位，我不是就给了吗。你具体有什么事，就这里说好了”。我突然醒悟，从一开始就是这样，她最多只是告诉我她在哪里，可从来就没答应过见面。这花招当然并不复杂，只是我一直迟钝不觉。

“都到这里了，见一下呗。你们穿成这样，我怎么找到你啊？”有那么一瞬间，我想到美甲，她会跟米米一样，十只指甲都精心装置过的吧。然而四周一瞧，这里所有女孩的手都不是日常的手了。“那要不，我把我的照片发你，你找我行吗?”我装傻似的,仍在争取着跟她见面的办法。

“见不见一样啦。有好几拨记者给我们拍照呢。黑眼镜,小平头,黑双肩包,脸上有点油油的。我估计你们也都长得差不多对不对?”

给她说得又想笑,除了头发少点,我确实是这模样。“那要不你发一张给我瞅瞅?看到照片那我就不找你了。”继续讨价还价。

“本来就不用找,我们不在一个世界呀。”声音笑嘻嘻的。

“为什么,你能说说为什么吗?”我一阵耸动,不禁放慢语速,好像我这是在跟另一个世界的米米通话,她正在用一个曲折的附体的方式,回答我这些天来对她的全部追索。

“这都你不懂吗,我在二次元,你是三维啊!哈哈,好玩吧!我们就没法见面的。”

我嘘一口气,从米米那里又回到初音这里:“哎,能不能问下,你为啥喜欢玩这个?”

“就傻乐呗,可以拍照啊,还有好多人会说喜欢我,可实际上他们看到的又不是我,哈哈。”

“你挺开心的?”

“开心,都开心死了。”

15. 我爬上128路车,去往郊区的终点。城外的天色已经开始暗下来了,车辆和行人开始稀少,紫金山近在眼前,忽又在身后,如同在绕山打圈。我们摇摇晃晃地往斜阳深处驶去,砖红色的暮光照进车厢,一对拖着行李的情侣头靠头在打瞌睡,那动荡中的依偎感人至深。

杨门卫身端如钟,勾首向下,嘴唇暗中翕动。有人或车辆通过,他便抬头投射出一个假作机警的眼神。他也用这样的眼神投向我,随即收回。看来是忘了我们曾经见过,并有过长达一小时左右的交谈。

我走近传达室的半截透明门,晃晃手跟他打招呼。他定睛瞧我,犹豫地放下手机。

“杨师傅,单词背得怎么样?”

“Yes! Go! 累计打卡第432天。”麻溜作答,“咦,你咋知道?”重新聚拢眼神,突然一笑,“哦啊!来得早不如来得巧,他们中午才把钥匙托我收着呢。”

“钥匙?”我递去烟,把我给认成谁了?

“就那家的房子啊,你不是来打听过嘛!”他稍微放低声,“往前倒数一百年,哪块土里没埋过人?”

"您是说，可以去看房了？"我真欣赏他这声东击西的记忆力。

"中介是我同乡，帮他个忙。有意向的，我就直接带过去。"他看看表，把一个写着手机号的牌子挂在门把手，"咱手脚得快点儿。"

遂跟着他几乎一路小跑，不免想到没有采到的秦老师，经过这样的事情，又牵涉到房产变卖，也不知米米爸爸跟她，是将重头收拾起，还是就此岔道分开。唉，人啊人。

房里是一派等着被出手的凄惨模样。浮灰下的家具东一处西一样。卫生间有股子臭气。地面各种碎物。墙上挂过东西的地方有一块块的白净。阳台，或者，米米想要留下浇一次水的所谓花园，花盆歪倒，杂草横生。

"就在这屋？还记得她当时的姿势吗。"走到朝北的小房间，我停在门口。

"小兄弟，不是我劝你，既然想买，就不要再想这些事情。你真是要看房子？"他突然狐疑地盯着我的脸。

"想谈女朋友，还是得先有房子才成。"

"这就对啦！我要用你来劝劝我儿子。你想，省出的那两折！我老婆得要做多少织补啊。"带着由衷的欣赏，他拍拍我的肩，"放心，房子本身质量绝对没话说。你要来迟两天，肯定脱手了。"

"要不您先过去，我再各处仔细看下吧。"

"那最好。"他掏出手机看看，"出来时门把手向上抬一下，就锁上了。"

小房间还算整齐。床罩、台灯都还在。衣柜门半开半合。一只印有旅行社名号的旧行李包，半张着口，里面是些不想带走的旧衣服。自然都不是米米的，她只是在这里留宿过生前的最后一夜罢了。

我把房门半掩，慢慢躺倒到那张小床上，如果能无意中摆成与米米相似的姿势就更好了，那也许会给我点儿超级启示吧，关乎时代、典型、深刻并且他妈的还挺打动人心——如我在五天前所"想得美"的那样。

虔诚地紧紧闭住眼，除了一股淡淡的灰尘味儿，除了垫在后脑勺下的包有点硌人，一片虚静，我真的只能两手空空去往 DDL 的死境了。像临终者飞快回顾一生，我再次闪回有关米米的一切采访，没错，它们还是那个死样，真实、乏味得不值一提，可是，等等，等一等！我是不是忘了什么？绿皮书啊，就在我脑袋下硌着我的绿皮书，在它最重要的导言部分，麦老师可是专门加黑加粗地解释过"创造性非虚构"！这个词组，其重音与重点，是"创造性"，而不是"非虚构"，也就是说，对一应的原材质，可以"选择性"采信和"创造性"运用……

可不，真实到底什么样，不就是小儿眼中的那只太阳吗，孰大孰小孰远孰近孰凉又孰热哉。秦老师的未遂，志华的中断，态度可疑始终不肯露面的初音，不正有着最可作为的空白吗？记得我还猜想过“恋父情结”“死亡图钉”与“三角恋”呢，包括与米米她们俩同住的那位性别不明者，很方便就能带入“LGBT”的族群概念……嗯，真的，推倒，重来。把他们彼此遭际的幸与不幸，交互作用中的物理力学、光合作用或心理投射，翻个儿或卸八块，在历史、社会与家庭的所谓伦理建模中，重新推演出米米的死因，一条万能如意的逻辑链，要深刻便深刻，要动人便动人。需要的话，我可对某两条线筑渠引水、描红加粗，而把另外的线淡化出镜直至彻底删除。没什么的。谁是莺莺啊谁是红娘，谁是墙上美人呐谁又从坟中活转。哈哈反正那就是谁也不知道的“真相”不是吗。

我差点儿翻身坐起——不，少安毋躁，再多琢磨会儿，就像人们在展览馆经常看到的模拟沙盘或古迹复原，要在细节与承转上考虑周全，所谓修新如旧……等会儿离开这里时，要记得拍几张照片（找一个毛绒动物放在床头），加上瞿警官提供的半张纸遗书，我拍过的她们租屋楼下的旧沙发、志华修手机的柜台、米米工作群的讨论截图、人流病历、米米奶奶的病房，再问母亲讨要一张她们的合影（承诺脸部打上马赛克）——也能算齐活了，挺有声有色的不是吗？

那么，现在我是不是可以稍微歇上一会儿？在米米生前的这张床上。这些天来，我他妈的何尝好好睡过一觉啊。

眯着眼也许才五分钟。手机响了。我知道一定是李大人。我盘算着应当如何答复。铃声是我新下载的一段太空摇滚。前奏幽冷、浩渺有如在宇宙散步。在这样的铃声中，我出现了短暂而激烈的犹豫，长达三秒钟。

——不，上帝呀，难道我是上帝吗，我怎么能就“创造性”呢！我必须，他妈的必须非虚构，忠实于这五天来的空旷悬念，正像米米所拼命维护的秘密那样，就这样顺势而下，如浊水缓慢地淌过旷野，没有风景，没有阻力没有动力，只是如影如伴的日常本相。李大人，咳咳，不好意思啦，这枚洋葱头真就没个核儿，它无味无物无挂碍。不过我会如诺写下来并于明早准时交稿。您呢，则负责干脆利落地打红叉叉，确实太无聊啦，绝不会有人想看的，它本就不应当问世，就像米米就不应当去死。

——当然！必须大无畏和大无耻，必须“创造性”，此乃天赋神授的职业特权。以绿皮书之名，我要大大方方地声明，这就是了不起的艺术创作和媒介传播。必须勾画出海市蜃楼，必须让李大人颤抖着粗野地拍腿叫好，必须让人们被刺激的味道冲得眼红鼻酸，洒下不值钱的泪水，然后十万+，让米米在十万众瞩目像模像样地死去，新生了一样地再次死去。

“嗳。”仍然紧闭眼睛，我用极其骄傲的声音应答。

“病了，声音咋这样怪?”是老家表姐。

“没，只是躺着。”嘘一口气。可惜没病，能挂了更好，顺手接过米米的接力棒。

“可注意不要生病了，一个人在外嘛，又没个女朋友。出门的话，没雾霾也得戴口罩，现在流感可凶，都能死人的。”随即是念经般的，一长串这样情况下的叮嘱。

“嗯。嗯。好好。”

“这两天注意收一下包裹。姑父非要把柿子给你寄过去。其实也没多少，有的太生，有的又太熟。我说哪里没有，又不贵的东西。姑父不听劝，就怪我那天跟你提了下柿子树，然后他就一直催着要我全摘下来寄你。记得啊，可千万不要跟螃蟹一起吃。”

又是柿子。是啊，小时候总看着它们由绿变青，慢慢变黄，最后变红，然后我就可以吃它们了……我抹一把眼，那里很干燥。“放心吧，哈哈我哪里有蟹吃。”头稍抬起来，想听听那边是否有父亲气喘的声音。没有。只听到我最后的时间，如高空而坠的重器，带着呼呼儿的风声，向头顶心砸将而来。我抖了一下，遽然而起。

2019 年 3 月 20 日五稿

（原载《十月》杂志 2019 年第 3 期）

作者简介：

鲁敏，1998 年开始小说写作。已出版作品《奔月》《六人晚餐》《虚构家族》《荷尔蒙夜谈》《墙上的父亲》《取景器》《惹尘埃》《伴宴》《纸醉》等三十部。曾获鲁迅文学奖、庄重文文学奖、冯牧文学奖、人民文学奖、郁达夫文学奖、《小说选刊》读者最喜爱小说奖、《小说月报》百花奖原创奖等。有作品译为德、法、日、俄、英、西班牙、意大利、阿拉伯文等。

狮子的恩典

_ 孙频

1

我骑在沙河街的半截石狮子上看着人来人往。

这石狮子据说是唐朝的遗物，和它同代的石狮们早已灰飞烟灭，不知为何这只石狮能单独存活了一千多年。就蹲在街边看着一条街上的人们生了又死，死了又生，人家十道轮回都不止了，它还独自在这蹲着，守着一片过于阔绰浩瀚的时间，显然对这反反复复的人世早已了无兴趣。风吹雨蚀，它早已不复有狮子的威严，简直苍老得快遁回原形，老成一块没有形状的石头。我小时候它就在这里，到我年近四十回到家乡的时候，它还在这里，半截屁股已经被砌进了水泥路里，更动弹不得了。

从前，我每次在沙河街上看到它都忍不住要过去摸摸它的头，觉得它苍老而孤独。心里还是有些替它难过。这次见到它却连难过也没有了，只有惊讶，惊讶它居然还在无边无际的时间里流浪，永远上不得岸一样，简直像个永远被流放的囚犯。我骑在它身上，它也驯顺不语，像匹苍老的坐骑。金色的阳光煦暖沉静，带着一种软绵绵的重量落在人身上，一时竟恍惚觉得自己正沉在水底，借着浮力，举止轻盈。我坐在那里看着人来人往。忽然想起从前经常听到田淑芬对她儿子龙龙呵斥，去，到街上数人头去，看看一共走过去几个人。那时候怎么能知道，原来在街上看人居然也是一件这么有趣的事情。

这条沙河街在明清时候是县城里的商业街，不知道这名字从何而来。街道两边店铺林立，至今还能看到那些陈旧阴暗的店铺上面，刻在石头上的字，“花布集贸”、“花换银钱”、“义全泰皮坊”、“玻璃制镜厂”、“三毛镶牙照相服务部”，还有一家“中国人民银行”上面刷了“发扬三八作风”几个褪色的红字，“合顺德皮坊”改成的供销社上面还隐约可见五个油漆大字“为人民服务”。

还有几天就是中秋节了，街上来来往往的行人，不管男女老少手里都举着一炷刚买的圆儿香，中秋这天插在院子里点一天，直到晚上皓月当空之际，还有余香袅袅，盘踞月下。香尽了节日也尽了。我看到两个烫着爆米花头的中年女人挽着手过去了，手里拎着红心苹果和巨峰葡萄。一个高个子男人晃过去了，一只手插兜，另一只手拎着两只鲜艳的火龙果，这热带水果居然也从南方混迹到北方的中秋节上了。一个胖女人拎着一袋胡萝卜过去了，大概是准备包饺子，走着走着忽然擤了一把鼻涕，用力甩在地上，又随手抹在了自己的鞋跟上。一个十五六岁的女孩两手空空地走过去了，长头发太黑，看起来全身的重量都集中在这头发上了，显得头特别大特别沉。她一边走，一边不时地抬起左胳膊晃动，她走过去我才发现，是她左手上戴了一块巨大的手表，她正把手表当镜子在墙上照来照去地悄悄娱乐着。

有个拄着拐杖流着鼻涕的老人忽然从天而降，大声呵斥我，石狮子也是人骑的吗？我忙从石狮上滚下来，他又盯着我使劲看了一会，忽然说，我认识你。我半信半疑地说，你当真认识我？他狠狠吸了一把鼻涕，然后仰天大笑道，怎么不认识，你不就是个中国人嘛。

我晒着秋天的太阳，两手插兜，像个真正的闲人一样，沿着沙河街慢慢往前溜达。这条老街因为明清时候留下来的那点底子，躲过了前几年轰轰烈烈的县城改造，县城里的其他道路基本都被拓宽了几倍，唯独这条街保存了个大概样貌。在县城改造中，我小时候经常去玩的文庙、城隍庙、覃氏族亲石牌楼都已经不见了，卢川书院如今变成了卢川饭店，小时候跟着我妈去买东西的五一大楼、盐业果品公司如今都已经变成平地了，又在上面铺了马路或者盖起了新的楼房。它们都消失得了无痕迹，像从来就没有过一样。据说下一步连圣母庙旁边的却波湖也要被填平盖楼了。

但一走进沙河街，时间就失效了，好像这是一个时间的黑洞。那些老店铺如今已经被改成了素素理发店、织毛衣培训学员、李帅杂货店、五茂粮油店、郑黑小喜寿店，连府君庙也被改成了印刷厂，基本变成了贫民们聚集的地方，以做小生意摆小摊为生。以前听人说过，经济越萧条的时候，沿街做小买卖的平头百姓就越多。都出来谋点生计。

走着走着忽然看到一扇靠街的窗户，四块玻璃上贴了四个囍字，居然一个比一个大，最后一个简直有人脸那么大。好像在流年更迭中这个囍字也趴在这玻璃上长了不少个头。

我在一个四合院门口停下，这门楼挺阔气的院子在新中国成立前是法院，新中国成立后被改成了育儿园，我小时候就是在这里上的幼儿园。大门开着，里面阒寂无人，我悄悄走了进去。院子里一片荒芜，杂草丛生，当年的一只木马和一只滑梯都已经不见了，只有北面两间正房还有人声。院子里养着些鸡冠花、胭脂花、珊瑚樱、宠物辣椒。鸡冠花十分肥大，真像肉质的鸡冠，都种在旧脸盆和旧饭盒里，吃完的鸡蛋壳一只一只扣在脸盆里，好给花草们补充些营养。猛一看过去，倒像刚刚长出了一脸盆鸡蛋。我忽听到正房里传来两个女人的声音，你说我的头发要不要剪？

剪短点倒是显得人精神。

真没事？剪得太少便宜了剪头发的，反正剪短剪长花的钱是一样的，让它再长段时间。

今天中午把院子里那鸡冠花炒着吃了吧，长了那么多肉，好吃呢。

吃倒是好吃，就是颜色看着有点害怕。你说我的头发到底要不要剪。

剪短点倒是精神。

剪也剪不了多少，便宜了剪头发的，让它再长一长。

我从幼儿院出来继续往前游荡，前面一个破旧的四合院，门楼颓败，石狮坍塌，屋檐上长满荒草，站在门外往里看去，却看到影壁上用油漆刷了一个巨大鲜红的十字架，使这破败的院子看起来有了几分教堂的肃穆。再往前面就是李建红和游承恩还有卞振国三人合开的商店，不过李建红一定要叫它门市部，就像她一定要把所有的饭店都叫成食堂，把所有的单位都叫成公司，这都是她二十多岁时的叫法。她像是单独乘坐着这世界上的最后一班公交车，永远不让它到站。

李建红是我妈。这门市部在新中国成立前是汇源隆票号，新中国成立后做了私人的百货庄，后来被国营的百货公司收购为二门市部。1999 年县百货公司宣布倒闭，大部分职工下岗，剩下的小撮人通过投标的方式承包了百货公司的柜台，李建红等三人则合伙承包下了位于沙河街上的二门市部。

我小的时候，经常在百货公司的柜台后面玩，有时候还会在捆成一包一包的毛巾和衣服上午睡一会，像沙发一样。承包二门市部之后我却轻易不愿踏进这里半步，那时候只觉得这门市部看起来像座阴郁破旧的寺庙，窗户都是黑咕隆咚的，也看不清里面有什么。李建红又是个很爱打扮的人，她有一台蜜蜂牌缝纫机，经常把从前的旧衣服进行加工或拆开重做。有一次她把黑白两件旧衣服剪成布头，给我拼了一个奶牛一样的书包，惹得人们纷纷回头看我。她还经常把自己不能穿的旧衣服改成我的新衣服。她尤其喜欢粉色、玫瑰色这类异常妩媚的颜色，与那破败阴郁的门市部放在一起，竟会让人心里不由得暗暗生出一种恐惧来。

我上学放学都恨不得绕开它。以至于我上大学后一个同学暑假到我家来玩，我带着她在街上溜达了一圈，她看到二门市部就问我，这是什么地方啊，能不能进去参观？看着像座文物啊。我目不斜视地带着她从二门市部前走了过去，当时李建红就坐在里面看着我们从窗前走了过去。

我走进店里，里面的光线昏暗悠长，好似黎明或黄昏长期沉睡于此，早已被外面的光阴所遗忘。阳光永远走不过去的深处是三面老式柜台，孤岛似的浮在暗影里，人走过去却猛然看到柜台下面轰然怒放的五光十色，日杂百货一应俱全，反被这么齐全的颜色吓一跳。如今县城里的大小商店几乎都已经改成了超市，绝少见到这样老式的柜台，猛然看见，只觉得恍如梦境，仿佛这段时光不过是栖居在另一段时光里，像鸟栖居于树，血液栖居于皮囊。有两根大柱子支撑着房梁，椽子间居然还住着一窝麻雀，每天早出晚归，见了人也不生分，老邻居似的。

外人进来见全是日用百货，只以为是一家开的店，却不知道其实是三家分晋，各做各的生意，各揽各的顾客。

店铺的中堂部位摆了一张破桌子，三条木头长椅，可坐可躺。生意冷清的时候，三个人就围着桌子坐成一圈，摆一把膀大腰圆的巨型茶壶，说话、喝水、撒尿，尿完继续说话、喝水、撒尿，然后再继续，再再继续。

我走进去一看，满头白发的游承恩正戴着那副巨大的塑料框眼镜看一本破旧的武侠小说。他老婆田淑芬两年前就去世了。我记得冬天的时候，那田淑芬总是穿着极臃肿的棉衣棉裤坐在店门口晒太阳，她身上有一种植物的质地，几乎不动，喜欢盯住什么便一动不动地看大半天，若对面是一堵墙，我总疑心这墙会被她看出一个洞来。她不大会笑，还有糖尿病。据说游承恩当年是因为家境贫寒而入赘到田淑芬家里的，所以他们的儿子龙龙也姓田。因为田淑芬的祖上是做皮货生意的，当年“交皮甲天下”，祖父手头颇有些存货留下。后来游承恩带着田淑芬去省城一次一次看病，每次去之前都要变卖一件做皮货生意的祖上留下来的古董。

因为糖尿病的缘故，游承恩家里翻箱倒柜都找不出一块糖来，据说龙龙十几岁了还不认识糖。而且终年不敢吃肉，包饺子只包素馅，青菜饺子煮满满一大盆，薄而透明的皮泛着幽幽的绿色，像从树上长出来的。那时候，他一家三口人围着一大盆饺子坐在店门口吃，只见白气缭绕不见人脸。因为田淑芬生孩子之前吃多了治糖尿病的药，所以龙龙从生下来就比别人迟钝，个头却又太大，似乎从来就没有正经像过一个婴儿。龙龙读完一年级从二年级开始就再升不上去了，光二年级就上了三个。同龄的小孩准备考初中的时候他还在二年级教室的最后一排坐着。那座位极为宽敞，是专为他一个人开辟出来的，像一个专门的农场。

从二年级辍学后他便陪着父母看店。每天下午他就搬个板凳坐在店铺前，手里拎着一袋硕大的菜包子，那是田淑芬为他准备的零食。他用一下午的时间把十几个大包子慢慢吃下去，先吃皮再吃馅，或者先吃馅再吃皮，再或者把馅偷偷抖落出去，把皮撕下来撮成面鱼吃，边往嘴里塞边得意地偷笑。他一个人刻苦钻研着各种各样的包子吃法，然后在天色刚刚开始暗下来的时候他就赶紧问田淑芬，妈，该吃晚饭了吧。

龙龙偶尔也会问一些比较深远的问题，他问田淑芬，妈，你说我长大了可怎么活呀？妈，你说我将来能不能娶到老婆啊，要是娶不到老婆可怎么办啊。田淑芬正给一个顾客找零钱，听见这话，数钱的手暂时停下，瞪着他，厉声说，去，先到路边数人头去，看看一共走过去几个人。龙龙马上转了个话题，那我先吃一碗肉炒面吧，就一碗，下次就不吃了，再也不吃了。

最后他还是成功地拿到了两张钱，忙跑出去在十字路口的小摊上买了一碗肉炒面。然后一路小跑着，气咻咻地把一大碗面抱了回来。他不再屑于和别人说话，也不看别人，似乎是看一眼就会被人吸走手里的面。他把小山一样的面摆在自己正前方，直视着，带着十分虔诚的表情。然后用筷子急速往嘴里划，嘴里是满的，眼睛里还是无休无止的急切与恐惧，生怕被人抢走似的。游承恩两口子在旁边惊惧地看着儿子的吃相，一直看着他吃完最后一根面。龙龙吃完才敢看人了，他打量着周围，怯怯地犹疑地打着饱嗝。他吃饱了，整个人呈现出微醺状态，像一堆醉肉一样慢慢地慢慢地松弛下去了。

两年前快过年的时候，田淑芬突然病重起不了床。吃了十多天药还是不见好转。那天，游承恩一大早出去给她买回了新衣服和新帽子，他边给她穿衣服边大声说，老田，你可千万别给我先牺牲了。他又要带田淑芬去省城看病。一个星期后他们就从省城回来了，田淑芬每天吃各种中药西药，却再也下不了床。家里的古董卖得也差不多了，游承恩把厨房里吃饭用的碗、碟子一字排开，戴着花镜细细考察这些碗碟的年代。在鼎盛时期，他们家连喂猫的碗都是古董。一天晚饭之后，田淑芬歪在床上盯着游承恩忽然小声说了一句，我记得我娘娘（奶奶）进棺材的时候戴了一只玉镯子，玉镯子吸了死人的血有了血斑能卖得更值钱。游承恩手一抖，手里的书差点掉下去。

游承恩那段时间连店也顾不上看了，日夜陪着田淑芬。他翻着一本百家姓，不时大惊小怪地让田淑芬看，老田老田你快看，天下还有姓死的人。老田瞅一眼，面无表情地说，还有姓这个的？他便嘎嘎大笑，你不知道吧。他每天给田淑芬做四顿饭，每一顿都要做很多，因为龙龙也在旁边等着呢，简直像开了个十几号人的食堂。经常是饭菜的香味刚刚飘出来一点，龙龙就已经拿着碗和勺子认真等在一边了。

游承恩极喜欢猫，可是为了省出一点吃的，他把养的四只猫都送了人，是一只一只送出去的。猫送走后的好几天里他都不高兴，一个人趴在柜台上看书，戴着巨大的塑料框眼镜，看上去像个老气横秋的小学生在识字，只是书半天不翻一页。一个月后的一天，一只猫回来了。他怔怔看了它半天，把它留下了。又一个月后另两只也找回来了，其中一只掉了一大片毛，伤口露着红色的肉，烫掉的。半年后的一天，那第四只猫也回来了。

那是一个早晨，他一推开门，门口一团毛茸茸的黑色。听到门响，那团黑色动了起来，它有些站不稳似的，它的毛已经掉得很稀疏，露出了毛下的皮，极瘦，似乎只是一个框架了。它安静地看着他，用三只脚走到了他的腿前，温柔地蹭了蹭他的裤腿，像以往无数个早晨那样。他抱起了这只猫，隔着巨大的塑料框眼镜，满眼是泪。

几天后，这第四只回来的猫死了。它在一个早晨悄悄地出了门，用三条腿走到巷子尽头，死在了那里。据说所有的猫都会在临死前悄悄地为自己找一个角落。就在这只猫死后没两天，田淑芬也死了。她死在深夜的睡梦里，一句话都没有给父子俩留下。

李建红和卞振国都坐在靠窗的地方努力挤着一点秋天的阳光，后面常年不见阳光的柜台若冰山一样若隐若现。他们俩一个人抱着大罐头瓶，一个人抱着保温杯，正一边喝水一边有一句没一句地闲聊。

你说我那老妈，一个人住在村子里，不想吃不想喝，倒是每天闹着到处给自己找坟地，说是要给自己早点找个落脚地。

将来可千万别埋到山上去，死了还要爬那么高，山上还有泥石流，就在平地上找吧。

人家要埋的地方还不能离她的老房子太远，这样她随时都能看见她的老房子。

人就是麻烦，活着得有个地方，死了还得有个地方。

不死怎么行，到了时候都要死，我们以前胡同里的三个瘫子今年都死了唉。

瘫子怕不好死吧，一躺能躺好多年，就是死不了。

有儿女照料的死得就慢一点，没人照料的几天就死了。我以前隔壁那老王，儿媳妇给她做的饭，一碗面里就五根面条，一根就有香肠那么粗。我都忍不住跑过去多看了她几次，我当年刚参加工作的时候就住在她家隔壁，连人家的咸菜都吃了有半瓮。做得万恶了，总有人治她。让狗日的儿媳妇多得点病。

可不是。

卞振国虽然也在往那点可怜的阳光里凑，却娴熟地跷着一条二郎腿，这样看起来就不是硬要凑了，只是有那么一点点兴致。他穿着西装，打着领带，黑皮鞋里是一双灯泡一样晃眼的白袜子，握保温杯的那只手上戴着一只大金戒指。卞振国原本不是百货公司的职工，他是半路接盘进来的，所以我小的时候并没有见过他，只觉得他是后来忽然从天而降的，又说着一口格格不入的普通话，所以印象中他的体积分外庞大，密度也大，远非一般人可比。像是特意从外星球上千里迢迢赶过来的。

县城里人人都知道他 90 年代在古交的一个煤矿上给煤老板打工，那时候古交山上到处是私人小煤矿，煤老板们经常苦于有钱没处花，只好一麻袋一麻袋地装了钱去赌博。据说老板很器重他，让他做了矿上的二把手，什么都交给他来办。后来那小煤矿发生了瓦斯爆炸，死了十来个矿工，老板畏罪自杀，小煤矿被关掉了。再后来小煤矿纷纷被整顿关停，他在山上找不到事做，就下山流落到我们县城，一时也找不到正经营生做，就做了几天小贩，又做了几天厨子。恰好他在我们县的一个远房亲戚不想干了，就把自己承包下来的柜台转让给了卞振国，卞振国从此就在我们县里待了下来。他的这点底细在县城里可谓无人不知。

在一个柿饼大的县城里，尽管人人都知道他的来历，他还是喜欢一遍一遍地吹嘘他以前那老板如何有本事，如何待他好如何器重他，像待亲兄弟一样。看起来他对他从前的老板也很是崇拜，喜欢学他老板的各种做派，打领带、戴金戒指、梳油光光的大背头，学他老板抽烟的样子，甚至说话的语气。旁人又没见过他老板，自然是无论他学的什么样子，都觉得他学得像。众人像免费看戏一样，乐得高兴，还希望他学得再像点。怂恿了几年之后他果然学得越来越出神入化。

2

卞振国见我进来，大声和我打了个招呼，大学生回来了？他永远讲着一口鹤立鸡群的普通话，也听不出是哪里人。

当年在县里读书的时候，我是全县比较有名的学生，因为从小喜欢看书，每次考试基本都考第一名，后来考上了北京的一所重点大学，在县城里也是人尽皆知的事。但那毕竟已是二十年前的事了，再说了，后来的大学生贬值如农民工，上大学早已不是什么荣耀的事。四十岁了还被人叫大学生，听着倒像陈年的尸跳。

走了一上午，我稍微有些疲倦，便凑过去轻轻坐在了李建红旁边，这次回家后，有事没事我总想坐得离她近点，甚至想在她身上靠一会，但一直没有这么做，我不敢，或者说，不习惯。她大概也觉得坐得太近了，有点不好意思，便往里挪了挪，尽量把那点阳光让给我，嘴里嗔怪了一句，你来干什么。她敞着脖子，脖子里系了一条粉色的纱巾，还斜斜打了个蝴蝶结。这么多年过去了，她还是不愿意让我进来，大概是还记得当年我带着同学目不斜视地从玻璃前走过的那个下午。我坐在她让出来的一束阳光里，阳光斑驳，苍老安静。

卞振国把保温杯放在嘴边慢慢呷了一口茶，又看了我一眼，忽然吃惊地说，大学生你什么时候把头发染成红色了？李建红一边把足有小猪大小的罐头瓶塞给我让我喝水，一边数落我，你看看，还有人觉得你染成一头红毛好看的？我扭头看着窗户上浑浊的玻璃，阳光从那里进来，被截成一只粗糙的湖面，我们三人的影子影影绰绰都落入其中。看不到脸，只能看到一顶酒红色的头发明亮地浮动着，是挺艳的。我说，不好看吗？这是今年最流行的颜色。卞振国又抱起杯子呷了一口，慢慢说，不过大学生的头发倒是比以前好了不少，又多又厚实，头发还放光呢，一看就是气血足。李建红诧异道，还气血足？要我说你还是把头发染回去吧，还是黑的像头发，染成其他颜色都不太像头发。

回家后的这几天里，我感觉李建红和我说话总是小心翼翼的，像用瓷壶一样轻拿轻放，这点轻拿轻放让我感觉自己时常手脚悬空，不知道该搁到哪里。听她这么说，我便温顺地说，那我明天就染回去。

她好像吓了一跳，忽然就不说话了，也不看我，整个人呆坐着。我觉得我们俩中间似乎夹了点什么，好像有个看不见的小孩正硬挤在我们中间。

回老家之前我一口气买了两顶假发，一顶是正戴在头上的酒红色，另外一顶是黑色同款，都是长发。从前为了洗头发方便，又怕长了会掉头发，便一直留着齐耳短发，买假发的时候却无论如何都要买成长发了。心想总不能等成了老太太了再留一头披肩长发。

化纤材料的假发多是短发，因为容易打结，我就买了两顶真人头发做的假发。买回假发的那晚，我把它们供在桌上久久看着，却不敢戴。因为是从真人身上下来的东西，我疑心它们其实还活着，也许还会不停长下去、长下去。后来我终于拿起一顶放在手中，却也只是慢慢抚摸着它。一种只能是属于生命和生命间的气息细若游丝地在发梢与我的指尖间来回流淌。想到把另一个人的头发戴在自己头上做了它新的主人，竟觉得悚然而惊。

我考上大学的那年是1999年，李建红也是在那年与人合伙承包下了沙河街的二门市部，我父亲也是在那年突然失踪的。按照基督历法，以一千年为单位，在一个千年结束的时候，整个人类处境将有一次末世救赎的转化。但等时间到了2000年，我看一切照旧，并没有任何末世转化的迹象。倒是在2001年2月22日的《参考消息》上有这样一段话："1999年开始，中国推动高等院校每年扩招30%，我国的国有工厂正面临改制，高校扩招有助于中国从一个主要出口推动的低工资制造业经济体转变成一个更加平衡的经济体。"

快二十年过去了。

在回到家乡的前几天，我在北京街头闲逛，不知怎么就走进了一条从没有来过的巷子。在巷子里七拐八拐渐渐迷路，忽然看到路边有一家很小的咖啡店，刷成白色的门窗，店门口摆着一张白色的长椅，进去里面也只有一张白色长条桌子，几把椅子。店主是个二十多岁的男孩，看上去极其干净，染着一头酒红色的头发，穿一条短裤，上身是一件薄薄的咖啡色风衣。他用过于干净的指甲指着一款咖啡向我推荐，我点了一杯，然后端着咖啡坐到门外的长椅上看着人来人往。这之前我已经决定要离开北京了。

对面矮矮的白墙内探出一截柿子树，我最喜欢看北京深秋挂在光树枝上的大红柿子，一种能把时间瞬间就点亮的喜气洋洋。还有那些巨大的黑色乌鸦，长着一双深不见底的眼睛，特别喜欢站在窗户对面的树上与我长时间对视。我在那条长椅上坐了整整一个下午，形形色色的人们从我面前经过。有坐轮椅的老人，有刚放学的小孩，有穿西装打领带的男人，有卖糖葫芦的女人，有扫地的老妇人，有扛着行李的农民工。

已经是黄昏了，这是一天当中我最喜欢的时刻，残阳西斜，暮云柔软，光线正向幽冥处滑翔，像是长着翅膀一般，轻盈安静，又带着一种黑夜即将登场的庄严。在半透明的暮色中，万物浮游于其中，不复有自身在白天的重量。然后在这种飘忽莫测中，万物又渐渐隐遁、蛰伏、休养，等待新的一天的开始。因为黄昏的缘故，我看到每一张脸上都涂抹着一层金色的蕴光，这层蕴光被渐渐落山的夕阳所折射，于是所有的面目开始变得模糊，变得弯曲，像要兀自燃烧起来了。这些蜉蝣般的人们散发出一种奇怪的力量在我面前无声爆裂。

那时我有一个刚认识两个月的男朋友，坐在那条长椅上我给他发了条微信，以后我们就不要再联系了。他以最快的速度回过来三个字、为什么？我努力回忆了一下他的样子，竟然都想不起来他的脸长什么样，只记得他已经开始谢顶，肚子也起来了，终日加班，以能记住各种饭店的名字为自豪。还算个老实人，刚刚在六环买了套八十多平方米的房子，认识一个月的时候就问过我什么时候打算结婚。平时不敢细想，仔细一想方才觉出其中的残忍。不见我回，他又投掷过来三个字，后面紧追着三个问号：为什么??? 我略一犹豫，还是果断把他删掉了。过了一分钟，他的电话打过来了，我因为已经删了他的微信，就像杀过人一样，竟变得异常冷静和熟练，咣当把电话挂掉，然后拉黑然后删除，一气呵成。想到与此人再不会见面，竟无端松了口气。

这时候看店的男孩忽然探出头来，请问还需要点别的吗？我摇头。他把头缩回去，然后整个人都出来了，风衣、短裤，居然也不怕冷，手里抱着一只滑板。他把店锁上说有事得先走，我可以继续坐着，我点头。然后，他踩着滑板飞驰而去，风衣的下摆飘了起来，像大鸟的两只翅膀。直到他快在巷子前方消失了，我还能辨认出燃烧在晚风之上的是他那一头酒红色的头发。

于是，我学他的样子，也买了一顶酒红色的假发。我头顶少了一片头发，亮出了一块白花花的头皮，很难看。但奇怪的是，无论如何，我都想不起这片头发是怎么没有的。

李建红前脚刚走，龙龙后脚来了，他来接游承恩的班，游承恩好回家吃口午饭，而不至于耽误了买卖。我从窗户里看到游承恩佝偻着背，骑着一辆破自行车慢慢远去，满头飘雪，倒与我这一头红发相映成趣。龙龙提着一大袋包子晃着膀子来到了我们跟前，我感觉一堵厚厚的墙正朝我压过来，把落在我身上的那点阳光也遮住了。我立刻觉出了冷，打了个哆嗦。我又往窗户那边挪了挪，半个屁股挂在椅子上，龙龙就在我身边轰然坐了下来，我感觉屁股下的长椅暗暗往他那边一歪，差点成了跷跷板。

龙龙打开手里的塑料袋，抬头瞅了卞振国一眼，又瞅了我一眼，小眼睛镶嵌在一堆肉里，显然是在考虑要不要让让我们，思忖片刻之后他显然觉得没有这个客套的必要，便兀自抓起一个包子塞进了嘴里。他嘴里嚼得无声无息，好像正当着我们的面在偷吃，麻油和青菜的香味蛮横地晃荡在我们三个人中间。我和卞振国都扭过头去，避免看他的吃相。这时候已是正午时分，更多的阳光从那扇腐朽的雕花木窗里爬进来，还有一束阳光从窄窄的天窗里漏进来，落在刻着莲花的方砖上。我盯着那束光柱，忽然发现阳光真的是金色的，细小的灰尘像游鱼一样正游动在这光柱里，慢慢向上盘旋，向那天窗游去，似乎即将从那里汇入大海之中。

这次回到家乡之后，我发现自己的身上好像开了另一只眼睛，忽然看到了很多以前不曾见到的东西，尽管这些东西也不过就是司空见惯的，我却好像忽然看到了它们背部的那些纹理，那些幽暗、诡秘、美丽的纹路就在它们的背面或翼下。

这时忽听见卞振国问道，龙龙你这是吃过午饭没有？龙龙从包子里挣扎出来，含混地说，吃是吃了，这是零食。卞振国说，少吃点，你不是还想着娶媳妇吗？龙龙犹豫了一下，很快便又抓起一个包子塞进了嘴里。我觉出饿来，问了一句，卞叔你不去吃午饭吗？他放下杯子点了根烟，抽了一口才说，我从来不吃午饭，早饭吃得多，中午就不用吃了，古人就是一天吃两顿，脑袋反而清醒。然后指了指我，对龙龙说，这个姐姐认识吧，高才生，人家上的可是北京的重点大学。我羞得无地自容，不敢看他们。龙龙把脸从包子堆里拔出来，飞快地瞟了我一眼，冷静地问道，《三侠五义》看过吗？我说，没。他又问，《笑傲江湖》看过吗？我羞愧地说，没。龙龙鼻子里嗤地长笑了一声，又拎起一只包子细细端详，不屑于再搭理我。

卞振国换了二郎腿，一只手拄着保温杯，另一只戴戒指的手夹着一根烟，嘴里不时喷出几个青色的烟圈。我暗想，难道是他以前的老板就是这副样子，他才故意要学成这样？倒不是他学得不像，就是因为学得太逼真，反倒让人不忍直视。

这时候有人进来要买手套，手套这种寻常物什，自然三家的柜台里都有，龙龙听闻有人买手套，忙扔下包子要站起来，但卞振国已经抢先一步叼着烟站起来，走进幽深的柜台里翻找手套。那沉在暗处的柜台看起来辽阔遥远，他走进去竟至于要迷失于其中了。他要十块，来人砍价非要八块，我隐约听见他叹口气说，八块就八块吧，以后多来照顾生意，现在什么都不好干。

卖完手套他又坐回来，重新把那副二郎腿架起来，龙龙狠狠盯了他一眼，把包子重新叼在嘴上。他若无其事地点了根烟，用一只手往后拢了拢油光光的头发，自语道，我当年在山上开煤矿的时候可不是这样赚小钱的。看来他有时候真会把自己当成那个煤老板。我不敢看他的脸，只是透过玻璃装模作样地张望着外面。对面正好是郑黑小喜寿店，店门大开着，窗户却都用木板封死了，里面黑洞洞的，什么也看不到，有一种异域的神秘。我忽然想到，我活到如今，其实大半的生命已经泅渡到了对面，已经脱离了这个坐在椅子上的我。而剩下的这部分，秩序和重量都不似从前。我扭头对他笑了一下，说，可不是，做什么都不如开煤矿来钱快，每一铲子下去都是钱。

他默默抽了几口烟，好像在消化我刚才说的话，沉默片刻之后他忽然像想起了什么，哎，大学生，你这次回来要住几天？我看你一年到头在家里也住不了几天吧。我迟疑了一下，但还是说，这次回来可能就不走了。他大惊，上身忽地直了起来，看起来竟一下蹿高了好多。他看着我不相信地说，你不回北京了？为什么不回去了？你不回北京留在这小地方干什么？我想了想，说，其实在哪都一样。他似乎犹豫了一下，但还是问了一句，你结婚了吗？我老老实实地回答，没。他又是一惊，你怎么还不结婚？那么大个首都就连个男人也找不下？我使劲眨巴着眼睛说，现在好多女人都不结婚啊。他有些狐疑地看着我，半天没说话。

我想起在北京的一家公司里打工的时候，公司里新来了一个二十多岁的小伙子，不到三天就被人预订走了。午饭期间，坐在旁边的一个女同事悄悄问我，你说，现在城市里的单身女人为什么这么多，是不是西方的女权主义这回真的传到中国来了？我看着自己的盘子，疑惑地说，不大像吧。她想了想，说，确实不像，当年美国的女权主义运动因为时装界没有设计超短裙都要上街游行的，我们国家的女人怎么可能这样。我忽然想到，连这么无聊久远的细节我都能想起来，却怎么也想不起自己的头发为什么会少了一片。

龙龙忽然从包子堆里清醒过来，异常机敏地问我，北京的女的都没结婚？卞振国怂恿道，哎，龙龙，你不是担心自己娶不到老婆吗？快去北京找啊。龙龙忽然之间看起来又聪明又清醒，他抓起一个包子反问了卞振国一句，卞叔啊，你不是也还没老婆吗？要不你先去找一个回来。

卞振国眯起眼睛深吸了一口烟，然后像龙王一样从鼻子里喷出两道长长的青烟，这让他整个人看起来很有一种威严的气势。他冷笑一声道，你以为我连个老婆都娶不到？这县城里想和我好的女人多得得排队，我在街上往过走的时候女人们都要盯住我看半天。我刚到你们县的时候，一时半会找不到个事情做，就在一个饭店里做厨师，那段时间啊，每次只要我去上班，就能看到有两个女人正守在那饭店门口等我，她们也不吃饭，进去都不进去，就是为了等在那里看我一眼。还有个十九岁的在商城卖衣服的小姑娘，为了能看见我，天天中午去我在的那家饭店吃一碗面，有一次我把面给她端出来，你猜她对我说什么？人家这两天来那个了，不能吃辣椒，你还给人家放了这么多辣椒。一个姑娘家告诉我她来那个了，你说这不是故意挑逗是什么？我才不上当，假装听不懂。还有那些在街上跳舞扭秧歌的女人们，我早发现了，我要是不往过走，她们跳得也没那么带劲，只要我往边上一站，她们跳得那个带劲啊，腰都要扭折了，一个个还都描了眉毛抹了口红，脖子里围着花丝巾，手里抓着扇子，就想让你看见她。

我开始感到腹中饥饿，只是敷衍地笑笑，说，是吗？不料，卞振国忽然把烟头往鞋底上一摁，指着我正色问道，大学生，你这么多年就连个追求者都没有吗？我认真地说，小时候还是有过的吧。他有些怜悯还有些惊惧地看着我，说，大学生你今年到底多大了？我刚才在心里算了半天，就是不敢问你。我更加认真地说，四十了，怎么了？他忽然不说话了，整个人无声无息地沉没到什么地方去了，空气里略有些悲怆的味道。只听龙龙的喉咙里发出咕咚一声巨大的咽包子声，他嘴里含混不清地咕哝了一句，太老了，我今年虚岁才二十，我妈说最多找比我大五岁的。

3

李建红骑着自行车心急火燎地赶来了，脖子里的那块粉红色纱巾，老远就看到了。她以前文的眉毛慢慢褪成蓝色的了，远远地，人还没到，两条镰刀似的蓝眉毛就先到了。她让我快回家去吃饭，说饭都扣在锅里，凉了就热一下再吃。我恍惚又回到了上中学的时候，每天中午放学回到家，看到锅盖得严严实实的，揭开一看，里面却扣着满满一碗饭，像是这锅自己生出来的。李建红每天要在一点前去倒班，上班的路上，李建红最希望能碰到我同学的家长，这样就能停下自行车站在大街上谈论我的学习。人家急着要走了，她还是拖着不放，恳请人家再和她聊几句关于上次期末考试的事。她还有一大嗜好是开家长会。每次开家长会她都是第一个到教室，佘老太君一样端端正正地坐在中间的那把椅子上。然后微笑着等着家长们依次凑过去向她询问是怎么教育孩子的，成绩怎么这么好。她大腿一拍，皱着眉头表示不解，唉，我从来都不管人家，谁知道人家是怎么考的。

我从店里出来路过郑黑小喜寿店的时候，又在那黑洞洞的门口停留了一下。我从小最怕的就是喜寿店，晚上走路的时候，为了躲一个喜寿店情愿绕过半个县城。现在我仍然害怕，却觉得还有比害怕更深的东西吸引着我，我走进了喜寿店。眼睛适应了最初的昏暗之后还是被吓了一跳，里面的世界简直可以算得上是富丽堂皇，各种颜色的花圈挂满四壁，各种为死人准备的纸扎都栩栩如生，像工艺品一样，纸扎的院子里有亭台楼阁，有枣树有牡丹花有汽车，纸做的名牌包包猛一看，简直像真的一样。我目不暇接地参观了一圈，末了，目光忽然停留在摆在中间的一个庞然大物上。黑色的，漆得油光水滑，一头绘着血红的牡丹花图案。再定睛一看，是一具待售的棺材摆在那里。

这时，从后门里飘进一个人影，幽灵一般，背着光，看不见脸面，来人问了我一句，看棺材还是看花圈？原来是店里的老板。我忙说，随便看看，就是随便看看。我壮起胆子绕着那棺材看了半天，忍不住问了老板一句，你每天做这个不害怕吗？老板伸手拍了拍棺材盖，很得意地说，看看这木料，这做工，好东西吧？有什么害怕的？这和一件家具有什么区别嘛，有的老人准备棺材早了，十年八年都死不了，就在里面储存麦子啊豆子啊，当柜子用，哎，实用得很。

我忍不住也走到跟前用手拍了拍，果然，摸上去和一件家具是没什么区别。我说，嗯，好像是挺实用，卖得还挺贵吧？他点头，可不，最少两万。

晚上，吃过晚饭之后，我和李建红窝在客厅的沙发里一起看电视。房子三室一厅，我们俩一人一间，另一间空出来做客房。这套房子是我在几年前买的准备将来养老用的，县城里房价便宜。装修好之后就让她先搬进来了，以前我们家住的那片儿胡同在80年代曾经是县里最好的宿舍区之一，只有像百货公司、果品公司之类单位的职工们才能分到。现在已经被列入拆迁范围，人渐渐都搬空了。有一次我走进去一看，胡同里早已是荒草没人头，胡同深处住着两只流浪狗，还生了一窝小狗，个个皮包骨头，那小狗们奶声奶气地对我叫着讨要吃的。此后我隔几天就过去给它们送几根火腿肠，像去看亲戚一样。

我歪在沙发上看电视。我多少年不看电视，几乎忘了世上还有电视这种东西的存在。回家往电视机前一坐，居然还挺高兴，像是第一次见到了传说中的电视机。但是在那么一两个瞬间里，我心里还是难免诧异于自己这种过分的快乐。

以往我回家匆匆待几天，李建红都要追在我后面不停地问，你怎么还不结婚啊？是不是要等到七老八十了再结婚？这次回来她却一个字都没提，反而让我很是忐忑，觉得好像有什么圈套正等着我一样。李建红坐在我旁边，两只手搭在腹部的赘肉上。几年前她就开始拼命嫌弃自己发福的身材，电话里总问我怎么能减肥。我说你又不是大姑娘忙着找对象，胖就胖一点嘛。她说，人胖了穿什么衣服都不顺眼。我说，要那么顺眼干吗。她忽然在电话里说，我自己看着自己都不顺眼了，活着还有什么意思。

电视里正播一个什么现场调解的节目，主持人对女儿说，那你愿意抱抱你妈妈吗？于是女儿和母亲痛哭流涕地抱在了一起。我把目光挪开，无聊地看着桌子上的那本台历。李建红开始小声跟着电视里的母女啜泣起来，后来声音越来越大，最后全身都浮在啜泣声里一耸一耸。我说，假的，别信，还有什么电视销售，千万别信，都是骗人的。她一边啜泣一边不满地说，什么都是假的，上了电视还能是假的。我只好转而哄她，真的，都是真的，你觉得是真的那就都是真的。

我进了自己房间关好门，小心翼翼地取下那顶酒红色的假发挂在了墙上。也不照镜子，关灯睡下，窗户里钻进来的晚风轻轻吹动着那顶假发，看起来好像墙上正挂着一颗女人的头颅。

第二天上午，我到了店铺里，李建红、卞振国还有游承恩正各自霸占在一条长椅上，或坐或卧地聊天。李建红有些不高兴地说，你怎么又来了。我没吭声，在她身边坐下。只听她接着说，要不我们也把柜台改了吧，改成超市的那种货架，现在这种老式的柜台已经都被淘汰了。卞振国不同意，他说，好像听人说这条街将来也要被拆的，老房子太多，影响县城形象 。游承恩大惊，历史文化街也能拆？就沙河街上那只石狮子，知道吗？唐朝的。

三个人中间是那把弥勒佛一样的大茶壶，笑眯眯地蹲着。

我让李建红先回去歇着去，吃过午饭后再来替我。李建红看着我的头发，忽然惊叫道，你的头发怎么一下就变成黑色了？我不动声色地说，刚才出去染成黑色了。

今天出门的时候我戴了那顶黑色的假发。那三个人都有些畏惧地盯着我的头发，我也有些心虚，尽量坐得离他们远一点，好像这样他们就无法看清楚我了。卞振国还是那个固定的姿势架着二郎腿，黑皮鞋，白袜子，看起来和昨天一模一样，好像整晚上他都以这个姿势坐在这里，根本没动过。他抽了口烟，忽然说道，大学生你的头发真是好，黑得都发亮，看起来就像假的一样。我说，刚染成黑色，不黑才怪。他又眯起眼睛说，大学生，我觉得你还是留昨天那个红色头发好看，洋气，这黑头发让人变老气了。我微微一笑，说，哪天一生气再把它染成红的。卞振国干巴巴地笑了一声，似乎也有些害怕，只是抽烟，不再说话。李建红也不说话，一直瞪着我看，我心里发毛，催促她道，你快回去吧。她像刚刚反应过来一样冲我喊道，谁让你又来了，早说不让你来不让你来。

李建红骑着自行车渐渐远去，游承恩缩回自己的柜台后面研究百家姓去了，他昨天刚刚又考古出了一个从没有见过的姓“馬馬馬馬”，他认为这些从没有见过的姓氏就像文物一样宝贵，应该申报给国家有关部门。我和卞振国一人抱着一大杯水，门神一般相对而坐。深秋的阳光迟钝悠长，一寸一寸慢慢从我身上爬过去。

再睁开眼睛，卞振国正坐在对面意味深长地看着我。我说，你还在研究我的头发吗？他眼睛很明亮，显得有些过于聪明，他稳稳跷着二郎腿说，大学生，说说你到底为什么不想在北京待了？

我咧嘴一笑，说，你猜是为什么呢。

我忽然想起遥远的十几年前，还在读本科的时候，我和一个叫闫静的女生终日形影不离，有时候连睡觉都挤在一张上铺的单人床上。有一次她的日记本摊开在桌子上，我不小心看到上面一句话："她的家庭出身和我相似，也像我一样，长得不算漂亮，我们两个都热爱读书，读书弥补了我们所有的尊严。我们分开的时候都很弱小，但我们只要在一起就会变得强大而骄傲。"我们一度都沉迷于陀思妥耶夫斯基，看遍了他所有的书，做了厚厚的摘抄笔记。有阵子连说话都是陀思妥耶夫斯基腔，张口就是"如果没有上帝，人就什么都可以做"。以至于在一次大学的新年聚会上我一个师兄悄悄对我说，以后快不要这样说话了，你这样会把人都吓跑的。本科毕业后闫静去了上海，后来又去了深圳。毕业后她一直给我写信，那时候人们都已经开始用电子邮箱了，她却从不给我发电子邮件，只寄手写的信。我把她的每封信都工工整整地抄在一个本子上，后来居然抄了厚厚一大本。十几年过去了，回家前夕，收拾东西，在箱底找出了那个厚厚的本子。她写给我的信，我大部分都能背得下来，却还是随手翻开本子，满纸蓝黑色的钢笔字，"……如果我们拒绝在这个世界上沉沦下去，就必须得摸索出自己的信念，这种信念应该是与那些传统信念不同的新信念，这个信念不再是家国，不再是理想，也不是生存。就像基尔克果说的那样，如果一个人从不曾仰望过什么，只是把自己交给浮云，急匆匆地让自己成为过眼烟云，那就和动物无异。还是得有一种更高的东西，通过它，人们可以走向高处……"

卞振国不紧不慢地又掏出一根烟点上，点烟的姿势很是漂亮，大大抽了两口，又朝游承恩坐的方向瞅了一眼，这才躲在烟雾后面，目光炯炯地看着我说，我估计有几种可能，一种可能是你处对象出了什么问题，感情受伤暂时回来缓一缓。另一种可能是你借钱做什么生意赔了，欠了债还不起躲回来了。还有一种可能是你手里犯了什么事了，不敢再去北京了。

我一听，顿时感到一阵快乐，我忍住笑，压低声音对他说，卞叔你好眼力啊，实话告诉你吧，我是因为不小心杀了个人，手上有条人命才躲回老家来了，你可千万别和别人说。

他一怔，手里的烟跟着抖了一下，掉下齐齐一截烟灰。然后他警惕地看了看游承恩的柜台，又环顾了一圈四周，看他的样子，若是这店里有窗帘，他一定会立刻起身把所有的窗帘都拉得严严实实。他把整张脸向我压过来，一嘴烟味还有酒气喷在我脸上，他低声说了一句，我不会和别人说的，和我说了之后你也不要再和别人说了。

我见他还真信了，忍不住一愣，觉得好玩，又一阵心酸。我往后躲了一下他脸上的烟气和酒气。他也缩回去狠狠抽了两口烟，两颊都凹进去了，把烟徐徐吐完之后，他微微有些得意地说，我就说嘛，你不会平白无故就跑回老家来的，回老家来肯定是有原因的。

忽见他又把脸凑过来，声音竟有些激动，他悄悄说，和我说说，你为什么要杀人？他的眼睛直直钉在我身上，香烟叼在嘴角一明一灭，见他这么认真，我反倒不好意思起来，我说，卞叔，逗你的，你还真信啊？他看上去有些失望，叼着烟独自愣怔了半天，忽然又凑过脑袋悄悄问了我一句，咱都没杀过人，不过你说，杀人到底是个什么感觉？我想了想，说，主要是没杀过人也不好想象，杀人的时候，脑子里应该是空的，不然肯定会害怕嘛，一刀下去，应该是砍到南瓜或西瓜上的感觉。他又盯着我说，那你说，被砍的人会是什么感觉？我说，脖子上要是忽然被砍了一刀，第一反应肯定不是疼，是觉得那里凉飕飕的，怎么脖子上忽然开了个口子，凉风直往里灌。

他又呆呆抽下去半支烟才问我，你觉得杀人这件事，到底有多可怕？我说，杀只小动物都难过好几天，何况是人呢。我倒是在梦里杀过一次人，不过在梦里就后悔得死去活来，我在梦里还一直后悔，为什么要杀人，为什么为什么。醒来后发现是场梦，心里特高兴。还上网查了查，梦见杀人一般是因为生活压力大，精神太紧张。

我研究生毕业之后的第一份工作是在北京的一所大学里做行政工作，因为没能当老师，我逢人就解释，留在大学里好啊，能安静看书，还能做点学术方面的研究。每天上班下班过天桥等公交的时候，我手里都拿着本书。晚上下班后同事们都走了，我还一个人在办公室里亮着灯。有时候觉得困了便把三把椅子拼起来眯一会，醒来继续看书。一年下来工资的大半都交了房租，我开始动摇，想换份工作。我不记得当时我给闫静的信中写了什么，只记得她在2005年给我的信中写道：“……我们以为我们无须乞求神灵，我们依靠自己知识的力量或是依靠自己的理性，便可以维护自己的尊严，我们通过精神秩序使自己平静，不需要救赎，勉强得到一种知足感。但我发现尽管我们在本质上仍然是最传统的儒家信念的追随者，我们不曾有过一种真正的平和有序，我们也无法把个人的情感和悲伤转化成深邃神圣的慈悲，像上帝一样……”

虽然只在那所大学做了一年行政工作，但李建红在老家对我的宣传语已经是，在大学里当老师。后来我出国学习了一段时间，李建红就对别人说我出国去留学了，这自然也是全县人尽皆知的事。这么多年过去了，我疑心我在老家的形象可能已经变成教授了，回来一看，果不其然，真成教授了。我曾愤怒地阻止过她，她口头答应一下，一转身我还是那个传说中的大学老师。

回国之后，我在北京一家小公司找了份工作，后来又不断跳槽。后来的十几年里，很多事情我都忘记了，却牢牢记住了十几年里那些最微小的乐趣，比如我喜欢坐在阳台上看暮云。那些血红色的暮云铺满整个西边的天空，形状诡谲奇幻，如马群奔腾而过，如繁花盛开，辽阔、壮美，会有一两架飞机像小鸟一样极高极轻盈地穿过巨大的云堡，渐渐消失在天尽头。当金色的霞光从那些洞开的巨型云堡中射出来的一瞬间，我怀疑那云堡的后面是不是真的藏着一种超自然的，至高无上的力量，类似于一个上帝正住在那里。我曾目送着那些金红色的霞光一点点褪色，直到最后完全沉没于黑暗之海。而与此同时，已经有北斗神秘地高悬于人世之上。

4

我透过玻璃看到李建红已经急急忙忙赶过来换我的班了，她一条腿伸得直直地从自行车上飞下来，因为她当年学自行车的时候就是这样学的，所以后来只会这样扇起一条腿来上下车，就是前面突然遇到车祸，她也必须得用这种最正规的姿势从自行车上下来，以至于看起来整个人都临危不惧。

她人还没走进来，声音已经先到了，哎呀，今天一出门就碰到了我那姑姑，老太太今年八十三了，戴着太阳镜，斜背着小洋包，一定要拖住我和我说话，我能不听人说完？她先是骂了一通她老头子，说每天中午都要脱得光光的，戴上睡帽，盖上被子睡午觉，谁叫也不起来，估计活一百岁不成问题。又说她最近买冰箱花了一千，死了个亲戚花了两千，她还得买楼房，为了买房她都八十多岁了还背了一屁股债。一个孙子考上大学了要给五千，一个女婿死了爹要上两千的礼，她说她四个女儿哪，四个女儿就是八个老人，八个老人都得死吧，那就是一万六，哪个不给都不行啊，背地里都要被人骂的。

李建红学老太太，戴上我的眼镜，扶着我的肩膀，拍着大腿诉苦。李建红有超强的模仿能力，各种奇奇怪怪的方言，她只要听一遍就学得惟妙惟肖，几可乱真。因为有这个特长，不用也是个浪费，她就特别喜欢模仿别人说话，像只大鹦鹉似的，一会儿学卖菜的，一会儿学老太太，一会儿又学她以前同事的儿子，她学那十八岁的儿子站到椅子上，跳着脚骂道，孙口心，你不是人，不给老子钱，你不是个人。

以至于卞振国几次和我感叹，你妈没去当相声演员真是屈才了。

我从店里走出来，披挂着一身暖烘烘的秋阳，沿着沙河街慢慢溜达着往家里走。几个男人女人刚刚从那画十字架的院子里出来，我驻足看着他们，直到他们走远。路过那只石狮子的时候，我看到有三个做小买卖的老头正聚在石狮子脚下有一句没一句地聊天。一个老头卖冬瓜，一个冬瓜有半个人那么高，又白又胖，挂着一层银霜，在上面凿个门都可以当房子住。另一个卖红得极好看的柿子，像珠宝摊一般。还有一个卖胡萝卜和白萝卜。我凑过去买柿子，只听其中一个老头说，人家闹得好，现在在太原是科长了，他以前就是个裁缝。另一个说，皮肤科的科长？那医院就没有皮肤科。另一个忽然插了一句，多少年才出了一个毛主席啊，那人真厉害，把外国给打的。那一个又说，你说现在这社会，把毛墙改厕所又改成卫生间，一个字，就知道改，也不知道到底要改成个什么样。另一个反驳说，早以前你家老人也是叫厕所的，只是你还没生下来。那个抚摸着自己的大冬瓜说，我家老人在大队当头儿时，还去过一回北京，看了天安门。另一个立刻说，那时候去北京的火车票九块钱，去上海二十四块钱，我去北京坐的是十块零五毛的，比九块的又贵点。

天黑透了李建红才回来。轮到她关店门的时候，她总是要把关店时间拖延到八点，生怕还有人晚上要出来买东西。她手里满满当当，拎着一斤猪肉二斤月饼还有一块冬瓜，她说，明天八月十五，包冬瓜饺子吃。月饼买了一斤红糖玫瑰的一斤小茴香的，猪肉差点就割不到了，那卖肉的说就他家的猪肉最香，卖得最快，就剩下两块肥肉了，我说可不是，你家的猪都是长着双眼皮的，比别家的猪都好看。

喝过小米粥，我们两人歪在沙发上看电视。我坐在那里盯着电视，盯了半天还是不知道花花绿绿的屏幕上到底在演什么。我忽然发现我还是有些惭愧，惭愧自己能心安理得地接受眼前的生活。李建红的脸忽然凑过来，不好意思地问我，晶晶，那个微信怎么才能有啊，现在好多人来买东西都不喜欢装现钱了，这是什么毛病，连钱也不装了，身上装几块钱会压死人吗？说是要用微信付，我又没有这个微信，都没办法收钱，就卞振国有微信，人家就都到他那里买东西去了，生意都被他抢了。这三家一起承包一个门市就是不行，卖的东西还一样，到底该买谁家的，你看吧，游承恩迟早是要被挤走的，可是这个卞振国厉害，管理过一个煤矿的，可不好挤啊。

她说着，把她那个古老的诺基亚手机递过来让我看。我说这个简单，换个智能手机就有了，我从网上给你买个智能手机就行。她又小心翼翼地问了一句，贵吗？过了一会又小心翼翼地说，那我把钱给你吧。被我训斥几句之后便放心地摊在沙发上看电视，不一会竟响起了鼾声。记得她年轻的时候睡觉很文静，像只猫一样无声地缩成一团，年龄大了之后不仅四仰八叉地睡觉，还开始像个男人一样打鼾了，好像性别渐渐被年龄吞噬掉了，慢慢地，身上只剩下了大把的年龄，像白骨一样森森林立。

第二天是中秋节，李建红一大早在阳台上点起了圆儿香，香味把几个房间都笼罩得像寺庙一样。她准备剁肉馅包饺子，又说今天门市部照常营业。我便自告奋勇先到店里替她守一会。她有些忧虑地看着我说，晶晶，你不想去就别去了，要不你还是别去了吧。

我到了店里一看，卞振国和游承恩已经早早到了，大茶壶也咕咚咕咚烧开了，两个人各自泡了满满一大杯浓茶，茶叶沉浮于其中，捧在手里像只绿色的灯笼。我说，八月十五还到这么早，你们俩真是风雨无阻啊。卞振国稳稳地架起二郎腿，不知是不是为了过节的缘故，穿了一件白色的衬衣，白衬衣太明亮，扎在黑裤子里，像一个领导坐在这里正准备开会，看着有点吓人。他说，只有公家人才有节假日，哪有做小买卖的自己给自己放假的。游承恩只是托着腮不说话，像在思考什么大问题。猛一松手，忽见他右腮帮子鼓出来一大块，像在嘴里含了一只杏子。

我问，游叔你的脸怎么了？游承恩歪着脸直抽凉气，牙疼得我一宿没睡，半夜把什么偏方用上都不管用，直想上吊。我说，我过来时见三毛镶牙部也开着呢，赶紧去看看，看牙花不了几个钱的。他托着腮帮子想了想，还是起身看牙去了。剩下我和卞振国相对而坐，天气真是凉了，我也学他泡了一杯茶捧在手里取暖。从窗里望出去，只见沙河街上行人稀少，看来都窝在家里过节呢，这古老的店铺便更显得幽暗空旷。我总怀疑在那些终年不见阳光的木头椽子缝里，除了那窝麻雀还住着什么别的动物，晚上等我们回家了它们便出来闲逛、聚会。

卞振国大声啜了几口茶，又慢慢拧上了杯盖，因为时间的缓慢和丰盛，这里所发生的每一个动作都会产生一种陷入泥淖中的效果，慢慢地沉没，慢慢地觉察，慢慢地自救。他拧紧杯盖之后，忽然笑着对我说，大学生，我还以为你今天的头发会变成绿色的呢，每天像变魔术一样。我用手指梳理着那头与自己无关的黑色长发，没吭声。沉寂了片刻，他又慢慢拧开杯盖，咕咚喝了一口茶，声音都大得吓人，像从喇叭里放出来的。又沉寂了片刻，他点了一根烟抽上了。烟雾让他整个人看起来没那么生硬了，我找话说，卞叔啊，你要是一天不抽烟会怎么样，能活不？

他认真摇头，那可不行，没法活的。我说，抽烟到底有什么乐趣，把肺熏得黑乎乎的，还挺费钱。他又很享受地抽下去一口，真的像是在享受什么美食，指头上的大金戒指一闪，徐徐喷出一口青烟。他眼睛茫然看着窗外来往的人群，自语道，也就这点乐趣了，我们那代人不能和你们这代人比，不像你们又是上大学又是上研究生，我们早早就进工厂当工人了，急着要挣钱养家嘛。

我往杯子里续了点热水，两手捂着杯身取暖。我说，卞叔啊，你真不用抱怨没赶上好时候，你看像我妈那代人年轻的时候都忙着搞大串联去了，你们这代人年轻的时候都忙着进工厂当家做主人去了，我们这代人大学毕业的时候大学已经什么都不是了，再过几代人，回头一看，觉得我们都一个样。

我想起闫静给我的一封信里曾经写道："……我有时候会想，天地和历史是两条大河，从不曾停息，也绝不以人类的意志为转移。天地间有四季更替，月盈月缺，日日夜夜，历史里有时代更迭，生老病死。即使万物刍狗，天地间也终究生生不息。我们来过和没来过这天地间也许并没有多少差别……"

他默默抽了好几口烟方才开口，其实我刚参加工作的那阵子也喜欢看看小说，厂里图书馆里的那些小说，什么《安娜·卡列尼娜》《三个火枪手》《巴黎圣母院》我都看过的。不知道你们大学老师看的都是些什么书。

他说着，扭过脸来羞怯地看了我一眼，我挺高兴地说，哦，还看过《安娜·卡列尼娜》。他有些得意，却又更加小心翼翼地看着我说，什么《林海雪原》《平凡的世界》我都看过的，当年在工厂当工人的时候，我还想过要能当个作家就好了。

阳光从雕花木窗里进来，悄无声息地往前爬行，爬到长椅上，地上便长出了栅栏一般的黑白光阴，一道黑一道白一道黑一道白。阳光又爬到了我手上，我想起有段时间不想找任何工作，便尝试着写过几个小说，但都是开了个头就再写不下去了，几个头就那么长期悬置在桌子上，最后不了了之。

他已经把手里的烟头慢慢搓成了丝，烟丝飘落到脚下，他又跺了跺脚，整理了一下裤脚，说，大学生，你知道我为什么老想和你说话，我就是想受受你们这种文化人的影响，我看我能不能也写出点东西来，起码把我这辈子的经历写成小说。

我结巴起来，你，你还真要写小说？不好写吧。又听见他说，和你说实话，我已经好多年没看过书了，看书那是年轻时候的事了。可是最近半夜我老睡不着，我就一个人出去走动，街上静悄悄的，没有一个人影，也没有灯光。我发现月光竟然那么亮，把我的影子扣在地上陪着我，我走在月光里能把什么都看得清清楚楚。我一个人走上半夜，生怕天要亮了，天亮了，一天就又要开始了，每天都是一模一样，我闭着眼睛都能把这一天过完，有时候真是觉得不愿再过下一天了。我在那月亮底下游荡的时候就想，要能把自己这一辈子写成一本书该多好啊。

我使劲搓了搓手，扭头看着窗外。这时候卞振国又对我说，大学生，你教教我写文章吧。沉默了片刻我说，卞叔，我们都不过是些普通人，又没有什么惊天动地的事情，你怎么就那么想给自己写本书呢？

这时候游承恩回来了，我忙问，游叔，牙看得怎么样了？他坐下来口齿不清地说，拔了，三毛让我把牙拔了，麻药还没过去，嘴里都是硬的，一舔觉得满嘴都是石头。我说，拔了也好，省得镶牙。坐了一会，麻药劲儿过去了，嘴也活过来了，游承恩忽然又捂住了腮帮子，说，刚刚拔了牙怎么还是疼。我说，把一颗牙从肉里拔出来，肯定得疼两天。他捂着脸说，不对，不对。店里的柱子上挂着半面破镜子，镜子旁边还用绳子拴着一把塑料梳子，以供店里的三个人轮流从镜子里审视一下自己的仪表。他跑过去张大嘴巴使劲照着镜子检查了半天，照了半天忽然跳着脚大叫一声，操你妈个三毛，给我拔错了，把一颗好好的牙给我拔掉了。

5

晚上，我和李建红围着桌子分着吃了一个团圆月饼。月饼巨大，状如一面小锅盖，上面印着广寒宫殿，宫殿里有嫦娥有玉兔还有一棵桂花树。在我小的时候团圆月饼就长这个样子，就这么巨大，我两只手都搬不动，那时候在我眼里，团圆月饼简直是世界上最庞大最难吃的东西。啃了皮之后，掺着红绿丝的月饼馅儿常被我偷偷抠下来，揉成小泥球玩。现在，我都快变成一个老女人了，它还是那副样子，连上面的花纹都没有变过丝毫。对于一个慢慢变老的人来说，月饼简直是庞然大物。

月饼分成三块，我们两人一人一块，另外一块剩在桌子上，是留给我父亲的。我父亲在 1999 年忽然失踪了，那时正逢下岗潮前夕，一个晚上，他出去找人喝酒，从此以后再无任何音讯，报了案也没找到。有人说我父亲可能是因为知道了厂里的什么秘密被人悄悄处理掉了。还有人说他可能出家到寺庙里去了。多年之后，我觉得这两种猜测可能都是错的。

这块月饼我吃得很庄严，一口没剩，像在进行某种祭祀。吃完月饼，我提议道，我们出去赏月吧。李建红不想出去，不就是个月亮，又不是没见过，有什么好看的。我硬是拖着她下了楼。

我买的这个小区位于县城最南面，附近还没有来得及开发，一片荒凉。出了小区再往西走几步就是大片的田野，田野上长满没人要的芦苇，田野尽头是绵延的群山。每天黄昏时分，夕阳坠山的时候，晚霞猎猎燃烧，半个天空都是血红色的，似乎要把整个小城都焚烧殆尽。芦苇荡中间有一条小路通往山脚下的一家水泥厂，走在这条小路上的时候，觉得只要一直走下去，就能走进那些绵延的大山里。我和李建红并肩走在芦苇荡中的小路上。

秋风萧瑟，芦苇凄凄，我们在田野里慢慢走了一段路，在这荒野之中，似乎只有我们两人，我们走在其中发现自己小得可怜，好像两粒种子一样随时会被埋入这荒野里。一回头，忽然看到碧空中已经升起了一轮金色的圆月，极大，极静，安详肃穆。我们两个在瞬间都有些被这大月亮镇住了，呆呆站在那里半天说不出话来。我们住的那栋高楼在月光下只剩一道孤瘦的黑影，看上去极不真实，并不像人住的地方。再往北去，灯光才渐渐稠密起来，有了人声、市声，小城才从黑暗中渐渐显形。

李建红站在月光里忽然说，过完节你是不是就该回北京了。我在月下沉吟良久才说，我不回去了。她的声音有些遥远，你留下来做什么？我说，陪你一起看店。她忽然高声打断我的话，我的店不需要你来看。

我没接话，只是抬头看月亮。她也跟着抬起头看月亮。月光亮得吓人，轰隆隆地几欲把我们淹没。她又说，我要是死了把我埋在这里也行，不回老家也行，埋在这里还离你近点，就是托个梦也方便点。我指了指不远处立着的一块二建的牌子，说，你想得美，这里过不多久就要盖楼房了，还能让你埋进来。要是我先死了呢，你就把我火化了，环保，不占人家的地方。她立刻说，谁同意你死到我前面了？我才不火化，火化太疼了。顿了顿又说，不过人死了就是再疼也说不出来了。你说你爸要是真死了，死前就连句话都没有？

回到自己屋里，我没有开灯，摘了假发挂在墙上，然后立在窗前看着外面的月亮。窗外一片素银，立在窗前像站在海边，似乎可以随时纵身一跃，便可消失在大海中。忽然，吱嘎一声，门被人推开了。我猝不及防，猛一回头，就着月光看到，是李建红正站在门口。我连忙扯下挂在墙上的那顶假发，但我心里知道已经晚了，我知道她已经看见我了。我把假发抓在手里，就像揪着另一个人的头颅，怕她离开我，怕她抛下我。我后退了几步，屋里只有我们两个人，我像一个在夜半时分现出了原形的鬼魅，无处可逃。李建红盯着我和我手里的假发，像是被吓住了，一动不动，嘴半张着，我在月光下看到她的嘴里黑洞洞的。像是她的牙齿齐齐都消失了。我叫了一声，妈。她不说话。我又叫了一声，妈。她还是不说话，就那么一动不动地站着。我说，我脑门上掉了片头发，很丑，只能戴假发。

一觉醒来时，天刚蒙蒙亮了一点，从窗口望出去，田野上罩着一层青色的晨雾，远处立着一棵孤零零的树，再远处是纤细得像多足虫一样的绿色火车正在无人的荒野上慢慢爬过。那是一条去往宁夏的铁路。我起身出了自己房间，李建红的房间都还关着门，她大概还在睡觉。我悄悄出了门，街上还没有什么行人，圆儿香的香味沉沉滞留在空气里，让人感觉中秋节还躲在某个角落里，久久不忍离去。一辆孤独的洒水车一路唱着快乐的儿歌，慢慢溜达着过去了。湿答答的马路温顺明亮，我走在其中如走在一条河流里，走着走着天渐渐亮了，晨雾退去，马路上忽然浮出了很多行人，好像他们本来就住在这条路上一样，只是夜间被雾遮住了。很多电动车无声无息地从我身边蹿了过去，像群溯游的大鱼。一辆空荡荡的公交车踱过去了，县城是从今年才开始有的公交车，属于舶来品，坐的人很少。我坐过一次，一上车就被司机抓住拼命和我说话，一看就是憋坏了。

走进沙河街，我一眼就看到龙龙正骑在那石狮子身上，手里最少拿着十根油条，看起来像抱了一捆柴一样，嘴里正快速吃着一根。我想起李建红形容龙龙的一句话，吃起东西来像一架推土机似的吓人。走过他身边的时候，我学那老人的口气说，石狮子你也敢骑？他看了我一眼，又看看周围，忽然很神秘地低声对我说，我要去坐火车了，真火车，你坐过没？

进了店里一看，卞振国和游承恩已经早早到了，游承恩正戴着套袖，趴在柜台上打算盘。他有一架乌黑的算盘，看起来也老得快成精了。他坚决不用计算器，说计算器无声无息，用着没有手感，哪有算盘的脆亮和爽快，一听算盘珠子响，就知道有进项了，心里可以踏实一会儿。卞振国刚刚泡好茶，已经坐在长椅上把二郎腿搭了起来。已经深秋了，他还是只穿着一件衬衣，打着领带。

我往他对面的椅子上一坐，他看了我一眼忽然说，大学生，你的头发。我心想他是不是打算说，以为我今天的头发会变成蓝色。我说我又不是变魔术的。他迟疑地说，你是不是没梳好头发。我站起来一照那半截镜子，估计是今天早晨出门太早，没看清楚，假发戴得有点歪，好像头发胡乱长了一脑袋。我偷偷正了正假发，回到椅子上说，我有事情要和你们商量，我们毕竟是三家合开的店，以后有顾客来买东西，走到谁的柜台算谁的，谁也不能抢谁的生意。另外，我建议我们三家一起出钱把柜台换成货架，现在哪里还有这么古老的柜台，都改成超市了。

卞振国夹着一根烟，深深往肺里吸了两口，才眯着眼睛看着我说，这可不像你这种文化人说的话啊。大学生，看你这样子是真不打算去北京了，我就想不明白，好好的北京不去，你为什么一定要回来看门市部呢。这时候，游承恩走过来了，满头白发，大大的塑料框眼镜压在鼻子上，把鼻头压成了很小的一点，两只胳膊上戴着两只蓝色的套袖。他递过来几张纸，上面写得密密麻麻，他说，我不打算干了，把我的柜台盘给你们吧，这是我算好的库存，就这么多存货了，这样一来，你们也少一个竞争的。

我和卞振国都大吃一惊，一齐扭头看着他。卞振国说，你是不是在外面又赁到新地方了？找好地段的话，房租低不了吧，你不怕白干一年连房租都回不来？游承恩摘下套袖拍打着身上的尘土，一束阳光正打在他身上，我看到在那束阳光里安静地飞起了很多灰尘，像是寄宿在他身上的一群小鸟，正要随着季节迁徙而去。他放下套袖，问卞振国要了根烟抽，我从没有见他抽过烟，不知道他原来也是会抽烟的。卞振国犹豫了一下，似乎有点舍不得，但还是抽出一根递给了他。他一屁股坐在椅子上，点上，大大抽了一口，动作不熟练，又仰头朝上喷着烟圈，像只笨拙的大象一般。我莫名地有点紧张。卞振国也不说话。一根烟他几口就抽完了，简直是吞下去的。灭掉烟头他才面无表情地说了一句，不了，我把房子都卖了，我要带着龙龙去云游四方。

卞振国惊得二郎腿都掉了下来，忙说，你把房子都卖了你们以后住哪？住人家房檐下？游承恩站起来，仰天大笑了两声，我和龙龙都商量好了，以后我们父子俩就四海为家了，还要什么房子。我们要去峨眉山、武当山、普陀山，我们要把那些名山大川都游一遍，我看能不能把龙龙留在武当山上学武术，在山上住一辈子不下来也好，空气好，人简单，说不定还能长命百岁。我说，把他留在山上，那你呢？他又大笑了两声，身上有一种罕见的猖狂，却不再多言语 。

结清库存，他开始整理东西，要带走的东西并不多，看来是早有准备，已经分批搬走了，只是我们没有觉察罢了。他把要带走的东西装进一只款式陈旧却还崭新的手提箱里，箱子看上去质量很好，羞涩而木讷地立在脚边。他说，当年出差时候买的这箱子，当年最流行的样式，花了两百多块钱哪，带密码锁的，买了一直舍不得用，就锁在柜子里。这不，锁了三十年终于派上用场了，人这辈子哪有迟到不迟到的。卞振国起身拍拍箱子说，你这箱子现在都能直接进古董店了。

这时龙龙呼啦一声冲了进来，站在他父亲身边整装待发。他已经比他父亲高出一头，又比他父亲胖出好多，简直能把他父亲装进去，此时却偎依在父亲脚下，看起来像只温顺而毛茸茸的坐骑，随时会把游承恩驮走。游承恩拎起箱子对我们大大一笑，看起来，他们父子俩都崭新得要命，好像搭乘着一艘宇宙飞船，马上就要离开这个星球了。

父子二人的背影如气球般渐渐飘远了，先是游承恩的背影，接着，连龙龙的庞大背影也消失了。我和卞振国久久站在门口目送着他们。眼睛酸涩，像被大风眯了一样，直到喜寿店的老板冷不丁从黑黢黢的店里冒了出来，那扇门里每次出来个活人都会把我吓一跳。看我俩愣愣地戳在那里，他便袖着手笑道，呦，别说，你俩往那里一站，看着倒是挺般配。我瞪他一眼，这可是我叔。说完扭头先进去了。

我隔着窗户看到卞振国还站在门口，打了个标准的丁字步，正了正领带，又笑眯眯地点了一根烟抽上了。喜寿店的老板又进去了，他还独自站在那里。有两个中年女人刚好走过去，果然，两个女人都回头看了他一眼。他假装没看见，继续抽烟，不时用戴着金戒指的那只手往后拢一把头发。阳光照射下，他拖着一条长长的巨大影子，像和另外一个看不见的人生长在一起。

6

快递把新手机送来了。李建红拿着新手机爱不释手，左摸右摸，说她赶紧给手机缝个套子吧，别把壳磨花了。我用一晚上时间教会了李建红怎么用微信二维码收钱，她兴奋不已，跃跃欲试，感叹道，这社会变得，哎，怎么就变得连钱也不用了呢。以后就不怕被卞振国那货老抢生意了。然后她又不好意思地说，其实我早就想问问你怎么用微信了，怕你瞧不起我，不敢问。我假装没听见，又教她怎么发微信。她支棱着耳朵，眼睛死死盯着手机屏幕，但当我才刚刚说完的时候，她就说，你说什么？你再说一次。

好容易教会她了，我说你多练习练习就会了。然后我歪在沙发上看着电视里的两个人的嘴一张一合。正看得差点睡着了，手机忽然响了一声，我拿起来一看，是李建红刚给我发的一条微信，是她的第一条微信，所以看起来崭新异常。女儿，你还好吗？她本人缩在沙发的一角大气也不肯出，像是这样她就可以隐形了，我就看不到她了。她从未叫过我女儿，我不大敢相信这是叫我的，看着眼生，还有些心虚。我也不敢看她，只悄悄回了一条，挺好的，放心。她的手机立刻当地响了一下，吓我一跳，没想到这手机声音还挺大，我把电视的声音又调大了一点，假装专心致志看电视。过了一会手机又响了一声，我故意磨蹭了一会才拿起手机，一看，果然又是她发来的微信，身体是革命的本钱。我回了两个字，知道。我们两人分坐在沙发的两头，中间塞着一大片空白，我们都默无声息地看着各自的手机。在我们的背后是一幅富丽堂皇的牡丹图，是她在省城公园门口从一个自称是著名画家的人手里买来的。画中的十几支牡丹热情奔放，廉价得喜气洋洋，就像我们两人正在这沙发上偷偷过节一样。

进了自己房间刚要躺下的时候，手机又怯怯地叫了一声。我一看，又是李建红发过来的，女儿，你真的不回北京了吗？我故意磨蹭了几分钟才回道，不了。静默了片刻，她又发过来一条，到底为什么？在县城里待着你还能有什么出息，我可以一个人过，也不需要你守着我。我回道，其实在哪过都一样。我关了灯躺在床上等着手机响起，果然，过了好半天，她又发过来一条，那就随你吧。我回了一句，谢谢妈妈。回完又羞得连手机都不敢再看，我从来没有叫过她妈妈，也从来没有对她说过谢谢。

第二天，李建红执意让我在家休息，她去店里看着，我说一个人在家里待着也闷，不如坐在店里还有人说话。她迟疑了片刻才说，你是大学老师，去门市部总是不太光彩，被人看见了也不好。

午后，深秋的阳光金黄剔透，像一大块琥珀，万物沉于其中，有一种深不见底的静谧。我走在沙河街，忽然听到路边的一个院子里传出嘹亮的男女合唱，我怀疑这院子里是不是开了一家KTV，便探头探脑地进去，院子很小，但整洁异常，铺着红色花砖，摆着几盆珊瑚樱和百日菊，墙角蹲着一只大冬瓜，窗台上晒着几只大大小小的葫芦。我趴在玻璃上往里一看，是一对老年夫妻像福娃一样正并排坐在床上，拿着麦克风正看着电视一起唱歌。老女人看到我趴在玻璃上，便出来问干什么，我只好说，在街上听见这里有歌声，以为新开了一家KTV，想过来唱歌。老女人狐疑地看着我，说，我们两口子喜欢在家里唱歌。我赶紧落荒而逃。

又路过一家院门的时候，我看到男主人正在院子忙着准备晚上的烧烤摊，女主人则戴着围裙，正坐在板凳上，捧着一面小镜子细细画眉。

有时候我怀疑我在这些僻静破败的巷子里闲逛的时候，会忽然迎面遇到我的父亲，我更愿意相信，他是通过某种方式把自己藏匿起来了。但一直没有，我再没有遇到过他。

闫静曾在给我的一封信中写道："……人从生活中隐遁的方式有很多种，其中一种便是只存活在天地时间里，而从历史时间里消失。活在天地间便是静守着时间的流逝，天地泽及万世而不为仁，从而失去了历史性中的羞耻与荣辱。你说这种失去是不是真的能让人内心平静，这种平静又到底有多少意义。我时常想让自己从人世间消失或隐匿，却又不能……"

走进空荡荡的店里，一眼就看到卞振国正独自坐在长椅上打盹。他抱着两只肩膀，脑袋沉沉地挂在胸前，脸颊上的肉也跟着垂下来，整个人看上去忽然老了不少。

我坐在他对面的长椅上仔细地观察了他一会儿，他的头坠得越来越低越来越低，差点摔到地上的瞬间猛然醒来，一睁眼看到我坐在对面，竟一时认不出来，呆呆坐了几分钟才忽然认出我来，他抹抹嘴角的涎水，竟有些高兴地说，大学生？还以为你不来了。

我已经穿上羽绒服了，他居然还是穿着一件衬衣，打着领带，我都有点替他着急了，卞叔你真不冷？他抽了两口烟，完全苏醒了，重新摆好二郎腿说，我阳气重，晚上都不用盖被子。我说，你中午不吃饭也不饿？他倨傲地看着我说，我根本用不着吃午饭，你不看看我的身材。

寂静的柜台像只大船一样载着满满的货物浮动在店铺深处，他指着三面柜台说，这下就咱们两家了，以后东面的柜台是我的，西边的柜台是你家的，顾客愿意买谁家的就是谁家的生意。我说，好。

自从店里走了游承恩和龙龙之后，好像忽然之间少了很多人，变得异常空旷浩荡，像这世界上一个被抛弃了几万年的角落，却还要跟在这世界的尾巴上缓步小跑。我们二人就这么一人盘踞着一条长椅，不停喝水，轮流去上厕所。一下午进来四个顾客，他居然全慷慨地让给了我，自己一下午只是坐在椅子上抽烟喝茶，喝茶抽烟。我有些心虚，问他，卞叔，你怎么把买卖全让给我了，自己不打算过了？他把杯盖拧开，假装呷了一口水，才讪讪说，怕你不来了嘛。

顾客太少，时间便显得太多，到处都是时间，汪洋一般淹没一切，我们二人孤零零地在这汪洋上泛着小船，只得拼命找些话来说。先是商量了一番发财之道，我说应该租个大的店面装潢得漂漂亮亮的，他说一年光房租就七八万，能赶出房租就不错了还挣什么钱。我说要不去开饭店，他说他做过厨师还不知道，每天都有饭店倒闭，还敢去开饭店。我说要不开个书店吧。他说那就真得饿死了，现在的人哪有时间看书。我说那我们还是去抢银行吧。他一拍大腿说，前几年也有个人叫我和他去抢银行，我一大早去他家叫他，结果他赶紧往被子里缩，叫一点就往里缩一点，最后都缩成个球了。我说你到底是去还是不去，不去我唾到你脸上去。他敢去吗，就是真唾到他脸上他也不敢去。还敢拿抢银行吓我，当我是谁？

我笑得把刚喝进去的一口水喷在地上。他朝窗外看了半天，呆呆说了一句，世上还是睡觉最好，不用吃不用喝的。

好容易进来个顾客，挑了个五块钱的鞋刷走了。我们俩继续相对而坐，他点上一根烟，用那只戴戒指的手往后拢了拢头发，说，大学生，你那么高的学历，又留过学的人，每天坐在这门市上做小买卖，你就甘心？

我说，我觉得挺好的啊。

他很聪明地笑了笑，还挺好？那你给我讲讲北京的事情呗，我多少年没出过门了。

我想了想，说，好，我给你讲一个。我一个最要好的大学同学，女的，叫闫静，我俩好到什么程度呢？我们一起上课，一起去食堂吃饭，一起上自习，有时候睡觉也挤在一张床上，那可是单人床，还是上铺。有时候她睡到半夜睡不着了，就跑到我宿舍敲门要和我聊天，我俩一聊就聊到天亮了。反正我俩就好得像一个人似的。她这个人上大学的时候特爱看书，大学毕业后找的工作也挺稳定，但工资不高，文化单位嘛，你想在北京生活，所以她买什么都买最便宜的，去超市买面包都买快过期处理的，夏天半个西瓜就是一顿饭。就这么一个人后来忽然把工作辞了，跟着一个人去办什么文化杂志。结果这杂志做出来后也没什么市场，每期都亏钱，每期亏着还是要硬办下去。我还问过她，给你发过一次工资吗？她说，都欠着呢，一分少不了。我说，赶紧走吧，你怎么还在做那杂志？她说，再等等，等做出来影响力就好了。我说，影响力什么时候就出来了？她说，再等等，再等等。结果慢慢就坐吃山空了，和他们一起做杂志的其他人工资都不要了，陆续都走光了，就剩下她死活不走，还要陪着那人把杂志坚持办下去，两个人最穷的时候一顿饭分吃一个烧饼。你猜最后怎么？最后实在身无分文了，我那同学不得已去找别的工作，把自己的信用卡留给了那男人解燃眉之急，那男人就此消失不见。一年以后银行起诉了她，说她恶意透支信用卡。

他的烟僵在手里，问我，那她怎么办？坐牢了？

我微微一笑，说，那就不知道了，后来怎么样她没告诉我，我也不好意思多问。

卞振国把手里的香烟揉捏了几下，半天才吸了一口，然后慢慢问我，你说你这同学到底是图的什么？我笑着说，我也想不明白，你觉得是什么就是什么呗。他紧皱着眉头，她爱那男人？不像。指望办个杂志能赚大钱？一次工资都没发过她自己又不是不知道。被人骗了？也不像，明明知道在赔钱还不赶紧跑。

他边说边笑了起来，我看起来比他还要开心，以至于哈哈大笑起来。他都笑完了我还停不下来，又独自笑了半天。

他忽然扭过脸来盯着我说，大学生，你又不是第一次听说这事，怎么把你笑成这样。

我避开他的眼睛，说，有趣呗，我给人讲一次就要笑一次。

他怂恿我，还有别的故事没，再讲一个嘛，坐着也是坐着。

我说，还是讲我这同学吧，她的好玩事多着呢，再给你讲讲，反正你也不认识她。她不是特爱看书嘛，又总喜欢和人讨论什么人性啊自由啊之类的话题，所以看上去挺有学问，还挺清高。周围的男生她一律看不上，只有我知道，她其实喜欢过一个男生，还非常喜欢，那个男生好像一直也没女朋友，大三的时候她终于给那男生写了一封很长的信。那男生也回信了，信很短，他在信中说，快别，我们真不合适。她半夜来敲我宿舍的门，半夜宿舍里不送电，她就在黑暗中一直坐到天亮。过不了多久那男生就有女朋友了，我们在校园里经常会看到他和他女朋友形影不离地走在一起。有时候走着走着，闫静忽然就要绕道走，原来是因为看到了那男生和他女朋友的背影。他们的背影哪怕只露出一点点，她都会在第一时间内闻到他们并赶紧躲开。毕业几年之后她好像谈过几个男朋友，不知道为什么又都分了。我这同学后来得到一个出国学习一年的机会，就去了美国，听说在美国找了个美国人，都准备结婚了。我也只是听说的，因为她在信里从来不说这些，是不是挺奇怪？我们好多女同学都羡慕她，觉得她肯定要移民美国了。结果后来又分手了。签证到期后她并没有马上回国，又一个人在美国待了差不多一年才回国了。听说她一个人在美国的那段时间到了身无分文的地步，谁也不知道她是靠什么办法撑下来的。那段时间我们俩也失去了联系，她不和任何人联系。最有意思的是，她这样一个爱读书的人，回国的时候居然只带回一大箱从奥特莱斯买的便宜衣服。但奇怪的是，这箱衣服她后来一件都没有穿，也没有送任何朋友，在她租住的房子里原封不动地放了一段时间之后，全部都送到旧衣服捐赠点了。

卞振国抽了一口烟，盯着我，让我继续往下说。

我说，这个故事已经说完了啊。

他看着我说，她为什么不穿从国外带回来的衣服？

我笑，不知道。

他又说，那她回国以后呢？过得怎么样？

我再次微笑起来，不过是个同学，总不能一天到晚盯着人家吧。

他慢慢抽了一口烟，又徐徐把烟圈一个一个吐了出去，自言自语道，这个人是有点意思，就是说不上到底是哪里有意思。

我忽然想起闫静在给我写的那么多信里只有一次谈到了爱情，她在信里写道："……我们这样的女孩子是不可能有爱情的，不是因为我们不够漂亮，不是因为我们的家庭出身，不是因为我们没钱，不是因为我们喜欢看书……"

忽然，他像想到了什么，脸上微微一怔，手里的烟僵在了嘴边。我见状忙打岔道，卞叔啊，你也给我讲讲你当年在煤矿上的事呗，听说你当年在矿上还是个二把手呢。他立刻谦逊地摇摇头，我没什么好讲的，我最佩服的是当年我们矿上的老板，我叫他老大。说罢微微仰头看着房梁，神色肃穆，好像正向着什么虚空中的东西致敬。

烟盒空了，他踱回柜台里取出一包，慢慢拆了包装，慢慢点了一根，手居然有点抖，拼命抽了几口，像蚕吐丝一样把自己包在烟雾里面，才开口道，我这辈子最佩服的人就是我们当年的老大。那真是个有本事的人，高高的个子，长得真是一表人才哪，每天把自己收拾得体体面面的，大背头，一年三百六十五天都打领带，对别人的尊重嘛，人家那是真的讲究。把我们一帮子下岗工人集合到他矿上，我们跟着他每天都有钱赚，那家伙，一铲子下去就是几百块钱啊。当时钱多到什么程度呢，有的矿工能在山下养个老婆，在山上又养个老婆，养两个老婆，还要生几双儿女，那没钱能行？我们老大威信高，心眼善，为人公正，所以我们什么都听他的。那时候白天在山上挖煤，晚上我们就一起吃肉一起喝酒。

我看着他的大背头和脖子里的领带，忽然脊背上一阵微微发凉，只说，可惜了，这么一个人物后来怎么样了？

他使劲揉了揉眼睛，好像被风眯住了，半天才叹了一口气，红着眼睛道，他后来死了。那年煤矿上发生瓦斯爆炸，在坑下挖煤的十个矿工全死了。他把钱给那十个人的家属分完就自杀了。后来煤矿被封了，我们其他兄弟也就都散伙了。这么多年过去了，我就佩服过他一个人，直到现在每年到了他忌日，我都要上山给他烧纸钱的，我告诉你，我没有空过一年给他烧纸。

聊着聊着天色就暗下来了，最后的夕照已经从窗户里悄然撤离，柜台载着百货沉没于幽冥之中。店铺里忽然有一种拥挤的感觉，是那些古老阴森的时间在天黑之后全缓步走出来了，夜晚的时间是属于它们的。我说，卞叔，今天我们就早点关门吧，走，我请你吃饭去。他沉吟了好一番才说，还是我请你吧。

提前关了店门，走在薄暮的沙河街上，我们俩都有点莫名的轻松，好像要赶去过什么节日一样，连脚步都比平常轻快。卞振国走在我身边，双手插裤兜，腰板笔直，走得器宇轩昂。我说，卞叔，平常老见你坐着，没想到你站起来居然这么高。他冷笑一声，你才发现啊，我可是一米八的个子。走了几步，他又说，你注意看我走路的姿势，挺胸抬头，好多人看我走路的样子都以为我当过兵，其实我一天兵都没当过，就是习惯了挺胸抬头，整个人看着就有气质。又走了没几步，他碰碰我的胳膊，悄悄对我说，你快注意刚走过去的两个女人，你回头看看，她们是不是走过去了还要回头看我？快看看。

我便回头看了看，那两个刚走过去的女人确实正回头看着我们。一边看还一边交流着什么。我说，好像是有两个女人正在回头看你。他不太高兴地说，什么叫好像。我说，我高度近视眼看不清。又往前走了一段路，他又用胳膊轻轻碰了我一下，颇有些得意地说，大学生啊，你看吧，你只要这样和我一起出来走两次，你在县里马上就出名了。你看吧，这一路上只要看见我们的人回头都会去打听，那个和卞振国走在一起的女的是谁？从来不见卞振国和什么女人在一起，卞振国怎么就愿意和她走在一起？

我笑了笑，是吗？他语气越发亢奋，你以为？我平时见了那些女人们连看都不看一眼的，她们都拼命想凑过来和我说话，我从来懒得搭理她们。

我又笑了一下，并不多言，他见状便也不说话了。我们默默走过了两条街，这时候已经走到北关路了，路旁新开了一排小饭店，看上去生意寥落，死气沉沉，都没什么人来吃饭。我说，卞叔啊，你想吃什么？他站在那里犹豫了半天，最后带着我向一家门面简陋的家常菜馆走去。他边走边说，这家饭店是熟人开的。走到门口看见几个大字：红红家常菜馆。

饭店里只有一个老头正就着一头蒜吃一碗桃花面，前台坐着一个年轻女孩埋头玩手机，她面前摆着一只巨大的玻璃貔貅。看见我们进来也只是躲在貔貅后面翻了翻眼皮，并不打算搭理我们。我悄悄说，这里的服务态度好像不大好啊。卞振国用一个指头敲打着桌面，大声说，红红啊，你爸爸呢，让他出来陪我喝两杯。有阵子没见你啦，真是越变越好看了，打算什么时候结婚啊？话音刚落，啪一声，一本油腻腻的菜单朝我们头顶飞了过来。

他点了一盘油炸花生米，一盘过油肉炒小花卷，拼了一盘素凉菜，又要了一瓶三十五度的柔绵汾阳王。我说，卞叔，这也太简单了吧。他摇摇头，你不知道，我只要一喝酒就没地儿吃东西了，因为酒也是粮食。

他下酒速度极快，只一眨眼的工夫，酒就剩下半瓶了。吃菜果然很少，半天才举筷子夹一粒花生米，好像有点不好意思吃一样。我说，卞叔啊，你这穿衣服省，吃饭也省，光喝酒就行，怎么觉得你像神仙一样。他拿手里的酒杯和我杯子里的水碰了一下，一口喝干了，眼神迷离，轻轻摇着一个指头对我说，我不需要那么多东西的，其实我根本不需要。我喝了一口水，说，卞叔，那你最需要什么。他拿起酒杯朝空中举了举，好像这屋子的什么角落里还坐着一个看不见的人，他又饮下满满一杯，然后神秘地笑着说，你不是还是大学老师吗，有文化，你猜。我说，这我真猜不到。

他忽然一拍桌子道，不对啊，大学生，你怎么一口酒都不喝？连酒都不喝了，这人还有什么意思？你知道我们当年在煤矿上的时候是怎么喝酒的吗？晚上我们聚到一起，找一只大桶，把啤酒白酒全都打开，有时候一开几十瓶，统统倒在大桶里，拿葫芦瓢一瓢一瓢舀着喝，一晚上全部喝掉。你想想，这么喝过酒，能没有情分？我说，卞叔，我不会喝酒，不过你都这么说了我就陪你喝一杯。

说着我也喝下一小杯汾阳王，他高兴起来，使劲拍着我的肩膀，不停地说，这就对了，这就对了，不喝酒你就是看不起我。

结果，一瓶酒都到底了，菜还几乎没怎么动。他喝得两眼发红，像只迟钝的大兔子坐在那里。我抢着要去结账，他一把拉住我的胳膊，把我一下摁在椅子上。我说，卞叔，不是说好的吗，今天我请你。他并不理会我，只是大声对坐在前台的女孩说，红红啊，和你爸说一声，今天可是我过来吃饭了，就说是卞振国过来吃饭了，看他好意思收我的钱不？他要是好意思收钱，我看他以后还怎么见我，我非唾他一脸不可。

我赶紧又起身说，我来结账我来结账。他又一把把我摁在那里，说，你敢。前台的女孩眼皮终于翻了一下，不冷不热地说了一句，你这不是白吃了一次了吧。他张嘴要争辩什么，这时我一用力，使劲挣开他的手，霍地站了起来要往前冲。他又一把拉住我，我忽然扯着嗓子大叫了一声，放开我。饭店里所有的人都被镇住了，包括坐在前台的那女孩，都扭过头来无声地看着我们。趁此机会我两步走到前台把账结了，那女孩稍微犹豫了一下，还是把钱收下了。临出门时，我听见卞振国在身后有些凄凉地说了一句，红红，原来你还真好意思收我的钱啊。

我们二人在晚风中踉踉跄跄地往前走了一段路，都久久没有说话，好像两个人都喝多了。我们就这样一直游荡到了县城最北面，这里是一大片荒芜的旷野，估计过不多久也会被开发成新的楼盘，古老的县城正被这些崭新的楼盘渐渐淹没。我们站在旷野里，有很冷很硬的风飕飕从我们身边割过去。他掏出烟盒发现已经空了，便揉了揉扔在了地上，我说，卞叔，你的烟抽完了？要不要我帮你去买一包。说着我准备往回走，他忽然大喝一声，你敢。我站住说，你不是没烟了吗？他有点蛮横地又说了一句，你敢。我便不动了，他也站住不动，我们又是久久没有说话，只是不时抬头看看夜空。初冬时节，猎户座已经出来了。从小到大的每一个冬季里，它都在寒夜里陪着我，从不曾失信过，简直像是我的远方亲戚。我抬头久久地看着它，在荒野之上，它看起来真的像一个巨大的猎人正站在头顶俯视着我们，肩部装饰着璀璨的钻石，腰间佩戴着宝剑。一种来自宇宙间的威严挤压着我们，让我们觉得这荒野分外空旷、分外巨大，却又根本无处藏身。

他也跟着我，仰起头久久看着天上的星星，过了很久，忽然说了一句，如果我们老大还活着，他就不会让我变成这样。

我没说话，只是感觉有点冷，往紧裹了裹衣服。忽然有一颗流星或是什么不明飞行物在我们头顶倏忽而过，无声无息，带着一条绚烂的大尾巴。在那一瞬间，这片旷野和我们两个人的脸都被它倏地照亮了，又倏忽熄灭。一切重新沉入黑暗之海。它已经游过去很久了，我们还站在原地，久久目送着它，不肯挪动一步。

他说，那会不会是一只飞碟。

我说，有可能。

他说，你想不想坐着飞碟飞到别的星球上去看看。

我说，卞叔我告诉你实话吧，我其实是个外星人变的，现在要回去了。

他哈哈大笑。我说，记得在哪本书里看过，说只有那些最孤独的人才可能遇到飞碟，因为孤独能让人听见天地间的声音。

沉默了片刻，他忽然说，大学生，你虽然长得并不好看，但我还是挺喜欢你的。

7

晚上，我和李建红歪在沙发上，她在看电视，我在手机上翻看着一篇文章。忽然，她往我跟前凑了凑，我一抬头，发现她手里像变戏法一样变出了一顶帽子。我一愣。她小心翼翼地把帽子托在手上，好像怕它会化掉，她趁着电视机里的两个女人也在说话的当儿，快速对我说，冬天戴帽子也可以，就不用戴那个了。她说完了，电视机里的两个女人还在说，听起来好像屋子里坐满了人，很是热闹。

我看着她手里的那顶帽子，是用暗红色的细毛线钩出来的八角帽，帽子顶部还缀着个大绒球，感觉戏台上的武松戴的也是这样一顶帽子。我把帽子接过来戴在头上给她看，她干巴巴地笑了一下，又快速说，把假头发摘了吧。声音很低，生怕被我听见一样。我顺从地摘下假发，亮出一头极短的头发，上面有一块雪白的头皮，我把帽子戴在了头上。

她飞快地看了我一眼，忽然，手里又变出了另一顶帽子，这顶是用黑色毛线织的渔夫帽，她说，要不再试试这顶，看哪个戴上好看。我生怕她手里还会变出第三顶帽子，连忙说，都好都好。话音刚落就见她手里真的变出了第三顶帽子，我有些绝望地看着这顶帽子，这是一顶用灰色呢子缝制成的贝雷帽。

我手里全是帽子，秋天喜获丰收的光景，我有些生气地说，你做这么多帽子干吗？她连忙低声下气地说，就这三顶，再不做了，再不做了。我坐在那里半天没言语，好像我必须生一场气才能抵消这三顶帽子压在我手上的分量。她一副知错就改的样子，坐在一边塌着腰，眯着眼睛认认真真看电视。

我们俩默默地看了会电视，她忽然对着电视机说，你的头发怎么少了一片？好像正在和电视机里的人对话。我迟疑了半天才说，想不起来了。

我半是惊恐半是欣慰地发现，我没有说假话，我是真的想不起来了。

她猛地扭过脸来看着我，目光里有些不安。我对她笑了一下，说，不知怎么，就是想不起来了，可能现在记性不好了。她好像不敢再看我，又慌忙去看电视机。

电视机里的两个人不知为什么突然不说话了，整个屋子沉入了一种有些邪气的安静里。这时候，她又说了一句，你真不打算回北京了？我把那顶贝雷帽戴在头上，侧身从窗户里看着自己的影子。窗外是半透明的黑暗，灯光和星光没入其中，海一般空旷浩荡，我的影子也落入其中，薄薄地漂在海面。因为这顶帽子，使我看起来像个自己从未见过的陌生人。我对着窗外说，你都问过好几次了。

她又重复了一遍，声音有些异样，你真不打算回北京了?

这次回家以来我第一次听出了她声音里的悲伤。

我把额头抵在玻璃上，玻璃里的那个人便静静地与我依靠在一起，也或许，我才是她的影子。就在那个瞬间我忽然明白了，我想不起来其实是因为我根本不愿想起来。

我又说了一句，不回去了。她呆呆看了很久的电视才说，你为什么就不想回北京了?总得有个理由吧，人家问起了我好有个交代。我看着窗外的黑暗，犹如与一只庞大的怪物对视，我说，不想在北京待了。她说，我不相信。我说，真的。她忽然吧嗒一声把电视关了，像用了很大的力气把电视里的那些人全推出去了，整个屋子猝不及防地掉进了一片巨大的死寂中。我吓一跳，回头一看，她就站在我身后，她像个法官一样一拍桌子，用很大的声音说，好，那就说好再不回去了。

她身上有一种我从没有见过的坚固之美，使她整个人看起来很大很牢靠，几乎把我镇住了。她站在那里说，那你以后就准备和我过吧，我要是哪天死了，你就养个猫猫狗狗一起过。今天你春丽阿姨还说要给你介绍一个，被我一口回掉了。她要介绍的那男人抠门快抠死了，听说他要是租双靴子，那就熄灯了连睡觉都要走路，要是租个帽子那就连睡觉都要戴着。你要留在县里不走了，人家就给你介绍这号男人，我就看你怕不怕。

我笑得前仰后合，她却立在那里悲伤地说，真是块滚刀肉，跑了那么远，国外也去过了，结果自己又跑回来了。

第二天早晨，我起床的时候天光还没有放亮，却发现李建红的床上已经是空的了。过了一会，她携带着一身寒气从门外扑了进来，裹着围巾，穿着一双过时的运动鞋。我大惊道，你怎么是从外面回来的，半夜出去的?她一边解围巾一边说，天还黑着我就出去跑步去了，绕着县城跑了一圈，跑又跑不动，跑两步就走三步。我说，你怎么忽然想起来去跑步了，我从来没见过你跑步。她卸下棉衣，又卸下棉衣里面的毛坎肩，忽然说了一句，我得多活几天陪你啊，要不到时候怕你连个说话的人都没有。

天气愈发冷了。店铺里原来放桌子的地方生起了一只不大的铁皮炉，大茶壶放在上面烧水的时候，就好像炉子长出了一个大大的头，看上去头重脚轻。炉子闷一晚上，到了第二天早晨，店铺里连点热气都没有，像土地庙一样阴森森的，得赶紧把炉子唤醒。这天早晨我到了店里一看，卞振国已经把炉子拾掇好了，正捧着保温杯喝水，大概是水很烫，他大声地一点一点地啜吸着，走近了才发现他鼻子下面挂着两行清鼻涕，见我走过来，忙又使劲吸了回去。

我见他衬衣外面还是只套了一件西装，便感叹道，卞叔啊，你还真是不怕冷，你看看，今早连水龙头都结冰了。他放下水杯，从兜里摸出一只扁扁的铁皮酒壶，拧开喝下去一口。他指指酒壶，说，没事，只要有这个，身上就能暖和，我不喜欢把自己穿得像只狗熊一样，冷就冷点嘛，冷了人还精神。

椅子冰凉，我不敢坐下，走来走去跺着脚。他也站起来，时不时吸吸鼻子，一手插在裤兜里，一手拿着酒壶，以一种过于潇洒的姿势立在火炉边，只是立着，并不烤火。立了片刻，他忽然扭头对我说，大学生，今天太冷，估计也没什么生意，我们把店关一天吧，我带你去一个地方玩去。听他说今天把店关了，我吃惊地看着他，他正了正脖子里的领带，肃然说道，谁还不能给自己放个假了？人家游承恩把房子都卖了，我们少做一天买卖算个什么。前几天我路过他家的时候还进去看了看，果然已经住的是别人了，狗日的，连房子都能说卖就卖。

冬日的光线从玻璃里透进来，像是磨砂过的，隐隐约约地渗着寒气。他像个枯瘦的剑客来回在地上走动，走了几圈，忽然果断地敲了敲手中的铁皮酒壶，好像那是他手中的一把宝剑，对我说，走吧，带你去一个好地方。

我们两人坐着摇摇晃晃的公交车在山路上盘旋上升。公交车里坐着满满一车准备上山的人，不管男女老少，基本都是黑色或蓝色的臃肿冬装，看上去黑压压一片，像载着一车乌鸦缓缓前行。人们嘴里哈出来的热气撞到冷玻璃上，形成一层厚厚的水雾。我们就这样被水雾包裹成一个大团子在山间移动，看不到窗外的景色，也不知道到底走到哪里了。人们脸上都没有什么多余的表情，只听车上有一个手机忽然开始大声唱歌，人们都静静地听着，没有人接电话。手机唱了足足有一分钟，才有个穿黑棉衣的老太太大声说，这是谁的手机在唱，不会是我的吧？手机继续唱歌，她又说，还真是我的？怎么听着是在大老远的地方唱。她终于接起电话，可能是耳朵不好，她怕人家也听不见，便对着手机大声吼道，旅游？我不去，旅游要花好多钱的，我去旅游也就买个雪花膏。

车在葫芦峪口停了一下，我和卞振国连滚带爬地从车上下来。等车缓缓开走了我才发现，一片灰蒙蒙的荒山里就立着我们两个人的影子。枯树枝上长着大大小小的鸟窝，那些高大的树木举着光秃秃的树枝，直刺向灰蒙蒙的天空。一阵山风不知从哪里钻出来，只觉得骨头差点被吹散架。我的声音也被山风嚼得犬牙参差，……卞叔……你……还真不怕冷？

只见卞振国冻得脸色发青，流着两道清鼻涕，却也只是稍微把身上的西装往紧裹了裹。我突然发现他今天打了一条红色的新领带，好像是特意赶到这深山里来参加什么隆重的节日，可周围除了树木就是树木，看不到任何人影。顶着山风往前走了几步，他掏出口袋里的酒壶，直着脖子灌下去一大口，然后对我说，大学生，你不知道，我们老大当年就是一个人在家里也要穿得整整齐齐的，也要打着领带，千万不要以为没人看你就能胡乱穿，衣服本来就不是穿给别人看的，是穿给自己看的。

他嘴里新鲜的酒气喷出来，和寒冷的空气搅在一起，合成了一种奇异的金属，击打在我脸上。他整个人看起来坚硬冰凉，又好似比平时大了一圈，五官竟分外清晰，连眉毛上的霜花都一粒一粒数得见。我从没有觉得离他如此之近过，以至于近得令我都有些生畏起来。爬一个陡坡的时候，他先上去了，我上不去，他伸出一只手给我，我没有碰那只手，但试了几次怎么都爬上不去，最后我只好握住他那只手，由着他把我吊了上去。

他的那只手也像是金属质地的，冰冷地钳住我的手，我试图把自己的手挣脱出来，他却继续钳着我的手往山林里走。在阴郁的天幕下整片山林灰蒙蒙的，看不到路在哪里，到处是枯枝败叶。我叫了一声，卞叔。他像没有听见，继续拉着我往前走，我又大叫了一声，卞叔。他还是没有停下。我背上倏地出了一层冷汗，拼命挣扎着把那只手拽了回来。他在一步之外忽然站住，扭过头来看着我。我有些害怕，又叫了一声，卞叔。

他和平时看起来不大一样，好像这山里有什么东西附在了他身上，他身上附加了另外一个人的重量，目光也是叠加了另一个人的，所以他看起来分外庞大，还有些空荡荡的，像座山间的废墟，略带阴森。他的声音听上去也很陌生，大学生，你知道吗？你真的一点都不好看，可是我还是觉得你很有魅力。我能抱你一下吗？

我尽量平静地说了一句，我是一直都叫你叔的。他呆立了几秒钟，很干脆地说了一个字，好。然后转身又往前走，我愣了愣，环顾四周，全是山林，连东南西北都分辨不清，只好跟了上去。我们两人一言不发地在山林里穿行了很久，我几次想掉头回去，又怕独自在山林里迷路。一路上都没有看到一个人影，他只说快到了。我们走到一座山头下时，那条羊肠小道也消失了，只有高大的树木和大片密密麻麻的灌木丛。他忽然说了一句，到了。他向灌木丛走去，我也跟着过去，走到跟前，才发现灌木丛后面隐蔽着一个被砖头封起来的洞口，看上去像是被废弃的煤窑，不认真看根本看不出来。他指着洞口说，看到没，这是当年刚采出来的煤矿就被封了，里面的煤还多着呢。洞口是我当年亲手封起来的，你看看这么多年都没人能找到这里，只有我一个人能找到，因为我对这山里太熟悉了。你别看我和人合伙开着个小门市部，其实这些年里我心里一直想着怎么能把煤矿再办起来。要不是现在查得严，我早办起来了。开个煤矿那是怎么赚钱的？

他背过风去点了一根烟，大概手早冻僵了，点了几次才终于点着。他深深吸进去一口烟，然后极缓慢地喷出一缕青烟，很有威仪的样子，似乎这样才能与身后的宝藏相匹配。抽了几口，他又叼着烟，慢慢踱了两步，目光骄傲地逡巡着周围的山林，像个栖息在此处的国王。他好像一点都不怕冷了，有什么看不见的东西正轰隆隆地炙烤着他。抽完一根烟，他问我，知道现在煤炭多少钱一吨？我没说话。他便又摸出一根烟叼在嘴上，几次三番地点烟。就在这个时候，我忽然发现山林里飘起了细细的雪花，白色的六角形雪花在铁灰色的天幕下看起来分外洁净，悄无声息地落在枯树枝上、灰败的灌木丛里。他那只拿着打火机的手停住了，叼着香烟盯着天空看了几秒钟，忽然把烟吐掉，扭头对我说，快下山。

我们顺着来时的羊肠小道拼命往前奔跑，就这样，那条细若游丝的小道还是抢在我们前面迅速而无声地消失了。雪越下越大，从细小的雪粉变成了大片的六角雪花。我从没有见过这样白茫茫的寂静山野，天地初肃，混沌未开，万物藏匿于白雪之下，林间有寒鸦数点，叫声在雪中听起来尤其凄凉苍远。因为路的消失和漫天的雪花，我渐渐生出一种错觉，我不是在用脚奔跑，而是正悬浮于空中，我觉得自己已经没有了重量，轻得吓人，也不知道正飘向哪里。他忽然拽住我，把我重新拖到地上，把酒壶递给我，说，喝一口。我甚至来不及多想什么，只看了他一眼，便抱着酒壶喝下去一大口，酒在喉咙间燃烧，继而是五脏六腑。他也仰起脖子灌下去一大口，然后他再次拉住我的手奔跑，这次我没有挣扎，我们僵硬的身体和嘴里的酒气相互碰撞，酒精带来的热气在迅速消散，连身体里的恐惧也正被寒冷燃尽。他大声说，看见没，这旁边的山谷就是条河道，听我的，只要跟着河道走就肯定能出山。

8

顺着河道果真就出山了。我们站在葫芦峪口的山道上，隐隐约约看见下山的末班车顶着一头白雪，圣诞老人一般正从山路上缓缓挪下来的时候，都有些不敢相信那真的是一辆公交车，倒像是一个正向我们逼近的阴谋。他站在那里使劲朝公交车挥了几下手，然后以一种突然放松下来的姿势慢慢点了一根烟，小心翼翼地抽了一口。我也在漫天大雪中要了一根烟点上，被雪扑灭了，又抖着手点上，好像今天不抽根烟都没法往下过了。车又离我们近了些，看起来更像公交车了，他忽然对我说，其实就你我两个人留在这山里也不错，你不是在北京也待不下去了吗，在这里不用怕的，在这山里什么都不用怕，多自在。待在山里就是挣不到一分钱也饿不死，因为山里吃得太多了，还有我保存在山里的那眼煤矿，你也看到了，挖个二三十年不成问题，挖五六十年也不是没有可能。

公交车更近了，更逼真了，我们再次朝它拼命挥手，公交车以散步的速度向我们踱来，近了，更近了。就在这时，他在雪地里用很大的力气踩灭烟头，忽然抬起脸对我说，我能抱你一下吗？

他的头发上眉毛上全是雪花，声音不大但很硬，有些哀求还有些蛮横。我把手里的烟头最后抽了一口，然后扔到雪地里，立刻在雪地里烧出一个洞来。我说，我一直都叫你叔的。

他不再说话，用手掸了掸身上头上的雪花，正了正领带，上了已经停下来的公交车。

车上除了司机只坐着一对表情呆滞的老年男女，也许是一对老夫妻，守着一篮刚炸出来的油馃子，大概是要送到山下去的年货。我俩坐到了公交车的最后一排。我从车窗里看着外面，只见天地间一片白茫茫，远处的群山像白色的象群，威严肃穆，壮阔似重返史前时代。我们的汽车极缓慢地在山路上爬行着，司机似乎已经开着开着睡着了。车厢里的光线正可怖地变暗，我们所在的车厢如一块漂在海面上的碎冰。雪光在我们的脸上和手上反射着，我们尚能看清彼此。他呆坐着半天没说话，大概是因为离那隐匿的煤矿越来越远了，它正渐渐失去威力，或者他自己本来就明白，那眼煤矿其实只能被永远地藏在那深山里了。

汽车跌跌撞撞往前爬行，我们坐在车里跟着汽车前后摇摆。忽然，他好像又活过来了，语调有些猖狂地对我说，大学生，你都这把年纪了，不会是还没谈过恋爱吧。我看着外面的大雪说，谈过，吹了。他说，怎么就吹了呢。我说，不合适呗。我忽听他鼻子里长长笑了一声，然后他带着某种快意问我道，你们在那方面怎么样？我愣了一下，说，怎么问这个。他张望着车窗外面说，我告诉你，男人要是没有自己喜欢的女人，那是宁肯自己解决都不找女人的。你看喜欢我的女人那么多，可我谁都不找，宁愿自己解决，因为我看不上她们。你虽然一点不好看，但我还是喜欢你的。

我注意看着前面那对老年夫妻的背影，看他们是否在偷听我们说话，但他们一动不动，好像冬眠了一般。这便显得我和卞振国的声音像装了扩音器一般在车厢内震耳欲聋，只听他的话又绕了回来，大学生，我再问你一次，我可以抱你一下吗？就一下。

我忽然发现坐在前面的老女人侧面的脸正慢慢咀嚼着，她正在悄无声息地吃油馃子。原来他们根本不曾睡着。我有些恼怒，大声说，不可以。他也把很大的声音回掷给我，好，只要你将来不后悔就行。我说我为什么要后悔？他说只要你不后悔就行。我说我怎么会后悔？他说只要你以后不后悔就行。

然后，整个车厢再次死寂下去。车窗外的天色越来越暗，我不由得一阵恐慌，又盼着车厢里能有点声音。看看前面那对老夫妇，他们仍然像一对老树獭一样迟滞缓慢地守着那一篮油馃子，不为油馃子之外的任何东西所动，车外的大雪和他们也毫无关系。司机只有一个模糊遥远的背影，不知道是睡着还是醒着。这时，忽听见卞振国又开口道，我是说真的，你可以对我提任何要求，包括身体上的。只要你提，我就答应你，我是从来不失信于别人的人。我虽然也五十多岁的人了，但我脱了衣服你就能看到我身材有多好，我对自己要求很严格的，绝不允许自己长成个胖子，所以我常年一天只吃两顿饭。我的皮肤比很多年轻人的都光洁，没有一点皱纹，我仔细看过，还发着光。你看我站着的时候都没有一点小肚子吧，躺下那就更没有了，平坦得像小后生似的。就是喝了酒也不影响我那方面的能力，虽然我已经二十多年都没有了。我也不是不需要，都是人嘛，可是我绝对不乱找女人，最多自己解决一下。你不让我抱就算了，只要你将来不后悔。

一边说着话他一边整了整衬衣的领子，我担心他真的要把衣服脱下来给我看，连忙打岔道，卞叔啊，过去的毕竟都过去了，人总是要往前看的，小煤窑再赚钱也是不允许开了，那个时代已经过去了。

他像是完全听不到我在说什么，继续自顾自地说，我年轻的时候，喜欢我的女人太多了，但我对谈恋爱也没什么兴趣。有一次碰到一个长得很漂亮的女人，她老想追我，我也没怎么搭理她。后来有一次看电视的时候我忽然在电视里看到了她，你猜怎么，原来她是电视台的主持人。这种女人还不知道有什么后台呢，幸亏我没搭理她，不然真是惹上麻烦了。

我也在另一条轨道上固执地滑行着，卞叔啊，和你说，我小的时候觉得人和人都是一样的，到十几岁的时候肯定就不这么想了。我也想过，西方国家里的那些服务员啊清洁工啊怎么就不觉得自己低人一等呢，我们国家怎么就办不到。可是过去了这么多年之后，我又开始觉得，人和人最后其实都是一样的。

我想起闫静在一封给我的信中曾经写道："……今天读尼采的《权力意志》，读到一段话，备感欣慰。他说：一种巨大无匹的力量，无始无终，一个奔腾泛滥的力量海洋，永远在流转易形，以各种形态潮汐相间，从最简单的涌向最复杂的，从最静的、最硬的、最冷的涌向最烫的、最野的、最自相矛盾的，然后再从丰盛回到简单，从矛盾的纠缠回到单一的愉悦……"

但他真的听不到我在说什么了，在渐渐昏暗下来的光线里，他看起来表情夸张，手舞足蹈，有些过分欢乐。但因为车厢里太静了，这欢乐便使得车厢里忽然多了些恐怖的意味。只听他又兀自往下说，告诉你吧，我一辈子就爱过一个女人，就是我的初恋对象，你不知道她长得有多好看，跟林黛玉似的，没人能跟她比。我们当年一起进的工厂，每天一起上班下班，都准备结婚了。后来她姐姐忽然把她叫到了北京，我一开始还不知道，后来才知道，是她姐姐在北京给她介绍了个对象，是个印刷厂的工人。她为了能留在北京，就同意和那人结婚了。她结她的婚，我拦不住她，可是我自己可以不结婚啊，所以我一辈子都没结过婚，告诉你，我还真不后悔，我从来就没有后悔过。在我最有钱的时候我都没有结婚，你知道那时候我多有钱，你想都想不见的，那时候每天往上扑的女人都不知道有多少，可没有我真正觉得喜欢的，所以我不结婚，到现在我就更不会结婚了。她在北京其实过得并不好，听说没过几年那男人就从厂里下岗了，后来她也下岗了，他们又没有孩子，两个人就一直住在一套四十平方米的小房子里，听说她每天都有半天是在地坛公园里溜圈。这么多年里，我们工友的聚会她从来没有参加过一次，有工友去了北京想找她，她也从不出来和人见面。我有钱的时候她当然不会和我联系，后来可能是听人说我又没钱了，混惨了，才问人要了我的电话和我联系上了。再后来有了微信，我们又相互加了微信，她时常给我发发养生的东西，要么就半夜发首歌过来让我听，从来不说她过得怎么样，也从来不问我过得怎么样。自从她去了北京之后，都三十年了，我们再没见过面。我对你有那么丁点喜欢，是因为你是文化人，没有别的，你长得真的不好看，比我那初恋对象差远了。

我已经不忍心去看他的脸，只觉得我们两个人的身体都已经失去了重心，像气球一样正要飘出车厢。忽然，我一把摘下戴在自己头上的假发，我就着车窗外的雪光对他说，卞叔你看，其实我比你想的还要难看。你不说我的头发像假的一样吗，因为它就是假的。你看，我掉了一片头发，连头皮都露出来了，不能见人，所以才戴了假发。

他忽然就不说话了，张着嘴，有些惊惧地看着我。那顶假发静卧在我手心里，毛茸茸的，像一只黑色的小动物。

车窗外一片漆黑，只有车灯从雪地里刨出来的两束光亮，我们已经失去了时间感，不知道车是在走还是在停。忽然见坐在前面的那个老妇人慢慢蠕动起来，慢慢起身，慢慢转身，竟是向着我们移动过来。见她忽然会动，我吓了一跳，又见她仿佛要朝我走过来，更是觉得害怕。她的黑影慢慢移动到我们面前，忽然向我伸出两只手来，我没有来得及多想就接住了。是一捧油馃子。

那个晚上，车在雪地里走了很久很久，以至于我疑心是不是几年时间都要过去了，忽听见司机终于说了一路上的唯一一句话：车站到了。声音不高，但不容置疑，我猜想法官在法庭上大约就是这么说话的。

最冷的时候到了，积雪在屋顶和树梢上结成了一层晶莹的冰壳。我穿起厚厚的棉衣和棉鞋，换着戴李建红给我做的各种帽子。她后来又陆陆续续给我做了各式各样的帽子，我一再阻止，说再做下去我都能开个帽子店了。她嘴上答应一下，过了几天又徒手变出了一顶帽子。她每做一顶帽子，我就挂在墙上，渐渐地，那面墙变成了一个巢穴，各式各样的帽子都栖息于此。李建红每天早晨五点起来跑步，风雨无阻，刚开始的时候跑几步就得歇几步，慢慢地她能绕着县城跑完一圈了。有两次我起床早了，便到楼下等她，却见她跑步回来的时候手里还拿着几只空饮料瓶，大概是从路边捡的。她一看见我，便像个小学生一样把瓶子藏在身后。此后我就不再下楼等她。

我走在冬天的沙河街上。很多人家的门洞里一边摞着高高的蜂窝煤，一边垛着大白菜，大白菜怕被冻伤了，还在上面盖了破棉被。十字街头炸油条的女人穿得像只北极熊，戴着风雪帽，单把两只眼睛露在外面，猛一看，还以为是拦路打劫的。卖炒面的坐在街头烤着炒面用的小火炉，不时往炉子里添块碳。在红色的火光里，炭星四溅，那双烤火的手变成了柔软而眩晕的波浪形。每次看到炒面我就想起龙龙，他和游承恩不知道去了哪里，不知道他有没有入了武当山，有没有在山顶上为自己驯好一只大雕，然后骑着大雕从一座山峰飞到另一座山峰。

有时候会遇到一些从那画着十字架的院子里走出来的人，我会努力对他们微笑。因为有时候我会觉得我的父亲可能正藏在他们中间。可是，从来没有。我再也没有见到过他。有时候我看着路边烤着火堆卖土豆卖白菜的下岗工人，又会在瞬间里相信父亲的消失也许只是为了不让我看到他的下半生。

从那天下山之后，卞振国便再没有和我提起过那眼被他珍藏在深山里的小煤矿。数九寒天里，他仍然是一件衬衣一件西装，脖子里依然整整齐齐地打着领带。我惊叹道，卞叔你真是属骆驼的啊，又扛冷又扛饿的。他慢慢享受着一根烟，半天才说，其实我恨不得连饭都省了，每天吃饭也是个累赘，我每天能抽点烟喝点酒就足够了。我说，不食五谷吸风饮露可是能长命百岁的。他皱了皱眉头，说，长命百岁就好？我老爹今年八十六了，以前他那张嘴比什么都尊贵，给他什么都不吃，再稀罕的东西也不吃，他说男人嘴贵一点好。现在倒好，什么好吃什么，吃完还说不好吃，反正也过瘾了。他不爱吃的就催别人，吃了吧快吃了吧。每天晚上睡觉前就把第二天要吃的想好了，第二天一起床就开始闹，要吃鱼肉要吃罐头要吃猕猴桃。人为什么最后都要死呢，我现在才算想明白了。我最近老是在想，要是我当年在山上开煤矿的时候和那些矿工们一起死在了矿上，又会怎么样呢？

他忽然停住了，继续眯起眼睛抽烟，目光聚拢成两个很硬的点，落在一个无名的地方。我心想，他总认为是他当年在山上开煤矿，可见他真的已经把自己和当年的那个煤老板搞混了，连他自己都分不清了。我伸出两只手放在炉子上反复烤着。偌大的店铺里，只有炉子周围裹着一圈热气，必须得抱着炉子才不至于冻手冻脚。来买东西的顾客稀少，窗外是冬日的下午，天空灰蒙蒙的，阴沉、肃杀，万物凋零，整个大地如同一片废墟。郑黑小喜寿店的生意倒是眼看着好了不少，因为寒冷，每个冬天都有些熬不过去的老人。

卞振国把烟头扔进炉子里，看着蹿起来的橘红色的小火苗忽然说，你这头发是怎么掉的，看着不像是脱发。我默默地烤着火，半天才说，真的想不起来了。他有些不相信地说，不可能吧，自己都想不起来了？我抬起眼睛扫了他一眼，这有什么不可能的。他便也不再往下说。又默默坐了一会他忽然对我说，大学生，还是给我讲讲你那个大学同学吧，那人挺有意思。

我对着火光慢慢翘起一只嘴角，微微笑着说，有意思吧。他说，有意思。我说，觉得有意思我就再给你讲讲。你还记得不，我这个同学叫闫静，爱看书，学习好，但没什么钱，倒不是她和钱有仇，可能是有些人生来就做不了有钱人。那时候租房子的时候，为了省钱，她在一个很破旧的小区里租了间房子，那小区很老了，是那种就等着被拆迁的小区。那小区里居然还有个垃圾回收站，你想想环境多差吧。我和她说，别住这儿了，赶紧换个地方住吧。她说换个地方就得两倍的房租。所以她出去约会的时候，从不让人把她送到门口，她会说附近的另一个小区的名字，在那小区门口下了车，她走进去躲一会，等估计送她的人差不多已经走远了再出去，偷偷溜回自己住的小区。她要出去见什么人，如果路比较远的话，她一般是先坐一段公交车，再打出租车过去。就这样，她还不愿意找有房的男人结婚，说没有尊严。后来慢慢攒下点钱了，就搬到了一个好一点的小区里，为了庆祝搬家，她特地跑到超市买了一套新的厨房用品，结果在结账的时候，一个很小的削皮刀没看到，忘了结账。于是在出超市的时候她被保安拦住了，让她去一趟防损部，她不去，保安说不去就去派出所。于是两人僵持在了门口。这时候，围观的人越来越多，密密匝匝地围了一圈，而且都不肯走，都想把热闹看完。她说，我没偷东西。保安说，偷东西的人都这么说，去防损部再说。她说，我说了我没偷东西。保安说，你不要和我说。她说，我真的没有偷东西。保安说，你不要在这里说，你进去说。她说，我要进去了，别人就以为我真的偷东西了。保安说，那我们就报警了，派出所会通知你单位和家人的。这时候围观的人又多了一圈，门口已经有些水泄不通了。保安拿起对讲机讲了几句什么，这时候，她做了一个动作，她从袋子里抽出那把新买的菜刀，对着围观人群说了一句，你们也不相信我吗？忽然就举起刀，一刀下去剁掉了自己左手上的半根食指。

周围忽然一片寂静。他的目光略带惊恐，偷偷地盯着我的那双手。那双手正悬在炉子上方烤火，那是一双完好无损的手。略有些苍白，但手指修长，指甲像粉色的贝壳。他盯着我那双手怔怔看了半天，然后目光一点一点地悄悄挪开了。

他说，是挺有意思。

我说，那当然。

他说，你这个同学真的挺有意思。

我说，她是我同学里最有意思的一个。

然后我们突然就不知道该说什么了。炉子里的火光载着我们两个人的影子朝着一个很深很静的方向坠去，因为实在是太静了，连自己吞咽唾沫的声音都能清晰地听到。我没事找事地往炉子里添了两块炭，炭星噼里啪啦地溅起来，像个小小的礼花。他坐在那里，用很慢的动作又摸出一根烟来，他居然放到鼻子跟前仔细闻了闻，好像是第一次抽这种烟。不知为什么，烟点了几次才点着，然后他深深吸进去一大口却并没有把烟吐出来，他把那烟全吞下去了。我用眼角的余光感觉到那个烟头正一亮一暗地在面前晃动着，我没有再看他，只是盯着炉子里的火光，反复烤着我的两只手，那两只手已经开始被烤得发红。我发现，自己的这双手确实够修长，适合弹钢琴。

这时候我忽然听见他又慢慢开口道，大学生，你讲的这个同学，后来到底怎么样了？

我头也不抬，继续烤火，嘴里说，不清楚，后来我再也没见过她，她不管去了什么地方倒是还一直给我写信，但在信里她从来不说她自己的任何情况，都是我从别的同学那里听来的。

他停顿了一下，有些犹疑地说，你俩不是好得像一个人似的？她能不和你说？她那只手最后怎么样了？

我把手放得更低了一点，以至于火苗都可以舔到我手上了。这样看上去，我的这双手忽然变成了剔透的金色。我说，卞叔，后来我真的再没见过她，她也从不和我提起她那只手。

他的鼻子和嘴里喷出一股青烟，然后他整个人躲在这青烟里看着我，我忽然一阵不寒而栗，抬起头看着他。他说，她可是你最好的同学。

我在火光里又翘起那只嘴角，对着他慢慢地笑了，我说，卞叔，我可以把她写给我的信都给你看，你以为她在信里会说她剁掉了自己的半根指头吗？她在信里只会这样写：海德格尔说过，这是一个旧的神祇纷纷离去，新的上帝尚未露面的时代，这是一个需要的时代，因为它陷入双重的贫乏，双重的困境，神祇离去，将来临的上帝还没有出现。

他不再说话，也不再看我，只是专心看着跳跃的火光。一块新添的炭忽然在火中爆裂，发出了爆竹般的声音。

深夜，我从床上爬起来，打开柜子，翻出了大学毕业照。我想在大合照里找到闫静，明天带给卞振国看看。奇怪的是，我在那张大合照里怎么也找不到那个叫闫静的人，哪一张脸都不是我记忆中的那张脸。我又翻出那个抄信的本子，确实，每封信都抄在了上面，蓝黑墨水，厚厚一本。我翻着翻着却忽然发现，抄在上面的所有的信居然都没有落款人。

我慢慢走到窗前，看着窗外无边的黑暗，黑暗中有个倒影正无声无息地凝视着我。

9

有确切的消息传遍了整个县城，明年春天沙河街要扩建，到时候街道两边的店铺可能都要被拆掉。还有一项工程就是却波湖要被填平，因为它所在的位置影响到了县城下一步的改造。

这天傍晚，我和李建红一起散步来到了却波湖边。我裹着羽绒服，戴着一顶吊着两个绒球的雷锋帽。李建红穿着一件红色棉衣，脖子里围了一条葱绿色的纱巾，因为刚烫了个玉米穗的头发，舍不得把头发包起来。我说，这发型现在已经不流行了。她说，流行不流行和我也没关系，这样烫显得头发多嘛。我说，大冬天就围个纱巾，谁看你。她说，我头硬，从来用不着围巾。我说，红配绿这么土的颜色到了你身上倒也不难看。她把两只手袖起来，眼睛眯起看着远处的落日说，我一直觉得我挺洋气的。

却波湖已经结成了一面冰湖，血红色的夕阳把整个冰面点亮了，好像在冰湖的下面还卧着一个太阳。湖边的芦苇和干枯的野草都被冻在了湖中，有寒风吹过的时候，整面冰湖像大镜子一样纹丝不动，静极了，而湖边芦苇萧瑟荒草萋萋，仿佛是来到了世界尽头。我和李建红并肩站在那湖边，看着夕阳一寸一寸地落下山去。我说，到明年春天就看不见这湖了。她说，我听我爷爷说，这湖在古时候就有了，在清朝的时候湖边都是皮坊，因为要在湖里涮洗皮料。后来时代变了，不做皮衣了，皮坊慢慢都倒塌了，都被淹在了湖下面。这湖的下面还不知道埋过几个朝代呢，人世间就这样，一层一层往下埋，总有新的要出来，最后新的又变成老的，又被埋在下面。说不来到了哪天，我们这个县也要被埋到地底下，不过到那时候我早就死了，你也早就死了，我们倒是都不用怕了。

我说，我们县城以前肯定就是海底，我经常能在地里捡到贝壳呢。

她说，那古时候的那些山呢？是不是换了个个儿变成大海了？

我说，不好说。

我们在湖边站了很久很久，直到巨大的黑夜吞没了整个冰湖，也吞没了我们彼此的面目。

从湖边往家里走的时候，为了少走路，我们走了一条从没有走过的小路。反正就柿饼大的一个县城，从哪条路都能绕回去。这条小路的一边是些低矮的平房，另一边是个废弃的工厂，从工厂的院子里传出遥远的狗叫声。我们在寒风中扛肩缩脖地穿过这条偏僻的小路，走到电线杆下的时候，我看到路边开着一家很小的杂货店，店里点着一盏昏黄的电灯泡，灯光毛茸茸地从玻璃里透出来。门上贴着四个红色的字，日用百货。可能因为卖的是日用百货，走过去的时候，我和李建红不约而同地朝店里张望了一眼。

没有顾客，店主人正孤零零地坐在一把木头椅子上打盹。都已经走过去了，我忽然停住，猛地回过头又去看那店主人。一个满头白发的老男人坐在椅子里盹着了，两只手袖着，他鼻子上架着一副巨大的塑料框眼镜。是游承恩坐在里面。这时我才发现，李建红也看到游承恩了，她张着嘴，一动不动地看着里面，并没有和我说话。我心想，看来游承恩又回来了，不知道龙龙是不是留在武当山上了。就在这时，从货架后面绕出了一个肥大的身影。在那一瞬间我居然闭上了眼睛，我不忍去看清楚，但心里已经明白那是谁。李建红还是一句话都没有说，我们也没有过去敲门，只是在那默默地站了一会，就蹑手蹑脚地离开了。

路的尽头又传来几声依稀的狗叫。

卞振国大约也知道了沙河街来年春天要扩建的消息，但奇怪的是，他对此避而不谈。有一次我想把话题引到这上面来，他也只是低头抽烟，假装什么也没听见。

这天中午阳光煦暖，屋顶尚未融化的积雪像钻石一样闪闪发光，谁家白菜炖丸子的香味飘了很远，使这沉闷的冬日忽然生出几分璀璨。我和卞振国一左一右立在门口晒太阳，卞振国叼着一根烟，我两只手插在兜里，看着沙河街上的人来人往。卖白菜的老头开着三轮车走街串巷，他的车厢里生了一只小火炉，又在车顶上插了一支烟囱，三轮车走动的时候，那烟囱里也冒着烟，像个大玩具。他卖的白菜个个奇大无比，不知道喂了白菜什么。他抱起每一棵白菜都小心翼翼，好像载着一车婴儿。修自行车的矮个子男人在石狮子脚下摆摊，他今天戴了副眼镜，不知是近视眼镜还是老花镜，显得有点斯文。他在修车摊边上生起一堆火取暖，不时往火里扔条拆下的椅子腿。中午的时候，他拿出一个铝饭盒，就放在火堆上煮了起来。不一会儿工夫，饭盒就发出了咕咚咕咚的声音，像只正在打呼噜的猫。石狮子静静立在一旁。从刷着十字架的院子里走出一个衣衫褴褛的老妇人，一条腿有问题，走路的时候整个人都在摇晃，她走到豆腐摊前割了一块豆腐，一只手高高托着那豆腐继续摇晃着往前走。

卞振国看着老妇人从眼前慢慢走过去，忽然说，怎么不把你那个叫闫静的同学叫过来玩？我带你们去爬山。

我笑了笑，说，她离得太远了。

他也笑着说，你还真有这么个同学？

我的笑容还挂在脸上，难道是我编出来的？

他眼睛久久看着远处，像在费力地找什么人的背影，好半天，嘴里才说了一句，其实你能回来就好。

我猛然想到，他已经很久不再问我为什么不回北京去了。

我们一左一右地立在冬日的阳光里，像两尊门神。

又站了一会，估计李建红快要来接我的班了，他忽然低声说了一句，李文毓要来。我说，李文毓是谁？他抽了一大口烟，烟圈慢慢都吐出去了，才说，就是我那初恋对象，她说想来见我一面。我把两只手从兜里拔了出来，说，那好啊，你们不是都三十年没见了吗？她终于肯来见你，看来也是想通了。他整了整身上的西装，一只手掸了掸衣服上的灰尘，才说了一句，可是我不想见她。

我一愣，一时不知道该说什么才好。这时只见他冷着一张脸，把烟叼在嘴角，只顾看着街上走来走去的行人们。一阵西北风过去，可以直直把皮肉穿透，他的西装还是敞着怀，鼻涕却下来了，他微微仰起脸，想把鼻涕吸进去，却还是能看到鼻头亮晶晶的。

一直到整根烟都抽完了，他背过身去擤了把鼻涕才说，要是我当年开煤矿的时候她来找我，我就热接热待，好吃好喝地留她住段时间。

他的话再次打住，只是仰起脸来，看着屋檐上正往下滴落的雪水。我心里有些难过，对他说，你要是还在煤矿上的话，她兴许就不来看你了。她主动要来看你也肯定是知道你现在的处境了。

我小心翼翼地选着词，可还是见他嘴角一斜，冷笑一声，说，我现在是混得不好，比当年是差远了，你是没见过我当年有钱的样子。

我们两个人都沉默了下去，谁也不敢看谁的脸。过了半天，我才又说，她也是知道你处境不太好才敢来看你。你想想她为什么要来看你，兴许她早就离婚了呢，或者丈夫没了，她也是一个人过，现在知道你也是一个人，才要来看你，都五十多岁了。

他并不言语，只是拼命抽烟，抽烟的时候两颊都深深凹了下去。

我重又把两只物插进兜里，说，你们都三十年没见了，她一个女人家主动跑过来看你，你要是不见人家，也太说不过去了。

他微微侧着脸，飞快地瞟了我一眼，然后又迅速望向别的地方，他望着一只大喜鹊的背影，像是在和那喜鹊说话，是吧，有点说不过去吧。

又过了几天。这天早晨，我来到店里发现卞振国比平时到得都早，炉子已经捅开，大茶壶里的水刚刚烧开，雪白的水蒸气凶猛地喷吐着，把茶壶盖顶起来又掉下去地嬉戏着。我看到卞振国正站在那团白色的水蒸气里抽烟，像是站在那里等什么人。我刚一走进店里，他就异常敏捷地发现了我，然后居然向我走过来两步，好像是专门为了迎接我。我张了张嘴，还没说话，他已经先开口了，她真要来了，火车票都买好了，后天早晨八点就到了。

他语速很快，好像从冰面上滑过一样。我不知道他今天早晨几点就开始在这里等着我了，居然连地也扫干净了，还洒了点水，空气里飘浮着泥土的味道。我忙说，好事啊，那你去车站接她吧。他好像这才发现茶壶开了，提起茶壶，给他保温杯里倒了一杯，又往我杯子里放了点茶叶，沏了满满一杯。我有点害怕，说，卞叔，我自己来我自己来。他沏好茶放下茶壶才说，大学生，你帮我个忙，和我一起去车站接她吧。

我一愣，然后很快就明白了他的用意。我说，卞叔啊，这样吧，我和你一起去车站，不过我就待在一边，你需要我帮忙的时候我就过去帮你，你要到时候不需要我帮忙，就假装不认识我。

他喝了一口滚烫的茶，又匆匆抽了口烟，手忙脚乱的样子，半天才点了点头。

到了第三天早晨一大早，我和卞振国在沙河街的十字街口碰了头，然后找了一辆出租车前往火车站。火车站很小，离县城大概有五六公里。他还是穿着一身西装，黑皮鞋，里面一件白衬衣，打了条浅蓝色的领带，看上去要去参加什么商务会议。我注意到他的头发还没有完全干透，已经结了层冰碴。可能是早晨刚洗的头，之所以没有昨晚洗头大概是怕睡一夜头发会变乱。他浑身上下散发着一股呛人的香皂味，出租司机不顾天冷，坚持把车窗打开一条缝。他一路上没有和我说一句话，缩着手脚，像是很冷又像是很紧张的样子。我看着外面灰蒙蒙的晨雾说，天气预报说今天可能要下雪。也不知道他到底听见了没有，半天才迟钝地嗯了一声。

我们到了火车站是七点四十。一个玩具一样小的火车站被扔在这荒郊野外，出了站只有一个小小的广场，广场上偶尔停着一辆去往县城的公交车。再往周围看去，便是北方凋敝灰败的原野，看出去很久才能看到一棵光秃秃的树，上面架着几只大大小小的鸟窝。

我说，你们说好在哪儿见？三十年没见了，怕是见了也认不出来了，还是要说好一个地方，别走岔了。他往广场的灯柱下面一站，说，说好的，就在这里等她，这里最显眼。我又问，都说好了？他紧张地说，微信上都说好了的。

我站在灯柱对面的台阶上，戴着我妈做的雷锋帽，双手插兜，远远地看着他。他独自站在巨大的灯柱下，加上衣裳单薄，看起来好像正把自己摆在那里做展览。只见他环顾左右，又掏出一根烟点上了。早晨的温度很低，我露在外面的鼻子不一会儿便被冻得要掉下来，连鞋底都被冻得硬邦邦的，走路的时候嘎嘎作响，像钉了铁掌的马蹄。只见卞振国抽烟的时候，烟从手里掉下去两次，又捡回去继续抽。我猜是因为他的手被冻僵了，连烟也夹不住了。我抬头看看天空，铁青色的天空压得极低，好像都快碰到我们的头顶了，空气里已经依稀飘出了雪花冷冽的气味，看来今天确实有雪。

八点钟到了，我看滚动屏幕上写着 K282 次列车已经到站。我朝卞振国的方向看了看，他还是一动不动地钉在那里抽烟，也没有跺脚搓手地取暖，整个人看起来好像陷入了一种极深极大的安静里。下车的人们开始陆陆续续地出站了，我一直看着灯柱下的卞振国，猜测着那个走到他跟前的会是一个什么样的女人。不断地有人从他面前经过，但始终没有一个人向他走去。他还是一动不动地立在灯柱下，没有动作，脸上也没有多少表情，手里早已熄灭的半根烟僵在空中，看上去简直是一具雕塑。

出站的人陆陆续续都走散了，小小的广场重新安静下来，我一看，那灯柱下还是站着卞振国一个人，他居然还是那个姿势夹着半根烟。我一怔，赶紧朝出站口跑去，检票的工作人员已经开始关铁栅栏了。我说，K282 次还有人没出来吗？他看了看里面说，没了，都走光了。然后便咣当一声把铁栅栏上了锁，进去了。

我慢慢走到灯柱下，走近才看到卞振国的脸和手都已经冻得发紫，手指关节已经开始肿起来，所以夹在手里的烟随时会掉下去。他紫着一张脸，脸上没有任何表情，眼珠盯着远处的田野，好像没有看到我走过来。我说，她是不是没有认出你来？你们三十年没见了，她可能都不认识你了，赶紧打她手机啊。他犹豫了一下，仍然没有看我，却终于扔掉了手里早已熄灭的半根烟，开始费力地掏手机。他的整只手都是僵的，连手机也抓不住，我帮他把那只手使劲搓了半天，才能勉强拿起手机，他用了好长时间才拨出去一个号码，放在耳边默默地听了一会，没有说一个字，便又把手机挂掉了。

我说，怎么了？联系不上？他终于抬起头来看了我一眼，他脸上是刚刚挨过打的马或者是牛的眼睛，看起来很大很黑，深不见底，像面水潭一样，我都能从他的眼睛里看到我自己的影子。他低声说，关机了。

我忽然明白了，刚才路过的人群里其实就有那个女人，她确实看到他站在这里了，她一定看到了，但是，她只在人群里看了他一眼，并没有停留。然后，她便随着人群走出去，消失了。

我和他坐在冰冷的台阶上，广场上几乎看不到别的人影，公交车也走了。他哆哆嗦嗦地摸出烟和打火机来，把烟塞进嘴里，手还是僵的，点了几次也点不着。我抢过打火机，说，我来。烟总算点着了，他哆嗦着吸了几口，忽然慢慢抬起脸来看着天空。下雪了，纷纷扬扬的雪花从铁青色的天空里落下，落在我们身上，落在小小的车站上，落在北方灰败空旷的荒野上。

雪越下越大，我们一直没动，就坐在那里。在漫天的雪花里，他忽然扭过脸来，看着我说，我看起来是不是很丢人现眼？我搓着两只手，说，卞叔，你想，毕竟三十年过去了，怎么还能和三十年前一样？我估计她心里也害怕吧，走到跟前了又不敢过去和你说话。

忽然，他用一种略带凶狠的声音对我喊起来，你说，现在我要还是那个开煤矿的煤老板，我要现在还有很多钱，你说她还会这样吗？

我不敢直视他的脸，雪花已经在我们的头上、眉毛上落了厚厚一层。我犹豫了一番，终于还是说道，卞叔，你不能总把自己当成那个煤老板，这样对你不好，人不能老做梦。他忽然冷笑几声，用一种很奇怪的声音说，如果我就是那个煤老板呢？我再次打断他，卞叔，你以前不过就是个在小煤矿上给人打工的，你什么时候当过老板？

他盯着半空停顿了几秒，把已经被雪花打熄的半根烟放进嘴里吸了一口，然后他伸出一只紫色的冰凉的手在我肩膀上使劲拍了一下。我忽然感觉到了其中的异样，不禁打了个寒战。这时只听他用一种极平静又极诡异的语调说，除了我，从来就没有人见过那个煤老板，你知道是为什么？

我不敢看他的眼睛。

只听他说，因为，那个煤老板根本就不存在。他只是一个我编出来的人物，真正的老板其实就是我。我说我替老板办事，我说我对老板忠心耿耿，他的心思我全都一清二楚，我比谁都了解他，我是他肚里的虫。那是因为，我就是他。

我呆住了。这时候雪花更大了，远处的荒野已经是白茫茫一片，天地之间的界限正在渐渐消失。我还没有来得及说出什么，就听他又说，当年那煤矿就是我开的，但是小煤矿经常会出各种事故，为了出事故后能逃卸责任，我才从开始就告诉别人，还有个大老板在后面，我只是个替他打工跑腿的。

我和他的身上已经落了厚厚一层雪，大雪快要把我们埋起来了，我们还是那么一动不动地坐着。好像过了很久很久，我终于听见了自己低低的声音，我听见自己用很小很小的声音说，你要是煤老板，那当年那个自杀的煤老板又是谁?

他的声音裹着风雪，从很远很远的地方吹到了我的耳朵里，很细小却清晰到可怖的声音，他可以是任何人。

半夜我在床上怎么也睡不着。极深的夜里，万籁俱寂，我忽然明白了这句话的意思，立刻翻身坐起，惊出了一身冷汗。

一连两天我都没敢去店铺里，到第三天晚上，李建红告诉我，卞振国草草把存货结算了一下，都转让给她了，也没有多说什么，拿了几件自己的东西就走了。我问，他说去哪了？她说，没说。

李建红仍然是每天天不亮就出去跑步，现在店里就剩下我们一家了，我们俩一边轮流看店一边打听着新的店铺。等到来年春天，沙河街被拆掉的时候，好有个新的去处。生活总要继续。

10

马上就要过年了。李建红买了春联、鞭炮，买了几斤猪肉和羊肉，猪肉做炸丸子和红烧肉，羊肉包饺子。除夕这天，她在厨房里忙着做菜，我负责打扫卫生贴春联。屋里屋外的都贴好了，我忽然想起还有地下室没贴，我便拿着春联和糨糊走到了地下室。地下室的走廊里亮着一盏昏暗的灯泡，看起来有些恐怖。我走到我家的地下室门口，把春联贴好，又站远了观察一下有没有贴歪。

本来已经可以走了，我却盯着地下室的那扇门看了几分钟，忽然就遏制不住好奇地走过去，我用钥匙打开了那扇门。我从来不知道我家的地下室里到底放着些什么。

我愣住了。一串五颜六色的彩挂在墙上一闪一闪，好像有谁正躲在这里过圣诞节。我打开电灯开关忽然就看到，地下室的墙上挂了满满一墙的奖状，走过去仔细一看，全是我从小学到中学的奖状，居然都还留着。那些奖状有三好学生的，优秀成绩的，绘画比赛的，朗诵比赛的，演讲比赛的。年代久远，颜色发黄，大小不一，像补丁一样贴了满满一墙。那串彩灯也是我小时候不知参加什么比赛得的奖品。旧桌子上摆着一本破旧的英汉大词典，一只站着一头梅花鹿的粗糙的金色音乐盒全是我童年的奖品，如今它们相聚在一起，聚了满满一屋子，看起来竟有几分梦幻感，仿佛是在这屋里连夜建起的一座奇异建筑。

我拿起那个站着梅花鹿的音乐盒，把底下的发条一扭，居然还没坏，金色的鹿旋转着发出了叮叮咚咚的简单音乐。这音乐像是隔着雪花从圣诞老人的雪橇上飘过来的，依稀、渺茫，又好像就盘旋在我的头顶上空。

我忽然想起小时候曾在一本书上看到过，圣诞老人雪橇上的那只领头鹿是有名字的。它叫红鼻子鲁道夫。

（原载于《钟山》2019 年第 5 期）

作者简介：

孙频，女，1983 年生于山西，现为江苏作协专业作家，2008 年开始小说创作，迄今发表中短篇小说三百万字，出版有小说集《松林夜宴图》《鲛在水中央》《疼》《盐》等。

诗眼倦天涯

_徐皓峰

一

三十七岁，不该再玩刀。他不常会想起一个湖蓝瞳孔的粟特人，五岁跟上这湖蓝眼，长到十五岁，跑了。粟特人原居中亚阿姆河流域，来汉地做买卖，已逾千年，他们吃牛羊，他有过十年好吃喝。

他现在吃韭菜烤饼。韭菜阳气足，抵牛羊肉，一年只吃韭菜烤饼，体能并不亏。

二十六岁，是老的开始，再难有十五岁时豹子一样的敏捷转身。他三十七岁，他是“比刀维生”的夜摩天。

其时，蒙古人打下南方汉地，建立“大元”已十一年，禁止汉人佩刀，发现拐杖上安铁块，亦视为凶器，当街殴打，之后流放。

汉地广大，蒙古人少，法律制定后，盯不住。“变通变通?”是大元常用语，汉人无力修正法律，只在实行时寻求变通。

蒙古人给南方带来许多异族，粟特人、吐蕃人、突厥人、波斯人、犹太人——他们不禁武，汉人向他们买异族身份，可以佩刀。

夜摩天是汉人，有个蒙古名字“支尔哈朗”，湖蓝眼给他买的。

汉人怎会放弃兵器?刀剑自古是汉地奢侈品，镶金佩银、宝石点缀的传家宝。变通之法是，向做珠宝生意的粟特商人交钱，买下“宝物”（工艺品）证明，便可在家放着了。

汉人怎会放弃比武?比武是解决民间纠纷的最小暴力，地方上争水夺矿，会挑出强者决斗，以两人胜负决断集体利益，避免群殴。

禁止汉人比武的法律颁布后，汉人将“比武”变通为“比刀”——不是决斗，为验证彼此的刀剑质量。

蒙古人四处建杂造局，制造、修理、派发兵器，用的是劫掳来的中亚工匠。汉人会向附近杂造局买“代理验刀”的证书，名义上为蒙古军试刀。

每个地方大户，都养着一批叫异族名字、买验刀证的打手。夜摩天也有验刀证，十五岁时湖蓝眼办的，拿到手，他便离开了这双眼。

从小听到，湖蓝眼被周围人尊称为“安达”，蒙古语——真正的朋友。

比刀维生，能活下去。汉人自古厌官府爱自治，小块活着，拼图般凑成广大汉地。自治，需要自保。大户们均私蓄打手，崇尚武技。

登门挑战，为投身大户，炫技后成为个打手。夜摩天是为自己活，按规矩，胜者有权拿走败者兵器，他赢兵器卖钱。

流转大户门庭中的打手，为自高身份，大出血本，模仿唐朝贵族在鞘柄上镶金箍玉，被夺走刀剑，没了脸面，只得离去。

夜摩天不当打手，还坏人事，早该遭恨被暗算致死。他渴望暗算到来，看看猝不及防的自己——

没有暗算，他身上跟着一个谣言，说他是位北方世侯的公子，代父抵罪而贬为庶民，下放南方。这种落难公子，终有一日会回去。

大户蓄打手，世侯蓄军队。蒙古崛起前，北方是契丹人的辽国、女真人的金国，北方汉人给异族当兵百余年。蒙古灭金的过程中，几支汉人军队出离战局，保持中立——蒙古人称这几支汉军的首领为“世侯”，拉拢结盟，特许其儿孙继承兵权。

北方世侯，南方大户惹不起。

谁帮他扯了这保命的谎?夜摩天是南方人，五岁被粟特人收养，学了一口不辨南北的粟特人汉话，问过一个打手：“你们怕我来历?”

打手回答：“呸！南方人不暗算!”

比武，是荣耀事，暗算获胜者可耻。夜摩天与打手们的默契是，他只比刀，不入大户门，不管江湖事，一旦破坏默契，南方打手都会讨伐他，不择手段。

夜摩天——离开湖蓝眼后，十五岁的他，给自己起的名字。佛教描述的欲界第三层天，离人间远，欲望稀薄得以不会作恶。

夜摩天本是凡人，长时间感受自己的体温而悟道，成为天神——这个典故，令他要起这名字，二十六岁开始在旷野过夜，仅有体温陪伴。

二十六岁，过于孤单，他买了个骆驼，不是蒙古草原上的双峰厚毛骆驼，是从遥远波斯湾来的单峰白骆驼，毛短腿细，适合温燥的江南。

半年来，听说又出了位赢打手过活的人。不一样的，是赢了不取刀剑，让打手按刀剑价格付钱。那人叫文散春——多么市侩，比武是荣耀事，怎能算钱？夜摩天不羞辱败者，都是夺走刀剑，去当铺折现。

但——似乎文散春更得人心，还发明了约打手出门比武的方式，没了大户主人旁观，输了只是付钱，不损名誉。

规矩因此人而改，夜摩天再站不到大户庭院，打手们改约在荒庙坟地，掏银票说好话，求夜摩天胜后不拿走他们刀剑，愿按原价给一半。

当铺压价，只给三成。夜摩天还是不要钱，只拿剑。一切变了滋味，他约文散春比武，文散春应约，定在六朵城角抵社——市侩只会出现在市侩的地方，那是女子相扑馆，半裸摔跤的地方，看客多。

过年福利，会办“比武招亲”，发誓输了就嫁，让看客们上台一亲芳泽。多数人只是摸了把胳膊，扒不上腰，女人们厉害，男人手刚碰上，便被摔出。

打听不到文散春的家庭、师承，半年前，他在六朵城第一次出现，摔败了角抵社头牌——十方，睡了她半月，从此有了这人。

赶去六朵城途中，夜摩天比了次武，他总是缺钱。他饮食简单，不住旅馆，蜷骆驼而眠，唯一嗜好是买上等衣服。苦行僧不在同一棵树下坐七日，为戒留恋，他的衣服一日一扔。

应约的打手披竹条铠甲，桐油浸制。汉人比武烦琐，需拜公证人、祭奠祖师、撒黄土等十八道仪式。大元十一年了，南方决斗已采取简便的蒙古方式，只需两支火把支在场边。蒙古人视火为神，两支火把，足以让一切地方变为圣洁。

打手掏出沓纸币，提出失败后“交钱不交剑”的要求。夜摩天答复：“你活着吧，陪着你的剑。”一脸轻蔑，转身离去。

迈着步，开始兴奋。比武，技术占一成，九成全在斗志。文散春出现后，打手们先要谈钱，一心为败后做打算，又怎么会赢？

新规矩保全对手名誉，实则瓦解对手心理。文散春的心机，超出市侩的狡猾，可称兵法。夜摩天十三岁时，湖蓝眼曾教他兵法，他不爱学，但还得记湖蓝眼的话——让敌人占据所有好处，你就赢了，此谓兵法。

兵法的乐趣是输赢，比武的乐趣是生死。夜摩天通过羞辱对手，让比武回到生死上来。人，毕竟还有自尊。

预计中，再走五步，那位打手会追上来——眼前跑来七个人，六男一女。

女人梳贵妇高鬟，男人是握短棒的流氓——在城镇外抢劫的农家青年，跟大户打手一样爱模仿军官，配一两块竹条编的肩甲或腿甲，跟打手不同的是，流氓喜欢艳色，身扎彩条。

流氓用膝盖压死女人四肢，老练解散衣裙，掏出内兜里的银票。流氓不撕衣服，衣服要卖钱，落在流氓手里的妇人，结局是给光身子扔在路边，让路人拾回城去。女人白润，六个流氓将按照早定的排行顺序，逐一上她身子。

他们伏在夜摩天脚下的台阶上。比武地是座荒庙，帝王规格的高台阶，视线所限，他们看不到他。

蒙古人打下南方后，南方人开始祭拜岳飞——百年前的南方名将，誓言收复北方。岳飞替代了缺位的汉人皇帝，画像配上皇帝冠冕，庙建成帝王规格。

祭祀岳飞被禁止后，岳飞庙普遍荒芜，如坟地一样，成了打手们爱选的私斗地。

夜摩天左肩斜挂野牛皮披风，戴一顶高耸帷帽，帽檐垂四条纱条，系于腰带，别人不易看到他脸，他可以自由看四方。如一座存高僧遗骨的舍利塔，他走下来。

流氓还是没看见他，当他要再下一步时，决斗的打手终于心生自尊，吼一声“夜摩天”，拔剑刺来。

夜摩天——欣慰这名字能吓人，看着流氓们苍蝇嗡散般离开女人身，他嘴角有了笑意，转肩错步。

剑在野牛皮披风上滑过。

野牛毛细密，朋友一样，帮人挡险。披风下是他的弯刀，他没拔刀，拎起右腕挂的扇子，敲在打手脖颈。

扇子铁质，宿着唐朝开国名将秦叔宝的魂灵。六百年前的唐朝，汉人强盛，周边异族臣服，之后汉人再没这时候，痛思旧日，唐朝开国名将皆被民间称神，秦叔宝尤得爱戴，成了守护家家户户的门神。

秦叔宝的兵器是锏——四棱铁条，重五斤，马战之用，装在马鞍上，双方马匹粘靠、手里长枪抵死时，抽锏出来，一下即可解决战斗。铠甲可抵御枪尖刀刃，受不了钝兵器，一锏敲下，震得五脏俱裂。

官府捕快用的铁尺，便是崇拜秦叔宝而缩小的锏，五斤减重为二斤，转腕使劲，迎面一下，将贼人兵器震飞脱手。铁扇子是江湖人崇拜秦叔宝，更小的锏，薄如文人折扇，八两重，系腕子上，一抖即上手，防暗算的应急之器。

打手倒下了。

夜摩天行礼，取走他的剑。

女人在拾银票，见夜摩天下台阶，哽咽说是她的。夜摩天点头："你的。"解野牛皮披风扔下，她才自觉衣散，须遮身。

去了披风，显出左腰挂的弯刀。刀头弯度，为砍进人身后轻划即可出。

牵骆驼走出岳飞荒庙，见路口躺着被棍击伤的轿夫，除了妇女坐的轿子，还有装木雕神像的抬杠。噢，她是去山中道观请神像而遭的流氓。求神还是灵的，有我保护她。

未细看她相貌，应该好看，女人生来不幸，应该个个都好看——骆驼在端详他手里的剑，剑鞘镶红珊瑚、黄金花饰，他寻当铺而去。

二

文散春已在六朵城，未去角抵社，先在个小酒馆喝醉自己。半年前，游逛到六朵城，相扑女办"比武招亲"的揽客噱头，他起了玩兴，上台摔败了头牌十方，看她怎么收场，不料她当晚便跟他同房，江湖女子的爽快，令他喜欢。处了半月要走，她却当真要他娶她。

十方既是台上相扑的头牌，也是角抵社老板，女人中的强者，被尊称为"大娘"。

他逃了。

他进城，相扑女们会找上来。果然，角抵社的二号人物千九来了，拎着女人打群架的梢子棍——长棍顶端以绳子再系一条短棍，抡甩的加速令打击力翻倍，女人力薄，如此可打男人。

女人共事比男人共事和谐，女人们一起住久了，月经期都会变得一致，一个女人喜欢的男人，别的女人也会喜欢。

看着文散春，千九恋人般喜悦，面皮发烫，甚至想贴上他脸蹭蹭。未及说话，酒馆里闯进人。八位拄木杖的男人，肋骨护着竹甲，脖子配镶铁片的皮条，行凶的装备。

领头者从杖里拔出短剑，向酒馆其他客人行礼，客人们吓得出门，他掏出几张银票揉成团，扔上柜台，表示将打坏东西，预先赔偿。老板懂事，缩下柜台。

六朵城没有这样的人，他们是外来者。文散春瞄了一眼，已醉深，眼睛看到，脑子反应不出什么。

他的迷惘神情，令千九又一阵喜欢，随即眼显凶光，对闯入者表态，不管他犯了什么事，都由角抵社接下了。

领头者说文散春杀了杨大官人的小儿子，人命死结，角抵社不要介入。他江湖诨号叫天郎——天上的一颗星，下凡人间，他是扬州大户杨大官人的头牌打手。世风不正，百姓怕官，街面恶霸亦被称为大官人。

千九顿时气弱，解释文散春是十方大娘的官人。当世婚礼，新郎服装模仿四品官服，女人称自己的男人亦为官人。丈夫有难，妻子一定搭救，也是死结，角抵社绝不退出。

天郎怨千九随口找理由，十方艳名远扬，真出嫁，扬州不会毫无听闻。千九辩白，未办婚礼，是比武招亲赢了十方。

比武招亲，跟蒙古人学的。蒙古女人体能厉害，非汉人女子可比，常出女将。传过奇闻，一女将不愿出嫁，被父母逼得急，摆出摔跤擂台，宣称谁让她倒地便嫁谁。军中猛将无人能胜，男人皆汗颜——

借此典故，十方创了比武招亲的节目，看客猛增。大娘头脑，相扑女们服得一塌糊涂。天郎反驳："比武招亲，不是你们揽客的噱头吗?"

"大娘当真了。"千九媚笑，解开外披长褙系于腰际，内里是相扑表演的橘红紧身衣，拎梢子棍做出开打架势。

她一方五人，天郎一方八人。看着橘红的她，天郎嘱咐手下里三人不动，人数上平等。千九再次媚笑，怪天郎不该连累手下，要跟他单挑。

怪了，有点喜欢她，天郎答应。

瞬间结束，只是一招，天郎短剑脱手，小臂被梢子棍劈肿。千九整了下腰扎的外披长褙，拎梢子棍，在四个相扑女簇拥下，势如名将，带文散春而去。

天郎蔫了，许久才想到，落地的短剑上该有血迹。剑被打脱前，是刺入肉的手感。

慢的是她——

三

角抵社白日用木板挡窗，纯用烛火。相扑时有乐班伴奏，穿南方大宋的宫廷乐官服。南方大宋已被蒙古灭亡，不存在民穿官服的僭越问题。

十方在表演，八名高她一头的男相扑手轮番上阵。女子相扑馆也有男子，女子主摔，男子扮演挨打角色。相扑不使绊子，因为来不及用腿，相扑就是一个冲撞。双方相对蹲下，同时蛙跳而起，必有一人被撞翻。

女子在撞击选点上取巧，掀车把的原理，一个十岁小孩掀车把，能将四百斤装货的车弄翻。看客眼中，在避无可避的情况下，女子将男子撞出，真是以弱胜强的奇观。

看客三百人，十方看到观众席后面，文散春正给女人们拥入内室。她重摔于台面，打滚起立，跳上退场的斜桥。

知她装败早退，看客一片嘘声。

退场规矩，要以舞蹈谢客。十方跳起，像个男人，舞蹈来源于军队，模仿的是骑兵上马的整装动作，名为“起拔”——军队出发。

文散春躺在内室凉床上，深醉不醒。千九坐在床沿，做着冒犯十方的事——脸贴着文散春的脸。

听到十方脚步，千九赞道：“喝醉了，就是睡觉，不闹事。”脸蹭到文散春胸口，再赞：“流多少汗，身上也没味，真是位好官人。”扭向十方一笑，眼如剥皮的葡萄般晶莹，滑落床下而亡。

文散春醒来时，千九的尸体已被清走，十方一人在，洗着敬神的水果。相扑女供的神是岳飞，女人期待男人能打回天下。

以帝王之礼祭奠岳飞被勒令禁止后，岳飞像被去掉皇帝冠冕，换成了道教壁画常见的天界武将装扮，隐去岳飞姓名，改称为“速报神”——让因果报应速速到来的神，汉人伤心很久，请让报应快来，恢复国土。

文散春是个邋遢人，衣有污迹，头发散乱。见过他脸的人会感慨，他家祖上娶绝色美女，连娶了二十代，才能生下如此五官的男子。

他的皮肤，刚砍断的树木横截面般白洁，发着朝气。听到他下床，十方竟不敢看他，气弱之极地递出句话：“半年前你逃了，怎么又回来?”

人无完人，他是嘶哑嗓，糙如磨刀：“路过，没想来你这。”捞走十方手里一个苹果，到神像前作揖，马吃草料般嚼起来。

难听的声音，让十方有了跟他说话的勇气，大声道：“你履行婚约，我保你命。”

他乌鸦般笑起：“看你本领。”

杨大官人进城了，乘八人拉的辇车，带四十名打手，一半是扎头巾的盐厂劳动装，一半是戴斗笠的道袍。他在扬州有盐厂庙产，不必买异族姓名、办验刀证，盐厂捣盐的铁叉、道士埋尸的铁铲用于群殴，是现成凶器。

角抵社停业，退钱驱走看客，杨大官人在门外摆了椅子，文散春一人出来谈判，将佩剑落下，拎系带拖地走来，表示不会动武。

杨家次子死，是在青楼争妓女，与一客人互殴，破窗跌下，折断颈骨。文散春承认自己是那青楼客，说近日夜摩天约他比刀，他得了结此事，再接受杨家复仇。

夜摩天不介入江湖事，换得比刀纯粹。他失信，人人可暗杀他，比刀被破坏，他亦会暗杀江湖人。

不怕他暗杀，怕防起来麻烦。杨大先生未接剑，望日慨叹：“入下午久了。没气力啦。”

夜摩天赶到时，文散春正和杨大官人一个桌吃饭。古时无晚餐，上午十点一顿，下午三点一顿，此时下午餐。

打手们是分食，杨家自扬州带来铁炉子和食材，拼出四条长桌，一人一食盒，一勺一叉吃。文散春和杨大官人是同食，共享一个汤盆，用筷子夹汤中菜。筷子不沾口，只夹菜，还是用勺叉吃。

夜摩天不及配新的牛皮披风，以粟特人的金丝锦披肩遮住左下弯刀，为了跟披肩金色搭配，换了粟特金线帽。

他的样子，杨大官人不喜。蒙古人掳南方大宋皇帝到北方，勒令改装改口，穿喇嘛衣说吐蕃语，没要求民间。民间是自己改的，年轻人见异族服装新鲜，短短十余年，不复中华原貌。

扬州，一座没有城墙的城市，蒙古军南下时，军民顽抗，失败后，被扒掉城墙。杨大官人出资在扬州建了两座道观，作大型壁画，借着道教神仙像，把祖宗服饰保留下来。

夜摩天不同意废止比刀，说请给一个时辰，他带文散春走，文散春赢了回来，死了，他雇马车送回。

杨大官人否决，让就地比刀。很久没在人前比刀了，夜摩天同意，有些兴奋。天郎亦兴奋，让打手们退让出空场，随口说：“圈起来!”

夜摩天铁扇子抖出，天郎脖颈中招，倒地快得似是演戏，看着假。

真晕了。这是偷袭，江湖大忌。即便群殴混战，攻击背对者，也要喊一声，容人反应。只有捕快捉贼，才会无声偷袭。偷袭谁，便是视谁为贼，天郎是打手头牌，打手们均感受辱。

刀法再好，也抵不住四十把叉铲齐上。夜摩天指着地上天郎：“圈牛圈羊才用圈字，他把我看轻了。”

天郎语言侮辱在先，他有权报复——打手们没了群起攻之的理由。杨家长子拎长棍过来，自腰间皮囊取出铁叉尖，装在棍端。

无言挑战，亦是轻蔑。

杨大官人满意这个儿子，杨长子是半个神。六百年前的唐朝军队奉佛教毗沙门天王为战神，主帅帐旁立一空帐供奉其像。杨大官人收藏到这样一尊木雕，发现不是佛教发源地的印度服饰，而是汉人正貌——唐朝贵族子弟的戎装，欣喜之下，让长子照此做衣。

杨家是扬州的外来者，蒙古军破城后杀绝了扬州大户，引外来者重建。外来皆强者，经过四年火拼，杨家确立了扬州首席大户的地位。逢当恶斗，杨长子均以毗沙门装带队冲锋，每每险胜。

杨长子认为是毗沙门神力加持，穿上这身衣，便守禁语戒，以免人的语言玷污神形。

夜摩天从金锦披肩下掏出支铜镜，定神观察自己，向杨长子摆手：“我气色比你好。你会死。”

杨大官人忽感口渴，迷失在沙漠多日的渴。佛教理论，欲界的三重天之下，助人为乐是美德，心中无人是恶习，三重天之上，助人为乐是恶习、心中无人是美德。

夜摩天是三重天。

一重天是毗沙门天王与另三位天王共处的四大天王天，情感的力量是人间的一亿八千倍，人间的风雨雷电是四大天王喜怒哀乐的余震。二重天是仙人所在的忉利天，长寿、美貌、聪明等各种福气是人间的一亿八千倍。

禁语的儿子是我的好报，为家业出生入死，爱护弟弟，降生来助我的，只是喜怒太烈。夜摩天对人无兴趣，决斗前亦寡淡。

差着两层天——杨大官人要喝止决斗，响起了让路人闪开的官府清道梆子，八个相扑女推来了六朵城首席捕快，他卧在车上，似臀部受伤。

城中捕快共十七人，由朝廷任命仅三人，余下皆临时雇用，官府不发俸禄，靠索要涉案人家红包过活儿，百姓遇事习惯私了，县中案件少，活得清苦。三名正式者是杜捕头和他的正妻小妾，拿朝廷俸禄也辛苦，要穿男人皂装，跟杜捕头上街巡逻。

“寸铁为凶!”杜捕头宣读禁令，凡私藏兵器者没收家产，发配边疆。

杨家打手出示盐场户口、道士度牒，表示所持铁器均为劳动工具。夜摩天掏出折硬纸，是他的蒙古名，盖有官府确认的红章。文散春也有，吐蕃人名“赫兰穆思赤露”——命硬心强。

杨长子的叉尖受到杜捕头小妾逼问，因守禁语戒不能开口，急得眼显凶光。得知肇事者是扬州大户，杜捕头训斥小妾见识少，杨长子拿的是田里干活的家伙什，跟锄头没两样。

面对杨大官人，杜捕头保持官威：“什么都可以，不要出人命!”杨大官人姿态谦卑：“为子报仇，我不得已。”低语，杀了文散春，杨家出两人抵命，交杜捕头带走。

杜捕头：“下了新律法，出人命，当地捕头先挨七十大板，有人给凶手抵命，没人替我挨打呀!”

两名正式捕快名额被他妻妾侵占，积下暗怨，前日县里出人命案，杜捕头依法挨打，执刑衙役未手下留情。

挨打情景不堪回首，县衙惯例，杖责减三下，执刑衙役高唱：“天饶你一下，地饶你一下，我饶你一下。”实实在在打了六十七下。

叫杜捕头，是十方主意。向速报神像上香后，她带全部相扑女三十三人走出角抵社，拎梢子棍，扎绑腿挟背囊，出远门打架装束。

女人的决绝最为动人，看呆了杨大官人，夜摩天亦暗赞。相扑女该漂亮，她们的美是拿寿命换的。十二岁开始，两天吃一餐，子夜起床空腹训练，随着饥饿越来越难以忍受，会分泌大量口水，靠吞口水坚持到下午两点，依然不给进食，强迫去睡觉，睡不深，迷迷沉沉饿着，不断吞口水，直至次日练功时间。

次日黄昏，喊醒给一碗白菜炖牛肉、一颗养肝的药丸。抗饿的口水不是发自舌根，从口腔上方分泌。相扑女认为是大脑化为液体流下来，传说上古怪兽饕餮吃自己身体，相扑女就是吃自己脑子的饕餮。

饮食睡眠的控制，延缓五年发育，相扑女十九岁，男人般高大，还是十四岁刚发育生理。世风推崇雏妓，“艳女”指少女，相扑女放大的少女身，看客喜欢。

她们活不过四十岁，二十八岁和三十五岁，是两个高危死亡期，一辈子少女样。如果胸臀高隆，女人味日浓，便是快死了。

一年前，十方下午睡醒，瞥见胯形呈现沙丘般弧线，流了泪，女人之美终于来临，时日不多了，决定爱一个人。

她行礼："我有一法，可解两位僵局。"问杜捕头："出了城，再出人命，就打不着您了吧？"

杜捕头点头。她转向杨大官人："出了城，荒山野岭，您好办事。文散春一个人，为免天下人说您以多欺少，角抵社要入局，带他走。"

杨大官人赞道："合理。"十方一笑，熟女之身，还是少女艳容："我们毕竟是女人，请给个公道，您晚一个时辰再追？"

杨大官人沉下脸，六朵城外山形复杂——抬眼见擂台上扮挨打角色的相扑男们拥在角抵社门口，个个魁梧得如蒙古人，道："你们有男人呀！"

十方："他们不走。生死关头，男人都是谈事的，只有女人能拼命，不难为他们了。"

杨大官人动容："豪气！活过三日，算你有本事，杀子之仇，我不再追究。"

显出令人佩服的本领，可免杀身之祸——原非汉人习俗。蒙古军西征中亚，屡屡屠城，儿童亦不放过，独保留工匠，自报本领便可活。成批的中亚工匠被掳回汉地，带来许多拿手艺换命的故事，刺激了多思多感的汉人，从此民间解决纠纷，又多了一道折扣暴力的方式。

十方屈腰称谢，转向夜摩天："眼前局势，您的事要放后了。"夜摩天侧身不受礼，受不了别人一脸感激，他点头许可，恢复寡淡。

杨大官人守信，在角抵社待足时辰，率队起拔时已天色昏暗，城门入夜即闭，将将能赶上出去。杜捕头盯着他们，直至视力所及，转眼看见顶白帐篷，男相扑手们从角抵社门里抬尸体出来。

尸体白衣，双腿用红绳捆绑，防诈尸的风俗。是死去的千九，脸抹浓妆，头插紫花。死人不能留在活人房里，要迁到院中搭木屋停放，受蒙古风俗影响，改为支一顶白布帐篷。

杜捕头伤口作痛。她，是六十七下板子。

四

十方出城后，分兵两路。角抵社三号人物速儿带八女向西行，十方带其余人向北。分道时，夜摩天牵骆驼现身，向十方一行跟去。速儿拦住，劝他别跟了，江湖消息快，文散春死活立马会知道。

夜摩天："我不关心他，觉得你们有趣，想看看。"速儿被逗笑："您这么厉害的人物，还看热闹呀？跟我走吧，别烦大娘了。"夜摩天："让路，我更想看她。"

相扑女们自恃对山区熟悉，认为一个时辰，足够无影踪，忽视了杨家与一般大户不同，杨家打手是职业军人。一个时辰内，杨家拿到城外山区详尽地图，搜来向导，设定堵截方案。

蒙古军厉害，是能打调度复杂的长途运动战，各股部队严格守约守时，简直是美德。多数民族打的是集中所有兵力的会战，不敢分散，因为一散即溃，再聚太难。蒙古人世世代代迁徙放牧、集体狩猎，皆是分散后远程配合，具备此基因。

汉人亦擅长多股配合，尤精于布阵，动则封住片江域。其基因在于汉人葬礼、祭祀皆是多步骤多分工合作，组织青年学习出殡队形和祭祖流程，聚众一多，容易被诬陷为练兵，自古有许多遭定罪的案例。

蒙古崛起之初大量吸纳北方汉人，用于长线封锁、远程支援、后方守备，统一北方时，蒙古军中有九万汉兵，筹备军需的十大税务官皆为汉人。汉人是蒙古人的家底。

南方汉人坚韧，常一座孤城拖住蒙古军主力数年，扬州即是块英雄地。在暴烈的竞争中，能成为重建扬州的首席大户，因为杨大官人招募了一批改名换姓的流亡者——抗战过蒙古军的南方军人。

相扑女分兵逃亡，杨家亦分兵追击，速儿一队被杨长子一队追上。她们是引开敌人的弃子，武艺较弱，交锋即受伤。速儿带二女向杨长子冲去，图谋擒贼先擒王。

杨长子卸下叉尖，挂回腰际，以光杆迎击。速儿眼中一花，左右二女已倒地，独留下自己。武艺悬殊，再打招耻，她单腿跪下，认输。

杨长子收杆，她却顺杆蹿上，贴身拥抱，抽出叉尖，捅进杨长子肋下竹甲，用力即可穿心。

她如淋雨的马般颤抖："抱歉偷袭，我知羞耻。杨家哥哥，不要为难受伤的姐妹。"忘了禁语之戒，杨长子点头："我们也有人受伤，一块送回城。"

离开他身，她面上恢复血色，扬起手中叉尖："有本事，你来取！"吐舌一笑，红似鲜血。

她入了林子，杨长子横杆拦住追来的打手："可以了。"月色昏庸，望她去处，有些喜欢。

十方队伍，被杨大官人率众包抄，堵在山道拐口。打手燃起火把，杨大官人稳坐，旁侧置一张空椅，笑对文散春：“你是赌注，你坐这。”嘱咐天郎，留人活命。

天郎宣告，死一位姑娘，扣所有打手半年工钱。十方喊话，她们做不到，女人力气薄，得下狠手。

杨大官人认可。

双方节制，各冲出十人。这伙相扑女梢子棍娴熟，显出兵器优势，故意让盐场叉、道士铲卡住，再甩起绳系短棍，正中打手面门。

相扑女倒下四人，打手倒下七人，十方喊停，说十人对十人，角抵社赢了。

杨大官人认可。女性之美降临，十方面若桃花，挑逗情人的笑：“火把烧完，你再追？”

遭女人调戏，场面不雅，怕她再说什么，杨大官人赔笑：“快走吧。倒下的姑娘，我管医。”

十方的笑容全然绽放。

五

追到次日下午三点，该吃二顿饭了，仍无十方一行影踪。带路人说，县城里都知道相扑女邪性，供着一尊不让外人看的木雕，难道她们施了妖术？

杨长子赶来会合，杨大官人喊停队伍，让他念毗沙门咒破解。毗沙门是战神，唐朝盛传其咒语，为保汉人国土。杨长子出声后，打手们均屏息敬听。

相扑女上了百姓走的官道。夹在农民运菜的大车中，夜摩天边走边换衣，用心装扮，为习武大忌，平日养成自爱心理，危机时拼不了命。

他无法朴素，他是一个人，无亲友收尸，死在哪儿搁在哪儿，他衣服就是他棺材。精心穿着，为死后给路人看到不丢人。大太阳下，他气色不好，多次掏镜子照过——今日凶险？

速儿按约定路线，追上十方一行，怕夜摩天添乱，一直盯着他。走至黄昏，空中响起吹海螺的嗡声，长短变化，军号般传递信息。杨大官人想通，山中逃路走尽，人是人的最后逃路，她们定在人群中。

十方向文散春叹道："姑娘们会为你丧命。"

文散春："是为了你。"

官道两旁高坡，杨家打手滚石般冲下。速儿斥责夜摩天："你的骆驼太大啦！"女人发火时正气凛然，夜摩天不得不低头。

百姓被拦住，截出块空场，杨大官人照例摆张空椅，招呼文散春坐，跟十方商量，走得够远了，在这了结吧，双方都下狠手。

十方未接话。衣裙下，腿在抖，怕开口出了颤音，招敌人笑话。

夜摩天站出，说她们被发现，因他的骆驼显眼，他要补偿，如十方遇上危急，请允许他出一刀搭救，一刀过后，死活不管。

夜摩天的话，赢得杨大官人尊敬，答应了，继而吩咐杨家打手"见红为止"，出了血就停手，不砍第二下。

双方摆好架势，将开战时，从扬州赶来了杨家管事，禀告朝廷年初下令限制道教，现今施行到扬州，对道教典籍烧书毁版，杨大官人建的两座道观遭查封，问该如何变通。

杨大官人说没的变通，平视落日："天下将乱。先把眼前的架打了。"喊话重开战，截流路人里响起小女孩元气十足的叫骂："谁这么不要脸？堵着路！""耽误这么多人，好意思么？"

是几个伺候小姐起居的女童，一位老用人随后跟上，左右作揖："小孩子说话冲，多包涵。不过呀，人人走的官道上，闹腾私事，不合适！"

他身后是一蓬六人抬的红顶暖轿，官轿样式，配十二名吹鼓手、十名举旗人，最大旗上绣"正一品"三字。轿子后一片推车。

一品官？

杨大官人："您能看出来吧，马上拼命啦！别人照顾不了，单放你们过去？"

老用人致谢。轿子过去，后队漫长，大量铁锅厨具外，是江海鱼蟹、深山禽兽，用水缸盛、铁笼囚，一物一车。杨大官人看得疑惑，问身旁文散春："一品官上路，是这配置？"随口问的，想他不知道。

不料他知道，说安徽出现种女子，自称是御用厨娘，软禁在蒙古皇城的大宋皇帝被勒令穿喇嘛衣说吐蕃语，新近改吃了喇嘛食物，御厨解散，她们得以重回南方。

安徽大户想尝皇帝气派，请来办宴，她们开的是天价。有小财主不知深浅，也请，一顿饭给要走大半家产。

杨大官人暗笑，在安徽成了事，敢上江浙了。叫正一品，定是自称厨艺好到得皇帝赐最高官位，天价中的天价。

夜摩天在路面外观战，红顶暖轿行到他眼前停下，老用人拎只水桶放夜摩天脚前："这条鱼值二百两，娘子谢你的！"

岳飞庙前，被流氓打倒的轿夫用人里似有这张脸。轿里是她？当日未细看，终不知她模样——

轿队过去，天郎带八名打手走近，讨好地笑："什么鱼值二百两？"似忘了夜摩天偷袭过他。

掀开桶盖，一条青色惜麟鱼，高山寒水里长大，因热已失生机，鳍尾不动，老僧打坐般凝在水中。

天郎满足，谢夜摩天："您让我开眼，打我的事算了。"十方不知何时已站他身后，率相扑女动手，天郎等八人不及站起，皆给击晕。

一般打手不敢离队，他们是打手头目，大战之前，能废掉敌方强手，是老天给机会，得接下——十方如此宽慰自己，向杨大官人喊话："不算我们不仗义，是他们轻浮。"

杨大官人回应："是这样。你无错。"挥手让杨长子带队冲上。

杨长子的兵器双头叉，是从毗沙门木雕上仿来的，平素战斗只一端装叉尖，另一端空着，不想杀人时，调木端打晕。

速儿盗走一支叉尖，腰囊里还有一支，但他也不装上，面对女人，纯是光杆。

眼角瞥见速儿中了记铁铲。打她的人跑开了，本着"见红为止"的原则，她流了血，无人再打她。

身上有止血药，想扔给她——

十方见杨长子右手入了腰囊，天给机会，梢子棍抡去。夜摩天变脸，蹿上路面。

角抵社门前跟杨长子对决，并无胜算，只是自己会吓人。一人走江湖，得会吓人，把人吓住，可避免打——

杨长子转脸，闪过绳系短棍，左手持杆将十方打跌，再补一杆击头，便可结束战斗。

夜摩天出刀，未碰上光杆，杨长子已身僵，一支剑飞插在后背。力透竹甲，文散春的剑。

1300 年前汉朝贵族的马战用剑，双短剑模式，两鞘并列呈方形，碍手碍脚，挂于马鞍上，无法佩腰。文散春是系在后背，不解下不能落座。

剑鞘是陈腐木质，配六块宝石作饰，应是石块冒充。另一支剑刺在杨大官人肋下，文散春离座抄起根被打落的梢子棍，击头扫腿，连倒数名打手，战局转瞬扭转。

市侩竟是高手——夜摩天蓦然冷静，收刀，退出路面，观察他本领，细了呼吸。

十方是被光杆打倒，未出血迹，起身再战。越是群殴结束得越快，败势一方本能聚成团，挤胳膊挤腿，更加被动。凑成几堆的杨家打手，尽数给打瘫。

椅子上，杨大官人坐正身姿，招呼文散春："你动手，就是另一个玩法了，她们都得死。连累女人，不应该。"吸进口气，歇了呼吸。

他死，三日之约作废，杨家将永远追杀。

飞剑正中杨长子要害，动弹不得，见父亲死去，竟可动了。手入腰囊，安上叉尖，杵杆行至速儿身前。

对视他双眼，速儿递上盗去的叉尖。他眼白洁净，如书法名家所用的纸张。

装好双叉尖，杨长子对文散春言："你兵器坏了。"梢子棍端已打裂，文散春拾起支道士铲。

拼出几招后，杨长子渗血，终于力竭。文散春收手："偷袭可耻，我不得已。敬你是勇士，每年祭奠你。"

杨长子挺起脸，急向速儿，伸出一物。

速儿赶近，他跪落而亡。

剑留在杨家父子身上，文散春拎鞘给夜摩天，表示比刀之约就此结束，算他赢的。

鞘上的六颗假货样宝石，不料是真的。夜摩天："用棍用铲，不是你拿手的，想看你用剑。"

文散春一笑，名公子的帅气，乞丐的哑嗓："下辈子看吧。这辈子得跟姑娘们死一块了。"反手搂向经过的十方，惊得她跳开。

盘问受伤打手，得知杨家此行四百人之众，不为文散春，为杨大官人自己，离开扬州如龙离水，江湖险恶，怕人趁机刺杀。

仅四十人进六朵城，为不在他方惊官扰民。追击相扑女也用四十人，因相扑女三十几人，杨大官人不占女人便宜。

未用的九成打手，歇息在六朵城外十二里的大觉寺。官道上出的事，压不住消息，他们有马车，会很快赶来。

十方喝令起拔上路，速儿辞行："大娘保重，我得留下了。"从杨长子手里接下的东西，模仿军队铜印的造型——坐主杨家的权柄。

六

官道消息传入六朵城，留守的相扑男当即备马车。他们比女人能打，但参战，杨家也会提升武力级别，所以弃用。

以弱胜强——保持弱者地位，才能跟强者一争。弱者最大的武器是强者的自尊，十方谈笑间将仇杀改为赌局，并让杨大官人认下一个服输退走的方式，不愧是大娘级江湖人。

杨家父子毙命，赌局又成仇杀。相扑男认为十方明智，决不会自毁，定在谋图别的，所图必大——相扑男一直看不懂相扑女，他们是两类人。

女子相扑社是家庭终老制，都是人贩子手里买下的女童，姐妹般长大，因练功和吃药，无生育能力，短短一生，彼此照顾着前后脚死去，没有退社之说。

给女人配戏的相扑男，是流动雇工，从男子相扑社淘汰下来的。女子相扑是假摔做戏，卖眼球性感。男子相扑社一次开演摔六场，前三场可做戏，后三场一定真打，后三场叫天场、地场、人场，天地人是神圣概念，不能作假。

暴力比性感更吸引看客，男社赚钱比女社多，内部竞争比女人烈，年龄大后技术一差，或犯了偷钱等害群事，立即开除，别家男社均不会接受，只好投奔女人。

入女社要发誓，犯了恶习或体力衰了，会知耻，奉还被褥，自觉离开。女人欢迎新来男人，给十天“新鲜”。十日里，哪个女人门口摆上落地灯笼，便可进去睡她。

十日过后，兄妹相称。她们喜欢跟男人逗趣，不很喜欢性。许久没有，会想。有了，会烦。

她们在山里死尽，角抵社资产便归他们了吧？相扑男无人动此念，城里人眼中，他们是受恩于女人的卑贱男子，女人蒙难时该去赴死，活着可耻。

相扑男坐上马车，个个手持木槌，明显的拼命架势，上街后赢得啧啧称赞。看马车出城后奔驰起来，守门士兵喊了声“好汉”。

八日后，被风吹脏了的相扑男终于追上，见杨家打手围成圈子，应已堵住十方，忙下车号叫：“大娘莫慌！我们来啦！”

打手们纷纷回身叫他们安静：“谈事呢！”相扑男道歉，缓步挤进打手堆里，一起看。

相扑女仅剩三人。十方体力耗尽，不能再打的样子，卧在文散春怀里。打手们不冲上，因为他们坐的台阶，是一所朝廷兵工厂，粟特士兵站岗，立着“六朵路杂造局”的石碑。

杂造局负责兵器的制造、修理、派发，须建在交通要道上。此杂造局隐蔽，距六朵城不出十日路程，向导们却不知道，如不是文散春带女人山中乱窜，不可能寻到。

难道是造火器的地方？汉人本有火器技术，元朝建立后，不让汉人再染指火器，多些年头，下一代汉人便全不会了。

门里出来位女官，粟特人相貌，向杨家打手喊话：“民间纠纷，民间自理。不要出人命，出了人命，把地洗干净。”返身回门，粟特兵持长矛逼文散春等人下台阶。

看急了打手后面的相扑男，大叫：“借过借过，我们是那一方的！”打手们分开，放相扑男到中央，一顿叉铲砸下，尽数给打趴。

已是杨家首领的速儿，闭眼不看。她披鲜红大襟，发髻扎深红布条，汉人礼俗，着红亦是戴孝，表明血债未偿。她身后坐四位杨家长老，军人气度，亦着红衣。

文散春几人出了台阶。前队打手们准备冲上，后队起了骚乱，夜摩天牵骆驼出现，快刀劈手，打落数杆盐叉。

天郎在官道上看鱼，给十方打伤脸，一只眼停不住泪，无法战斗，捂手帕走上，劝夜摩天收刀，不要毁了自己“只比武，不介入江湖事”的约定，否则之前比武结下的仇人都可向他复仇。

夜摩天：“我是回家。别挡路。”

女官闪出门，认出亲人的喜悦。夜摩天行礼，右手按心口，左手从眉心推至帽檐。绝非汉人礼节。

真是他家？

天郎让路。夜摩天踏上台阶，问十方：“到家门口了，不进来喝碗茶？”十方大喜：“喝碗茶。”

敬畏朝廷机构，天郎跑回速儿坐处，向她身侧长老们请教：“夜摩天算不算毁约？”

长老们商量后回答：“请朋友喝茶，是人之常情，不算管江湖事。放他们后门逃了，才是毁约。”欠身向速儿致敬，“东家，进下午久了，大伙儿没气力了。”

东汉之后，皇帝面南。东汉之前，皇帝面东。民间尊前礼，请客吃饭时客人面西，主人面东，称为东家。

速儿持权柄，下令：“搭灶开伙。”

打手欢呼，空谷回音，若万马千军。

七

官道之后，夜摩天的看人兴趣从十方转向文散春。杨家打手是旧日军人，专业的围追堵截，每逢绝境，女人们要靠文散春灵机一动想法脱险。

被逼得动脑子，他常发火。看得出十方更爱他了，追击不紧时，两人还避开众女，钻树丛缠绵过两次。

夜摩天知道，江湖经验在军事技巧前是儿戏，脑子聪明逃不了八日，文散春的焦躁是做戏，掩盖他对山区作战和军队习惯的熟悉。

他原是军队上的？难怪之前江湖上无任何信息。按他才智气派，至少是领兵五百的军官，不知犯了何罪，贬落民间。

此地山形，夜摩天熟悉，是他自小生活的地方，五岁来的，十五岁离开。六朵路杂造局，是蒙古军在南方最早的杂造局，早于大元建立前二十余年，那时蒙古军南侵失败，攻占的大部分城池被大宋军抢回，战利成果只剩下六朵城，守住则须驻扎军队、建杂造局，二十余年里几度要放弃，终于等到蒙古大军重来的一天。

比刀之约，文散春定在六朵城内，杂造局在城外山里，有段距离，算是两个地方。夜摩天忍着心慌去了。

不料还是到了这，该重逢的人，躲不过。女官以地为名，叫作六朵，五岁入杂造局时，他见到的第一个小孩。她劝他：“见了我，你就别哭了，我也无爹娘。这里有许多好玩的。”十五岁，她发现了个好玩的，让他成了她第一个男人。

夜摩天和六朵是杂造局总督收养的孤儿，总督是一把手，其次是监管与副监管，此三职汉人不能担任，只能是蒙古人或是给蒙古贵族做过二代家奴的中亚白人，总督是湖蓝眼的粟特人，属第二种情况。

离开多年后，夜摩天发现自己不知总督名字，人总是忽略自己熟悉的人，从小随着别人喊他“安达”——蒙古语，真正的朋友。

六朵路杂造局造火器，蒙古军西征掳来的中亚工匠，已在局里繁衍一代，一直不雇用汉人帮工，为保持人数，下一代将跟突厥女人混血。

今日厂区不见工匠。六朵解释，听闻汉人皇帝的御用厨娘来到南方，安达请来慰劳夫人——夜摩天在时的夫人已过世，去年娶了新人，刚怀孕。

她死了？她脸漂亮得让人不敢看，走近了，似来了一匹狼。她有狐臭，五岁到十岁的夜摩天，是跟在她身边晃提炉熏香的侍童——

六朵说，正一品规矩大，灶台要开在杂造局正中央，聚天地灵气入菜香。正中央是主厂房，只好停工。

总督兼神职，大炮造好后，由他安装炮筒上的金属饰片——龙头、鳄鱼头、牛头、牡丹、蔷薇、向日葵等花样，装上金片，大炮便获得生命，人一样上战场。

安装金饰是神圣行为，要在高台上，两旁有运炮上下的滑道。高台下现搭了三排灶台，一排六个火位，架起两排长桌办配料，二十位帮厨忙活。

高台上砌了座独火灶台，官道上骂人的女童陪着正一品。为免落发丝，她以纱巾兜住高髻，裸着脖颈双臂，凝视笼屉钻出的蒸汽，名臣大将的肃穆。

正一品要求，为保菜肴初成的鲜气，饭桌离灶台不得超过二十步。安达无奈，将餐厅安排在高台上，搭建木板隔间。夫人未到，他一人歇息在里面。

虽是一夜建成，以杂造局效率，仍做工繁复，门扇镶黑铁饰片，粟特人喜爱的螺旋卷曲的树叶花饰。

闻到人身血腥，正一品回头。夜摩天终于看清她脸，嫩如婴儿的眼皮，微翘的鼻尖。

听到动静，安达开门走出，一眼瞪上夜摩天，六朵叫出夜摩天的蒙古名“支尔哈朗”，安达叹道：“你大了这样。”

支尔哈朗，蒙古语“珍贵的礼物”。他是安达路上捡的。

安达五十余岁，粟特人特有的红胡子，年轻时暗如瘀血，中年后变淡，老年粉如樱花。记忆里，他和局内工匠都是白人，今日重看，他虽眉高鼻隆，还是汉人的凸凹，他的瞳孔是黑色——为何记成湖蓝眼？

他，就是他，未被冒充。胡子是染的，他是个冒充粟特人的汉人。

双眼如遭刀刺，夜摩天垂下头。

安达好客，要来人都上桌，遭正一品喝止：“一桌菜，最多五人。”菜量小，方能雕琢口味。大份炒菜，只是个热乎劲。

三位相扑女不必上桌。上桌前，须洗浴。在烧木炭的蒸室里，夜摩天身上第一层汗出来，想起过世的安达前夫人。记忆中安达的湖蓝色瞳孔，是她的。

她是真的粟特女人，生不出小孩。她三日进一次蒸室，驱子宫阴寒。杂造局造武器，杀气重，她说是她生不出孩子的原因，安达给她修花园，养孔雀、梅花鹿破杀气。

孔雀和梅花鹿跟她一样，美的动物，走近了腥气。她后来说，养动物破不了杀气，要抚恤孤儿，人对人做善事。

他是这么给捡来的。

她有一堆孤儿，近三十个，养在石头修的大房子里，为避免石头寒气伤小孩，墙面地面上包木板，每人一张护栏床。

地板上，第一次见到女孩的臀。夜摩天来的第一天，管孩子的仆人午睡未醒，六朵指挥几个男孩，扒了一个女孩的裤子，其他孩子看热闹。

男孩女孩都五六岁，男孩智商发育比女孩迟，还是伙笨蛋。对夜摩天，六朵识别出是同等智商，邀他在女孩臀上拍一掌。

夜摩天拍了，留下个紫印子。女孩哭声大，来自欧洲亚洲交界的黑海，金发人。

孩子的集体如此邪恶。他吓着了，为不示弱，拍出这掌。六朵对他满意，定他为自己打扫卫生的下手。

夫人认为，孩子要勤快。他们每日清洁住所，劳动时间是早餐后。上手干活，下手帮衬。六朵擦桌子，他涮抹布，她洗地，他换水盆。

六朵力气大，越干活越大，每天都欺负人，孩子们怕她怕到十四岁。十四岁的她突然说话慢了，十分好听。过了一年，她要夜摩天当下手，做了男女事。

粟特风俗，死过人的房子不再住，杂造局里有许多弃用的石头屋，她和他在那里。

十年里，没跟黑海女说过话。十年后，她金发长得垂至臀，给自己挑了个男人，一位三十多岁的粟特工人，有着迷人的成年人的凶悍。

扒裤子，没大人教，孩子天生会，侮辱他人是比性更快感的事。做过噩梦，黑海女指挥一堆工人把六朵架到厂房，扒了她裤子——

醒后想，真发生，自己该怎么办，抡刀杀人吗？

金发消耗大脑养分，黑海女忘了童年事，没有任何行动。他没忘，打她的手一直在。

和大人睡过后，她更美。那一巴掌，是他唯一罪恶。趁她单人时，掳她去死过人的石屋，她沿途没喊叫。他没说道歉话，把在六朵身上学的，用在她身上。

之后，他持刀闯入厂房，将三十岁工人砍伤。内心想象，伤不至死。

青春如此邪恶。他逃离了杂造局。

逃离前，向夫人告别。收养的孤儿里，他曾是夫人最喜欢的人。

打黑海女一掌，是到杂造局的第一天。见夫人，是第二天。为保密火器技术，杂造局不能进汉人，听安达捡了个汉人小孩，夫人好奇来看，身边跟着个甩提炉的侍童。

提炉是有透气孔的银盒，里面卡着点燃的香，外系银链，夫人所过之处，要抡个遍。孩子们一日一人轮班做，今日当班的是个回鹘小孩。

夫人叫夜摩天来她腿上坐坐。坐上了，夫人笑称他比看起来重，说："骨头沉的小孩都聪明。你能学会这个么?"指向提炉。

甩几下便顺了手，夫人当即换下回鹘小孩，让夜摩天晃提炉跟她走了。

提炉也向夫人身上抡，使香气落衣。他能让提炉最大限度凑近夫人，快碰上了，又燕子般飞开。夫人赞誉："汉人小孩，手巧。"

他在玩，为免被看出来而闷着脸。之前，他有爹娘，一男一女养的孩子，受不了活在三十个小孩里面，受不了伺候大人。他得玩。

无表情的他，显得格外认真，为让香气多落一点在夫人身上而竭尽全力。夫人赞誉："汉人小孩，忠心。"

抡提炉，随夫人吃饭，山珍海味。一人一日的轮班，变成十天里五六天是夜摩天去。好吃好喝让他占了，招所有孩子讨厌，所有孩子又都怕他，因为他是夫人喜欢的人。

童年未过，知道了特权。

十岁后，他们不再服侍夫人，随安达学习。先是学刀，他第一次学，让安达惊讶："你练过。爹娘是江湖人?"

他是安达运送武器途中，路边捡的一个饿晕的野孩子。救醒后，说父母早他饿死。安达没多问，想当然认为是农家人。

安达对了，他爹娘是农家人，在四十几户的小村。五岁时，闹饥荒，草根树皮吃尽，一个女孩来到他家，他被送去女孩家。娘送的他，他偷听过爹娘说话，远方大村子，大人们交换孩子吃。

他狗一样咬了娘的手，狗一样速度跑了，娘追不上，急得哭，背后的声音惨极了——

他抡刀的手感，来自给夫人抡了五年提炉。十五岁逃出杂造局，二十六岁靠比刀维生，向对手报名刀法，报的是"提溜刀"。提溜，北方传来的土话，晃悠着拎东西。倒是符合他手腕灵活的刀技特征，实则是，"提溜"是"提炉"的谐音——夫人活在他手腕上。

回答安达，爹娘习武，自小学过刀。

安达信了。立他为典范，手把手教他，让其他孩子照着他学。他又得了安达的宠。

十岁的孩子们已会伪装，满脸真诚地讨好他。受宠的感觉很糟糕，夜摩天觉得自己偷了他们的东西。刀法之后，再上别的课程，他开始懈怠。

安达再没捡过汉人小孩，夜摩天是个下不为例的人，安达期望他学好火器制造，他没上心。安达冷淡了他。

夫人还是没生出自己的孩子，有新捡来的小孩给她晃提炉。十岁离开她去上学，到十五岁，夜摩天没找过她，她也没找过他。失宠，让人心安。

砍了工人，安达震怒，领头搜一间间死过人的空房，大喊见了就劈死，全局警卫跟着。趴在屋顶上，清楚看到他们一线人怎么走，杂造局地方大，不单是死人房。安达是不是要放他走？

他去看夫人了。五年了，她身上的气味淡了些，说："汉人小孩，你没长歪，很快会变成个招女人喜欢的漂亮男人。"

打开一面兰花雕饰的墙，一条七百米甬道，沿壁堆垒着许多箱子。装的是金银，安达的私财。大元用纸币，纸币在贬值，只有蒙古贵族可贮金银，民间用会定罪。

既是密室，又是逃路，安达给他们夫妻备下的，真有那么一天，累箱金银得抛下。出甬道，是山里，警卫巡逻不会过的地方。

"别怕山，多转转，能出去。"她取出一条宝石项链、嵌十二朵黄金雕花的镜子给他，嘱咐宝石拆散一颗颗卖、金花折下一朵朵卖，以防歹人盯上。

她："拿它们换你一眼。我临死，你回来看一眼。"

她没说她怎么找到他。出走十一年，没想过，二十六岁，他开始比刀。有名了，足够她找到他。

她肯定找到他了。比刀后，江湖传说他是北方世侯子弟，受贬暂落民间。世侯拥有军队，南方打手忌讳他，不敢暗算。早想到，谎言是她放出，以保他性命。

比刀十一年，她的信使没出现。以为她活得好好的。

八

开餐了。正一品披大襟走入，身后女童撑张牛毛椅披，夜摩天给她的披风改制，扎上了金丝布边。安达诧异厨娘也上桌，正一品答复，厨娘坐主人位。

厨娘是御用，聘厨娘给私人做菜，对皇帝不敬，所以名义上是厨娘做主请客。女童将椅披举近，逼安达让座。椅子上的披物表明地位，自高身份的人出门做客，会自带椅披。

一桌菜不过五人。夜摩天、文散春、十方、安达加夫人，厨娘上桌，便多了一人。十方自觉站起，安达变色，说粟特人待客如敬神，要十方坐，吩咐女佣告知夫人不用来了，请正一品多留一日，明日专做一桌给夫人。

正一品回答做不了，带来的料只够一桌，桌上的皆是深山大泽采来，往来行程少则两月多则半年。

句句对抗，是下人间的谈话方式。这么说下去，降身份，安达不再理她，对视上夜摩天。夜摩天一直在看他，安达一双汉人的黑色瞳孔里，有着被砍伤的工人、金发垂臀的黑海女、相互嫉妒着长大的孤儿们。

夜摩天开口："我走那天——"正一品目光扫来，友好温和："桌上摆菜啦，不能再说话。想说话，等汤来。"

皇家规矩，吃菜时有乐师伴奏，说话抢音，不雅。上汤后，乐师退下，是交谈时段。

杂造局外，杨家打手也在吃饭，挖坑生火，铁板烘烤，有饼有肉。

相扑男被反绑于一根长绳上，速儿筷子夹肉，给他们喂食。有人问她会不会真杀十方，速儿回答，继承杨家，得领头复仇，大娘死活，看她运气。

铁板上的肉起了颠簸，山口奔出持矛骑兵。数量不多，八十余匹，天山草场的白马，白毛渗汗后，正午映出金色，夕照下似涌血。

无战壕依托，步兵无法与骑兵抗衡，马队来回冲刺，如案板上刮来刮去的刀。天郎向速儿告辞："东家，我的命是你的。"官道上被十方伤脸，单眼哭着大步奔出。

泪里不见矛和马，显出那位死于他手的女人——橘红色的千九，刺伤她时，是抱她上床的冲动——

铁矛入胸，天郎肺叶破裂，继而被马踢断颈骨。

正一品的菜，无菜样，仿大宋山水画造型，峰峦叠嶂，江波荡漾。入口甘美，深嚼略苦。

菜过后，汤盅上桌，正一品开口解释："做的是大好山河，不便过于美味。因为汉人久失疆土。"说完仰头，等叫好的神情。

安达歪嘴一笑，额头生出道皱纹，跟嘴角的笑纹形状一致。以自小对他的观察，夜摩天知道，安达在暗叹不值，想尝皇帝口味，不料请来的是个玩口才的人。

六朵进来，汇报杂造局外发生屠杀。杨家打手尽死，凶徒是一队骑兵，看马匹徽标，是赵国公卫队。

第一代赵国公，刘远春，他一代世侯子弟里最聪明的人，蒙古王子忽必烈的首席谋臣，一步谋划忽必烈挫败诸王子当上蒙古大汗，二步谋划蒙古军灭了南方大宋，忽必烈成为统一汉地的皇帝。

大宋皇帝姓赵，封刘元春为赵国公，表示他家以后领袖汉人，是忽必烈对他的回报。他七年前过世，儿子承位，为第二代赵国公，传说会设计战船、发明火器，聪明超过乃父。

赵国公卫队进杂造局，入餐厅，领头者是位汉人女，蒙古王族着装，六位仕女搀扶，行到依旧喝汤的文散春身前，唤了声："哥。"

文散春半天才抬脸，没了傲气。赵国公卫队挑来虎皮椅披，给他座位铺上。正一品被逼起身，她的牛毛椅披撤下，换上白熊皮，领头汉人女坐在主人位上。

国公座位铺虎皮，白熊皮是蒙古皇室专用。

文散春是化名，"散春"应合父亲名中的"远春"二字，他是第二代赵国公。刘远春有四子，他是最小一个，五岁会削薄木片做战船模型，八岁改良了冻疮药，得父亲推荐，成蒙古军用，蒙古西征曾到欧洲多瑙河东岸。多瑙河，远在天边，有他的药。

受夸奖的感觉，如阳光晒在后颈，痒痒的舒服。他前面有三个哥哥，威武雄强，富于韬略。他只想当个发明小物件的神童，一辈子受夸，痒痒的舒服。

策动蒙古军打南方汉地，真的不该。父亲为了三个哥哥建军功，派上前线。名将品相的哥哥们，轻易死去。研究道教长生术的父亲，未活过六十岁，操持忽必烈按汉法称帝、建国大元后，生下病，床上受了三年苦，拖拖拉拉逝去。

一代豪杰的父亲，死相如街头乞丐，瘦成十岁孩子的体重，塌了鼻梁。

刘家男子只剩下他。还有个妹妹，按刘家渊源，十四岁成太子侧室。太子是她自小熟悉的人，太子名字是父亲起的，那时忽必烈初识父亲，请求为子起名，是蒙古人表达至高尊敬的方式。

起名真金，不是"真的黄金"，是佛教观念"真的心"。蒙古大汗继承法，诸王子机会平等，由王族叔伯和战功卓著的将领家族选举，名为忽里勒台。这是草原上通用发音，突厥、鲜卑、契丹、女真都用，意为聚众决议，蒙古人的忽里勒台要回到被称为"老营"的斡难河上游，蒙古人起兵之初的营地。

忽必烈违反忽里勒台，用汉人的太子继承制，自己一人指定真金为继承人，杜绝兄弟跟他争，屏蔽王族叔伯和战功家族操控他，把他交给了刘远春。

蒙古小孩十岁上学，真金拜父亲为师，一月里有半月在刘家，等同养子。他是确定无疑的下一代大汗和皇帝，谁教化了他的脑子，谁便掌握日后的草原与汉地。

忽必烈给父亲的真正回报，不是赵国公，是汉人天下。汉人失去北方百余年，北方由契丹人、女真人、蒙古人轮番占据。异族统治令北方汉人异化，契丹人曾建立辽国，蒙古人称北方汉人为“辽人”，活得像契丹人的一支。

蒙古人过不了长江，南方汉人的守城技术和庞大水军，迫使蒙古暴力转向，西征中亚，远达欧洲。

活成异族的恐慌，令北方汉人急于打破跟南方的隔绝状态，家有军队的世侯们想出一个危险的复国之法——帮助蒙古人强大到可以打下南方汉地，统一南北后，再用南方纯正的汉文化，汉化蒙古帝国。恢复文化，等于复国。

忽必烈是蒙古人中口碑不佳的一个王子，没有继承大汗的可能。他明白汉人世侯们的用心，情愿交换。果然，只有汉人能帮他，倾北方汉地的人力财力，打了四年内战，降服草原上的兄弟们，当上蒙古大汗。太子送入刘家，为兑现承诺，还汉人一个天下。

年轻的忽必烈是个“唯我”的人，认为人只有一生，求一生辉煌，蒙古帝国日后怎样？我已不在，与我无关。

年老的忽必烈又活成了蒙古人，像所有蒙古老人一样，想到子子孙孙。刘远春死后，他没了束缚，大量任用中亚白人填补官场，冷落汉人世侯子弟。

他还追求一生最后的战功，要吞并汉地之外，那些远在伏尔加河、波斯湾，名义称臣实则独立的蒙古诸王的地盘。打仗的钱，由汉地出，中亚白人当官后，主要是索钱。

真金太子像个世侯子弟一样被冷落，名义上是大元的军事统帅、首席财务官，实则除了有权看机密文件，并无军权和财权，不能任命任何官员。

中亚白人掌权后，南方汉地未能改变北方，开始异化。一座座南方名城，变得像波斯湾古镇。

世侯子弟们希望文散春重演父亲当年风采，一番话折服忽必烈，令其遵守承诺，重行汉化。

忽必烈十岁，已受汉化，那时还人在草原。蒙古王室给他聘汉人老师授课，规定他学汉人的聪明，不学汉语。王室成见，说了汉语，会忘记自己是蒙古人。他学波斯语，中亚诸国的王室皆说波斯语，蒙古王室遵从此标准。

为何波斯语不会让人忘本？王室没有解释。

他有了越来越多的汉人老师，长大后有了越来越多的汉人幕僚，都需要翻译，直到刘远春出现。父亲说一口纯正的宫廷式波斯语，见忽必烈前，四十天练就，真是聪明。

直接交谈的欢愉，令忽必烈一见之后，留父亲连谈了二十余天，定下交换天下的大计。

文散春比父亲聪明，波斯语三十二天学会。他是多才多艺，不是父亲的治世之能。忽必烈年轻时跟父亲一起修道教长生术，比父亲活得长，像所有七十岁的蒙古老人一样，有着近乎神的权威感。

世侯子弟们改正天下的心愿，寄望于文散春跟忽必烈的一席谈。他有口才，没有对忽必烈开口的自信。日子拖久，他逃了，来到热乎乎的南方。

赵国公失踪半年，国公府由妹妹回娘家接管，对外封锁消息。唉，不该在妓院斗殴，惹来轰动南方的追杀，让妹妹注意。死于我手的杨次子，是我的克星，绝了我的好日子。

妹妹一直未育。文散春妻妾皆具，怀孕即流产。带异族灭本族之国，大不义，刘家该绝后——

太子正室称为太子妃，是位蒙古女子。为躲开战功家族，挑选的贫家女，十五岁还在草原上挤牛奶。妹妹叫刘纯想，是仅次于太子妃的良娣（第一侧室），三品官待遇。

女儿像父亲，纯想良娣继承了刘远春“视万物如刍狗”的名士气派，一双冷静透亮、看穿荣辱的眼。刍狗，草扎的狗形，祭祀时摆上供台，受尽恭敬，祭祀后扔了，贱如垃圾。

文散春知道，在她心中，自己也是只刍狗。此生富贵，是父亲给的，没了赵国公名号，什么也不是。唉，南方半年，终于活得贱如垃圾。我的快乐，她看不起。

一见纯想良娣，安达便气弱，谦卑恭顺。查哥哥下落，她查清了六朵路杂造局的底细。

造火器，公认的废品率高，把好的当成废品，便可不上交朝廷。扣下的火器，先是走私过境，卖给南方大宋的土豪大户，大宋灭亡后卖给反元的起义军，起义军都是一小股一小股，不懂联合，难成事，不断新生与被歼灭。他们生生死死，安达一直在赚钱。

能当上杂造局总督，是贿赂了一个蒙古战功家族，罩着他扮成粟特人谋得此职。开发了卖敌军火的生意后，更需罩着，赚的钱，自己留三十分之一，其余献给战功家族。

三十分之一，是自利的极限，超越这比例，会招祸。战功家族满意，算上灭大宋前的小二十年，他当了三十余年总督，不升不降，在蒙古军职系统里，显眼地长。

安安稳稳的三十年，难改心慌，总觉有被清查的一天。那一天是哪一天？

据说行善可以抵消祸事，他领养孤儿、善待下属，深得爱戴，被称为“安达”——真正的朋友。

受人尊敬，是种享受，曾想断了军火生意，真正做个总督。想过一次，不再想。买卖是他创办的，创办后便是战功家族的了，断了买卖，便断了官位，断了命。

纯想良娣清场，仅留上桌的人，说安达卖敌火器是大罪，要他指控身后的战功家族。安达望向夜摩天，眼里是被亲人出卖的悲哀。

误会我跟她一伙？夜摩天不做表情，把话说清：“我不知情。我是回家。我的刀法是您教的，人和刀听您的。”

闪过一丝父辈的慈爱，安达向纯想良娣恳求，三十年来收养百名孤儿，最小的一拨八九岁，成年的已在杂造局供职，这是他做的善事，行善要单纯，卖敌军火，从不让他们参与。不知者无罪，请让他们保持现有生活。

纯想良娣看安达的眼里，有了尊敬。犯法，需要绝对忠诚的人，施恩孤儿，长大可卖命——这是常人思路。舍此便利，安达非常人。

作为人证，指控战功家族，他做不出，为战功家族殉死，也做不出。他提出变通之法，不当人证给物证，三十年卖敌军火，都留有账目。

三十年，他花销不多，军火上的个人盈利，大部分还在，躺在密道里。这笔钱，作为他对赵国公府的孝敬，换他和新婚夫人二人性命。

纯想良娣：“你行过善，善有善报。天不报我报，钱我收了。”

安达舒口气，文散春慌了脸。所谈是秘事，十方、正一品、夜摩天三人还在桌上，按妹妹秉性，不回避，是已视他们为死人。谈话结束，即处死。

注意到哥哥，纯想良娣笑了，未嫁姑娘般纯真的美颜：“要杀的不单是眼前几个，还有整个杨家。已派人去扬州，杨家霸道日久，绝户是报应。”

以杨家违抗皇命的名义。招西方异族添补汉地，是大元国策。年初，忽必烈下令禁绝汉人的道教，道观划归吐蕃人、波斯人所有，任意改作别用。杨家在扬州有两所道观，捏造其抗命不交，家丁殴打官吏，便可派兵剿杀。

父亲也是这么办事的，文散春：“能否变通？”

纯想良娣现出父亲眉眼：“赵国公民间浪迹，传到朝廷是笑话，你遭轻贱，还怎么办大事？怜惜杨家人命，你就发愿下辈子挨千刀，做猪羊还吧。”

女人厉害，安达白了脸。文散春说十方是他女人，夜摩天是他朋友，要保二人性命。第一次听到有人说自己是朋友，夜摩天抬起眼。

文散春跟妹妹说话，像跟家长抗争的小孩。蒙古习俗，男孩不得无礼，女孩可以指责长辈错误，出嫁前会有一段管家的时光。刘家理想是汉化天下，自家生活却多处蒙古化，纯想良娣出嫁前，管父亲的大小事，哥哥们犯错，父亲不当面说，都是她代为训斥。

自小的权威，她驳回求情：“结亲相扑女、比刀赚钱，两桩下贱事，必得抹了。”指敲桌面，表示话题结束，吩咐安达去取账本。

账本取来，装两个衣箱，纪录得全。还有副本，大宋科举考试作弊的小抄技巧，针眼大字迹，密密麻麻抄写在一条牛皮腰带上。纯想良娣赞一句：“安达心细。”

官升三级的喜悦。安达对自己的反应备感羞耻，再次感慨女人厉害。

收下账本，她表态，账本用途，为日后要挟，现在她不想树敌，所以一切照旧，安达还是总督，随身警卫换成赵国公府的人，不许潜逃。

她：“你的钱，我收了，心疼吧?”安达说不心疼，她：“你心疼。我不要，还是你的。”

要挟战功家族的伏笔，日后落实，她会遵守跟安达的前约，不当人证，放他逃。唯一变化，是出密道时可带上密道里的钱。

她说她有很多这样的伏笔，到了需要落实的一天，说明赵国公府运衰，已在拼死挣扎。杂造局的伏笔，她应该永不会用，安达当总督将当到命终。

起身行礼，安达服气，她是比自己更会谈判的人。刹那妄想，她代自己跟敌军交易，三十年盈利会翻倍——

再次行礼，安达指向夜摩天：“请饶他一命。江湖上不会再有夜摩天，他只是我收养的孤儿支尔哈朗，从未出过杂造局，余生也不会走出杂造局半步。”

我如此次要，原以为他俩大事谈妥，不会再谈我，对于安达，我可弃掉——

眼有潮意，夜摩天起身：“这个活法，没意思。”不顾安达，向纯想良娣言：“我无罪，罪人般处死，我不服。”

大事已妥，纯想良娣没了说话兴致，斜眼问他要怎么样。夜摩天说自己靠比刀赚钱，她口里的下贱事，想领教国公府勇士刀技，比刀赢了他，他交命。

纯想良娣：“你赢了呢？放你走?”

“没想赢那么多，您要杀人灭口，不会甘休。今日走了，你可选人再比。我输了交命，赢一天活一天。”

纯想良娣重开笑容：“你倒不贪心。”

九

选出一人，国公府卫队队长，夜摩天速胜。

队长直冲而来，在他的观念里，夜摩天也该对冲。谁想夜摩天转身。看着可任意劈砍的后脑后背，队长有半秒选择迟疑，小腹当即中刀，接着双脚挨砍，不能再战。

队长是职业军人。战场上编队作战，敌我双方必须面对，无回旋余地，只剩速度劲力的较量。民间比刀，因有预备距离，假动作成为关键，反应一失误，速度力量无用。

夜摩天骗了他。慑于朝廷武士的威名，原以为自己危险，不料轻易。继而提出再比两场，赢十方和正一品二人性命。

更改前约，临时加码，自己亦感羞耻。不料纯想良娣答应了："不用比啦，人你带走。我会从江湖刀客里选才，再去找你。"

她看出端倪，军人经验赢不了他，对付他，得用同类。做大事者，皆思路简明。她不跟弱者纠缠。

辞行，夜摩天问安达："当年，我好像不是您一直喜欢的小孩?"安达："是的。你招我讨厌了。"

夜摩天持刀柄碰了一下安达腰刀刀柄。不是粟特人礼仪，十岁学刀，安达教的刀礼，刀客间表达感谢的方式。学刀时，他是安达最喜欢的小孩，偷偷告诉，是汉人刀法。

杨家死尸在后山挖坑焚烧，清理战场的方式。人体本是燃料，混一点枯草做引火，火苗会钻到人体内，蚂蚁食象般慢燃，两日后止火，人形还在，白如海上浮沫。

人形一碰即破，里面是褐色骨头，研磨后是极其明艳的红色颜料，做妇女唇红，价格高昂。

在六朵带领下，十方寻速儿和相扑男尸身，大坑里见不到火焰，热度让人走不到坑边。隐约看到速儿，紧握杨家权柄，躺在相扑男尸体中间，女人出嫁的镇定端庄。

不确定真看到她，或许是脑中幻象，十方落了泪。身后响起文散春声音，跟夜摩天说："我跟你比刀，赌这女人。"

他跟来了。

夜摩天抽刀即回鞘，刀光一闪，算是输了。学夜摩天跟安达的样子，文散春刀柄碰了下夜摩天刀柄，男人间的谢意。

夜摩天问十方给了他，不怕让妹妹杀了？他说人是比刀赢的，杀她要先赢他，国公府武士谁敢赢他？

暗祝她有了归宿。夜摩天离去。

十方话响起："赵国公，贵贱有别，你我无缘，我不想了。"文散春说会履行婚约，十方："论贵贱，是给你面子下台，你人不行，别想了。"

文散春冷笑，一直想活得轻贱，轻贱到来，却如此难受。三名相扑女留下，火停后拣速儿和相扑男骨灰，她追上夜摩天。

杂造局，难以离开。夜摩天去看二十二年前被他伤害的黑海女了。二十二年，没觉得这么久。

她在杂造局的任职，是看管安达新收养的孤儿，正陪着一伙孩子，堆沙子玩。从小觉得她有点傻，傻的人，不易老。她抬头，差不多还是当年的脸。

六朵在旁介绍："支尔哈朗。"夜摩天旧名，珍贵的礼物。她笑了，眼角无皱纹。

从小在孤儿群体里受欺，让她青春刚到，即挑上个体大一圈的工人。工人睡女人狠，打骡打马一般，她是受保护的快慰。

工人遭夜摩天刀劈后，伤未好，揪她上床，睡过一场，不久便死了。她又找上别的工人，许多工人，她不找一块长大的孤儿男孩们，后来，也找了。

她没被人娶过，生过三个孩子，没男人认，两个夭折，一个长到十五岁，刚当上工人。怕他出事，求安达别让他接触火药，做了锻打箭尖的炉火匠。

她的金发少女般浓密旺盛，还是长垂至臀。她命不好，老天不忍心将她的美减去分毫——

眼疼，抹脸，手并不湿。该有颗泪，唉，没有一物可偿还她。她傻傻笑着，不知有没有认出他。

劫掳她的那个下午，阳光刺眼。在死过人的空房，怕他撕坏她衣服，她利索脱光，老实得像站在河水里等主人洗刷的马。

她的衣服，是工人给她买的，她有过的最好衣服。跟工人一样，她跟夜摩天有高潮。之前六朵跟夜摩天，是少女少男自发，不知此事。看她夜狼般哀号，树冠受风般摆动，吓坏了他。

怕过后，觉得这是自己遇上的世上最好的事。为保住这好事，他闯入厂房，劈了她的工人。如一个梦，血溅出，才梦醒。

夜摩天出逃不久，六朵也会了高潮，跟黑海女一样，找过许多人。孤儿无父母之爱，长大后要让异性加倍补偿。

她固定不在一个男人身上，忽然很想夜摩天，曾寻过。她受不了人多，南方名城里挤满人的大街，阴险可怕。她很快回来，在杂造局里称王称霸地活着，再没出去。

她继续找男人，到下一拨孤儿成年，睡到他们里去了。

孩子夭折的事，在黑海女身上发生两次，六朵动了善心，去看望。自知打小欺负她，想留了礼金就走，不料说话说到晚上，夜深后还想说，黑海女留她躺下，同被而眠。

女人和女人，竟可发生和男人一样的事。六朵身体不听话，反抗无力，第一次体会到被人欺负的委屈。事过，问："你是报仇吗?"

黑海女摇头："天上打雷般，突然喜欢你。"

从未有过的彻底满足感，六朵蒙了。老天怜惜，给的奇迹。她俩的滥情史停止，固定在彼此身上。

黑海女没有话，夜摩天告辞，她给出一个紧密的拥抱。跟青春时一样，她的乳房是热的。

滚烫灼人。

出了杂造局大门，六朵不再送，顺手掏到夜摩天两腿间，用力一握。强烈的难受。

多年苦练武功，未防住她这一手。她喊夜摩天抬头，给出个笑脸，松手，迈着称王称霸的步态走回大门。

十方和正一品在旁边看着。夜摩天牵上骆驼，带她俩走了。

正一品的厨师班底还跟着她。一路无话，上官道后，正一品问可否放她走。夜摩天解释不行，她是他赌来的，离了他，纯想良娣可杀她。

正一品用了夜摩天跟纯想良娣说的话，说这样活着没意思，死了认了，执意要走，猛地伸手掏来，惊得夜摩天退步。

她是虚晃，收手说，她是学六朵向他告别的样子，以为是特殊礼节。夜摩天冷脸，回答不是。

十方大笑。

听她笑起，正一品得意，回头对笑几声，向夜摩天解释，厨娘职责，不单是做菜，上汤后要讲笑话，引领话题。一路上，走得沉闷，她职业感使然，想活跃下气氛。

夜摩天："敬重你，能否免了?"

她："免。"

王者风范，似赦免臣子罪过。十方再次笑起，如水溢出，盛不住地笑。看她样子，夜摩天忍了正一品。

十

天下之大，想起纯想良娣的脸，便觉无处可逃。夜摩天无意去深山荒境，选择去扬州，方便她找到他。

得正一品赞同，扬州繁华，够死前享乐。她遣散班底，按行规，之前盈利班底分四成，班主分六成。世行纸币，千斤银两，随身可带。

途中大雨，入宿客栈。夜半，她敲夜摩天门，外出淋了雨似的浑身打战。她衣服是干的，夜摩天放她进来。

不敢想，她没经过男人。事过，她猫一般跳起，为床铺未染血而“唉”了一声。靠上她，袭来股无形之物，晨气般沁入肺腑。

被搂着，令她难受，一会儿后说：“躺不住了。”穿衣下床，临出门，弯腰指地，又“唉”了声。

严重地不快，夜摩天睡去。

次日醒后，看她指过的地面，两片铜钱大血迹，干成褐色。她落下的？

还是大雨，上不了路。敲门声起，十方红脸进来，跟他说正一品。昨晚，正一品和十方同房，引领话题，讲了半宿笑话。十方脸疼得不能再笑，正一品问起她和文散春的床事。

说上了，不觉得对他有恨意。正一品突然下床，愤愤穿衣，夺门而去。夜将尽，室生微光，她回来了，上床搂十方，硬得似冻僵。蹭了十方满腿血。

厨娘名义上也是皇帝的女人，最低一等，可以宠幸，但罕有这样的先例。蒙古灭南方大宋时，大宋皇帝还是个四岁小孩，难抱指望。

男女事，她知道。随皇帝从南方被掳到北方，途中有个押解的军官上马车，擒住个厨娘造次。事后，厨娘们要求那厨娘，你已破身，为保护姐妹，再有军官上车，你要迎上。

如果上车的是多个军官，怎么办？厨娘们抽签，选出三名后备，正一品不幸抽中。

想到要迎上，正一品难过了两天。此事没发生，蒙古国策，对大宋皇帝要礼遇，造次厨娘的军官被斩首，再无人敢上车。

皇帝到北方，住进蒙古大都，刘远春为忽必烈营建的新城。厨娘分配，两人一屋。同屋的厨娘，在皇帝七岁时，跟一位侍卫私通，他们没别的地方，侍卫半夜摸进屋。为防被发现，正一品不能出去，忍在屋里。

知道正一品难过，同屋厨娘表示，侍卫可睡她。

她没让。

她，杨大官人和安达都怀疑的骗子，真是皇宫厨娘？

十方撩开裙摆，大腿染红，正一品落的。相扑表演，裸露比这多。十方告诉，不能再去扬州，亮相等杀，他现今是一个有女人的男人，为了正一品，要逃生。

想到失信于纯想良娣，夜摩天叹口气。

雨水消灭踪迹，三人冒雨出行。行上官道，十方告辞，说她有个逃处，够她一人用，无法带别人，对夜摩天言："你是江湖人，你该有你的逃处。"

夜摩天说他有。

十方披蓑衣，稻草人般远去。

我的逃处——

十五岁逃出杂造局，拎着粟特弯刀，回过家。凭残存记忆，翻腾三月，找到吃小孩的村庄。

夜摩天岁数的小孩，已吃光，村里跑的是新一茬小孩，活泼健康。他的归来，引起全村大人恐慌。

他父母生了新小孩，五岁样子，跟夜摩天眉眼像，一看便是兄弟。夜摩天抱住弟弟，哭了。父母在旁边看着。

他没话，住下来。母亲明显忧愁，一年后，死了。他知道，天天在眼前，自己逼死了她。一年里，他干农活，青天下弯腰，当是向黑海女和挨砍的工人磕头赎罪。

母亲死了，父亲没事。一日，弟弟扛粟特弯刀来田里，说："哥，你走吧。"弟弟听到，父亲找村人要除他，晚上睡着后大棒子打死。

他逃了，躲在不远山里，重练安达刀法。刀法易成，练熟了，他会回去，杀光村里大人。他发誓带领所有小孩，建一个无罪恶的新村。

常感孤独，其实从未一个人活过。两日后，他饿得活不了，潜回村，向弟弟要家里存米。米袋，父亲看得严，弟弟不敢拿，给了他一袋晒干的枣。

"哥，你不走吗？"

他没答。弟弟问他住哪儿，他片刻犹豫，看弟弟的脸，是自己五岁离村的样子，他说了。

隔道岭，有座被村民毁了的和尚庙。以前有和尚，饥荒时村民抢庙里存粮，给杀了。饥荒过后，村民拆庙的砖头盖自家房，剩下几道土坯墙。

那地方，没人去，村民说臊鬼。夜摩天知道，是亏心。没有鬼，没有狼嚎，这是片乏味的南方山岭，没野羊野鹿，引不来狼。

幸好是枣，拿了米，怎么弄熟？干枣是过冬用的，饥荒时吃四颗，能挺过一天。弟弟给的口袋，装二百颗。吃到四颗时，忽然嘴馋，连吃下十颗。

练刀三日，身上臭不可闻。四日晌午，夜摩天停刀休息，不知怎么想到了鬼，下意识看身后，一条黄眼灰狼匍匐而来。

它要偷袭，被人脸正对，害羞般扭身，窜入最近的草丛。夜摩天跑到最近的山壁下，背靠石面，刀护身前。

不敢逃，露了后背，狼会袭上来。五十步外，是庙的残墙，可见装枣的口袋。

天黑了，狼未现身，可闻到它的臊气。夜摩天困得自抽一记耳光。草丛晃晃，似吓着了它。

偷眼望天，看到银河。农村风俗，不让孩子久看银河，抬眼便要低头，因为一个个亮点是一个个神仙。

银河之美，吸住夜摩天，低不下头，心道“坏了”。更坏的事发生，眼泛白浪，睡了过去。

能听到自己鼾声，能知道在做梦。梦到十三岁时安达带自己去听刘远春讲经，听到经里的“夜摩天”名字，那时自己是安达最喜欢的小孩。

那时，蒙古军南侵失败，攻占的大部分城池被大宋军抢回，只剩一个无价值的山区小城——六朵城。蒙古军转而西征，连灭中亚数十国。赢得顺手，掠财丰厚，蒙古王公达成共识，蒙古的荣耀在西方，南方非正途，六朵城当弃掉。

渴望南方汉地的，只有北方汉人。刘远春保下六朵城兵力，为表达南侵的意志，每年到六朵城外十二里的大觉寺，给驻军将领和杂造局官员讲佛经。

宋朝流行文人讲佛经，寺庙欢迎。讲的是《华严经》，华严即花饰，繁花拥护的经典。经中一段，是佛受夜摩天天主邀请，在夜摩天天宫所讲。

夜摩天，名字好听。夜摩天，人间之上的第三重天，只有夜摩天天主一人，夜摩天众生、请佛讲经的宫殿，皆是他心念的幻化。

刘元春讲，人间亦如是，只有你一人，他人他物都是你想出来的。相由心生，眼前所见的一切，皆是你内心的外现。

听到这句，十三岁的夜摩天看向安达。他的存在，因为我想有位值得尊重的父亲——

刘远春身前，放一百个水晶球，指示为人间真相。每一个水晶球上都映现九十九个水晶球，每一个人都是全部人间——

十六岁的夜摩天骤然惊醒，黄眼灰狼直面而来。狼的腥气，似乎熟悉，淡些便似安达死去的夫人。

她是唯一长时间看他的人，在她注视下，五岁的他将提炉抡得神乎其技，撞到墙壁、铁器的刹那，燕子般回返。

她的瞳孔湖蓝色，美得他不敢看。一日她说："向我飞。"他照办，提炉沾衣即返，没打到她。

带给她极大喜悦，之后总喊他这么玩，一玩便很长时间，他没有一次打到她。因为她，懂了工人们唱的粟特歌词"宝石一样的人"。

宝石一样。准确的词汇。如他的手一样准确。

狼牙临近，他张了眼，身体仍睡着，抬不起手中刀。顺着他的眼，狼望向银河。点点星光吸住它，它的头跟他一样，再不能低下。

太阳升起，夜摩天醒来，地面并无狼足印迹。它是我想出来的？他吃了枣，继续练刀。狼出现过两次，悠悠走过，夫人的步态。确定是幻觉。

次日，山壁下练刀的夜摩天，听到弟弟喊"哥哥"，惊惧之极。庙的残墙下，狼在窜。弟弟攀在墙头上。

他也是我想出来的？不能原谅父母对我动过恶念，想有个好心的亲人，于是想出了弟弟。

曾怀疑弟弟。拿了弟弟给的枣，回残庙，吃到第四颗，突然想到，根本就没有父亲找村人杀自己的事，弟弟想成为家里唯一的孩子，编了这事，逼我走。

恨得想回村砍弟弟。吃到第十颗，断了恶念。杂造局相互嫉妒着长大的孤儿集体，坏了他心。

狼是我想出来的，是那天要砍弟弟的恶念幻化。夜摩天上前，一刀捅进狼腹。

如一个挨打惯了的孩子，没有挣扎，狼倒下。死得轻易，真是我想的——

上次回家，弟弟问他躲哪儿，是盘算给他送饭。七日里，逃过父亲眼光，吃饭藏一半，攒下二十个窝头。

我想出的亲人，这么好。

带上二十个窝头，夜摩天远去。

一路南游，住过一座座城，卖夫人给的项链宝石、镜子金花过活。活着，为验证"世间万象皆是我心所变"。

诸多小事，随心即变。夏日里想下雪，似雪的柳絮飘过。想在路上捡万两黄金，送殡队伍吵闹而来，撒下满路的纸钱。

世间是我，我是世间。自问自答，全有应对。

身体年轻，旅舍有卖夜的女人。她们都是他想出来的——后来，他不再这么想。她们是她们，他是他。

有过一次眷恋，他没本事带走她，她也不喜欢他。无论他怎么想。

人间非我心。狼是受银河光荧蛊惑，而不吃他。一刀杀狼，不是奇迹，是他连日练刀的成果。

不再想杀村人，仍一直练刀。二十六岁，卖光了宝石金花，过上比刀赢钱的日子。又试过刘元春在大觉寺的讲话，对手是我想出来的，想赢便赢。两次被砍伤，不敢再这么想。

既然弟弟不是我想出来的，有别于我。那么，弟弟是我的逃处。三十七岁的夜摩天如此想，带正一品进山。

十一

父亲老了，不记事。弟弟孝顺，每日带他遛弯。弟弟娶的是同村长大的女孩，已生两儿两女。夫妻勤劳，盖出八间房，扩大了家——

此上，是夜摩天想象。他没找到十五岁找到过的家。

和正一品站在光秃秃的山顶，想起十方。这种女人不会逃，只会回角抵社，守业到死。还想起纯想良娣，她派出江湖刀客，自己却逃了，她该感到多么无趣。

夜摩天问正一品："回城里去吧？"她说好。这是她唯一的一点好。

未到六朵城，路上已知十方又开办比武招亲。城门口是消息传播处，各路闲人的嘴里，听到文散春。他终去与忽必烈一席谈，获罪身亡。

公爵之血，不染大地，他裹在毯子里闷死。毯子不再打开，裹尸送往蒙古人发祥地——斡难河上游，绑在一棵树上，二十米以上高度，名为"树葬"。是古代蒙古人安葬部落酋长的待遇，忽必烈还是礼敬刘家。

刘元春一生努力，尽皆幻灭，只为儿子争下块毯子。真金太子同时病逝，举行四十日度亡法会，修习喇嘛教、年已十五岁的南方大宋皇帝受忽必烈指令，参与其中，杂在吐蕃法师里唱经念咒。

纯想良娣由三品官待遇升为一品官待遇，接管赵国公府与太子府，她在太子病逝前落下身孕，如所生是男孩，将有继承忽必烈王位的机会。

闲人的口里，有说太子未死，受贬入民间，成了汉人。入城深了，望见角抵社殿顶，夜摩天忽生狂想：真金太子是否会像文散春一般，去比武招亲，十方是男人的好归宿——

奇怪的响动，不是天际雷音，不是海面风声。没有痛感，夜摩天后背洞穿。

正一品拿支半尺长铜管。大宋发明的飞龙枪，喷射火药与毒剂，大宋时是硬纸管，绑在两米木杆上，离手远才不会自伤，现今进化成铜管，手持无碍。

街面上杀人了，六朵城捕快杜捕头跑来。正一品掏出国公府腰牌，要他管束街面，让路人远离。她是纯想良娣派出摸安达底细的探子，也是纯想良娣口中，将要诛杀夜摩天的江湖人。

难怪，从未对她真正喜欢，因为她的一切皆假。夜摩天笑了：“初次见面，你安排得巧。”初次见面，她遇上流氓，逃到他比刀的场地。

正一品：“是真遇上了流氓。老天让你在。”

夜摩天：“不在呢?”

正一品：“干我这行，命不好。八个月造势，才扮成了厨娘，让流氓糟蹋，忍着啦。”

不忍心问她那晚血迹。她主动说了，是兔子血，灌于皮囊，混进免凝固的药水，和尚刺血写经是一样的药。

拖了许久，今日方下手，是纯想良娣看夜摩天有趣，考虑过收编，做个闲笔，日后不知什么事可用上。朝中生变，纯想良娣不考虑了，城门口的暗哨通知了她。

正一品掏匕首，抵夜摩天咽喉，说不忍心他受苦，帮他了断。夜摩天说无痛苦，已麻木，有些事还没想清楚，请放他多活片刻。

她笑了，说忘了火药里混着毒剂，蹲在一边，铜管在地上轻划，如大人睡觉后不敢走远，就地玩的小孩。

十三岁听刘远春讲经，世间万象皆我心想象——我怎么把她想成这样?

三十七岁，还无心接纳一位女人。否则，进山后便会遇上弟弟，找到家。怀疑她是骗子，本质是心里拒绝她。十方冒雨分别后，剩下他和她，本该庆幸。

当下喜欢上她，千般爱慕，此生未曾有。夜摩天：“想清楚了。”

她愉悦抬头，按下匕首。

死亡，无飘浮感。如早晨醒来，有了另一张脸。睁开眼，见到跪在床下的文散春和纯想良娣，比认识的他俩要稚嫩，文散春面无棱角，一双乖孩子的眼，纯想良娣清秀，还无日后的魅力。

察视自身，瘦成十岁孩子体重的病躯。旁有侍者，他衰弱得口不能言，做手势叫拿来镜子。镜中的脸塌了鼻梁，黄了眼白。这是七年前——大元建国四年，第一代赵国公刘远春的临终景象，夜摩天是他的一念恍惚。

北方世侯间，也有权力之争。刘远春五岁，他家遭其他世侯联手攻击，为停战，父亲放弃了他这个儿子，模仿蒙古做法，将他交出当人质，作为自裁军队的保证。

示弱，招来毁灭。他，未能造成停战。他家地盘被吞并瓜分，父亲被逼当和尚，消失在大山里，母亲改嫁，他的兄弟姐妹投到异族里，不许做汉人。他在一所杂造局当童工，成了粟特人。

因为聪明，得杂造局总督夫妇喜爱，充为养子。三十七岁，他遇上忽必烈，一席谈，获得两千突厥兵三千回鹘兵一万汉兵，重新成为世侯。三十七岁，他已找不回父亲和兄弟姐妹，一个人恢复刘家。

面对当年联手毁灭他家的世侯们，他选择宽恕。交换天下的婉转大计，折服了他们。从此，北方世侯再无内讧，捧刘家为盟主。

和忽必烈的友谊，让他得知蒙古崛起的秘密——“杀男人和杀王”。草原上有许多民族，相互抢劫是常态，弱者望风而逃，撒下物品和女人，强者不会追杀。

忽必烈爷爷一代的蒙古人改了此习俗，不受物品女人磕绊，要追杀男人，以灭族为准则。令诸多异族恐怖，主动归降，放弃祖先，改做蒙古人。

草原陈规，杀将不杀王。一族战败，不杀首领一家，杀战将泄恨。忽必烈爷爷宣称杀王不杀将，敢跟蒙古人打仗的战将值得尊敬，归顺做蒙古人，便可饶命，首领一家则要杀绝。

从此，战争稍不利，王者便弃军弃民地逃出草原。

蒙古崛起时全民十四万，可打仗的青壮年男子为四万。四万蒙古兵能打遍天下，因为一路收编外族降军去打更大的仗。

四万蒙古兵不断安插在新征服地区，插秧般插完，蒙古军中越来越难见到蒙古人。各族降军继续卖命打仗，无人注意此事，蒙古早期的可怕战绩震慑着他们。

在各族降军的想象中，一旦反叛，蒙古人会骤雨般降临，将自己的种族屠杀干净。不知四万蒙古兵已盐溶于水般稀释在欧亚大地上。

二百条牦牛只需一条牧犬，牧犬死在路上，牦牛依然会沿路走下去，不会骚乱。忽必烈靠大众记忆统治北方汉地，如一个梦。

三十七岁的刘远春利用这个梦，让所有北方世侯臣服，去实现自己的梦——统一南北，汉化天下。

去六朵城外十二里的大觉寺里讲经，因蒙古主力西征，忽必烈在诸蒙古王子中尚且弱势，谈不下搬兵南侵，刘远春来了说不出什么，只好讲经。

大觉寺听经的将领都是汉人，自愿剃成蒙古人发型。望着讲经台下，刘远春曾有一念，希望下面有个汉人小孩，上一代人已异化，只有寄望于下一代人。

或许，这是幻化出夜摩天的最初一念。

临终，想到忽必烈或许不会交换天下——惊得不愿死，体衰已说不出话，一念飞到数年后，在儿子需要的时候，告诉他蒙古军的秘密。

蒙古军里已无蒙古人，统治者的地位是被统治者想象出来的，忽必烈的统治本是空幻，汉人兵力足以恢复汉人天下——

夜摩天，为跟文散春说话而诞生，诞生后便忘了此事。根据刘远春少年做人质、改当粟特人的记忆，自补经历，成了完整的另一个人。

三十七岁，刘远春跟忽必烈成为好友，两人不但一起修道教长生术，还将波斯、印度哲学论辩过一遍。其中一个辩题，历史并不存在，人只有这一代。上帝造世界，也造了人的记忆。

之前的人类历史，并不存在。我们之前，没有汉人，没有蒙古人，眼前纷争，因上帝要看我们做这个游戏。忽必烈没辩过刘远春，同意了交换天下——

成大事者，会强力放弃个人情绪，有仇不报，有怨不言。幻化为另一人，强力消失，不报不言的部分，成了夜摩天。被忽略的情绪如此多，急需缓和，告知文散春蒙古军的秘密，如此次要。

看着镜中生机将逝的脸，刘远春想起大觉寺讲解“夜摩天”的话语——他不变化，亦不被变化，没有任何物与他匹配，没有任何人可与他为敌。夜摩天里的众生、迎佛讲经的宫殿以及佛本身，皆是夜摩天天主一念幻化。

当年的大觉寺中，看着讲经台下汉人将领们剃成蒙古发型的颗颗头颅，刘远春朗声道：“人间亦如此，皆是你一念所幻化，想出一切物与你匹配，想出一切人与你为敌。哀哉，你在变化，你被变化。”

刘远春合眼，正一品匕首按下。

（原载于《收获》2019 年第 5 期）

作者简介：

徐皓峰，原名徐浩峰。1973 年生。导演，作家，民间武术整理者。高中毕业于中央美术学院附中油画专业，大学毕业于北京电影学院导演系。曾获金马奖最佳动作设计、金像奖最佳编剧、蒙特利尔电影节艺术贡献奖、大学生电影节最佳影片。有电影作品《倭寇的踪迹》（编剧、导演）、《箭士柳白猿》（编剧、导演）、《一代宗师》（编剧）、《师父》（编剧、导演）、《刀背藏身》（编剧、导演）、《诗眼倦天涯》（编剧、导演），短篇小说集《刀背藏身》，纪实作品《逝去的武林》《高术莫用》《武人琴音》，长篇小说《道士下山》《大日坛城》《武士会》《大地双心》等。

来 访 者

_蔡东

1. 我记得江恺第一次坐在我对面时脸上的表情。我熟悉这样的表情，练过瑜伽了，修过佛打过坐了，老庄和张德芬都看过一遍了，还是不行。

江恺坐在对面，阳光透过玻璃和一层薄薄的纱帘，落在他脸上。发型挺时髦的，头两侧只有短短的发茬，头顶的头发留长却没有塌下来，也没有一撮撮粘在一起，看样子是手指蘸点发泥往上抓的，抓得很蓬松，略微凌乱地立起来，说不出的恰到好处。再看衣着，条纹针织镶边的棒球服，天蓝牛仔裤，浅褐色亚光皮质的德比鞋。一打眼就能估摸出来，他受过教育，有份体面的工作，审美也合格，看上去是个活得不错的人。

他让我觉得很不安。初次来访的防御、不信任、试试看、半信半疑，他统统没有，越是这样我心里越沉重。他看起来正常，实际上已经不知道怎样往下活了，只是还没到完全绝望的程度。完全绝望的人不会尝试改变，他坐在我对面表示他对人生仍怀着渴望，或许把我当成了最后的希望。我呢，只是选择这份职业的一个普通人，既不睿智，也不神奇。

这几年每接洽一个新来访者，想到反反复复、缠绵难愈的过程，心就累了，我提不起兴致来了解和琢磨一个全新的对象。每个人都是一座博物馆，也是一座垃圾山。而来访者不是来展览生命中的功业并邀请我鉴赏的，他们会在职业化的导引下，在一个个失去戒备的松弛时刻，任由心底的一条条浊流暗河泄洪般地冲出来，而我在一片狼藉中仔细辨查，捡拾起有用的材料，耐心地抽丝剥茧。这是跟人相关的工作，跟人相关的工作只能耐住性子，一层一层，一步一步，还未必总是向前，时不时绕一圈就回到了原地。

前几次咨询我说得很少，鼓励江恺多说、放开说。江恺需要说话，需要尽可能地倾倒，他就是对着树洞说上几个小时也是有效果的。跟我一起听他说话的，是一盆菖蒲、两株琴叶榕和几只毛绒玩偶，龙猫、哆啦 A 梦、小兔本杰明。

房间里光线柔和座椅舒适，江恺说话的时候频繁做手势频繁喝水，基本不和我对视。工作出了问题，婚姻濒于破裂，母子关系也不睦。江恺的故事并不特别，但他说话时脸上闪过的那种年轻人才会有的迷茫神色，让我心里很不是滋味。我想帮帮他。他说起自己的出生年份，是再熟悉不过的四个数字，我儿子也是那一年出生的。

接下来的几次，回溯童年，梳理记忆，细细翻看密密麻麻的褶层。久远的场景和事件苏醒过来，初时，江恺像个局外人一样在描述，说着说着开始可怜自己了，开始动怒了，攥紧拳头，脸涨得通红，音调升高，身体却瑟缩起来。我没有介入，放任他在痛苦中待一会儿，再待一会儿，差不多了才让他自由联想，继而邀请他一起分析。我也会在恰当的时刻揭示出表象背后隐藏的心理机制，让他有豁然开朗的惊喜感。相对于其他咨询来说，我基本算不上使用技巧，也尽量避免让对话进入到既定的程式中，更没有为了获取信任而卖弄经验和学识。回想跟江恺面对面的十几个小时，是新异的体验，不像在工作，也没有什么目标的预期，平实、随性、自然而然。

直到一个锋利的声音抓破了这个下午。我的手机号不留给来访者，江恺打固话找到咨询助理，他的请求是被转述过来的，隔了一个人，迂回了一下，我还是能想象出电话里的声音，惊恐无助，尖尖的高音，刀刮玻璃，麦克风骤然啸叫。这声音灌进耳道，牙根一下子就酸了。

他想见你。来不及提前预约，问能不能临时安排一次。

在咨询室坐定，我还在后悔，后悔不该开这个口子的。房间里的一切都经过精心设置，生命力强的绿植，灰蓝的地毯，暖光落地灯，原木圆桌，米色布艺沙发椅，红茶，糖果，蜜饯，这些不经意间抚慰着来访者的小设计，此刻也在安抚着我。刚坐进转椅，耳边咚咚地响起江恺快步走来的脚步声，过了一会儿，声音消失了。

真安静。透过窗户打开的一道窄缝儿往下望，地面上人和车的移动似乎变得慢吞吞的，草坪树木的颜色亦是暗淡的，像个远古的场景，不仅是距离的迢遥，还有时间上的邈远感，远到迷迷蒙蒙、影影绰绰，睁大眼睛也看不真切。耳朵里也听不见什么声响，像身处真空，也像来到一个空荡荡的梦境。嘈杂的市声往高处走着走着就走不动了，扑腾着往下掉。

敲门声响了两下。他的手举着还是放下了？我定定神，说“请进”。

江恺还算镇定，也许赶来的路上已经尽可能调节了。

我笑了笑，表示他丝毫没有打扰我，我把转椅朝他挪一挪，身体往前探，鼓励他开口讲。

他说，我打了主任。

虽然有所准备，听了他的话我还是一愣怔。最近这两个月，每个周末都跟他会面，他的成长、求学、婚姻及工作情况已了解个大概。我知道他表面上的温顺是很不稳定的，他的人际交往存在很大问题，他不是一个容易相处的人，但这种不好相处更多的是指向世俗层面上的不圆滑和情绪化，也不至于打上司呀。

我首先担心咨询中有什么误导吗，曾建议他体会心底的真实情感，不管这情感是正面的还是负面的都不要抗拒，也许这就释放出了他的攻击性。我紧张起来，让他详细说一说。

不公平，他说，已经不是第一次了。

大抵是单位里推诿扯皮的那类事，不新鲜。听他讲完，我长舒一口气，问他，是什么程度的，嗯，肢体接触？

推主任一下，用了很大力气，他往后退几步，坐地上了，我又蹲下去用手臂锁住他的脖子。他比画着。

我既不摇头也不叹气，不动声色地看着他的擒拿动作。

同事赶过来把我拉开，主任跟喘不过气来一样瘫坐着，他胖。没等他被人扶起来，我转身跑了。

我点点头，然后就是联系咨询助理，来到我这里。来的过程并不顺畅，他说路上手一直抖，握不紧方向盘，勉强开了一段，把车停在路边，打的士过来的。

突发事件劈面砸来，我也需要消化，在我这儿事件最后定格为一个画面，这个看起来很强硬的男孩匆匆逃走，留给人们一个张皇失措的背影。

这会儿，劝解、指导、提出后续处理办法都是不合适的，也别用术语去分析，他需要先松懈下来，不再发抖，不再害怕。

剥开一颗椰蓉软糖，递给他，他捏住糖，还在愣神，细雪一样的椰蓉缓缓飘下来，悄无声息地铺落在地毯上。

我指着茶叶罐问他想喝什么茶，紫罐里是大吉岭，栗色铁罐里是伯爵银针，锡兰红茶放在木盒子里。他说喝什么都行，这才想起把软糖放进嘴里，含住了。

我坚持让他选，说，江恺，你来做主。他指了指栗色的罐子。

水开了，冒着热气的水流注入玻璃壶，混合着蓝色矢车菊、橙色金盏花的银针茶渐渐展开蜷紧的叶片，柠檬油的香味往外挥发，香气在空气里悠悠荡荡，沉下去又浮起来。

江恺双手环住茶杯，啜一小口。我也不说话，看向窗外。天色暗下来了，这屋里的沉默再纯粹不过了，是没有方向的沉默，也不含着责备，更没有蕴蓄涌动着下一拨的焦躁。我们安静地坐着，时间平滑地淌过去，好像从来就没有遭逢过火烧眉毛，也没有一蓬蓬荆棘阻断了去路。

他始终不问“怎么办”，他累了，大概就想挨着一个可以亲近和信赖的人，陪他坐一会儿吧。

茶冲了几泡，香味一淡，房间里显得更清净了。时候已不早，下面还有预约的咨询，至少要留出半小时空当让我独自待着，攒攒精神，准备进入到下一位来访者的世界里。

谢谢您，我先走吧。他把剩余的茶水喝完，站起来往门口走，临出门了转过身来冲我笑笑，小心地掩上门。他脸上时常露出小学生的神气来，不是孩子的而是小学生的，我能辨别出两者间的微妙区别。嚼软糖的时候他也是小口小口地，手捂着嘴，低垂着眼睑，像个怕光的小动物。

完成当天的咨询已是夜里十点多。对面的高楼，一大截子消失在黑沉沉的夜雾里，只剩下点点灯光若隐若现，江恺的脸庞也渐渐模糊起来。下午他来访，没说多少话，主要为平定情绪，刻意不细说，我却隐隐觉出来，之前的那些回，他看似迫切的倾吐也是经过精心选择的。咨询有一段时间了，也许我们还是在表皮儿浮着，渗不下去。想想也正常，人心底某些犄角旮旯自己都不愿去，自己都不愿看得太清楚，更别说让旁人进去看了。这从来都不是一件轻巧的事情。

2．南方的冬天走走停停的，冷了几次也冷不下来，约略有个意思罢了。树叶陆续地掉，不似北方迅疾严厉，一下子全掉光裸出枝枝杈杈，枝丫上总还笼着一层绿意，只是绿得薄了，不像夏天那样累累的。

临近年末，期末考试的缘故，青少年来访者多了，婚姻咨询也多起来，好像婚姻也要经历年终大考一样。最近这个月江恺没有出现，看看下星期的预约表，依然没有他的名字。

周六下午的咨询排得满，我过了饭点儿才下楼。拐进茶餐厅，靠窗坐下，捧着餐单看半天，还是点了云吞面，饮料呢，鸳鸯、热鲜奶、阿华田、好立克、柑橘蜜、红豆冰、可乐煲姜，一行行看下来，最后我在杏仁霜后面打了个勾。

茶匙一下下搅动杏仁霜，白色的小漩涡旋转着，甩出来清冽微苦的杏仁味。附近写字楼加班的人三三两两地进出，大都挂着胸牌，坐定话不多，埋头填饱肚子。餐厅里很静，用餐区跟切配间只用玻璃隔着，玻璃后面一根银色横杆，悬着一排挂钩，钩着油鸡、烧肉、卤鹅、青蒜，射灯打下来，青蒜碧绿如洗，烧肉的皮色是枣红枣红的。

抬头看见一个颀长的背影，等他转头，转过头来却不是。这些天，看到高个子男孩就忍不住想起江恺来。

出电梯，沿着走廊往办公室走，我远远看见一个人在门口来回踱着步。走近了，发现是个面生的年轻女人，冲着我点头。目光越过她，望向前台，值班的姑娘不在。拉开包的拉链，摸到里面的强光手电筒和高分贝报警器，心里踏实了些。

我不往前走，女人也不动，互相对视几秒。她说，您是庄玉茹老师吧，我见过您的照片。

我紧攥住手电筒，心想随时备着的东西竟然真要用上了。

庄老师，我是江恺的妻子，我叫于小雪。

手还是没从包里拿出来。走廊的灯光偏暗，于小雪走近几步，我才看清她的脸。看清了，攥着手电筒的手指不由得松开了。当时形容不出来，后来回忆起跟于小雪唯一的这次见面，回忆起她的脸，一个词才浮现出来：弧度。生硬、苦愁、凌厉的脸上是见不到优美弧度的。于小雪呢，眉毛从中间开始弯，眉尾恰当地收住，不至于耷拉下去，双眼皮儿不深不浅，两道秀气纤巧的虹，嘴角向上翘，横躺着的月牙儿，从耳垂到下巴颏儿也是一条流畅的弧线。很喜相的一张脸，无论笑不笑，笑意是满的，要溢出来的样子。成年人的面相泄露的信息太多了，无关乎天生的五官美丑，面相里往往隐匿着一个人的心理和生活状态。

走廊另外一头的保安朝这边走来，我取出钥匙打开门，犹豫地看着于小雪，她迎着说，能占用您一点时间吗？我拿不定主意，身体却侧过来让一下，她赶快走几步跟在我后面进了屋。

她坐进江恺常坐的沙发椅，环视房间，视线最后落在书架上。我以为都是专业书籍呢，原来不是，她喃喃念出声，《通俗天文学：和大师一起与宇宙对话》《中国首饰史话》《李白传》《夜航船》，这是，呀，还有这么多绘本和漫画。

不清楚她的来意，我礼貌地笑笑作为回应。

家里现在有很多心理学书籍，《释梦》《荣格文集》《行为主义》《自卑与超越》《论人的成长》，都是江恺买的，我有时也翻一翻。

心里忐忑，等着她切入正题。我这个职业在来访者家属那里名声并不好，有的目之以传销、灵修、邪恶催眠一路，有的不以为然觉得不过是伪科学、读心魔术，有的时刻提防着，怕咨询久了依赖上，跟亲人反而疏远了，最习见的是把我们看成江湖骗子糊弄人，新时代骗术，闲聊天儿居然按分钟收费，还那么贵，简直是敲诈。

庄老师，你会保密吧？她问。我以为她要跟我聊聊江恺，没想到说的是她自己。

声音圆润好听，珠子一般滴溜溜地滚动着过来。

就是一刹那，我看他一眼，偏巧他也看我，那一霎可真长啊，什么都没发生，什么都发生过了。之后又见过几次，都是一帮人一起的，听见他跟人打听我，我装作不知道，其实心里挺高兴。今天，他跟我，两个人，在咖啡馆待了一下午，把不多的几种饮料试了个遍，好意思又不好意思地坐着，都不说告别的话。直到咖啡馆灯亮了，我心里乱，告辞出来，在公园里晃了晃，实在没头绪，才来这里碰运气，看看您在不在。

她又详细说起两人怎么在草木染工作坊共事，我边听边细细地捋。于小雪是纺织面料设计师，这个我早听江恺提起过，也由此想通了他为何穿着打扮颇为讲究，从他表现出来的对自己的认同度这方面来说，本不该这么讲究的，想来都是于小雪对他的积极影响。

因职业之便，我对男女间的事了解甚多，深知那全不由人的疯魔劲儿，就像一把火，除非烧完燃尽，不然过不去。我担心江恺，一时默然，对着眼前的于小雪，却更多的是理解。我知道婚姻有多难，知道跟江恺在一起生活有多累，也猜到于小雪对“草木染男士”的好感，恐怕是因为在痛苦中浸泡太久，想露出头来透口气，未必是动真情。

何况，她为什么来找我呢，肯定不是为了说这些。

她接着说，庄老师，你是专业人士你帮帮江恺吧，我想不到别的办法了，信心也快磨没了，早租了房子说搬出去，又舍不下小家，你不知道我有多看重这个小家，一想到跟他过不下去了，光是想想就忍不住掉眼泪。

这代人是爱过才结婚的。我暗自庆幸。

她说，最近这几年不知道怎么熬过来的，遇见烦心事他情绪低落，一低落就好些日子，毫无理由地他也会突然不满意，好像他本身需要痛苦，好像心绪恶劣倒变成享受一样。外面阳光那么好，扭头看见他，他头顶上压着一大团乌云，我一哆嗦，全身冷透了。他有时待在房间里会忽然大叫一声，接着传来猛砸键盘的声音，好像自己跟自己说起话来，跟念咒一样。渐渐地，各据一室我也安不下心来，飘飘摇摇地等着，干等着他大叫一声，叫完了反而安心了，好像跌进看不见底的洞，掉着掉着总算着地的感觉。

她的声音绷紧了，眼眶里滚着泪珠，眼尾的睫毛湿湿的。

一次次重复，就跟进了闭路循环一样，看不到头。前一阵子他跟单位又闹起来了，这个，他跟您说了吧？

那天下午临时加了咨询。我仔细咂摸这个“又”字，心里明白了几分。

她趁我不注意擦擦眼睛，说庄老师千万别对他有成见，他是一点儿坏心眼儿也没有的人，他多单纯啊，上大学那会儿他脸上就写着三个字：好男孩。

她谈及大二那年去找高中老同学玩，认识了江恺。她随口提到的大学名字让我心里一震，江恺只跟我聊过他的专业，从没跟我提起过他毕业于全国数一数二的学校，我有些吃惊。

提到大学时代她高兴起来，跟我讲他们相处的一些画面，讲得很细致，不愿意漏掉往事一丝一毫的好，脸上始终是小女孩的欢喜劲儿，眉眼更弯了。

我忽然觉得大有希望，很明显她比江恺健全，她是可以从经历中获取养料并被平淡生活秘密滋养着的一类人，这对江恺来说太重要了。

好男孩，怎么就变成这样了呢？末了，她说，说完垂下头盯着地面。

她相信别人，她主动来找我，刚才还说起，江恺提出来看心理咨询，她没有质疑没有冷嘲热讽，帮着在网站上选咨询师，浏览简介和照片，说选这位吧，慈眉善目，看着很亲切。

我的年纪，大概跟他们的母亲差不多。

怎么会对他有成见呢，他是我的来访者，我会帮助他发现一些问题，帮助他的过程也是在帮助自己。每个来访者的心都像冻了几十米的冰层，不能急，慢慢来吧，小雪。我轻声喊出她的名字，她抬起头看着我。

我接着说，心理咨询可以从幼年入手从过往经历入手，家庭，父母，成长历程，沿着这个方向去找线索，这是流行的手法，这种手法因为很少触及现实、相对安全而被广泛采用。但不要忘了一句话，我是一切存在过、一切业已完成的事物的总和。人是什么，人是所有经历的总和而不仅仅是童年的经历，你呢，你曾经是，现在也仍然是江恺的经历。

她的声音抖得很厉害。我看到他在受苦却帮不了他，也没能让他感到快乐。夜里他经常做噩梦，喉咙里发出特别惊恐的叫声，双手在黑暗中乱抓，我想让他醒过来，又怕中断一个梦不好。白天的时候偷偷看着他，既想耐下心来安慰他，又想扭过身去躲得远远的。

我明白她的处境，她正渐渐丧失跟丈夫共同生活的兴趣。江恺的烦躁、怨恨、不高兴像病菌一样四处滋长，高频率的爆发让她身处家中而难获安宁，在爆发和等待爆发中熬时辰，家庭的场，家庭的氛围，吃人不吐骨头。

我把叹息压下去，对她说，我知道你厌倦了，再坚持一下，别放弃。你是江恺的生活伴侣，也是一个良好的客体，跟你相处的美好体验会改变他内在的心理机构，这样他就有希望重新建立起跟环境、跟他人的健康的客体关系。

最后我告诉她，我最喜欢的心理学家是阿尔费雷德·阿德勒。他认为儿童在5岁左右形成了生活风格，也就是构建起了人生原型，但阿德勒不看重过去，他还说过一句话，生命总会设法延续下去。

她眼睛亮晶晶的，用力点点头，生命总会设法延续下去，相信你庄老师，我也不会轻易放弃的。

送走于小雪，我先推开窗户让风吹进来，又关掉吸顶灯只留一盏低瓦数的台灯，最后把自己放妥在躺椅里。眯了一会儿，坐起来准备回家，抓起手机放进挎包，手指又触到了包里的防身用具。几年前一次咨询的时候，坐在我对面的人总盯着花瓶看，透明玻璃花瓶，注水到瓶身的一半，一束鹅黄色的小苍兰亭亭地站在清水里。咨询完了，我手捂胸口调息了半天，心跳才渐渐慢下来。从此，房间里没有了玻璃花瓶也没有了瓷瓶和陶瓶，植物栽种在塑料花盆里，干花们，鼠尾草、地中海蓟、满天星、珊瑚红豆、莲蓬，住进了各种形状的藤编、竹编或柳编的花器里。

来访者是个十几岁的初中生，也许他只是喜欢那束花。

3. 每年三月份，我会离开深圳去别的地方住一阵子。各地的景区风光迥异，扰攘是一样的，我受完罪就离开了，景区还在没黑没白地受罪。有一年夜宿河畔的古镇，深夜躺在床上，窗外的人声像涨潮一样漫上来，渐渐盖过了水声。月洞门雕花木床挨着窗户，窗户下面是窄窄的河，打开窗户，红灯笼映着粼粼的流水，对面临水的街上站着人，拱桥上也挤满了人。古镇像个揉着眼睛缺觉的孩子，哪天能睡个囫囵觉就好了。也去过传说中适宜隐居的偏僻地方，发现隐士真多，已经热闹起来，难见荒烟蔓草，跟外头的气息差不多。后来就悄悄回老家住，市郊的宾馆，水库边上的度假屋，临行前或跟亲友见个面，更多的时候直接拉起行李走。坐上出租车，在座位上转头往后看，熟悉又陌生的小城越退越远，渐渐模糊了，是山水画虚虚蒙蒙的远景轮廓，像一场似有还无的残梦，遥遥挂在卷轴的一角。

很少跟亲友谈起我的职业，有人问起来，能含糊过去就含糊过去。这份工作神秘而高危、枯燥又刺激，似乎藏纳了数不清的秘密，但更多的时候我了解的不是个体独特的痛苦，而是公共性质的痛苦，洞悉的也非个体隐秘，不过是对世俗价值的反复体认，对永恒的贪嗔痴慢疑的来回温习，我的房间里噼啪闪烁着心灵幽深处迸裂的暗蓝色火花，同时也堆积了世事人心最表面的一层泡沫，浑浊而固执，强风吹过来都一动不动。

钻研过几本心理学方面的书，还是揣摩不透上级的心意，有时候用过劲儿，有时候又不够主动，经历几任领导，这方面没少下功夫，好像一直没找对感觉，领导对我也不太重视。

做销售三年了，业绩一直不理想，好几次差点被淘汰，量上不去，不被淘汰自己干着也没意思，没有愿景啊。每年固定培训也学了些招式，说穿了卖东西就是讲故事，讲故事的技巧我已经掌握了，但心理不够强大不够坚定，对人家脸上的表情会特别在意，磨不开脸面去磨客户，也不知道用什么办法能轻松混成哥们儿，很苦恼，想请你在这方面帮我提升一下。

我有个高中同学，是我在深圳唯一的朋友。本来我们经济条件差不多，都是一套房一辆家庭型轿车，后来他跳槽去了一家金融公司，每年年底奖金下来了都发笔横财，换了豪华车，现在又准备换房改善生活品质。我呢，后悔大学时没学个好专业，现在还领着死工资。每次跟他见面，回来我都特别，怎么说，就是那个词：焦虑，但他毕竟是我在深圳唯一的朋友，人都需要友谊，其他社会上认识的不敢交心呀。我短期和长期都看不到赚大钱的希望，心里急，睡不着觉，可能快抑郁了。

这些本该跪在菩萨跟前默默念叨的话，说给我听了，菩萨不用回应，我得回应，厌恶和倦怠会一起袭来。来访者们境遇各异，有一点是相同的：每个人都气鼓鼓的，觉得自己的人生很失败。我经常会有捂紧耳朵的冲动。他们的脸孔年轻而老气，更是令我不忍细看。好在这类人士所受的是滚滚红尘的浅表伤害，没有真正的问题要解决，会很快脱落。再加上自助心理学这么流行，分支细，锁定精准，营销心理学、交际心理学、恋爱心理学，通俗易懂，实用性强，实在不需要专门花钱面询。

四月初回到咨询中心，桌上放着这一星期的安排表，江恺的名字又出现了，预约的是一个工作日的晚上，我仔细看了几遍，确定是江恺。

晚上，我提前到咨询室，开窗换气，再把窗子关上。掸干净茶几，调好灯光，倚在沙发上等。江恺提前了几分钟到，说上个月就想预约，助理说你休假去了。

我请他坐下，聊了几句闲话。江恺主动提起单位的事，我问他最后怎么处理的，他说，写检查，会上公开道歉，之后饭堂里见面也互相打个招呼。才过几个月，他说起来像是很远远的事情了，也许那天他的慌乱和绝望，不仅仅出于对上司的畏惧、对前途的担忧，我感觉他可能不在乎这些，让他害怕的，可能是另外的东西。

反正我又搞砸了。他扶着额头，准备从头说说。

4. 毕业那年参加了研究所的应聘考试，几百人竞争的职位，我笔试面试都是第一。入职头一年工作很认真，跟同事关系也融洽，大家对我评价不错。接下来也不知怎么回事，就跟兜不住一样，跟同事吵跟领导也对着干，人缘越来越差，一去单位就觉得空气紧张，待在那里也是讪讪的，只好去找别的出路，看看选调什么的，选调也是通过考试，我擅长这个，试了几次就考上调走了。

在新单位工作上手很快，一切都很顺利。谁知道过了一段时间，就跟鬼上身一样，又把挺好的局面破坏掉了，我很容易跟人结仇，事事都想反抗，不是成心的也没什么坏心思，不知道为什么，形容不出来的感觉。

中间还有，不详细说了。现在这个单位是去年夏天刚换的，刚到单位的时候特别高兴，我渴望加入到陌生的群体中，我就是个新人了，是另外一个人了，没人知道我的底细，可以重新再来一遍！谁知道那天跟中了邪一样还是搞砸了，就好像有另外一个人在暗中指挥我，在秘密规定着我生活的走向，不管我怎么做，都是往那一步里迈。

听着江恺的叙说，我眼前不断出现一幅画面，画面里藏着深深的悲哀，叫人看一眼就不由得心情黯然。一个年轻人清晨醒来时是怀着希望的，洗脸刷牙，穿上干净的衣服，默默给自己鼓劲儿开始新的一天，尝试着友善对待周围的一切，然而在某种神秘力量的驱使下，希望和美好总是迅速溃散，无论他多么努力都走不出这个轮回。

这些年一直不太顺。江恺总结道。

我问，你主动挑起冲突的人有什么共性吗？

他想了一会儿说，仔细想想，都是品性很不错的人，但会在某一个瞬间让我感觉受到了约束。

约束？还有没有更多的词语可以描述？

压迫，剥夺。服从别人让我感觉很难受，像一座山压过来，把我压成薄薄的纸片，也像一大把管子插在我身上，生命一滴滴被吸走了。他很肯定地说。

越来越清晰了，我准备开始梳理。看起来，他是个自由的成年人了，不管家庭和父母以前如何，他早已挣脱而出，然而，过去并未走远，像个诱惑，向他招手，一扇扇门次第洞开，长长的通道显露出来，熟悉的口令橐橐响起，他毫不迟疑，扭头往回走，召唤他的到底是什么？

觉察和认知是最重要的，只要能认知到是什么在操纵他，就可以用相应的方法来治疗。

回想起来，不过是些微不足道的事情，但让我有受束缚的感觉，为了摆脱这种感觉我总是尽快原形毕露，尽快让人知道我不好惹不能沾，是个怪人是块滚刀肉，别跟我分派任务，别跟我交代事情，别打扰我，离我越远越好。扭曲的是，我又多么希望跟每个人的关系都是正常的。没救了，你理解那种感觉吗，好不容易焕然一新，然后稀里糊涂又是老路，意识到自己又回来的一刹那，一下子就灰心了，一点儿心劲儿也没有了。日子太长，我想把阳寿分给小雪，分给你，分给医院里得了绝症的那些人。他郁郁地说。

我忽然改主意了。

我儿子跟你同一年出生。我说。

也在深圳吗？他肯定比我好得多，我的意思是比我快乐得多。

不在深圳。

那就在国外了。

他死于脐带绕颈，抱出来的时候已经凉了硬了，除了在我肚子里活动、呼吸、生长，一秒也没在世上活过。

我们面对面坐着，一切都静止了下来，恍若漫漫长夏，热气凝滞不动，世界也被粘在了原地。

又过了几年我跟丈夫也分开了。

接着呢？再婚了吧。

我不再往下继续，岔开话题说，我之前在老家是做财会工作的。

都过去了，都过去了。江恺安慰着我，好像我是他的来访者。我看着江恺的脸，一时恍惚起来。最近这几年，长成青年人的儿子频频造访我的梦境，他有浓黑的眼眸和上扬的眉毛，个子高高的，喜欢穿天蓝色牛仔裤。白天走在街上，碰见男孩子从我身边经过，我会停下脚步转身看着他们，直到他们的背影消失在拐角的地方或汇进人流看不真切了，我才继续往前走。

江恺的眼睛忽然一亮，说，庄老师，你看圣斗士吗？我最喜欢的圣斗士是凤凰座一辉，工作后挣了钱，收藏了很多一辉的模型，有一座是他穿着金色的神圣衣，身后垂下长长的凤凰翎羽。一辉总是死去再复活，而且凤凰座的神圣衣也是有生命的，毁坏了可以自愈。

他讲述起凤凰座的几场著名战事，战斗的激扬，涅槃的灿烂，太阳仿佛伴随着精彩的故事冉冉升起，带着隆隆的巨响声升起，迸射出道道金光，辉映着他年轻的脸。他说自己不该被生下来，抱怨活着真没意思，但是他又多想好好享受生命，好好享受来人间的这一趟啊。阳光，星空，连绵的青山，雨后的草地，诗一般的公式，友情，体育运动，书，电影，花朵，热乎乎的家常菜，各种各样的好东西。

我告诉他，别灰心，千万别灰心，这不是什么绝症，也没有严重到要从心理领域转到精神卫生领域，已有的理论足够帮你认知了。

到底是为什么？他问。

我尽量不给他定性，假我，俄狄浦斯情结，人格障碍，部分社会功能的缺失，这些标签于他无益。人是多么复杂和差异化的存在，不是几个概念几种分类就能说清的，我尝试着用他能听懂的语言，跟他一起分析和逐步发现。

你感觉有个神秘人在指挥你，你是被迫进入到情境中的？

非我本心所愿，我想在平和友善的环境中工作啊。

仔细回想一下，事情失控之前你一般处在何种状态中。

不知道，就是感觉难以忍受，局面、氛围都不对。

轻松的气氛、良好的人际关系，为什么难以忍受？

他皱起眉头，是呀，为什么？

也许，这些会令你感到不适，因为不适你才想改变。

改变舒适的环境？他瞪大眼睛。

你不断创造条件，让自己置身于对抗性的境地中。

我创造的？但处在这类境地中并不愉快，很压抑。

并不愉快，可是你熟悉，你熟悉这种恐惧：敌人在身边，让你不得安宁。你盼望回去，让自己沉入到业已熟悉的恐惧中。

业已熟悉的恐惧？

是的，与其等待不可知的恐惧，不如先期沉入到熟悉的恐惧中，这样就有一种虚幻的掌控感。如果说有个神秘人的话，这个神秘人，就是你的恐惧。

他说，那业已熟悉的恐惧是什么？敌人又是谁？

一种症状的背后必然勾连着一大段过往，熟睡的个人生活史，需要慢慢叫醒它。我说。

他那么聪慧，我觉得他已经意识到了什么，他回避着我的眼睛，说，这一层要慢慢体会。

我点点头，不用急，今天也差不多了，回去好好休息吧。

5. 江恺离开后，我在诊疗室躺了一会儿才回家。回到家，走进卧室，打开衣柜门，感应灯随即亮了，敛藏的光在小小的空间里伸展开来，大衣、毛衣、衬衫，挤挤挨挨拥过来。我从抽屉里拿出一块洋布，蓝底白花，颜色旧旧的。不是用旧的，是不曾流走的时间一层层蒙在上面，让它变得晦暗也变得沉重。

那是我唯一的一次昏厥。原来苏醒不是一瞬间的事，而是一节节、一格格的。先是有耳朵了，听见喊我的名字，声音像从很远的地方传过来，传到耳边已经衰弱，回声荡悠悠地响起，在空旷处经久不散，丝丝缕缕地飘着，声音的细丝被一根根抽长，渐渐断了，风一吹，没了。接着，我感觉到身体的存在，不是实心的，是玻璃球，能看见里面树枝一样的脉管，悬浮流动着的血液。再往后，有触觉了，指甲盖划过的地方凉凉的，是铁架子床，最后，有什么东西重重扑在身体上，我猛地坐起来。

孩子的脸是青紫色的，双目紧闭，他还没来得及看我一眼，看人间一眼，眼睛就合上了。人们在床前箍成一个半圆，纷纷劝说着，要把他抱走，我扯过被子盖上他，只露出拳头那么大的头，说让我抱着他吧，就一个晚上也行。熄灯后我靠着一个枕头，在黑暗中注视他。相邻床位的人背过身去，叹息声比披散下来的头发还长。我摸索着下床，绕过弯曲的楼梯，走到有路灯的地方端详他的脸，我想记住他的模样。那做母亲的一夜很短很短，一丛丛黑黝黝的冬青树很快从晨曦中显现出来，顶着初生般的湿漉漉的绿。夜里多个疯狂的想法，比如说把他做成木乃伊，把他浸泡在某种溶液里，把他冷冻起来等待医学的飞跃，像晨雾一样升起又消散了。最后我手里攥住的是一块裹他的棉布，我凑过去闻，大口吸气，好像这样他的气息就能在我的身体里往复循环了。后来过了很久很久，我已经可以叙述和谈论这件事情时，别人听了觉得可怖，对我来说却是一辈子最温柔的夜晚，我跟我的孩子在一块儿，胸膛贴着胸膛，静静地等着天明。

江恺提到过他的母亲，洛阳人，恢复高考后考入邻省的院校，毕业后回老家分配进科协工作，然后结婚生子，日出日落，清晨暮晚，在办公室和自己的小家之间来回往返，像生活在小城市的无数女人一样，大半辈子的经历都很简单。

6. 今天的咨询，我试着问询江恺一些问题。谈及过往的经历，谈及母亲，一鳞半爪地，他仍未提供太多细节，费力想一会儿，摇摇头，好像实在没有什么重大的事情可说。他解释着，就那样，每个人都是那么过来的，没什么特别的。

他对母亲的感情尤其复杂，也许有足够的材料可供解析，却不愿别人触碰。虽然他支支吾吾的，我也大体上能估测出他的成长环境，画出一个大致的轮廓，并可以预见到那些并不“特别”的日常背后隐藏了些什么。

他说，上次咨询完回到家，关于“熟悉的恐惧”，思来想去有点明白了。

最重要的是自己的觉察，觉察到就够了。我不想勉强他全部说出来。

那晚把想到的都写出来了，写完一看，线条很清晰。

我并未表示赞同，说，人精神上的迷惑和混乱，成因往往很复杂，我们可能只是找到一部分原因，甚至找到一个因也没有那么重要，主要是在找的过程中确认了自己想要改变和新生的信念。

他附和着，当然，拎出来线条只是第一步，难的是怎样不走回老路。

我建议道，有些情况下一旦发觉自己正往熟悉的情境里滑行，意识马上接管过来，强行中止，多试几次，一次奏效有了正面的体验，以后就容易应对了。

我记下了，等着试试这个方法。对了庄老师，我再请教一个问题，像我这种情况，焦虑变成常态了，每天总感觉很累，工作不忙的时候也又困又乏，有什么办法改善一下吗？

我了解他的情况，对他来说焦虑不是那个谁都能随意说出的流行词，而是实实在在的折磨。手头没有事，身体坐下来了，周围也没有别人，却还是感觉闹哄哄的，为什么，因为思维太可怕了，它不停止你就没法得到真正的休息，为了片刻的宁静，人们想过多少办法呀。

该怎么描述呢，这样说吧，我每一秒都活在下一秒，脑子里一个念头挤开另一个念头，成千上万不停翻涌，太累了。还有一些时候会突然全身发抖，心脏猛烈地跳，好像要跳出喉咙离开身体，跟快要死了一样，他补充道。

焦虑是表象，是次生情绪，关键要认识到引发焦虑的源头。另外，焦虑漫上来的时候，你会看到什么画面或听见什么声音吗？我问。

有声音，是秒针咔嗒咔嗒的声音，这声音一响好像就永远不会停。我完全静不下来，坐也不是，站也不是。

我点点头，说，感觉自己精力好脑子清楚的时候，分析一下为什么会听到这个声音。至于方法上，瑜伽的冥想、道家佛家的打坐，都会有帮助，心理学上的正念练习也成为很受重视的治疗方法，有个常用的小办法，数呼吸，有的心理学家认为数呼吸和焦虑不可能同时发生。你找找这方面的书，按步骤来练习练习。

可以练习是吧？

试一试，正念练习不是包治百病的特效药，每个生命都是独特的，人和人太不一样了，调节的办法因人而异，慢慢摸索吧。我犹豫着，要不，我分享一下个人体验？

他坐直了身子。

我说，旅行的时候，有些美景来得出其不意，它撞进生命的那个瞬间，我活着却忘了自己活着，既融合又出离，既迟钝又不可思议的敏锐，出神和忘我之后是大自在，是真休息，感觉特别满足，感觉还有太多未知的好处等着我去发现和喜爱，继续生活的兴致就很高昂。

他说，太神秘了。

我有些沮丧，嘴里却鼓励着，江恺，有一天你也会体验到的。

心理学上对人的这种状态有很多研究，我刻意不援引理论，更不想启用多巴胺、皮质醇等名词，从神经机制的角度来说明背后可能的原理，那些美妙的瞬间，不能求取也无须解释。风、阳光、景物、乐曲、一段文字、生活中的一个偶然，都有可能把我们带到那个安静的地方，从那里走出来的人，身上会焕发着异样的光彩。

既不玄妙也不灵异，只是需要一些机缘。

7. 接下来的一次咨询还是一小时。

这次刚上来他就有点不在状态，眼神游移，说话总重复。我不逼问他什么，只是暗中放缓了节奏。后面他寻着个空当说，过两天要回趟老家，请假手续已经办好了。

家里有事吗？我问。

有事。外婆心衰住院，住院的时候没通知我，现在好转些，出院搬到我姨家了，我妈才告诉我。

那就回去看看吧。

怪怪的。最近这些年回家都是因为有人生病，前年我爸喝酒摔伤了胯骨，还有一次是奶奶感冒转成肺炎，在医院里住了些日子，我陪床陪了几天。我跟我妈很久没打电话了，她一打电话，我接通之前就在想，是不是又有人住院了。

很少打电话？

不知道该聊什么，更怵头回家，很怕见到他们，很怕当面跟他们说话。

我说，洛阳是个让人神往的地方，我还没去过呢。说完了，我察觉到自己竟然期待地看着他，心里的想法就此清晰起来。

他说，并不是想象中的样子，大概地下还属于古代吧，地上满街连锁，就连仿古也跟别处无异，工艺是差不多的。

龙门石窟该去看看。我说。他看看我，似乎想接句话，张张嘴又合上了。

为了避免在停车场再碰见来访者，我一般会迟些下去。发动好车子，要开出停车位的时候，远远地，两道车灯打过来，接着一辆宝石红色的车子驶近，车窗降下一半，江恺露出头来，要不，我跟你当个导游，庄老师？

我打开车门，走下来说，谢谢你，江恺。

开出停车场，很快驶上一条沿着海湾修建的快速路，道路两边的灯被一盏盏抛在后面，仪表盘上的数字跳动着，我发现自己越开越快。脚离开一点儿油门，车速慢下来，心里依然很乱。洛阳之行我将以何种身份出现呢？心理咨询师不是神仙不是救星也不是导师或朋友，我无法预见多重关系会为治疗带来什么，这让我觉得危机四伏。也不是头一回了，接访江恺的过程中一次又一次破例，也许在职业生涯的末期，我不想再自欺再使用最省劲儿的办法，一个熟极而流的套路化和市场化的诊疗程序，这样只是可以较快地显现效果，并确保咨询师在惯性中舒适滑行。变换一种方式，来访者可能会有更大改善，很多心理学家的治疗不是完全靠一个模子，而是尊重随机和偶然，也并不避讳跟亲友的接触交流。那种治疗方法古典从容，跟谋生无关，跟今天通行的职业规范也是抵牾的，却是倾尽了努力让一个生命最大限度地自如地活下去。心理学学派众多，任何一个天才的心理学家都有能力开创几种分析诊疗的方法，杰出的心理医生则会为每位病人制订独特的治疗方案。为了让来到世间的生命少一点成长的伤痛，让父母们养育孩子时少一点蒙昧，温尼科特耗费毕生精力研究上万名婴儿，细致观察母婴之间的相互作用。科胡特、克莱因、贝克、马斯洛、霍妮，他们终日面对着遗忘、防卫、不诚实的对象，在不可知论的压力下试着了解人类解脱人类，想着想着，我心里有了支撑，力量慢慢回来了。

8. 几天后，我跟江恺在高铁站会面。上了车，我们第一次并排而坐。江恺低头看看车票，说想起来了，刚结婚时我跟小雪也是坐这趟车回老家的。

我记得于小雪说租了房子准备搬出去，不知道现在怎么样了。忽然想到另一个女人，一个中年将尽的来访者，在即将步入暮年的时候她坐在我对面，总结自己的婚姻：二十多岁时离开原来的家庭组建了另外一个家庭，以为新生活要开始了，那时不知道这是人世间最难的事情之一，一晃几十年，经历了成千上万次争吵，到头来，说到底，是被一个非亲非故的人平白折磨了这么多年。

于小雪会不会也这样走入暮年，想到这里，我看了江恺一眼，他正望着车窗外面。

起先高速列车在多山的地方行进，穿过一个个高大的山洞，接着地势平缓了，只剩几座线条圆润的小山娇憨地站立着，溪流缓慢婉转地流向远处。时值仲春，水田和菜畦笼着轻烟般的绿，水墨的风韵，不像盛夏时绿得那样实、那样有筋骨。

中午吃完盒饭，江恺闭上眼睛休息，我也歪在座位上打盹儿，半睡半醒间，我听见耳边的呼吸声急促起来，转过头去，正好迎上他睁大的眼睛。

怎么了，哪里不舒服？我问他。

他把手掌覆在额头上，半天才调匀呼吸。他凑近我，低声说，越往北走越害怕，之前看过的恐怖片都浮现出来了。一闭眼就看到《断头谷》里的场景，到处是浓雾，树林里跑出来一匹马，闪电划过，一下子看清骑马的人没有头，无头人全身铠甲，手里拿着长柄利斧，他在追杀我，我跑到一棵树下，看见一颗颗头颅从树根下滚出来，脖颈处的断茬还滴着血，血珠慢慢渗进泥土，地也变红了。电闪雷鸣的，暴雨落下来，雨水混合着血，汪起一个个血红色的水洼。

太真切了，跑得喘不上气来。他摇着头又摸摸袖子，那么大的雨，衣服居然没有湿。

我本想问个究竟，看到他虚脱的样子，加上此时又在疾驰的密闭列车里，只得按捺下来，起身帮他接了一杯热水。他疲惫地望着窗外，河流，田野，远处的民居，不停地往后掠。我知道他不在这里，不在这节车厢里，他又奋不顾身地沉浸到某个特定的情境里，置身于他竭力想忘记的一段过往中。我想起他在一次咨询中问过的问题：怎样才能获得他人的爱？我没有正面回答，只是告诉他，从你生下来到现在这一刻，肯定有很多人爱过你或正在爱着你。其实我想说的是，真正的爱无法获得或赢取，我还有一个猜测，他话里的“他人”也许可以换成另外的词：母亲。

快进洛阳站了，他站起来取行李，行李箱很重，我帮他接了一下。取下行李，他呼出一口气，好像终于下定决心，说，我没告诉他们，我爸妈，没告诉他们今天回来。之前拿不定主意，没想好这次回来见不见面，刚才经历了一次追杀，我决定了，看完外婆就走。

一时不知道该怎么接话，他提议在龙门石窟附近找家酒店住下，我说都听你安排，问他什么时候去探望，回答说明天上午。

到了酒店，天色尚早，他说，庄老师累不累，安顿好可以去石窟转转，走几步路就到了。我点点头，说去转转吧。其实他刚经历了梦境中的一次猎杀，肯定比我疲惫多了，他只是撑着一口气想早些带我游览。

9．站在石窟门口望过去，成千上万的石刻佛像沿着伊河东岸逶迤而来。

光滑的崖面往里掏，掏出来凹形的佛龛，凿锤对着大块的岩石，凿下不是佛像的部分，佛，就出现了。巨大的佛像跟山体似断还连只能仰望，低处的岩石上，数不清的小造像依着山势密密排列着，小佛像只有几厘米那么高，却依然让人觉得壮丽。

江恺一路介绍着，哪一尊是精品，什么年代，有何特色。他说记不清来过多少回了，又走了几十步路，他指指前面，快到了，龙门最大的一尊佛。

我们来到卢舍那大佛面前。此处游人最多，导游被扩音装备放大的声音此起彼伏，几个历史人物的名字不断被提及。我没有细听传说，仰头看去，看到大佛融进了山石中，她是菩萨，她也仍然是半座山。我被她的神情迷住了，忘记了她是石头，奇异的感觉涌上来，好像我无论移动到哪个位置，她的目光都像暖煦的风一样吹拂过来。还记得有一年去西安散心，见到秦陵深埋在地下的永生军团，一个个高大的陶俑，斜斜地扎着发髻，没有眼珠和瞳仁，永远无法与之对视，看着看着一股凉意顺着脊背爬上了后脑勺，大夏天的，我打了个大大的冷战。

不是为了旅行而来，此时游兴却真上来了，问江恺能不能再去白马寺，他看看表，说赶过去试一试吧。

来到白马寺，寺门关着，已经闭门谢客。我们沿着赭红色的围墙走了走，暮色渐渐围上来。灯光疏疏落落地亮起，不远处是一家小酒馆。

郊野之地，路上车辆很少，行人也零零星星，天黑下来，是荒村一般的寥落清寂。进到小酒馆里，我们商量着点菜，芹菜炝花生米，小酥肉，焦炸丸子，蒸槐花，主食要了半打锅贴。菜单翻过来看到有糯米酒，我问他，喝点酒吗？他笑笑，度数不高可以。

很快，店家温了一壶酒上来，酒壶旁是一个小瓷碟，放着干桂花。我先把酒倒在杯子里，再撒上厚厚一层桂花。乳白色叠着金黄色，米酒的酒香托着桂花的甜香，在不大的屋子里漫溢着。

热酒入口顺滑，跟酥肉、丸子和闲聊也相宜，我们又要了一壶。北方初春的夜晚还有些清寒，喝了几杯酒身体才暖和起来。我拈着酒杯，想起大佛的面容，嘴角浮现出笑意。

笑什么呢？江恺问。

我说，江恺，你去过很多次石窟了，给我说说，你在大佛脸上看到了什么？

很庄重，庄重里还有点亲切。他说。

嗯，庄重、亲切，还有吗？想想她的衣服。

衣服，衣服是袈裟，石头的袈裟。江恺有些出神。

对，石头袈裟，是石头吗？

不是。他仰头喝下一杯酒，手拿着酒杯在桌子上画圈，说，是石头也不是石头。

我回忆着雕像的每一个细节，心里不住地赞叹，大佛的通肩袈裟像随手捋起水的波纹，披在身上，衣纹悬垂着，一道道绵软自然的弧线，看不到任何峻急紧张的转折。

石头凝固下来的是什么？说说你的感觉。我继续跟他探讨。

他说，垂感。

会不会还有一个词可以替代。我说。

他捏住眉心，让我想想。

石头凝固下来的，是松弛。他说。

对，那是石佛最好的状态，也是人最好的状态。玻璃门上起了一层雾气，隔开了小酒馆和外面茫茫的夜。我看见，他耸着的双肩渐渐沉下去，脖子出来了，变长了。

他低下头，盯着自己的脚，惊讶地张大嘴，说你看，脚在使劲儿，我的脚居然在使劲儿，明明喝着酒说着话呀，使劲儿干吗呢。我循着他的视线见到桌下的一只脚，只有前脚掌着地，隔着鞋子仿佛也能看到：他的足弓绷紧，脚趾在用力抠地。

脚慢慢放平了。

原来我是这样存在着的，像剑拔出来，弓拉得满满的。江恺不敢相信。

过了一会儿，他说，下雨了。我用手抹抹玻璃上的雾气，向外看去，只看到一小框黑夜。

他吸吸鼻子，下了，我闻见雨味了。

杯中米酒，安安静静地待着，慢慢地，上面澄出一层透明的青汁。半晌，雨点才稀稀疏疏地落下来，闷声打在地上，似乎数得清，渐渐地，雨点小了也密了，像簌簌落下无数粟米般的小花蕾。

刚才好像去了一个地方，从没去过的地方，那里太寂静了。他的神情恍恍惚惚的。我不去打搅他，等待他彻底回过神来。又过一会儿，他说，不知道该怎么描述那种心安的感觉，很陌生，也很美妙。

我点点头。好长一段时间了，故去的儿子没有再出现在梦境里，他好像走了，真的走远了。

咱们接着聊吧，庄老师。

又加上一份牛肉汤，就着热腾腾的汤，我继续跟他闲聊。文章、书法、琴曲都能看到背后的人，至少看到人某个时期的状态，他是焦灼的还是安详的，生硬的还是柔软的，甚至能感觉到他的气，他呼吸的长短和轻重。比如说有的文字整篇读下来，能感觉到作者气短气促，因为文章也在呼哧呼哧大喘气，还有的文字一惊一乍，吸引，当然吸引，就像字里行间伸出一只手，强拉着你走。再说说女人的美，有的女孩子认为优雅是凹出来的、拧出来的，是对抗出来的，其实自然放松的时候才可能谈得上好看，骨架舒展，脊柱曲度正常，挺胸抬头不但不累，反而是最舒适的。

人的体态以及面庞的纹路走向里，几乎储存刻印着过往所有的情绪和心理习惯，那些恐惧和焦灼并没有倏忽而逝，而是以另一种方式日久天长地凝结了下来。

走出小酒馆时，我才意识到刚刚是一次艺术治疗，没有感觉到它的开始也没有感觉到它的进行，概念和知识隐去，点、节奏、设计、目标皆不明晰，即兴而偶然。

我也很久没这么松弛了。

躺在酒店的白色大床上，江恺的话还在耳边回荡。细雨潇潇，一灯如豆，木桌木椅，酒菜温热，门外传来鸟儿振翅飞过的声响，过后天地俱寂，更是悠然神远。他环顾四周，说，我这些年，就是这样的时刻太少了，太少了。

10. 酒店的餐厅供应自助早餐，我端着盘子一圈走下来，盘子里有了白煮蛋、香肠、青菜和切成小段的油条。放好盘子，想起粥还没盛，去盛了一碗小米粥，顺手接一杯豆浆，往回走的时候，江恺进来了，他看见我，示意我先找位置坐下。

上午他计划看望外婆，我是跟着去还是自己游览洛阳，昨天没有商议，也是怕他拒绝，我故意没有提及。他取餐坐下，我想着既然吃早饭遇见，正好也就一起去了。

为了表弟上学近，我姨没往楼上搬，住的还是平房小院。老人家心里恋着住平房，出院才同意过去的。我家住在高楼层，外婆才不肯来呢。江恺一路说着，很快出租车在一个胡同前停下来。

胡同很深，往里走了几十米，江恺仔细看看大门，辨认一下，说是这里。

开门的是一个有点年纪的女人，短发，体胖，毛衣在身上匝出来一个圈一个圈的。她袖子挽着，手上沾满白沫，好像正在洗东西。江恺愣一下，叫声“阿姨”，女人看看他，摇头表示不认识，江恺说，王莉是我小姨。女人“哦”了一声，把门完全打开来，说都上班去了，就我跟老太太在家，我姓徐。

徐阿姨，我从外地赶回来看看我外婆，江恺边说边往里走，我跟在他身后。

院子方方正正，中间垦出一块松软的菜地，蔓着菜苗，搭着黄瓜架和扁豆架，一大一小两只狸猫在院子一角的香椿树下躺着。女人把我们引到东头的房间，转身离开了。江恺快步走进去，我跟着迈步，随即又缩回腿来，就站在门口往里看。

老人坐在床沿儿上。毕竟是八十岁的老人了，认出外孙，话跟不上，吃力地咳出几个音节。江恺跟她说话，她也听不清。我试着根据她的脸想象江恺妈妈的模样，然而这张脸已没有清晰的轮廓，眉毛掉光只剩下浅浅的白印子，眼皮垂下来几乎覆盖住眼珠。透过眼皮没遮住的不规则的两条缝儿，她定定地看着江恺。

江恺坐在她身边，说歇着吧，外婆，咱不说话了。阳光铺在床上，老人眯上了眼睛。江恺轻轻站起来，从背包里往外拿东西，一一放在桌子上，奶粉、蛋白粉、钙片、蜂胶、花旗参、一套保暖内衣。还有一只智能手表，这种手表可以测血压、呼救，我在商场见过。他拿着手表回到床沿儿，戴在外婆手腕上，她还是没有醒，他就握着她的手，不言不语地看着她。老人猛地醒过来，两人又开始说话，翻来覆去那几句，她听不清，他也听不清。

老人指指屋角，一个简易马桶放在那里。她站起来，江恺赶紧扶着，她挪一步，江恺挪一步。她并不胖，坐下去时身子却显得很沉，重重地砸在马桶圈上。她解完小手，继续坐着，好像解小手就用光了力气，只能在马桶上坐着攒劲儿。好大一会儿她表示可以站起来了，江恺两手放在她的腋下，几乎是把她叉起来的，她喘息片刻，抓着江恺的胳膊往回走，更慢了，一顿一挫地挪着。我看看手机，在这房间里一来一回居然耗去二十多分钟。

日光一点点移动着，月季花的影子印在窗玻璃上，老人的头缓缓垂到胸前。

他蹑手蹑脚地走出来，我们一起来到院子中央。江恺不住地摇头，说前年还不是这样的，能打牌能上街买菜，老人老起来太快了。

徐阿姨在偏房里忙活，见到我们就推开偏房的小窗户，探着身子说，中午陪你婆吃饭吧？我多收拾几个菜。

不了。他高声说，又转头低声向我耳语，一会儿我姨我姨夫该下班了，咱先走吧。

女人说着怎么不吃饭呀，追出来送。看她掩上门，我们才往外走。

在胡同里走了一小段，江恺忽然停下来，往后退了几步。胡同口迎面走来两个人，一前一后，都推着电动车。江恺转身看看大门，已经关上，又往胡同另一头看，堵死的，他双手抓着背包的肩带，一下子紧张起来。我把手轻轻搭在他的背上，怎么了，江恺？

我看着他，很明显他想飞走却少生了一对翅膀，他出了一身大汗。

那两个人走近了，走在前面的是个女人，嘴里叫着江恺的名字。

你们怎么来了？江恺沉着脸。

你姨叫我们过来一起吃饭。女人看到江恺的脸色，有些畏惧的样子，说，她不知道，不，顿了顿，你不是还没买上票吗？你姨不知道，我们不知道你回来。

我倒是听明白了，也猜到他们是谁了。料想是保姆通知主家有客来，主家再往下张罗，就把他俩张罗上了。江恺好像受到很大挫伤，说，谁要吃饭！走了。

女人嘴里说这孩子，不停地拿眼觑看江恺，畏畏缩缩地。他厌烦地别过头去，闭上眼睛又睁开，忽然迈开步子从两辆电动车之间走过去。

江恺。

女人的声音怯怯的，尾音儿细弱可能只有她自己听得见。

江恺停住步子，肩膀一耸一耸地大口呼吸，忽地回过头来，我们都吓了一跳。他脸涨得通红，嘴唇哆嗦着，我不知道他要说什么，我只能等着。

他咬着牙说，爸，你这辈子真亏了。

音量不大，一字一顿，硬，刺耳，没头没脑，却又直奔靶心。我没想到是这句话，接着才注意到推另外一辆电动车的男人，男人穿着三粒扣羊毛背心和深色西裤，普通的长相，头发黑白掺杂，北方中年男人差不多就是这个样子的。

这话是不能单独出现的，前头必然有很多很多句，这句话开裂的地方，不尽之意汩汩往外冒。

江恺嘴里说着你别逼我了，跌跌撞撞地走出胡同，我看着他的背影，又看看他泥塑般呆立的父母，辛酸一波波淹上来，怎么也压不下去。胡同夹道里，不知谁家的一棵玉兰树，长长的枝条伸出院墙在半空中一颤一颤的，顶上的花开了，花瓣像莹润的白玉片子，底下花苞鼓鼓的，也快绽开了。

你是？不知过了多久，她问起来。

江恺的同事，办公室挨着，我姓庄，碰巧来洛阳出差。我撒了个谎。刚才我注意到，江恺看见她时倒退几步，她也一样在认清楚江恺时，往后退了两步，踌躇一下才继续往前走。

她点点头，尴尬地笑笑，说，真是怕了他了。话头随即一转，来家里坐坐吗？

这次来洛阳是想借机见见江恺的父母，甚至以为我能一力促成双方的和解，昨天江恺说不回家时我还有点失望，没想到今天在这种情况下见面，一时劲头儿也不大了。

挣扎片刻，我说方便的话就去家里，随便聊聊。

11. 两人一路引着我来到小区，小区的建筑物很疏朗，花园开阔，种着些合欢、夹竹桃、石榴、垂丝海棠，地上除了草坪还有大片的毛杜鹃和矮牵牛，水系景观也愉人眼目，防腐木的平台，曲水游廊连起几座小巧的六角凉亭，岸边随意散落着几块景观石，流水潺潺，红红白白的锦鲤在硬币大小的绿萍间游弋。江恺妈妈还未从打击中恢复过来，放好了电动车，上楼的时候走错楼道，丈夫喊她也没听见，自己觉出来才慌忙往后退。

她邀请我倒不是随口客套，是巴不得跟熟悉儿子的人聊聊天，掌握些情况，求个安心。

我坐在沙发上，左右看看，好像哪里有点不对劲儿。我装作很感兴趣的样子，说参观一下装修吧，江妈站起来，说哪里装修了，能住人就行。先来到江恺的房间，她说搬过家，这里的布置还跟江恺小时候差不多。一个老式的写字台挨着窗户，写字台桌面和两侧粘满贴画，我凑近了看，贴画不是年深日久磨出来的那种斑驳，看上去像被人大力撕过，彩色图案和白色黏胶一条一条交错着，隐约还能看出一点变形金刚和足球小将的图案。单人床上的被褥卷着，露出下面的床板，床旁边是书橱，透过书橱玻璃能看到一排排题典。我拉开玻璃仔细看，除了题典还码放着一厚本一厚本的模拟试题，都是土黄色的书脊。衣柜贴墙放着，也许柜门后面就存放着江恺的各种小物件？珍藏着童年记忆、散发出私人气息的小物件。趁江妈背对着我往外走，我打开一扇柜门往里看，见柜子一角放着塑料绳捆扎在一起的书，匆匆一瞥，最上面一本《圣斗士星矢》的封面是一片一片的，被透明胶布黏起来，还是可以看出碎裂的样子。

跟着江妈往外走，忍不住回头再看一眼，窗帘半掩着，屋里有些暗。

接下来我说参观房子的格局就行，只在房间门口张望张望。陈设都差不多，东西很少，一点儿杂物也看不见，每个房间都有钟表，卧室里最多，似乎有三个。

再回到客厅，江爸不见了，想是趁机逃脱躲进了房间。江妈坐下来，叹口气说，别人家的儿女越长越成熟，江恺快三十的人，越来越孩子气。这孩子变了，不敢认了。

孩子气也不是什么坏事。我说。

他在单位怎么样？

挺优秀的。我有意使用这个词。

江妈脸上有喜色，说，从小就是小大人，坚强、懂事、学习好，从不弄鬼掉猴的。我年轻时气性大爱着急，有一回趴在床上生闷气，他呜呜哭着给我端来搪瓷杯，妈你吃点方便面吧，我接过杯子，一摸杯子壁是凉的，原来他用凉水泡的面，我一下就笑了。

我笑不出来，仿佛看到了那时的江恺，一个安慰母亲的小男孩，一个照顾大人情绪的小男孩。

知道邻居们怎么夸他吗？到现在我还记着，说这是个英雄孩子。

小英雄江恺。我环顾客厅，想找到一幅江恺儿时的照片，白墙上什么都没有挂，电视柜上只有一个关着的机顶盒，指示灯没有亮。

江恺小时候可不像现在这么木讷，聪明机灵着呢，那时候说起神童来，江恺也算一个。

我露出一丝苦笑。多年的咨询经历让我有机会看清背后的底细，很多所谓的聪明小孩，不过是因为成长环境恶劣、时刻准备着应变而不得不警醒聪明，一个孩子哪里需要这么多聪明，孩子要是像个孩子，该有多好。

她继续说，一直到他考上学，没操过心也没感觉到什么叛逆期，平平顺顺过来了，那些年过得真快。她喜欢回忆，说起来就停不住，她想使劲儿拉着我，在那段日子里多转悠一会儿，那段日子里，江恺身兼金童、尖子生、小天使数职。

阳台上的衣架被风吹得砰砰乱晃，我心里隐隐的感觉变得更加清晰。我说，这么大个阳台，前面又没遮挡光照充足，怎么不养点花呀？

她愣一下，嘴里含混地说小区有花，很快扭回正轨，说，江恺呀，那些年真是争气。

后来呢？

后来，后来不知怎么回事就大变样了，我对他的希望不像以前那样容易实现了。

你对他能有什么希望，就是母亲对儿子的希望吧。我说。

我希望也没用，他这些年不太顺。小学、初中、高中都挺顺的，接下来在大学、在社会上反而磕磕绊绊的，他说自己没什么朋友，也看不到什么希望，一个年轻人怎么能说这样的丧气话呢。他的眼神也变了，小时候眼睛里晃着两个小太阳，一看就是个热诚孩子，现在冷冰冰的，让人见了就想躲开。

她忽然想到什么，说，跟真事一样，前一阵子给我写信，打印出来寄给我，说一打电话就吵架，说不透。有什么好说的，他就是不孝顺，他就是烦我，我喘气儿都有错。

信上怎么说？

神神道道的，看心理咨询什么的，我打听了，什么咨询，是哄着他说小时候的事，全赖在父母身上。他这么大个儿人，对自己就没有责任吗，简直走火入魔了，就会埋怨我，说我没有灵魂，活得不真实，好像我是那种很坏的女人，冤呀，没处说呀，到现在我都不知道哪些地方做错了，想破脑袋都不知道。我这辈子什么也没做就培养了一个孩子，孩子竟然说我猎杀他，你看这用词，我不过稍微严厉些，管得贴一些，当妈的不都这样，也没见人家的孩子活不成。

她看着我，寻求支持，你说是不是，孩子来了，说来就来，谁天生会做母亲？

我小心地看她一眼，她周身似乎没有多少热乎气儿，看上去又扁扁的，没有长宽高，像个小黑点在茫茫的水面上晃荡漂浮。我听懂了江恺的那句话，并非指向男男女女那方面，他另有所指，她根本没听懂地臊红了脸。刚才一进门我就感觉冷感觉不舒服，对这样一个家庭来说，屋里少了点什么，这个少，并不牵连着钱的困窘。屋里干干净净却没有一盆花草，哪怕一盆仙人掌或一盆枯死的花，也无装饰品，或好看一些的生活用具，色彩也单调，望上去一片灰扑扑的。跟朴素无关，是荒芜的气息，草草的，不知道在往前赶着什么。因为莫名的惶急，一切刚好够用就行，准确得吓人，闲置在这里是不被忍受的，热情，快乐，也嫌多余。

在这个叫作家的地方，发生过很多无人在意的小事，它们伏脉千里地决定着成年江恺的一举一动。注意到我在打量四周，她说，我从年轻就喜欢素净。

她是能说会道的女人，颇善敷衍，也会做戏，眼角眉梢藏不住的却是冷淡，对此刻活着的冷淡。她坐在我旁边，但感觉上她并不在这里。她的积极和机警不过是浮泛的一层壳，里头空空的。她的动作表情里藏着作为一个生命体的深深的懒怠和疲倦，岑寂的绝望如穹顶般低低地笼罩着。我仿佛能看见她独坐在漫长的光阴里，像在默默忍受某种酷刑。

我向她推荐通俗一点的心理学书籍，她笑笑说，咱这把年纪别上这个当了。我说，也可以翻翻《金刚经》。她说，小区里现在人教的不少。

我再次问起信的内容，她不愿多提，说好几次想回封信，又觉得不过是换一种方式吵嘴，没有新鲜的话要说，还是算了。

她失神地望着窗外，说，那些年，不用问不用多说话，我只要看他一眼，就一眼，他就知道哪些该做、哪些不该做。我也不怎么动手打他，不用动手，我只要不高兴，不理他，他自己就慌得跟没魂儿一样。

一只小飞虫从窗户里飞进来，很快不见了踪影，过了一会儿，屋子里面光线暗的地方，出现一个绿莹莹的光点，晃动着，忽地，绿色光点一闪而过，消失在了明亮的地方。

我坐在她身边，虽然她并不认为自己需要陪伴，我还是想陪她坐一会儿，就像陪着那些在深渊里挣扎渴望得救的来访者一样，他们总是坐在我对面，有的不会哭也不会笑，有的天黑下来就如大难临头，好不容易熬过去一晚第二天还必须一切如常地上班，有的一闲下来就觉得心慌，不停地干事，不停地制造高潮，目标达成之后却一片虚空，更加难受。

她背着光坐在椅子上，双手从两腿间垂下去。半天，她抬起一张凄苦暗淡的脸，叹口气说，变了，世道变了，让我赶上了。

会好起来的，日子总会好起来的。我宽慰着她。这会儿我不想跟她争辩，更不想指点或责备她，想着这辈子大概只能见这一面，我就想把身上的暖意尽可能分给她，把信心也传递给她。我是真有信心，她儿子多善良呀，咨询的时候也有意无意地替她打了那么多掩护。

她霍地站起来，吓了我一跳。她死死盯着墙上的表，惊叫着怎么一晃就十二点多了。她很慢很慢地重新坐下去，低声说，又该做饭吃饭了，这日子过着，真是麻烦呀。

锦鲤游得很快，摆动的尾巴像一抹抹大红颜料在水里化开了。跟江妈道完别，我在水池边坐下来。水清且浅，阳光透下去，池子里晃晃荡荡的满是光。池中央有一棵睡莲，从茎中伸出来的长长的根，在水中一条条清楚分明，两朵莲花挺出水面，一朵年轻，一朵不太年轻了，一朵是蓝色的，一朵是紫色的，几只小乌龟趴在睡莲叶子上，一动不动地晒太阳。鱼在水里游弋，乌龟在叶子上晒太阳，天空和云彩也映在池中。我仰起脸来透过树枝的缝隙望着天空，北方的天空总显得更高远一些，我这才长呼出一口气。

出现在街头巷尾的江妈是一个看不出任何异常的妈妈，就是这个正常让我憋闷得透不过气来。一个多么常见的家庭，粗粗一看还是个好家庭，夫妻俩都有安稳体面的工作，几十年没病没灾过下来了，孩子学习好有出息，在大城市安顿住了，这看似完满的一切却让我感到深深的惋惜。江妈上面，我看到一条粗大的脉络从遥远的地方延续下来，江妈只是其中的一环，江妈背后，深厚久远的传统巍然而立，押着她，押着许许多多的生命。

她送我时说了最后一句话，江恺迟早要后悔的，后悔对我大吼大叫，等我死了他会扑在棺材上大哭，后悔我活着的时候对我不够好。

12. 洛阳春天的牡丹不可辜负，看到真牡丹便觉得这些年受了国画的骗。阳光下的欧碧如薄薄的绿玻璃一轮轮叠着，一串由轻到重的铃声，清新鲜灵得让人忘了它其实也是富丽的，自然年年都开，见到的一刹那却恍惚觉得这是它的第一次开放。

在牡丹园里接到江恺的电话，他说又没控制住，真抱歉。我告诉他，不用控制，不用道歉。他当日就离开了，这会儿通话已是两天后。我说起信件，他才知道那天我去了他家，他问你们聊什么了，我不知该从哪里谈起，直到挂了电话，他也没再提起信件的事情。

回到酒店，看到前台站着一个人在跟接待员说着什么，是江恺的父亲。我以为他来找我的，正想上前，见接待员从存放柜里拿出几样东西放在台面上，一样一样都很熟悉，探望外婆时带的礼物，江恺给父母也备了一份，不同的是，父母这边还多送了几本书。接待员把东西一股脑儿放在酒店的袋子里，递给江恺父亲，我退几步躲到旁边的旅游纪念品商店里，看着他拎着袋子匆匆离开了。

回程的高铁上接到江恺的短信，问我什么时候回去，想预约下一次咨询，我又谈起信件并给了他邮箱，他回复，庄老师，我需要时间想想。

到家已是深夜，一进门发现窗边的虎尾兰跟走的时候不一样了，整体好像长高了些，新的叶片从土里钻出来，叶子微微卷成一个小筒，还没有完全舒张开。接着我朝沙发看过去，毛绒动物们坐在宽大松软的沙发背上，白色鬃毛的马驹，大眼睛的小狮子，火红的狐狸，套着毛背心的绵羊，两只手牵着手的柴犬，猴子呢，它向一边歪倒了，我走过去，把歪倒的猴子扶坐起来，把它的黑色呢帽也正了正。我在客厅里陪着所有物件坐了一会儿才转到卧室里，临睡前看看邮箱，一堆未读邮件，却没有我等的那一封。

休息过来也没去单位，隔壁的刘先生知道我回来了，拉着我爬山、打壁球、逛茶叶展会。他开着一家中药店，有些年份了，进货的时候自己忙一阵子，平时有人看店，他只是偶尔去转转。我们先是当邻居不知不觉又成了玩伴，经常一起爬山也一起认识植物。刚知道我的职业时，他露出惊愕和担忧的表情，下一次见面他对我说，以后我们要多游泳。我说你今天怎么没头没脑的。他说，你天天泡在别人的苦水里，全是些避之不及的人和事，多大的折磨。我这才领会到他的意思，收下了这份关心并告诉他，我有督导师和自我体验师，他们是我的守护神。我想起咨询中心网站上对我的几行介绍，姓名、资历、受训背景以及咨询范围：压力和情绪调节、神经症、自我探索和个人成长、急性心理创伤。我差点儿忍不住告诉刘先生，挂在网站上面的名字并不是我的真名。

江恺预约的是周日晚上。我早早来到咨询室，把在洛阳买的牡丹绢花插在藤筐里。花朵绣球般大，颜色是渐变的粉，只有一瓣显得个色，近于深红，像湿了的胭脂，红色冷不丁一大步跳到粉白，倒是一点儿也不呆。摁下音箱开关，一阵雁鸣声响起，远远地从云霄里传过来的鸣叫声，在长空中一梯一梯地往下走。CD 里是七首古琴曲，看来上回听到《平沙落雁》了。音乐声中顺手打开电脑，一看邮箱，江恺的邮件躺在里头，两天前就发过来了。

愣怔一会儿，才点进去看。

妈，有一次给你打电话，没说几句气氛就变得冷而怪，你好像收藏了很多冷话和怪话，跃跃欲试地就等着找个机会说给我听。挂了电话我顺手拿起手边能拿到的东西，猛砸书桌一通，也是那天晚上我发现，桌子靠墙的一边儿光滑平整，靠我的一边儿全是大大小小的疤痕，一个小坑一个大坑的。

我坐在桌边回想这些年。大学的前几年浑浑噩噩，本以为考上大学就可以“做自己”，可问题是我根本不知道自己是个啥，最后一年躲不过了，拼命学习补亏空，我知道我会考试，也通过考试找到了工作。工作后每天做着差不多的事情，往前一看，前头没有选拔性考试等着我，也没有传奇功业等着我去建立，一切都很平淡，我就提不起劲儿来了。零零碎碎的工作压迫着我，我情绪变得很差，就摆出一副很不好说话的样子，别人都怕跟我打交道。我盼着生病，这样就不用来上班了，过了不久，早晨醒来一下床，趴在了地板上，我真生病了，发高烧连续烧了几天，病好后我就换了工作。

新工作的最初我拼命表现，希望身边的人喜欢我欣赏我，表现了一阵又烦了。

空气里遍布铁钳，箍得我喘不上气来，很轻松的工作也会让我暴怒，稍有波折我就会很担心，我顶撞所有跟我商量事情的人，说别逼我了，别逼我了，他们都尽量少跟我打交道。我发脾气的样子很像你，就像你在替我生活。

接着，又到一个新单位。几个月后熟悉无比的感觉回来了，我既渴望被肯定，又讨厌别人指挥我命令我，很怕跟别人接触，好像任何小小的接触对我的生活都是一种打扰。我像一根绳子，被两个想法拔来拔去。我不知道该怎么办，感觉又要跟别人争吵，感觉又将大祸临头，我在本子上写道：“江恺，记住，当心头升起一股烦躁时，不要再用习惯的方式去发泄和对抗。”合上本子再翻开，妈你知道我看见什么了吗？我看见几段长得差不多的话，分布在本子的不同页码上，原来这些话，早就一遍遍写过了。我没法逃避了，各种困境一股脑儿围过来，我游魂一样在屋里走，小雪看着我，她的眼神让我的心沉下去了，单位的人也是这么看我的。

你是谁？你怎么会变成这样呢？他们的眼神透露出这样的疑问。

我怎么会变成这样呢？那晚之后我开始看心理咨询，咨询师让我认知到，原来黑夜如此漫长，走了二十多年仍在原地转圈，原来成年后自以为自主生成的众多行为，都不过是对过去的沿袭和模仿。我总是回到我们家的老房子，爸在家里待不住，屋里就我们两个人。我坐在书桌前，紧张地用指甲划过桌面。你的目光落在我后背，像一块大石头。你好像浑身有用不完的劲儿，牙咬得紧紧的，双目灼灼地盯着我，表情无比坚毅。目标就在前头，我压抑着所有的愿望往前奔（我多想跟着几个小流氓在溜冰场边学跳太空步啊），让自己时刻处在极不自然的亢奋中，激荡的日子几年一个跃进，一个突破接着一个突破，我只有完成了才能得到你的爱，我只有成为一个完美的好孩子才能得到你的爱，我也随时准备迎接你的尖叫和哭泣。因为即使这样，你还是觉得慢，觉得不够好，你督促我尽快忘记怎么一步步地走，路，跳着过就行了。大部分时候你不说话只是沉默着，我也沉默着，沉默过后我躺在床上却感觉像刚刚经历了一场恶战。有时候我情愿你狠揍我一顿，也不要冷冷的不理我。否定，否定，否定，成块成块地投掷过来。忽冷忽热，冷和热都是过度的、激烈的、戏剧化的，极致的冷和极致的热。空气紧张得绷直了，我也绷直了，并就此逐渐失去了健全地活着所必须具备的弹性。

我终于离开你了。

我从未离开你。

有些东西，深藏在我的体内，用我觉察不到的方式决定我的命运。幽灵跟我寸步不离，牵引着我一次次回到熟悉的情境，我以为妈妈还在背后，鞭策着我干大事，一件接一件。再看看自己，长大了强壮了，能不依靠妈妈就活下去了，于是我把往日的怒火喷向现在。此时此刻压迫者并不存在，我这半生都在跟想象中的压迫者做斗争，这个百变的压迫者易容乔装，化身为工作制度和生活秩序，化身为某领导，化身为一个弱关系的朋友，也时常化身为某位萍水相逢的服务业人士。我跟他们斗争过后，那种熟悉的压抑感也回来了，我又不舒服了，我需要让自己不舒服。

还要多久才能穿过黑夜？我不知道但我一直没停住脚步。在电话里跟你谈过多次，你只有一种反应：不屑一顾。我说婴儿时期的母婴关系有可能决定一个人的终身命运，你说瞎编乱造，婴儿能懂什么记得什么，我说家庭生活中细如针尖的伤害代代相传且无人称之为伤害，也没有人愿意深究情绪剧烈波动的母亲对敏感的孩子来说意味着什么，你说家家难免地勺子碰锅沿怎么就成了伤害，我说想跳出旧有的模式换一种方式生活，你理解为“娶了媳妇，有了自己的家”，你至今认为我们关系恶化是因为于小雪的挑唆。事实上，于小雪让我知道活着不是一件不幸的事情，她鼓励我，鼓励我打扮打扮自己，用心挑件衣服，找好一点的理发师设计发型，以前总觉得我不配、我不行，现在我已经可以享受这个部分了。从认识小雪她就整天笑嘻嘻的，我喜欢她的笑，她的笑跟太阳光一样宝贵，有一阵子她不笑了，我知道为什么，当我感觉一切都没有希望时，我用沉默惩罚自己，也惩罚她。

妈，你也可以多笑笑，印象中你总是不高兴的，听到好消息也只是勉强笑一下，笑容很快消失，好像从来没见过你咧开嘴大笑。梦见你的时候，你孤身站在沙漠中，五官是往下走的，像受到格外强大的地心引力，简直是要往下流了。

你可能不理解我写下的这些话，没关系，不是为了让你承认些什么，更不是为了埋怨、懊悔和仇恨。这么多年来，你跟我一样疲惫，你跟我一样经受着说不出来的隐秘折磨，我们被困在一个共同的炼狱里。我经常在你脸上看到嫌弃的表情，我以为你是嫌弃我，后来才发现，你更多的是在嫌弃活着的自己。也许，我们可以一起尝试着认识层层包裹下真实的自己，一起尝试着分析为何我们浪费宝贵的生命一遍遍重演着相同的剧情，我盼望，不管在什么境况下咱俩都始终怀有努力生活和寻找快乐的意愿。

在大人们认为我什么都不懂的年纪里，我也清楚地知道，跟妈妈在一起很难受。但我多么想亲近你，你是我在这世上唯一能亲近的人。现在，我仍然想亲近你，闻闻你身上的气味，即使我五六十岁头发都白了，我还是想让你搂着我，白头发的你搂着白头发的我，我老了，但我还是有妈的人。多少次了，恨意突然涌上来，我再也不想服从和满足你，再也不想为了你迷茫中慌乱抓住的精神支柱而奋斗，这一切多么虚假，我像清除病毒一样大力删掉你，过不了多久又偷偷加上，也屏蔽过你，又忍不住想看看你的动态，再把你放出来，算不清楚，不知道重复过多少回了。一想到你流泪我心里就难受，爸说你大白天一个人躺在床上，脸对着房顶，不出声地流眼泪，我当时就像孩子一样哇哇大哭起来，我想马上回到老家，为你擦眼泪，帮你做一碗甜酒煮鸡蛋。想到有一天你会死，会被烧成灰埋在地下，我的心就像被剜出一个大洞，我妈呢世界上再也没有我妈了，大洞越变越大，直到整个人都空了。我也不见了。人只要还有妈，就有底气有胆子，就有恃无恐随时变成小孩子，没有妈，大概就会感受到彻彻底底的孤独吧。

母子关系会影响孩子的所有关系，会影响我看待世界的心态和目光，会影响我的生活信念。但最重要的永远都是现在，我知道任何关系都无法强行修复，我能做的是先对自己负责，学会敬畏日常，让生活成为能量的不竭源泉，再把从心底生出的活力和爱分享给别人，并在不久的将来分享给我的孩子。

看来是时候了，我为我的来访者感到高兴。

13．江恺走进来，右手捧着一束鲜花，左手拎着袋子，里头是两杯果汁。他问，庄老师，你喝火龙果汁还是苹果汁？

见到他手里的花我心里就明白了，看来想到一块儿去了。屋里没有花瓶，我说谢谢你的花，先放着，一会儿我带回家。选什么果汁呢，他问。我选了一杯火龙果汁。

最近在忙什么？

他说，平时上班，周末打游戏散步晒太阳，学着做几道新菜，还报了一个舞蹈班学跳太空舞。

能跳跳吗？

他打着响指轻轻摇晃身体好像在找感觉，然后嘴里说着月球漫步，开始滑步，手顺势抬起来搭住虚拟的帽檐儿并往下压了压，一副怡然自得的样子。

我为他鼓掌。

他微笑着坐下来，说，现在你知道了吧庄老师，不是什么极端的成长环境，没有发生过特别可怕的事情，家里没有杀人犯也不是虐待和赤贫，只不过是家庭中一些习以为常的甚至被当作美谈的做法，还有一些无形却细密的罗网，再加上我个人的脆弱。

我说不是你的问题，往上追溯源头时我们会为事件本身的细小和随意感到惊讶，但孩子就是这样被细细碎碎地塑造成今天的模样。

接下来，他慢悠悠地谈起自己，后来过了很久我依然记得他平和的语气和坦然的眼神。

我是个特别守时的人。有一次在外面玩忘记回家吃饭，不记得我妈是怎么管教的了，只记得我从六岁起就养成守时的习惯，只要妈让五点前回家，我肯定会在四点五十七到五点之间出现在她面前。我至今保持着这个习惯，跟人约好时间，哪怕穿越大半个城市，无论坐地铁还是开车，我都能提前三分钟到达，这是我妈给我的“天赋”。回想小时候在外面玩，玩的什么都不记得了，只记得我隔几分钟就会问附近戴表的人现在是几点。

我是个缩手缩脚的人，好像周围的一切都很危险，我什么都不敢动。有一年暑假在奶奶家住了几天，发现茶几、柜子可以随便碰触，所有的抽屉都可以拉开，我不敢相信，隔了几天才确信这是真的。我尽情把抽屉拉到最开，仔细摆弄里面的每件物品再关上，像探索完奇幻新世界一样满足。我想喊就喊、想跑就跑、想躺就躺，还有一群表弟表妹跟我一起疯。而在我家，抽屉是不许拉开的，茶几上的杯子是不许乱动的，沙发和床也不能随便躺。有一回放学的路上，下水道里跑出来一只老鼠，我看见老鼠忽然觉得很亲切，我跟它的神情是一模一样的。

我很小的时候就学会了察言观色和讲笑话。妈妈总是一脸不高兴，大部分时候我不知道原因，我想让她多笑一笑，我要成为家里那个活跃气氛的人，我要经常有好消息报告给她。她一沉着脸，我就羞愧我就恨自己。后来我累了，也习惯了家里的气氛，照镜子的时候，我的阴沉跟周围的阴沉是融在一起的。

有一段日子我特别矛盾，小学语文课上第一次学“敌人”这个词，老师解释完含义，我第一个想到的人是妈妈。接着就开始谴责自己，谴责自己是个道德品质败坏的孩子，妈妈给我生命，把我养活大，督促我上进，怎么能有这种想法呢？这念头一冒出来，我就扇自己耳光。

我从来不觉得自己能活长，好像随时会被抛到野外，一个人死去。后来我发现，乖、学习好、当模范、被叔叔阿姨夸似乎能够保住我的命，再后来保命又如何呢，睁开眼睛的一刻，不知道自己存在的理由是什么，不知道属于自己的生趣在哪里，不知道接下来漫长的一天该怎么熬。我每天都比前一天多死一点。

现在呢？我问他。

我敢进厨房了敢摸炉灶了，我会提前腌上牛肉，腌一天一夜，第二天大火煮开再文火慢慢地煨。我愿意等着，为几口就能吃完的一道菜等着，等候的过程让我很心安。对了庄老师，见过我妈了吧，她还有希望吗，我是说，她还有快乐起来的希望吗？

想起江妈来，我有些恍惚，这世上真有一个她吗？我看不清她的面目。她存在吗？真正喜欢些什么吗？她未经选择地笃信了一些价值，并错认为那就是苦心找寻到的意义，跟从那些价值已耗尽她的精力，还能为自己喜欢点什么呢？无论喜欢上什么都意味着源源不绝的付出，那需要蓬勃旺盛的真正的生命力。

我说见到了，现在心里还记挂着她，她始终在苦海里漂荡，日子太难过了，她受不了一天一天地过，想抢在时间前头做点什么，却把现在也弄没了。

他点点头，如果有个快进键，我妈会一键按下去让这一辈子赶紧过完，我也一样，中考的时候特别希望睡一觉半年过去了，已经在高中了，高二时我又盼着睡一觉，一睁眼知道自己上了哪个大学，知道一个结果就行了。

江恺，你不是任何人的翻版，你一定要有信心。人活一世都爱询问意义，我觉得活着的意义是接受自己的缺陷但从不放弃自我完善，对咨询师来说终身成长更是职业需要。你妈妈的精神发育可能停顿在了某个时刻，再也没有觉察、更新和蜕变，奴役她的东西却不断强化，越来越膨胀，强大到吞噬了一个活泼泼的生命。

我有信心，痛苦了这么多年才明白，我要去生活，一天一天地过日子，越平淡的日子越值得认真过。人这辈子也没有一个万能的确定性的保证：我做到了什么一切就都好了，反而我什么也做不到，什么也不是，我依然存在，依然会有人爱我珍视我。

那么？我看着他，希望他来说。

咨询可以暂时告一段落了。他说。

读完江恺的信我就长舒一口气，我为我的来访者感到高兴：他不再需要我了。卡伦·霍妮说解决心理问题好比翻大山，理想的情况是分析师只充当向导，指出最佳路线，现在江恺已经可以独自翻山了，不管这之后他还要经受多少次大同小异的反复的折磨，不管那个声音还会不会响起，调遣他，愚弄他，毕竟他敏锐地觉知到了生之困扰并决意袒露和改变，他怀有强烈的认识自己的愿望，他的生命会越来越清明通透。再说，还有一个爱他的生活伴侣呢，想起这对年轻人来我心里就暖暖的，眼神也变得温柔起来，眼前经常会出现一个画面，他们像童话中的两个孩子，一起穿过有巫婆和猛兽但也有很多美丽风景的大森林。

庄老师，能说说你最成功的一次治疗吗?

不能用成功来形容，说说最难忘的来访者吧。

大概五六年前她跟母亲一起来的，不，母亲扶着她来的。南方的暖冬穿毛衣足够了，她缩在大棉袄里勉强露出头来，脸上一点活人的生气和神采都没有。她母亲告诉我，女婿心梗说没就没了，结婚才三年，蜜一样的，没过够。她不吃不喝，有点力气就拿头撞墙，别人建议把她送进康宁医院，她母亲不同意，说先来看咨询，不行再送院。

你是怎么做的?

我什么也不能做，常规方法在突发和剧烈的精神刺激面前显得很拙劣，也很虚伪，她哭，我陪着她哭，能疏导一点算一点。私下跟她母亲说，打安定让她睡着觉。

接着，她一个人来，我还是由着她一遍遍倾诉，在纸上一遍遍写出来。亲人、好朋友，该说的都说了，别人毕竟有自己的生活，生死也挡不住太阳每天出来，我能做什么呢，就是听她重复地说，陪她哭一场再哭一场，鼓励她向前看、往下过，一秒一秒地往下过。

有一个时期她很认真地跟我谈起丈夫的去向，有时候说他封闭培训了，有时候说他去上海出差了，下周回家，还给她买了裙子、化妆品和几盒蟹壳黄。我认真听着，说真好真好，顺势跟她讨论美丽的衣服、好吃的东西、这个季节的树和花，她说她想起来了，出门时看见小区里的扶桑开了满树的花。我太高兴了，你知道这对她来说有多难吗？

后来，我在不引导宗教信仰的前提下跟她一起念大悲咒，你不用觉得奇怪，佛教和心理学殊途同归，都是安慰人、解脱人的，遇到过不去的大坎儿的时候宗教的作用更容易体现出来。

前后咨询了半年时间，她不再出现了。

为什么难忘？

没想到还会再遇见她。前不久我跟几个朋友打羽毛球，打完拐进体育馆旁边的超市里买水，一进超市我就看见她推着一辆购物车，车子里放得满满的，豆腐、饼干、巧克力、酱菜、卷纸、儿童拼图。她的耳环很显眼，明亮的金色大圈，真洋气，我远远看着她，江恺你知道那一刻我的心情吗。

我被她感动了。

是你救了她。

我摇摇头，救了她的是流逝的时间，是男欢女爱一日三餐，是贪生和恋世的好品质。日复一日的生活是最有魔力的。

沉默一会儿，江恺说，我妈可怜就可怜在这里，我们这些人，该怎么形容呢，被架空了，靠激素和补药勉强撑着，红着眼睛很用力却什么也看不到什么也感受不到。下一次见到我妈，我不想再逃跑，我想坐下来跟她说说心里话，如果可以选，我希望小时候调皮不听话，上一般的学校，考普通的大学，一辈子没有巅峰，茶茶饭饭过实心的生活，知道什么是真实的，健全到能爱身边的很多东西。我会跟她讲。这是我的理想，等到闭眼的一刻我会把这当成一辈子最大的成就。

我继续跟他分享那些闪耀着光彩的案例，讲述人的荣光与胜利，赞叹人的灵性和潜能，而另外的部分我自己知道就行了，我不会让江恺知晓这个部分。比如说，两年时间里我跟一个来访者聊了上百个小时，共同经历了一些决定性的时刻，不断地坚定信心，最后一次咨询时他问我，其实一切都没有改变，对吗。比如说，一个十七岁、一百九十斤的少女，坐飞机到处追星，回到家就躲进房间拉紧窗帘，吃饭只吃炸鸡外卖，被父母送过来后，门刚关上她就拿出写好的遗书，一页一页念给我听。比如说，在目前的环境里，咨询中心要生存我要执业，就必须采用某种类似美容场所的令我感到羞耻的营销办法，预充值、买十小时送一小时等等。

我们没有按照规定的时间结束，古琴曲从《渔樵问答》到《忆故人》转了几个来回，雁鸣声又响起时，江恺讲起从洛阳回来后的奇遇，讲得很细致，脸上始终带着笑容，我被他感染了，一幅幅场景如在眼前。几个月以后，我依然记得这些场景，仿佛我也身处其间就站在旁边静静地看着。很多很多的亮光涌向我，有的是天上来的，有的是相爱的人身上散发的，还有一种光，是属于苇草般柔弱又强韧的生灵的。

14. 于小雪带江恺来到她租的房子里。

一个单间，面积很小，因为阳台朝南才下决心租的。她说。

江恺站在阳台上，满眼都是植物，番红花，蓼蓝，栀子，槐米，菊花，蒲公英，接着香气环绕过来，红花跑在最前面，紧跟着栀子香，菊花香细长细长的，在外圈轻轻一拢。最后他才看到大片的颜色，日光下朗朗的，绯红，靛蓝，青黛，杏黄……草木在布料里继续生长，形态、味道、颜色甚至魂魄都还在，风刮过来，摇摇曳曳的一片田野。

于小雪说，我有个提议，咱们俩谁想单独待一待就来这里。墙角放了一把椅子一张小圆桌，可以坐下来泡杯茶，等到茶晾温可以入口时，人也就安宁了。

江恺点点头，抬起手来摩挲布料，什么时候染的？

多亏你。她勾过一片布披在他肩上。太浓烈的情绪会在空气里凝成一个个小水珠，把屋子里的人都打湿了。我湿淋淋地躲到这里来，立志远离你，发誓不再猜测你黑着脸的原因，谁知道染染布料再做做饭就没那么生气了，想着还是回家好。小时候一刮风下雨，我妈就借机张罗着做好吃的，包饺子烙盒子炖排骨，兴头那么足也不怕费工夫，我看着外面大风大雨的，再瞅瞅屋里忙活的她，不知为何反而心里特别踏实。

他想起那些细蛛网般粘牢他的恶劣心绪，想起他一手为自己创造的绝境，深深叹了口气，转头看看肩上的布，白而轻，感觉像是披了一小片皎然的月光。

我准备结束咨询。

为什么？

咨询师始终没给我明确诊断，她知道标签一个人很容易，诊断是容易的咨询是一时的，那个层面能解决的已经解决，剩下的要交给生活。

交给咱们俩。

很难很难，改善一丁点儿都很难，还时不时会回到老地方，或者这样说吧，有些病不会痊愈，可能要一直跟着我。

别怕，有什么好怕的，要说起病来谁又没有病？不管怎样我们先吃顿好的，刚才看见路口的菜摊上摆着嫩绿嫩绿的茴香苗，我们下去买一把？

两人一起动手，和面，洗茴香苗，切肉，调馅儿，擀皮儿。饺子包好，于小雪下锅煮，江恺从橱柜里拿出小白碟子，倒上醋，又见到架子上有一瓶小磨香油，便取过来在醋上点了几滴。

吃完饺子，两人把海绵垫子放在地上，在这间可爱的小屋里并肩而坐，偶尔相视一笑时，在对方脸上看到了快乐，这快乐是孩童式的、似乎怀着些小秘密的，唯有他俩可以意会和共享，这快乐还暗含着些小风波过去后的庆幸和知足。

玻璃窗下日光闪烁，花影缓缓地在地砖上走，仿佛时间缓缓地流动。

最后一缕斜射进来的光线也消逝了，准备回家时，于小雪神神秘秘地说，等会儿等会儿，你先闭上眼睛，我说可以啦你再睁开。

于小雪拉着他的手走几步，说可以啦。江恺睁开眼睛，眼前异样的光亮。哪里来的光？过一会儿他仰起头，这才看到玄关顶上装满各种各样的灯。

进门时，他并没有注意到狭窄幽暗的玄关上方有什么。星星灯挨着月亮灯，猴子灯旁边是橙黄色的南瓜灯，银色圆盘坠下几列高低错落的玻璃球灯，是一场流星雨，布艺灯的灯罩上印着几杆竹子，灯光投下竹影，最大的一盏灯上头聚拢着烛焰状的灯头，下面垂着蓝色八角珠串起的长流苏。

小时候最喜欢去灯饰店，一通电，首饰匣子打开了，光照在身上是有声音的，无数珠子一齐往下落。这几个月每接到一张订单就奖励自己买一盏灯。这里是我的好去处，也是你的，慢慢地，你心里那间老房子就塌了，不见了。

那是小时候生活的地方，是个家，还是别让它塌掉，我变了它也会跟着变，我变好了它也会跟着变好。

我一边想象着这些画面，一边在公园里闲逛。

几个票友在湖边唱曲儿，正唱到《牡丹亭》的［皂罗袍］，慢悠悠的清唱，青烟袅袅而上，风后面拖曳着细细的柳丝，溪水潺湲流过光洁的石头。我凝神听一会儿眼睛就湿润了，五十多岁了，活了这么久，还能喜欢《牡丹亭》，这让我觉得幸福极了。

晴朗的好天气，天空蓝得澄净透明，荔枝林鸟声不绝，水边的蕨类植物丛中传出虫叫的声音。老人们在树荫里活动身体，年轻的情侣、穿校服的学生在草坪上或坐或躺，父母们铺开橡胶垫，扶着孩子学步。我看着他们，但愿这平静安乐在生活里源源不绝地出现，但愿父母永远不要让孩子置身于孤注一掷的境地里，哪里需要什么孤注一掷，但愿孩子永远不会听到这样一句话，你再不努力就晚了。他们保持住了柔韧，明白身处生存的丛林必然损耗一部分生命，而另一部分依然可以自在地舒展，在最高的层面上接受万物本空，具体的生活中却眷恋人间烟火并深知这就是最珍贵的养分，他们携带着先天和后天、身与心的缺陷，经历和体会这一世，日出日落，悲喜掺杂。

草地的尽头有一棵老樟树，树下长椅上坐着一位头发花白的老太太，我走近时看清楚了她的脸。一张普通的衰老的脸，此刻毫无表情，却依然让我感到惊心和震撼。不知多少磨难灾祸的锻打，以及无常的作弄，柔软的血肉仿佛具有了铁一般的质地，连纹路也像刻上去的，看着这张脸，就看到拼着命才活到这个年纪的漫漫的来路，也看到了生的壮阔。她歪着头闭起眼睛，像是睡着了，阳光从树叶的缝隙间漏下来，受难的面庞定格的最后一个表情，是安详。

风把笛子的声音送过来，小狗沿着台阶蹦蹦跳跳。卖菠萝的一对夫妻在一棵洋红风铃木下出摊儿，丈夫削皮切块，妻子收钱，把串好的菠萝递出去，不时有风铃花辞别枝条落在她肩头，还有的花调皮，在她身上蹭一下才蹁跹飘落。路边的亭子售卖小饰品，网格货架上挂满五颜六色的头绳，一道道发箍，顶上停着薄纱蝴蝶、蜻蜓、瓢虫，儿童戒指的指托上面图案丰富，冰雪公主、表情各异的猫和小熊，不过是塑料质地，却让人感到沉实丰裕的欢乐。一个小女孩拿起镶珠小皇冠插进头发里，又把银色发卡别在两边，照照镜子，满意极了。水钻，树脂，玻璃珠子，射灯照着，琳琅满目，漫天的星斗光彩流溢，梦幻王国在等着她，她脸上不断露出惊喜之色。游乐区里，几个男孩吃完橘子开始撕手里的橘皮，嗞嗞，嗞嗞，扬起细细的轻尘般的雾，浓烈的橘子香弥漫在周围的空气里，人们经过时染上了一身的橘子味儿。

公园旁边，靠近居民区的地方，停着平价蔬菜售卖车。灯笼椒砌成一座小塔，白花芥蓝上面有蜜蜂嗡嗡地飞，玉米们头戴着缨穗横七竖八躺着，小黄姜，鲜百合，生栗子，蒜头，绿豆，花生，一小堆一小堆，这样摆着就感觉喜气洋洋的，一种年代久远的可靠的殷实气息，叫人觉得善，叫人觉得安心。蹲下去，拣青菜，挑土豆，站起来，从钩子上取下一溜儿猪前腿肉，我知道，这些才是我跟世界真切、深刻而强韧的联结。

今天早饭吃的黑芝麻杏仁糊和炸馒头片，我把馒头片在打散的鸡蛋液里过一遍，用大火和热油把表皮炸酥，出锅沥完油，咬开焦黄的边儿，内瓤儿雪白松软，发面细小的孔洞里冒出热气来，这样回想着，喉头突然涌上来一股熟悉的味道，是咸味儿，盐的味道，是搅打蛋液前放下去的一小撮盐，这古老的味道让我鼻子一酸，眼睛里潮乎乎的。

明天吃什么，小米南瓜粥配鸡蛋葱花饼吧，想着明天的早餐我幸福极了。风吹着后背，好像我往后一倒，它就会拦手抱住我。

这世界真好，生而为人真好。

（原载《长江文艺》2019年第7期）

作者简介：

蔡东，小说家，生于山东，现居深圳。在《十月》《当代》《收获》《人民文学》等刊发表小说多部，获得华语文学传媒大奖最具潜力新人奖、郁达夫小说奖、十月文学奖等奖项，出版《星辰书》等小说集。

黑 蚁 传

_姚辉

1

一只蚂蚁的世界常常无足挂齿。

但这里是我们这一大群黑色蚂蚁延续了无数世代的世界。蚂蚁的骨殖堆积在我们自己的世界中，慢慢变成一种滚烫的黏土，或者露水中的日影、月迹。巨大的蚁巢里，布满了千百种幽暗的路径，你可能属于某种遥远的眺望，也可能只是在方寸间就走完了自己仓促的生涯。或许，你顶着额上一小粒黧黑的光，守在某个路口，你守老了倾斜之路。然后，你将那片光芒卸下，将它搁置在其他光亮难以够着的地方，你嘘一口气，看那缕光芒渐次发灰，然后，缓缓滑落。

你在其他蚂蚁的注视里远去，或者反复重现。

蚂蚁蚂蚁，蚂蚁……

蚂蚁，在不断重复着蚂蚁杂乱的道路——

瓶中的酒在灯影里渐渐矮下去。

“你还是说说弯浪乡近期的事吧。”赵一迪放下酒杯，捋了捋一部染得花乎乎的胡子，冲我说道。“说什么弯浪乡，还是说说台子上那个胖女人，你听，她的歌，唱得多袅娜。”我说。

我和赵一迪坐在麻河边的一家酒吧里，已经吹下去三瓶多老洋酒了。酒吧叫了个“歪方向盘”的怪名字，倒很是弄了些古怪的花样在里面。装修挺特别，满墙还真都是些各式各样的方向盘，很随意地悬着，被灯一照，就漏出几多扁圆的浅影来，歪，歪了，再歪。当然还有不少与方向盘有关的画和老照片，或小或大，或新或旧，拼贴出种种诱人的模样。洋酒品类也多。每晚都有几拨唱歌的人轮流驻唱，热着场子。间或，还有几个洋妞从城里赶来，倚窗，看曲曲弯弯的麻河，看麻河上描金错银的云霓，然后把几只空落落的酒杯，摇得彩光四溢。

赵一迪有些醉了。我喜欢听台子上那个胖女人唱歌。你看她，摇着大幅撩人眼目的丰腴，将发髻朝弹吉他的少年偏过去，又偏过去。

她叫麻小素，所属的这个乐队叫“花瓢虫”，这可是“歪方向盘”酒吧的核心常驻乐队，共四个人。除了她，便是三条俊朗后生。“你看，她唱得脸都花了，要不，你送杯酒上去?”我对赵一迪说。

赵一迪就摇晃晃地，向台上递过去一杯酒。麻小素摆摆手，冲赵一迪笑笑，依旧唱着她悠长的歌。

“……你给说说弯浪乡近来有意思的破事吧。”杯子从赵一迪手中坠下来，他看了看我，含混不清地，又说。

或许你在春光将尽时，看见过一些凌乱而忙碌的蚂蚁。

叶影比春天阔大。一只蚂蚁找到了藏在尘土深处的风向。它知道，飞来绕去的甲虫与另外几只灰黑的蚂蚁共用过一爿狭窄的未来。现在，一只蚂蚁奔跑在那株被风晃动的狗尾草上，毛茸茸的草，藏不住蚂蚁窸窣的步履。

或许，你将看清蚂蚁在狗尾草上咬出的那几道细痕。风赶过来，在细痕上揉了几下。蚂蚁感受到了某种隐秘的疼痛。

麻河反复找寻着麻河老旧的呓语。夜很空，但麻河还远没有到可以熟睡的时刻。麻河把一层薄薄的波澜推到星盏边缘，它让波澜卷缩，一如那些刚淬过火的即将冷过去的刀刃。

我也有些醉了。赵一迪看着杯中的酒沫，说不上话来。麻小素还在胖胖地唱着。我喜欢这样肉感的咏唱——厚实，暖洋洋的，圆润，糯，汪着糖一般的光晕，显出一种特别的黏性来。“我们也是一部分正在推杯换盏的弯浪乡呢，不是吗？”我说，我有些酸不溜丢地说。

我知道赵一迪的意思。赵一迪出去了好些年，突然在弯浪乡一冒头，就丢掉了不少方位感和主人翁意识。地皮上删去了许多熟悉的地点及老旧名目，东家不长西家不短的，人也早生疏起来。而矗立在麻河边的弯浪乡，依旧划过眺望，像一卷被风卷裹着的泛白的纸。

……有些醉了。可谁又该好好说说弯浪乡近期发生的有意思的那些事呢？

“你可能会被狗的目光淹没。”一只瘸腿的老蚂蚁走过来，对我说。我是那只脚上沾了尘灰的蚂蚁，我的脚被枯叶卡住了。瘸腿蚂蚁走得很慢，我们有着同样铮亮的黝黑，像两粒滚动的暮色。瘸腿蚂蚁转过身去，看天，再看天，仿佛天空会突然缩起身，变成一条瓦蓝的狗。

瘸腿蚂蚁直起身来，遍体刻满了预言家般华美的色彩。

其他蚂蚁蠕动。蚂蚁——

蚂蚁蚂蚁蚂蚁……

“——你可能会被狗和狗毛的饥饿淹没。”瘸腿蚂蚁似乎找到了合适的预言，在离开前，它又说了一句。

2

麻河有麻河自己的弯曲。

大河汤汤，两岸红土浸了全部的血性在波涛里，绞出一绺绺赤色的吟唱——麻河有麻河自己的琐事。

弯浪乡地处麻河大拐弯处，滚滚赤浪在这里弯出一道镰月形的幽光，仿佛在背弃一些什么，又抑或在趋近一些什么。

赵一迪这次回弯浪乡，主要是为了找他表哥张继怀乡长。

张继怀乡长到弯浪乡刚好一年。张继怀乡长到任那天，乡里开了个干部大会。我也在场。35 岁的张继怀是麻河县里唯一的硕士乡长，学的虽然是计算机程序设计专业，但做起农村工作来却毫不含糊。在任弯浪乡乡长之前，他已分别在三个乡镇任过副职，干出过不少叫得响的业绩。

我在乡政府办公室工作，跑上跑下的，总能见着张继怀乡长忙碌而充满活力的身影。因为乡党委书记刚落马不久，新领导尚未到位，所以张乡长还主持着全乡的党政工作。张乡长戴副金丝眼镜，年轻，儒雅而帅气，工作在他手里，好像被盘出一朵朵花来，办公室的人就常常说："好个张乡长，肯定会把我们弯浪乡整出些大响动来的。"

那天，快下班了，张乡长给我打了个电话，说："小李，你不是有个同学赵一迪嘛，他来乡里办事，我这里忙不开，你去陪他一下。"

于是，我便先在电话里和赵一迪嘻嘻哈哈了一通，然后，找地方整了几杯，然后，又醺醺然地坐在了"歪方向盘"酒吧里。

一滴雨打在焦渴的土粒上。

已经很久没有下过雨了。蚁巢在地面下，虽窝着几缕潮气，但并不明显。日复一日，一些蚂蚁匆匆奔走，似乎在向外驱赶着某些不着边际的灰暗与空寂。

我从它们身边走开，我需要从天光里衔几丝坚硬的亮斑回来，修补蚁巢左下角那些比米粒小的缺口。

一滴雨，带来其他的雨。

我不想对这突然而至的雨说什么。雨就是雨，落在蚁巢之上的雨仍旧是雨。但密集的雨点打在了我浅黑的身影上。

沉重的雨。

我尖叫一声，我想在突然卷起的水花中，找我自己迷乱的道路。

我和赵一迪已四年多未碰面了。"你找张乡长办点什么事呢?"刚一见面，我便问。"这个……以后慢慢细说，张乡长是我表哥呢。"赵一迪说。

赵一迪酒量不错。几杯下肚，我已大致知道了他的来意。

酒也不错，弯浪乡自己出产的酒，纯高粱酒，看上去晶亮晶亮的，像一些说话的火焰。我和赵一迪已经整下去了一瓶多，他有些醉了，看着我，说："好好干，你好好干……"

转到"歪方向盘"酒吧之前，赵一迪接了个电话。"我表哥打来的，他今晚有事，改天再和我谈事情。我们换个地方，再整他几杯……"赵一迪歪斜斜地从酒桌上撑起身来，说。

——我们应该多听听老蚂蚁的话。

蚁巢里，有九十八只老蚂蚁。有的老得严重点，有的老得一般，有的刚开始在右前腿上老出点微黄的颜色。

一只苍老的蚂蚁在说着什么。

第二只苍老蚂蚁在轻轻说着什么。另外的老蚂蚁守在黑泥筑就的通道中，候着，它们又将说出什么？

周末，我和赵一迪去了一趟麻河县城。

其实，在“歪方向盘”酒吧里，我们曾经说起过弯浪乡最近以来发生的许许多多事，但这些事都算不上是什么要紧的事。“花瓢虫”乐队的歌变得越发舒缓了，酒滴在瓶中，在杯中，仿佛打起盹来。我们有些喝不动了。赵一迪举着半杯酒，身子斜别在灯光中，像一茎逐渐斑斓的稻禾。

“我要为我们弯浪乡干……干一件大事，大好事，呃……”赵一迪说。

“我不能告诉你是——什么事，你也不能说。”赵一迪说。

“嘿。我什么都不知道，我说什么啊说？”我说。

在县城里，赵一迪对我说了他要干的事：“我要为弯浪乡乡政府修一座假山。当然，也还要再修上点其他什么。”

啧，假山？什么玩意儿？我有些不屑。

赵一迪说：“老同学可不能到外边去张嘴乱说。我可只告诉你一个人哦。这座假山，关系到弯浪乡领导和一乡人的命脉呢……”说得挺重大而艰巨的，让我暗暗惊异。

“你算算，最近这五六年来，弯浪乡是不是已连续有四个主要领导落马了，有书记有乡长，你说原因何在？风水啊，主要是乡政府办公楼那里的风水不好。”赵一迪低声道，“前阵子，我一个看风水的熟人把这个事给我表哥张继怀乡长说了，他死活不信。后来，看风水的人找到我表哥家里，告诉了我表叔。我表叔急了，急马三枪给我表哥反复打电话，要他必须抓紧坚决按风水先生的意见做，把风水调好，马上调好，所以我才专门跑回弯浪乡去找我表哥落实此事。”

雨滴中杂着三种风声。一种微紫，一种露出业已起皱的淡黄，一种绿莹莹的，宛若甲虫眼眶中旋转的火。

雨滴，淋湿蚁巢边缘的天色。

蚂蚁们奔走在自己的道路上——

在其他几只黑色蚂蚁身上，我看见了另外一丝比较慌乱的雨意。

赵一迪和我在县城里转了两天。

我见到了那个脸上挂着两圈蓝色眼镜片的风水先生。他姓胡，年纪不算大，半眯着眼，对赵一迪说："你去告诉张领导，我不图他一分钱，我是为他的人生着想，为弯浪乡人民谋福利。你想想看，一班乡领导你不出问题我就出问题，换来换去的，乡里的工作怎么推进？乡里老百姓的梦想如何实现？""那是……"赵一迪说。"况且，你们那个乡政府，修得，像一座歪扭扭的牢房，四面八方找找，二指高的靠山都没得，谁去那里当起领导来能顺利？唛？唯一的一条通道呢，却像是一把长刀，从头顶直插进胸腔里，恶相啊凶兆啊，再不整治，还要出大凶事呢。"风水先生转过头，对我说。

"那是，是，真是。"我紧了紧面皮，连声道。

蚂蚁在黄昏经历过太多绵长的曲径。

蚂蚁，蚂蚁蚂蚁，蚂蚁……

我夹杂在蚂蚁密密麻麻的队伍中，默然无语地走着。黄昏一如既往，像一片焦煳的叶子垂在风声之侧。我有些疲乏，似乎很难用所有的腿守住一个恒定的方向。偶尔，一只蚂蚁停在路上，蚂蚁队伍前行的窸窣声暂时中断一下，接着又快速地窸窣开来。

我们的队伍举着许多沿途拾掇来的东西：一枚蝶翅，蜻蜓干涩的脸，缀满雨渍的虫壳，稻草的肋骨，几小块被谁踩碎的黑色干板栗，螳螂的后腿，红木棍……我们没有其他旗帜，这些东西，总能够及时成为我们的旗帜——你退远一些看，就会从我们的队伍里看出些许差异来：蝶翅高扬，一小队蚂蚁紧紧跟着，排列齐整，步态有力；稻草旗帜后的蚁群散成风一般的曲线，走得略显飘忽；螳螂断腿周围的蚂蚁，每走一步，似都喜欢把自己的前腿整齐划一地朝天空扬过去，噼啪，扬得煞是耐看；而几小块碎板栗在一大圈儿排成圆形的蚁群中传来传去，这群杂耍高手，让整条道路隆隆作响，让整条道路在风声里，晃来晃去。

3

张继怀乡长召集开了一个乡领导班子专题工作会，安排部署乡政府办公楼及街道重要区域的环境整治工作。环境整治工作总共包含六大工程，每项工程都由一个乡领导牵头负责。

张乡长从发展和战略的高度，讲了很长一通话。大家都听明白了，也点了头。随后，会议精神迅速传达到了全乡——大家都听明白了，也点了点头，说："好啊，等着看我们弯浪乡的变化吧。"摆出副很兴奋很值得幸福的样子。

任务被很快分解下来。任务很多、很细，诸如街道公用设施的完善，公厕的样式、位置，道路拓展规划，水、电、气等管网的铺设，行道树的选择、栽种，文明卫生监督岗的设置，等等。这的确是个浩大而全面的环境系统改造项目，包含六大工程呢，而首要的，就是乡政府办公楼的综合改造治理。

张继怀乡长亲自挂帅，负责此项具体工作的是副乡长赵理硕，我呢，则成了乡政府办公楼改造工程的项目联络员。

弯浪乡，从此步入了一段热火朝天的紧张日子。

蚂蚁能够梦见的事物并不是太多。

蚂蚁的饥渴浩渺无边。蚂蚁对梦境也常常充满了饥渴感，就像此刻，我缩在一块朱红的土块中，对山脊上那片袅动的霞光，称羡不已。

那片霞光有些特别，先呈现出一块马骨般蔚蓝的斑痕，然后渐渐扩散开，卷成三五只蜜蜂嗡嗡作响的身姿，再簌然抖动几下，幻化成一只手不断挥动的千种暗影……

我在霞光上找寻我骨肉里深藏的疼痛，找寻被其他蚂蚁打碎过的疼痛，我还找寻梦境曾经凝结的光泽，寻找被梦境扼弯的第五只瘦腿和它上面斑驳的伤痕。

朱红的土块摇了摇，轻轻跌倒在其他默不作声的土块里。

赵一迪和"花瓢虫"乐队胖胖的女主唱麻小素好上了。

我喜欢听麻小素唱歌，赵一迪还喜欢她歌声以外的一切。

我们坐在"歪方向盘"酒吧里，我，赵一迪，还有弯浪乡街上的几个朋友。麻小素在台上，唱着我们熟悉的谣曲，唱得掏心挠肺的。赵一迪现在已很少喝酒了，他既要忙碌弯浪乡的几项综合改造工程，又要忙碌与麻小素有关的情与欲之类的琐事，他的确忙着呢。赵一迪晃了晃手里的杯子，说："这猴三（猴子）尿，干脆戒了算了。""戒不得呢，"我说，"你若戒了这酒，我们以后怎么好找理由坐在这里，为我们伟大的美女主唱干杯捧场呢？"赵一迪扬扬眉，又浅浅地抿了一小口。

赵一迪当然仍旧有再喝醉的时候。

那天，他在外订了一大桌菜送到我家里，然后请张继怀乡长来一起狠狠喝了一顿。

“花瓢虫”乐队也全数到了我家里。我将门窗全部关了个严严实实，让“花瓢虫”时而悠扬时而激越的歌声只在我的房子里绕，绕。

张乡长喝得挺高兴。胖主唱麻小素给他敬了好几杯酒，说请他多多关照赵一迪。张乡长就笑笑，说：“关心他是你的重点工作呢。来来来，我敬你三杯!”

“你可要把工程项目给我盯死点，小李，要严格按照我审定的规划设计方案落实好。”张乡长对我道。

“好的好的好的。”我连喝了三杯表态酒。

我有些怕那只头上有一块太阳斑的老蚂蚁。

它是我们这个蚁群的画梦师。据说它已经活过很久很久的年岁了，是一只不死的蚂蚁。

在我们这个蚁群中，我所知道和认识的不死的蚂蚁至少有29只。其中，有会测水滴深浅的蚂蚁，有能吃火焰的蚂蚁，有可以把脑袋拧下来泡在雪色中三天三夜又重新装回去的蚂蚁，有念经的蚂蚁，有总是把我们蚁群的三个祖传秘方记岔的蚂蚁，有将祖祖辈辈所有蚂蚁的名字编成一支歌反复咏唱的蚂蚁，有撕下紫色阳光做成高跷踩着满地乱窜的蚂蚁，有啃吃其他蚂蚁足迹的蚂蚁，有在蚂蚁的脊梁上雕刻胭脂花和虫声的蚂蚁……

画梦师蚂蚁则能完完整整地画出我们每一只蚂蚁的梦境。它不需要你说什么描述什么，它看着你，说：“哎呀你做梦了，别动，等我把你的梦境画在泥壁上。”它用一根金黄色的古老木棍刻画梦境，你看它，三五几笔，就把我们一个又一个的梦境画得活灵活现，毫厘不差。

谁也不明白它到底是怎么知道、怎么穿过我们的灵肉看见我们所做的那些梦的。

——我有些怕它，我怕它胡乱画出那超出我梦境范围的纯属乌有的一切。

现在，整个蚁巢所有的泥壁上都布满了我们的梦境。梦境叠着梦境，梦境追着梦境，梦境挤着梦境，梦境喊着梦境，梦境套着梦境……这样的泥壁，弯弯曲曲，本身，就好像成了一个繁复、漫长的活脱脱的牵扯我们魂魄的梦境。

年深日久，那些被画在泥壁上的梦境却依然清晰。我的确有些怕这个苍老的画梦师，假如有一天我做不出梦了，我该怎么办呢？我听见我的骨头簌簌作响。

我至少在那些曲里拐弯的泥壁上，找到过我做过的56个或短或长的梦。

风水先生老胡在弯浪乡住了已整整一个月。

无数个拂晓之前，总是我和赵一迪陪着老胡，悄不声地拎着个罗盘在乡政府前后转来转去。老胡定方位、择日期，甚至三番五次地背了人在乡政府办公楼院子里烧纸钱、燃香烛，弄得神叨叨的。弯浪乡的系列综合治理改造工程在如火如荼顺利推进着，一会儿这里剪彩，一会儿那里誓师，四下里鞭炮隆隆，好一番大干而正要快上的繁忙景象。

麻烦的是，老胡也喜欢上了“花瓢虫”乐队胖胖的女主唱麻小素。

老胡和赵一迪差点在“歪方向盘”酒吧打了一架。

又是在我家里，这次是老胡定了一大桌饭菜送来，张继怀乡长、赵一迪、“花瓢虫”乐队、我，当然还有风水先生老胡，凑在了一起。

酒喝得有些苦涩。赵一迪眼红红的，一会儿看女主唱，一会儿看张乡长，一会儿看我，一会儿又看看老胡。

这一次，“花瓢虫”乐队没有表演节目，三条俊朗汉子也围坐在酒桌上，默不作声地喝着，吃着。

“赵兄弟，你们两个命相不合，不是我硬要横插一杠子，我和小素才算是天造地设呢。”老胡对赵一迪说。

“嘁！吹死牛叉，鬼都不信！”赵一迪说。

“我说的是实话呢，张领导张乡长。”老胡说。

酒桌上的酒们比较沉闷。

张乡长突然站起，指着麻小素说：“我不听他们俩废话，你是关键人，你说说你的想法，你说说，你说了就算。”

麻小素端起酒杯，看了看大家，看了看张乡长，然后和赵一迪碰了一下，说：“对不起赵哥，我先走了，我明天要请胡先生去我老家帮忙查验一下我祖坟山的风水方位呢。”

4

人的脚步总显得巨大而有力。

蚁巢周围，时常会留下些人的足迹、谈论声之类。我和其他的蚂蚁总试图躲闪什么。还能躲闪什么呢？春天的时候，有人嚎着山歌自蚁巢外走过。那些人影，像一堵高耸的云，嵌在地面上，风吹不皱，且带着火焰熊熊的分量。入秋了，有人背负重物前行，踩得大地吱嘎直响。偶尔，一些稻谷或者高粱从人的身影上跌下来，砸在我们张皇的窥视中，冒起大阵浓烟。

某日，一只破旧的鞋随山洪冲下，卡在蚁巢前的石缝中，激起滔天巨浪，差点就淹没了整个蚂蚁的世界。幸好，一个人赶来，捡走了那只鞋，挽救了我们古老的巢穴。

而我总记得画梦师在画我的第43个梦境时说过的话。它说："这个梦，本可以做得更为美满的，但不知道什么原因，变得有些歪斜、模糊了。"我没有接它的茬，我知道，关于这个梦，画梦师漏画了半只水晶般时隐时现的红色鞋子。

——比人的脚步声略大几厘米的红色鞋子。

有些微微破损的鞋子。

赵一迪好像消沉过那么几天。麻小素的歌依旧在"歪方向盘"酒吧里响着。晨昏反复更替。麻河的水声依旧弯出一道阔大的弧线，像刻在地上的梦想，被一排排的房屋镶着，拥着，激起阵阵波光。

我和赵一迪在麻河边走着。弯浪乡的确改变了不少，数百棵桂花树被移栽在道路边，早散发出大片感人的浓香来。街道也整洁多了，街前街后共设了七八处文明监督岗，过马路的人讲起规矩来，大人、小孩也不再乱扔乱丢。

而我比较喜欢那些画满了弯浪乡各式墙壁的宣传画，有国画风格的，也有油画、版画风格的，很主旋律，也很乡土化。这是张继怀乡长策划并找县文联组织全县艺术工作者到弯浪乡现场创作的。张乡长的这个艺术创作规划做得挺特别，他先确定了几大主题，诸如梦想、创新、文化、历史，以及民俗、典故之类等，然后再组织人员多次讨论具体的创作内容、创作方式及分工。张乡长还请来他同学开办的传媒公司人员，就这次艺术创作进行了"智慧化"的定位和设计。整个艺术创作花了差不多三个月时间。这段时间里，县里的新闻媒体进行了大量的宣传报道。县广播电视台还联合几家数字媒体对一些关键部位、关键内容和重要画家的创作进行了直播，取得了非常好的宣传效果。

我也画了一幅。在靠近麻河拐弯处一户民居的山墙上，我画了幅大写意的竹子。我画的是本地土生土长的方竹，这是其他地方很少能够见到的一种竹子，粗一看，好像有些柔弱，但它的枝叶间，却始终漾着一大汪平平常常的狠劲儿，像那一声声摇动整片乡土的坚毅而悠远的谣曲。

在距蚁巢大约小半个黄昏路程远的地方，有三只刚刚死去的野蜂。

我认识其中的一只。它有金质的羽翅，透明的精巧的布满神秘花纹的羽翅。它的头上闪耀着褐色的光斑，肚腹上也缀着阳光般弯曲的痕迹。它尾部的刺针呈灰黑色，显得长而坚硬。我和它在野地里遇到过许多次，我们以我们独有的方式交谈、嬉乐。从它的谈论中，我了解了整座山峦花朵的种类与分布，知道了它背部黏结的花粉颗粒中种种极为稀少的蓝雾之影，懂得了野蜂记住道路的五种特殊方式。

我守在三只野蜂的尸体旁，听斜风荆棘般摇动。

过了一会，大群黑色和红色的蚂蚁聚集拢来，它们吱呀吱呀，商量了一阵，便分作三队，各抬着一只野蜂分别走开。

——我真不知道这三只野蜂为何会在交错的道路上死去。

我紧跟在我认识的那只野蜂的尸体之后。我帮着这些杂乱的蚂蚁将僵硬的野蜂抬到一块青石之侧，然后，看它们把野蜂挪进一个空旷而昏暗的洞穴里。

我在青石边，静静站着。

黄昏很宽，费了很大劲，我才找到了回自己巢穴的路。

张继怀乡长在电视里做着小城镇建设的经验交流发言。

张乡长讲得很到位，角度新，立意奇，站位高，也颇见深度。“人家是个硕士领导呢，这口才，这水平，啧……”乡里组织收看节目时，许多人都说。

弯浪乡已经被县里树为全县小城镇改造的样板乡了。的确应该成为样板。许多工程都进入了最后的冲刺、验收阶段，只有乡政府办公楼的环境综合改造还在稳步推进着。

负责乡政府改造工程的副乡长赵理硕和作为联络员的我，一天到晚都在工地现场不停地转。工程推进很顺利，但工程子项目多，工期又紧，张乡长要求极高，所以压力也不小。

“这是项关键工作呢，我们可半点马虎不得。”副乡长赵理硕对我说。

5

画梦师的腿脚有些不太灵便了，走路老是往左边拐。画梦师的黄昏，因此好似也显得总有点倾斜。

我坐在画梦师身旁，看它和它腿脚外邈远的黄昏。

画梦师在打盹。它已经好几天未给蚂蚁们画梦了，腿脚的确酸痛，也沉重，它在蚁巢的角落里蜷缩了几日。眯着眼，它好像已然看不清太多的东西。它说："我病了，你们还是暂时不要做梦吧。我真暂时没精力为你们画梦了呢……"

但有些梦还是必须做的。蚂蚁们做了，画梦师却一一错过了那些梦。

画梦师醒了，它搔搔黄昏的尾椎骨，将一条腿搁在草虫椭圆的硬壳上，对我说："你看，这些地方，那些地方，也都堆满了我们蚂蚁们轻轻抖颤的梦境……"

"歪方向盘"酒吧里的人不多。风水先生老胡、我、赵一迪坐在靠窗的卡座里，闲聊。

赵一迪和老胡早已冰释前嫌，麻小素也已与老胡断了那层关系，和其他人重新好上了。

夜色从麻河上徐然而至。麻小素依旧在轻声哼唱那些我们熟悉的歌。

我们在说着乡政府办公楼东面通道的事。

这通道是个难事。按老胡的筹算，原来那条进去又只能掉头按原路返回的乡政府办公楼通道是个大忌，须彻底整治。整治说起来也简单，就是在四面都拓出通道，没有条件拓展通道的也必须留个大门，这样才能纳气、通畅，得神之庇佑，不碍仕途，并在畅达与流转中积聚起天地独有的灵气。除开原有的自南面进入的通道外，西面的通道已经打开，北面呢需建假山以配风水，假山外亦设计了通幽的三条曲径。唯独这东面没有办法，为什么呢？东面的围墙外，就是滔滔不息的麻河，其岸陡立，衬着一大片腾跃的涛声，不要说拓通道，就是打开围墙也显得非常不安全呢。

风水先生老胡一筹莫展，我和赵一迪也只能挠挠头，叹上几声气。

然后继续喝酒。

老胡渐渐醉了，走上台去，要唱上一首。唱就唱喽，唱得并不好，声音里像被人下了把沙子。唱了又唱。

我和赵一迪依旧对着图纸上乡政府办公楼东面的通道嘘气。麻小素走过来，陪着喝了两杯，看着赵一迪手里的图纸，说："老胡不是说有扇大门就可以吗？开扇门不安全，就找人画它一扇。"

"干脆就让小李去画一大扇。"麻小素指指我，又说。

"哎哟，好主意！哎哟哟，就这样干！"赵一迪拍了拍麻小素的肩膀，又拍了拍我的肩膀，说。然后，我们扶起已醉倒在沙发上的老胡，跌跌撞撞撞进了酒吧外灰扑扑的夜色里。

——我偷偷留下了一小片我认识的那只野蜂的右翅。

我把它带回蚁巢，藏在了蚁巢最东头的转弯处。那是一个堆满了黑影的角落，平常很少有蚂蚁光顾。这片蜂翅，很小，很小，上面旋着几痕浅浅的黄斑，像微风上绾出的几个细小的结。

我始终记得那只野蜂飞翔的样子——地面上，蜂影飘动，或东或西，细看，那蜂影上也布满了纷繁而神秘的花纹。

我看见一片微暗的光，在野蜂的右翅上，慢慢卷曲。

几大堆油漆加上林林总总的油画颜料，三天时间加两大半桶汗水，再加上几声吆喝，躯体上酸涩的疼痛，再加一干人指指点点的评说，大致就可以略等于我在乡政府办公楼东面围墙上画的那道大门了。

大门很大，比真实的门要大上去不少。早上，站在乡政府大楼下，朝着太阳出现的方位望过去，你会看见我画的大门架在灼灼阳光之下，像黎明的某种不可或缺的支架——强劲支架。最好的景致当然只会出现在夕阳西下的时刻，彤红的阳光照亮巨大的门楣，像在灰色、扁平的静穆中拓出了一个光芒四溢的出口，你简直好像可以顺着这些暖洋洋的光束一直走下去，一直走到你愿意抵达的任何地方。

张继怀乡长对我笔下的这道大门充满了感情，他说："艺术会在生活打了死结的地方找到解开死疙瘩的方法。就像以前我写电脑程序时所感受到的一样，你设置的所有防火墙上，都好像挂着无数把无踪无影的钥匙，你找到了它，你就成了它的主人。小李啊，你不仅从这堵弯曲、简陋的死墙上找出了这道大门，你还赋予了它鲜活的生命力！简直画得太好了，这是源于生活的感悟与美，这才是真真正正的艺术！"

张乡长那双颤颤的手在大门上颤颤地拍了抚了好几次。

6

你可能会听见十二万三千九百六十五只蚂蚁的哭泣。

或者更多的蚂蚁，蚂蚁蚂蚁，蚂蚁，黑色的蚂蚁。但我不知道它们为什么哭泣。

我在蚁巢外的黄昏中匆匆奔走。我几乎错过了蚂蚁们大声哭泣的时刻。常常，蚂蚁的哭泣就是一种仪式，一种咀嚼时光或者生涯的方式。但这样的哭泣是非常少见的，活了这么多年，我也只遇到过三四次。

我真不知道这一次这规模空前的哭泣是为了什么。

我从蚁巢外的黄昏深处归来，看见了这一正在结束的浩大哭泣场面，我有些吃惊，疑惑。蚂蚁有蚂蚁自己的泪水，蚂蚁有蚂蚁自己的追缅、忧虑，为什么，都会聚集在这一刻，齐声啼哭？为什么，这整整齐齐的哭声，会风一般卷过蚁巢，惊动不倦翻覆的大地？

我也看见了在哭泣的蚁阵外奔走的其他蚂蚁。许许多多蚂蚁，奔走，它们好像与汹涌的哭泣无关，它们反复踩响自己黑黢黢的际遇。

蚂蚁，蚂蚁蚂蚁，蚂蚁……

一些年幼的蚂蚁开始伸直腰杆。

而我，正站在哭泣的蚂蚁和那些不哭泣的蚂蚁的侧后面。

蚂蚁蚂蚁——

桂花喊醒了风声。

清晨，桂花簌簌，偶尔落一些在我们的衣襟上，软黄，温润，抵得上以往读过的大量典籍，或者业已蒙尘的种种经卷。

清晨的桂花真正当得起桂花的名分，阳光照上去，闪射满眼参差的光芒。清晨的桂花，叫得出你颤悠悠的名字。

而桂花在正午时分变得凝重。那些花们，一粒粒立在自己的身影上，像一些试图翔舞的雏鸟。

我恰好站在正午的桂花下，我在看县里一个画家画在墙上的一幅“渔舟图”。

画家比较有名，把这么大幅的“渔舟图”直接画在粗糙的泥墙上是不是有些浪费了？画家画得很用心。几痕参差的船影浸入波涛。其中，一只船横过就近的水纹，上面立着个渔女，红巾袅袅披拂，染了几缕微细的风。

从画上的河道、景物辨认，画家所画的，正是站在这堵长墙前所能看到的麻河景色——当然是提炼过的麻河景色。几条错落的船，明明暗暗的船，处理得恰到好处，好像增加了许多需凭着宁静的魂灵才能触碰到的簇新的深远的东西。画上的人影，我们仿佛也都曾相识。记得画家画此幅作品时，县电视台和几家网站是进行了直播的。但如果不亲自站在这里，的确真品不出这幅佳构的妙处。回去后，我将我的发现告诉了张继怀乡长、老胡和赵一迪。黄昏时，我又陪着他们，到长墙前，细细地品味了一次这幅令人啧啧不已的“渔舟图”。

“这墙头上的艺术非常高级!”张乡长对我说，“小李，你去请请这位画家老师，请他到现场来给我们的干部和学生们搞一次实地艺术讲学活动，让更多的人也接受点好的美的艺术启迪。”我点点头。“这个人，哎呀，他有莫大的才华!”张乡长又说。

黄昏渐深了。

桂花在黄昏时渐渐慵懒，它们顺着风势，开始准备着向一些即将出现的星星，聚集……

霜很厚。

霜很厚。蚁巢外的大地长出一层厚厚的绒毛来，在风里，晃。

一只蚂蚁站在蚁巢正中的空隙中，正说着什么。霜很厚。

副乡长赵理硕和办公室主任老涂吵了一架。

吵得很厉害，吵得也很偶然，主要是为乡政府办公楼假山工程相关的事。

假山已经颇见规模了。这座赵一迪找专业公司设计的假山，被命名为“翔”，其状宛如一壁抽象变形的硕大鹰翅。当然，鹰翅只是主山，鹰翅前还配有三重低伏的案山和衬托整体景观的众多林木、小丘壑，以及三处凉亭，两个各呈日月形状的相互连通的大水池。

赵理硕想把日池掘在东面，可老涂不干，因为图纸上这个代表着太阳与活力的日池是设计在西面的。张继怀乡长不在，电话也打不通，无法请示，几十个民工正等着开挖塑形呢。赵理硕有些急。我和赵一迪也觉得原来的设计好像是个问题，但又不敢自行决断。

“挖在东边比西边合理，也吉利，这道理哪个不懂?”争执不休了，赵理硕于是恶声恶气地道。

“啥合理?一些人倒是巴不得东边同时出两个太阳呢!”老涂也急了，也不含糊。

于是二人就摸瓜牵藤地大吵起来。

“吵个球，干耽搁时间！不如我们先去那里挖上两个大坑，是太阳是月亮让他们再去吵再去定。”领头的民工咕哝几句，就带着其他人离开了。

这个世界总有一些蚂蚁是多余的。

就像某一片人影是多余的，或者，某一部分秋天是多余的。

我在蚁巢中慢慢行走着。这是一座古老而复杂的蚁巢，也是一座庞大的绵延不息的蚁巢。世世代代的蚂蚁们，立命其中，安身其里，又将巢穴不断扩展、延伸，让它像秋末的风一样盖满土层深处的幽寂，让它把地下沉潜了千百年的凝重与幻梦顶出些六边形的窟窿，让它用成千上万的蚁骨，叠就一座喧嚣无匹的暗黑宫阙。

蚁巢叠蚁巢，蚁巢套蚁巢，蚁巢连蚁巢，层层叠叠的蚁巢，在地下绕着，旋着，像某种传说。

我走在蚁群吱吱作响的种种身影间——

蚂蚁蚂蚁蚂蚂蚁。

蚁巢外的人影已越来越凌乱了。

你，能不能说说，这个世界的哪些蚂蚁，注定会是比较多余的？

7

风水先生老胡盘下了“歪方向盘”酒吧。

老胡在弯浪乡待了好几个月，已经待出深深的感情来。这份感情也很具体，一开始是乡政府办公大楼及其他相关工程的改造思路、明里暗里的点子及各种隐秘的方位，然后是胖胖的在吧台上唱歌的麻小素，然后是醉了又醉的酒和工地上精打细算的那几个“经济”，再然后，就是这处老字号的“歪方向盘”酒吧了。

老胡看重了这酒吧的风水。“这是个生金之地，你看它，借着麻河的水势，把一大溜烟财气尽揽过来，直往人怀兜里狠揣呢。”和先前的老板签过转让协议后，老胡有些兴奋，扯着赵一迪和我，又在酒吧里整开了老酒。

老胡当然是花了大价钱的。风水先生动了心思要经营，原来的老板就铁了心死劲抬价，直把个老旧的酒吧捧成了个镀金的大稀罕钵钵。老胡虽然舍得出钱，不过出得也还是心疼。

心疼归心疼，老胡还是摆一副特别遂心的样子，陪着我们，把酒一盏盏倒进肚里去。

……时间过去好几个月了。工程在一项项收尾、竣工，桂花只剩了些枯旧的叶子挺在风中，赵一迪和老胡在该花钱和不该花钱的地方大把大把花着花花绿绿的钱，麻河的水，缓缓地，也瘦下去了一些。

蚂蚁中，出现了几只一惊一乍的交媾者。

黑色的天光一粒粒坠下，盖着交媾者燃烧的身影。一盏星，突然，将鹅黄的翅膀撑成一道焦灼的闪电。

我看见了自一条条蚂蚁的道路上静静升起的怀想。

哪一部分世界是蚂蚁真正的世界？

那几只蚂蚁身上，仿佛闪烁着关于未来的某种光焰——

蚂蚁蚂蚁：蚂蚁错杂，蚂蚁闪烁……

蚂蚁，蚂蚁蚂蚁——

我的骨头，瑟缩，遍布交媾者骨肉颤动的回音。

弯浪乡开始有了些七七八八的说法。先是有人说副乡长赵理硕私下里向上级举报乡长张继怀索贿受贿，违规插手乡镇改造工程；接着又爆出妇联主任关某与张乡长老婆在街上大打出手、争风吃醋；几天后，又有消息说赵理硕被有关部门立案侦查，说他涉足黑恶势力，并存在严重贪腐行为；再接着，又说是张乡长很快就会任乡党委书记，填上弯浪乡空缺了近两年的书记位子。

但说法就是个说法，弯浪乡仍在麻河一如既往的涛声里，延续着自己的嘈杂与静谧。

我和副乡长赵理硕依旧忙碌在假山修建工地上。

张乡长还是张乡长，假山呢却催山赶水地越来越像座假山了。

我喜欢这座假山的整体设计，自然，大气，又在平实间见出种种匠心。鹰翅的力量感很撩人眼目，再配上一左一右两个大水池，将雄健的鹰翅之影含蕴于波光间，随了风，漾出无数的秀美与奇崛。

对了，两个大水池，依旧按了原来的设计布局，月池在东，日池在西。风水先生老胡对此有老胡自己的说道，但他轻易不说，至少轻易不随便对其他人说。办公室主任老涂与副乡长赵理硕吵过一架之后，也早绝口不再提什么日池该在东边还是西边的事了。老涂向赵理硕副乡长道过一次歉，说自己口无遮拦，说了些没心肺的话，很是过意不去，幸好那些废话龌龊话已早被风一扫而尽了。真是对不起对不起！

日池浑圆，月池如钩，两汪碧水，静静凝眸望着日渐成形的假山和与假山有关的那一切。

画梦师趺了一跤，弄断了左侧的第二条腿。

幸好不是用于画梦的那两条前腿。

画梦师告诉过我许许多多关于蚁巢和梦想的轶事，诸如蚁巢中出现的第一个梦的形状、色泽、长度，以及第一只蚂蚁是怎样缓缓枯死在自己梦境中的，等等。据画梦师说，蚁巢历史上最强壮的工蚁的梦里常常有火光出现，“它共计做了二万三千七百五十一个各种色彩的梦，其中，只有九个梦里没有火光。画它的梦，我也差不多画出了一大沓厚厚的罕见的火光图谱。”画梦师说。而一只年幼的蚂蚁的梦启示了蚁巢一场巨大灾难的降临——年幼的蚂蚁梦见了被反复扭曲的彩霞——画完这个梦时，正是正午时分，两头刚交媾完的水牛咆哮的尿液，差点就淹没并烫死了整个蚁巢。我看见过画梦师画出的这幅与彩霞有关的梦境：狭窄，狰狞，蒸腾着火势与尖叫。梦境右下角，很醒目地粘着几点小小的绿蝌蚪状的图案。

在各式各样的梦里，画梦师还画出了种种千奇百怪的哭声与笑意。那些哭声，有的像花朵，有的像水的骨头，或者像一个人脚印上的伤痛，像雨点上的黑斑，像蚂蚁自己微翘的尖臀。而笑意呢则总是简陋、笨重、单一。十年前的老蚂蚁的笑和现在其他蚂蚁的笑没有多少形和质的变化。这些笑意，有的像镜子上的暗光，有的像雕花的镜子上的暗光，有的像雕花的扁圆的镜子上的暗光，或者像雕了三层花的磨砂镜子上的暗光，以及碎裂的雕了叫不出名字的花的其他镜子上的暗光之类，如此而已。

画梦师画着蚁巢里所有的梦境。这只不死的老蚂蚁，这只比老还要老的蚂蚁，这只见证了整个蚁巢及蚁巢外天地变易的蚂蚁，拍着我的腿，将自己跌断的腿搁在泥尘中，一遍遍对我说着梦境的事。

它说着，头上的太阳斑眨着别样的光泽。

“我老了，我已经累了，我常常看不清你们那些梦的形状了，我好像不想再画什么了，”画梦师又拍拍我的腿，说，“你要尽量帮我去寻找一处没有一丁点儿梦的新的巢穴……”

8

日池和月池里的山影微微皱着。

“歪方向盘”酒吧还是什么都没有变，只不过老板换了个姓氏而已。麻小素的歌声逼出了四壁上绚烂的光影。我熟悉那些光影，在种类繁多的方向盘老照片及图案中盘旋的光影，有着我们熟知的某些炽烈和深度。

我和赵一迪坐在酒吧中，天一句地一句说着些什么。酒滴低吟，我们还能说出些什么呢？酒滴，在晃动的光影里，变得迷离。

——人很多。麻小素似乎瘦了许多。

风水先生老胡走进来，手里拎着把蛇形木剑。

“我刚去假山背后作了一次法，哎呀，好座假山，有灵有肉，等它建完了，我还得替它添一口真气！”老胡对赵一迪和我说。

“你该叫上我们一起去的。”赵一迪说。

“这是作法呢，顶敬菩萨的事，闲杂人哪能随便掺和！”老胡说。

于是坐下来。于是一起喝酒。

蛇形木剑揣着自己的光，有些冰凉。

——麻小素的歌声，洒了薄薄的一层在酒滴上，那么匀，那么净。

一只蚂蚁从蚁巢的第九层上跳下来，摔丢了三条腿，摔碎了肩胛骨，但并没有按计划把自己摔死。

我不知道它跳巢的缘由，也许是天色昏暗，也许是它做过的梦太少，也许是它头脑深处的风湿痛结了层厚厚的痂，也许是它遇见了某种说不出名目的快乐，也许是远处的树叽喳叫了一声……于是乎，它从蚁巢的第九层上叮当一下跳下来，但并没有如愿把自己摔死。

它摔丢了三条腿，摔碎了黑黑的肩胛骨。蚂蚁的疼痛常常就只是疼痛。

但它并没有把自己摔死。

蚂蚁的疼痛，常常可以忽略不计。

“大家要抓紧督促一下乡里所有在建工程项目的进展情况。目前，我们启动的六项工程已经完成了四项，其他两项要尽快按期完成。特别是乡政府办公楼综合改造工程，要进一步加快进度，严格按审定的规划设计方案，保质保量按期实施好！”张继怀乡长在全乡的工程项目调度会上强调说。

工程的推进其实还是很正常的。画“渔舟图”的画家又在乡政府办公楼的外墙上创作了不少极具乡土情怀的艺术佳作——“弯浪乡政府领导有担当，有思路，有激情，能够把相当枯燥的乡镇工作艺术化，这一点难能可贵！”在前不久举行的创作现场实地艺术讲学活动上，画家曾这样说。而通过这些新创作的作品，画家也把自己的多种想法融入到了弯浪乡的小城镇建设工作中，画家因此显得很是高兴。

我和画家、风水先生老胡在“歪方向盘”酒吧里聚过一次。画家并不知道老胡的身份。画家很健谈，而老胡则似乎有些漠然。我夹在二人之间，也只说了些鸡虫之类的闲事。

“弯浪乡有能人，嘿嘿，你看那座假山，嘿，就修得大有深意。”画家说。

老胡的目光轻轻闪了一下，就又暗了。老胡没有接这话茬。

蚂蚁们的盛夏一片炽烈。

阳光像一把把多边形的小锯子，锯着蚂蚁们黧黑的生涯。那只瘸腿多年的老蚂蚁，好像，正在骄傲地死去。

它弯曲的腿上刻满了勋章——这只掌握着蚁族大部分预言的长者，这块平时始终像个哑巴一样活着的老骨头，渐渐开始坍塌。它正在死去，一些预言，正在赴死的途中；一些预言，大约已接近了最终的泯灭之境。

一粒粒阳光抟成的小球，蹦蹦跳跳。

一粒阳光，打在老蚂蚁焦渴的梦境上。

什么正在死去？

阳光滚动。盛夏是一次提示。预言腾出另外的空隙——瘸腿的老蚂蚁，哦，老预言家，又第九十一次重新活了过来。

一条鱼，经过了麻河的黄昏。

经过了弯浪乡街道印刻在水流深处的那一道道惯常的暗影。

经过了我们平庸、厚实的遐想和惯常的生活。

一条背负着翠鸟抑或蚂蚁梦想的红鱼。它在浪的洗濯中，保留下坚劲的骸骨。

一条脱离了苦痛与幻想的鱼，它开始游动。麻河的波光，将留下，一抹恒久颤栗的赤色。

9

我想成为梦想的整理者。刻在泥壁上的那些梦境悠长、繁复、琐碎、离奇、坚实……有的已显斑驳，有的随泥土上的纹理逐渐变异，有的则卷成某种花朵的形状，散发出不可言说的芳香。蚂蚁们在自己杂乱而不断变旧的梦境间穿梭。许多蚂蚁甚至都辨不出哪些是自己做过的梦了——我，想代替其他蚂蚁，成为这成千上万梦境的整理者、分析师。

我向蚁王禀报过我的想法。但蚁王已耳聋多年，它听不见我说的话。就在我的禀报中，蚁王睡过去了三次。画梦师守在旁边。而蚁王在第三次入睡时，又做了个关于灯盏的梦，画梦师正一笔一画地，画着蚁王梦里那些与灯盏关联的染色的小三角形。

有时，蚁王还在蚁王自己的梦境里做梦。画梦师画这样的梦中梦时，总是显得异常焦躁。一开始，它常常会弄乱很多笔触，或者把梦的阴影画得过浅，或者错用了梦境的底色，又或者，在连接蚁王梦境中断之处时，将一丝捆束梦想的风声画得歪了，细了，硬了，弱了……但画梦师仍不懈地修改着，那最后的画幅依旧肯定是完美的，与蚁王真实的梦境严丝合缝——蚁王的梦，也总是能通过画梦师的笔，成为蚂蚁梦的经典。

我真的很想成为一个梦想的整理者。

乡政府开会时，赵理硕副乡长发了个言。

准确说，是赵理硕副乡长对乡政府办公楼改造工程提出了尖锐的批评。

赵理硕副乡长说："我最近听到了一些值得关注的说法，说我们班子里有些人搞环境改造是假，搞封建迷信是真，是在假借乡政府办公楼改造的名义，向神和菩萨乞求庇佑，好让自己能够顺顺利利地升官发财。如果真是这样，我这个项目负责人的工作就是肮脏的，可耻的，伤风败俗的，卑鄙的！我要查证，如果属实，我要坚决向上级举报！"赵理硕副乡长说得斩钉截铁。

张继怀乡长也说得很严肃，他说："赵副乡长提出的问题是个很大的很严肃的问题，值得大家重视、深思。我们搞小城镇工程建设，是件大事、好事。虽然我们之前已经经过了广泛而深入的论证，完全按相应的法律法规和公开程序立项、审批、推进、督促、检查，但只要老百姓有议论、有疑惑、有质询，我们就一定要严肃对待，认真排查，公开回应！为了切实做好相关工作，乡政府要立刻成立专门的工作组，对此事迅速展开调查，给老百姓一个满意的答复！"

工作组迅速成立了起来。当然，工作组的工作范围远不仅只是调查有人举报乡政府办公楼改造中存在搞封建迷信的事，还包括了其他几项工程项目，以及乡里近期摸排出的各类热点、难点问题。

工作组组长由张继怀乡长担任，常务副组长是赵理硕副乡长，其他乡领导及相关部门负责人为成员。成员共有十三人，我也属其中之一。

调查的结果和工作进展均很圆满很顺利：根本没有什么封建迷信行为介入乡政府办公楼综合改造工程；其他各大工程项目也没有发现存在任何问题；老

百姓反映的其他热点、难点问题，正在进一步积极调查、落实、解决中。

乡政府还将整个调查情况，向全乡百姓做了公布。

赵理硕副乡长敢于直言的工作作风，也获得了大家的交口称赞。

……

画梦师、瘸腿老蚂蚁、我，以及另外数百只蚂蚁，被一截燃烧的缰绳堵在了弯曲的山道上。

火势汹涌。火势像一大幅斜冲而过的赫赫波澜，燎向几丛杂草。我们被阻在山道上。除了我们，被阻的还有其他一些红色蚂蚁、灰色蚂蚁、黄色蚂蚁，另外，还有几只紫色的蚂蚁。

缰绳很长，火势差点占完了整个黄昏。

有人在燃烧的缰绳边站着，说着，指点着。

喏——三个人影，覆在弯曲的缰绳上。火势汹涌，三个人影，好像溅出了一些十分浓烈的焦煳味道……

“赵副乡长很有些板眼哦，是不?”风水先生老胡说。

我没吭声。我为什么要吭声呢?为了那些调查，我这个工作组成员与办公室另外几个人一起，熬更守夜赶写汇总、上报材料，弄得焦头烂额的。皇帝不急我干着急，我还吭什么声?我还为画在乡政府办公楼东面围墙上的那道大门提交了专题创作说明等相关材料。我已没什么吭声的兴趣了。

赵一迪说：“是啊，幸好我们从没有对人乱说过些什么。这个赵副乡长，真是烧香打菩萨，没得卵子找秤砣吊……”

我们在山道上走了大半天了。假山工程竣工在即，我们跟着老胡，正按照他的古怪要求，满山遍野地去找什么有灵性的黑色蚂蚁。

暮色渐起，我们走得累了，便将手里的小锄、小铲和覆了塑料布的篾丝背篼搁下，坐在山道上，抽烟，歇气。

老胡将路边一截长长的缰绳点燃。

嗬，这是什么缰绳，浸了油一般地猛燃起来，腾起一道弯曲曲的绿色火势。

草虫趋避，风声唧唧，缰绳发出噼噼啪啪的脆响，一些蚂蚁四散开来——

“快，快盯住快跟住那群正在离去的黑蚂蚁!”老胡突然尖叫起来。

是的，我和赵一迪也都看见了，几十只黑蚂蚁，正绕过燃烧的缰绳，惶然奔走——

大地有了某种窸窸窣窣的颤响。

10

三种人影紧随在我们身后。好像，我们回巢的路也漫长了许多，许多。

瘸腿老蚂蚁走在最前面，它理当占据着这样一个预言者的位置。紧接着是画梦师，它似乎又有些恍惚了，把路走得歪歪扭扭的。我踩着瘸腿老蚂蚁的身影前行，身后，是几十只略显懵懂的其他黑色蚂蚁。

其实我们没有必要走得太快。夕阳新染了大脸膛，像一个唱戏的病汉，洒一地绯红的汗水。风打着旋子，顺着山道在绕。那就让它去绕，反复地绕。路程是有些远，路程的确有些崎岖。三种人影缓缓向前伸着，伸着，一会儿超过了我们，一会儿又缩在了我们身后。

“你，还有你，会被风散落的影子淹没……”瘸腿老蚂蚁说。

“今夜该没有什么蚂蚁做梦了吧？”画梦师说。

我在瘸腿老蚂蚁的足迹上，踩出了一个细小的缺口——

跟在身后的蚂蚁，将一整条山道挠得沙啦沙啦的，痒。

十几天前，麻河县在弯浪乡举办了一次小城镇改造主题研讨会。全县十四个乡镇、街道办事处及相关部门领导三十余人参加会议，县里主要领导莅临并做重要讲话。会议还邀请了一些省内专家进行专题发言，探讨新常态下城镇建设的理念及创新方向。弯浪乡作为县里的示范乡镇，成为会议研讨的重点。张继怀乡长在会上做了交流发言。据专家们评价：“张乡长的发言为探索内陆乡镇未来的建设、发展，提供了新的向度及可能。”

参会嘉宾参观了弯浪乡的六大综合改造工程。“这些工程中，值得认真总结的经验非常多。弯浪乡小城镇建设工作亮点纷呈，立意高远，文化含量足，功能设置全，创新力度大，值得在全县广泛推广！”参观途中，分管城镇建设的罗副县长激动地说。

在乡政府办公大楼改造现场，县领导还高度赞扬了在建的假山及相关设施的设计、施工效果。县领导认为，这个看似简单的“造山运动”，体现了弯浪乡人敢塑高峰、勇争一流的创新风貌。

“你不是还对这座假山提出过疑问吗？老赵，”罗副县长指着赵理硕副乡长道，“你现在看看这座山，哪有半点封建迷信的意思？唵？是不是。这可不可以算是我们弯浪乡自己为自己塑造的一座主心骨山呢?”

“算，算算!”赵理硕副乡长使劲点着头。

“算算算！当然应该算……”其他人也点着头。

陪同参观的张继怀乡长和弯浪乡的其他领导很是欣然。

“可要抓紧时间把这项重要的假山建设工程迅速建完哦。”罗副县长又说。

我已记不清自己是什么时候曾躲在瘸腿老蚂蚁冰凉的身影里，做了那个展翅欲飞的梦。

从画梦师替我画出的梦境看，我有五对颜色混杂的翅膀，我的确在飞，但翅膀显然太多了，所以飞的方向有些潦草、凌乱：每一对翅膀都在寻找自己的风声，都在设定自己的风向，都在扒拉自己的风情，都在调试自己的风力……这对翅膀开了，那对翅膀合；或者这边三对翅膀正在开呢，那边两对翅膀却忘了合；或者这边那边的翅膀都在半开半合，乃至不开不合……我在我的梦境中忽起忽落，落得仓皇，起得也常不着调调，起得也常颠仆不已。

但我喜欢那些扇着小风的哩哩啦啦的翅膀。

——那次，我藏起过一小片野蜂的翅膀。我觉得，我梦中的翅膀和那只死去的野蜂的翅膀，有着比鸟声略大一点的相似之处。

我真想把我那个飞翔的梦，刻在我经常酸痛的左前腿上。

在“歪方向盘”酒吧里还能再找到点什么呢?

歌声总是飘忽，总是漫不经意地与找寻者执着或须臾即逝的找寻相关联。麻小素生孩子去了，“花瓢虫”乐队的主唱临时换了人，也是个女的，三十来岁的样子，长得依旧丰腴，宛若刚新换了套演出服的麻小素。

新主唱叫高咏，学音乐专业出身，但歌唱得其实挺一般，没有麻小素抓人。

高咏是风水先生老胡的新情人。

就着新主唱不太抓人的歌声，我们又相继醉过几次，我、赵一迪，还有风水先生老胡。

乡政府办公楼的假山快完工了，我们喝酒的次数也越发频繁。赵一迪和老胡都很高兴。当然，我也比较高兴。

“真是大好事啊，千百块石头终算美美地落了地。”赵一迪说。

“造山不易，给某些人造座靠山更是难上加难。我们再抓紧些，尽快结束工程。我还要为假山灌注真气，让它真正活起来呢……”老胡说。

我举高酒杯，缓缓点点头。

假山还真像座不错的假山。假山逶迤，聚拢几多气象，且透出与麻河两岸众多山丘绝大的不同来。简言之，这是座臆想之山，也是座“凝聚着智慧与汗水的山”，是山的某种随想录、自度曲、个性标本、变奏，更是“对山的精魂的浓缩，对山的韵味的提升，对山的性格的彰显”。——需要说明的是，我这里引用的，都是张继怀乡长说过的话，这些话被县里各种媒体的记者写在文章里，早已广为流传。

假山的影子很多时候总印在日池与月池中。待太阳或月亮的位置偏转时，假山的影子，也烙了一部分在假山脚下的其他土石之上。

新主唱高咏的歌声，夹在酒的色香间，似乎荡了些另外的意味。

11

那三个紧跟着我们的人影越来越浅。暮色低垂，远山匿了远山暗暗行进的踪迹。

画梦师提起了瘸腿老蚂蚁那个没做完的梦，它笑了笑，说：“你倒是把它囫囵地做完啊。那次，害得我，连太阳和蚁后都只能按你的残梦画出一小半，你那个梦，是我画的梦里最古怪最不耐看的一个，不，是小半个。”瘸腿老蚂蚁也浅笑一回，问：“我记不得了，那到底是个什么样的梦呢？”画梦师白了它一眼。

画梦师把肩负的一枚草籽，抛在蚁巢外的泥地里。

风声黢黑。

暮色戛然，掩尽熟悉的山势。

“你看你看，这些黑蚂蚁，真是蚂蚁中的精怪啊，好像是故意躲着我们绕来绕去的，绕了这么大半天，才绕回到了自己的巢穴。”风水先生老胡说，手里的手电筒在蚁巢边的杂草丛上，射来射去。

“这个地方叫什么名字？”老胡问。

“叫……”我仔细回想了一下，说，“叫……对了，好像就叫推人坳，说是坡太陡，行路人要一个推一个，才能顺利地从下面爬上来。”

老胡兴冲冲在赵一迪肩膀上拍了一下，又在我肩膀上拍了一下，说：“天意啊天意！在推人坳上找到这窝黑蚂蚁，我们的假山真就可以变成一座活的山有灵性的山了。”

“这可是天佑张继怀张乡长哦!”老胡又说。

黑蚂蚁们已从泥缝里钻入了地下，我们赶忙拿出小锄、小铲，急匆匆挖起来。

“这座假山所在的方位非常重要，按张乡长的八字推算，假山上必须要有一窝黑蚂蚁辅佐，张乡长才能顺命理加官爵保平安添富贵。这样的黑蚂蚁，可遇而不可求！哎哟推人坳，好地方好地名，哎呀好一窝黑金子般的蚂蚁。张乡长知道了会高兴得像个活菩萨的!”风水先生老胡又说。

土刨开了，我们被惊得说不出话来——

土层下，简直就藏着一座莽阔的蚂蚁的城池——硕大无朋的城池，非凡的城池，雕金错玉的城池，烁今震古的城池，让人全身瘙痒的城池，嘈杂的城池，古旧的奇谲的藏满沧桑的有神入住的城池……看那蚁巢，规整而壮美，复沓而绵延……这是一座可以被挂满种种勋章的城池。蚁巢的泥壁上，漫着些曲折而又似含蕴着无限深意的纹路，像这个世界和这个世界之外的千种梦境。

“张乡长不是喜欢说什么数据模型吗？这么大而无边的蚁巢，你说它该像个什么样的数据模型呢？”我说。

“快挖！你看那些蚂蚁，跑得多快!”赵一迪说。

我们从蚁巢上，挖下半米见方的一大块，放在覆了塑料布的背篼中，然后用纱罩盖了，哼哼唱唱地将它背回了乡里。

——什么在剧烈地震荡、塌陷、咆哮？

蚁巢好似斜了，碎了，弯了，癫了，摔了，飞了，发出嗡嗡嗡的巨响。

多少世代的蚁巢，就这样抖了，裂了，跳了，疯了，炸了，飘了……

蚂蚁们的身影歪来倒去。蚂蚁们的叫声尖利如刃。

蚂蚁，蚂蚁蚂蚁蚂蚁，蚂蚁……

星光碎落在蚁巢内，外——

蚂蚁蚂蚁……

什么还在继续轰鸣、滚动、扭曲、捶击、翻转？

我听见了我和无数蚂蚁骨头深处那些断裂与燃烧的声音。

蚂蚁蚂蚁，蚂蚁。

尘灰四溅。蚁巢踉跄，像一缕被陡然撕开的硬硬的旋转的烟雾。

假山顶上偏右的凹隙中，有一个预留下的宽大的泥石相间的大孔穴。这个孔穴与假山内部成千上万的小洞、小孔、小缝、小隙、小洼相互勾连，构成整座假山庞大而复杂的经络体系——这也是风水先生老胡假山设计构想中的一个重要组成部分。如果说假山是一只巨鹰，这个预留的大孔穴即是鹰的颈窝，是巨鹰咽喉处最为关键的一个要地。

我们将从推人坳挖来的蚁巢安置在这孔穴之中。

我们把缩在巢穴里的黑蚂蚁和在背篼里爬来爬去乱作一团的其他所有黑蚂蚁全放在了这个掌控着整座假山命脉的巨大孔穴里。

风水先生老胡又在旧镰般的弦月下咿呀呜呀作他的什么法了。手电筒的光芒缓缓晃动，像一些方位难测的路径，穿梭于云天之间。我和赵一迪站在假山前，将自己严严实实地裹进假山振翅欲飞的吱呀暗影里。

日池里堆满了一颗星锐利的光芒。

月池也一样，堆满了一颗星锐利的光芒。

镰月清癯。

多少黑色蚂蚁，正不断嘎嘎叩击着硕大而陌生的空隙……

蚂蚁，蚂蚁蚂蚁。

12

我们被换了一个世界，一个空旷而生涩的世界。

是从一段燃烧的缰绳开始，还是从其他什么时刻、什么地方开始？是从三种摇晃的人影开始，还是从那些雷鸣般的炸裂之声以及其他我们来不及辨识的声音开始？……我们的世界被颠了个个儿，我们的世界为什么被颠了个个儿？我百思了，不得其解。

我和其他蚂蚁们一起，努力打量并艰难地一点点将自己挪入到这个陡峭、弯曲、充斥着生土气味的世界中。

瘸腿老蚂蚁在锋利的锄声中死了。遥远的蚁巢和我们此际的世界再也找不到这个黑色的预言者了。那些悬空的预言如何跌落？那些预言如何把自己的光影洒在预言最为合适的地段上？被铲离旧巢时，我曾经异常艰难地摸了摸瘸腿老蚂蚁苍老、冰凉的尸体，我，好像被它尸体上猝然肿胀的预言之影硌痛了两只虚弱的前腿。

我，扛不走一丝一毫某种微不足道而又始终不懈萦绕在古老蚁巢中的古老预言。

我扛不走过多的伤痛，以及回望。

弯浪乡政府组织编印了一本旅游宣传画册。画册很精美、大气，文字为中、英双语对照。封面上，麻河滔滔漫流，而近景则是那座假山——丽日高天下的假山，衬着翠绿的麻河，流光溢彩，很见俏然之韵。

赵理硕副乡长去挂村扶贫去了，时间是两年，前几天刚走。临走前，我在“歪方向盘”酒吧为他饯行，陪他喝了一通。桌上就他和我，他不同意我找其他人陪他。我们喝得挺开心，热闹。喝着喝着，赵理硕副乡长说：“小李，我们负责的工程还是干得很漂亮的。别人要找法子弄我下去，我就下去，在哪儿都是干，干什么都是干。但我不是为谁在干，我犯不着！是吧小李。”我使劲将他高高举起的酒杯碰了又碰。赵理硕副乡长和我都喝出了满眼的泪水。

酒吧的老主唱麻小素已经生完孩子回来了。她走过来，也陪着喝了一杯。

麻小素指了指旁边的书架，说：“赵领导，你看见没？那本旅游宣传画册封面照片上的假山，好像爬着不少的蚂蚁。”

“是吗？”赵理硕副乡长说。我从书架上拿过画册，细一看，还真是，在假山上，那些微微发黑的痕迹，正是一只只灰暗的浅浅的蚂蚁。

“蚂蚁就蚂蚁，哪块土里没有几只蚂蚁？”赵理硕副乡长说。

麻小素走上台，唱起一支熟悉的歌。我们继续喝着我们的酒。

“你啊唱得好啊！花瓢虫，再来两曲！”赵理硕副乡长站起来，甩手将杯子摇了几圈，冲台上高高喊了一嗓子。

我反复找了不少时辰了。我没有找到画梦师。

我问过其他蚂蚁，它们也没有看到画梦师的影子。

我不知道画梦师是在那天猝然而至的挖掘中死了，还是仍活在遥远的旧巢中，继续画着蚂蚁们有些七零八落的梦境。

我环顾着周遭这个歪斜斜的世界。我们还会做梦吗？我们还会做梦，可已没有一只蚂蚁能画出我们的梦境了。这个宽阔的崭新的沾裹着大量呛人气味的空旷的世界，已注定留不住我们梦想的痕迹。

我追忆着那些画满了蚂蚁们梦境的悠久、漫长的泥壁。我仿佛看见画梦师正倚在泥壁上，打它绵延不休的盹。它，也许会梦见我此刻不断远眺的身影，或者苍茫的脸色。

出了趟差回来，我才知道张继怀乡长也调离了弯浪乡，去县畜牧局任副局长，括弧主持工作。也就是说依旧是正科级，仍然是全县唯一的一个硕士正科级。

“县里在提倡山区畜牧业大数据发展战略，张乡长所学的专业，应该派得上大用场了。”乡政府办公室主任老涂说。

赵一迪在干完所承包的工程后，早缩回县城不见了踪迹。风水先生老胡倒是经常在弯浪乡露面，一方面是来管理管理他的“歪方向盘”酒吧，另一方面也替人看看风水，夹在山水之间，画符烧纸，做些通魔入神之类的闲杂事。

“花瓢虫”乐队的乐声照样升起在夜色中。“小李，喝……你还记得那窝令人吃惊的黑蚂蚁的事吗……喝啊，小李，那些黑蚂蚁，就是假山里游荡的真气。”老胡看着我杯中的酒，说。老胡已半趴在酒桌上了。

麻小素走过来，依然有些袅娜，嚼着半嘴歌声，伸手，在老胡肩背上，拍了又拍。

夜风浩荡，夜风，长满了浓密的须髯。

我站在这座鹰形假山的最高处。山很凉。巍峨的山，好像顶高了某种生涯。谁的生涯？是怎样揪心而无助的抑或让人疑虑的生涯？

星空微斜。我站在山巅。我眺望的远方扇动黑羽。远方在远方翔舞，似乎在揭开一层又一层新的远方。我眺望的远方，漫无边际。

其他的蚂蚁正在做梦。它们将梦见什么？大卷留不住梦境的空旷翻来卷去。画梦师还将在怎样的梦境中游走？它是怎么艰难地凝望我们艰难的梦境的？它还活着吗？隔着这么远的距离，它是否有办法，画出我在假山的孔穴里做出的第一个迷迷糊糊的梦？

我站在假山之巅。假山的巍峨并不虚假。我费了好大的劲才爬到了这么险峻的高处。风很大，须髯飘曳的风，说出我无法说出的遗忘、质询，以及千种凝重的苦乐……

我站在高处，山势穿越嶙峋的骨肉。风很高。我看见无际的天穹中，滑动着无数闪闪烁烁的黑色斑点，那是藏不住自己光亮的蚂蚁吗？

哦，蚂蚁蚂蚁蚂蚁蚂蚁蚂蚁蚂蚁……

黑蚂蚁黑蚂蚁黑蚂蚁黑蚂蚁黑蚂蚁黑蚂蚁……

蚂蚁，黑蚂蚁……

（原载于《湖南文学》2019 年第 8 期）

作者简介：

姚辉，1965年生于贵州省仁怀市。出版诗集《苍茫的诺言》《我与哪个时代靠得更近》（中英对照），散文诗集《对时间有所警觉》《在高原上》，小说集《走过无边的雨》等十余种。部分作品被译成多种外国文字。曾获“第五届汉语诗歌双年十佳”、第九届“中国·散文诗大奖”、贵州省德艺双馨文艺工作者称号等。系中国作家协会会员、贵州省作家协会副主席。

草青青，麦黄黄

_刘汀

草色遥看近却无

苏途从来都没想过，自己一个南方人，竟然会跑到这么北的地方来生活。

他此时所在之处，是内蒙古北部的山区。据当地人说，翻过前面那道大坝，再向北走五百里，就到蒙古国了。童年时，他总是在中央电视台的天气预报图上看到这块地方，还由此知道，经常有一股来自西伯利亚的冷空气，从这里吹过，然后用不了一天的时间，北方就会下雪或下雨。

他并不像大多数南方人那样，对雪抱有很多美好的幻想，甚至把看一场鹅毛大雪作为自己的人生追求之一。对他来说，北方或者所有家乡之外的地方都是模糊的，他已经彻底稀释在南方的潮湿、炎热中，童年时满眼所见都是绿色，长大后又多了工厂的浓烟造成的灰色，打工的地方常年阴沉着天气，也是灰的，反正不是什么雪白。他曾经以为，自己的一生大概都会在南方或者比南方更南的地方生活，比如镇上很多人去打工的广州、汕头，或者泰国、菲律宾等，总之都是整年可以在夜晚喝冰镇啤酒的地方。

他有一个高中同学，大学考到了哈尔滨，开学不久就遇到了第一场雪，特意拍了照片发到同学群里。苏途看见那个平时瘦猴子一样的同学，穿着厚厚的棉服，站在一个憨态可掬的雪人旁边，脸颊红彤彤的，感到有点好笑。他大致了解，东北人或者整个北方人都有一种奇怪的乐观精神，像春晚小品里演的那样，同学到那里就被这种东西给浸染了。他几乎能从同学发的语音信息里听出东北口音。

苏途只在群里回了一个微笑的表情符号。他跟群里的大部分同学都不怎么联系了，但也下不了决心退群。有时候，特别是上工特别累游戏也打烦了的时候，他会翻翻同学群里的聊天记录，从零零碎碎的对话中拼凑出一些人的生活梗概，比如——乔薇。他高中时偷偷喜欢过的那个女孩，全国英语演讲比赛高中组冠军，保送北京外国语学院，当了系学生会主席，是世博会的志愿者……她到了大学仍然是风云人物，经常看见她分享跟很多外国人在一起或参加各种高大上活动的照片。他知道，乔薇已经成了和自己完全不一样的人，他可能一生都不会再跟她相遇，再像高中时候那样挨得很近地聊天。在班里，他是她的定点帮扶对象，每天她都要用标准的美国发音教他学英语，而他嘴里蹦出来的单词总是听得她一愣一愣的。她会怔怔地看着他，眼神里是一种强压着烦躁的不解：世界上怎么会有这么笨的人。但她从来不会把这种想法表达出来，总是微笑着说：我们再来一遍。苏途肯定自己从未让任何人感觉到对乔薇的喜欢，他很清楚，这事一旦说出来，就会是一个笑话。他的自尊比精美的瓷器还要脆弱，他保护它的唯一方式就是不去触碰任何有危险的事。

冷空气的尾巴吹透略显单薄的夹克衫，让苏途感觉到，自己仿佛身处另一个国家。他站在一条春天的河边。因为地气上升，远处山峦冬雪化尽，小河里的水渐渐涨起来。偏低的河滩上，隐隐约约可以看见一层雾气样的嫩绿色，可走近了，脚下还只是黑褐色的土和去年干枯的草根，还有稀稀拉拉的牛羊粪便。他忽然间明白了小学时背诵的那句诗，“草色遥看近却无”。他成长的地方，常年都是绿树茵茵，即便有些草茎枯萎，但还没等干瘪，就被另一层更新鲜的绿覆盖了，哪里见到过这种朦胧淡薄的绿？

苏途不是来看风景的，他哆哆嗦嗦站在河边，是为了把憋了半天的一泡尿撒出去。他是一个司机，开着一辆两挂斗的东风大卡车，车斗里是从两百里外的铅锌矿拉来的矿石，要送到几十里外的选厂去。高中毕业，没有考上大学，他跟村里的其他年轻人一样出来打工。几年来，他流浪于南方的各类工厂——在电子厂里盯手机、电视机、电脑配件，在流水线上焊电路板、拧螺丝。每天工作十二小时，下工后，眼睛和脑袋都是木的，但年轻的身体一呼吸到工厂外的空气，立刻会涌起莫名的冲动和活力。他通常都是跟工友们去夜市吃烧烤，喝廉价的扎啤，然后醉醺醺地，哼着“命运就算颠沛流离，命运就算曲折离奇”回集体宿舍，倒在雨季发霉的床铺上睡去。第二天，刺耳的闹铃把他从乱梦中叫醒，洗脸刷牙，带着轻微的宿醉继续上工。日复一日，像车间墙壁上挂着的电子钟，毫无意外地旋转在自己的轮回里。

刚过去的那个春节，他们没有休班，一直在赶一批台湾老板的货。到了元宵节，任务完成，工厂才放假一天。他们无处可去，就叫了外卖，在宿舍里打游戏喝酒。夜幕降临后，有人嚷嚷着去街上看花灯，据说今年的烟花特别多，说不定还能碰见好看的姑娘。他们便合上已经发烫的笔记本，伸伸腰背，叫喊着走出寂静的宿舍楼。

街灯红红绿绿，姑娘们也红红绿绿，白日里显得乱糟糟的街面，在霓虹光和女孩子的笑声里，充满异样的魅力。他们能很容易区分出哪些是本地女人，哪些是跟他们一样的打工妹，后者的衣服总是更夸张些，描眉画眼，而且大声地说笑。她们整日在机械声嘈杂的工厂里，已经习惯了大声讲话。苏途和几个工友互相搭着肩膀，踩浮船一样摇摇晃晃地走，向穿着暴露的女孩打口哨，心里充满一种说不清道不明的痛快感。

有人说，再喝点啤酒吧，他们又坐到了露天烧烤摊上。冰凉的冒着气泡的扎啤咕咚咕咚灌进胃里，打两个饱嗝，身体瞬间又松弛了不少。苏途发现旁边一桌里有个人一直在看他，他在逆光的位置，他看不太清是谁。等服务员过来送烤串，把头顶的灯光挡住，他心里咯噔一下。看他的那个人脸上的疤瘌像条蚯蚓一样在他心里爬，他跟同伴说，走吧，咱们去看灯，别喝了。那几个人刚喝到兴头上，哪里肯走。苏途坐立不安，心跳加速。没错，就是这个疤瘌脸。苏途刚出来打工时，跟他在一个厂子一个车间里，他有次看见疤癞脸偷偷地把手机电路板装在鞋底的夹层里。那时的苏途还保有少年时期的正义感，偷偷跟经理举报了，疤瘌被当场抓获，罚款开除。疤瘌被赶走那天，高声喊着要报仇。苏途心里害怕，也辞职换了个厂子。

这地方聚集了上百家各式各样的工厂，十几万打工仔和居民，苏途以为自己再也不会碰见疤瘌脸。谁想到竟然在这里坐到了隔壁，他隐隐地感到要出事了。疤瘌脸拎着一瓶啤酒站起来，向他们这方向走，苏途腿打哆嗦，他准备好了随时逃走。他用酒瓶子指着苏途说，小子，终于让我逮着你了。还没等疤瘌脸的酒瓶子摔下来，苏途工友里脾气最火爆的邵阳仔已经把拳头挥了出去。然后就是两伙人厮打。疤瘌脸冲向苏途，苏途情急之下，抄起桌上的烧烤签子，直直刺入对方的胸口。眼看着那个人一点一点地瘫倒在地上，血殷殷流出，他吓得酒醒了大半。有人喊了一声杀人了，打架的人都停了手脚，然后就听见了刺耳的警笛声穿过斑斓的灯光而来。他们都慌忙逃走。上元节的月亮虽然大，好在灯多人更多，逃掉很容易。

这一晚，苏途翻来覆去在床上烙饼，他想跟大家道个歉，说一下缘由，但不知如何开口。邵阳仔鼻青脸肿，但却只有他睡着了，其他几个人都清醒而静默着。他们心里都想着一件事：死了人。一大早，他们刷网上的本地新闻，说疤瘌脸送到医院抢救，保住了性命，伤势也不算重。但是他们逃路的时候，扯断了某家店的电线，引发了一场中型火灾，损失不小。几个人商量着这个地方不能待了，反正春节的加班费已经拿到手，本来也要换地方的。大家于是分头跑路，其他人都向老家的方向去，只有他不想回整日阴雨的小镇，怕很容易被找到，他想自己应该反其道而行，一路向北，去这些人永远找不到的地方。

浅草才能没马蹄

苏途先是坐火车到徐州，然后坐汽车到大连，又坐火车到赤峰。之所以去赤峰，是因为打电话回家里，姐夫说他有个朋友在那儿的矿上，让他去投奔。姐夫说，矿都在山区，离城市远，才没有人查你干过什么呢。等过段时间事情平息了，你再回来。

他按照姐夫给的地址去找那座矿时，才发现赤峰大得超乎他想象，而且那时候天还冷着。北方天冷他知道，但等他看见整个大地都是一片灰褐色，没有一点绿，风把沙尘扬得漫天遍野，树木像野狗啃过的骨头，还是惊愕地张大了嘴。他那身在徐州火车站小摊买的棉夹克，瞬间就被冻透了。他不得不把包里所有的衣服都穿在身上，像一个肉粽子。花了两天时间，他才找到大山里的铅锌矿，跟姐夫的朋友韩大哥接上头。

无论如何，他暂时落了脚。韩大哥四十多岁，眉毛一条高一条低，看起来有种天生的喜感，再加上他的脸是那种猪肝色的鞋拔子脸，化化妆的话，还真有点像赵本山。只是，他的眼神要深沉得多，可能是常年下井的缘故，总是藏有心事的样子。韩大哥在矿上是个小班长，挣的是下井的搏命钱，三班倒。他陪苏途喝了两顿大酒，吃了两顿羊肉。

苏途跟韩大哥和他的几个工友在一个小饭馆里吃饭，桌上是几个大盆菜，小鸡炖蘑菇，汆羊肉，土豆炖牛肉。苏途从来没见过那么大的菜盘，简直跟洗脸盆差不多。酒是当地的小烧，装在一个足有二十升的塑料桶里，每个人面前一个大碗。第一碗酒下肚子，苏途觉得自己快着火了，那股热几秒钟就从腹部烧到了全身，特别是脑袋。他感到自己的头像气球一样，突然变大了好几倍，晃一晃甚至能听见里面脑浆浮动的声音。在这一刻，他有点后悔，开始想念南方啤酒的温和，想念那种在湿答答的空气中把冰凉、冒着气泡的啤酒灌进胃里的感觉。

几大盆菜竟然被吃光了，一塑料桶酒也喝掉了五分之一，韩大哥他们好像除了脸黑里翻出一种紫红，手脚仍然利索。苏途不知道自己怎么回的韩大哥宿舍。第二天醒来时，发现宿舍就自己一个人，他们都正常下井去了。他简直无法想象这些看起来并不强壮的黑汉子，前一天晚上喝了那么多酒，竟然还有力气去挖矿。而他，头昏昏沉沉，身上酸软无力，像是重感冒高烧四十摄氏度一样。他挣扎着起床，看到地上一片狼藉，应该是自己吐的。苏途从公共卫生间里找到一把已经快掉光头的黝黑的拖把，把宿舍的地拖了一遍，又把每个人的被子整理了一下，然后走出宿舍。

宿舍楼对面，有一个篮球场，水泥地面已经凹凸不平，篮筐也像人的帽檐一样低低的。篮架子下面，摆着一只篮球，球是全新的。苏途捡起球，拍拍投投，随着血液运转，身体缓慢恢复。他的心思却陷入了挣扎，他想离开这儿，觉得自己根本适应不了这里，可是又没有地方去。他放下球，在宿舍周围的矿区瞎转。这里街道的两边都是低矮的平房，用木桩子围起来的院子里堆满了煤块，很多家的堂屋里伸出一根炉筒，浓黑的烟从里面滚滚而出。苏途找到一家小商店，里面都是些简单的日杂。他看见地上摆着四五桶昨天喝的那种酒，就问老板多少钱一桶。老板说三十，他掏钱，说要两桶。他又买了一盒泡面准备当午餐。

苏途把两桶酒拎回宿舍，竟然出了一身汗。泡了面吃掉后，困意袭来，他又倒在床上睡过去了。再醒时太阳偏西了，韩大哥他们下工回来。吃饭去，韩大哥说。苏途指了指酒，说我买了两桶酒给你。韩大哥鼻子扑哧了一下，瞎整，还用你买酒。

他们又去了昨天那家饭馆，还坐那张桌子。今天我来请客吧，苏途说。韩大哥说，怎么能让你请。苏途说，韩大哥你给我个机会。韩大哥说，喝你买的酒，菜还是算我们的。苏途只好同意，依然点了昨天的几样菜之后，他问老板娘：有什么青菜？老板娘被他问得一愣，青菜？旁边几个人都笑了，说小子我们这里可是内蒙古，你当是南方啊，大冬天的哪儿来的青菜。韩大哥说，老板娘你给他来个炖酸菜吧，在这就这道菜像青菜。他们又喝酒，他却不敢再喝了，他们也不劝他。他意外地喜欢猪肉酸菜炖粉条，特别是菜汤，他兑着开水，加了点辣椒，喝了好几碗，身上立时出了透汗。到这一刻，昨天的宿醉才彻底过去。

吃了一会儿，韩大哥说：这里的好处是，只要你肯下力气，总饿不死。又问他会干什么。他发现自己前两年在工厂的那点经验，完全派不上用场。韩大哥捏了捏他的胳膊，软绵绵，没一点肌肉，龇着紫红的牙花子说，你这小身板，下井没戏，开车会不会？车他会开，但只开过小车，没有大车驾照。韩大哥说，没事，能开就行。我们矿山的矿石都不出左旗，没人查。也好，他想，干几天再说。

来矿上的时候，他搭的就是一辆拉矿石的车。从大钟镇到百诺铅锌矿，走了四个多小时。进矿时，刚好赶上山上放炮。他正在汽车的颠簸中迷迷糊糊，一声巨响，吓得他腾一下站起来，头撞到了车顶棚。司机一阵大笑。怎么回事？他捂着脑袋，扭头看向窗外，山坳处烟尘滚滚。

矿井放炮，司机说，听一段时间你就习惯了。

他揉了揉脑袋，坐直了身子。周围的山和南方的山很不一样，跟他到北方后平常所见的山也不一样，一般的山都是不规则的，起起伏伏，而这里的小山都是挖出来的砂石堆起来的，看上去是规律的圆锥形。

百诺铅锌矿是一个露天矿。砂石山的旁边，常常是巨大的矿坑，路在矿坑边上蜿蜒向上，到了斜坡又开始螺旋着向下，一直延伸到矿坑底部。矿坑底部有几个足球场那么大，上面各种卡车、钩机、铲车挥舞着钢铁手臂在装卸矿石，机器轰鸣，空气中是浓重的柴油味。苏途被眼前的景象彻底震撼了，这里简直是电影中的外星球。

司机停在一个岔路口，告诉他再往西走五百米，就能到居住区。他要找的韩大哥今天休班，正在那儿的一个叫“红火火饭馆”等他。他下了车，看着卡车屁股喷了股黑烟向矿坑进发。苏途四下望了望，到处都是被挖开的山体，到处都是卡车和各种机械，穿着橘黄色工作服的矿工像蚂蚁，在蠕动着。但是更远处，他又看见了那种嫩黄的绿，他以为自己看错了，揉揉眼睛再看，那些没有被挖掘的山坡，确实笼罩着一层嫩绿，像浓雾下的南方茶园。

绿雾下，有一片灰灰白白的房子，依地势散落，应该就是司机说的矿工生活区。他迈步向那里走去，心里有种奇怪的感觉，仿佛自己走在遥远的月亮上。他对即将面临的生活没有什么明确的期待，但陌生感本身还是让他有点激动。他心里暗暗想，在这里，外人绝对不可能找到自己。

苏途就这样半情愿半糊涂地开始了他的矿山司机生涯。他先是和之前搭车的司机跟了三天车，熟悉了从矿山到选厂的道路和工作流程，很快就自己出车了。两百多公里的路，算不上长途，司机不需要倒班，大家都是各自跑。有的人为了多赚点钱，早起晚归，每天能比其他人多跑一趟车。

第一次开大车，苏途坐在驾驶楼，手死死攥着方向盘，因为路不平，汽车载重又大，每辆车都超载，方向盘不使劲，车轮就打滑。才开一个多小时，两个胳膊就酸痛，这活儿比他想象的更累人。这种累和流水线上的累不一样，它折腾的是身体。等晚上交了车，去小饭店吃一碗羊肉面或者炖酸菜，喝一瓶赤峰啤酒，往宿舍的床上一倒，几秒钟就能睡过去，一觉无梦到天亮。

一切还好，他只是不太适应北方气候的干燥，特别是矿区的暖气，一直烧到清明节。晚上入睡的时候，他把还滴水的衣服搭在暖气片上给空气加湿，但还是常常让干燥弄得半夜醒来，喝一大茶缸子凉茶也不行，他的鼻子开始隔三岔五流鼻血。每次用卫生纸把鼻孔塞住，不习惯地用嘴呼吸时，他总是想起南方潮湿的空气，想起吸进口腔和鼻腔里带着水珠的空气。

他很快对这份工作熟络起来，路上也放松了，透过车窗，他眼看着青草冒芽、长高，梨花也打了花苞。他初来时那一片灰突突的大地，几乎是一夜之间就变得青葱起来，初春的绿永远是嫩绿，像是婴儿。风吹在身上，有一种说不出来的舒服，苏途开爽了的时候，会把车楼两边的窗子都摇下，让暖洋洋的风吹他。在南方，他可从来没体验过这种感受。现在，他唯一需要提防的，就是村路上突然跑出来的一只鸡或一头驴。苏途前几天就轧死了一只鸡。他开车过一个村子，一群鸡从院子里叽叽喳喳跑出来，他猛打方向盘躲，还是有只鸡被后轮轧断了脖子。苏途停下车，看着车轮上的血迹、鸡毛，还有地上没有头的鸡，胃里一阵恶心。他愣愣地在那儿站了半天，直到院子里出来一个女人，叫嚷着让他赔钱。多少钱？他问。女人说，给五十块钱，鸡他可以拎走。苏途给了她钱，但是没有要那只鸡，它的血让他想起疤瘌脸胸口的血。

他回到矿上，跟韩大哥他们说起这事，他们都笑话他傻脑壳。韩大哥说，轧死只鸡鸭太正常了，你这孩子死脑筋，轧死了拎上车就走，回来炖一锅吃，竟然还站在那里等人来找，竟然还给人钱，给了钱竟然还不拿鸡。他讪讪地笑一下，说，我们那儿老人说，吃轧死的东西不吉利。韩大哥说，死就是死，有什么吉利不吉利。他不太懂韩大哥说的，但觉得他说这句的时候面色有些凝重。后来他才知道，韩大哥他们常年下井，总是会见到各种各样的事故。有时候看电视上播某处矿难的新闻，他们都会停下手里的事，静静地看，旱烟卷烧到手指才惊醒，赶紧放到嘴边吸最后一口。苏途不理解，他们满可以回避这些压抑的新闻的。后来有一次，韩大哥拎着几张花花绿绿的保险宣传单来，问他这上面的具体项目到底咋回事，他才略略明白他的心事。那几张宣传单已经沾满了泥垢，显然放了好久了，他凭着自己并不确信的理解，一条一条地给韩大哥解释。韩大哥听完，叹口气说，一只鸡死了，值五十，一个人死了，有时候并不比鸡更值钱。

独怜幽草涧边生

不久之后，春汛就来了，今年的雨水似乎比往年多，竟然还发了一次洪水。他们常跑的那条路被水冲坏，一时半会儿修不好，只能绕路。这一绕就一百多里地，平常一天能跑两个来回，这回紧赶慢赶也就一趟半。卸了车，他们就住在选矿厂旁的小旅店里，有时候甚至借住在半路的农民家。

他们绕的那条路，沿着木伦河的河岸，弯弯曲曲，经过一片半农半牧区。路上有一段，需要过木伦河，河两岸是浩尔吐村和海力图村。两个村子只隔着这条并不宽的河，但河西的浩尔吐村是牧民，属于红塔苏木；河东岸的海力图村是农区，属于大钟镇。海力图村虽然也养牛羊，但主要收入还是靠种田，小麦、黄豆、玉米。这里是木伦河整个河道最窄的地方，架着一座坚固的石桥，据说是多年前百诺铅锌矿修建的，那时还没有修公路，这是运送矿石的唯一路线。

前年的时候，内蒙古政府推行了村村通计划，就是村村通水泥路、通电、通有线电视。水泥路修到了每家每户的门口，人们出行方便了很多，苏途他们跑车也方便了。

有一天晚上，苏途在选矿卸了矿石，看着天色还早，就想尽早赶回去，住下的话就要耽误半天。因为天色渐晚，路上人车稀少，他开得很快。快到木伦河桥的时候，迎面过来一辆绿色的三轮车，会车时他的车轮越过了水泥路面，轧在了砂石路边上。哪知道这条路的砂石都不瓷实，瞬间碎裂，整个车一下子就翻到了路沟里。幸好回矿山是空车，如果拉满了矿石，后果不堪设想。

水泥路的规划是十米，但是这里的旗长在修路的时候，把一部分修路款挪用去盖政府办公楼了，路修好只剩下八米宽。两辆大车会车时，都得小心翼翼，以防剐蹭。苏途从驾驶室里爬出来，动动胳膊腿，好像除了一点擦伤，没什么大事。一转头，看见三轮车翻到了对面的路沟里，开车的也刚从车斗里爬出来，竟然是一个年轻女子。

女子也没受伤，冲过马路，指着苏途大声说：你怎么开车的啊？眼睛长到脚底板了？苏途一听，也火了，说：你好意思说我？路就这么宽，你看看车辙，我要不是为了躲你，能掉到沟里吗？对方愣了一下，可能是听见苏途的南方普通话有点吃惊。她说：你……你，你胡搅蛮缠。苏途说，咱俩谁也别埋怨谁，都怪这破路，太窄了。女孩突然冲上来，苏途吓一跳，以为她要打自己，赶紧躲。女孩说别动，用袖子在他脸颊上抹了一把，袖子成了红的。苏途蓦然感到脸一阵火辣辣，原来这里被碎玻璃划了一道口子。女孩没说话，匆匆跑到对面翻倒的三轮车那儿，扯出一卷卫生纸，递给苏途。苏途胡乱抽了一段，捂住了脸，卫生纸瞬间被血浸红了。

月亮升起来，他看清了那辆三轮车，车头栽倒，车斗侧翻。让他意外的是，车斗和路沟里竟然是牛羊粪。他不明白，一个年轻女孩拉这些干什么。

女孩看他的脸还是在流血，又到三轮车那里，拿出了一包卫生纸。脸色红红地递给苏途，说，血止不住，你用这……这个吧。苏途接过来，心里想，我的脸流血，你脸红什么。等他拆开包装，才看出来，这一包是卫生巾，他浑身都火烧起来，仿佛血液都涌到了受伤的脸上。女孩突然抢过卫生巾，打开一条，给他贴在了脸上，然后哈哈大笑起来。

女孩说，你这车太大了，你得叫人帮你才能拖出来。我的三轮车小，要不咱俩试试，看能不能翻过来？

苏途点点头，说试试吧。我这车得打电话喊矿上的人来弄了。

他俩用光了全身的劲儿，才把三轮车车头扶正，又从矿石车上扯下铁锹，垫了半天土。女孩摇响了三轮车，坐在驾驶舱里，苏途在后面推，终于挪到了马路上。他们又一点一点把路沟里的牛羊粪装到车斗里。

女孩说，那我就先回去了。

苏途说，哦，好。他心里想，这人怎么这么不厚道，刚帮你把车弄出来，就丢下我一个人跑了。

他挥挥手。三轮车冒了一股烟，突突突开走，留给他一片夜的黑影，眼前的水泥路在月光的照耀下，像一条白色的蛇，蜿蜒伸向不远处灯火渐起的村庄。

苏途坐在翻倒的车旁，又累又饿，车楼里除了半玻璃瓶子凉开水，什么都没有。矿里刚才回了电话，说工程车都派出去了，在抢修被雨水冲坏的路，等着其他拉矿石的车明天路过，再帮他把车拖出来。苏途知道自己今天回不去了，这时候是四月初，在南方老家已经特别暖和了，北方的白日也暖洋洋的，可太阳一落山，冷意仍然很足。还有风，这些风像是某些胆小的人，躲着白天的太阳，天一黑，都跑出来撒欢。风不大，吹在身上却像是洗冷水澡，一点一点地往骨头里渗。

苏途牙齿打战，歪在驾驶室里，迷迷糊糊，半睡半醒。他脑海里是那次元宵灯会红红绿绿的街，还有熙熙攘攘的人。他记得自己逃走时回了一次头，看见了一家店铺腾起的火光。火光越来越耀眼，直到他眼前一片空白。他睁开眼，确实有一束亮光，又被晃得迅速闭上，谁？那人没说话，晃了晃手电，光影浮动里，黑色的夜趁机进入他的瞳孔。

苏途从驾驶室里钻出来，终于看清就是刚才开三轮的女孩。

你怎么来了？

女孩扬了扬手里的一件羊皮大衣，说，我不来，你不冻死也得饿死。

苏途哼了一声，小声嘟哝说，算你还有良心。

怎么，不想穿啊？不想穿我拿回去了。女孩说着转身就走，苏途赶紧迅速拉住她，抢过大衣披在身上，立刻就感到暖和多了。女孩胳膊上还挎着一个柳条编的筐，筐里摆着两只大碗，碗上用一层塑料薄膜覆着。苏途闻到了羊肉的味道，忙问，有吃的？女孩让他坐下，她把筐放下，撕开塑料，是一碗白面条和一碗羊肉汤。女孩把羊肉汤浇在面条上，又拿出筷子搅拌了一下，端给苏途。

苏途捧起大碗，挑起一筷子面条塞到嘴里，只一口就把他眼泪吃出来了。掉眼泪，是因为感动，又冷又饿的时候有人给送来了羊肉面条，更是因为这面条太好吃了。他自小吃的都是南方的阳春面，细细的，汤汁也比较清淡。女孩端来的面条很粗，筋道，有一种纯粹的清香。羊肉汤更是大块的肉、鲜浓的汤，满嘴都是香味。

苏途几分钟就把一大碗面吃个精光，胃部温暖后，浑身热乎起来。谢谢，他打着嗝说，谢谢，太感谢了。

女孩说，我本来想喊你去我家将就一晚上，但你车在这里，也离不了人，只能做点饭给你送来。

苏途不知该说什么好，就抬手指了指天空说，看，今天的月亮真亮。北方的天空辽阔高远，深夜并不是纯粹的黑，而是一种特殊的蓝，尤其是有月亮的夜晚。月亮并不是满月，但因为空气好，特别明亮，几乎能看见里面的桂花树。

女孩说，你不是这里人吧？

嗯，南方，很南的南方。

女孩说，你叫什么？

我？苏途，江苏的苏，路途的途。你呢？

田晓，田地的田，春眠不觉晓的晓。

你赶紧回去吧，苏途说，很晚了，天又冷。

田晓没说话，突然捂住了肚子，龇牙咧嘴。

怎么了？苏途说，刚才翻车的时候伤着了？

田晓摇摇头，没事，浅表性胃炎，饮食一不规律就犯。有烟吗？

苏途摸了摸身上，摸出一个瘪烟盒，里面刚好还有两支烟。他递给田晓一支，自己也叼上一支，又掏出打火机，给她点着。

田晓深吸了一口，闭着眼沉默了几秒，像深呼吸那样吐出来。整个人瞬间精神了些，说，我得走了，家里的鸡还没喂。你一个人没问题吧？

没事，我一个大男人，怕什么。苏途心里竟然生出一点依恋感，希望她能再陪自己一会儿，但这话他可说不出来。

田晓把碗筷装到筐里，说，再见，你自己小心啊。

她是骑电动车来的。几分钟后，她的身影和微弱的车灯消失在那条窄小的水泥路尽头。在月光下，这条弯弯曲曲的水泥路，变成了一条银鱼，浮游在大地和天空之间。苏途裹紧羊皮大衣，想这个女孩真是有意思，看起来一点也不像农民，倒像一个城里坐办公室的。带着暖意和好奇，这一次，他踏踏实实地睡着了。

草木知春不久归

田晓对着手机镜头说，亲爱的朋友们早上好，今天又是新的一天，蓝天白云，太阳明亮。晓晓绿色农场在这里给您请安啦。今天给大家看一下我们农场的土肥灌溉，熟悉农场的朋友一定都知道，晓晓从来不用任何化肥和农药，所有的肥都是土肥。也就是猪狗牛羊鸡的各种粪便发酵之后的肥料，天然有机，没有一点化学污染。

她一边说着，一边举着手机向院子外走去。

在电脑另一端的人们会看到，镜头晃来晃去，拍到了一个土粪坑。粪坑里堆满了黑褐色的土肥。

看看，看看，亲爱的朋友们，这就是我的农场里用的土肥了。这可不是简单的牛羊鸡鸭粪，这些肥料要堆在这里，等天气再暖和些，温度升高，它们就会发酵，动物粪便里那些植物、草、谷物等会变成非常有营养的有机肥。当然，我还会用锄头把它们全部翻一遍，好让肥料蓬松透气，这样空气中的氮气才能进入肥料里。希望大家此刻没有在吃早餐哦，来，我给大家翻一下看看。

说着，田晓把手机放在支架上，戴上塑胶手套，开始翻昨天才拉回来的牛羊粪。

镜头突然聚焦到了一个黑色物体上，田晓拿起来，竟然是一个皮质的钱包，表面有明显的磨损痕迹，看来用了挺长时间了。她翻看了一下，里面掉出一张身份证，上面的名字是：苏途。苏途？田晓突然想起昨晚跟自己撞车的人，看来是他帮忙装车时，不小心把钱包掉在了粪堆里。

亲爱的，为了这点儿牛羊粪，晓晓我昨天差点出了车祸，跟一辆大卡车撞在了一起，惊险啊。不过一切都是为了咱们的绿色农场，好啦，今天的直播就到这里，请大家持续关注哦，我会让大家看见晓晓农场绿色农业的每一个环节，朋友们，再见。

晓晓关掉屏幕，正想着该怎么联系这个偶遇的陌生人，胃又疼起来。昨晚做的面，都让苏途吃了，她回来之后没再起火，只喝了杯热水，吃了几块饼干。早晨起来，又忙着今天的直播，还没吃早餐。她的胃时时刻刻提醒着她从北京回到老家的初衷。

就在一年多前，田晓还是中关村附近一家校外培训机构的金牌讲师。他们那个培训机构很大，但进入市场晚，所以主要项目不是最热的英语、奥数，而是这两年缓慢升温的作文教学。也是奇怪，之前语文是学生和家长最不重视的一个科目，这两年不但社会上各种公众号每天发文章，就连高校也是一个接着一个开创意写作课、作家班。一叶落而知天下秋，一草发而知春意发，嗅觉敏感的人总能从一点一滴的社会表征里闻到商机，闻到金钱的味道。

田晓从大学中文系毕业，先在昌平的一所区重点教学，还要当班主任，每天累得臭死。中学里最难干的两个活，一个是班主任，第二个就是语文老师，问题是校长们又总是觉得语文老师天生适合当班主任，年轻语文老师就更是责无旁贷了。语文老师们有一句自嘲的话，叫上辈子杀了人，这辈子教语文。

这个机构是比她高几届的一个师兄开的，师兄在校友群里发招聘信息，她那天被一个学生家长气到，去教务主任那里吐槽，教务主任却告诉她忍辱负重、息事宁人，这个家长是个什么什么局长，惹不起。她心里愤愤，撂下一句这活真不是人干的。然后就看到了师兄发的信息，就跟师兄联系了一下。师兄当然喜欢她这样的一线教师，不谈不知道，一谈吓一跳，去校外教课，她一个月能赚以前半年的钱。虽然跟学校签的服务期限还有两年，但她真心等不及也干不动了，就去校长那里辞职。校长先是劝说，老师是人类灵魂的工程师，是蜡烛，是园丁。但田晓态度坚决，说你见过我们这么悲摧的工程师吗？开学才三个月，我们语文组接到的各种乱七八糟和教学无关的任务、文件、表格就两百多个。我也不当蜡烛当园丁，我就想干点物有所值的事，干吗老让我们奉献，你们咋不奉献呢？校长威胁她说，现在辞职，按协议她要赔偿学校五万块钱。她一咬牙，扔出一张银行卡，这两年攒下来的工资都在这里，赔。校长还说，你的档案可是在市教育局，没有学校同意，你拿不走。她被逼急了，说，那我也得走，我死了心了。你如果压着，我就去网上给你爆学校的料。任凭校长软硬兼施，她是纹丝不动，最后，她赔了两万块钱赎身。

跟校长辞别那天，她最后说，何校长，我当老师的时间不长，我给您提一个真心的建议，学校最重要的就是教学，不能让什么德育、教务各种行政部门整天使唤一线老师，你得让老师们把时间和精力花在备课和上课上。校长说，学校的大门始终向你敞开，欢迎你随时回来。田晓挥挥手说，人不能两次踏入同一条河流。

田晓只用了半年时间，就成了培训机构的金牌老师。每次看着家长从群里发来的孩子们作文进步的消息，还有新年之类的节日，孩子们发来的自己写的祝福，当然更有银行卡里不断增长的存款，她都觉得自己这一步真是走对了。按她的规划，再干两年，她完全可以在北京五环外买一个小房子，那时候，眼看满三十岁，找个人嫁了，生儿育女，相夫教子。

只是，她的计划被一个狂欢的夜晚彻底改变。

学期末，一切工作结束，全公司的人去郊区团拜。老总比较大方，他们住的是一个庄园，伙食好，还有各种健身、游泳、打牌的地方，大家能狂欢三天两夜。第二天晚上，她们几个女同事吃腻了饭店里的自助和桌餐，竟然半夜躲在宾馆里就着辣鸭脖煮泡面。吃完不到十分钟，田晓的胃就疼得浑身直冒汗。本来很多同事开车来的，可都喝了酒，没法送她去医院。打 120，赶过来也很久。情急之下，老总找到饭店协调，他们派了一个司机，又跟了人力资源的一个同事，把她送到了昌平医院。胃穿孔，住了半个月院，打了一周营养液，喝了一周的小米粥。

出院后，田晓发现自己似乎一夜之间变成婴儿了，吃东西得特别谨慎，凉一点，热一点，酸一点，辣一点，胃都会有反应。住院期间，她妈过来照顾了她一段时间，带了一些老家的小米。每天她就喝小米粥，连咸菜都不敢多吃。后来，她自己在超市里买了小米再煮，吃了胃还是会有反应，一阵阵抽搐。她知道这不科学，可能就是一种心理后遗症。住院那几天，同病房的一个姐姐，只比她大四五岁，胃癌，切除了三分之二的胃才活下来。姐姐跟她说，当你的身体提醒你的时候，就是你该做出改变的时候了，否则它就会用更猛烈的方式来报复你，我现在最后悔的就是没在两年前好好调整生活状态。

田晓看着病房雪白的天花板，心里想，自己是不是不能再这样生活下去了。只是要放弃眼下的一切，真的需要足够的决心才行。就在这种犹犹豫豫里，她学会了吸烟，她知道吸烟对自己的胃没有好处，但有根烟夹在手指间的感觉，让她多了种依靠感。她一边想象自己可以做什么改变，一边吞云吐雾。

有一天，在厨房里熬粥的时候，她看着锅里翻滚的金色的小米，忽然想自己也许可以回老家去，就种这种纯天然的粮食。她早就在生活里感觉到了，越来越多的人希望吃到绿色食物，超市货架上那些打了纯天然标签的蔬菜和粮食，都比其他同类贵一倍以上，但依然能卖出去。这就说明，市场巨大，前景可期。

想到这里，田晓有点小小的激动，她觉得自己终于知道该做什么了。田晓多年养成的利落劲，让她快速地在网上做了前期功课，网店怎么开，物流怎么走，人们最渴望买哪种粮食，心里都大致有了谱。她从北京回去的时候，带着一整份四五十页的项目计划书，几乎把自己能想到的所有情况，都做了预案。

晴日暖风生麦气

第二天一早，从选矿返回来的一辆车经过，帮苏途把卡车牵引到路面。幸好除了挡风玻璃碎了，别的地方都没坏，他在越来越暖的春风中，把车开回了矿里。

因为这次翻车事故，苏途被扣了半个月的工资。这倒没什么，他更担心的是自己的钱包丢了，而钱包里有身份证。这个很麻烦，如果被人捡到交给警察，警察随便上网核实一下，就可能发现自己是一个“逃犯”。他也没办法补办身份证，那得回老家，去派出所，等于是自投罗网。

他到小卖部的公用电话给之前的工友打了个电话，他们本来商量好，没有特殊情况，绝不联系。工友告诉他一个好消息，其实警察并没有通缉他们，疤瘌脸已经痊愈出院。而火灾后来被定性为意外事故，承担责任的是当地一家商店的负责人，他违规私拉电线，占用了公路。苏途心里放松下来，开始犹豫要不要回南方，他留在这里的理由似乎一下子消失了。

他去找韩大哥讨主意，韩大哥说我没啥主意，就是觉得北方的冬天你都熬过了，开春天暖和了却跑了，不合算。他想想也是，就说，我现在也不能开车了。韩大哥说，你没有别的技术，开不了车了，想在矿上混口饭，只能下井。一听下井，他头皮发麻，他有幽闭恐惧症，小时候玩捉迷藏，都不敢整个藏在被子里，下到几百米深的矿井里还不得要了他的命。他摇头，说自己下不了。韩大哥说，你试试。这里的矿工，一开始都不敢下井，可下了几次就习惯了。

苏途想了想，说，那试试吧。

下井那天，韩大哥亲自带着他，坐着摇摇晃晃的升降机，吱吱呀呀往地底下沉。苏途的两条腿像煮过头的面条一样，根本站不直，气喘得特别长。升降机那么吵，他都能听见自己的心跳，其实不是听见，是感觉得到胸膛里跳得怦怦怦的，好像一个巨人在那里拍皮球。等升降机终于在井道停下，苏途拽着韩大哥说，我……我不行了。韩大哥拿手电对着他照了照，发现他的脸白得像张纸，嘴唇却是紫茄子样，叹口气说，真是完犊子。挥了挥手，升降机又升了上去。

苏途在宿舍的床上躺了一天，他没想到自己真这么完蛋。还有更丢人的，韩大哥和工友不知道，在矿井里，他尿裤子了。当初把人捅了，他都没有这么害怕过。升降机嘎吱嘎吱的声音始终在耳畔回旋，幽深窄小的矿井坑没有尽头，几乎能直接走到地心去。整个过程中，他脑子里一直有一个画面，就是通向地面的道路被突然封堵住了，他再也回不去了。

晚上，韩大哥拎着一小桶散装白酒、两个猪蹄、一包花生米来找他，说给他压压惊。苏途说，真丢人。韩大哥说，没啥，你天生就不是吃这碗饭的料，不下井更好，跟我一样天天下井，说不定哪天就埋在里面了。韩大哥喝了一大口酒，眼神里有着他从未见过的伤感。他听说了，旁边一个矿井里，昨天塌方，埋了三个人，救出两个重伤，另一个根本没挖出来，永远躺在矿山下了。

死了屌朝上，不死又一年，天无绝人之路，别想这些了，喝酒。两个人就着猪蹄子花生米，喝了两斤白酒。才几个月的时间，他没想到自己已经适应了这种散装的高度白酒，他不再轻易醉掉了。最初，下班之后累了，他都是喝一两瓶啤酒，但很快就觉得啤酒不给劲儿了，慢慢跟周围的人一样，改喝白酒。他渐渐喜欢上了把一团火灌进肚子里，然后等着它把全身的血液都点燃的感觉。

韩大哥说，要不到镇子去看看有什么活儿？苏途说，没事，你忙你的，我在这转悠几天，看看能不能干点小买卖，我还不想这么灰头土脸地回南方。韩大哥说，行吧，天无绝人之路，你年轻，脑子活泛，说不定能琢磨出什么发财之道。

苏途在矿区转了两天，没发现什么可干的事。他蹲在一堆矿石上，随手捡起块石头扔到远处，那块矿石瞬间就消失在矿石山中。他突然想起田晓来。现在没事，不如去看看她，那件羊皮大氅还没还给人家。虽然不太清楚她具体在哪个村子，但肯定离撞车的地方不远。

他搭了一辆车到木伦河桥附近，打听来打听去，问出田晓就住在河东岸的海力图村。村人说，你要找那个女疯子？疯子？苏途不解。可不是疯子么，放着北京一年几十万的钱不挣，跑回农村来种地，还不是疯子？她爹都快被她气死了。

还真是个城里人，苏途心里想，放着大城市办公室的工作不干，跑回这里来种地，确实够奇怪的。她还是从北京来的，乔薇也在北京，不晓得她们会不会见过。苏途转瞬就被自己的想法逗笑了。

苏途找到田晓时，她正在给麦田浇水。这地方不像南方，水多，而且到处打了井。这里只有一条木伦河，从西北边的雪山上流下来，上游有个小水库，秋天蓄水，冬天冰冻三尺，开春时冰化了，河里的水才大起来。这条河前前后后路过七八个村子，每个村子都得浇地，水流到海力图这儿，量就小了。如果上游的村民心坏，悄悄把河道堵上一多半，这边就只能看见毛线细的一条溪水了。为了抢水浇地，田晓凌晨三点多就穿了水鞋雨衣去排队。天透亮的时候，眼看着排到自己了，胃又疼起来，她喝了点保温杯里的小米粥，吃了两片去痛片，扛着铁锹下了田。水量不大，水势又弱，她得随时跑着挖挖这儿、垒垒那儿，好让每一滴水都能蓄在自己的几亩地里，好让每一粒土都浸透春水。去年的麦田，就因为吃水不透，麦子长势比旁边的矮半头，当然也是因为人家上了化肥，她上的土肥。去年的土肥也没沤透，肥力不足。看来什么东西都得透了才行。

尽管穿着水鞋，可踩在泥水里，还是觉得腿脚一片冰凉。麦田土的黏性大，站一会儿再往外拔脚，要费好大力气。田晓累得气喘吁吁。她浇得细致，排着下一家的人不干了，觉得她太耽误时间，跟她嚷起来。就这会儿，她感到脚底下一凉，水鞋被一块碎玻璃划破，进了水，整个右脚渐渐冰麻，一屁股坐到了泥水坑里。

她挣扎着站起时，看到了田埂上一脸惊诧的苏途。

你怎么来了？

我……苏途说不出自己为什么来，我……路过。

田晓笑一下说，路过你还带着我的羊皮大氅？不真诚。

苏途脸腾地红了。

田晓往前走，不想脚出来了水鞋没出来，又一屁股坐到地上。苏途赶忙过去扶她，田晓没扶起来，自己也摔倒了，两个人一脸泥水，看着彼此，哈哈大笑。他们终于搀扶着站起来，田晓说，快，那边跑水了。苏途拎了铁锹跑过去，堵住跑水的田埂。他的运动鞋浸透了水，脚丫子像两块冬天的铁砣，又麻又沉。可他心里却生出一种欢快感，自打逃亡以来，他还从未这么畅快过。在南方的时候，他经常跟伙伴们下河游水，但是从未有过在北方的浅水里这种感觉。可能不是水，是因为田晓。真奇怪，在她头发和脸上沾了泥点的时候，他才真正看清她的模样。田晓皮肤有点黑，像这个地方大多数人，但又比当地的妇女白些，也细腻些。她的眼睛好看，有一种倔强和凌厉，一看就是个很果断的人。

终于把五亩麦田浇透了，两个人裤子已经湿到了膝盖，脚几乎冰得全无知觉，凭着本能走回田晓家。

田晓给苏途打了一盆热水，让他洗洗脚，她自己则躲到了简易的卫生间里。苏途能听见里面哗哗的撩水声，猜测她可能在洗澡。这地方可没有热水器，也没有浴霸，她怎么洗的澡？

苏途趿拉着一双粉红的女士拖鞋，到院子里转转，看到了两个大园子。园子里一畦一畦的菜畦，有的已经冒出了细小的嫩芽，更多的是耙得细细的土，正等着播种。他又想起老家，在南方，人们总是随意在房前屋后撒一些菜籽，用不了一个月，那些蔬菜都会长得能掐来吃。菜畦旁立着小牌子，写着：茄子、青椒、黄瓜、小白菜，有十几种之多。

田晓在门口招呼他：苏途。

他回头，看到她换了一身衣服，头发还在滴水。她一边擦头发一边说，没时间做饭，我半夜出门的时候，电饭煲里熬了小米粥，喝点粥吧。

苏途点点头。

他们坐在堂屋的方桌旁，就着一碟咸菜喝粥。苏途喝了一口就惊呼：哇，这粥真香，能喝出粮食的味道。

田晓说，是吧？我就是要种出这种天然的粮食来，如果是你，你会买的吧？

我？苏途说，应该会吧。其实他心里想，自己现在连工作都没有了，即便有，能是挑拣什么绿色食品不绿色食品的人吗？

一边吃，田晓一边告诉他，自己找朋友建了一个小网站，全程直播粮食和蔬菜的种植，等种子全部种下去，她就会开始在网上预售。他看了她的网站，很简单。还看了她在网上开的直播号，粉丝还不少，有几万人，很多人留言说，一定会买她的产品。

你真厉害，敢辞掉工作自己创业。苏途由衷地赞叹。

田晓说，其实不是勇敢，反而是害怕，害怕自己陷在无休无止的工作中，然后身体垮掉了。

苏途的粥见了底，田晓连忙又给他盛了一碗。

你呢？还拉矿石吗？田晓递给他，问。

苏途摇摇头，那次翻了车，矿里不让干了，现在没事，瞎转悠，不知道干点啥好。如果没什么可做的，我打算还回南方老家去找活。

田晓说，时兴啥干啥呗。像我这个绿色农产品，搁前几年肯定不行，现在物流发达了，大家都注重吃得营养健康了，才可能有市场。就是有一点麻烦，村子还是太偏，我网上买点东西，都只能送到镇子上，我过段时间再去取，或者找人给捎回来。将来我的产品如果往外寄，也是个麻烦。

快递只能到大钟镇？

嗯，还只有有限的几个公司。现在我最愁的就是这个，好多东西发不出去，我在网上买一些东西，也要不时地跑到镇子里去取，麻烦得要命。

苏途脑子里有道光闪过，他兴奋地说：你说我干快递咋样？

快递？那都是大公司，你一个人怎么干。

不是，我是说，我当个中转，我从镇上去拿快递，然后送到各个村子去，大包裹一个一块钱，小包裹五毛钱。

田晓愣了一下，想了想说，还真行，每天能挣一百块钱。可你拿啥跑？

苏途一下泄了气，他总不能走着去，要做快递中转，至少得有辆车。

田晓说，要不这样，你先开我的三轮车，等你筹到钱，自己买一辆二手皮卡，也就一万多。条件嘛，一是得免费给我送快递，二就是有啥重活你也得帮我搭个手，我爸妈年纪大了，他们也不赞成我干这个，不愿意帮我。

行行行，苏途赶忙答应，我一会儿就回去让韩大哥帮忙问问有没有二手车，他认识人多，我自己有点儿钱，再跟他借点，买辆二手车不难。哎呀，我突然觉得自己发现了一个大商机，不是，是你提醒了我一个大商机。我在广州打工的时候，光我们一个厂，每天就有上千个快递，最近我胡乱转，看到农村的快递也越来越多了。

你还在广州待过啊？

待过几年，也不是城里啦，就是城边的工厂里打工嘛。

我听你口音也不是北方人，咋跑到内蒙古来了？在我的印象里，来我们这边的南方人不是倒爷就是人贩子，真是很少有南方人来这儿打工。

苏途干咳了一声，说，读万卷书行万里路嘛，祖国大好河山，走走看看。

田晓笑了，没再追问下去。

喝完粥，苏途说，我不能白吃饭，我帮你刷碗吧。

田晓摁住他说，这活儿哪儿是男同志干的，我给你看样东西。

啥？

田晓掏出一个钱包，说：眼熟不？

苏途一看，正是自己的，说：怎么在你这儿？我还以为再也找不见了。

田晓说，我捡的，本来想今天还给你，不过你既然要借我的三轮车，身份证就押在这吧，银行卡给你。

苏途接过她递过来的银行卡，说，行，那我走了，你可得在村里帮我宣传宣传，就说以后这片的快递都我帮忙取了，然后寄的也是我送到镇上。

苏途到院子里，摇了半天，才把三轮车摇响。

田晓问，你会开吗？

他坐上去摆弄摆弄，说，没事，天下的车都一个样，摆弄几下就可以了。

田晓说，你等会儿，转身回了屋，拎了一瓶酒出来，递给苏途。

啥意思？苏途问。

我又不喝酒，我爸高血压也不喝，给你吧。

苏途拿着酒瓶看了看，嗬，宁城老窖，好酒啊。

他给车加油，三轮车突突突开动，但这种车的方向全靠车把调整，不像汽车那样有方向盘。车把又跟后面的车厢之间形成张力，劲儿一大了，车就要翻。苏途开得左右乱晃，差一点撞到田晓院子的土墙。出了一身大汗，苏途终于把三轮车开出了院子，行驶在了村道上。他没敢回头，他知道田晓肯定一直在看着自己。

绿萌幽草胜花时

事情既比想象的顺利，又比想象的困难。

苏途的想法得到了韩大哥的支持，韩大哥愿意借给他钱，也帮他打听谁卖二手皮卡。韩大哥说，但凡有其他出路，就别下井挖矿，这不是人干的营生。在矿山这种地方，二手车还是挺多的，就看价格是否合适。很快就有了卖家，韩大哥领着他去看车，谈来谈去，价钱差五百元没谈拢。韩大哥说别急，你先开着三轮跑，皮卡咱们慢慢挑。让苏途感到困难的是，咋让十里八乡的人都相信他。他毕竟是个外地人，要做的事又是没先例的。矿上倒没问题，他在这干过，海力图村也没问题，田晓能给他担保，但就在跟海力图村一河之隔的浩尔吐，他却遭到了阻碍。

这个村只有十几户牧民，其他人都好说，他们很少从网上买东西，也很少寄快递，要寄就骑马到乡里的邮局，觉得绿皮包裹才有保障。苏途来说代收代送快递的事，他们用半通不通的汉语嗯嗯哈哈点着头，心里没当回事。因为跟汉人挨着住，牧民们都会点汉语，但又都不太精通，只有老酒鬼巴塔说得溜，比汉人还汉人。他整天酒瓶子不离手，不过喝醉了不耍酒疯也不瞎闹，就是躺在自己的马槽里睡觉，要么就骑在墙头上唱曲子。

老巴塔稀罕马，觉得马比人亲，再生个子的马到他手里都能服服帖帖，所以牧民们也服他。有汉人和牧民进行牛羊交易，都找他做中间人，他能估出牛羊的好坏，说一个价，双方就都不还价了。好多大牯牛，看着膘肥体壮，巴塔说，这牛有病。果不然，不到一个月，牛死了。原来是在草原上吃草的时候，误食了手机电池，电池里的矿物质把胃给腐蚀了，外面看不出来，等溃疡扩散成穿孔，已经回天无力。死了的牛剥皮剔肉，老巴塔拿了一挂牛下水，还有那块锈迹斑斑的手机电池，伤心地说，多好的一头牛啊，就让这么个小东西给害了。他再去草原上的时候，看见各种破电池、破手机、快递的塑料包装袋，就捡起来，可这些东西越捡反而越多。

老巴塔不愿意让苏途收寄东西，一是因为他是个南方人，汉语说得还没他这个蒙古人好，听着像骗子。他对南方人有意见，他儿媳妇就是南方人，结婚后跟着儿子回来一趟，嫌弃这里脏乱，跟他闹了别扭，后来儿子和孩子再没回来过。还有就是，整个牧民村，只有他经常收到包裹，据说是那个不敢回家的儿子定期寄来孝敬他的。他自己有马，用不着别人代取。

苏途被他养的那条狗追出了院子。他捡起几块石头打狗，有一块打在了狗头上，狗疼得打了几个转，龇着牙叫唤。见狗被打，老巴塔身上的袍子还没穿好，就从院子里蹿出来，手里握着马鞭。老巴塔手一挥，马鞭在空中打了一个响亮的鞭哨。苏途赶紧逃走。

他的代收代寄业务，磕磕绊绊地开展起来了。第一个星期免费，为的是跟人混个脸熟，摸清楚这几个村子的情况。算下来，东西最多的还是田晓家，她买了各种绿植和花。苏途开着三轮车给她送过去，有点不解。田晓说，我在网上全程直播绿色农业，人家每天上网来看，可整天看庄稼蔬菜，肯定会审美疲劳，我得把院子弄得漂亮点，种些花花草草。苏途说，你可真会整事。田晓说，你的南方口音都快没了，一嘴大米碴子味。苏途说，我这都是为了事业。

田晓留苏途吃晚饭，苏途说来不及，他还得去西沟村送东西，镇上代收点的老板说，这个快递是救命药。西沟有一个老人马上要断药了，必须赶紧送过去。田晓就从碗橱子里找了两个剩包子，又给他的杯子灌满水，一并递给他。苏途接过来说，谢谢。田晓一笑，说，你是十里八乡唯一一个说谢谢的人。

她还保留着在北京养成的习惯，每天在朋友圈里转发各种新闻，哪儿又有非洲猪瘟啦，某地的幼儿园又虐待儿童啦，多少年前的案子是个冤案啦……这些跟她没半毛钱关系，可她得靠这些维持住自己和原来的世界的联系。这么说吧，她辞了城里的工作跑回来种田，是那次生病改变的，又不全是，也包含着某种反抗原来生活的冲动。她需要不断寻找各种理由来说服自己，来证明这个决定是对的，她得自我催眠。乡下比城市最好的地方就是安静，最让人难熬的也是安静，每当夜深，狗都睡了，她还醒着。过度的安静让她耳朵里生出一种嗡嗡声，这种感觉在城里从未有过。城里永远不缺少声音，哪怕是凌晨三点钟，你也能听见小区里宿醉的人在喊叫、夜归的刹车声。现在她只能听见嗡嗡的耳鸣和心脏怦怦跳动的声音，除此之外，就是黑色的寂静。

或许，这就是她莫名对苏途感到亲切的原因，她觉得他和自己某些地方有点像。他们都是善良的普通人，都想做点事，这事不是什么宏图大业，但也不是光吃饱了饭为算。她觉得世界上大多数都是这样的人，但大家从来不承认这一点，中国人都是走三步退一步，这样才安全。她不，她想走三步就三步，不到万不得已绝对不退。尽管，这么多年的摸爬滚打让她干任何事，都会给自己留一步退路。

他们加了微信之后，她想翻看一下他以前的生活，但他朋友圈里什么都没有。她想起他的身份证，找出来，对着名字和上面的地址在网上搜。还真让她搜到不少信息。

他比她小四岁，生于九十年代初，天蝎座，老家在南方的一个小镇。有一条河穿过镇子，河上是典型的南方石桥。她想，他小时候一定经常从这里跑过。她还找到一张他初中的照片，是一个网站里，他初中同学发的。那时候他还没发育，个头小，但脸型和现在没任何区别。她也偶尔会想，我是不是有点喜欢上他了？再想呢，又似乎不是，只是想找个朋友，而不是男朋友，更不是老公。那，他是不是有点喜欢我呢？也说不准。

她又看看手机屏幕里自拍框里的自己，一个典型的三十多岁女人的模样，不难看，在老家这种地方甚至可以说是个美女。前两年，爸妈当然跟所有的爸妈一样，时不时地催婚，说人差不多就行，关键是能让你在北京站住脚。哪承想，田晓不但没扎根北京，还扔了工作跑回来种地。她跟父亲摊牌说这事那天，老爷子一口假牙，愣是把抽了几十年的烟袋嘴给咬断了，断口处是黑黄的烟袋油渍，涂了满嘴。他忍着没当场发火，差点憋出心脏病。等田晓出去，老人才把憋着的那口气吐出来，跟她妈说：这孩子，怕是脑子出问题了。她妈皱着鸡皮样的脸，说，那咋办呢？老头说，先让她折腾两天，不行，你得请孙大娘来给念叨念叨。

田晓照常吃喝拉撒，看不出有啥病，每天还挺忙，打电话、弄电脑。花了好几千块装上了网线，然后就开始收拾门前的两个园子，原来堆得乱七八糟的东西全都清理了，土翻了一遍，耙碎了，浇水。还有村子前头最好的几亩地，不让父亲种大豆，说她要留着种麦子。接着自学开三轮车，去镇里的改良站买种子，去牧民家里买牛羊粪沤肥。

折腾了半个月，她爸跟她妈说，去请孙大娘吧，我看不是脑子的问题，可能是碰着啥邪性物了。她妈说，要碰见也是在城里，孙大娘一个乡下的大神，能管得了城里的事？她爹说，管不管的先来一趟再说，哪儿的小鬼不怕神？她娘就去西沟村请方圆几十里最有名的大神孙大娘。

孙大娘其实不是什么大娘，也才五十多岁，一辈子没嫁人。二十多岁时，据说有一天睡觉起来，就狐仙上身。她跟人说，她是个仙体，不能嫁凡人，嫁给谁就是害谁，她这辈子天生就是要帮助人的。人们都信她。有治不了的病，就找她去下仙。她下完仙，有的人死了，有的又活了好几年。死了的，自认命不好；活着的就说灵验。

孙大娘给田晓下仙的时候，田晓很配合，她琢磨着，一是得了了父母的心病，再者自己要在老家做这个，怎么也得入乡随俗，不能拿城里那套来办事。孙大娘一通念叨，又是公鸡血又是手指头粗的香烧的灰撒了一屋地，完了悄悄跟田晓说，丫头，大娘知道你不信这个，但你爸妈信。你给我五百块钱，我一定让他们不再找你麻烦。田晓掏了掏衣服兜，找出两百多，孙大娘却把手机拿出来说，扫码也行。田晓给她微信又转了三百，说，你们仙界也用这个？大娘说，我们也得与时俱进嘛。

孙大娘跟爸妈说，田晓在城里确实碰见不该碰的东西了，但没大事，她回来得正好，只要在老家这里待上几年，不好的东西就会被地吸收干净了，再往后她就一帆风顺。老头老太太半信半疑，但既然孙大娘说了，也就认了，从此再不管她的事。

田晓的农场这才开起来。她的计划书修修改改，每天都会面临新问题，网速太慢，直播老是卡；想找没有经过改良的非转基因种子，可到处都买不到；种田的技术按说最简单了，但等她去跟村里的农民请教，他们却说不出所以然来，都只会讲：就是这样的嘛，凭经验就知道，可她没有这么多经验。她一样样克服，一样样解决，这种集中精神过关斩将的感觉让她获得了成就感，她想起自己在北京的课堂上跟孩子们讲的课文：不积跬步，无以至千里。她觉得自己就算用脚尖走，只要不停下来，也能走到目的地。

麦花雪白菜花稀

木伦河已经很多年没有这么大的水了，因为这里已经很多年没有这么大的雨了。

大雨下了四天四夜，常年干燥的北方大地和很能蓄水的草地，已经被浸透。许多山坡踩一脚，土坑就会汩汩往外冒水，好像整座山是一个灌满了水的气球。山杏树露出了树根，疤疤瘌瘌，倒是那些最细小的根须，仍紧紧地抓着小块的石头，才让整棵树不被水冲走。

河水漫过了河岸，继而漫过了人们连夜垒起来的防洪堤，附近的农田全都被淹，绿色的庄稼泡在浑黄的泥水里，看着让人心疼。田晓的五亩麦田虽然离木伦河有段距离，但地势比较低，现在也是半尺深的水，而麦苗只比水高了几厘米。好在这里的水是慢慢积蓄起来的，麦苗还勉强挺着身子没倒。她急得起了一嘴火泡，整天泡在地里疏导水，可她哪有天上的雨快啊？

节令刚进农历五月，她的菜园子里下来了黄瓜和青椒，黄瓜脆甜，青椒香辣，但在网上卖得一般，因为量小，也不太方便远途运输。就算有想要的网友，也犯不着从这么老远的地方买几根黄瓜，运费是菜价的好几倍。不过田晓找到了买主，就是镇上新开的一家西餐厅，他们主打的就是绿色有机招牌。不知道从哪一天开始，大钟镇上的饭馆悄悄地更新了。之前，这里大都是一些馅饼店、面馆、汤饺馆、羊肉馆，后来有了火锅、烧烤，再然后有了过桥米线和沙县小吃。也就是全国人民都用上智能手机，快递开始从城市向农村蔓延的这两年，大钟镇又开起了自助餐厅、海鲜餐厅，也就有了西餐厅。人们不但很少再喝散装白酒，甚至开始喝红酒了。这些变化跟田里的麦子一样，春天种下去，一晃眼就冒了芽，再一晃眼就是两拃高的青苗了。

苏途的代收代寄业务开展得不错，一个月后就把三轮还给了田晓，自己开着二手皮卡跑活了。就连当初放狗咬他的老巴塔，也跟他成了好朋友，但凡杀羊炖肉，总招呼他去吃。有段时间，附近几个村的代收代寄都拿下，只剩下老巴塔时，他去找了一次田晓。他问田晓，怎么才能把老巴塔拿下。

田晓一边在院子里侍弄蔬菜，一边跟苏途说：他就是爱喝个酒，你去跟他喝，只要喝好了，肯定就成了。苏途说，这么简单？田晓说，蒙古人都是直性子、真性情，我听我爸说，老巴塔年轻的时候养马，爱惜马比爱惜自己还厉害。有一年，有匹马让狼掏了肚子，搁别人就不要这马了，但老巴塔竟然找了一辆车，把那匹血肉模糊的马拉回家里来，让它一定死在自己的马圈里。苏途一阵唏嘘，说，没想到。

傍晚的时候，太阳落下西山，可光芒仍在人间。苏途拎着两瓶六十度的老白干、一包花生米、几条风干牛肉去找他。老巴塔看在酒的份儿上，把狗拴起，让他进了屋。两人就着花生米和风干牛肉，把两瓶酒喝见了底。这一天之后，老巴塔虽然还是不用他代收东西，但两个人成了酒友。

老巴塔跟苏途吐槽自己的儿子儿媳妇，他们已经好几年没回家了。他用智能手机，都是被逼的，他想看孙子，又去不了城里，只能跟孩子视频。老巴塔说，我老婆死得早，儿子自小没妈，长大了就容易是个妻管严，我不怪他。他也经常给我寄这个寄那个，不信你可村里打听打听，我每个月都能收到儿子寄来的吃的用的。每个月总有几天，两个村的人都会看见老巴塔穿上他那件蓝色的蒙古袍，骑上他那匹高头大马，嘚嘚嘚，嘚嘚嘚，马蹄急急地去镇子上。他的快递，从来都是自己拿，他炫耀般地带着大包小裹，骑着马慢悠悠地过木伦河桥。

但是没人知道，老巴塔的一切，都是在演戏。

苏途也是无意中撞破的。有一次，他在镇上快递点库房里找一个压了好几天的包裹，听见进来个人，跟快递员说事。再一细听，竟然是老巴塔，刚要出去打个招呼，就听见老巴塔说，这事千万不能让苏途知道。苏途赶紧停住脚。等老巴塔走了，他问快递员刚才是不是巴塔。快递员打哈哈说，不是，一个寄快递的。苏途说，我刚才翻出一个快递来，就是他老人家的，没必要让他再跑一趟，我给他捎回去。快递员犹豫了一下，答应了。

苏途载着东西走，最后回到牧民村。进老巴塔家的时候，他习惯性地瞅了一眼快递上的单子，忽然发现，发件人的手机号跟收件人是一样的。苏途进屋时，老巴塔正在捣鼓手机找信号。他把快递给老巴塔，老巴塔看了，惊了一下，说咋在你这？苏途说他翻积压的包裹偶然看见的，就帮他带回来了。老巴塔说了句受累了，就往外送苏途。苏途靠着门框不走，颠了颠中午买的一挂羊盘肠，说，老巴塔，我听说做这玩意，就你手艺最好，我这还有一瓶好酒，咱俩整点不？老巴塔看见盘肠和宁城老窖，吧嗒吧嗒嘴，他好这口，馋虫勾得他忘了快递的事。

一个小时后，老巴塔把盘肠端上桌，苏途给俩玻璃杯倒满了酒，端起一杯递给他。老巴塔说，不急，你先尝尝盘肠咋样。苏途夹了一筷子塞嘴里，吃得满嘴油，带着轻微的羊膻味儿，但不腻不冲，香。老巴塔也吃，边吃边说，羊身上都是宝，但这个是宝中宝。吃盘肠，喝烧酒，喝着喝着把老巴塔喝多了。

苏途问他，老巴塔，你就不想你儿子孙子？

老巴塔说，想啊，咋不想呢。

那你咋不去找他们？

远，太远了。

现在交通方便得很，我可以帮你在网上订票。

老巴塔仰脖干了一杯酒，就不说话了。沉默了好长时间，他突然呜呜哭起来。哭着哭着，用蒙古语唱起了歌。苏途听不懂什么意思，但老巴塔唱得沧桑极了，他感觉自己好像在一片阔大的草原上，百草衰落，牛羊离去，孤独一人对着萧瑟天地。

老巴塔唱完，又喝酒，然后告诉了苏途他从未向人透露的秘密。

老巴塔说，儿子大学毕业后，跟着单位外派到非洲去援建，一年能挣三年的钱。买了房子，结了婚，有了孩子。可就在即将回国三个月前，却在街头被人抢劫时开枪打了，没抢救回来。本来儿媳妇就不待见他，儿子死后，儿媳妇带着孙子又嫁人，他现在都不知道在哪个城市。

苏途听得目瞪口呆，他难受极了，想不到老巴塔心里藏着这么重的事。

可你不是说，你儿子总给你寄东西吗？而且，你也确实是经常收到包裹啊？

老巴塔叹口气，拿出自己的手机，打开给苏途看。网上所有订单都在那里。苏途终于明白了，原来这一年多来，老巴塔收到的所有东西，都是他自己买给自己的。他一直守着这个秘密，不想让人知道儿子没了，孙子找不见了。

从这天起，苏途一有空就去陪老巴塔喝酒，不过老巴塔再也不给自己买东西了。他说累了，也不想再骗自己了，反正他很快就会去另一个世界见到儿子。

大雨在第五天下午小了些，苏途冒着小雨给几户人家送了东西，正好晚饭时间，就到老巴塔家里。老巴塔煮了一锅奶茶，把昨天剩的羊骨热了热，两个人就围着茶炉喝了起来。

这塑料桶白酒，还是苏途前些天给老巴塔从镇上打回来的，有十多斤，他已经喝掉了一多半。他们俩对着一大盆羊骨，可谁都没怎么吃，虽然是夏天，但连续的阴雨让气温很低，油脂都凝固在粉红色的肉和白白的骨头上。他们喝酒时，只吃那种袋装的腌辣椒，辣椒就酒，越喝越辣，整个口腔都像着了火。然后再用奶茶去浇灭那火，如此循环往复，水深火热。

老巴塔说，你们南方人有那种说法不？苏途说，什么说法？老巴塔说，就是人死后还能见面。苏途想不起来老家是否有过这种讲法，但是说，对，活着走散见不着的人，死了肯定都会见着的。老巴塔说，我呀，就想着快点死，快点去见老太婆和儿子，可是怪呀，人越想死就越死不了。说完，他眯起眼睛，又开始哼唱蒙古歌。苏途还是听不懂，但老巴塔歌声里的悲伤却比酒还让他迷醉，他感到自己的心被浸泡在歌声里，那里面不是酒精，是咸涩的泪水和汗水。

屋子外的雨似乎更小了些，还是淅淅沥沥不停，像一个前列腺有问题的人永远也滴不完的尿。老巴塔喝醉了，脑袋耷在胸口，打起了呼噜。苏途没有扶他躺下，他知道他习惯这样睡，有时候，他坐在马背上都能睡着，任凭马儿慢悠悠地把他从牧场驮回家。苏途也有些醉，看了看手机，有好几个人问快递到了没，急着用。他看看外面的雨，穿上雨衣，冲了出去。

肚里的酒和辣椒烧着，还有几大碗热乎乎的奶茶，苏途觉得自己浑身充满力气。他发动了皮卡车，车轮甩起一阵泥点，车滑出了老巴塔家的院子。苏途想趁着热乎劲，把就近几家人的东西送过去，何况那其中还有田晓的一个箱子。

皮卡车在泥泞的路上扭秧歌一样行驶着，车的下半身被泥水糊住，苏途又醉了酒，开得更是歪歪斜斜。正在麦田里疏水的田晓，从蒙蒙雨雾里看见一辆车像个醉汉，先是往道路的下坡滑，然后司机打轮，车又猛地向高处冲去。冲到路基上突然停住了，过了半分钟，整个车滑向了车头的侧面，而且越滑越快。田晓眼瞅着那辆车滑到了低洼处的大水淀子，猛地扭头，撞在一块石头上，车身倾斜，车斗里的东西全部翻倒在水淀子里。就是这一刻，田晓看清了那辆车，也明白了车里的人是谁，她扔下手里的铁锹，磕磕绊绊地跑过去。

等田晓跑到那儿，苏途已经爬了出来，他正蹚进水淀子，往外捞那些落水的快递。很多没有塑料包装的纸盒箱，已经泡得软烂，里面的东西零零散散地漂浮在水面上，衣服、鞋子、书包、手机壳，等等。

一个粉色的箱子在微风中慢慢地向深水处漂去，苏途拼命去追，他认出了，那就是田晓的包裹。他越走越深，眼看水面要淹到脖子，他听到了田晓的喊声。

回来，苏途，快回来，你不要命了。

苏途回头，看见岸边田晓一边招手一边大喊。

他没听见一样，转过身继续往前走，他的手已经够到箱子边了，可是抓不牢，手指一碰，箱子反而更往前漂了一下。苏途又往前迈了一步，脚下一空，整个人向水底沉去。他开始挣扎，可是不管手还是脚都找不到任何凭靠，然后口鼻中涌进污浊的水，在一阵昏暗和闷而钝的水声里，他昏了过去。

小麦吐秀南风凉

小麦开始抽穗了，麦穗的绿里透着轻轻的白，好像在预示着若干日子后它会化成面粉，再变成雪一样的馒头。麦穗在烈日下微微摇动着稚嫩的脑袋，它们为自己挺过了那场大雨而得意。雨停后，没有被淹毁的庄稼都吃饱了水，迎着晴天大太阳疯长。

田晓蹲在田埂上，手机的摄像头对着麦田，屏幕那一端的网友在惊呼：哇，我还是第一次看见麦田，真漂亮啊。还有人说，田晓姐，我预订你家的面粉啊，你一定要给我留，我马上生宝宝了，赶明给宝宝做辅食就用你家的面粉。田晓说，好嘞，你在网上给我留好地址，等麦子黄了，我通知你。开镰收割的时候，我也会直播的，那才叫热闹呢。

还没等麦子泛黄，她这块麦田的面粉已经被全部预订出去了。第一年试验，种植面积小，总共也打不了多少麦子，磨不了多少面。她已经计划好，这一茬麦子割倒，就跟父亲去村里承包地，明年的麦田至少要增加到二十亩。按照原来的想法，她计划扩大菜园子，很多蔬菜能一年种几季，土地利用率高，只是长途运输成本也高，保鲜困难，而自己的产量又不够大，能保证跟镇上的西餐厅对接就可以了。还有就是，在乡下很多人都自己种菜，一入伏天，各家各户菜园里的黄瓜、茄子、角瓜、辣椒吃不完，笨黄瓜挂在藤蔓上，里面的瓜子都满仁儿了，只能摘下来腌咸菜，或者切丝晒干。还是粮食作物更有市场，明年扩大麦田，还要试验几亩谷子和大豆。她在北京的时候，经常去一家早餐店喝豆浆，超市里也有卖的。如今豆浆已经成了跟牛奶二分天下的早餐饮品了，据说还有降血压的效果，豆浆机几百块一台，便宜得很，哪家都买得起，所以有机大豆肯定有市场。

田晓把镜头转向远方，青山绿水，那条通往村外的公路，小汽车一辆过去不久，又来了一辆。她心里想，有些变化看着慢，但其实挺快。她前年回来的时候，公路上哪有这么多小汽车呢。可现在，每隔几分钟就能看见一辆，到过年的时候，木伦河桥上说不定得堵车。她也考虑买一辆车了。

再往远一点儿，修路的工人正在补修公路。这条水泥路之前因为前任领导挪用公款而窄了几米，去年底上面来检查，有人举报，现在又开始在两边各补一米左右。那些刚补完的路，看起来像是一宽两窄拼起来的，颜色也不一样，新的泛青，旧的泛白。她忍不住想起自己第一次跟苏途碰见，就是因为路窄，两辆车互相躲，才翻了车的。

那次溺水，让苏途彻底戒酒。他不但差点死在水里，还因为毁了几十个包裹，赔了人家三四千块钱。只有田晓的没有赔。从医院出来，他第一个去找田晓，问她那个包裹是什么，多少钱，自己赔给她。但田晓死活不让，就说都是些不重要的东西。其实，那个箱子里是她最重要的东西：曾经。

大四的时候，她谈了一个男朋友，两个人在一起四五年，可一直没结婚。直到田晓回老家的前一年，他们才彻底分开。他爱她，她也一心要跟他过一辈子。分开的原因是男孩的家里不同意。男孩是一个妈宝，对家里人言听计从。男孩曾想着把家里的户口本偷出来，跟她去领证，先斩后奏。不想偷的时候刚好被母亲发现，母亲大怒，把他关在家里一个星期。等他再出来时，母亲已经私下跟田晓谈过了：她死也不会同意这门婚事，早断早好。尽管充满了委屈和不舍，田晓还是果断地分手了，大哭一场之后，成了学校的工作狂。

分开之后，他们再没有联系过。田晓回家种田，男孩从同学群里知道了，在网上给她发消息：好久不见，你还好吗？他还没结婚，只要他妈妈还活着，他估计结不成婚了。他又谈过两个女朋友，但最后都被母亲否决了。男孩说，他还想着田晓，可田晓发现自己对那段感情彻底释然了，尤其是在那场大病之后，很多以前觉得重如泰山的事，如今想来都轻如鸿毛。

那些年，她给他写过很多信，哪怕两个人都在一个学校，哪怕是他们同居，她也经常用写信来跟他沟通。这些信，都保留在男孩那里。青草泛绿的时候，她打电话给他，请他把所有信还给她。男孩一直拖着，直到前一段时间，他终于死心，才把东西寄回来。

那个箱子，就是她当年全部的感情和记忆，已经沉入水中。她觉得这种告别很好。

他们一起去了趟镇上，田晓联系自己的客户，苏途去拿快递。临近中午时，两个人事情都办完了，约好了一起吃饭。田晓找的地方，是一家西餐厅。

坐在餐桌旁，苏途对面前的刀叉有点不知所措，田晓就一样一样告诉他怎么用。她还点了一瓶红酒，喝起来酸酸的，不像啤酒更不像白酒。整顿饭苏途都恍恍惚惚，他真是不适应在这种地方吃东西，沙拉没有味道，牛排不够熟，红酒劲儿小。

饭终于吃完，苏途开车，田晓坐在副驾驶。田晓吐了吐舌头，说我真晕，忘了你开车了，还让你喝了酒。没事，苏途说，这个季节没人查车，而且红酒度数那么低，放心吧。田晓还是很担心，说，要不我们过几个小时再回去吧。苏途已经发动了车，发动机轰鸣起来，二手皮卡略带颠簸地驶上了路。苏途看出来，田晓有点醉了，始终是一种微笑的表情。

开到木伦河边的时候，田晓让他停车。

车停下，田晓下车，走到河边说：我好想下去洗个澡。

苏途吓一跳。她沿着河边走，摇摇晃晃，他怕她掉进河里，只好拉住她一只手。

你是不是喜欢我？她突然转脸说。他心里一惊，手松了一下又赶紧抓紧。

我……他不晓得该怎么回答。不用他回答，她已经继续说了起来。

我明天要去相亲了。

什么？

明天，我要去相亲了。

他心里有个特别轻薄的东西，啵的一声破掉了。恭喜你呀，苏途说，是什么人？你爸妈介绍的？

不是，她说。也许她并没有喝醉，只是想借着酒把这些话说出来。是一个网上认识的人，他在赤峰郊区，也是做绿色农业的。

哦。

他没什么可说的了，而她说完了想说的话，醉意才真正袭来，靠着他睡着了。他把她扶上车，系上安全带，往前开去。

压车麦穗黄云重

连绵的阴雨过后，是一段长长的晴朗天气，温度持续走高，水淀子里的水位持续下降。水终于降到薄薄的一层时，苏途身上拴着一根绳子，绳子那头绑住岸上的车轮，下水去找那个粉色的箱子。在一堆树枝杂草和淤泥之中，他找到了已经泡烂的箱子，箱子里几乎没剩下任何东西。他又在附近的淤泥杂物中翻找，找到了一张照片，尽管被浸泡很久，画面模糊，他还是能认出上面的人就是田晓。她站在颐和园的十七孔桥上，张着手，应该是在笑。

但苏途没有跟田晓提这件事，晾干后皱巴巴的照片一直存在他钱包的夹层里。

代收代寄快递，苏途其实没赚多少钱。前几日，他去镇上拉快递，看见快递站点正在装修，一打听，说是要扩大门面。汽车站附近，他还看到最大的那家快递公司顺风的站点也开张了，他们打出的广告是：上门收货，送货上门。他们还给他发了个传单，单子上显示，顺风不但能快递衣物，还能做牛羊肉的冷鲜速递，也就是说，你在这里买了新鲜的牛羊肉，他们能在几天之内送到全国各处了。

他早一个月前就隐约感觉到自己这事干不长了。首先是，他再去一些乡下人家收件代寄，人家说不用了，有快递员过来拿走了，代收的当然也一样。除了两个特别偏的、人口少的村子，他几乎没什么业务。只有田晓还是一如既往地把要寄的东西让他帮忙寄。

前天，田晓发微信说，苏途，眼瞅着麦子第一次灌浆了。

苏途说，我想去看看。

田晓说，那你明天来。

第二天，他的皮卡冒了一股浓浓的黑烟，停在田晓家的院子里。园子中各色蔬菜正长得疯，果实累累，他经常从这里拿走一兜黄瓜、一兜茄子什么的。两人对那次喝酒之后的谈话只字不提，但苏途从蛛丝马迹中感觉到了，田晓的相亲很顺利。她经常抱着手机回微信，或者跟人视频。更主要的是，她显现出了从未有过的活泼和积极。

田晓在浴室里洗头。端午节的时候，她找人用板子隔了一个小浴室。苏途坐在她的卧室里等她，看见她桌子上放着一本书，书上画了不少横线，空白处还有娟秀的笔记，知道是她平时认真读的。他翻看了几页，字倒是都认识，但一句话也没看懂。

田晓拧着头发上的水出来，看见他翻那本书，说：你也喜欢看吗？苏途悻悻地把书合上，说，没，我看不明白。田晓说，那你喜欢看什么书？苏途晃了晃手机，说，我就喜欢看网络小说，《盗墓笔记》《诛仙》什么的。田晓拧了拧鼻子，说，太没品位了，你应该看点有营养的书。苏途说，我就是营养过剩，消磨时间。田晓放下毛巾，开始往脸上敷面膜，面膜有点紧，她张不开嘴，就小声说，你看的书和我看的书，就是那些农药化肥种出来的粮食跟我的天然有机农作物的区别，不对，你那都不能叫粮食。苏途闻到她身上好闻的洗发水、沐浴液的味道。他有点疑惑，这一年他在这边接触过的人身上，很少闻到这么清香的味道，尽管他们也用洗发水、沐浴液。他能记起的上一个这么香的人，还是在广州打工时，理发店里的洗头小妹。他觉得那是一种城里人的味道，乡下人就算用同样的洗发水、沐浴液，出来的味道也是不同的。

麦子黄了吗？他赶紧收了收心思。

一天深一层，这几天太阳毒得很。田晓揭开面膜。

两人相跟着走出院子，田晓又突然转身跑回去，把自己直播用的自拍杆和架子拿上。

他们步行到麦田。一路上，村子安静极了，鸡闲散着步子，寻找散落的粮食，狗懒趴趴地躲在阴凉处，猪躺在粪坑的灰堆里。田晓的高跟鞋走在水泥路上，发出轻轻的笃笃声，好像在敲击苏途的心。出了村口就是木伦河，河边的水草长到了一米高，车前子也已经开始泛黄了，再过一个月，孩子们就会把已经干燥的车前子撸下来，送到供销社收药材的人那里换钱，然后买几根奶油冰糕吃。

两个人沿着河岸慢慢走，田晓随手扯了一根水稗子草，叼在嘴上。苏途想起春天时河岸慢慢泛绿的样子，才过了几个月，大地就完全不同，人们似乎也是。田野里，玉米正在抽穗，嫩嫩的苞谷已经成形，更嫩的玉米须长到一英寸多长，少年老成。谷子还绿着，黄豆也绿着，它们离成熟都还早。然后眼前就是一片麦黄色，田晓的几亩地到了。

田晓把手机架在自拍杆上，开了上网。她每次来都会直播，网友们每次看见麦田的变化也都会惊叹，这些麦子，仿佛就是在他们家里渐渐黄起来的。

麦子垂着头，秸秆已经褪去了绿意，几乎全黄了，但仍能感觉到纤维里还含着水分。麦穗要更干爽些，麦芒尖利，麦粒圆鼓鼓的。田晓一边跟网友聊着天，一边掐了一穗麦子，递给苏途，示意他尝尝。苏途从麦穗里剥出一粒麦子，颜色是褐色，但还很饱满，带着一种温润感。他放进嘴里嚼了嚼，立刻满嘴都是麦香味。田晓突然把镜头对准了他，问：这位朋友，请跟大家说一下，新鲜的麦子什么味道？

苏途满脸通红，想躲避，可又怕匆忙间踩到麦子，只是愣在那里。

说呀。田晓的镜头又近了些。

特别香，是一种我从来没……没尝过的香味。苏途磕磕巴巴地说。

田晓大笑起来，转过镜头，跟网友说：只有亲自尝了才知道。我想过了，今年购买了我的面粉的顾客，我都会赠送一小包原粒麦子，大家收到了一定别忘了尝尝哦。

他们一起吃了晚饭。田晓烙了几张饼，凉拌了一个黄瓜，还用排骨炖了豆角。苏途吃得很饱，他几次想跟田晓说自己可能要走了，几次都没开得了口。饭后，苏途说了句谢谢，就离开了。离开时，趁田晓不注意，把那张照片偷偷夹在了她床头那本书里。

之前，苏途对自己的离开心存犹豫，但下午在麦田时，特别是尝到那粒麦子之后，他下定了决心。他终于清醒地认识到，自己和田晓之间的那层隔膜在哪儿了，那就是他们本是完全不同的人。对她来说，这儿是家，是回归，而他来到此地，则是一场逃亡。现如今，他已经没有了逃亡的理由，也没有了留下的借口。更何况，他还在她家看见了一大摞顺风快递单子，她的面粉只能走这家快递才能送到那些期盼了很久的买主手里。

麦子一天比一天成熟，田晓到了最忙的时候，她得统计之前要买面粉的人的信息，要找邻村的康拜因给麦子脱粒，要找靠谱的加工厂磨面粉，更要紧盯着天气。如果这时候来了阴雨天或一场大风，麦子就会“扑秧”，整片地伏倒在地上，不好收割不说，麦子的质量也会受损。所以，她根本无暇顾及苏途，更不会注意到他正准备离开这儿。

苏途是在一个月夜离开的。

他卖掉了皮卡，还了韩大哥的钱，买了一辆摩托，兜里是剩下的全部积蓄，一万多块钱。他准备一路骑行回到家乡去，从北方到南方，沿途走走看看。第一站，他想先到北京去，至少去天安门和北京外国语学院转转，至于是否去找乔薇，他还没想好。北京之后再去哪儿、干什么，他来不及思考，这漫漫几千里路，有足够的时间给他去想这件事。他这几十年的生活都差不多是这样，来不及细想或者想不明白便不去想。他凭着心里的冲动，去打工，去逃亡。如果没什么大的意外，他之后的生活应该也是这样。他不具备改变自己性格的能力，那些看不懂的书，永远都不会看懂，他不强求自己去看。

矿山放晚炮时，他骑着摩托出发，路过木伦河时，月亮升到了天上。

田晓家的院子外，远远地，他看见屋子里坐满了人。他知道，田晓的麦子第二天开镰，那些都是她找来帮忙割麦子的人。她也告诉了他，没说帮忙，说是让他看看热闹。他答应了，说第二天一早来。

他看见她的身影，蛾子一样在玻璃窗里飘来飘去。他还看见一个穿着迷彩装的男子，像一盏灯，在吸引着那些趋光的蛾子。

苏途的摩托，把他带到了那片麦田那儿。他停好车，用他早早准备好的、那张还没有开刃的镰刀，割了一把麦穗，装在兜里。

苏途的摩托沿着水泥路右侧窄窄的一条埂行驶，月亮升到了中天，大地如此安静。麦田在微风中波浪一样起伏，一波赶着一波，也像是在远行。苏途没有找田晓要回身份证，他想留给她，留给这个地方。迎着摩托带起的风，他泪流满面，他永远地告别了北方。

他来的时候，草青青；他走的时候，麦黄黄。

（原载于《草原》2019 年第 9 期）

作者简介：

刘汀，1981 年生，青年作家，文学博士，出版有长篇小说《布克村信札》、散文集《浮生》《老家》《暖暖》、小说集《中国奇谭》《人生最焦虑的就是吃些什么》、诗集《我为这人间操碎了心》等。曾获新小说家大赛新锐奖、第 39 届香港文学奖小说组亚军、第二届华语青年作家奖非虚构提名奖、《诗刊》2017 年度陈子昂诗歌奖等。

大　　震

_卢一萍

一

谭乐为的女友金悦娴在西郊幼儿园当老师，为了爱情，他申请从羊市街派出所调到西郊看守所工作。前几天接到通知后，他把工作交接完毕，今天一大早就开车前去报到。

途经西郊幼儿园时，他决定顺路去看看金悦娴。女友喜欢花，所以他昨天下午就买好了一束百合，在宿舍里养了一夜，今天早上大多开了，车里弥漫着百合的花香。

成都这座位于北纬30度的西南大城虽非春城，但不同的季节有不同的花，即使冬季，也有茶花、桂花和蜡梅，满城都是后两种花香，感觉所有东西都沉浸其中，有了殊异的香气。一座有太多花的城市，会把女人养育得格外妩媚。金悦娴接过谭乐为递给她的百合，放在鼻子前闻了闻，把花香深深吸入肺腑，再呼吸出来，她的气息也就有了百合的芳香。

她双臂挂在谭乐为的脖子上，热情地吻他。百合的气息使他们的吻格外深情。他爱她，其中有很大一部分是爱她呼出的气息。

要长久地爱一个人，迷恋对方身上的某种东西很重要——比如微笑中的明眸善睐，双唇相触的瞬间，眼波的一次闪烁。如果你所爱的人是一个星体，打动你的可能只是其中一个如同尘埃般微小的部分。

两人的身体分开后，她把百合插进花瓶里："我给你准备了一样礼物，你猜猜。"

"吻。"

"已经给了。"

谭乐为指了指卧室，努了努嘴。

"光天化日的，不给。"

"那我猜不出。"

金悦娴转过身，拿出一个精致的玻璃缸，里面一对红色的小金鱼正欢快地游动着："看守所里生活单调，让它们陪着你。"

"啊？我来养啊！"他有些为难，但又怕负了女友的一片深情，赶紧说，"亲爱的，谢谢！只是，我抱着这个鱼缸去报到是不是过于另类？"

"这样的警察才酷嘛。"

金悦娴把他送到楼下。谭乐为小心地捧着金鱼缸，上了自己的野马牌 SUV。

谭乐为找陈德海所长报到后，陈所长安排协警王凯带他到监管办公室去。回到车前，王凯帮他拿上行李，他小心地捧着鱼缸。王凯看着他，有些惊讶。谭乐为朝他笑了笑。

高墙、电网、铁门、全副武装的警察，没有树，没有花草，蝉鸣也被高墙隔绝了，不时传来监管人员的一声呵斥。外面是社会，这里是监舍，完全两种氛围。谭乐为快到巡控办公室门口时，一个高个子警察已杵在那里等他。

王凯赶紧对谭乐为说："那是我们监管办的头儿姚小川，已在等着迎接你呢。"边说边不由得殷勤地加快了步子，走到了谭乐为的前面。

谭乐为快步跟上，来到姚小川面前。王凯刚要介绍，姚小川一挥手："我知道他。"双手往后一背，用目光盯着谭乐为左手环抱的鱼缸。金鱼有些紧张，在里面快速游动。

谭乐为抬起右臂匆忙敬礼。姚小川没有还礼，仍背着手盯着他。谭乐为不由得把身体挺得更直了。

"带着两条鱼上岗来了？"

“是的，是那个……”

“是什么？总不会是你爱心爆发，在街上捡的流浪鱼吧？”

“鱼一般都在河里流浪。”

“哦，你知道这是哪里吗？这里是看守所！”

谭乐为有些崩溃：“女友非得让我带上，说是爱情的象征，两条鱼不能有什么意外。”

“看来这两条鱼不是凡鱼。你负责9号、10号监舍。注意，9号关押的是重刑犯，明天伏法！”

“啊？”

“虽然戴着械具，还是要盯紧些。明天晚上12点之前，你都在办公室值班。”

“明白！”

谭乐为来到办公室，王凯已在等他。

“头儿不好惹啊。”

“抱着鱼缸来上班，应该是前所未有，头儿显然是被惊着了。”

谭乐为笑了，把鱼缸放在办公桌上。

空调开着，是让人感到适宜的26℃，监控屏可看到监舍的角角落落和每个犯人的动作表情。窗明几净，地板发亮，烟灰缸、水壶、每一份文件、每张纸都放在该放的位置。

“说说9号监舍。”

“陈尔璧，死刑犯，41岁，原是很有名的外科医生，医学博士，真正的知识分子，妻子梁惠芝，美女，比他小八岁，在大学教书。他们相爱四年后结婚，两年后，陈尔璧发现妻子与一个老板在一起，抓了现行，他把妻子和那人都杀了，因此判了死刑，明天午时三刻问斩。这人文质彬彬的，听说医术好得很。”

“这个案子我在网上看到过，没想到明天要执行的是这个人。走，我们去看看。”

与监舍相连的是十多平方米的放风区域，天空被钢网分割成了无数细小的方格。但这里毕竟是可以看到天空的地方。10号监舍关押着26个人，铁门打开后，坐在“龙板”（床板）上的犯人坐得更加端正，原先站着的、担任安全员的犯人也垂手站得笔直。里面没有一点声音，似乎他们的呼吸都停止了。陈尔璧关押在9号监舍，和他关押在一起的，还有13个即将释放的轻刑犯，惯偷杨耀东明天获释。

陈尔璧戴着眼镜，衣着整洁，皮肤白净，拖着脚镣在监室里不停地走动，脚镣叮当，犹如死亡的叹息，这对同一监舍犯人的心理和神经都是一个考验。

陈尔璧见了谭乐为，走到铁门跟前，谭乐为看到他镜片后面的眼睛里隐藏着忧伤。他张开嘴巴对谭乐为说："听说枪毙我的时候，你们要求张开嘴巴，让子弹从嘴巴里出来，不然，脑袋就会被打得稀烂。我不想那样，我怕母亲见了伤心。"

谭乐为听了，心里颇不是滋味，对他说："现在一般都用药物。"

"我有最后一个请求，麻烦给我母亲打个电话，她上次来看我的时候，说希望见我最后一面，政府应该通知她了，但她还没有来，我怕她赶不上见我了。她没有手机，但我们邻居张大富有，麻烦您记一下。"

谭乐为把他说的号码记在了手机里："你放心，我等会就打电话。"

陈尔璧连说了两个谢谢，然后转过身去，他的背影显得格外单薄。

谭乐为突然有些难受，转身回到办公室，就赶紧拨那个号码。电话拨通了，他听到了一个男人的声音："你找哪个？"

"麻烦帮找一下陈尔璧他母亲接电话。"

"她 6 号一早就出发到省城去了。"

"哦，好的，道谢了。"

谭乐为挂了电话，对王凯说："陈尔璧的母亲出门好几天了，从巴中到成都，当天就能到，就是耽误一两天，也早该到了，怎么现在还没有到看守所呢？她以前来过吗？"

"来看过她儿子两回，所以这个地方她是能找到的。"

"老人家可能迷路了，或是有了其他意外。"

"是不是让其他单位协助找一下？"

"巴中到成都的班车都到梁家巷车站，得先让那个片区的派出所协助查一下 5 月 6 日、7 日的监控。"

二

陈尔璧的母亲叫李小芹，62 岁，在得知儿子杀人入狱后的当天晚上，头发全白，腰弯背驼，一下苍老了 30 岁。

她的心随着儿子入狱已经死去。但她是儿子唯一的亲人，她要撑着，直到把儿子的骨灰接回老家安葬。为此，她提前卖了自己喂的一头猪和几只鸡，绝望地等待着。

接到儿子已经宣判的电话，她第二天一大早就出发了。从山里到巴中客运站都很顺利。但当她买去成都的车票时，发现自己的钱不知什么时候弄掉了。她把包袱和身上的口袋翻了好几遍都没有找到，她觉得浑身一下变得冰凉，忍不住号啕大哭起来。

儿子接她到成都住过，她想起自己看过的《赵琼瑶四下河南》的川剧，心想，赵琼瑶一个女娃子，为了申冤，可以四次前往开封，巴中到成都比到开封要近得多，便抹了泪，决意往成都走。按她年轻时的脚力，在儿子离开人世之前，她是能赶到的。她想过了，就是讨口叫花，也要走到成都。

这样想着，她便上路了。不知道怎么走，就问；饿了，就去要碗饭吃；渴了，就去讨碗水喝；困了，就找个屋檐打个盹。她日夜兼程，有时一天能走六七十里路。但她毕竟是个老人，这条路对她来说也太漫长了。

老人在5月10日赶到了成都。儿子被逮捕后，她来看望过两回，坐班车到站后就打出租车，这是儿子之前跟她讲过的经验。但她这次是走路到成都的。望着高楼丛生的城市，她不知道从哪里进入，该怎样穿越，更不知道关押儿子的看守所在哪个方向。街道上是汹涌的汽车洪流，引擎的声音像河水的喧嚣。五颜六色的人行色匆匆，来来往往，突然出现一股人流，又突然消失，被各式楼房吞咽，被那些楼房咀嚼、反刍后，又被吐出来，像吐出残渣。

她问往城西看守所咋个走，很多人倒是热情，但几乎都一脸茫然。城西看守所？那肯定在西边噻。很多人都只能这样跟她说。她发现自己似乎永远也找不到她要去的那个地方。有些指路的人虽然一片好心，但指的方向只要稍微偏一点，就跑到西南或西北方向去了。更让她绝望的是，她明明是从海天大厦往西走的，但走了半天，又转回到海天大厦楼下了。这个城市像一个巨大的迷宫。自从进城，她就不知道东南西北，不知道自己身在何处。

她在城里转了大半夜，累得不得不在海天大厦下的角落里蜷缩下来，她有些绝望。她想不明白，人怎么能创造出这样巨大的城市。她想，肯定有很多人面临她这样的困境，肯定有很多人没能走出过这座城市。

正当老人心急如焚、绝望至极的时候——当时是5月12日上午9时20分，两位警察出现在了她的面前，一个警察看了看手机里的照片，又看了看老人：“阿姨，你是从巴中那边过来的李小芹吗？”

“是的，警察同志，你咋晓得呢？”

“能把身份证给我看一下吗？”

“还没到巴中的时候，就和钱一起丢了。”

“那你老人家怎么来成都的啊？”

“走路，中途有个好心人拉了我一段路。”

“走路？”警察很吃惊。

“走路没啥，麻烦的是到了城里就走不出去了，鬼打墙似的。”

“你老人家太不得了啦！看守所知道你哪天出的门，推测你早该到了，却没有你的影子，很担心啊，上级命令全城所有派出所找你，终于把你找到了。我得赶紧向头儿报告。”警察一边说着，一边掏出了手机。

通话结束后，那个警察对她说：“老人家，时间很紧，上头让我将你马上送到看守所去。”

另一个警察已到旁边的包子铺买了两个热包子和一杯豆浆：“老人家，你先将就着填一下肚子。”

老人连着说了几个谢谢，虽然她这些天靠要饭充饥，早已饿得不行，但包子到了嘴边，她却咽不下去。她的泪水顺着苍老的面颊流下来。她把两个包子偷偷用纸小心包好，揣在了衣兜里。

警车分开车流，鸣着警笛，呼啸着穿过城市，前面的景物不断猛扑过来，两边的建筑则向后唰唰退去。

三

陈尔璧被关押在城西看守所已有一年零七个月。他想忘记过去的一切，但往事总会在脑海浮现。

2006 年 10 月 4 日，他快下班的时候，救护车送来了一位车祸的受伤者。那是一个少女——她的父亲已在车祸中死亡，长着一张天使的面容，只因失血过多，很是苍白。他想救活她，但十个小时四十七分钟后，少女停止了呼吸。她的母亲——那个三十多岁的女人同时失去了丈夫和女儿，似乎什么也没想，只说了一句“我不能离开你们”，直接从外科大楼手术室旁的窗户跳了下去。所有人都傻了。他震惊之余，突然觉得想呕吐，冲进卫生间，干呕了一阵，什么也没有吐出来。于是，他带着肚腹里想呕吐却又没有呕吐出来的东西，沿着清晨清冷的大街往家走。他的心情糟透了。他新买的房屋在蓝色帕提亚国际社区，要到年底才交房；临时租住的物资小区房屋老旧，是二十世纪八十年代末修建的那种七八层高的长方体建筑。他租的房子在八楼，一小间客厅兼一间更小的餐厅带一大一小两间卧室。从医院到家有六站路。那天他加班前已给妻子发了短信，说有手术，要晚些回，让她早些休息。他气喘吁吁地爬上八楼，到了家门口，突然觉得身体冰凉，肚腹里那没有呕吐出来的东西，哇地喷出，人也跟着朝门边倒去。妻子慌忙开了门，把他扶进卧室，忙着给他倒水漱口。他漱了口，突然听到卧室外面有异样的响动，随即是一迭声惊恐的喊叫：“梁惠芝，快来！”迟疑了一下，妻子连忙跑过去，紧接着传来妻子惊慌的声音：“陈尔璧，快来帮忙！”他冲过去，看见妻子整个身体被人扯到了窗外。他扑到妻子身边，用尽全力抱住妻子的双腿，紧接着，他看到了吊在妻子下面的那个男人，正和妻子的双臂拼死纠缠，男人那双绝望的眼神像一把剑捅进他的胸膛。时间瞬间在陈尔璧的头脑里静止了，世界变得一片虚空。等他明白双手的力量变得松懈时，他只抓住了妻子的一只拖鞋……

陈尔璧趴在窗前，伸出头去，看见妻子和那个男人的身体像剪纸一样贴在地面上。陈尔璧一边打电话叫救护车，一边往楼下冲。几个目击者站在现场附近，恐惧地盯着他。他听见一个人说，这个男的厉害，一下杀了两个。

妻子已停止了呼吸。陈尔璧瘫坐在地上，呼喊着妻子的名字，但已喊不醒她。

男人叫廖天宝，是妻子的高中同学，一直喜欢她。廖天宝可能心虚，或者害怕，一听说他回来了，就翻到了窗外，站在空调挂机上，想躲起来。没想空调挂机的支架已锈蚀，支撑不了他的重量，在要掉下去之际，喊梁惠芝去救他，不想她也被廖天宝拉了下去。

或许，陈尔璧拼死抱住妻子的双腿能把他们全部拉上来；或许，他能救下妻子。但他的手力松懈了。

廖天宝是被送到医院抢救了一阵后才停止呼吸的，他留下的遗言是：陈尔璧杀了我们。于是，他的岳父母和廖天宝的家人都告他捉奸后将他们双双推下了窗户。

母亲没有告诉他路上的遭遇，只说自己进城后迷路了。“没有什么好东西带给你，给你煮了一块腊肉，这是你最喜欢吃的。还有，刚才警察找到我后，给我买了包子，我给你留了两个。”她一边说着，一边把肉和包子从口袋里拿出来。餐巾纸和包子皮粘在了一起，母亲小心地把纸剥开：“吃饱了好走路……”

母亲苍老了许多，背驼后，显得更加矮小黑瘦，皱纹把她的脸分割成了上万个部分，眼睛已经昏花，眼底全是伤痛。牙齿脱落了好几颗，脸变瘪了。灰尘把白发染成了灰黄色。

陈尔璧的父亲陈嘉善毕业于四川师范学院，因出身不好，被分配到乐镇中学当老师，母亲虽没读什么书，但勤劳、善良，长得漂亮，两人因此相爱，1966 年结婚；1967 年，生下了陈尔璧；1968 年，他父亲在一次批斗中被人打死。母亲当时才 23 岁，但她没有再嫁人。她含辛茹苦，把他拉扯大，供他上学。他是乐镇第一个博士。

隔着玻璃，见到母亲，陈尔璧就一直在流泪，他拿着话筒，说不出一句话。他想控制住泪水，像母亲那样把泪水咽进肚子里，表面像什么事也没有发生一样平静，但他做不到。

的确，母亲没有哭。她只跟他说话，嘱托他，像儿子那次去美国读博士一样，真的只是出一趟远门。“儿子，人就是这样，生生死死，早晚的事，谁也摆脱不了，就跟出远门一样，有些人出门早，有些人出门晚。走得早的人，就先到那个地方，就可以准备走新的路，这未必不是好事。到了那边，有什么事、需要什么东西，你就给我托梦。我把你带回老家后，就埋在你爸的坟旁边，我死了，再埋在你旁边……”

陈尔璧一边和着泪水把包子和腊肉往肚里咽，一边听母亲说。他满嘴苦涩，没有吃出包子和腊肉的滋味。他不知道该说什么。他觉得一切都是无力的，都已无用。最后，他说：“娘，儿对不起你，我无脸埋在爸的坟旁，我想好了，我会把我的遗体捐出来，供研究之用。”

母亲似乎不明白那是什么意思，或者没有听清楚，只说：“我说了，你要埋在我和你爸中间。”

临别之际，他让母亲先走，母亲用力扶着墙，站起，却迈不开步。他跪下，给母亲磕了三个头。当他往囚室走，回头去看母亲时，母亲正目送他。他看到母亲满脸是泪。走到提审通道面向母亲的方向，他再次跪下来，重重磕了几个头。

四

老人家走出了看守所。她觉得自己已没有一点力气了。她在派出所对面一栋烂尾楼里找了个地方坐下来。这里搭建得乱糟糟的，住着像她一样的人。她觉得自己已把一辈子的事做完了，她太累了，到二楼找了个角落，坐下来，很快就睡着了。

陈尔璧回到监室，看起来比平时更平静。他要给母亲写一封遗书，一是感谢母亲的养育之恩，并向母亲致歉；二是告诉母亲自己捐献遗体的遗愿，并说明自己为什么要这样做；三是劝母亲要好好活着。在谭乐为来到监室的时候，他已经把遗书写好。作为专管民警，谭乐为要陪陈尔璧度过最后的时光。午饭陈尔璧只扒拉了两口，就再也吃不下。他把遗书交给谭乐为，向他鞠了一躬：“感谢您陪我度过人生最后的时光，感谢一年多来看守所民警对我的照顾。”

做完这些，陈尔璧似已心安，躺在床上，很快就睡着了。他梦见父亲和母亲相伴而行。他们踏着祥云，穿着川剧里演员的服饰，衣袂飘飘，从天而降，来到他面前。他看见父亲英俊潇洒、母亲年轻漂亮，一副仙人的样子。他心里十分喜悦，问道："爹，娘，你们怎么从天上飘下来了？"娘说："你爹是神仙，神仙都住天上，只能从天上来。"父亲微笑着说："孩子，你就要新生了。"陈尔璧很高兴："那我还做你们的儿子。"父亲说："那是当然，你永远都是我们的儿子。"陈尔璧一下意识到了自己是有罪之身，身陷囹圄，含着泪说："谢谢爹娘不嫌弃我。"待他抬起衣袖擦尽眼泪，父母已驾云而去，他只看到了父母越来越小的身影和那朵越来越小的白云。

城市依然喧嚣，中午的大街上行人往来如蚁，稍远处公园里的摩天轮还像以往那样旋转着，一座座姿态各异的高楼大厦显示着城市浓郁的现代气息。

一点五十分，杨耀东准时醒来，端坐着。陈尔璧戴着刑具仍侧卧在通铺一角。谭乐为没有休息，他看了一眼手表，已两点二十六分，他想叫醒陈尔璧，又觉得这是他人生最后一次午眠，起了恻隐之心，便决定不去管他。他给金鱼换了水，把鱼缸端进了监舍。金鱼不安地游动着，有一尾鱼突然跳了出来，掉到了地上。他把鱼小心捉起，重新放进鱼缸，再到厕所去重新换水。

他盯着鱼缸里的金鱼，突然有些想念女友。金鱼在鱼缸里快速游动，显得有些慌乱，最后又蹦了出来。谭乐为一边把它再次捉进鱼缸，一边说："看来连你也不愿待在这里面呢。"他只好再次到厕所去换水，刚走进去，监舍突然摇晃起来，楼房发出吱嘎的断裂声，然后开始倾斜。谭乐为站立不住，跪倒在地，他意识到地震了，刚喊出来，监舍已经坍塌。

谭乐为笼罩在猛然腾起的烟尘里，一下失去了知觉。但那个鱼缸竟然神奇地被他捧在怀里，完好无损，只有一些刚换的自来水溅了出来。

陈尔璧是被大地摇醒的。睁开睡眼，他发现自己仍然靠墙躺着，楼板塌下来后，一头搭在墙上，刚好给他构建了一个安全的三角形空间。四周一片黑暗，只有一小束光从脚下透进来。他听到有人在大喊地震了！他有些蒙。当他意识到自己还活着时，他没有一丝欣喜，反而觉得这是生命对自己的嘲弄。"自己怎么没被砸死呢？如果自己被砸死了，会什么感觉都没有的，那该多好。"他感到有砖块和水泥砸到了身上。他戴着脚镣手铐，行动不便，他想用脚蹬开那些砖头，倒退着钻出去。他感觉右大腿有些痛，但戴着刑具的手摸不着。他想，肯定是钢筋把腿划伤了，他没法去管，只想着尽快从这里钻出去。他忍着伤痛，用力蹬开了那些砖头和水泥块，从废墟里钻了出来。他发现原来的监舍已荡然无存，整个看守所像被轰炸过，四周只有几堵断墙，头上出现了一片烟尘弥漫的完整天空。

他躺着，透过烟尘仰望着天空看了半天。天空还是老样子，看不出人生祸福、人间悲喜。就是面对这场人类的大灾难，它也还是那张老脸，该阴时阴，该晴时晴。但他望着，有些痴迷。这是他此生已看不了几次的天空，他对这片虚空突然产生出无限的留恋之情。

他支撑着坐起来，扭头看了一眼大腿上的伤。那道伤口血肉模糊至少有两英寸长，伤口上都是灰尘，看上去很不堪。他原想自己身高一米八，肌肉结实，没有一块赘肉，即使从一个外科医生的角度来看，也是很完美的，所以他决定死后捐献自己的遗体，给医学院的学生做研究之用。现在这具即将成为遗体的躯体却有了一道伤口，而这道伤口已不可能有愈合的时间，这让他突然感到无限悲伤。“我是否可以申请，等这道伤口愈合后再被处决呢？”这个荒唐的想法使他自己都不禁哑然失笑。然后，他想起了自己的母亲，他一下慌乱了，她会在哪里？她只会住那种很便宜的小旅馆，而那种旅馆不可能经受得住这样的大震，一想到这，他浑身发起抖来，不禁喊叫道：“娘，您可千万不要出事！”

只有他的声音。四周陷入死寂，连天上飞鸟凌乱地扇动翅膀的声音都可听见。他抹了一把脸上的尘土，大喊了一声：“人呢？”

偶尔可以听见钢筋断裂声、墙体垮塌声、砖块掉落声。

“人呢——？！”他又大喊起来。

传来了人的呻吟。

一个人从尘土里爬出来。是杨耀东。他摇了摇头上的尘土，瞪着惊魂未定的眼睛，大张着满是白牙的嘴，说不出话来。他头上有伤。看了看四周，吃惊了半晌，想跑，又规矩地蹲了下来。

“你还活着！”陈尔璧有些惊喜。

“你……你他妈的也活着！”杨耀东哭了，开头是抽泣，最后竟号啕起来。

“行了，你活着是真活着，我活着，明天还得死，你有什么好号的。”

杨耀东的哭号声小了些。“我以为我死了，我头痛。”他摸一下自己的头，抹了满手的血，又大叫起来，“我的头破了，这么多血！”

陈尔璧说：“你过来，我看看。”

杨耀东乖顺地走到了他跟前。

陈尔璧看了看，那道伤口有两英寸多长，可以看到头骨。他怕杨耀东被吓住，就安慰他说：“蹭破了皮而已，啥事没有。”

杨耀东看到了他受伤的腿：“你的腿也受伤了。”

“对我来说，已不重要。”

“其他人呢？”

“没了。他妈的，应该是没了！”陈尔璧想起了谭警官，用目光把监舍搜寻了一遍，“那个警官呢？”

“刚才，他的金鱼跳到了地上，然后他进了厕所，要给他的金鱼换水。”

卫生间也坍塌了，谭乐为镶嵌在砖块之间，一动不能动，背部的血从满是尘灰的身体里渗出来。他怀抱着的金鱼缸里的金鱼安静了，在里面不紧不慢地游动着。整个画面像一幅先锋色彩很浓的拼贴作品。

杨耀东已经不哭，他走过去，推了推谭乐为，谭乐为没有动。“谭警官真可怜，第一天上班，就他妈挂了。你明天上路，我明天自由，却发生了这事。妈的，我们现在该怎么办？”他转过头来看着陈尔璧，面目有些变形。

陈尔璧抬头看了看天空，他想起了刚才的梦，想回味一番，但脑子很乱，梦也乱了，像这地震留下的场景一样。这也许是他今生的最后一个梦了。什么都是最后的——天空、空气、风、尘土，甚至连这地震……

“我娘怎么样了啊？”陈尔璧一急，猛地站起，才意识到自己刑具在身。他有些笨拙地爬到谭乐为身边，摸索了一阵，从谭乐为身上掏出了一串钥匙。

杨耀东有些惊讶：“你要干什么？”

“你头部的伤其实很严重，你要帮我把这玩意打开，我才能为你包扎，你知道，我是外科医生。”

杨耀东的右半边脸已被染红了，他用手一抹，满手是血。他有些害怕。他相信陈尔璧的话是真的，但想了想，还是摇了摇头。

“我这样做是违法的。”

“现在这里没有人，我不会跟人说是你帮我打开的刑具。”

“我明天就该出去了。”

“你头上的伤口不处理会很危险，搞不好，明天你就死在这里了。”

杨耀东迟疑地来到他跟前，帮他打开了手铐。

陈尔璧指了指被水泥块压住的一条床单：“把它扯出来。”

杨耀东扯出了床单，交给陈尔璧。陈尔璧把它撕开。

“是不是真的很严重？”杨耀东担心地问。

“包扎一下，把血止住，应该不会有啥问题。”

陈尔璧把杨耀东的伤口包扎好，又把自己的伤腿包扎好，然后，他打开了自己的脚镣。

“你要逃跑？”杨耀东有些惊讶。

“我要离开这里，我要去找到我娘。”

“老人家肯定就在这附近。”

“反正我会死的。地震会结束，我傻坐在这里是等死，把我娘找到，再见一面也是一死。”他说着，站起来，走了两步，腿有些瘸。他又走了几步，觉得好了些。

"你可以逃跑。我是说，这是个千载难逢的机会，你可以逃得远远的。"

"逃得过初一，逃不过十五。你明天就要出去了，你不能跑，跑了还得回这鬼地方来。你就在这里等着。"

"那你多保重了。"

"你也保重。等会如果有救援的医生来，让他们把你的伤口再处理一下。"

五

陈尔璧往外走去。他知道原来监室的门在哪里。这时，谭乐为突然发出了一声呻吟。砖瓦松动，他伸出了一只满是鲜血的手："你们两个，快来……救我……"

陈尔璧吓了一跳，一下不动了。

杨耀东开始也没有动，但最后还是走向了卫生间。

"陈尔璧，你要干什么？你不能出这个监舍。"这是谭乐为的第二句话。

"我现在可以去任何地方，即使是地狱。"陈尔璧没有回头，一步跨到了监舍外。

"你得先把我救出来！"谭乐为着急了。

陈尔璧站住了，但只停留了三五秒钟，又往前走去。

"你看我伤得这么重，你不会不救人吧！"谭乐为用力向他喊。

"谭警官，你不能使劲，你一用劲，血就往外冒！"杨耀东说。

陈尔璧像下了决心似的，又往前走了。

"你是个外科医生，你他妈的怎么能够见死不救！"

陈尔璧再次站住，回过了头，他的面孔有些扭曲。但他回到了谭乐为面前，和杨耀东一起，把谭乐为四周的砖块往外抠。

"先把我的小金鱼救出去。我如果不来换水，还是坐在原先的位置，你们也看到了，那根大梁就会砸在我头上，那样的话，我就先你陈尔璧去见阎王了，是这金鱼救了我。"

杨耀东说："看来这金鱼知道要地震啊，所以才老往外跳，你以后得把这小金鱼好好供着。"

谭乐为被救了出来。他盯着陈尔璧："你的刑具是多久打开的？"

"我从废墟里钻出来的时候就开了。"

"那真是神奇啊。"

"就是，这还不是为了救你吗？"

“陈尔璧，你最好待着别动。”

“我没有动，我刚才只想去找我母亲，想知道她怎么样了。”

“你老实待着。”

刚才一活动，谭乐为背部的血直往外冒。陈尔璧想走过去，为谭乐为包扎，谭乐为说：“你不要过来！”

“难道你怕我？既然你还活着，最好让我救你，不然过不了多久，你身上的血就会流光。”

杨耀东也劝谭乐为：“谭管教，还是让他给你看看吧，你背上的血像水一样往外冒。”

谭乐为没再说什么，算是默许陈尔璧为他包扎。

“伤口很深，但还没有伤到内脏。”陈尔璧把剩下的那条床单撕成条，对谭乐为说，“没有药，没有治疗器材，我只能给你包扎一下。不过，你的伤只要把血止住了，应没什么大碍。你和杨耀东都没事，也是奇迹，可能是我明天要去死，顶了你们的罪吧。”

“托你的福！”杨耀东赶紧说。

“你们继续等待救援，我现在得去找我母亲。”陈尔璧又要离开。

“你……你不能……离开这个监室。”谭乐为说。

“我刚才说了，我现在可以去任何地方。”

“我说了，不行！”谭乐为说完，飞速冲到倒塌的岗楼前，抢过已牺牲的武警战士的枪，朝天开了两枪，大叫道，“谁也不许离开这里！”

当时已有三十多人钻出了废墟，但没有一个看守人员。那些犯人自从进来，还是第一次看到围墙外的景象。一些人试图逃跑，听到枪响，都吓得用双手抱头，蹲在了地上。

陈尔璧也老实了。谭乐为重新给他戴上刑具。

开始有断断续续的呼救声和呻吟声从废墟里传来，其中夹杂着痛苦的号叫。

谭乐为站起来，忍着痛，大声对犯人宣布纪律：“你们听着，这个时候，只许老老实实救人，争取立功赎罪，不准有其他想法，谁要逃跑，就地正法！”

犯人们开始救人。

不断有人从废墟下被救出来，摆在废墟间一块平地上，痛苦地大声呻吟着。

陈尔璧说：“谭警官，我是外科医生，我可以救人，一些人不抢救，会很快死掉！”

谭乐为没有理他。

一些受伤的人听了陈尔璧的话，更痛苦地呻吟起来。一个犯人说：“管教同志，我听说陈医生是很有名的外科医生，你把我救出来又不赶紧抢救，就白救了。”

其他人也跟着哀求。

对于到这里工作还不到四个小时的谭乐为来说，这的确是个难以做出的决定。正在他犹豫时，有人喊：“57 号跑了！”

谭乐为提枪冲过去，看到57 号囚犯正朝围墙跑去，他大喊了一声：“57 号，站住！”

57 号仍往前跑，谭乐为端起枪，随着枪响，子弹从 57 号飞跑着的两腿间飞过，在他前面一米远处击起一团烟尘。57 号吓得猛地停住，一头栽倒在地，又赶紧爬起，一边用双手抱着头，蹲在地上，一边害怕地大声喊道：“别……别开枪！别杀我……”

“立即滚回来！”

57 号小跑着回到了谭乐为面前。他已吓得面无人色。谭乐为把他铐在了一根钢筋上：“我再说一遍，谁敢跨出原来围墙的范围，就地正法！”

那些受伤的人不敢呻吟了。被埋在废墟下的人听到枪声，确认外面有人，更大声地呼救起来。

谭乐为带着杨耀东来到陈尔璧跟前，打开了他的刑具。“这玩意儿重，戴着救人太难为你了，给你戴个轻的吧。”咔、咔两声，用手铐把陈尔璧和杨耀东铐在了一起。

杨耀东喊叫起来：“谭管教，你怎么把我和他铐在一起了？”

“先委屈你一下，帮我看着他。”

陈尔璧笑了笑，对杨耀东说：“你看，我们多有缘。”

“我是倒霉透了。”

“谭警官，我需要救人的东西，手术刀、绷带、酒精棉、酒精、医用胶带、三角绷带、灭菌纱、外科手术缝合针线之类的。”

“卫生所应该有，你和杨耀东去那里，看能不能刨些出来。杨耀东，你看着他，如果有啥事，你明天就休想出去了。”

杨耀东听谭乐为这么说，有些害怕担责：“谭警官，我……咋能看得住他啊？”

“你不是跟他连在一起的吗？不要啰唆了，我们现在得全力去救人，二百多名嫌犯，还有看守人员、警卫战士都被压在了里面。”

卫生所已成废墟，扭曲着堆在那里。

陈尔璧问杨耀东："你知道外科室在哪个位置吗？"

"这哪里还能看出来，我得再看看。"杨耀东看了一眼陈尔璧，"你真要去救人？不去找你娘了？"

陈尔璧沉默了几秒钟："先救人吧，他们摆在那里呢。"

"你不连累我就好。"

"你这已经是三进宫了，还怕我连累？"

"这次出去真的要金盆洗手了。"

"这就对了，到外面去，干个啥都行。"

陈尔璧拉着杨耀东在卫生所外转了半圈，然后钻进废墟里，灰尘和碎水泥块不时掉下来。卫生所的杨医生砸在水泥块下，血肉模糊。杨耀东喊了几声杨医生。他的声音里充满了恐惧，声音颤抖地说："她给我看过病。"

"我也吃过她的药。"陈尔璧爬到她的身边，听了听她的心跳，"心跳已经停止了。"他接着喊起来，"有人吗？还有人活着吗？"

没人回应。"看来，这里的人都没有跑出去。"

"我们出去吧。"杨耀东害怕，要往外爬。

"我们已在卫生所里，找不到东西，出去怎么救人？"陈尔璧继续往前爬。前面的空间很窄，只能勉强钻过。两人蜷在里面。这时，水泥板突然发出嘎吱嘎吱的响声，从上面挤压下来。

杨耀东绝望地喊道："完了，要压在里面了。"他有些生气："你不要动那些砖块！"

"你是害怕了吧？"陈尔璧回过头。

"你他妈死了是该死，我死了是白死！"他拿起一块砖头，砸起手铐来。

"不要做无用功，我必须把这里刨开，从这里钻进去，就该是外科室。"

"要进你自己进。"杨耀东用哭腔说完，想往后退，但退路已被塌下来的水泥板封死了。

陈尔璧拉住他："我们只能往前爬，进到外科室，然后寻找别的出口。"

杨耀东绝望地小声哭起来。

陈尔璧倒退着爬行，终于进到一个大一些的空间里。那是一个稍显完整的扭曲的房间，一道光从废墟外面射进来。那正是外科室。

"太好了！"陈尔璧激动得喊叫起来，完全忘了自己是个死刑犯，"把这里面能拿的东西都拿出去，这是现在最需要的。"他转过头，"你不要哭了，你死不了！"

其实杨耀东看到那个透进天光的孔洞，就已经不再抽泣了。

六

谭乐为忙着救人。他不得不眼观六路——恨不得浑身长满眼睛，一旦有犯人靠近垮塌的围墙，他就会大吼：“不许越界！”

因为谭乐为是今天才报到的，这里的很多犯人和随后救起的同事都不知道他是谁，但在他的枪口下，没有人敢造次。他把能找到的枪弹集中起来，以免流失，然后，让虽受了伤但还能使用枪支的同事到制高点负责看守，一旦有人图谋逃跑，可以开枪射击。

不时有呼救声从废墟里传出，救出的人越来越多，躺在地上的伤员也越来越多，呻吟声、痛苦的号叫声一阵高过一阵。

陈尔璧给伤员止血、包扎，满手是血，浑身是汗。杨耀东在一边协助，不时递给他剪刀、纱布、酒精，另一只被铐着的手则尽力配合陈尔璧动作，但两只手铐在一起，很是碍事，陈尔璧恨不得能长出八只手，而他们实际上最多只有一双半手。杨耀东看在眼里，急得直喘粗气，恨不得把自己那只手剁掉，最后忍不住朝谭乐为吼叫起来：“谭警官，你他妈的把我和陈医生铐在一起，他怎么救人？”

“我不这样，他跑掉怎么办？”

“上面不是有管教持枪看着吗，他怎么跑？他就是跑掉，我他妈的也相信你们一定能把他抓回来。但这些人如果救不活，就他妈的只能见阎王了！还有，我好好的一个人，不能去救人，这是他妈怎么回事？”

陈尔璧对杨耀东有这样的行为感到惊讶。谭乐为也用不解的眼光看了他好几眼，然后爬到废墟上，和其他同事商量怎么办。他们嘀咕一阵后，谭乐为离开了，过了一会儿，他拿着一副脚锁来到了陈尔璧跟前。这种脚锁两边用两个类似手铐的环状物固定在脚腕上，中间由一截钢丝连接，外包胶皮，也叫“软脚镣”，一般用来防止嫌犯在提押时脱逃、自残，既能保证安全，又比较人性。谭乐为用脚锁各锁住陈尔璧和杨耀东的脚，带着歉意说：“我和几位同事商量了，你们还得连在一起。不过，这种东西非常轻巧，看守所刚配发了两副，刚好找到了这一副，戴在脚上，不会影响陈医生做手术了。”

戴好脚锁后，谭乐为打开了手铐。

“那么多人需要救，你把我跟他锁在一起，我怎么去救人？”杨耀东看着脚上的脚锁，一下就急了。

“陈医生需要助手，你协助他，也是在救人。”

“真是倒霉！”

陈尔璧一到手术台上，就格外专注：“我需要更多的急救药品，谭警官，你让人再到卫生所去，把能找到的药品都找出来，或者到这附近的药店、医院去找一些来。”

谭乐为说了声好，带着一个人，转身找药品去了。

杨耀东极不情愿地把酒精、绷带递给陈尔璧，他对明天就要被执行死刑的陈尔璧那么专注地救人很不理解。他故意用带刀子的话戳陈尔璧的心：“你在这里救人，谁救你娘？”

陈尔璧保持了一个外科医生的素质，手丝毫没有抖，眼睛也没有离开手术刀，只低声说了句：“闭嘴！帮我擦一把汗。”

杨耀东很不情愿地抬起一只手臂，帮他擦了脸上的汗水，接着说：“这次出去，我一定要先回老家看看，然后去找一份正儿八经的事做。”

“这样想就对了，但人总会被错误的想法所左右，我们走到今天，都是一念之差的结果。”

“你是怎么进来的？”杨耀东忍不住问正在被救治的嫌犯。

“贪。还在调查。钱没有花一分，都在家摞着。”

“那我们属于同一个爱好，只是级别不一样，你是大盗，我是小偷；你窃国，我偷人。”

那人忍不住一笑。

这时，谭乐为大喊起来：“陈尔璧，你过来！”

“干什么？”

“我们把所长救出来了，他还有气。”

“我得先救完这个。”

“对，这个时候，应该平等。”有人说了一句。

谭乐为也意识到了自己刚才的行为有些不当，他补充说：“所长伤得很重。我的意思是你可否先救一下危重伤员。”

“那是当然。”陈尔璧给贪官包扎好，站起身来，“杨耀东，走。”

“你去救所长，我还想跟这位大哥摆会儿龙门阵，交流一下盗窃经验呢。”

“你不走，我怎么去？”

杨耀东一下意识到他和陈尔璧是连在一起的，只好站起来，跟着陈尔璧快步走。

一根钢筋杀进了所长的胸腔，头上有伤，右手臂也砸断了。

谭乐为担心地问：“所长没事吧？”

陈尔璧一边给所长包扎，一边说：“难说。需要马上做手术，需要输血，如果能尽快把他送到附近的医院，那是最好的。”

“看看附近还有没有能开动的车！”谭乐为着急地对杨耀东吼叫。

“你把我和陈医生连在一块了，我怎么去？”

谭乐为一听，只好对另一个犯人说：“你去，要快！”

“找个大车，最好把这里的重伤员都拉到医院去。”陈尔璧说。

“你听到了吗？有能开动的大车最好！卡车、客车都行，如果能尽快找到，算你立功！”谭乐为的嗓子有些沙哑了。

那个犯人一听，飞快地跑开了。

杨耀东这时小心地对谭乐为说：“谭管教，能用一下你的手机吗？我想问问家里的情况。”

“手机能打通就好了，地震后就没信号了。”谭乐为的情绪一下有些低落，“我现在都不晓得家人是啥样子。”

大家似乎都感到了无望，都不说话了。谭乐为赶紧说：“大家不要难过，手机一旦有信号了，要给家人打电话的，都可以来找我。”

去找车的犯人很快带着两辆运砂车回来了，他喘着大气，说：“我听说了，这次地震很厉害，估计至少有八级。惨得很。政府已在组织救灾，听说部队出动了。”

谭乐为一边组织犯人把重伤员往车上抬，一边问驾驶员：“这附近哪个医院还在运行？”

“医院大多没问题。但现在往医院送的伤员很多，进城的路也一定拥堵，附近有一家部队医院，我看去那里最合适。”

“你说得很对，非常感谢！”

重伤员被抬上了运砂车。谭乐为和几位幸存的管教民警商量后，决定由一人带枪陪同前往。

“这里能救出来的人都救出来了，你伤得不轻，你不去医院看看？”杨耀东问谭乐为。

“我能坚持。我们不能只救看守所里面的人，外面还有很多人在等着我们去救。”

陈尔璧包扎伤员的手停顿了一下：“等会我能否去找一下我娘？”

谭乐为犹豫了，不知该怎么回答他。

“她肯定就在这附近。”陈尔璧哀求道。

“现在有很多人需要你救。”谭乐为有些抱歉地说。

陈尔璧没有再说什么，专心地给最后一个伤员小心地包扎着。

谭乐为把看守所里的其他人集合起来，对大家说：“我们现在要走出看守所，去外面救人。”他指了指几名管教人员，“这几位同志虽然受了伤，但我提醒大家，他们手中的武器可是完好的。在这非常时刻，我相信大家都会听从指挥、服从管理，你们每救一个人都是在立功，而立功是可以减刑的，所以大家要珍惜这个机会，不要有任何非分之想！你们说，你们能不能做到?!”

犯人们一听说要出去救人，还能立功减刑，就很激动，齐声喊道：“能!”

“那好，现在出发!”

几名荷枪实弹的管教人员带着嫌犯走出了看守所。

谭乐为守着陈尔璧把最后一个伤员包扎好，然后让两个连体人跟他走。

陈尔璧站起来，伸了一下腰身；杨耀东也甩了甩胳膊，踢了踢那只没有戴脚锁的腿。

“谭警官，我想去找我母亲，麻烦你给我一点时间，就半个小时行不?”

“肯定不行。”

“我只有母亲这个唯一的亲人，你知道，她是专程来送我上路的。”

谭乐为想找一句话来缓解自己的不近人情：“现在所有的人都是一家人，都是你我的亲人，如果不是这样，我早已跑去看我父母、找我女友了。”

“我说了，就半个小时。”陈尔璧的右手突然箍住了杨耀东的脖子，左手的手术刀对准了他的脖颈，“谭警官，就半个小时！你知道，我现在是世界上最绝望的人，但也是最自由的人，一桩罪与一百桩罪的结局是一样的，我可以做任何事！我是外科医生，我的手术刀会很准确地割断他的动脉。”

杨耀东没有想到陈尔璧会来这一手，顿时吓得面无人色，说不出半句话来。

谭乐为也感到突然，本能地拔枪指着陈尔璧：“陈尔璧，你不要乱来。”

“我只想去找我母亲，想知道她会不会有危险。”

“陈尔璧，你先把手术刀拿开。”

“我说了，我只需要三十分钟，但现在我改变主意了。”陈尔璧挟持着杨耀东要离开，“你可以打死我，我今天死和明天死区别不大。”他说着，手术刀锋利的刀刃看上去已切入杨耀东的脖子。

杨耀东怕稍微粗重的呼吸都会让刀刃把自己的动脉割断，只能痛苦地低声央求：“谭管教，救我……”

“谭警官，你得把枪扔给我。”陈尔璧平静地说。

“好的，你不要乱来!”谭乐为说着，把枪扔到了陈尔璧脚下。

陈尔璧把枪捡起来。

“陈尔璧，你……冷静!”谭乐为有些气喘。

“谭警官，对不住了！枪我先替你保管着，现在人杂，丢了枪可不是好玩的。”他说着，把枪口指向谭乐为，“把脚上这玩意给我打开。”

“钥匙在其他管教人员那里，办公室里可能还有，你得自己去刨。”他望了一眼已经坍塌成一堆瓦砾的办公楼。

陈尔璧转过身来，对杨耀东说：“那只有麻烦你继续陪着我了。”

“我明天就要自由了，你不能害我！我不可能跟你一起去。”

“谭警官在这里，他可以证明是我胁迫你的，你怕什么？”

“那我也不可能跟一个死刑犯去逃命。”

“你这么说，那就别怪我对你不客气了。”陈尔璧说着，把枪对准了杨耀东，“麻烦老弟在阎王爷那边先等我。”

谭乐为一见，对杨耀东吼道：“你跟陈尔璧走！”

杨耀东只好故作轻松地说：“陈尔璧，我听你的。”

陈尔璧走过去，把谭乐为绑了：“你得在这里待一会儿，过不了多久，肯定会有人来给你解开。”他俯身下去，把嘴挨近谭乐为的耳朵，“这枪我带着太显眼，我也不喜欢。”他指了指前面一堆废墟，“我会把它藏在那里，你等会去取，然后提着它来追杀我。”

“你不是说三十分钟就回来吗？”

“我刚才向你请求，你没有同意。现在，我得根据自己的情况决定了。你知道，一个人如果品尝到了自由的味道，应该和吸毒差不了多少。”

“我会很快把你抓回来的！”

“那是你应该做的。”

走出看守所的断壁残垣，外面一片辽阔的废墟猛然呈现在眼前，电光、火光闪烁着，烟尘弥漫。有人钻出了废墟，有更多的呼救声从废墟下断断续续传来。

杨耀东站着不走了：“我们不救下面的人了？”

“不救。”陈尔璧使劲扯了一下杨耀东，急急地往前走。

七

虽然有脚锁的羁绊，但陈尔璧带着杨耀东还是很急地往前小跑着。他知道，母亲会在看守所附近等着送他。他停下来，蹲下去，找了一块石头，想砸断脚锁上的钢丝，但费了半天劲，只砸掉了表面包着的胶皮。

“不要费劲了，只有找到钢丝钳或者钢锯才有用。”

“带着你真累赘！”

“你还嫌弃我了？真是的！”

“什么叫连累，两个人连在一起就是，我是第一次理解这个词的意思了。”

“你说，你刚才真会割开我的动脉吗？”

“说不准。”

杨耀东哆嗦了一下：“你是救人的，能忍心杀人？”

“你知道，如果我母亲活着，她最希望的是什么？”

“当然是你也活着。”

“就是啊，如果我亡命天涯，消失无踪，只要没有我的死讯，她活着就有希望。”

“所以你会不顾一切，你要逃跑？”

“是的，这是我刚有的想法。”

杨耀东听他这么说，吓得赶紧蹲下来，想把脚锁砸断。

“我刚才已经试过，不要白费劲了。”

路人见了这对奇怪的、穿着囚衣的连体人，都会好奇地打量他们一眼，有些知道他们是犯人的，会害怕得躲开。不过，即使知道他们是从看守所或监狱里逃出来的，也没人有工夫管他们了。

陈尔璧带着杨耀东在看守所附近寻找母亲。他见人就问有没有看到一个六十岁、满头白发的农村女人。人们都只是摇头。突然降临的灾难让所有人都有些蒙，他们都是从已坍塌或破损的家里逃出来的，或是刚好在户外，地震后飞快地跑回来的。他们满脸悲戚，眼含伤痛，都在吃力地扒着那些废墟里被埋的人或财物，很少有人想说话。两人到不多的几家旅馆去找了，即使两家已变成废墟的旅馆也去看了，都没有找到老人的任何踪迹。

余震突然到来，楼群摇晃，砖石落下，一些原本损坏的建筑损毁得更严重了；一些摇摇欲坠的房屋彻底垮塌下来。人们没命地往空旷的地方跑。陈尔璧和杨耀东也想逃到一块绿地里，但相互扯绊，好几次摔倒，最后终于跑到一棵香樟树边坐下来。

杨耀东惊魂未定，有些恼怒地捡起地上的一块石头，再次用力地砸着脚锁上的钢丝，但一点用处也没有。他泄气地把那块石头扔掉，哭丧着脸说：“我他妈的怎么这么倒霉啊！”

“你其实很幸运。你想想看，正是因为我那个监舍是用来关押重刑犯的，所以修得格外牢固，在这次地震中才没有完全垮塌，你才能活命。假如你这两天没有被调来照顾我，还是待在原来的监舍，你可能真去见阎王了。你刚才看到了，你那个监舍只救出来了一个活着的。”

杨耀东听完后，愣住了：“你他妈这么一说，我是不是还真得好好感谢你？”

“就是啊。”

就在这时，他们突然听到了一片呻吟声。两人回头一看，发现不远处躺着十几个伤员。陈尔璧一见，搓了搓手，站了起来。

“你？”杨耀东感到不可思议。

“这也是他妈的命运的安排。”

陈尔璧扯着杨耀东朝伤员走去。

还不时有伤员朝这里抬过来。看到陈尔璧在给伤员包扎，人们都觉得奇怪。

“罪犯能救人吗？他不会有啥其他目的吧。”一个人说。

“这跟救人没有关系。”杨耀东把手叉在腰上，“大家看这附近有没有药店、诊所，赶快去找些急救药品来。还有，大家帮着留意一下附近，看有没有一个六十来岁、巴中口音、满头白发的老太婆。如果看到了，请告诉我们一下。”

陈尔璧一上手术台，就只知道一个接一个地救人，似乎把其他一切都忘掉了。

一个中年人一看，就对大家说：“看他那个样子，应该是医生，也的确在救人，让他救吧，我们去搜些药品来。”

几个人跟着他走了，另一些人找来门板，搭了个临时手术台。

八

谭乐为的手脚被捆绑着，怎么挣扎也没用。每隔几分钟，就有枪声传来。他知道那是那几个受伤的看守人员为了震慑犯人开的枪。这让他更是着急。过了大约半个小时，才碰到一个人，他赶紧喊那人来帮他松绑。

谭乐为被解救后，先把枪找出来，然后朝陈尔璧逃跑的方向望了望，想追过去，又停住了。现在，他最急迫的是要看看那些参与救人的犯人怎么样了。

谭乐为跑到救人现场，那几个受伤的管教人员松了一口气。其中一个说：“你终于来了，刚才有人想跑，开了枪，才唬住了。”

“我刚才遇到了一点麻烦。”他突然想起陈尔璧一心救人的样子，没有说陈尔璧把他绑起来后挟持杨耀东逃跑的事，“你们不要担心，那些休假和今天没有在所里的人会很快赶回来。你们的伤怎么样，能坚持吗？”

他们都说没问题。

“老周有点悬，他刚才冒冷汗了。”

老周其实才三十来岁，但大家都习惯那样叫他。老周说：“没的事，我刚才开枪的时候，后坐力扯着伤口了。”

救出的人摆了好大一片，有些人昏迷着，清醒的人都在呻吟。那么多人间的痛苦累叠在一起，让痛苦无限地放大了，像无数把电锯拉扯着人心。谭乐为想，要是陈尔璧——这个人间痛苦的愈合者在这里就好了。

随着搜救范围的扩大，看守人员也得随之移动。谭乐为每次都得先把搜救区域设定好，找到三四个制高点，然后把犯人集中，让两名警察看着，把其余的武器拿到制高点上，把受伤的管教人员扶上去，再把犯人押到那个区域。每次转移，他都累得够呛。

好在没过多久，地震时没在看守所的几个警察先后赶回来了，他们把受伤的警察替换了下来，又找到政府部门的救灾机构，把伤员运到了附近一家医院。

谭乐为简单地询问了市区的灾情，知道市区受灾不重，他舒了一口气。

大家都劝谭乐为休息一下，但他看着逐渐暗淡的天光，说：“我得去找陈尔璧和杨耀东，不知道他们现在在哪里救人呢。”他也不知道自己为什么依然没有说陈尔璧逃跑的事。

经过坍塌的监舍，他看到他的金鱼还在鱼缸里活着，他没有去管，但有些欣慰。想起女友，他甜蜜地笑了笑，然后又恢复了自己警察的脸——比微笑时至少拉长了一英寸。

“陈尔璧这个家伙如果只是要找他母亲，就肯定在这附近。如果要逃跑，就很难说了。但他要逃，一定会想办法把脚锁剪断，不让杨耀东跟着。杨耀东明天就要出去，一旦离开他，会马上跑回来找我，以撇清自己的嫌疑，但这么长时间过去，没见杨耀东的踪影，那证明他们还是锁在一起的，由此可以证明陈尔璧还没有打算逃跑。”谭乐为一边分析，一边往四下里望了望。

到处可见惨烈的景象，到处都是需要救的人。一些车队已经在往西疾驰，天上已有军队的直升机在盘旋。

他跑到一家四川特产店前，几个人刚把一个人从废墟里掏出来。“哎，警察哥，帮个忙！”一个小伙子喊住了他，他停下了。“帮我把这个伤员抬到前面的车上。”他没有怎么想，就弯下腰，抬起了躺在门板上的伤员。

就这样，他本想去追捕陈尔璧的，却不得不一次次停下来救人。他已离开看守所，他不知道杨耀东是否已跑回看守所去找他了，也就无法判定陈尔璧是否已逃亡，所以心里很着急。但他无法因为要把一个人追回来让他伏法，就不去救人。他只有把陈尔璧先放在一边。

九

陈尔璧原打算包扎完那十几个伤员后，就可以脱身，没想到附近的人得知伤员抬到这里能够得到抢救，便都往这里抬。人们已用钢架、塑料布很快搭建起了一个临时救护所，能搜集到的药物都集中到了这里，几个医生护士也主动加入陈尔璧麾下。陈尔璧穿着人们找来的白大褂，戴着口罩，不看脚下的脚锁，已看不出他是个犯人。

“止血带。”

杨耀东赶紧把止血带递给陈尔璧。

“手术刀。”

陈尔璧话音刚落，手术刀已递到他手上。

杨耀东现在已是一个熟练的助手。他一见陈尔璧那个专注的样子，就说：“完了，你跑不脱了!”

陈尔璧没有理他，对救援人员大声喊：“今天晚上这里需要电灯，得找一台发电机来。”

几个小伙子赶紧跑开，找发电机去了。

谭乐为一边救人，一边搜寻陈尔璧。救人的时候，他也没忘了向人们打听有没有看到一对连在一起逃跑的囚犯，很多人都摇头。也有人说看见他们搀扶着一起跑，但往哪里跑了，他们也只能指个方向。谭乐为向那个方向追去，却连个人影也没有。

手机终于有了信号。他一下收到了数十条短信，但他根本没有时间回复。他给父亲打了电话，确定家人都安全，但女友的电话没有打通，手机开着，却没人接。他又给女友的闺密打电话，手机关机。他有一种不祥的感觉。他向女友工作的幼儿园飞跑了一阵，想去看看，但又停了下来。他不知道自己的眼泪是多久流出的，他像个孩子似的用袖子把眼泪抹去了。他感到背部的伤剧痛难忍，直入心肺和骨髓，让他直不起身子。他弓着腰，汗水直冒，忍不住大声呻吟起来，最后眼前一黑，倒在了地上。

当他被抬到那个简易手术台上，陈尔璧一下僵住了。杨耀东看了一眼陈尔璧，惊讶地喊叫道：“这不是谭警官吗?”

陈尔璧还是僵立着，好一会儿，才像是明白了自己的身份，说：“我们走!”

“医生，您往哪里走？这里还有这么多人等着您救呢!”一个帮着照顾伤员的志愿者说。

“那个……嗯……是这样的，这里的重伤员都已经救治了，其他地方还有人等着我们去救呢。”陈尔璧吞吞吐吐地编了个谎。

“这个躺着的警察伤得也不轻啊，你先给他把手术做了嘛。”另一个志愿者拉住了陈尔璧的手。

陈尔璧站定了，他看了一眼谭乐为，发现他脸上有一道模糊的泪痕。他觉得自己突然有些虚弱，他用左手撑住自己的身体。有人说：“要不，医生，您累了这半天了，先休息一下吧。”另一个人马上把一瓶矿泉水递给他：“医生，您先喝口水。”

陈尔璧眼睛有些潮湿，他咬咬牙，说：“谢谢大家，我不累。”说完，他把水接过来，喝了一大口，然后递给杨耀东：“你也渴坏了。”

谭乐为的警服上满是血迹、尘土、泥污，已看不出原来的样子。他后背的伤口裂开了，伤口里也尽是脏东西。陈尔璧为他清洗伤口时，他醒了过来。睁开眼睛，看见陈尔璧，不禁有些惊喜，忘了自己有伤，要坐起来，但伤口疼得他龇开了牙。

陈尔璧按住他：“警察同志，躺好，我在为你处理伤口。”

“原来你们……在这里，害我到处找。救治了多少人了？”

杨耀东抢着说：“我一直在协助陈医生，在这里重伤员就救治了三十多个。”

一个志愿者补充说：“轻伤的还有好几十个呢！这些受伤的人真是运气好，能碰到这么好的医生。”

“老人家有消息吗？”

陈尔璧摇摇头。

“我也帮着找了。”谭乐为安慰他，“我相信老人家会没事的。”

“你家人都没事吧？”

“还好。”谭乐为又想起了女友，“只有女友的手机打通了没人接。”

“不会有事的。”

“我想也是。”

伤口缝了17针，谭乐为双手扣住用作手术台的门板。手术做完，他瘫在手术台上，半开玩笑地对陈尔璧说：“痛杀我也，陈医生，你对我的怨恨这次都发泄了。”

陈尔璧笑了：“告诉你，我没有怨恨；如果有，我只恨自己。”

“那你不会再跑了吧？”

“跑与不跑，我的确没法回答你。”陈尔璧抹了一把额头上的汗水，“你要记住你是伤员，安心地去休息吧！”

“哪能躺得住啊，我还要帮着找你母亲呢。”

“你愿干什么就干什么，现在，你先下手术台，还有人等着做手术。”

谭乐为被扶下了手术台。他并没有去躺着，而是就近指挥救灾去了。

陈尔璧医术高超，已被附近的灾民视为救星。他叫人去做的事，都会有人抢着去做。他叫两个小伙子在救灾时留意一下，如有五金店，找一把好的钢丝钳来。一个小伙子很快就找来了。只有杨耀东知道他要干什么。他低声问他：“你还要跑？”

“不连累你了。”

“我已经习惯跟你连在一起了。”

陈尔璧趁人不注意，蹲下去，剪断了脚链。

“你现在自由了，我们都不再彼此拖累了。”

“你不怕我去跟谭警官告密？”

“你愿告就去。”

一辆拉运伤员的卡车开来，陈尔璧撒了个谎：“我把他们护送到医院就回来。”说完就上了车。

杨耀东站着没动，车开动后，他向陈尔璧挥了挥手，喊了一声：“保重！”

陈尔璧摘下口罩，也对他挥了挥手，笑了笑，重新把口罩戴上了。

杨耀东看着汽车远去，坐下来，他突然感到有些落寞。

十

陈尔璧走到半路，让驾驶员停车：“我要到这附近去救人，就不跟到医院了。”

驾驶员没有说什么，让他下了车。

这里也是一片受灾很重的街区，离看守所也没有多远。他坐下来，把脚链上拖着的那截钢丝剪掉，这样，就一点也不碍事了。

他恍然觉得自己成了一个自由的人。他望了望不动声色的天空和遭遇了灾难的城市：“现在所有力量肯定都在全力救灾，如果要逃走，肯定是个好机会。但往哪里逃呢？现在，似乎天地无限大，想去的地方却只有母亲那里。”他有些伤感和无奈。

他站起来，不管方位地往前走。他身上的白大褂很快引起了人们的注意。几个人见了他，惊喜地大叫着“找到医生了，找到医生了”，一边飞快地朝他跑来，一边喊着："医生，有人不行了，快去救人！"

陈尔璧一见，转身想逃，但却迈不开脚步。

一个人气喘吁吁地先跑到了他跟前，第一句话就带着责备的意味："医生，现在这个时候，你竟然没有在手术台前，我们在到处找医生啊，快跟我走！"

另外两个人也赶了上来，一位老人合了合掌："菩萨保佑，正需要救命的人，救命的人就来了。"

陈尔璧知道自己现在最该做的事就是逃跑，赶紧说："不好意思，不好意思，我……我不是医生。"

"你穿着白大褂，却说自己不是医生？"

"我……我是个逃犯。"

"你这个人过分啊，为了逃命，不惜编这样的谎！我一看你这个样子就是个医生。"那位老年人指着他。

陈尔璧无地自容。

最先赶上来的人拉着陈尔璧的手："你肯定是医生，求求你去救救他们。"他伸出一双血糊糊的手，带着哭音接着说："那里躺着二十六个人呢，有五个人是我们用手刨出来的，有一个死了，那四个都还有气！其中还有位孕妇，可能是惊吓的原因，要生娃了，但就是生不出来。"

陈尔璧知道自己又逃不掉了，突然想哭，一咬牙，说："你带路吧……"

一个小伙子一听，赶紧飞跑起来。陈尔璧因为腿部有伤，跑不快，那小伙子又跑回来，不由分说，背起他就跑。

"伤员现在放在哪里，有没有药物和工具？"陈尔璧在小伙子背上问。

"伤员都在社区医院里。"

"那里没有医生吗？"

"哎呀，惨得很！据说他们两点多聚在一起开一个会，地震后，都埋了，只有一名值班的护士幸免于难，但也伤得不轻，所以，医院里啥都有，就是找不到救命的医生！"

"得给我一点吃的，从早上到现在，我啥也没有吃；还得给我一点水喝。"他的肚子听到他的话，大声轰鸣起来。

"我这里还有一个面包，水只有半瓶。"小伙子把面包和水递给他，"对了，我叫谢建蓉，建设蓉城嘛，是这里的社区主任。"

陈尔璧接过水，一口喝了："你就叫我陈医生吧。"说完，几口就把面包吃了。

"你是社区主任，你们这边发现过一位满头白发的老人吗？六十岁出头，头发白得跟雪一样。”

谢主任想了想，摇了摇头说：“她是您什么人?”

“我娘，她今天刚好从巴中赶来看我。”

“我们一定帮你留意着。”

“那就谢谢你了!”

说话间，他们已到了社区医院。

谢主任跑去拿来了面包和水：“陈医生，你再填填肚子。”

陈尔璧一边洗手、消毒，一边说：“等会再说，得先给那位产妇做手术。我不是妇科医生，但我会尽力!”

产妇受了伤，可能是痛苦的原因，浑身是汗。陈尔璧要检查她的伤情，她抓住陈尔璧的手，乞求道：“医生，不要管我，快救我的孩子，快救我的孩子!”

陈尔璧检查后，安慰她：“孩子没问题。你这是难产，得做剖腹产手术。”

产妇安静下来了。

陈尔璧转身出了手术室，悄声对谢主任说：“找一个女同志来帮忙。”

很快，谢主任带来了一个五十多岁的妇女：“她以前当过赤脚医生。”

产房外一下聚集了好些人，他们都是无力去救灾的老人和伤员，像是在等着自己家孩子的降生。

婴儿的哭声传来，大家几乎不约而同地舒了一口气。

陈尔璧感觉自己有些虚弱。他瘫坐在一把椅子上，谢主任左手端着一碗泡好的方便面，右手端着一杯热水：“陈医生，非常感谢您，您现在一定要吃点东西了。”

“我按受伤轻重来手术，谢主任，你先让人把受伤最重的伤员抬到手术台上!”他像是受到了极大的嘉奖，心满意足地微笑着，“我几口吃完后继续抢救。”

方便面已不烫了，泡久了，过于软了些，几口下去，就只剩下汤水了，他喝得一滴不剩，然后咂巴了几下嘴，快步走进了手术室。

十一

杨耀东离开陈尔璧后，像是获得了解放。因为只有谭乐为能证明他在地震发生后所做的一切，他决定还是去找他。他知道谭乐为会去追捕陈尔璧，而他知道陈尔璧是怎么逃走的。

他想起陈尔璧，心里有一种复杂的感觉。他突然意识到命运的确难以捉摸，显得过于残酷。他记得自己刚要调到9号监舍时，知道那个监舍关押着一名死刑犯，还有些害怕。但陈尔璧一点也没有电视剧里杀人犯那种阴险、毒辣、暴虐的样子，他身材高挑，清瘦，站起来身体很直，穿的囚服总是很整洁，看上去一副儒雅文静的模样，的确与他想象中的杀人犯反差太大。相处下来，监舍的人都很喜欢他。杨耀东知道，陈尔璧的医术的确高超，在这种灾难面前——在死亡面前，他就是救星。如果不被枪毙，不知道一生能救多少人呢。所以，他真心希望他能逃走，永远不要再被抓住。

杨耀东找到谭乐为的时候，看到他正组织人在幼儿园救人。

杨耀东有些激动，大声喊道："谭管教！"

谭乐为一见他，就猛地盯住了他的脚："谁剪开的，陈尔璧呢？"

"他……送伤员去医院了，我来找您，就是向您报告这件事的。"

"你不要包庇他，你知道包庇罪的后果！"

"他的确是送伤员到医院去了。"

"你怎么没有制止他？"

"他手里有手术刀，假如……"

"他往哪个方向跑的？"

杨耀东犹豫了一下，指了指南边，忍不住说："难道你非要把他抓回来枪毙掉？"

"废话！"

"他已经至少救了四五十条人命。"

"那是两码事。"

杨耀东把藏在袋子里的一个馒头摸了摸，没有舍得拿出来。但看到谭乐为的样子，他还是把馒头掏了出来："谭管教，补充一点体力吧。"

谭乐为咽了一口唾沫，接过来，掰成两半："谢谢你，你也吃一点。"

杨耀东连忙推辞："我肚子不饿。"犹豫了一下，问道："谭警官，明天是我刑满释放的日子，现在看守所已经没有了，释放手续我过一段时间回来取，可以吗？"

谭乐为一听，差点被噎着，把吃了一口的馒头还给他："原来你是在贿赂我啊！"

杨耀东把馒头塞回给谭乐为："我只不过想问一下。"

"我没有这个权力。"

"那我就跟着你，你到时一定要证明地震后我一直是守法的。"他看见谭乐为眼睛有些潮湿，小心地问，"你给家里打电话了吗？"

谭乐为抬起头来，眼里含泪。他掩饰性地抹了一把脸：“太热了，汗水迷得眼睛都睁不开。”他说完，来到几具摆放着的遗体旁，掀开盖在一具遗体脸上的衣服，跪下去，亲吻了她的额头，然后重新把脸盖上：“悦娴，我不能照顾你了……”

“谭管教，她是……？”

“我未婚妻金悦娴。”谭乐为站起来，“你就在这里帮着救人吧，我抓住陈尔璧后，再来这里找你。”他说完，拔腿向东边追去。

“他往南边跑了！”

“你他妈的以为他真会去医院？真会往南跑？”

天上下起了雨，像是老天为这场灾难落泪。谭乐为浑身湿透，他问了好些人，有没有看见一个穿着白大褂的瘦高个医生。有一个人说他看见过。待追过去，的确有那样一个人，但并不是陈尔璧。谭乐为又饿又渴，伤痛让他每跑一步都感觉背部被撕裂了一次。他觉得自己的身体越来越虚弱。他找到一个自来水龙头，猛喝了几口水，忍着痛苦，喘了几口气。他想起了女友，想起了她怀里抱着的孩子——怎么也掰不开她的手，费了很大的劲才把她和怀里的孩子分开，想起她死亡时还是奔跑的样子，想起了她满是尘灰的脸——他都来不及给她擦干净，他早晨还亲吻过的脸蛋已经冰凉，吻过的嘴唇已经苍白，注视过的眼睛已经闭上。他撕心裂肺地哭了，却没有哭出声，只觉得身体被自己的哭撕得粉碎。

但他只能给自己几十秒沉入悲痛的时间，他一定要把陈尔璧找回来。

谭乐为断定陈尔璧不会跑得太远，甚至在没有找到他母亲之前，他都不会离开这里。这么想着，他内心的压力似乎小了些。他突然想起了杨耀东的那句话——难道你非要把他抓回来枪毙掉？这个问题他还真没有想过。自从成为警察，他一直都是听命行事。现在，他突然觉得面对陈尔璧这样一个人，这个问题变得很难回答。但这种犹疑很快就消除了。他对自己说了句：“废话！”

要在晚上追捕一个逃犯无疑是大海捞针。正当他绝望的时候，见前面有一团灯火。他跑过去，看到那里的人在有序地忙碌着。不时有伤员抬来，志愿者在主动献血，经过救治的伤员又送到了医院，有力气的在救人，年老的人在照顾更老的人和孩子。还有些人把水和食物收集起来，集中烹煮，分发给饥饿的人。

谭乐为在一口煮着粥的大锅前站定，咽了口唾沫，肚子里的轰鸣声随即传出。一位老阿姨把一碗稀粥舀好：“孩子，来吃一碗。”

“谢谢阿姨。”谭乐为喝了一大口，烫得他没有咽下去，差点又吐回到碗里。

“孩子，不要急。”

“阿姨，我有急事。”谭乐为倒了半杯凉水进去，搅了搅，端起碗，几口喝进肚子里。

“这么大的灾难，谁都有急事。”

“我要抓一个犯人。阿姨，你见过一条腿受了伤、穿着白大褂、身高一米八、很文气、四十来岁的医生吗？”

老阿姨想了想：“你说的不会是陈医生吧？”

谭乐为有些惊喜：“阿姨知道他的名字吗？他在哪里？”

“只知道他叫陈医生。”老阿姨看了他一眼，“人家一直在这里救人呢，忙得气都没来得及喘一口，他不会是你要抓的犯人吧？”

“哦……应该不是。”

“那你可以进去看看。”

“我在窗子外头看一眼就行了。”

“那也好，陈医生那么忙，又在救人，最好不要打扰。”

谭乐为道了谢，来到手术室的窗外，看到那个身影的确是他熟悉的。他盯着陈尔璧，盯着陈尔璧那副忘我的样子，盯着他头上的腾腾热气，盯着他如此娴熟地做着手术，心里突然涌出一种异样的、从未有过的感慨：“人类为什么会犯他妈的罪呢？”

他在夜色里站了好一会儿。“你忙吧！”谭乐为转身离开的时候，有些不相信自己。“我竟然没有管他，竟然没有把他抓起来。”他似乎有少许的得意，“人家在救人，为什么要管他呢？我要做的，还是去帮他找到他母亲吧。”

谭乐为往看守所的方向走。他确定老人会在看守所前面那片区域找个地方安身。他想起了那栋高耸的烂尾楼。那种地方常是刚来城市的打工者、乞丐和流浪汉的居所。他远望了一眼那座高耸在雨夜里的、被模糊灯光镀出身影、只有一副骨架、显得很是诡异的高楼，忍着伤痛，快步向那里跑去。

谭乐为有一种经验，也有一种警察的直觉，觉得老人可能会在那栋楼里，而那里是个容易被人忽略的地方。

参与抢险救灾的志愿者越来越多，但一些人不知道该干什么，谭乐为让他们跟着他走。

围绕着烂尾楼赘生了一片粗陋的棚屋，但差不多都在地震中坍塌了。这里很安静。一只拴在屋檐下的狗没能挣脱，恐惧地哀鸣着。谭乐为把它解开，看着它跑掉，然后带着大家开始搜寻幸存者。

地震的时候住在这里的人大多外出讨生活去了，留下的人不多，加之这都是些破瓦烂砖搭建起来的简易居所，即使坍塌，也造不成太大的伤害，但还是有人受伤。谭乐为指挥志愿者把重伤员抬到附近的救护点去，然后开始逐户逐屋地搜索。

他问那些人有没有看到一位满头白发的老人今天下午到这里来过。很多人都摇头，只有一个老头说，他看到过，但他眼睛花，没看清楚。其他人就笑，说这老叫花子的眼睛看不清楚人，只看得清楚鬼。

谭乐为一听，还是有了希望。他用矿泉水吞咽着面包，强迫自己不睡过去——他一夜未睡，两眼发红，疲惫得像一摊稀泥，但他知道，七十二小时内的时间对于救援非常重要。他对自己的伤痛似乎已经麻木。远处一只公鸡啼叫起来，鸟儿从一棵树飞到另一棵树上。他看了一眼笼罩在清晨雾气中的朦胧城市，又抬头看了一眼这座只有框架的高楼，突然想起应该到楼上看看。

楼上也有用残砖破瓦搭建起来的临时居所，分成了迷宫似的众多房间和巷道，但昨晚天黑，没有人注意到。

搜寻了一个多小时，谭乐为终于在一个角落里找到了陈尔璧的母亲。她可能是想靠墙歇息，不想地震发生后，砖墙倒塌压住了她。谭乐为的一双手早已血肉模糊，他找来破布包裹着，使劲扒开那些砖瓦。老人家的白发染成了土灰色，右小腿骨折，吐出的血结在嘴角处，都快变黑了。她脸色铁青，身体虚弱，见到谭乐为，盯着他身上几乎已看不出本来样子的警服，问他："你是公安同志？"

"阿姨，是的。"

"我去看我儿子的时候，见过你。"

谭乐为点点头："是的。"

"你们……把他……送走了吧？"

"还没有，本来该今天，这不地震了嘛。"

"哦，你们不救我就好了，我就可以跟我儿子一起走了，我都觉得我走了好远的路了。"

"阿姨，你不能这么想，我得送你到医院去。"

老人一听，就很紧张，连连说："不去，不去，千万不要送我去。"

谭乐为很是惊讶："阿姨，您受了伤，必须要治疗。"

"你不要管我就行，反正不要送我到医院去。"

"阿姨，我们看守所在地震中震塌了，您儿子的判决可能最近几天都没法执行，您不赶紧到医院把伤看好，到时怎么看望您儿子？"

"那他现在在哪里啊？"老人激动起来。

"他在救人。"

"他还有资格救人吗？"老人流泪了。

“当然。他救了很多人。”

“他是个好医生，但他成了罪人。”

“阿姨，罪人不一定就是不好的人。”

老人听他这么说，用体内残存的那点力气，像个小女孩似的哭了。

十二

陈尔璧觉得自己在救人与逃命这两个选择之间被撕裂了。他在心里骂自己，一个马上就该被正法的死囚，不去逃命，却忍不住要去救人，真是荒唐。

他总想逃走，但当一个接一个的伤员被抬进来，他又觉得自己没法抛弃任何一个。手术需要他专心致志，不能分心，但自从剪断脚链，获得自由，他就变得像刚从笼子里逃出的麋鹿一样警觉。他突然觉得自己有了既可心无旁骛，又能眼观六路、耳听八方的本领。他开始的确想知道母亲的下落，但他很快想通了——如果母亲能够在这次灾难中幸存，她一定不想抱着儿子冰冷的骨灰盒度过余生。他做的人生的最后一个梦似乎就是这个意思。所以，当谭乐为在窗前看他时，陈尔璧其实也看到了谭乐为。谭乐为没有抓他，让他有些感动。但他也在琢磨着尽快离开这里。直到 13 日清晨，伤员才少了。他觉得自己一定得离开了。他说要上个厕所，然后跑了出去。

他冒雨来到一个已没有人的建筑工地，找了一身衣服和一双胶鞋，把血迹斑斑的白大褂和里面的囚服换掉了。这样，他看上去就像一个在建筑工地打工的农民了。

他找了一点吃的，拿在手上，边走边填着肚子。他决心向南边跑，他曾到云南边境地区背包旅行过，边境容易偷越，他可以越境去越南、缅甸或老挝，他觉得凭自己的医术，他在那里完全可以谋生。但他太累了，感觉自己就是一摊稀泥，连站立都费劲。他想随便找个地方躺下大睡一觉，但他不敢，他踉跄着向南边跑去。

谭乐为回到社区医院，没有找到陈尔璧。他问谢建蓉：“那个陈医生呢?”

“他今天早上说要出去上厕所，然后就再也没有回来，我们也找了，人影都没有，可能是回自己的医院了吧。”

“哎呀，这家伙还是跑了。”他说完，就摇晃着往前追去。

陈尔璧也累得够呛，他找了一个废弃的铁皮棚子，坐下来，想休息一会儿，没想一坐下就睡着了。

他做了一个梦，梦见自己陪母亲走在老家的土路上，阳光有一种毛茸茸的暖意。桃李开在路边，再远处，梨花如雪。突然，大地摇晃、撕裂，冒出泥浆和血。他趴在地上，一动也不敢动，但还是感到眩晕。待一切静止，他再向四周望去，不见巴山，也不再有无边春色，只余一望无垠的荒漠和铅云密布的天空。世界由彩色变成了黑白。他四顾茫然，一下惊慌起来，觉得自己被世界抛弃了。他感到窒息，难以呼吸。他挣扎着……待醒来时，浑身是汗，铁皮棚子抖动着，垮塌下来，发出刺耳的声响。他突然意识到，这是余震。他躺了一会，回忆起梦境，想起自己竟然又做了一个梦，觉得格外珍贵。他从铁皮棚子下钻出来，看到好多人从建筑物里往外跑，惊慌地聚集在一起。

小睡了一会儿，他觉得自己的体力恢复了一些，想起梦境，他对自己说："我必须逃跑。"

他想起茶店子有到昆明的长途班车，便问一个人到茶店子该往哪个方向走。那人想了想，往四面望了望，不敢确定："往东走两站路有公交车，只是不晓得现在是不是还有车在跑。"

陈尔璧感激不已，连道了好几声谢谢。

他看到了那个公交车站，不由得加快了脚步。站台上没有人，但就在他看站牌的时候，谭乐为突然站在了他面前。

陈尔璧吓了一跳："你在这里干什么？"

"刚好路过。你呢？你跑到这里来干什么？"

"我也刚好路过。"

"路断了，公交车停了。"

"哦。"陈尔璧很平静，仍看着站名，"你这个警察很厉害啊，知道我要到这里来。"

"我也刚到一会儿，这是远郊，离这里比较近的公交站只有这一个。我想，与其到处找你，还不如到这里来碰碰运气。"

他们并排往回走着，像老朋友。

"你该早些跑，不要去救人。"

陈尔璧笑了笑："职业病。"

"你母亲找到了。"

陈尔璧一下抓住了谭乐为的肩膀："她没事吧？她在哪里？"

谭乐为的脸痛苦地皱成一团："你弄疼我的伤了！"

陈尔璧赶紧松了手。

"阿姨受了一点小伤，现正在医院里，没有什么事，估计休息一下就能出院。"

陈尔璧舒了一口气，突然哭了："谢谢你！"

谭乐为拍了拍他的肩，笑了："没想到你这么帅的一个人，哭的样子这么难看。"

陈尔璧被他说得止住了哭："我想去看看我娘……"

"走，我们现在就去。"

陈尔璧心情迫切，走得很快。越往西走，灾情越重，人也越少。路过成都银行西郊支行的废墟时，谭乐为看到有人准备钻进去拿东西，他喊叫了一声："嘿，我是民警，你马上离开！"

那人影子一样消失了。

谭乐为有些抱歉："我必须守在这里了。"

"那我也不能离开了。"

"我们现在不能去看望老人家了。"

两人在银行前的一棵香樟树下坐下来。他们都很累，谭乐为更是。他一坐下来，眼皮就打架。他怕自己睡着，不得不站起来。

"我太困了，我得把你绑起来，然后眯一会儿。"

谭乐为找来一段电线，把陈尔璧的手反过来，绑在了那棵香樟树上。然后，他再次挨着他坐下来，往树上一靠，就扯起了呼噜。

陈尔璧有些怜悯地看了谭乐为一眼，发现这个年轻的警察一夜之间变老了。

陈尔璧刚才在铁皮棚子里最多躺了二十分钟，他靠在树上，似乎不用再担惊受怕，便想再休息一会儿。但想到自己做的梦，想到自己可能今天回到看守所，就会被正法，他的手不由得摸了摸捆绑自己的电线，然后用力想挣脱出来，但电线越挣越紧。

他知道自己是徒劳的，叹了一口气。"刚才在公交站只有他一个人，如果我转身跑掉，他是很难抓住我的，但我乖乖地跟着他走了这么远。"他觉得自己有些不可思议。他不再动，眯上了眼睛。

周围很安静，除了偶尔有银行砖墙坍塌时发出的嘎吱声，似乎就只剩下尘埃落地的声音了。

陈尔璧正想迷糊睡去，突然听到了当、当、当的敲击钢筋的声音，然后听到地下有声音传出来："救我——救我——"那声音很低，像从地狱里发出的。

"废墟下还有人活着！"他踹了谭乐为一脚。

谭乐为一下惊醒了："怎么了？"

"银行的废墟下还有人活着，在敲钢筋呢，听！"

但再也没有声响了。

“哪有人啊？你肯定幻听了，让我再眯一会儿。”谭乐为有些伤感，“我刚才梦见女友了，她在找我呢，眼看就要找到了。”

“谭警官，你还有心做春梦啊，真的有人呼救，你解开我，我要去救人。”

谭乐为有些怀疑地看了他一眼：“你不会是想着要逃跑吧？”

“当然想。”

谭乐为解开了捆绑他的绳子。陈尔璧跑到废墟前，也用砖头敲击钢筋，然后大声喊叫：“我刚才听到你的呼救了！”

过了一会儿，敲击钢筋的声音再次传来，只是像已用尽了力气，敲击声很轻。

谭乐为也听到了。两人确定了声音传出的地方。

水泥和砖块累叠着，非常危险。

“我在前面。”陈尔璧说。

“我是警察，你得在我后面。”

“你背上有伤，不利索。这是救人，手脚得麻利。你还年轻，我如果死了，算是赎罪，还可以节约一颗子弹，这个机会你应该让给我。”陈尔璧说着，挡在了谭乐为前面，钻进了废墟里，把里面的砖头、水泥扔出来，“你最好去找个工具来。”

“你等着。”谭乐为说着，钻出去了。

谭乐为找到了一把十字镐、一把钢丝钳。他很奇怪自己能放心地把陈尔璧扔在那里。当他拿着工具回到救援现场，陈尔璧正像一只奇怪的动物，在废墟里专心打洞。

大概用了一个半小时——就在他们马上要接近被困的伤者时，余震再次发生。眼看谭乐为头上一块水泥板要塌下来，陈尔璧大喊了一声“躲开”，用头把谭乐为一顶，紧接着把十字镐立起，撑住了水泥板，使谭乐为没有被水泥板压住。

谭乐为回头一看，倒吸了一口冷气，想说感谢的话，但觉得多余。

“还得快去找个东西来把这水泥板撑住，不然塌下来，我们就白费劲了！”

谭乐为赶紧钻出去，找来砖头，撑住了水泥板，然后说：“得赶快把受伤的人救出来，我怕这砖头支撑不了多久。”

“我马上就靠近他了。”

陈尔璧把几根钢筋剪断，推开砖块，来到了伤员的身边。伤者大概四十岁，一根钢筋从背后刺进去，从小腹穿出来，因为失血过多，已经昏迷，而和伤者在一起的另外两个人已经死去。陈尔璧小心地把穿过伤者身体的钢筋剪断，给他包扎止血后，一点一点地把他从用砖头支撑起来的水泥板下推送出来。

谭乐为把伤者接住，用力往外拉，刚拉出去，那块水泥板垮塌了下来。陈尔璧被困在了里面。

“陈医生！”谭乐为大声喊叫。

“快把伤员送到医院，不要管我！”

谭乐为看了看废墟，舒了一口气，说：“你反正要死的，如果在这里罹难，我以后会常来看你。”

“这地方不错。不过，我救了这么多人，不能减刑吗？”

“有可能吧。”谭乐为摸了摸衣服口袋，把身上所有的钱都掏了出来，也不数，卷好扔进废墟里，“这里有点钱，你自己如果能出来，去吃顿好的。”

陈尔璧笑了：“你这是给我的路费吗？”

“不要胡说八道，我只知道你他妈的被埋了！”

十三

谭乐为在送伤员去医院的路上，碰到了到处找他的杨耀东。杨耀东替他把伤员背上：“谭警官，陈尔璧没有抓到？”

“抓到了。”谭乐为停顿了一会儿，“可惜救人的时候被废墟埋了。”

“真是可惜！他救了这么多人，如果活着，肯定会从死刑改判死缓的。”

“是啊。”

杨耀东有些难过：“谭警官，他埋在哪里你记得不？”

“到处都是废墟，我只管救人，也没有在意，反正离这里不远。”

他们把伤员送到医院，已是午后。两人疲惫不堪地向看守所走去，他们准备顺路去接陈尔璧的母亲。

“如果不是这场地震，陈尔璧现在应该刚被正法。谭警官，等会儿见了老人家，怎么跟她说呢？就说正法了？”

“这个时候，怎么可能正法呢？就告诉老人家实话，说她儿子救人时被埋了。”

“这样说也行，陈尔璧不是被枪毙的，老人家心里会好过很多。”他挠了挠头，“谭警官，你看这样行不行，我出去后，想认老人家为娘，来替陈医生尽孝。”

“这很好啊，我们一起吧。”

杨耀东很激动：“那我跟你就是兄弟了？”

“当然啊，我们都是老人家的儿子嘛！”

杨耀东看着谭乐为，双眼潮湿："谢谢你，老弟！"

他们赶到医院时，老人家坐在走廊的椅子上，痴迷地看着窗户外的天空。谭乐为喊了两声阿姨，她才回过神来，一见是他，激动地站了起来。

"我儿子……他走得可好？"

谭乐为让老人坐下："阿姨，地震后，你儿子一直在救人，今天上午，他在救人的时候，被埋了，可能难得出来了。"

"你是说，他是救人时死的，不是被执法枪毙的？你没有哄我吧？"

"的确是。余震发生时，废墟要塌下来，他把我推了出来，没有他，我可能已经死了。"

老人家没有说话，老泪大颗大颗地从昏花的眼睛里滑出来："我儿子走得好，多谢你！"

"我们得接您回去。我和杨耀东商量好了，我们以后都是您的儿子，我们会好好照顾您的。"

老人家一下站起来："我……我哪配有你们……这样好的孩子啊！"

杨耀东走到老人家跟前："阿姨，您只要不嫌弃我就行。您放心，我以后一定学好，不会再犯错了。我已服刑期满，等过两天就可以送您回老家了。"

老人浑身颤抖着："孩子，多谢你们，多谢你们！"她又望了望布满阴云的天空，说了一声，"也谢谢老天爷！"

谭乐为去找医生，问老人家能否出院。医生看了看他，问道："你是她儿还是她孙啊？"

"儿。"

医生把他上下打量了一番："警察同志，不是我说你，你还是要多关心一下你妈，她的伤没什么问题，就是营养不良啊，你得多给她吃些有营养的东西。"

谭乐为有些不好意思："我妈啥都好，就是不好好吃饭。"

谭乐为回到老人跟前，扶起她："妈，我们出院了，现在忙，您得跟我先回看守所，等灾情过了，我们才能送您回去。"

老人回到看守所，看到那里已是一片废墟，有些不相信自己的眼睛："没想到连这里都震成这样了！"她回过头来，看着谭乐为，"你能给我指一下，我儿子原先待的地方吗？"

谭乐为带着她来到坍塌的监舍前，给她指了指关押陈尔璧的监舍遗址。

老人家望了望虚空，很是欣慰地说："璧儿，你为了救人走，娘心里很高兴。你自己安心就好，不要牵挂我，我会照顾好自己的，何况还有谭警官和你的朋友杨耀东呢。他们说，他们都是我的孩子，他们会替你照顾我。你看，这人世对我多好，你走了，我却又有了两个儿子。"

老人没有流泪。她回过头来，对他们充满慈爱地笑了笑。

谭乐为找到了那个金鱼缸，两条鱼的确还活着。谭乐为把鱼缸抱在怀里，想起女友，想起那么多遇难的人，他想大放悲声，但他忍住了。

老人家摸了摸鱼缸说：“两条鱼还好好地活着。”

杨耀东说：“那是他女朋友送给他的，地震时，他正在卫生间里给金鱼换水，这救了他的命。”

“真是老天保佑啊！你女朋友好着呢？”

谭乐为转过身，好一会儿才说：“好着，好着。”

杨耀东听他这么说，也偷偷地抹起泪来。

谭乐为把鱼缸放好，把老人家安置在一间幸存下来还很牢固的房子里，和杨耀东把收集到的铁丝网集中起来。“过不了多久，他们救完人还得回来，得给他们收拾个地方。”他用铁丝网圈了一块椭圆形的隔离区，算是建起了一个临时的西城看守所。

下午五点多钟，管教人员领着囚犯回来了。囚犯们疲惫至极，换了衣服，倒头睡去，看守人员不能怠慢，只能轮班休息。

夜色慢慢沉了下来。远处仍有喧嚣之声，救援还在继续。谭乐为已知道这是一场巨大的灾难，所有的管教人员和囚犯稍事休息后，还得赶到新的救灾点去。他站在哨位上，守护着这些人的睡梦。背上的伤痛扯得他龇牙咧嘴，他不停地倒吸着含有凉意的潮湿空气，似乎这样做了，他的伤痛就会缓解一些。

灾难使这片地区成了一片旷野，雨后的蒙蒙雾气使这旷野似乎没了边际。他学着老人家的样子，看了看天空，对女友说：“你是天使，你走好。”

然后，他把目光从深邃无比的天空收回来，向前方看去。他惊讶地看到一个身影从蒙蒙雾气里走了出来，那个身影偏偏倒倒、一瘸一拐，似乎随时都有可能倒下去，但他坚持着。

——那个身影瘦高，文质彬彬的，径直向谭乐为走来。

谭乐为惊喜得说不出话来，不停地向他挥手。

那个身影一直走到哨位前，站好，吃力地对谭乐为说：“犯人……陈尔璧……前来……报到……”他说完，就要倒下去。

谭乐为一见，大步跨上前去，一把扶住了他。

（原载《清明》2019 年第 3 期）

作者简介：

卢一萍，小说家；四川南江人；毕业于解放军艺术学院文学系；有26年军旅生活经历，曾在帕米尔高原、喀什、乌鲁木齐、成都等地工作，2016年退役；巴金文学院签约作家。主要作品有小说集《天堂湾》《父亲的荒原》《银绳般的雪》《帕米尔情歌》，长篇小说《激情王国》《我的绝代佳人》《白山》，随笔集《不灭的书》，长篇纪实文学《八千湘女上天山》《祭奠阿里》等20余部；作品曾获解放军文艺奖、中国报告文学大奖、上海文学奖、天山文艺奖、四川文学奖；《白山》曾被评为“亚洲周刊2017年十大小说”。现居成都。